Das Buch

Der junge Polizist Spencer lebt seit dem Tod seiner Frau zurückgezogen in Dartmouth. Mehr schlecht als recht versucht er, mit seiner Trauer fertig zu werden. Als er an einem kalten Wintertag die Studentin Kristina kennenlernt, verändert diese kurze Begegnung sein Leben. Die beiden verabreden sich für die kommende Woche, doch es kommt nicht zu dem Treffen. Am gleichen Abend hat Kristina einen Unfall und begeht Fahrerflucht. Spencer muß in der Sache ermitteln und sucht sie dienstlich auf. Sie verspricht, am folgenden Tag im Revier zu erscheinen und eine Aussage zu machen. Aber sie erscheint nicht zu dem Termin. Statt dessen erhält der enttäuschte Spencer ein paar Tage später einen Anruf: Neben einem Studentenwohnheim ist eine nackte Leiche gefunden worden – Kristina, Tod offenbar durch Erfrieren. Spencer ist wie besessen von der Idee, ihren Mörder zu finden. Doch im Zuge der Ermittlungen entpuppt sich Kristina als äußerst undurchsichtige Frau, die scheinbar alles getan hat, um ihre Vergangenheit hinter sich zu lassen und alle Spuren zu verwischen. Detective Spencer gerät nicht nur zunehmend unter Erfolgsdruck – er sieht sich mit einer Herausforderung konfrontiert, die sein ganzes Leben verändern wird ...

Die Autorin

Paullina Simons (geboren 1963 in St. Petersburg) emigrierte als Kind mit ihren Eltern nach Queens, New York. Nach Studienaufenthalten in Long Island und Kansas war sie als Wirtschaftsjournalistin und Übersetzerin tätig. Heute lebt sie in Dallas, Texas.

In unserem Hause sind von Paullina Simons bereits erschienen:

Die Sommer der Freundschaft

Elf Stunden

Paullina Simons

Das schlafende Geheimnis

Roman

Aus dem Amerikanischen von
Jean-Paul Zillern

Ullstein

Der Ullstein Taschenbuchverlag ist ein Unternehmen
der Econ Ullstein List Verlag GmbH & Co. KG, München
1. Auflage 2001

Titel der amerikanischen Originalausgabe: Red Leaves
(A Wyatt Book for St. Martin's Press, New York)
Übersetzung: Jean-Paul Zillern
Umschlagskonzept: Lohmüller Werbeagentur GmbH & Co. KG, Berlin
Druck und Bindearbeiten: Elsnerdruck, Berlin
Printed in Germany
ISBN 3-548-25021-1

Für Kevin und Bob Tavetian.
Wir werden euch nie vergessen.

Inhalt

Prolog

Im Greenwich Point Park, dort wo sich die salzige Brise des Long Island Sound mit dem erdigen Geruch nach Laub vermischt, stiegen zwei Kinder die Treppenstufen zu einer Schloßruine hinauf. Sie waren allein.

Zuvor waren sie an dem Parkwächter vorbeigegangen, der sie offensichtlich gut kannte. Er hatte gelächelt und ihnen zugewunken. Es war ein großer Park, und sie hatten noch ein ordentliches Stück vor sich, doch die Sonne schien, und es war warm. Das Mädchen hatte eine rotweiß gemusterte Papiertüte in der Hand, der Junge trug eine Baseballkappe und einen Drachen. Sie gingen um das westliche Ende der Bucht herum und fanden einen Picknicktisch am Strand. Das Mädchen hätte am liebsten gleich die Schuhe ausgezogen und die Steine unter den Füßen gespürt, doch der Junge sagte nein. Er hatte Hunger. Sie seufzte und setzte sich, um zu essen.

Nach dem Essen streifte sie die Turnschuhe ab und lief fröhlich zum Wasser. Das glitschige Moos an den Steinen störte sie nicht. Gelegentlich bückte sie sich nach einer Muschel im Sand und inspizierte sie. Die offenen warf sie wieder weg. Ihr Vater hatte ihr eingeschärft: »Wenn sie offen sind, darf man sie nicht essen. Das heißt, daß sie nicht mehr gut sind.« Die geschlossenen schwarzen Muscheln legte sie in ihre Tüte. Der Junge fing ein paar Krabben, und sie legte sie dazu.

Eine Viertelstunde lang versuchten sie rauszukriegen, ob die kleinen Wellen, die sich etwa vierzig Meter weiter weg auf dem Wasser kräuselten, Wellen oder Otter waren. Das Mädchen meinte, es seien Otter, doch der Junge lachte. »Bloß Wellen«, antwortete er. Sie glaubte ihm nicht. Aus der Ferne sah es so aus, als hätten sie schwarze Rücken und tauchten im Wasser auf und ab. Andererseits blieben sie immer an der gleichen Stelle. Vielleicht hatte er doch recht, obwohl ihr das gegen den Strich ging. Er wollte immer recht haben. Außerdem gefiel ihr die Vorstellung, daß es in ihrem Park Otter gab.

Das Mädchen lief zum Pfad zurück. Er überholte sie und zog sie an den Haaren. Sie bog den Kopf zur Seite und sprang schneller von Stein zu Stein.

Sie war hübsch. Das kurze Haar schmiegte sich eng an den Kopf. Die weiße Bluse war tadellos gestärkt, die Jeans hatte sogar Bügelfalten. Die Ärmel ihrer weißen Jacke waren kein bißchen schmutzig wie bei Kindern ihres Alters sonst üblich. Ihre Turnschuhe waren strahlend weiß und die Schnürsenkel wie neu. Barfuß über das glitschige Moos zu wandern, war der einzige sorglose kindliche Luxus, den sich das Mädchen erlaubte.

Sie mochte den Teil mit dem Picknick in dem weitläufigen Park und auch den anderen, wenn sie den Drachen steigen ließen. Was dazwischenlag war ihr hingegen ein bißchen unheimlich. Sie wünschte, sie wären bereits auf der grünen Wiese und ließen den Drachen fliegen. Sobald er sich in die Luft erhob, würde sie die Leine loslassen, hinter dem Jungen herlaufen und rufen: »Höher, höher, höher …«

Der Herbst war ihre liebste Zeit, vor allem hier, wo der scharfe, salzige Wind über das rote Laub der Weißeichen blies.

»Sollen wir gleich zur Wiese?« rief sie ihm atemlos zu und blieb stehen, um sich die Schuhe anzuziehen. Auch der Junge blieb stehen, drehte sich um und kam zu ihr zurück.

»Wir sind doch schon unterwegs. Was meinst du denn?«

»Statt zum Schloß zu gehen.«

Er sah sie an.

»Na gut«, sagte er und zuckte die Achseln. »Ich dachte, du magst das Schloß.«

Sie zögerte einen Augenblick und sagte dann entschuldigend: »Ja, ich mag es auch. Ich bin nur müde, das ist alles.«

Er machte eine Bewegung. »Na los, komm schon, sei doch kein Baby.«

Sie gab sich Mühe, kein Baby zu sein.

Sie gingen den Pfad entlang, der zwischen den hohen geraden Eichen zu dem kleinen Bootshaus und der Mauer führte.

Der Junge kletterte auf die Mauer. Sie war auf dieser Seite nur einen Meter hoch, aber sie grenzte an das Wasser. Jedesmal, wenn das Mädchen auf die Mauer stieg, hatte sie Angst, ins Wasser zu fallen. Wer würde sie retten? Er bestimmt nicht. Er konnte nicht schwimmen. Sich an der Hand zu halten, war nicht möglich, die Mauer war nur einen halben Meter breit. Nein, sie *mußte* auf die Mauer steigen, um ihm zu beweisen, daß sie keine Angst hatte.

Aber sie hatte Angst, und sie war aufgeregt. Sie spürte bereits die Feuchtigkeit unter den Achseln. »Ich will das nicht«, flüsterte sie, aber er hörte sie nicht. Er war schon weit voraus auf dem Weg zum Schloß. Sie ermahnte sich, *sofort* mit dem Zittern aufzuhören, und stieg seufzend auf die Mauer.

Die Ruinen des Schlosses paßten zu der hügeligen Landschaft des Long Island Sound. Die Aussicht und die mit Forsythien überwucherte Mauer zeugten vom einstigen Glanz der Festung.

Ein Schloß mit Rittern, Prinzessinnen, Rüstungen. Ein Schloß mit Dienern und weißem Tuch. Ein Schloß mit unterirdischen Gängen, verborgenen Kammern und geheimem Leben. Ich habe auch Geheimnisse, dachte das Mädchen und machte ein paar vorsichtige Schritte auf der Mauer. Die Prinzessin mit dem weißen Kleid und den glänzenden Schuhen hat Geheimnisse.

»Warte auf mich!« rief sie und machte einen Sprung. »Warte auf mich.«

TEIL I

Das Mädchen mit den schwarzen Stiefeln

Vor unserem stärksten Trieb,
dem Tyrannen in uns,
beugt sich nicht nur die Vernunft,
sondern auch das Gewissen.

Nietzsche

1

Sonntag

Die vier Freunde spielten erst seit wenigen Minuten, doch Kristina Kim lief bereits der Schweiß über die Stirn. Sie forderte Time out und griff nach ihrem Handtuch. Frankie Absalom, der Schiedsrichter, und Aristoteles, ihr Labrador, sahen sich verwundert an. Sie zog eine Grimasse und starrte zurück.

»Mir ist heiß, okay?«

Frankie saß mit aufgesetzter Skimütze, Mantel und einer Decke auf den Knien da und grinste sie an.

»Was ist los mit dir, Kristina? Bist wohl nicht in Form, was?«

Aristoteles hockte neben Frankie und blies seinen Hundeatem in die kalte Luft. Er durfte sich während der sonntagnachmittäglichen Basketballspiele nicht vom Platz rühren und tat es auch nicht, sondern wedelte höchstens mit dem Schwanz als Zeichen seines Protestes.

Jim Shaw, Conni Tobias und Albert Maplethorpe gesellten sich zu ihnen. Kristina nahm eine Flasche Mineralwasser aus ihrem Rucksack, schraubte sie auf und schüttete sich das Wasser übers Gesicht. Danach trocknete sie sich mit einem Handtuch ab. Es war ein kalter Novembertag, aber sie glühte.

Jim legte ihr die Hand in den Nacken. »Was ist los, Krissy? Alles in Ordnung?«

»Na los! Mach schon!« tönte Albert. »Was soll das? Willst du Zeit schinden?«

In Wirklichkeit wünschte sich Kristina, daß die Zeit schneller verging. Um eins war sie mit Howard Kim in *Peter Christian's Tavern* zum Lunch verabredet. Sie wollte es so schnell wie möglich hinter sich bringen. Im Moment war sie deswegen so nervös, daß sie an nichts anderes denken konnte.

»Ich bin nicht in Form«, sagte sie an Frankie gewandt und ignorierte Alberts Bemerkung. Jim massierte ihr den Nacken. »Nächsten Samstag fängt die Saison an, und ich bin völlig daneben.«

»Ach was«, beruhigte sie Conni. »Du bist fit. Gestern hast du prima gespielt.«

Kristina winkte ab in der Hoffnung, niemand würde sehen, wie sie errötete. »Das war doch nur ein Freundschaftsspiel.«

»Krissy, du hast siebenundvierzig Punkte gemacht!«

»Ja, ja. Ich weiß. Aber Cornell hat mit angezogener Handbremse gespielt.«

»Als wenn die das könnten«, sagte Jim, der mittlerweile ihre Schultern massierte.

»Wie spät haben wir, Frankie?« wollte Kristina wissen.

»Sieben nach zwölf.«

»Na los. Weiter geht's«, rief Kristina. »Wer gegen wen?«

Im ersten Match spielte Pärchen gegen Pärchen. Albert und Conni gegen Kristina und Jim.

»Alles okay, Schatz?« fragte Jim und strich ihr über den Rücken.

Sie sah ihn nachdenklich an. »Ja, mir ist nur verdammt heiß.«

Conni schüttelte sich. »Ja, ich schwitze auch.«

Kristina blinzelte Conni zu und dachte, sie wollte sie auf den Arm nehmen, doch Conni erwiderte ihr Lächeln nicht. Kristina biß sich auf die Lippen und sagte an Albert und Conni gewandt: »Wollt ihr zwei ein Handicap?«

Beide lachten spöttisch. »Steck dir dein Handicap an den Hut. Mit dem Haar kannst du sowieso nichts sehen, das ist Handicap genug. Außerdem gewinnen wir sowieso«, entgegnete Albert. Conni sagte nichts.

Sie verloren 16 zu 20.

Kristina war groß und hatte lange Beine und dichtes, pechschwarzes Haar, das ihr ständig in die Augen und halb über den Rücken fiel. Sie haßte es, sich das Haar zusammenzubinden. Doch ihre Mähne irritierte die anderen Teams, und während der Play-Off-Runde für die Ivy League hatte man sie gezwungen, es zu einem Pferdeschwanz zu binden. Sie hatte nachgegeben, aber am Ende eines Spiels war es ihr trotzdem jedesmal wieder ins Gesicht gefallen.

Hier auf dem Driveway von Frankies Studentenverbindung Phi Beta Epsilon – einem der weniger betuchten Studentenheime auf der Webster Avenue oder Frat Row wie die Studenten in Dartmouth die Straße nannten – band sich Kristina nie das Haar zurück. Sie spielten auf einem alten Platz an einem verrosteten Korb ohne Netz. Kristina machte es nichts aus. Zwei gegen zwei war eine gute Übung, um Schnelligkeit zu trainieren.

Doch heute rutschte ihr der Ball ständig aus der Hand, und sogar Conni, die wesentlich kleiner war als sie, hatte keine Mühe, ihn ihr abzunehmen. Kristina versuchte, rückwärts an Conni vorbeizudribbeln, verlor aber den Ball, und die anderen machten den Punkt. Alle lachten, außer Kristina, die nur an Howard dachte. Normalerweise konnte sie sich im Sprung mühelos drehen und verfehlte selten den Korb. Doch heute wollte ihr nichts gelingen, auch wenn sie die beste Spielerin auf dem Platz war.

Nach jedem erfolgreichen Wurf schlugen sich Kristina und Jim über dem Kopf in die Hände, und Kristina hielt wie üblich seine Finger dabei fest. Er ging darauf ein, aber sobald sie losließ, tat er es auch.

Kristina hatte einen Kaugummi im Mund. Einmal, als sie sehr hoch gesprungen war, biß sie sich auf die Zunge. Sie spuckte den Kaugummi aus. Ein bißchen Blut war dabei.

Frankie sprach Strafwürfe aus, monierte Fouls und notierte die Punkte auf einen Zettel. Er saß mit angezogenen Beinen auf einer gefalteten Decke und kaute Kaugummi, die Skimütze tief über die Ohren gezogen.

Als das Spiel zu Ende war, fragte Kristina erneut nach der Uhrzeit.

»Seit du mich das letzte Mal gefragt hast, sind fünfzehn Minuten vergangen«, antwortete Frankie. »Jede Runde dauert fünfzehn Minuten, deshalb weiß ich es. Hast du es eilig?«

»Nein, nein«, sagte Kristina hastig und schüttete Wasser über ihr Gesicht. »Na los, noch ein Spielchen.«

»Laß uns fünf Minuten verschnaufen«, bat Conni.

»Nein, ich bin gerade so gut in Fahrt«, erwiderte Kristina. »Wer spielt jetzt gegen wen?«

Conni musterte Kristina gleichgültig. »Mann, Krissy, keine Ahnung. Was machen wir sonst, wenn Albert und ich gegen euch verlieren?«

»Dann spielen wir beide gegen die Jungs.«

»Gute Idee.«

Kristina wollte sich nicht von Connis Sarkasmus provozieren lassen. »Also los, Jungs. Wie stets mit einem Handicap?« Eigentlich war Conni ihr Handicap, aber das hätte Kristina nie laut gesagt.

Jim drängte Kristina mit den Schultern an den Korbposten. »Ich habe ein gutes Gefühl, ich glaube, daß wir euch schlagen«, sagte er und gab ihr einen flüchtigen Kuß auf die Wange. Sie drehte das Gesicht, um ihn auf den Mund zu küssen, aber er zog sich zurück. Sein Blick war kühl.

Er ist sauer wegen gestern abend, dachte Kristina. Später. Später.

Kristina und Conni schlugen Jim und Albert 18 zu 16.

»Junge, Junge, das war knapp«, rief Kristina nach dem Spiel. Jim spielte heute nicht besonders gut. Er war etwas langsam in seinen Bewegungen und nicht so treffsicher wie sonst mit seinen Würfen. Außerdem versuchte er nicht ernsthaft, ihr den Ball abzunehmen oder sie zu blocken. Sie hätte schwören können, daß er mit den Zähnen knirschte, wenn sie spielte, aber vielleicht lag das nur an ihrem schlechten Gewissen. Warum spannt sich dann die Haut über seinen Wangenknochen bei jedem Ballwechsel? dachte sie.

»Gib nicht so an, Miss-Ivy«, sagte Jim. »Wir können ja anschließend noch eine Runde laufen. Mal sehen, wer dann die Nase vorn hat.«

Kristina war sicher, daß sie die Meile in knapp vier Minuten schaffen könnte. Aber wie spät war es? Wie spät?

»Wie spät haben wir, Frankie?«

Frankie sah im Sitzen auf und antwortete: »Zwölf Uhr dreiundvierzig.« Kristina war in Schweiß gebadet. Noch siebzehn Minuten.

In fünfzehn Minuten schlugen Kristina und Albert Conni und Jim mit 40 zu 8. Kristina lief jedem Ball hinterher, deckte und blockte sogar Conni, die sie ansonsten in Ruhe ließ. Als ob die Zeit schneller verstrich, wenn sie sich schneller bewegte.

»Ein gutes Spiel«, sagte Kristina anschließend außer Atem.

»Ich sehe mir Basketball lieber von der Tribüne aus an. Zum Beispiel, wenn Krissy Crimson in den Arsch tritt«, antwortete Conni.

»Ja klar, aber du bist kein Spielverderber, und nur darauf kommt es doch an«, antwortete Kristina.

»Kommt es wirklich darauf an?« fragte Conni scharf und sah Kristina an. »Daß ich kein Spielverderber bin?«

»Klar doch«, antwortete Kristina unverbindlich.

Albert mischte sich ein. »Natürlich nicht.« Er legte den Arm um Conni und lächelte vielsagend. »Es kommt auf vieles an.« Darauf lächelte auch Conni, und Kristina konnte beruhigt ihren Rucksack von dem vertrockneten Rasen aufheben.

»Bis später.«

»Warte!« rief Conni und lief ihr nach.

Als sie bei ihr war, senkte sie die Stimme. »Ich dachte, du wolltest mir helfen, du weißt schon ... mit dem ...« Sie schielte bedeutungsvoll in Alberts Richtung.

»Ach ja. Mit dem Kuchen«, flüsterte Kristina.

»Psst, nicht so laut!«

»Tut mir leid.« Kristina wirkte nun ruhiger, doch im Innern war sie derart aufgedreht, daß sie kaum ihre eigenen Worte hörte. »Ich muß jetzt weg.« Auf der Stelle, schrie ihre innere Stimme. »Ich komm später vorbei, in Ordnung?«

»Kristina! Die Nüsse, die Haselnüsse, die muß man ganz fein zerreiben. Dafür brauche ich eine Ewigkeit. Und dann die Glasur. Ich bitte dich.«

Kristina flüsterte Conni ins Ohr: »Darüber wollte ich mit dir sprechen ...«

Doch in dem Augenblick kamen Jim und Albert dazu, und Kristina konnte Conni nicht mehr erzählen, daß Albert Nüsse, ganz besonders Haselnüsse, nicht ausstehen konnte.

»Was brütet ihr beiden da aus?«

»Nichts, überhaupt nichts«, sagte Kristina hastig.

Conni hob unschuldig die Arme. Jim lachte, und Kristina versuchte sich davonzuschleichen. »Also, bis später. Albert, kannst du den Hund nehmen?« fragte sie und warf ihm einen Blick zu. Er starrte sie an. Sie aber wandte den Blick ab und wischte sich den Schweiß von der Stirn.

Jim lief ihr nach. »Warte mal!« Sie gingen wortlos unter den kahlen Bäumen die Webster Avenue entlang Richtung North Main Street. Auf dem Rasen des Alpha Beta Gamma House bauten Studenten gerade einen riesigen Truthahn auf.

Kristina hoffte, Jim würde nicht auffallen, wie schnell sie ging und sie nicht nach der gestrigen Nacht fragen. Er tat es nicht, aber er fragte noch etwas Schlimmeres. »Wollen wir zusammen essen?«

»Jetzt?« fragte Kristina verblüfft. Natürlich hatte sie nicht damit gerechnet, daß sie nach dem Training einfach verschwinden könne, ohne daß es Jim auffiel, doch in den drei Jahren, seit sie zusammen waren, hatte Kristina Jim noch nie von Howard erzählt. Und ausgerechnet jetzt, wo eine neue Phase in ihrem Leben begann, würde sie bestimmt nicht damit anfangen. Sie bogen nach rechts in die North Main Street ab.

»Jim, ich muß unbedingt den Artikel über die Todesstrafe für den *Dartmouth Review* schreiben. Er ist schon längst überfällig.«

Er legte ihr die Hand in den Nacken. »Du hast noch Zeit.«

»So? Gestern hast du was ganz anderes gesagt.«

»Gestern?« Er zog seine Hand zurück. Seine Stimme war gereizt. »Gestern habe ich dich gar nicht gesehen, Kristina.« Sie wurde rot.

»Hast du wohl. Gestern morgen.«

Jim schüttelte den Kopf. »Nein. Weder morgens noch abends.«

Kristina versuchte ein Seufzen zu unterdrücken, doch es gelang ihr nicht ganz. Ihre Lippen waren trocken und spannten. »Ach ja. Gestern abend war ich im Red Leaves.«

»So so. Im Red Leaves«, sagte Jim. »Wieso, gehst du da neuerdings auch samstags abends hin?«

Das Red Leaves war ein Haus für schwangere Teenager, wo Kristina nach ihrem ersten Jahr am College ein Praktikum angefangen hatte.

»Normalerweise nicht, aber du weißt schon ... Evelyn.«

»Ja, ich weiß Bescheid über Evelyn. Was ist mit ihr?«

»Sie ist schwanger.«

»Was du nicht sagst«, antwortete er. »Sonst hätte sie auch wohl kaum was im Red Leaves zu suchen, oder?«

»Und sie hat Depressionen«, fuhr Kristina fort, fast ohne zu unterbrechen. »Sie brauchte mich, also bin ich ... bin ich geblieben.«

»Über Nacht?«

»Klar. War ja nicht das erste Mal.«

»Ja, ja, ja.«

Sein Ton war immer noch skeptisch, aber sein Gesichtsausdruck entspannte sich.

Kristina lachte: »Lieber Himmel, du siehst ja aus, als hättest du gerade das große Los gezogen.« Sie fuhr ihm durchs Haar, ohne ihren Schritt zu verlangsamen.

»Nein«, sagte er erleichtert. »Das hier ist viel besser.«

Kristina zitterte fast vor Aufregung. Gott sei Dank gingen sie, so daß Jim nicht sehen konnte, wie ihr die Knie schlotterten. Sie nahm seine Hand. Sie waren gerade an der Baker Bibliothek vorbeigekommen und fast am Tuck Mall, wo sie alle wohnten. Sie hoffte, Jim würde hier abbiegen und sie nicht in die Main Street begleiten.

»Du frierst ja«, sagte Jim.

»Nein. Wieso?« erwiderte Kristina, zog ihre Hand zurück und wischte sich den Schweiß von der Stirn. »Im Gegenteil. Ich glühe.«

»Aber deine Beine zittern.«

Kristina trug schwarze Stretch-Shorts und einen grünen Sweater.

»Ja, stimmt. Mir ist kalt.«

Jim sah ihr in die Augen: »Hör mal, was ist los mit dir?«

»Nichts«, sagte sie und lächelte ihn an. »Überhaupt nichts.«

Sie spürte, daß er ihr nicht glaubte und wieder mißtrauisch wurde. »Komm, laß uns zusammen zu Mittag essen.«

»Tut mir leid, Jimbo, aber es geht wirklich nicht. Ich muß den Artikel vor Thanksgiving abliefern. Und ich habe noch jede Menge anderes zu tun.«

Jim stöhnte und sagte: »Na schön, dann komm ich mit ins Büro. Hab selbst noch was zu erledigen.« Er war der Herausgeber des *Dartmouth Review*.

»Herrgott!« rief Kristina. Sie war am Ende ihrer Geduld. »Jim, ich bitte dich! Ich brauch ein paar Stunden für mich allein. Ich will in Ruhe meine Gedanken sammeln. Verstehst du das nicht?«

Er blieb stehen. Sie ebenfalls, trat aber auf der Stelle weiter.

»Sehen wir uns dann später?« fragte er.

»Jimbo«, sagte Kristina im Versuch, zärtlich zu sein. Doch sein Spitzname klang wie eine rasche, heisere Mischung aus Frustration und Erregung, als würde sie ihn liebkosen und ausspucken zugleich. Sie räusperte sich. »Klar, Jim. Wir haben um vier eine Verabredung, weißt du nicht mehr? Aber vorher habe ich um zwei Uhr noch Training. Bis später also.«

»Ich frage mich, warum du nicht ganz in die Sporthalle ziehst?« sagte Jim verstockt. »Du bist doch sowieso die ganze Zeit dort.«

»Jimmy, ich kann das Training nicht schwänzen. Das weißt du. Um All-Ivy zu werden, braucht man nicht nur Talent.«

»Meinst du nicht, daß du deine Arbeit vernachlässigst?« Sein Ton klang immer noch sauer.

»Tja, selbst die Pflichtlektüre werde ich dieses Semester wohl nicht mehr schaffen, wenn du das meinst.«

Er nickte und sagte dann, als wäre ihm das gerade erst eingefallen: »Weißt du, gestern abend habe ich überall nach dir gesucht.«

Als sie nicht antwortete, fuhr er fort. »Sogar in der Bibliothek.«

Kristina strich ihm über die Wange. »Tut mir leid. Ich hätte dir sagen sollen, daß ich im Red Leaves bin.«

»Ja, das hättest du wirklich. Ich hab bis ein Uhr wachgelegen und bei dir angerufen.«

»Bis eins? Wow, wenn man sonst immer um elf pennt, ist das ja eine echte Leistung, wie?«

»Sehr witzig«, sagte Jim.

»Ich muß jetzt los«, rief sie. »Bis später.«

Er beugte sich vor und küßte sie. Sie erwiderte seinen Kuß und ging weiter. Ihre Schritte wurden immer schneller, bis sie fast lief. Die Schnürsenkel an ihren zerfetzten Adidas-Schuhen waren aufgegangen. Sie blieb einen Augenblick stehen, um sie wieder zuzubinden, und stellte den Rucksack auf dem Boden ab. Dann rannte sie los. Erst als sie am *Collis Café* vorbeikam, merkte sie es. Sie lief zurück, hob den Rucksack auf und sprintete unter den Dartmouth-grünen Markisen auf der Main Street zu *Peter Christian's*, der Kneipe im Souterrain.

Also los, dachte Kristina, als sie tief Luft holte und das dunkle Restaurant betrat.

»Tut mir leid. Ich bin ein bißchen spät dran«, erklärte sie und ließ sich Howard gegenüber auf die Bank fallen. Howard lächelte höflich.

»Nicht der Rede wert«, sagte er und sah auf seine Uhr. »Nur fünfzehn Minuten.« Er warf zwei Zuckerstücke in ihren Kaffee und gab etwas Milch dazu. Wie üblich fand Kristina es komisch und unpassend, daß er so gut Englisch sprach. Sie beugte sich vor und küßte ihn.

»Warum bist du so naß?« fragte er und wischte sich die Wange trocken.

»Ich komme gerade vom Basketballspielen.« Sie lächelte und fuhr sich mit einer Serviette über das Gesicht. Howard sah sie nur an.

Kristina nahm einen Schluck Kaffee und zog eine Grimasse. »Der ist ja kalt«, sagte sie und stellte die Tasse wieder auf den Tisch, damit Howard nicht sah, wie ihre Hände zitterten.

»Du hörst dich an, als wäre *dir* kalt«, sagte er.

»Okay, Howard«, lachte Kristina. »Soll das ein Witz sein?«

»Das dürfte dich nicht wundern. Ich hab doch schon immer einen Sinn für Humor gehabt, oder?« sagte er ernst.

»Weiß ich, Howard«, antwortete Kristina und tätschelte seinen Arm. »Das weiß ich.«

»Du hast dich tatsächlich erkältet, nicht wahr?«

»Ja, hab ich.« Das stimmte nicht, aber sie wußte, daß Howard gerne den Fürsorglichen spielte.

»Wo hast du deinen Mantel gelassen? Wieso trägst du Shorts?«

»Den Mantel hab ich vergessen«, sagte sie und zuckte gleichgültig die Achseln.

»Du sträubst dich immer noch dagegen, was?«

»Was meinst du?«

»Dich im Winter vernünftig anzuziehen.«

»Es stärkt die Widerstandskräfte.«

»Bis du eine Lungenentzündung oder sonstwas bekommst.«

»Ich hab noch nie was gehabt«, entgegnete Kristina. Er nörgelte an ihr herum, spielte die Vaterrolle, aber es störte sie nicht. »Ich strotze wie immer vor Gesundheit.«

Sie warteten, bis sie etwas bestellt hatten, ehe sie sich ernsteren Themen zuwandten. Kristina hätte am liebsten den Salat mit dem köstlichen scharfen Senfdressing bestellt, doch dann überlegte sie es sich anders. Es war ihre erste Mahlzeit am Tag – abgesehen von den paar Salzstangen –, und Senf und Essig auf leeren Magen waren nicht unbedingt empfehlenswert. Also nahm sie den Karottenkuchen.

Sie versuchte, ihre Nervosität in den Griff zu bekommen, aber sie war zu aufgedreht. Letzte Nacht hatte sie kaum geschlafen. Um sieben war sie bereits aufgestanden. Es war ein wunderschöner Morgen gewesen, die kahlen Vermont-Hügel hatten im frühen Sonnenlicht geleuchtet. Doch jetzt war sie nur noch nervös, wenn sie an den gekränkten Jim und an Howard dachte, den zuverlässigen, höflichen Howard, dessen sanfte, ernste Augen sie hinter dem schwarzen Brillengestell beobachteten.

»Wie ist es dir ergangen?« fragte sie und versuchte, sich zu beruhigen.

»Gut. Ich habe viel zu tun.«

»Viel zu tun zu haben ist immer gut«, antwortete sie. Er sagte nichts. »Oder? Du bist bestimmt ... zufrieden ... daß du, na ja, du weißt schon, viel zu tun hast.« Sie fing an zu stammeln. Lieber Himmel! »Hast du viele spannende Fälle?«

Er musterte sie. »Ja, du weißt ja, Körperschaftsrecht kann sehr spannend sein. Also, sehen wir uns die Unterlagen an, Kristina.«

Kristina nahm nervös den Umschlag aus ihrem Rucksack und

reichte ihn Howard. »Scheint alles in Ordnung zu sein«, sagte sie.

Howard hielt inne, bevor er ihn öffnete. »Meinst du wirklich, daß alles in Ordnung ist? Da wäre ich mir nicht so sicher.«

Kristina beschloß, ihn absichtlich mißzuverstehen. »Ja, wirklich, alles ist bestens geregelt.«

Howard warf einen Blick auf die Dokumente und legte sie zur Seite. »Wir sind nie dazu gekommen, ernsthaft darüber zu sprechen. Ist irgendwas passiert?«

Es war tatsächlich etwas passiert. Kristinas Großmutter war gestorben, aber das wußte Howard nicht, und er würde es auch nicht erfahren.

»Nein, ich bin nur der Meinung, daß es so besser ist. Nichts weiter«, antwortete Kristina und stocherte mit der Gabel im Essen. Sie probierte die Rahmglasur auf dem Karottenkuchen. Sie schmeckte gut, aber ihr war der Appetit vergangen.

»Ist es wirklich besser so?«

»Ja, sicher.«

»Aber wieso? Warum willst du dich von heute auf morgen scheiden lassen?«

Er trug einen Anzug. Er sah so gut aus und war ihr so vertraut, daß sie plötzlich traurig wurde. Ob das hieß, daß sie ihn nie wiedersehen würde? Sie hatte sich so sehr an ihn gewöhnt.

Kristina zuckte die Achseln und legte die Gabel weg. Der Kaffee war kalt, der Kuchen zu käsig und ihr Magen leer. »Nicht von heute auf morgen. Ich habe schon länger mit dem Gedanken gespielt.«

»Warum?«

»Weil ich morgen einundzwanzig werde, Howard, und weil ich mein eigenes Leben leben will. Ich meine, was, wenn ich noch mal heiraten will?« Sie hielt inne. »Oder du?«

»Gibt es denn jemanden, den du heiraten willst, Kristina?«

»Noch nicht. Aber wer weiß?« Sie lächelte. »Der Richtige könnte jeden Augenblick auftauchen.«

»Ich glaubte immer, Jim wäre dein Auserwählter.«

Kristina hustete. »Das meinte ich. Jim.« Sie war froh, daß sie darüber redeten. Ihre Hände zitterten nicht mehr, und ihr war auch nicht mehr so heiß.

Howard beugte sich vor und senkte seine ohnehin leise und ruhige Stimme: »War das deine Idee?«

Kristina lehnte sich zurück. Sie saßen in einer dunklen Ecke hinter der Treppe.

»Ich weiß einfach nicht, was du meinst, Howard.«

»Ich habe gefragt, ob das deine Idee war.«

»Ich habe deine Frage verstanden, ich weiß nur nicht, worauf du hinauswillst.«

»Auf diese Frage gibt es nur ein Ja oder Nein, Kristina.«

»Für dich gibt es immer nur Ja oder Nein«, erwiderte sie gereizt.

»Aber so ist es doch in den meisten Fällen, Kristina«, sagte er leichthin. »Also, versuchen wir es noch mal. War es deine Idee?«

Sie fühlte sich in die Enge getrieben. »Was heißt das, meine Idee?«

»Bist du von allein drauf gekommen, oder hat dich jemand überredet, die Scheidung einzureichen?«

Unfähig zu antworten, sagte Kristina: »Wer sollte denn ...?« und verstummte dann. Howard sah ihr in die Augen, und da sie *ganz genau* wußte, was er meinte, hielt sie es für zwecklos, sich weiter zu verstellen. Also log sie. »Ja, Howard. Es war meine Idee.«

Howard starrte sie scheinbar ungerührt an, doch an seinen ernsten braunen Augen sah sie, daß er verletzt war.

»Iß deinen Kuchen auf«, sagte er schließlich sanft.

»Zum Teufel mit dem Kuchen«, sagte sie böse.

»Und mit mir auch?«

Kristina seufzte tief. »Ach Howard. Ich weiß, wie du dich fühlst. Aber glaub mir, alles wird gut.«

»Es fällt mir schwer, das zu glauben, Kristina.«

»Warum?«

»Weil dein Vater mich gebeten hat, für dich zu sorgen?«

»Er hat dich nicht darum gebeten, er hat es dir befohlen.«

»Das stimmt nicht. Es war ein Deal.«

»Ja gut. Aber du hast deine Pflicht getan. Erstens werde ich morgen einundzwanzig, und zweitens ist mein Vater tot. Es wird Zeit, Howard.«

»Aber eine Abmachung ist eine Abmachung, und damals war weder von Volljährigkeit noch vom Tod die Rede.«

»Mann, Howard«, stöhnte Kristina und setzte dann ruhig hinzu. »Gib es auf.«

»Kann ich nicht.«

»Bitte mach dir meinetwegen keine Sorgen. Alles wird gut. Ich verspreche es dir.« Das hätte Kristina selbst gern geglaubt.

Er wandte den Blick ab und sagte dann: »Auf einmal!«

»Nicht auf einmal«, entgegnete Kristina. »Nach fünf Jahren! Komm schon, es ist besser so. Ich war für dich doch nur ein Mittel zum Zweck.«

Kristina sah die Kränkung in seinem Gesicht. Ihre Worte mußten ihn getroffen haben. »Tut mir leid«, sagte sie hastig. »Du weißt, was ich meine. Du bist ein guter Mensch, du hast was Besseres verdient.« Sie hoffte, die richtigen Worte zu finden, aber sie war sich nicht sicher. Sie spielte mit ihrer Serviette und klopfte mit der schmutzigen Gabel auf den Holztisch. »Sieh mal, du hast dir beide Beine ausgerissen, um deinen Teil der Abmachung einzuhalten. Und deine Bedenken hättest du mir eigentlich auch schon im September mitteilen können, als ich dir gesagt habe, daß ich mich scheiden lassen will.«

Howard seufzte. »Du bist zu mir gekommen, weil du tausend Dollar brauchtest. Ich fand, ich hätte ein Recht darauf zu wissen, wofür du sie brauchst. Hätte ich dich nicht gefragt, hättest du mir wahrscheinlich nichts gesagt. Und wenn du genug Geld gehabt hättest – hättest du es mir dann selbst erzählt oder hätte ich es von deinem Anwalt erfahren?«

»Ich hab keinen *Anwalt*, Howard. Ich hab für tausend Dollar einen Halsabschneider angeheuert, der nicht mal wußte, was für Gerichtskosten anfallen. Zuerst waren es hundert Dollar, dann dreihundert. Ich meine, deshalb habe ich dich ja gebeten, mir zu helfen.«

»Im Moment kann ich nichts tun«, antwortete Howard und schob den Umschlag beiseite. Er räusperte sich. »Mir ist es sehr wichtig, daß es dir gut geht. Daß du nichts zu befürchten hast.«

»Howard, es geht mir gut, und zu befürchten habe ich auch nichts.« Kristina lächelte und fügte hinzu: »Schlecht geht es mir nur auf dem Spielfeld, wenn der Gegner mich foult.«

»Und wie oft kommt das vor?«

»Die ganze Zeit.«

»Spielst du immer noch so gerne?«

»Soll das ein Witz sein? Es ist das, was mich am Leben hält. Letzte Woche im Spiel gegen Cornell habe ich einen Rekord aufgestellt.« Kristina grinste stolz.

»Es ist mir immer noch ein Rätsel, wie du zum Basketball gekommen bist.«

Kristina antwortete mit einem Achselzucken. »So ist das Leben. Eine göttliche Vorsehung. In der Schule, in die du mich geschickt hast, war Basketball der einzige vernünftige Sport, den man betreiben konnte.«

»Oje, nicht schon wieder Philosophie«, sagte Howard und kratzte sich am Kopf, als Kristina begann, ihm mit vollem Mund eine Geschichte über den Philosophen Bertrand Russell zu erzählen. Als er sich als kleiner Junge für Philosophie interessierte, hatten seine Eltern sich so gnadenlos über ihn lustig gemacht, daß er sie irgendwann haßte.

»Und jetzt haßt du mich auch?« fragte Howard und lächelte fast, während er weiter den Blick auf sie gerichtet hielt.

»Nein, so ist es nicht, Howard«, sagte sie und erwiderte sein Lächeln.

Beide schwiegen.

»Hast du überhaupt noch Zeit zum Studieren?«

»Ja, Zeit ist das einzige, was ich habe«, antwortete Kristina. Im Gegensatz zu Jim, der wie sie zwei Hauptfächer belegt hatte, weil er Karriere machen und viel Geld verdienen wollte, hatte sie es aus purer Langeweile getan. Sie wollte ihren unsteten Geist mit den bedeutenden Gedanken anderer Menschen füllen, um ihre eigenen Stück für Stück loszuwerden, ein für allemal, so daß sie keine Minute am Tag Zeit hatte, nachzudenken oder untätig herumzusitzen, um sich mit dem Werk des Teufels zu beschäftigen.

»Wie geht's Jim?«

»Gut. Er ist dieses Jahr Herausgeber des *Dartmouth Review.*«

»Aha.« Howard lächelte leicht. »Gibt er dir gute Noten?«

»Nein«, erwiderte sie halb schmollend. »Von mir verlangt er mehr als von den anderen. Er sagt, die Arbeit wachse ihm über den Kopf. Er kann's kaum abwarten, endlich Examen zu machen.«

»Was will er denn danach machen?«

»Jura studieren.« Sie versuchte, den Stolz in ihrer Stimme zu unterdrücken, schaffte es aber nicht ganz. »Er will an den Obersten Gerichtshof.«

Howard schien völlig unbeeindruckt. »Wie schön. Und was ist mit dir?«

»Mit mir? Ich mach erst mal meinen Magister.« Weiter hatte Kristina bisher nicht gedacht. »Was soll ich sonst machen?«

Howard lächelte. »Keine Ahnung. Dir einen Job suchen?«

»Ich bitte dich, Howard. Ich studiere Geisteswissenschaften. Wozu, meinst du, sind wir qualifiziert? O ja, wir haben jede Menge Bücher gelesen und können mit einem Mac umgehen, aber das ist auch schon alles.«

»Aber irgendwann wirst du dich nach einem Job umsehen müssen.«

Sie schnaubte verächtlich. »Na, hör mal. Wozu? Und wo bitte? Mit meinen Fächern?«

»Ich weiß nicht. Was machen denn andere Studenten, die Philosophie und Religion studieren?«

Howard grinste. Kristina lächelte zurück. Sie würde ihn vermissen.

Sie spürte, daß er sie etwas fragen wollte. Seine Lippen zogen sich zusammen; er wirkte konzentriert, wie immer, wenn er vor einer schwierigen Frage stand. Und schwierige Fragen gab es zuhauf. Normalerweise machte Howard einen großen Bogen um sie, aber heute kämpfte er mit sich. Doch am Ende siegte das Taktgefühl, so wie immer. Kristina hätte Howard gern ein einziges Mal überrascht und seine unausgesprochene Frage beantwortet. Aber heute hatte es keinen Zweck. Ihre Großmutter war tot, Howard und sie waren nun offiziell geschieden. Und morgen wurde sie volljährig.

»Wie geht es … wie heißt er noch … Albert?«

»Gut«, antwortete sie schnell. »Allen geht es gut.«

»Was hat er denn vor, wenn er mit dem Studium fertig ist?«

»Keine Ahnung.« Kristina zuckte scheinbar gleichgültig die Achseln. »Ich glaube, er will Sportreporter werden.«

»Sportreporter?«

»Ja, zu dumm, daß er nicht schreiben kann.«

»Verstehe.«

»Oder Fischer«, schüttelte sie den Kopf.

»Versteht er denn was vom Fischen?« fragte Howard langsam.

»Glaub schon«, antwortete Kristina und versuchte, fröhlich zu klingen.

»Er hat an einer Elite-Uni studiert, um Fischer zu werden?«

»Er wird bestimmt ein sehr guter Fischer«, beendete Kristina die Diskussion.

Howard sagte nichts. Nach einer Weile fragte er: »Wirst du Jim heiraten?«

»Ich weiß nicht, ob er *mich* heiraten will«, sagte sie kläglich.

»Klar will er.«

Kristina schüttelte den Kopf. »Ich weiß nicht.«

Howard beobachtete sie.

»Du machst dir zu viele Sorgen.«

»Nur um dich«, antwortete er.

»Sieh mich an. Mir geht es blendend«, sagte sie munter.

»Klar«, antwortete er, nicht gerade überzeugt, und stand auf. »Komm, laß uns gehen.«

»Ich kann den Tag nicht mit dir verbringen«, sagte sie entschuldigend.

»Ich weiß«, sagte er. »Ich will ohnehin heute abend wieder zu Hause sein. Ich habe mir nicht mal ein Zimmer im Inn genommen. Für morgen ist ein Schneesturm angesagt.«

»Öfter mal was Neues!«

Er zog seinen Mantel an und sagte: »Was hast du vor?«

»Wegen des Schneesturms? Nichts.«

»Ich meine, über die Feiertage.«

»Ich weiß, was du meinst«, sagte Kristina und lächelte. »Vielleicht fahr ich mit Jim nach Delaware.« Das war nicht ganz wahr. Jim wußte noch nichts davon, und sie mußte in Hanover bleiben – am Samstag erwarteten die Big Green die Mannschaft der Upenn zu Hause. Aber wer zum Teufel würde Thanksgiving schon in Dartmouth verbringen wollen? Sie wollte Howard gegenüber bloß nicht den Eindruck vermitteln, sie hätte nichts vor.

»Ich glaubte, du wolltest nie wieder zu Jims Familie?«

Er vergißt aber auch gar nichts, dachte sie.

»Na ja. Ich glaube, seine Familie mag mich nicht. Das ist alles.«

»Mag dich nicht?«

»Nein.«

»Wieso?«

»Ich glaube, sie haben was gegen mein Haar«, erklärte sie. »Das letzte Mal, als ich da war ... man merkte, sie konnten an nichts anderes denken ... sie konnten sich kaum beherrschen, mich zu fragen, warum, ja warum ein nettes Mädchen wie ich Thanksgiving nicht bei ihrer eigenen Familie verbringt.«

Kristina hatte Jim gebeten, ihnen vorher schonend beizubringen, daß sie aus einer glorreich zerrütteten Familie stammte. Trotzdem hatte die wohlerzogene Mrs. Shaw darauf gebrannt, sie zu fragen oder einen Kommentar dazu abzugeben. Ihre unausgesprochenen Fragen hingen so lange im Raum, bis sie alt und verbraucht waren. Anschließend war Kristina nie wieder mit Jim zu seiner Familie gefahren.

»Du solltest trotzdem mit ihm fahren. Er wäre bestimmt froh.«

»O ja, das glaube ich auch«, gab sie zurück und wollte ihm erklären, wie schwer es für sie war, Thanksgiving mit Jim und seinen weitgereisten, vornehmen Eltern zu verbringen, die sie mit ihrer Fürsorge und Zuneigung erstickten.

Kristina hatte überlegt, ob sie mit Conni und Albert nach Cold Spring Harbor fahren sollte. Aber seit fast einem Jahr kamen sie und Conni nicht mehr so gut zurecht. Es herrschte eine Spannung, die mindestens ebenso unangenehm war wie die lästigen Fragen, die Jims Eltern mit sich herumschleppten.

Als Conni und sie im ersten Jahr auf dem College zusammen in einem Zweizimmer-Apartment mit Küche und Bad wohnten, hatten sie jede Nacht bis in die frühen Morgenstunden Poker und Blackjack gespielt. Zum Schlafen kamen sie so gut wie gar nicht, so viel hatten sie sich zu erzählen. Sie belegten mehrere Grundkurse zusammen, aßen im *Thayer* oder im *Café Collis* und gingen gemeinsam ins *Hop*, um sich die neuesten Filme anzusehen. Sie paukten zusammen in der Bibliothek, und Weihnachten fuhr Kristina mit Conni nach Cold Spring Harbor, wo sie fast drei unbeschwerte Wochen verbrachte. Constance Sarah Tobias hatte eine nette Familie. Über Connis älteren Bruder, Douglas, konnte man sich totlachen, und ihre Eltern waren so distanziert, daß sie einem nicht auf den Wecker gingen.

Nach dem Problem zwischen Jim und Albert hatte es eine Krise in ihrer Freundschaft gegeben, aber jetzt schien wieder alles beim alten. Zumindest dachte Kristina das. Beim alten hieß, ständig lernen und Referate schreiben, Vorlesungen besuchen und sich in den Bibliotheken von Sanborn, Baker oder Feldberg herumtreiben. Beim alten hieß, Überbackenes bei *Thayer* und Club Sandwiches im *Collis* und samstags abends ins *Hopkins Center* in einen Film oder zu einer der vielen Studentenfeten, sonntags morgens verkatert und dann ein Spielchen, zwei gegen zwei. Kristina glaubte, daß alles wieder in Ordnung sei, aber sie hatte Constance falsch eingeschätzt.

Sie versuchte den Vorfall vom letzten Winter auf der Brücke zu vergessen, und hatte Conni längst verziehen, daß sie damals so durchgedreht war.

Kristina vermutete, daß es angefangen hatte, sich zwischen den früher so unzertrennlichen Freunden zu ändern, als sie und Albert im Rahmen eines Austauschprogramms für ein Semester nach Edinburgh gegangen waren. Aber was macht man mit alten Freundschaften? Was macht man mit seinen Kommilitonen? Auch nach Edinburgh studierten sie weiter zusammen, aßen zu viert und gingen gemeinsam auf Partys. Wir sind wie eine Familie, dachte Kristina, und dabei lief ihr ein kalter Schauer über den Rücken. Egal was passiert, wir halten zusammen.

Howard bezahlte die Rechnung, und beide traten hinaus. Statt seinen grauen Wollmantel anzuziehen, legte er ihn Kristina um. Sie kuschelte sich hinein und wünschte sich, sie müßte ihn nicht mehr zurückgeben. Er war warm und roch nach Howard, nach seinem strengen Parfüm. War es Yves Saint Laurent?

»Ich möchte dir was sagen, Kristina.«

»Ja?«

Sie standen am Eingang von *Peter Christian's* auf der Treppe. Kristina schwirrte der Kopf.

»Es ist kein Geld mehr da, Kristina.«

Sie entspannte sich. »Ich weiß.«

»Du weißt es? Und was willst du tun?«

Kristina hatte viele Pläne. Aber die galten erst ab morgen. Im Moment war sie pleite und hätte sich gern von Howard ein paar Dollar geliehen, um Albert ein Geburtstagsgeschenk zu kaufen. Nun traute sie sich nicht mehr.

»Ich komm schon zurecht. Mach dir deshalb keine Sorgen.«

»Hör mal«, sagte Howard. »Wenn du knapp bei Kasse bist, ich hab ...«

»Howard!« Kristina drückte seinen Arm. »Bitte. Ich brauche nichts. Wirklich.«

»Arbeitest du noch im Red Leaves?«

»Ja. Ich komme gut hin mit dem Geld.«

Sie gingen die paar Schritte zum *Co-op*. Howard kaufte sich ein T-Shirt, auf dem stand: »Zehn Gründe, warum ich stolz darauf bin, daß meine Tochter in Dartmouth studiert.« Der zehnte Grund lautete: »Weil ihre Noten zu gut für Harvard waren.«

Er sagte, das gefiele ihm am besten.

»Aber Howard«, wandte Kristina ein. »Ich bin doch nicht deine Tochter.«

»Macht nichts. Es ist ja nur zum Spaß. Außerdem wünsche ich es mir manchmal, weißt du?«

Sie sah ihn überrascht an. »Warum?«

»Dann könnte ich mich ständig um dich kümmern und bräuchte dir nicht zu sagen, daß es kein Geld mehr gibt«, antwortete er bitter und traurig.

»Howard, bitte«, sagte Kristina ruhig. »Bitte.«

»Soll ich dich noch bis zu deinem Zimmer bringen?«

Kristina lächelte und sagte: »Danke, nein.«

Statt dessen brachte sie ihn zu seinem Mietwagen, einem Pontiac.

»Was macht dein Wagen?« fragte Howard.

»Ach, die alte Kiste! Du weißt ja, ich hasse sie. Die Heizung neben dem Beifahrersitz hat ein Leck. Das Frostschutzmittel läuft aus. Es stinkt entsetzlich. Das ganze Auto stinkt nach Frostschutzmittel. Außerdem macht die Karre einen Riesenlärm. Ich glaube, daß der Auspuff hinüber ist.«

»Und wenn schon, du sitzt ja nicht auf dem Beifahrersitz.«

Kristina wollte ihm erzählen, daß sie manchmal doch auf dem Beifahrersitz saß. Wenn sie durch die Berge oder Wälder fuhren und wenn die Sonne schien. Auf der Fahrt nach Fahrenbrae zum Beispiel, dem kleinen Ferienort in den Bergen von Vermont.

»Brauchst du Geld für die Reparatur?«

Es war schwer zu begreifen, daß sie trotz des vielen Geldes, das er ihr gab, ständig pleite war. Unvorstellbar, daß ein zwanzigjähriges Mädchen, das zwanzigtausend Dollar im Jahr bekam, ständig pleite sein konnte – was für ein Hohn, wenn man bedachte, wieviel echte Armut es auf der Welt gab! Trotzdem, nach Studiengebühren, Miete, Büchern und Benzin für ihre alte Kiste blieben höchstens fünfhundert Dollar übrig. So hatte es ihr Vater gewollt. Kein Geld für Extras. Und fünfhundert Dollar auf zehn Monate an der Uni verteilt war nicht viel. Nicht mal zwei Dollar am Tag. Gerade genug für einen Schokoriegel und eine Zeitung. Wenn sie sparsam war und sich keinen Riegel genehmigte, konnte sie alle paar Wochen ins Kino. Und wenn sie noch sparsamer war, konnte sie sich sogar eine kleine Tüte Popcorn leisten.

Kristina strich ihm sanft über die Wange und drückte ihn dann fest an sich. »Ich brauche wirklich kein Geld«, flüsterte sie.

»Du weißt ja, daß ich noch was auf der hohen Kante habe.« Er sah sie nicht an, als er das sagte, und Kristina antwortete offen: »Davon bin ich überzeugt, Howard. Du hast schon immer gut auf dich aufgepaßt. Ich weiß, daß ich mir deinetwegen keine Sorgen machen muß.«

Er schob sie von sich weg. »Soll ich dich fahren? Du siehst halb erfroren aus.«

Sie schüttelte den Kopf. »Nein danke. Ich muß zum Training. Und danach will ich mit Jim Aristoteles pauken. Wir haben morgen eine Ethikklausur. Und außerdem muß ich vor Thanksgiving noch einen Artikel über die Todesstrafe für den *Dartmouth Review* schreiben. Der übliche Trott, wie du siehst.«

»Todesstrafe? Gibt es denn die Todesstrafe in New Hampshire?«

»Klar!« antwortete sie. »Zwar nur, wenn man bei einem Banküberfall einen Polizisten abknallt, anschließend mit der Beute Crack kauft und Minderjährige süchtig macht, aber es gibt sie.«

»Und wie viele Menschen werden jedes Jahr umgebracht?«

»Von Kriminellen?«

Howard lachte. »Nein, vom Staat.«

Sie dachte einen Augenblick nach und tat so, als würde sie zählen. »Insgesamt, einschließlich derjenigen vom letzten Jahr und der davor, mal sehen ... eins, drei, siebenundzwanzig ... keiner.«

Er lachte laut. »Und was vertrittst du heute für eine Meinung? Soweit ich mich erinnern kann, warst du immer dagegen.«

»Das war damals in dieser Schule, in die du mich gesteckt hast, auf der ich keine eigene Meinung haben durfte.

«Sie lachte. »Ich bin mir nicht sicher. Ich habe noch keine Zeile geschrieben. Meistens bilde ich mir eine Meinung, wenn ich den Artikel halb fertig habe, und dann versuche ich in der zweiten Hälfte, meinen neuen Standpunkt zu verteidigen.«

»Du glaubst doch wohl nicht, daß Mörder die Todesstrafe verdienen, oder?«

»Ich weiß nicht«, antwortete sie unsicher. »Vielleicht lese ich im Moment zu viel Nietzsche. Er bringt meinen gesunden Menschenverstand ganz schön durcheinander.«

»Deinen gesunden Menschenverstand?«

Kristina stieß ihm den Ellbogen in die Rippen. »Wenn sie die Todesstrafe nicht verdienen, was dann? Irgendwas verdienen sie doch wohl, oder? Was macht man in Hongkong?«

»Man richtet sie hin.«

Kristina war gespalten, was die Todesstrafe anging. Es hatte etwas mit Gott zu tun. Irgendwo abseits von all ihren Seminaren über asiatische Religionen und moderne Ethik gab es einen Gott, und jenseits all der schönen Worte gab es auch eine Moral. Aber im Augenblick wußte sie nicht so recht, was Gott ihr sagte. Sie verbrachte den größten Teil ihres Lebens damit, ihn aus ihrem Dasein zu streichen. Was hatte Mahatma Gandhi noch gesagt? Eines der sieben größten Übel sei »Lust ohne

Bewußtsein«. Sie hatte auch Gandhi ignoriert, obwohl sein Spruch als ständige Erinnerung auf der Pinnwand neben ihrem Schreibtisch hing. Was hätte Gandhi zur Todesstrafe gesagt? Im allgemeinen? Und zu seinem eigenen Mörder im besonderen? Gandhi hätte ihm verziehen, da war Kristina ganz sicher. So wie Papst Johannes Paul seinem bulgarischen Attentäter hätte auch Gandhi seinem Mörder verziehen. Andererseits hielt Gandhi eine »Politik ohne Prinzipien« auch für eines der sieben großen Übel. Gandhi selbst war ein einziges Prinzipienbündel.

»Ob John Lennon Mark David Chapman verziehen hätte?« fragte Howard.

Kristina lächelte. »Du hast immer noch ein Faible für Popkultur, was? Ich glaube nicht, daß er ihm verziehen hätte. Er hatte noch so viel vor sich.«

»Ist das deine Definition von Verzeihen? Meinst du wirklich, daß es leichter ist, einem Mörder zu vergeben, wenn das Leben des Opfers sinnlos war?«

»So ungefähr«, erklärte Kristina. Das Leben des Papstes war nicht sinnlos, nein, ganz und gar nicht. Aber er hatte auch keinen fünfjährigen Sean Lennon gehabt.

Howard blieb stehen und verlagerte das Gewicht von einem Bein auf das andere.

»Du frierst«, sagte Kristina und zog seinen Mantel aus. »Hier nimm.«

Er nahm den Mantel, zog ihn aber nicht an. Beide standen da und zitterten vor Kälte.

»Du weißt, daß du Thanksgiving gerne nach New York kommen kannst. Wir könnten uns David und Shaun Cassidy in *Blood Brothers* ansehen.«

Schließlich hatte er sie doch gefragt. Erst in letzter Sekunde, aber immerhin. Kristina fühlte sich unwohl in ihrer Haut. Sie zupfte ihm am Ärmel.

»Mach dir keine Sorgen, Howard. Es ist nur ein dämlicher Feiertag«, antwortete sie.

»Ich weiß, aber ich möchte nicht, daß du die Feiertage allein und traurig verbringst.«

»Ich werde nicht allein sein. Und traurig auch nicht. Ich versprech's dir.«

Kristina wollte, daß er sie noch mal umarmte, aber er tat es nicht. Er machte nie den ersten Schritt. Er war manchmal so höflich, daß sie den Verdacht hatte, hinter seinem sanften Respekt verberge sich so etwas wie Abneigung. Fast, als sei es nach Howards Auffassung eine Sünde, Kristina Kim zu berühren.

»Werde ich dich wiedersehen?« fragte er.

»Das hoffe ich, Howard. Wirklich.« Wieder spürte sie seine Zurückhaltung.

»Na schön. Ich wünsch dir einen schönen Geburtstag.«

Kristina ballte die Hand zur Faust. Ihre langen Finger fühlten sich so besser an, wärmer. »Ja«, antwortete sie. »Endlich erwachsen!«

»Das bist du, seit ich dich kenne«, sagte Howard.

»Ja, aber vor dir war ich ein Kind«, entgegnete Kristina.

»Das muß lange her sein«, erklärte er traurig.

Als sie das hörte, wurde ihr schwer ums Herz. »Nicht so lange her, Howard.« Ihre Nase lief, und sie atmete durch den Mund.

Howard sagte einen Augenblick lang nichts, dann schloß er sie in die Arme. »Wiedersehen, Kristina.«

Die Worte blieben ihr im Halse stecken. »Wiedersehen, Howard«, sagte sie schließlich und strich ihm über den Mantel. Sie wollte nicht, daß er ihre Tränen sah.

Als er in den Wagen stieg, wandte sie den Blick ab.

Nachdem er fort war, blieb sie reglos auf dem Bürgersteig stehen und blinzelte in die Sonne. Ich vermisse ihn jetzt schon, dachte sie. Ich muß ihn zu Weihnachten unbedingt anrufen.

Sie war mit dem Verlauf des Mittagessens zufrieden, aber am meisten erleichterte sie, daß sie das Ganze hinter sich hatte.

Kristina warf einen Blick auf das Nugget Theater hinter ihr. Es lief *The Age of Innocence.* Sie überlegte, ob sie reingehen sollte, studierte sogar die Zeiten, aber der Film hatte bereits angefangen und war sehr lang. Die nächste Vorstellung war um fünf, und da würde bereits Jim Shaw mit der Nikomachischen Ethik unter dem Arm auf sie warten. Und danach stand Alberts Haselnußkuchen auf dem Programm. Hatte Frankie nicht außerdem gesagt, der Film sei stinklangweilig und das einzig Glanzvolle daran das Silberbesteck?

Trotzdem wollte sie ihn sich ansehen. Daniel Day-Lewis erinnerte sie irgendwie an Edinburgh, wo Kristina *My Left Foot* gesehen hatte.

Langsam ging sie zum Büro des *Dartmouth Review*. Im Schaufenster einer Edelboutique fielen ihr ein paar schwarze Stiefel auf. Schön. Die Todesstrafe konnte warten.

Sie betrat den Laden. Sofort kam eine elegante Verkäuferin auf sie zu und fragte, ob sie ihr helfen könne.

»Ich wollte mir die Stiefel da ansehen.«

»O ja. Die sind besonders schön«, pflichtete ihr die Verkäuferin bei. »Sie kommen aus Kanada.«

»Aha, Kanada«, sagte Kristina und lächelte. Dann müssen sie ja schön sein. Sie sah sich die Stiefel an und fragte nach Größe neuneinhalb. Die Verkäuferin hatte diese Größe nicht auf Lager und brachte sie in zehn. Sie waren ihr etwas zu groß, aber wunderschön mit Schnürsenkeln aus Leder.

»Und sie sind wasserdicht«, fügte die Verkäuferin hinzu.

»Wasserdicht? Und obendrein aus Kanada?« lachte Kristina. Was will man mehr von Stiefeln? »Was kosten sie?«

»Einhundertacht Dollar.«

Sie hatte keine einhundertacht Dollar. Höchstens drei in bar.

Sie bezahlte mit ihrer American-Express-Karte. Nun blieben ihr sechs Wochen Zeit, um einhundertacht Dollar aufzutreiben. Kein Problem, dachte sie und lächelte.

»Kristina Kim«, sagte die Verkäuferin, als sie die Karte in die Maschine steckte. »Was für ein ungewöhnlicher Name.«

Kristina unterschrieb den Kassenzettel. »Meinen Sie?«

»Er hat einen schönen Klang«, erklärte die Verkäuferin und gab ihr die Karte zurück. »Irgendwie asiatisch.«

Kristina sah der Frau in die Augen. »Sehe ich asiatisch aus?«

»Nein, natürlich nicht. Es ist nur ...«

»Wiedersehen«, fiel ihr Kristina ins Wort und verließ den Laden. Mein Gott.

Die neuen Stiefel gefielen ihr so sehr, daß sie sie sofort anziehen wollte. Hatte Howard nicht behauptet, daß ein Schneesturm bevorstand? Dieses Jahr war sie noch nicht über die Mauer gegangen. Vielleicht jetzt, wenn der Schneesturm kam. Vielleicht in den neuen schwarzen Stiefeln.

Sie setzte sich auf die unteren Stufen der Handelskammer, wo der *Dartmouth Review* seine Büroräume hatte, und schnürte die Adidas auf.

Spencer Patrick O'Malley hatte soeben sein allwöchentliches Mittagessen in *Molly's Balloon* beendet, wo er seit fünf Jahren jeden Sonntag dasselbe Menü bestellte. Spencer war ein richtiges Gewohnheitstier. Er legte seinen Parka neben sich auf einen Stuhl, und als die Kellnerin kam, lächelte sie provozierend.

»Hallo, Tracy.«

»Hi, Kelly«, sagte er und dachte, daß er sie viel netter fände, wenn sie ihn Spencer nennen würde.

»Das Übliche?«

»Ja, das Übliche ist heute genau das Richtige.«

Die Kellnerin brachte ihm einen Margarita on the Rocks mit viel Salz am Glasrand, dann *Molly's Skins* – exzellente Chips –, Guacamole und ein Burrito Beef. Als Nachspeise nahm er Zitronentorte.

Als er aus dem Lokal trat, stieß er mit einem kleinen Mädchen zusammen, das plötzlich anfing zu heulen. Er brauchte eine Weile, bis er merkte, daß sie sich zwei Finger in der Tür eingeklemmt hatte. Er tröstete sie, legte den Arm um sie und brachte sie zurück ins Lokal. Das Mädchen heulte immer noch. Die Kellnerin brachte ihr Eis für die Finger, und dann kam auch ihre Mutter wieder, die auf der Toilette gewesen war. Alle bedankten sich bei ihm. Spencer verließ das Lokal und dachte, es ist gar nicht so einfach mit Kindern. Von einem Augenblick auf den anderen verwandelt sich das süßeste kleine Mädchen in ein Monster, und die Welt steht Kopf.

Die Hände in den Parkataschen schlenderte Spencer die Main Street hinunter und überlegte, ob er die eine Meile bis zum Occom Pond laufen sollte oder nicht. Es war zwar kalt und windig, aber er war entsprechend angezogen. Der mit Schafwolle gefütterte, von oben bis unten zugeknöpfte Parka, die Mütze und die Handschuhe hielten ihn warm. Trotzdem tat ihm das Gesicht weh, daran konnten auch der dicke Pullover und die lange Unterwäsche nichts ändern.

In den bitterkalten Wintern von New Hampshire fragte sich Spencer gelegentlich, warum er nicht weiter in den Süden gefahren war, als er seine Heimatstadt auf Long Island auf der Suche nach einem Job verließ. Damals war es ihm egal gewesen, wohin er ging. Warum also hatte er gerade in diesem verschlafenen Nest angehalten, mit den weißen Häusern, den schwarzen Fensterläden und den unerträglich kalten Wintern?

Er fuhr sich übers Kinn und fragte sich, wie lange es bei diesem Wetter wohl dauern würde, bis der Frost ihm die Haut verbrannte. Heute hatte er sich nicht rasiert. Ein Luxus, den er sich höchstens sonntags leistete, und das auch erst, seitdem er nicht mehr zur Kirche ging.

An der Handelskammer kam er an einer jungen Frau vorbei, die auf den Treppenstufen hockte. Es war nicht so sehr die Frau, die ihm auffiel, denn es war viel zu kalt, um aufzublicken, zudem versperrte die Kapuze ihm die Sicht. Es war eher das, was sie tat. Sie saß barfuß auf dem kalten Zementboden und hatte nicht mal Socken an. Und sie trug kurze Hosen. Neben ihr lag ein neuer schwarzer Lederstiefel, den anderen hielt sie in der Hand.

Es mußte knapp unter null sein, trotz des eisigen Windes, doch Spencer kam es um einiges kälter vor bei ihrem Anblick. Ein Fuß stand auf dem kalten Boden, der andere lag über ihrem Knie, während sie versuchte, den Stiefel überzustreifen. Schließlich setzte sie auch diesen Fuß auf die Treppenstufe, in der Hoffnung, den Stiefel so leichter anziehen zu können.

Wie hypnotisiert trat Spencer auf die Treppenstufen zu und beobachtete, wie sie den Stiefel anzog. Doch statt sofort danach den anderen anzuziehen, fädelte sie zunächst die schwarzen Schnürsenkel durch die Löcher. Ihr nackter Fuß ruhte immer noch auf der kalten Treppenstufe. Spencers Blick wanderte über ihre langen Beine und den dunkelgrünen Sweater bis zu ihrem Gesicht und dem windzerzausten Haar. Er zog die Hand aus der Tasche und fuhr sich nochmals über das Kinn.

Ihr Gesicht war sehr blaß, trotz der vom kalten Wind geröteten Wangen. Sie sah kurz auf. Ihre Blicke trafen sich. Sie hatte ein schönes, ovales Gesicht, ein junges Gesicht, wenn man von den sanften braunen Augen absah, die von vielen Fältchen umrahmt waren. Das ließ sie älter wirken, als sie war. Die Augen selbst mit den langen schwarzen Wimpern waren süß und verletzlich. Diese Mischung aus unschuldigem Blick und offensichtlich schmerzlichen Erfahrungen wirkte verwirrend.

Spencer räusperte sich und sagte: »Wissen Sie, daß der menschliche Körper bei dieser Kälte etwa ein Grad Temperatur pro Minute verliert?«

»Aha«, antwortete sie und verzog das Gesicht zu einem Lächeln. »Danke für den Hinweis.«

»Gern geschehen. Ich beobachte Sie seit fünf Minuten, vielleicht auch sechs.«

Sie warf das Haar nach hinten, ohne die Schnürsenkel loszulassen. »Und wie sehe ich aus?«

Er sah ihre Augen und die von der Kälte rissigen Lippen, die ihm zulächelten. Er behielt seinen ernsten Ausdruck – was ihm nicht schwerfiel, denn Spencer gab sich alle Mühe, ein ernsthafter Mann zu sein. »Kalt«, antwortete er.

»Nach Ihren Berechnungen müßte ich längst tot sein. War es nicht ein Grad pro Minute?«

»Nicht unbedingt«, sagte er beinahe lächelnd. »Aber halb erfroren. Haben sie noch Gefühl in den Gliedern?«

Sie faßte ihren Fuß an. »Wissen Sie, vielleicht haben Sie recht. Ich spüre nicht mal mehr die Kälte.«

»Sehen Sie!«

Er sah, wie sie ihn mutwillig anlächelte. »Dann sollten Sie lieber aufhören, mich abzulenken, damit ich den anderen Stiefel anziehen kann, bevor ich ganz erfriere.«

Spencer sah wortlos zu, bis sie auch den anderen Stiefel zugeschnürt hatte.

»Wo sind Ihre Socken?«

»In der Wäsche«, antwortete sie und stand auf. »Wie heißen Sie eigentlich?«

Jetzt sah sie ihn direkt an; sie war wunderschön. Groß, schlank, wie ein Fotomodell, trotz der ungebändigten Mähne. Ihre Augen sind unergründlich, dachte Spencer. Voller unbeschreiblicher Gefühle. Sein Magen zog sich zusammen. Er war noch jung genug, um sich an seine Studienzeit zu erinnern, an dieses komische Gefühl im Magen, wenn er in den Gängen lauter hübsche Mädchen in weißen Pullovern stehen sah, die ihre Bücher an die jungen Brüste preßten.

Er kam die Treppe herauf, zog die Handschuhe aus und reichte ihr die Hand. »Spencer Patrick O'Malley«, sagte er.

Überraschenderweise war ihre Hand ganz warm. Ein barfüßiges Mädchen im New Hampshire Winter mit warmen Händen.

»Spencer, wie Spencer Tracy?« fragte sie.

Spencer holte tief Luft. »Ja, aber nicht mit ihm verwandt.«

»Sie sehen ihm auch gar nicht ähnlich. Ich heiße Kristina Kim.«

»Schön, Sie kennenzulernen, Kristina. Kann ich Sie in meinem Wagen irgendwohin bringen, damit Sie sich aufwärmen?«

»Danke, nein. Ich wollte in dieses Gebäude hier.«

»In die Handelskammer?«

»Nein, nein. Zum Büro des *Dartmouth Review*«, erklärte sie.

»Ah«, sagte er. »Sind die nicht ein bißchen radikal?«

»Nein«, antwortete sie. »Nur die Reaktionen.« Erst jetzt ließ sie seine Hand los und sagte: »Wenn Sie zufällig ein Taschentuch hätten, wäre ich Ihnen sehr dankbar.«

»Tut mir leid.« Er sah in ihr strahlendes Gesicht. Auch ihre Lippen lächelten. »Sie müssen aus dem Norden stammen«, sagte er. »Kaltblüter.«

»Nein, nicht aus dem Norden«, entgegnete sie. »Aber Kaltblüter schon.« Sie hielt inne und fuhr dann fort: »Als ich klein war, habe ich im Winter immer meine Großmutter am Lake Winnipesaukee besucht. Ich machte ein Loch ins Eis und steckte meine Füße hinein, um zu sehen, wie lange ich es aushielt.«

Spencer brauchte einen Augenblick, um das zu verdauen. »Und wie lange haben Sie es ausgehalten?«

Sie lächelte stolz. »Mein Rekord lag bei einundvierzig Sekunden.«

»Einundvierzig«, pfiff er. »Und sind Ihnen nicht die Füße abgefroren?«

»Wahrscheinlich, aber das hat meinem Rekord keinen Abbruch getan.«

»Da haben Sie recht. Es war also eine Art Wettkampf?«

»Na klar. Man quält sich doch nicht einfach so zum Spaß.«

»Nein, natürlich nicht.« Er runzelte die Stirn. »Für eine solche Tortur muß man schon einen Grund haben. «

Kristina lächelte ihn schelmisch an. »Stimmt.«

Spencer war neugierig. »Und gegen wen sind Sie angetreten?«

»Ach, wissen Sie«, sagte sie und machte eine vage Handbewegung. »Freunde.«

Das wurde ja immer seltsamer. »So, so«, sagte er. »Freunde. Ein kleines Mädchen im Wald ...«

»Am See«, berichtigte sie ihn.

»Am See«, wiederholte er. »Auf der Suche nach Löchern im zugefrorenen See, um die Füße ins eiskalte Wasser zu stecken. Das klingt so ...« Er suchte nach dem passenden Wort. Er erinnerte sich an seine eigene Kindheit. Als kleiner Junge war auch er über das Eis auf dem See gegangen, der nicht weit von seinem Haus lag. Aber egal, wie dick das Eis war, er hatte immer Angst gehabt, es zu betreten, denn für ihn war Eis eigentlich Wasser. Er hatte nur von *einem* Mann gehört, der auf dem Wasser gehen konnte, und Spencer wußte verflucht genau, daß er nicht dieser Mann war. »So ... heftig. Hat denn niemand auf Sie aufgepaßt?«

»Ja schon, aber natürlich nicht die ganze Zeit«, erklärte Kristina und bewunderte ihre Stiefel. Spencer erinnerte sich an seine eigene Kindheit und wußte, daß sie recht hatte. Die Erwachsenen hatten selten gewußt, was er so trieb.

»Aber warum?« fragte er langsam. »Warum steckt man die Füße in eiskaltes Wasser?«

Sie zuckte die Achseln. »Weil man Angst hat.«

»Angst wovor?«

»Genau davor.«

»Mit gutem Grund.«

»Ich habe es gemacht, um zu beweisen, daß ich keine Angst hatte.«

»Wem?«

»Mir selbst«, sagte sie ein bißchen zu hastig. »Mir ... und meinen Freunden.«

Er bemerkte, daß sie fror, und wollte ihr seinen Parka anbieten, aber er glaubte nicht, daß sie ihn annehmen würde. Sie war nicht der Typ.

»Hey«, sagte er aus einem Impuls heraus. »Hätten Sie nicht Lust auf einen Kaffee?«

Sie schüttelte den Kopf, stieg die Treppenstufen hinunter und ging an ihm vorbei. Er folgte ihr. »Kommen Sie. Wir trinken irgendwo einen Kaffee, dann wird Ihnen wieder warm.«

»Warm?« fragte sie. »Mag sein, aber bei der Kälte würde es sowieso nicht lange halten. Wirklich, ich würde gerne mit Ihnen einen Kaffee trinken, aber es geht nicht. Ich hab noch tausend Sachen zu erledigen.«

»Was für Sachen, Kristina? Es ist Sonntag. Selbst der Herrgott hat sich am Sonntag ausgeruht.«

»Aber er mußte bestimmt nicht zum Basketballtraining oder am nächsten Tag eine Klausur über die Nikomachische Ethik schreiben. Ein andermal vielleicht. Danke.« Sie sah zu ihm auf. Da war irgend etwas in ihren dunklen Augen. Etwas Undurchdringliches, aber auch Zerbrochenes. Er wollte unbedingt mit ihr Kaffee trinken.

»Tun Sie mir den Gefallen«, drängte Spencer. Es war eine Weile her, daß er irgend jemand zum Kaffee eingeladen hatte. »Es geht ganz schnell, ich verspreche es.«

Kristina seufzte und lächelte.

»Geben Sie sich einen Ruck.«

Sie neigte den Kopf zur Seite. »Na schön. Dann lassen Sie uns schnell zum *EBA* gehen. Die haben wunderbare portugiesische Muffins«, schlug sie vor.

»Ja, ich weiß. Ich kaufe sie immer gleich dutzendweise.«

Sie bogen an der Allen Street nach links ab, betraten das *Everything But Anchovies* und setzten sich in eine Ecke neben den hohen Kühlschränken.

Spencer zog Handschuhe, Mantel und Mütze aus und bemerkte, wie sie ihn anstarrte.

»Was ist mit Ihrem Haar passiert?« fragte Kristina.

Spencer fuhr sich mit der Hand über den kahlen Kopf. Er hatte sich gerade das Haar kurz scheren lassen. »Na ja. Sie wissen schon.«

»Nein, ich weiß gar nichts. Sind Sie in der Armee?«

Spencer gefiel sein neuer Haarschnitt. Ohne Haare kamen seine tiefliegenden blauen Augen stärker zur Geltung. Er fand das gut.

»Nein. Es war nur so eine verrückte Idee.« Er wollte ihr nicht erzählen, daß eine Frau in seinem Büro an Krebs erkrankt war und er und die anderen männlichen Kollegen sich die Köpfe hatten kahlscheren lassen, als sie die Chemotherapie begann, damit sie sich nicht so unwohl fühlte. Der Witz daran war, daß sie mit einer Perücke zur Arbeit erschienen war. Trotzdem, es war ein Akt der Solidarität von seiten der Männer gewesen, und nur das zählte. Obwohl er typisch irische Gesichtszüge hatte und einen Mund wie Amor, wirkte er nun mit dem kahlgeschorenen Schädel eher streng.

Er strich sich übers Kinn und wünschte, er hätte sich heute rasiert. Doch anscheinend machte es Kristina nichts aus.

Sie bestellte sich einen Muffin und heiße Schokolade. Spencer konnte Schokolade nicht ausstehen, bestellte aber trotzdem dasselbe.

»Spencer Patrick O'Malley«, sagte sie plötzlich und duzte ihn. »Gehst du auch aufs College wie jeder hier in dieser Stadt?«

»Nein«, antwortete er. »Ich bin Polizist.«

»Im Hanover Police Department?«

»Klar.«

»Wirklich?« Sie horchte auf und beugte sich neugierig über den Tisch. »Und was machst du da?«

»Ich bin Detective«, antwortete er. »Detective-Sergeant.« Er war erst vor ein paar Tagen zum Detective-Sergeant befördert worden. Aber das brauchte dieses junge Ding ja nicht zu wissen.

»Mann, ein richtiger Detective. Dann bist du also ein echter Spürhund, was?«

Ich habe dich aufgespürt, oder? Aus dem Augenwinkel, sozusagen, hätte er am liebsten hinzugefügt. »Na klar«, antwortete er statt dessen. »Ich spüre Falschparker auf und Betrunkene, die sich samstags nachts ans Steuer setzen.«

Sie sah ihn unsicher an, aber in ihren warmen, sanften Augen spiegelten sich Interesse und Neugier.

»Und du spielst Basketball?«

»Ja.«

»Ich sehe mir manchmal die Männer an.«

»Ein Fehler«, erklärte Kristina. »Wir sind viel besser. Letztes Jahr haben wir den Pokal geholt.«

Er warf einen Blick auf ihre schmalen Hände mit den gepflegten, rotlackierten Fingernägeln. Er zog einfache, natürliche Mädchen vor, aber die langen roten Fingernägel paßten zu ihr.

Er zeigte auf ihre Hände und sagte: »Mit diesen Nägeln dürfte das Spielen aber nicht einfach sein.«

Sie sah liebevoll lächelnd auf ihre Finger. »Mich stören sie nicht. Außerdem sind die anderen Teams froh über alle Handicaps der gegnerischen Mannschaft.«

»Hm«, sagte Spencer nachdenklich. »Solche Fingernägel sind für eine Studentin sehr ungewöhnlich. Besonders wenn sie Basketball spielt.«

Kristina zuckte die Achseln. »Ich mag sie.«

»Und bist du gut?«

»Sehr gut«, sagte sie lächelnd. »Drei Jahre hintereinander die Nummer eins und All Ivy.«

»Oh«, sagte er beeindruckt, ohne es sich jedoch anmerken zu lassen. »Was genau bedeutet eigentlich All Ivy?«

»Du weißt nicht, was All Ivy ist? Na, du bist mir ja ein toller Detective!« Sie zog eine Grimasse, und Spencer hätte um ein Haar losgelacht.

»Also, zu deiner Information. Die All-Ivy-Spieler werden von den Trainern der neun Ivy Schools gewählt; für jede Position gibt es einen Spieler. Die Trainer wählen die fünf erstbesten, die fünf zweitbesten und fünf Spieler, die ehrenhalber erwähnt werden. Ich spiele im Mittelfeld und bin die einzige All-Ivy aus dem ersten Team, die bei Big Green spielt ...« Plötzlich hielt sie inne und wurde rot.

Spencer beugte sich lächelnd über seine heiße Schokolade und sagte: »Kann es sein, daß du mir imponieren willst, Kristina?«

Leicht verwirrt antwortete sie: »Nein, keineswegs.«

»Das hast du aber«, gestand er, und sie atmete erleichtert auf und lächelte.

»Und du? Bist du ein guter Detective?«

Spencer wollte aus Jux mit einer Liste seiner Erfolge und wichtigen Fälle aufwarten, aber dann besann er sich und sagte nickend: »Es heißt, es gäbe Detectives mit einem Gespür für

Verhöre und welche mit einem für den Tatort. Ich glaube, um ein guter Polizist zu sein, muß man beides haben.«

»Und worin liegen deine Stärken, Detective O'Malley?«

Die Frage erschien ihm zweideutig, und er runzelte die Stirn.

»Du mußt doch einen kategorischen Imperativ haben«, erklärte sie.

Er sah sie verständnislos an. »Einen was?«

»Du weißt schon«, erwiderte sie, biß ein Stück von ihrem Muffin ab, kaute ausgiebig und schluckte es herunter, ehe sie fortfuhr. »Einen kategorischen Imperativ. Etwas, das eine Handlung beschreibt, die sich objektiv nur durch sich selbst rechtfertigt, ungeachtet eines bestimmten Zweckes.«

Spencer starrte sie mit aufgerissenen Augen an. »Ach so, klar. Davon habe ich jede Menge.«

Kristina biß erneut in ihren Muffin. »Nein. Nur einen«, korrigierte sie. »Man hat nur einen. Kant. *Metaphysik der Sitten.* Das heißt soviel wie ...«

»Ich hab schon verstanden, was es heißt. Ja, ich glaube, daß ich nicht Polizist geworden wäre, wenn ich mich nicht getrieben fühlte – ungeachtet eines bestimmten Zweckes –, diesen Job zu machen.«

»Ihn gut zu machen.«

»So gut ich kann.«

»Na, siehst du. Also, worin bist du gut?«

Er beschloß, die Frage als das zu nehmen, was sie schien. »Ich bin ein guter Spürhund. Ich glaube, daß ich eine Menge Intuition habe.« Spencer hielt inne. »Aber Will, mein Partner, ist da ganz anderer Meinung. Er hält mich für ein Haustier. Meine Spürnase ist durch zuviel Pfeffer ruiniert.«

»Wie bei meinem Hund.« Kristina sah ihn an. »Du bist bestimmt ein aufmerksamer Zuhörer.«

»Ja, das stimmt«, gab er zu. »Und ein guter Beobachter. Wenn ich darauf achte, wie Menschen sitzen oder mich ansehen, erfahre ich manchmal mehr über sie als durch das, was sie sagen.«

Sie lächelte. »Was hast du denn schon über mich herausgefunden?«

Spencer erwiderte ihr Lächeln. »Daß du keine Angst hast vor mir. Du schaust mir direkt in die Augen.«

»Du hältst mich also für furchtlos?«

»Ja, genau«, sagte er ernst. »Du schaust mir in die Augen und hast keine Angst.«

»Ich hab ja auch nichts zu verbergen«, sagte Kristina und wandte den Blick ab. Spencer entging es nicht. Er beugte sich vor und fragte leise: »Wovor hast du denn Angst, Kristina?«

»Im allgemeinen oder am meisten?«

Er dachte einen Augenblick nach. »Am meisten.«

»Vor dem Tod. Nein, nicht dem Tod, vor dem Sterben«, berichtigte sie sich, und Spencer nickte.

»Und wie steht es mit dir? Wovor hat ein Polizist am meisten Angst?«

»Ein Polizist ... das weiß ich nicht. Aber ich habe am meisten Angst vor meinem Gewissen. Ich möchte gern ruhig schlafen, weißt du.«

»Plagt dich denn dein Gewissen?« fragte Kristina.

»Bisher nicht.«

Sie nickte und nippte an ihrer Tasse. »Bei deiner Arbeit darfst du dir keine Fehler leisten, nehme ich an. Zum Beispiel, Menschen falsch einzuschätzen.«

»Ja, stimmt«, antwortete Spencer und nahm einen Schluck Schokolade. Worauf wollte sie hinaus? »Ich irre mich selten, was Menschen angeht.«

Sie lächelte schüchtern. »Und was ist bei mir?«

Er erwiderte ihr Lächeln. »Bei dir irre ich mich auch nicht. Du bist mutig und intelligent.« Er wollte hinzufügen, daß sie obendrein schön war, aber das sagte man einer Dartmouth-Studentin natürlich nicht so beiläufig bei einer Tasse heißer Schokolade. Außerdem hatte sie das gar nicht nötig.

»Bist du flexibel, Detective?«

»Nein, steif wie ein Brett. Einer meiner vielen Fehler.«

»Mir scheint, so viele hast du gar nicht«, sagte Kristina.

»Nett, daß du das sagst. Aber ich habe jede Menge schlechte Gewohnheiten.«

»Wer nicht?«

»Du zum Beispiel.«

»Ich?« lachte sie. »Ich habe mehr schlechte Gewohnheiten als du Haare auf dem Kopf.«

»Nenn mir eine.«

Sie dachte nach. »Ich bin zwanghaft ordentlich.«

»Ach ja? Ich zwanghaft unordentlich.«

»Ich will beim Basketball unbedingt gewinnen.«

»Ich will meine Fälle unbedingt lösen.«

»Ich bin im Winter nie warm genug angezogen und deshalb ständig erkältet.« Wie um es zu beweisen, nieste sie.

»Ach ja. Ich ziehe mich immer viel zu warm an und schwitze ständig.«

»Ich mache mir das Leben so schwer wie möglich.«

»Und ich versuche, es mir so leicht wie möglich zu machen.«

Sie machte eine Pause. »Ich trinke manchmal.«

Auch er hielt inne. »Ich wünschte, bei mir wäre es nur manchmal.«

Beide lächelten.

»Bist du schon einundzwanzig, Kristina?«

»Morgen«, sagte sie unerklärlicherweise aufgeregt. »Endlich.«

»Verstehe. Du hast mir nicht gesagt, daß du trinkst, verstanden?«

»Daß ich trinke? Ich meinte Kaffee.«

»Gut. Du bist also froh, endlich volljährig zu werden? Aus den allgemein bekannten Gründen?«

Sie nickte. »Und noch ein paar anderen«, sagte sie ohne eine weitere Erklärung und hob die Augenbrauen. Spencer hakte nicht nach.

Sie tranken ihre heiße Schokolade und aßen die portugiesischen Muffins, die dicker, größer und süßer waren als die englischen.

»So, Detective O'Malley, hattest du schon mal richtig interessante Fälle? Ich muß einen Artikel über die Todesstrafe für den *Review* schreiben. Ich überlege, ob ich ihn aus der Perspektive des Täters schreiben sollte.«

»Tja, das wäre auf jeden Fall ziemlich gewagt«, erklärte Spencer. »Heutzutage.« Sie gefiel ihm immer mehr.

»Erzähl mir was über die Täter.«

»Was denn?«

»Zum Beispiel, warum Menschen einander umbringen.«

Spencer dachte nach. Sie verwirrte ihn. Sie war zu hübsch. »Macht«, antwortete er schließlich. »Macht und Einschüchterung. Darum geht es.«

»Macht und Einschüchterung, hm? Auch bei Serienmördern, Ehemännern, die ihre Frauen mißhandeln, und Vergewaltigern?«

»Ja, auch da.«

Kristina lächelte. »Gar nicht übel.«

»Genug von der Todesstrafe. Erzähl mir von dir.«

»Was denn?«

»Egal was. In welchem Semester bist du?«

»Im letzten.«

»Was studierst du?«

»Philosophie und Religion.«

»Sehr interessant. Was denken denn die Philosophen über Menschen, die andere Menschen umbringen?«

»Woher soll ich das wissen? Das Studium geht nicht auf so konkrete Fragen ein. Nietzsche sagt, man soll keine Angst haben vor dem Bösen und abweichendes Verhalten nicht bestrafen.«

»Warum nicht?«

»Weil der Kriminelle nur von seinem freien Willen Gebrauch macht, den die Gesellschaft ihm zugesteht. Sie kann ihn nicht für etwas bestrafen, was ihn angeblich zum Menschen macht und vom Tier unterscheidet. Den freien Willen.«

»Dieser Nietzsche war bestimmt nie in New York«, sagte Spencer. Kristina lachte.

»Ich weiß nicht, ob ich damit einverstanden bin«, fuhr Spencer fort. »Nicht die Gesellschaft hat dem Menschen den freien Willen verliehen, sondern Gott. Die Gesellschaft bremst nur die Exzesse des freien Willens bei denjenigen, die sich nicht selbst beherrschen können.«

»Vielleicht hast du recht«, erklärte Kristina, »aber Nietzsche glaubte nicht an Gott.«

»Und ich«, entgegnete Spencer ruhig, »glaube nicht an Herrn Nietzsche.«

Kristina sah ihn belustigt an.

»Ist was?« fragte er.

»Nein, gar nichts«, antwortete sie hastig. »Wo kommst du eigentlich her, Spencer?«

»Geboren und aufgewachsen bin ich auf Long Island.«

»Wirklich? Meine beste Freundin kommt aus Cold Spring Harbor.«

»Cold Spring Harbor? Das kenne ich nur aus Büchern. Normalsterbliche wie ich haben dort bestimmt keinen Zutritt.«

»Unsinn. Wo kommst du her?«

»Farmingville.«

»Nie von gehört.«

»Kein Schwein kennt es. Na, jedenfalls, da komme ich her.«

»Und was hat dich hierher verschlagen?«

»Keine Ahnung. Ich hatte es satt, Geschwindigkeitsübertreter auf dem Long Island Expressway zu verfolgen. Also bin ich in den Wagen gestiegen und Richtung Norden gefahren.«

»Und in Hanover gelandet.«

»Genau. Mir hat Dartmouth Hall gefallen. Meine erste Nacht habe ich hier im unerschwinglichen *Hanover Inn* verbracht und zugehört, wie die Turmuhr vor meinem Fenster irgendwelche Melodien spielte. Am ersten Tag war es eine langsame Version von *Seasons in the Sun*.«

Kristina lachte. »Du bist in Hanover geblieben, weil die Uhr auf dem Baker-Turm *Seasons in the Sun* gespielt hat?«

»Ich bin in Hanover geblieben, weil ich so an euch reiche Dartmouth-Studenten besser Knöllchen wegen Falschparken verteilen konnte«, antwortete Spencer ernst, obwohl er es gar nicht so meinte, und wieder lachte Kristina. Es gefiel ihm, daß sie wußte, wann er Spaß machte.

»Und jetzt lebe ich in Hanover und hab das Gefühl, ich gehe aufs College, ohne fünfundzwanzigtausend Dollar im Jahr für meine Ausbildung auszugeben.«

»Die du in Wirklichkeit auch gar nicht bekommst.«

»Eins zu null für dich«, sagte er und schüttelte den Kopf. »Aber meinst du, ich würde nicht eine Menge lernen, wenn ich euch Studenten so beobachte?«

»Wirklich?«

»Ja, wirklich.«

»Dein Job macht dir also Spaß?«

Spencer nickte. »Sehr.«

»Was gefällt dir nicht an ihm?«

»Daß uns die Meute von Concord jedesmal die größten Fälle vor der Nase wegschnappt ...« Er bemerkte ihren fragenden Blick und erklärte: »Sie schicken ihre eigenen Staatsanwälte, ihre eigenen Ermittler, und manchmal mischen sich sogar die Jungs von der Federal Police in Haverhill ein. Das bringt mich auf die Palme. Als wenn ich meinen Job nicht gut genug machen könnte. Aber für die bin ich nur gut genug, um Knöllchen zu verteilen.«

Kristina lachte. »Was war dein größter Fall?«

»Der äthiopische Student, der seine Freundin und ihre Zimmergenossin mit der Axt erschlagen hat.«

Kristina riß die Augen auf. »Wie gruselig.«

»Allerdings. Ich war als erster am Tatort.«

Kristina machte ein entsetztes Gesicht. »Du hast die Leichen gefunden?«

»Ja.«

»Igitt! Das war bestimmt gräßlich.«

»Ja, das war es.«

»Ich kann mir das gar nicht vorstellen«, sagte sie und senkte die Stimme. »Ich habe noch nie eine Leiche gesehen.«

»Noch nie?« Spencer konnte es nicht fassen. Seine Eltern hatten ihn zu Beerdigungen ihrer Freunde und Verwandten geschleppt, seit er zwei war.

»Nie«, sagte sie und räusperte sich. »Meine Großmutter ist vor ein paar Monaten gestorben, aber ich war nicht auf ihrer Beerdigung.«

»Wieso nicht?«

Kristina zuckte die Achseln. »Ich war nicht eingeladen.«

»Du warst nicht zur Beerdigung deiner Großmutter eingeladen?« Jetzt war es an Spencer, die Augen aufzureißen. »Was hast du denn für eine Familie?«

»Keine allzu enge«, gestand sie und wechselte das Thema. »Und dieser Äthiopier. Meinst du, daß es bei ihm auch um Macht und Einschüchterung ging?«

»Ja. Das Mädchen wollte ihn nicht heiraten. Da hat er ihr gezeigt, wo es langgeht.«

»Verstehe. Und was ist mit ihm passiert?«

»Er sitzt. Lebenslänglich.«

»Eine gerechte Strafe also.«

»Gerecht? Ich weiß nicht. Er hat zwei Menschen kaltblütig ermordet. Vielleicht hätte er auch den Tod verdient.«

»Meinst du das wirklich, Spencer?«

»Bei vorsätzlichem Mord? Ja.«

Sie hatten ihre Schokolade ausgetrunken und ihre Muffins gegessen. Trotzdem hatte Spencer keine Lust aufzustehen und zu gehen.

Kristina fragte ihn, ob er der Boß im Revier sei.

»Schön wär's. Nein, ich habe noch den Chief über mir. Ken Gallagher.«

»Auch Ire wie du?«

Er nickte.

Kristina schien nachdenklich. »Ich hätte nicht gedacht, daß Polizisten genug verdienen, um in dieser Stadt leben zu können.«

»Da hast du recht. Ihr Studenten habt die Preise ganz schön in die Höhe getrieben. Einfamilienhäuser gibt es nicht unter einer Viertelmillion zu kaufen, und eine Wohnung mit zwei Zimmern kostet neunhundert Dollar Miete im Monat.«

»Dann verdienst du doch gar nicht schlecht.«

»Von wegen. Ich habe mir sogar das Rauchen abgewöhnt.«

»Damit du dir eine Wohnung in Hanover leisten kannst?«

»Genau.«

»Aber Mädchen zu Kaffee und Kuchen einzuladen, hast du dir nicht abgewöhnt«, sagte Kristina lächelnd.

»Doch«, antwortete er. »Das hier ist nur ein Rückfall.«

»Aha.«

»Was ist das für ein Name, Kim?« fragte Spencer.

»Ein ungewöhnlicher«, antwortete sie vage, und Spencer hakte nicht nach. Er merkte, daß sie nicht darüber sprechen wollte.

»Fährst du ab und zu nach Hause?« wechselte sie das Thema.

»Nicht oft«, erklärte Spencer. »Und du?«

»Nicht oft«, sagte sie.

»Deine Familie muß ja ganz schön stolz sein, daß du in Dartmouth studierst. Ich war nur auf einer staatlichen Uni und dann in der Armee.«

»Hast du denn nie Heimweh?«

Spencer nickte. »Doch. Ich vermisse meine Geschwister.«

»Wie viele seid ihr?«

»Mehr als du Haare auf dem Kopf hast«, wiederholte er Kristinas Spruch. »Neun. Sechs Jungs und drei Mädchen.«

»Mann! Ich hab noch nie eine so große Familie kennengelernt, nicht mal in Büchern.«

»Ja, wir waren wirklich viele.«

»Seid ihr Katholiken oder so was?«

»Was denn sonst? Mit dem Namen O'Malley?«

Kristina lehnte sich zurück. »Deine arme Mutter. Wie hat sie das bloß ausgehalten?«

»Keine Ahnung. Ich glaube, nach dem fünften Kind hat sie aufgegeben. Ich wurde zum größten Teil von meinen Geschwistern aufgezogen.«

»Immerhin. Neun Kinder.«

»Elf«, berichtigte Spencer. »Die Zwillinge starben an einer Lungenentzündung, als sie noch Babys waren.«

»O nein.«

»Doch.«

Beide schwiegen eine Weile.

»Deine Mutter mußte sich elf Namen ausdenken«, sagte Kristina nachdenklich. »Ich hatte schon bei einem Schwierigkeiten.«

Spencer studierte ihr Gesicht, ehe er fragte: »Gab es denn … einen Anlaß, sich einen auszudenken?«

»Nein, nein«, erklärte sie schnell. »Aber du weißt schon, manchmal spielt man einfach so mit dem Gedanken. Mir gefällt Orlando oder Oscar.«

»Kinder sind doch keine Wellensittiche, Kristina. Oscar? Orlando?«

»Da siehst du, was ich meine.«

»Mach dir nichts draus«, sagte Spencer. »Als ich geboren wurde, hat mich meine Mutter Patrick genannt. Sie hatte vergessen, daß es bereits einen Patrick O'Malley in der Familie gab.«

Kristina lachte.

»Ich fand das gar nicht komisch. Schließlich hat einer meiner Brüder sie aufgeklärt. Nicht mein Bruder Patrick, wohlgemerkt. Also hat sie mich umgenannt in Spencer Patrick O'-Malley.«

»Nach dem Schauspieler?«

»Ja. Meine Mutter liebte Spencer Tracy.« Er machte eine Pause und fügte hinzu: »Mir wäre Patrick lieber gewesen.«

Kristina leckte ihre Fingerspitzen ab und sagte: »Ich mag Spencer.«

Spencer legte den Kopf auf die Seite und sagte leise: »Vielen Dank.«

»Was macht deine Mutter jetzt?«

»Sie spielt Großmutter. Acht von ihren Kindern sind verheiratet.«

»Und haben selber jede Menge Kinder, nehme ich an?«

»Ja, kann man wohl sagen. Wir sind jetzt schon bei einundzwanzig. Seid fruchtbar und mehret euch.«

»Lieber Himmel, das habt ihr aber wirklich wörtlich genommen. Gehörst du ... zu den Verheirateten?«

Warum hatte er bloß das Gespräch in diese Richtung gelenkt? Aber jetzt gab es kein Zurück mehr, denn er wollte dieses hübsche, neugierige Wesen, dessen Augen an zwei dunkle Brunnen erinnerten, nicht vor den Kopf stoßen.

»Ich gehörte zu den Verheirateten«, sagte er langsam und ruhig.

»Ah«, antwortete sie verständnisvoll. »Es hat nicht geklappt.«

»So könnte man es auch sagen. Meine Frau ist bei einem Verkehrsunfall umgekommen.«

Kristina fuhr sich mit der Hand zum Mund. »Oh, das tut mir leid.«

Er winkte ab. »Schon gut. Am Anfang war es sehr schwer, aber mit der Zeit habe ich gelernt, damit zu leben. Es ist schon eine Weile her.«

»Wie lange?«

»Fünf Jahre.«

»Bist du deshalb aus Long Island fort?«

»Unter anderem«, antwortete er.

Die Kellnerin hatte die Rechnung gebracht. Kristina machte keine Anstalten aufzustehen, also blieben sie sitzen.

»Wie hieß deine Frau?«

»Andrea. Andie.«

»Ein schöner Name. War sie hübsch?«

Wortlos nahm Spencer seine Brieftasche aus der hinteren Hosentasche.

»Tragt ihr Typen eigentlich Waffen bei euch?« fragte Kristina plötzlich.

»Nur im Dienst«, antwortete Spencer und zeigte ihr ein Foto von Andie. »Hier.«

Kristina starrte auf das Foto: »Sie ist so jung. Sie sieht ... mir irgendwie ähnlich.«

»Wirklich?« fragte Spencer. »Das ist mir gar nicht aufgefallen.« War es wirklich nur Zufall, daß dieses Mädchen wie seine Andie aussah? Ja, war es.

Während Spencer die Rechnung bezahlte, kam Samantha, die Besitzerin des *EBA*, zu Kristina an den Tisch, klopfte ihr auf die Schulter und sagte: »Hast toll gespielt gestern, Krissy. Wie viele Punkte?«

»Siebenundvierzig. Fünfzehn Rebounds.«

»Das ist einfach nicht gerecht. Die armen Mädchen aus Cornell ziehen immer den kürzeren.«

Kristina stand lächelnd auf und erwiderte: »Und so soll es auch bleiben, so lange ich dabei bin.«

»Ganz schön frech, die Kleine«, rief Samantha.

Als sie hinausgingen, sagte Spencer leise zu Kristina: »Jetzt muß ich mir wohl oder übel eines eurer Spiele anschauen, was?«

»Ja, bitte. Wir spielen ...«, sie zögerte plötzlich, »... eine Woche nach Thanksgiving. Freitag und Samstag. Am besten kommst du dann.«

Sie reichte ihm die Hand. »Es war sehr nett, dich kennenzulernen, Spencer. Vielen Dank für die Einladung.«

Spencer schüttelte ihr sanft die Hand. »Ja, fand ich auch.«

Sie sah auf die Uhr über *Stinson's*. Viertel vor vier. Kristina schüttelte den Kopf. »Jetzt habe ich deinetwegen mein Basketballtraining sausen lassen. Nur, daß du es weißt.«

»Hmm«, sagte Spencer. »Ich hoffe, du bereust es nicht.«

Sie winkte ihm lächelnd zu und lief davon.

Spencer wartete, bis sie um die Ecke gebogen war, dann ging er selbst noch das Stück bis zur Ecke, um einen letzten Blick auf sie zu werfen.

Als sie in die Main Street einbog, schlug Kristinas Herz derart heftig, daß sie am liebsten im Takt die Straße entlang gehüpft wäre. Sie hatte tatsächlich das Basketballtraining sausen lassen, wegen eines Mannes mit blauen Augen, vollen Lippen und einem kahlen Schädel, der sie so angeschaut hatte, wie schon lange kein Mann mehr. Spencer Patrick O'Malley. »Spencer Patrick O'Malley«, flüsterte sie leise vor sich hin und rannte mit dem Rucksack in der Hand zum Tuck Mall.

Die Tür zu ihrem Zimmer im Hinman-Hall-Studentenheim war unverschlossen, das Zimmer selbst leer. Weder ihr Hund Aristoteles noch Jim waren da. Sie warf den Rucksack in die nächste Ecke und griff nach der Haarbürste. Doch ihre Hände waren taub vor Kälte und gehorchten ihr nicht. Kristina war es peinlich. Spencer derart schlampig begegnet zu sein. Bestimmt hatte sie einen miserablen Eindruck gemacht. Spencer selbst war unrasiert gewesen, stimmt, aber er war so süß, daß es keine Rolle spielte.

Sie setzte sich aufs Bett und ruhte sich ein paar Minuten aus. Ihre Hände prickelten vor Kälte, und sie legte sie zwischen die Knie, um zu aufzuwärmen. Sie wußte, daß sie nicht lange warten mußte.

Es klopfte an der Tür. Albert steckte den Kopf herein.

»Da bist du ja«, sagte er, stieß die Tür weiter auf und ließ den Hund hinein. Aristoteles sprang ins Zimmer und mit einem Satz auf das Bett neben Kristina. Sie streichelte ihn, ohne den Blick von Albert zu nehmen.

»Ich war mit ihm draußen.«

»Danke. Wo ist Conni?«

»Sie ist heute nachmittag für niemanden zu sprechen. Sag bloß nicht, daß sie einen Kuchen für mich backt.«

»Ich sag gar nichts«, entgegnete Kristina gedankenverloren. Spencer spukte ihr im Kopf herum.

Albert stand auf der Türschwelle. Sie wollte ihm sagen, daß er reinkommen und die Tür hinter sich zumachen sollte, aber Jim konnte jeden Augenblick auftauchen.

»Fährst du über die Feiertage mit Conni nach Long Island?« fragte sie.

»Ja. Wie letztes Jahr. Willst du mit? Oder fährst du mit Jim?«

»Ja, sicher ...«, Kristina brach ab.

»Komm doch mit uns«, forderte Albert sie auf.

Sie saß auf dem Bett und schüttelte den Kopf, ohne die Augen von ihm zu wenden. Als er noch jünger war, hatte Albert Turner werden wollen, doch dann war er viel zu schnell in die Höhe geschossen und auf einen Schlag zu breit und zu eckig geworden. Jetzt wollte er Zen-Buddhist werden. Er trug das lange schwarze Haar nach hinten zu einem Zopf gebunden und im linken Ohr einen kleinen goldenen Ohrring.

»Ich muß dir was erzählen ...«, begann Kristina.

»Wie war's?« unterbrach Albert.

Einen Augenblick lang wußte Kristina nicht, was er meinte.

»Howard«, setzte er ungeduldig hinzu. »Wie war das Treffen mit Howard?«

»Gut«, antwortete Kristina. »Alles ist geregelt.«

»Und?«

»Nichts und«, entgegnete sie und rieb sich die Hände, um sie zu wärmen.

Albert kam einen Schritt näher. »War er mit allem einverstanden?«

»Ja«, antwortete Kristina. »Er wollte wissen, ob das mit der Scheidung meine Idee war.«

Albert lachte. Zum ersten Mal kam ihr sein Lachen schäbig vor. »Hast du ihm die Wahrheit gesagt?« fragte er.

»Die Wahrheit? Was ist denn die Wahrheit?«

»Eine Übereinstimmung mit Fakten oder Tatsachen.«

»Ach, so. Klar«, antwortete Kristina. »Nun, ich habe ihm gesagt, daß es meine Idee war. Stimmt das mit den Fakten überein?«

»Kann man gelten lassen, Rocky. Es ist gut genug.« Er trat näher an das Bett.

Kristina mochte es sehr, wenn er sie bei ihrem alten Spitznamen nannte, streckte aber abwehrend die Arme aus, um ihn daran zu hindern, noch näher zu kommen. Sie wollte ihn nicht abweisen, aber es war heller Tag.

»Hör mal«, sagte er. »Ich habe eine Idee für Thanksgiving. Was würdest du sagen, wenn ...«

Er hielt plötzlich inne. In der Tür war Jim Shaw aufgetaucht.

»Jimbo«, sagte Kristina schwach. »Hi. Bist du so weit?«

Albert nickte Jim zu, der knapp zurück nickte.

»Ich bin so weit«, sagte er und blieb schweigend und reglos in der Tür stehen.

Kristina streichelte angespannt Aristoteles' Fell und unterbrach dann die unbehagliche Stille. »Wie fühlst du dich denn so an deinem Geburtstag, Albert?«

»Gut«, antwortete er. »Aber das könnte sich ändern, wenn ich an Connis Backkünste denke.«

»Backkünste ist gut«, lachte Kristina in dem Versuch, die Spannung zu lösen.

»Immerhin denkt sie sich was aus, um dir eine Freude zu machen«, fuhr Jim mit feindseliger Stimme dazwischen. Dann standen sie wieder da und schwiegen.

»Na ja, ich bin sicher, daß es sehr schön wird«, sagte schließlich Albert mit gereizter Stimme. Kristina fand das komisch, Albert war sonst nie gereizt.

»Laß uns gehen, Krissy«, sagte Jim.

»Ja, Krissy«, sagte Albert spöttisch. »Mach endlich.«

Nervös sprang sie auf, sammelte ihre Bücher vom Boden ein und ging auf die beiden zu.

»Und vergiß nicht deinen Mantel. Es ist tierisch kalt draußen«, sagte Albert.

»Wo ist denn dein Mantel?« fragte Jim und schwang seinen Rucksack hin und her.

Kristina sah sich in ihrem unordentlichen Zimmer um. Obwohl sie nach außen die Meinung vertrat, ein aufgeräumtes Zimmer zeuge von einem kranken Geist (wie konnte sie, die die größten Denker der Geschichte studierte, sich mit banalen Dingen wie Putzen abgeben), haßte sie innerlich Unordnung wie die Pest und versuchte, so wenig Zeit wie möglich in ihrem Zimmer zu verbringen. Früher war sie sehr ordentlich gewesen, doch schon lange vor Dartmouth war ihr bewußt geworden, daß es in einem unordentlichen Zimmer viel einfach war, Dinge vor Howard zu verstecken. Wenn alles an seinem Platz war, fand Howard es.

Ab und zu aber überfiel Kristina ein zwanghafter Putztick, und sie räumte alles auf, nur um es gleich danach wieder durcheinander zu bringen.

Sie wünschte, sie hätte heute aufgeräumt, dann würde sie auch ihren Mantel wiederfinden.

»Wo hab ich ihn bloß hingetan?«

»Manchmal hilft es, seinen Mantel in den Schrank zu hängen, wenn man ihn wiederfinden will.«

»Danke für den Hinweis, Jim. Wo ist er bloß?«

»Heute nachmittag hattest du ihn nicht an«, sagte Jim. Albert schwieg.

»Normalerweise trage ich beim Basketballspielen keinen Wintermantel«, entgegnete Kristina scharf. Sie hatte nicht böse sein wollen, aber ihr war gerade eingefallen, wo er war.

Nicht im Red Leaves, denn da hatte sie die Nacht nicht verbracht. Sie hatte ihn oben im *Hilltop Retreat* von Fahrenbrae vergessen.

Er war ihr einziger Mantel. Ein Geschenk ihrer Mutter zu ihrem fünfzehnten Geburtstag. Sechs Jahre später war die braune Kaschmirwolle verblichen und hatte einige Flecken abbekommen, die nicht mehr rausgingen. Trotzdem konnte sie sich nicht von ihm trennen. Er gehörte zu ihren Lieblingsdingen wie die Schnurrbarthaare frisch geborener Kätzchen oder heißer Apfelstrudel.

Sie sah Albert nicht an, als sie an ihm vorbeiging und zu Jim sagte: »Los, gehen wir.«

»Zieh dir lieber was …«

»Na los, komm schon«, unterbrach sie ihn mit erhobener Stimme.

Sie sah, wie Jim Albert einen Blick zuwarf und Albert lächelnd die Achseln zuckte und die Hände zum Zen-Gruß faltete.

Jim folgte ihr.

»Du solltest hin und wieder deine Tür abschließen. Steht in der Hausordnung, wie du weißt.«

»Ja, und was ist mit dem Hund?« gab sie zurück.

Sie stiegen die drei Treppen hinunter und verließen das Haus durch den Seiteneingang, der auf einen steilen, bewaldeten Hügel hinausging. Ein Pfad mit flachen Holzstufen wand sich zum Tuck Drive hinunter und weiter zum Connecticut River. Zwischen den Holzstufen und der Feldberg Bibliothek führte eine dreißig Meter lange Betonbrücke zum Hintereingang der Bibliothek. Auf beiden Seiten flankierte eine Mauer aus glänzendem Stein, etwa ein Meter hoch, die Brücke, die sich in fünfundzwanzig Meter Höhe über den steilen, bewaldeten Abgrund und die Straße spannte.

»Hey«, sagte Jim und zeigte auf die Brücke. »Du bist dieses Jahr noch gar nicht über die Mauer gegangen.«

Kristina warf einen Blick auf die Brücke und sah ihn an. Sie gingen weiter. »Ich war noch nicht betrunken genug, und außerdem ist es noch zu warm.«

»Ach ja, hatte ich ganz vergessen. Du machst es nur, wenn es unter null ist, sonst ist es keine echte Herausforderung. Stimmt's?«

»Stimmt«, antwortete sie und dachte, daß er sie provozieren wollte. Aber warum?

»Für morgen ist ein Schneesturm angesagt«, erklärte Jim.

»Dann mache ich es vielleicht morgen«, antwortete Kristina sanft.

Jim sagte nichts mehr, und sie liefen zur Baker Bibliothek.

Sie saßen in einem Lesesaal aus dem Jahr 1902. Kristina konnte sich nicht auf den Stoff konzentrieren und dachte die ganze Zeit an Thanksgiving. Bald war es Mittwoch, und ihre Freunde würden verschwinden. Ob die Mensa an den Feiertagen überhaupt auf hatte? Sie konnte sich nicht erinnern. Letztes Jahr hatte sie jede Menge Suppe in *Lou's Diner* gegessen und portugiesische Muffins im *EBA*. Und Orangen auf ihrem Zimmer.

Jim war in seine Bücher vertieft und fragte sie gelegentlich etwas, doch sie hatte überhaupt keine Lust mehr. Gehen wir, wollte sie sagen. Komm, hauen wir ab. Laß uns Connis Kuchen probieren und Albert sein Geburtstagsständchen bringen.

Kristina streichelte Jims Hand. Es gab eine Zeit, da warst du verrückt nach mir, dachte sie. Oder habe ich mir das nur eingebildet? Du bist klug, hast die halbe Welt bereist und eine erfolgreiche Karriere vor dir. Aber was ist geschehen? Es wird immer schlimmer mit uns.

Sie stand auf.

»Jim, laß uns nach Hause gehen.«

»Ich bin noch nicht so weit, Krissy.«

»Ich weiß«, sagte sie. »Aber Conni hat einen Kuchen gebacken. Und ich muß noch mit dem Hund raus.«

»Das macht Albert.«

Sie schlug ihre Bücher zu und nahm sie von dem dunklen Kirschbaumholztisch. »Ich gehe. Komm doch mit, ja?«

Er blickte wieder in sein Buch. »Nein. Ich bleibe hier und mache das zu Ende.«

Hatte Aristoteles nicht geschrieben, daß man die Wahrheit höher stellen muß als seine Freunde? Kristina schüttelte den Kopf. Mit der *Nikomachischen Ethik* hatte sie die größten Probleme. Und mit Kants *Metaphysik der Sitten* auch. Ihr ganzes Leben lang hatte sie gegen ihren kategorischen Imperativ angekämpft. Menschen, die das nicht taten, beeindruckten sie immer sehr. Spencer hatte sie beeindruckt.

Menschen haben eine gute Seite, aber viele schlechte, hatte Aristoteles behauptet. Kristina dachte darüber nach. Schlecht war für sie immer, wenn man kein Gewissen hatte oder es unterdrückte.

Sie strich ihm zärtlich über den Nacken und küßte ihn auf die Stirn. »Tut mir leid, Jimbo, aber ich habe keine Lust mehr. Komm bald nach, ja? Wir wollen den Kuchen essen.«

»Okay«, murmelte er ohne aufzublicken.

Sie waren um die riesige Torte versammelt, die Conni für Albert gebacken hatte. Ihre unregelmäßige Glasur war mit gehackten Nüssen, Schokostreuseln und einundzwanzig Kerzen verziert.

Obwohl Conni sich extra fein gemacht hatte, schien sie eigentlich gar keine Lust auf die Feier zu haben. Ihre Lippen unter dem rosaroten Lippenstift waren zusammengepreßt, und der blaue Lidschatten konnte die dunklen Ränder um die Augen nicht verbergen.

Die vier betrachteten den Kuchen wie ein Opferlamm. Aristoteles dagegen musterte ihn, als wäre er der letzte Happen Futter auf der ganzen Welt.

Dann kam Frankie Absalom. Normalerweise war es schwer, ihn aus dem Epsilon House zu locken, aber für seinen alten Zimmergenossen Albert tat er alles.

Als Albert und Jim damals, im letzten Semester ihres ersten Jahres am College, beschlossen hatten, daß es besser wäre, wenn sie nicht mehr zusammen wohnten, war Albert zu Frankie gezogen. Mittlerweile wohnte Albert in einem Einzelzimmer ein paar Türen weiter von Kristinas Zimmer entfernt und Frankie im Epsilon House.

Kristina beobachtete, wie Conni sich ein fröhliches Lächeln abrang und *Happy Birthday* anstimmte. Alle fielen ein, auch Albert, der die lauteste Stimme von allen hatte.

»Albert!« rief Conni. »Wünsch dir was und blas die Kerzen aus. Aber wünsch dir was Schönes«, sagte sie vielsagend. Sie stand dicht hinter ihm und schob eine Hand in seine hintere Jeanstasche. Kristina fand, daß sie sich viel zu viel Mühe gab, normal zu wirken. Was hatte sie bloß?

Albert warf einen Blick nach rechts auf Conni, dann nach links auf Kristina und schließlich quer über den Tisch auf Jim. »Etwas Schönes also. Na gut.« Er schloß die Augen und blies alle Kerzen auf einmal aus. Conni und Kristina klatschten, Frankie johlte auf und stimmte *For He's a Jolly Good Fellow* an. Jim stand nur da und sagte halbherzig »Yeah«, während Aristoteles zweimal bellte.

Auch Kristina rührte sich nicht vom Fleck, während Conni mit dem Kuchen und dem Plastikbesteck hantierte. Eigentlich hatte sie hier nichts verloren. Die Euphorie, die sie heute zuerst bei Howard und dann bei Spencer gespürt hatte, war einer depressiven Stimmung gewichen. Vor ein paar Tagen hatte ihr Conni erzählt, daß Albert und sie daran dachten, sich zu verloben. »Ach, das freut mich aber. Wie schön für dich«, hatte sie geantwortet. »Ihr verlobt euch? Macht ihr eine Fete? Wow, das ist ja toll.«

Jim war heute unausstehlich. Er war noch nie besonders liebevoll gewesen, aber in letzter Zeit benahm er sich immer seltsamer. Heute abend will er nicht mal neben mir stehen, dachte Kristina traurig. Was sind wir bloß für ein Paar. Ob wir uns jemals verloben werden?

Frankie redete heftig auf Jim ein in seiner typischen unsinnigen Art, aber so war er nun mal, nicht nur beim Reden, auch in seiner exzentrischen Art, sich zu kleiden: karierte Hemden zu gestreiften Hosen, knallige neonfarbene Trainingsanzüge und Jeans, die so weit waren, daß sie von regenbogenfarbenen Hosenträgern festgehalten werden mußten. Conni reichte Kristina ein Stück Kuchen. Sie aß, nickte und sagte anerkennend: »Hmm, lecker.« Der Kuchen war trocken und schmeckte scheußlich. Sie beobachtete Alberts Gesicht, als er ein Stück zum Mund führte und langsam kaute. »Oh«, sagte er, »nicht schlecht.« Und Conni stand hinter ihm und strahlte.

Connis hohe piepsige Stimme ging Kristina auf den Wecker, aber ihr Lachen war ansteckend, und das gefiel ihr. Conni hatte eine Vorliebe für sexy Kleidung. Sie trug schwarze BHs und schwarze Unterwäsche, Bustiers und viel zu enge Jeans, gelegentlich sogar Strümpfe mit Strumpfbändern unter dem Rock. Kristina hatte manchmal das Gefühl, daß Conni das tat, um sie auszustechen. Kristina donnerte sich nie auf. Sie war Sportlerin, und sich aufzudonnern war uncool. Trainingsanzüge, Shorts, Leggings und Dartmouth Sweatshirts waren cool. Jeans waren cool. Basketballspielerinnen trugen keine Bustiers.

Sie und Conni waren beste Freundinnen gewesen, bis Kristina begann, Basketball zu spielen. Das antwortete Kristina, wenn man sie fragte, was aus ihrer Freundschaft geworden sei. Aber es war gelogen. Es lag nicht am Basketball, daß ihre Freundschaft sich verändert hatte.

Warum lacht sie so laut? fragte sich Kristina, die abwesend dasaß und kein Wort herausbrachte. Auch Jims Gesicht war wie versteinert. Albert diskutierte mit Frankie, flirtete mit Conni und schob seinen Teller mit dem Kuchen Kristina zu, wenn Conni gerade nicht hinschaute. Kristina schob ihn jedesmal zurück. Einmal blickte sie auf und sah, daß Conni mitkriegte, wie er ihr seinen Teller zuschob. Connis fröhliche blaue Augen verdüsterten sich. Kristina ignorierte den Teller und würdigte ihn keines Blickes mehr.

Sie hatten zusammengelegt und Albert eine Uhr von Pierre Cardin geschenkt, weil er nie und nirgends pünktlich war. Besser gesagt, Conni und Jim hatten zusammengelegt, weil sie die einzigen waren, die Geld hatten.

Kristina wünschte sich, daß Jim sie nicht mit diesen traurigen Augen ansah. Er hat doch kein Recht unglücklich zu sein, dachte sie. Er studiert mindestens genausoviel wie ich trainiere, er arbeitet mindestens genausoviel für den *Review* wie ich im Red Leaves. Und er ist derjenige, der Punkt elf ins Bett muß und deshalb nie bei mir schlafen kann.

Kristina saß ihm an dem alten Studentenheimtisch mit den stahlverstärkten Beinen und der Resopaloberfläche gegenüber und versuchte, ihn nicht anzusehen. Sie fühlte sich unwohl in seiner Gegenwart, ohne zu wissen, warum. Sie fütterte Aristoteles mit dem Rest des Kuchens und gab ihm auch noch Alberts Portion. Dann standen sie auf. Andere Studenten warteten darauf, die Gemeinschaftsküche zu benutzen. Die Party war zu Ende.

Die Hinman Lounge, ein halbrunder Fernsehraum mit Kitchenette, war wie eine Halbinsel an die Fassade von Hinman Hall angefügt worden. Die Kitchenette, ironisch auch *Hinman Café* genannt, verfügte nicht einmal über einen Kühlschrank. Es gab nur eine Ice Box, in der die Studenten ihre Drinks lagerten, einen elektrischen Herd, eine Mikrowelle und jede Menge schmutziges Geschirr in der Spüle. Die Sessel in der TV Lounge waren so alt, daß sie noch aus der Zeit von John Holmes Hinman stammen mußten, der 1908 hier gelehrt hatte.

Kristina und Jim saßen in den tiefen dunkelbraunen Sesseln, während Conni und Albert sich auf dem durchgescheuerten Sofa lümmelten. Der Fernseher war ein 32-Zoll-Mitsubishi. Die meisten Studentenheime verfügten über extra große Bildschirme. Nicht das Hinman. Wehmütig erinnerte sich Kristina an ihr erstes Jahr in Mass Row. Dort hatten sie Arbeitsräume, getrennte Küchen und einen Fernsehraum mit einem 50-Zoll-Sony-Fernseher gehabt.

Conni hielt Händchen mit Albert. Sie hängt ständig an ihm, wie eine Klette, dachte Kristina verächtlich, doch dann schämte sie sich plötzlich. Schließlich ist sie seine Freundin. Also ist es ganz normal, daß sie mit ihm Händchen hält.

Frankie war zurück ins *Epsilon* gegangen. Aristoteles lag auf dem Boden. Da sitzen wir vor dem Fernseher und reden kein Wort miteinander, dachte Kristina. Früher hatten sie sich so lebhaft unterhalten, daß die anderen Studenten sie auffordern mußten rauszugehen. Meistens hatten sie sich dann in eins ihrer Zimmer verkrümelt und stundenlang über Politik, Philosophie, Gott und die Welt diskutiert. Oder über Filme gesprochen, die keiner von ihnen je sehen würde, nur so aus Prinzip. Ohnehin war es bei den meisten Diskussionen ums Prinzip gegangen.

Nur Jim, der Geschichte studierte, bestand darauf, daß man seine Argumentation mit Fakten belegte. Albert versuchte ihm zu erklären, daß Philosophen und Religionswissenschaftler nicht so sehr an Fakten interessiert seien, aber das verstand Jim nicht. Conni studierte Soziologie, doch Kristina bezweifelte, daß ihr der Unterschied zwischen Empirie und Theorie klar war. Als sie noch zusammen wohnten, hatte Conni sie einmal ganz unschuldig angesehen und gefragt: »Krissy, weißt du eigentlich, was Sozialismus ist?«

Vor einem Jahr noch hatten sie heftig über die Parteitage, den Wahlkampf und die zwielichtigen Enthüllungen im *Penthouse* über einen der Präsidentschaftskandidaten gestritten.

Nach den Wahlen beherrschten Themen wie Gesundheitsreform und Homosexuelle in der Armee ihre Debatten. Keines dieser Themen berührte sie direkt. Conni und Jim waren über ihre Eltern versichert, und Kristina und Albert gingen so gut wie nie zum Arzt. Soweit Kristina wußte, spielte auch keiner von ihnen mit dem Gedanken, in die Armee einzutreten, nicht mal Frankie, der eine Menge zu sagen hatte, was Homosexuelle und Männer im allgemeinen beim Militär anging.

Sie waren angehende Akademiker. Jedes Thema war Wasser auf die Mühlen ihrer Auseinandersetzungen, sogar die Arbeitsbedingungen der Wanderarbeiter in Iowa, obwohl keiner von ihnen je dort gewesen war. Aber nichts bedeutete ihnen wirklich etwas. Jim war leidenschaftlich dogmatisch. Albert spielte den Advocatus Diaboli. Kristina gab sich moderat. Und Conni hatte selten eine eigene Meinung.

Am Anfang hatte Conni Jim etwas bedeutet. Doch dann stellte sich heraus, daß Conni ein Auge auf seinen Zimmergenossen Albert Mapelthorpe geworfen hatte, und auch das hatte etwas bedeutet. Jim war irgendwie damit fertig geworden. Er hatte Albert scheinbar verziehen und angefangen, mit Kristina auszugehen. Die vier wurden unzertrennliche Freunde. Im ersten Jahr hatten sie oft bis spät nachts zusammen gesessen, getrunken und Strip-Poker gespielt. Gelegentlich war es dabei leicht anrüchig zugegangen, aber niemals vulgär.

Und so sollte es auch bleiben, denn Kristina wollte ihre Freundschaft erhalten. Es wäre eine Schande, wenn ihre Vertrautheit und Verbundenheit wegen der Sache zwischen Albert und Conni zerbrach, die angeblich gar keine Bedeutung hatte.

Dabei wußte sie, daß Constance Tobias nicht so dachte. Für Conni bedeutete Albert alles. Vor ein paar Monaten erst hatte eine Kommilitonin sie gefragt: »Bist du immer noch mit Albert zusammen?« Und Conni hat geantwortet: »Jetzt und in alle Ewigkeit.«

Nach den Elf-Uhr-Nachrichten standen alle auf. Kristina streckte sich. Conni hob Albert ihr Gesicht entgegen, der sie pflichtbewußt küßte. Kristina senkte den Blick.

»So«, sagte Conni und schmiegte sich an Albert. »Gute Nacht zusammen, ich muß morgen ganz früh raus.«

»Kristina, gehst du noch mit dem Hund?« fragte Albert und sah ihr in die Augen.

Sie war in Gedanken versunken und brauchte eine Weile, um zu antworten. »Ja, klar«, sagte sie schließlich und versuchte zu lächeln.

»Soll ich gehen?« fragte Albert geduldig. »Mir macht es nichts aus. Ich weiß, daß du nachts nicht gern allein rausgehst.«

Jim fuhr dazwischen. »Sie kommt schon zurecht, danke.«

Kristina warf Jim einen fragenden Blick zu. »Ich komme schon zurecht, danke«, sagte sie.

»Die beiden kommen schon zurecht, Albert«, sagte Conni und zog ihm am Arm. »Gehen wir.«

Nachdem Albert und Conni verschwunden waren, fragte Jim lustlos: »Soll ich mit ihm gehen? Ich müßte nur schnell meinen Mantel holen.«

Kristina schüttelte den Kopf: »Schon gut, Jimbo. Ich bring ihn raus.«

»Du hast auch keinen Mantel. Wo hast du ihn bloß gelassen?«

»Keine Ahnung«, sagte Kristina hastig und überlegte, wann sie nach Fahrenbrae fahren könnte, um ihn zu holen. Morgen mußte sie in die Uni, danach zum Basketballtraining und um zwei ins Red Leaves. Na ja, ich werde das ganze lange Wochenende Zeit haben, um meinen Mantel abzuholen, dachte sie.

Sie hätte Albert oder Jim mit dem Hund gehen lassen sollen. In Wahrheit hatte sie überhaupt keine Lust auf einen Nachtspaziergang. Es war spät, und sie war furchtbar müde. Aristoteles liebte die dunklen gespenstischen Wälder hinter Hinman und Feldberg, im Gegensatz zu Kristina.

»Soll ich nun gehen oder nicht?« fragte Jim.

»Nein, ist schon gut. Ich gehe mit ihm raus.« Sie machte eine Pause. Sie war so müde. »Willst du bei mir schlafen?«

»Bei dir?« wiederholte Jim.

»Ja«, sagte sie und versuchte zu lächeln.

»Krissy, ich muß morgen schon um Viertel vor acht in der Uni sein.«

»Ja, ich weiß. Muß ich auch.«

»Ich bin völlig kaputt«, antwortete er. »Vielleicht morgen.«

Sie sah ihn resigniert an. »Klar, Jimbo. Vielleicht morgen.«

Als er ihre traurige Stimme hörte, fiel es ihm wieder ein. »Ach stimmt, morgen hast du ja Geburtstag. Morgen ganz sicher.«

Sie zwang sich zu einem Lächeln. »Gut.« Sie küßte ihn und fragte: »Bist du noch sauer auf mich, Jimbo?«

Verstockt antwortete er: »Nein, warum? Hab ich einen Grund?«

»Nein, hast du nicht«, entgegnete Kristina, ohne ihn anzusehen. »Dann gute Nacht.«

Kristina drehte mit dem Hund eine schnelle Runde in der kalten Nacht. Aristoteles zerrte an der Leine und wollte zu der Holztreppe, die in den Wald führte. »Nein, Aristoteles«, sagte sie entschieden und führte ihn zu dem erleuchteten Platz vor Hinman Hall. »Nicht in den Wald, du dummer Köter. Langsam müßtest du es wissen.« Aristoteles gehorchte widerwillig. Nachdem er in der Umgebung herumgeschnüffelt hatte, ging Kristina noch mit ihm zur Brücke. Sie war spärlich beleuchtet, trotzdem ging sie ganz hinüber und ließ sich von dem Hund sogar noch ein Stück in den Wald ziehen, damit er dort sein Geschäft verrichtete. Mit Herzklopfen wartete sie, daß er fertig wurde und lauschte nach den dumpfen Geräuschen des Waldes. Plötzlich knackte es in ihrer unmittelbaren Nähe, und Kristina zerrte heftig an der Hundeleine. »Los Aristoteles, mach schon!« Dann holte sie tief Luft und rannte mit ihm zurück.

Als sie wieder in ihrem Zimmer war, schaltete sie das Licht aus und sah aus dem Fenster auf den Hof und die Feldberg Bibliothek.

Es war fast Mitternacht.

Sie zog ihre neuen schwarzen Stiefel aus und dachte an Spencer O'Malley.

Ein gutaussehender Detective, der mich anschaut, als wollte er mich mit Haut und Haaren auffressen. Ein netter Mann mit kalten Händen, der bei meinem Anblick die Augen aufgerissen hat. Aber was soll ich mit aufgerissenen Augen anfangen? Ich wollte doch mein Leben in Ordnung bringen. Seit wie vielen Jahren nehme ich mir das schon vor? Seit meinem elften Lebensjahr versuche ich das. Jedes Jahr steht es an der Spitze der Zehnpunkteliste, die ich mit einem blauen Heftzwecken an der Wand befestigte. Ach ja. Für 1994 werde ich es mir auch wieder vornehmen, aber diesmal meine ich es ernst.

Kristina streifte ihre Jeans ab und nahm eine saubere schwarze Unterhose aus dem Schrank. Danach zog sie Sweatshirt und BH aus und schlüpfte in das rosarote Top, in dem sie schlief. In früheren Jahren war sie auf ihren schlanken Körper und die helle Haut stolz gewesen. Sie sah ihre Mutter ähnlich. Als Teenager hatte sie das Haar kurz getragen, und ihre Mutter hatte ihr verboten, etwas anderes als Kleider anzuziehen, wenn sie in die Schule ging. Früher war sie eine anständige junge Dame gewesen, doch in Dartmouth spielte sie Basketball; hier zählten nur Schnelligkeit und Ausdauer. In Dartmouth besaß sie kein einziges Kleid.

Kristina ging ins Badezimmer, das auf dem Gang lag, um sich die Zähne zu putzen und das Gesicht zu waschen.

Als sie in ihr Zimmer zurückkehrte, saß Albert im Dunkeln auf ihrem Bett. Sie schloß die Tür hinter sich ab und setzte sich neben ihm. Sie war froh, ihn zu sehen. Er fuhr mit seinen Fingern über ihre noch feuchte Wange. Kristina strich ihm das Haar aus dem Gesicht. Er hatte seinen Pferdeschwanz gelöst, und das Haar fiel ihm lose über die Schultern.

»Ich kann nicht lange bleiben«, erklärte er. »Um ein Haar wäre ich gar nicht weggekommen. Hab ihr gesagt, daß ich Kondome holen müßte. Sie sagte, sie hätte welche. Und ich hab dann gesagt, daß mir die bunten lieber sind. Rot, weiß, blau.«

»Du bist so patriotisch!« Kristina lächelte und schmiegte sich an ihn. Er strich ihr über die andere Wange und über die Stirn. Sie rückte noch näher und sah ihm in die Augen, während ihre Finger durch sein Haar fuhren. »Ich verstehe«, sagte sie sanft. Ihre Arme berührten sich.

»Ich wollte mit dir etwas bereden«, sagte er.

»Schieß los«, sagte sie zärtlich. Sie war so froh, daß er gekommen war. Sie wußte, daß es nicht mehr lange so weiter ging, daß bald Schluß sein mußte, aber jedesmal, wenn sie mit ihm allein war, wollte sie nicht, daß es aufhörte. Dann vergaß sie alle guten Vorsätze.

»Laß uns irgendwohin fahren«, sagte Albert.

»Wann?«

»Jetzt. Über Thanksgiving.«

Sie saß neben ihm in der Dunkelheit und starrte aus dem Fenster.

»Und wohin?« fragte sie schließlich.

»Nach Kanada!« sagte er leise. »Wir nehmen uns einen Mietwagen, setzen über den Fluß und fahren immer der Nase nach. Irgendwo werden wir schon eine hübsche kleine Hütte finden.

In Quebec. Und auf der Rückfahrt können wir in Montreal Halt machen. Was hältst du davon?«

Albert sah in ihr starres Gesicht. »Oder sind wir etwa schon wieder pleite?« fragte er.

»Nein, wir ...«, sie zögerte. »Nicht ganz. Howard hat mir ein bißchen Geld zum Geburtstag geschenkt.«

»Wieviel ist ein bißchen?«

Sie dachte schnell nach. »Zehntausend Dollar.«

Albert betrachtete sie aufmerksam. Kristina versuchte, sich nichts anmerken zu lassen.

»Genug, um nach Kanada zu fahren«, sagte er schließlich. »Oder ist das ganze Geld für dich?«

Kristina rieb seinen Arm und sagte: »Sei nicht albern. Es ist für uns beide.«

»Es ist nicht für uns beide«, entgegnete er. »Es ist dein Geld.«

»Unser Geld«, beharrte sie.

»Dein Geld«, wiederholte er. Dann umschloß er ihre Wange mit der Hand. »Rocky«, sagte er sanft. »Hättest du Lust?«

»Bitte«, flüsterte sie. »Es geht nicht. Ich habe ein Spiel am Samstag.«

Albert schnaubte verächtlich. »UPenn, die schlage sogar ich mit verbundenen Augen. Euer C-Team kann ihr A-Team schlagen. Dazu haben sie dich gar nicht nötig.«

»Albert, ich kann das Spiel nicht einfach so sausen lassen.«

Er zuckte die Achseln. »Als wäre es das erste Mal. Was ist schon dabei? Die Trainerin schreit dich zwei Minuten an, dann wickelst du sie im Training wieder ein, und nach einer Woche ist alles im Lot.«

»Ja, klar. Das letzte Mal, als ich ein Spiel verpaßt habe, hat sie mir gedroht, mich einen Monat lang auf die Ersatzbank zu setzen, wenn es noch mal vorkommt.«

»Sie weiß genau, daß sie sich damit nur ins eigene Fleisch schneiden würde, Kristina. Ohne dich ist sie aufgeschmissen. Oder meinst du, sie will eine Niederlage nach der anderen kassieren?« Er zog sie an sich und drückte sie. »Du bist einfach zu gut.«

Kristina umarmte ihn.

Albert ließ nicht locker. »Na los, Rocky. Sag schon ja.«

Sie drückte ihn fester an sich und schüttelte den Kopf. »Ein paar Tage verschwinden? Und was dann? Wir müssen hierher zurück, das weißt du doch. Wir müssen zurück und hier leben. Es gibt kein Entkommen.«

»Wer will denn entkommen? Ich will doch nur, daß wir beide uns …«

Sie unterbrach ihn. »Wahrscheinlich hättest du auch nichts dagegen, nach Alaska zu fahren oder eine Weltreise zu machen, wenn wir genug Geld hätten. Du würdest einfach sagen: ›Laß uns fahren und das Ganze hier vergessen. Laß uns Dartmouth und Howard vergessen.‹«

»Der Fall Howard ist doch wohl abgeschlossen«, antwortete Albert scharf.

Doch sie ließ sich nicht beirren. »›Laß uns Connecticut, Luke und Laura, Jim und Conni vergessen.‹ Du würdest sogar Aristoteles vergessen, wenn wir nur …«

»Wenn wir was?«

»Wenn wir nur irgendwo wären, wo uns niemand kennt. Dafür würdest du alles im Stich lassen, nicht wahr?«

Albert legte die Hand auf ihre Brust, um ihr Herz zu spüren. »Du etwa nicht?«

Kristina zog sich von ihm zurück. »Nicht alles. Nicht alles.« Sie schluckte. »Obwohl ich es verdammt gerne täte.«

»Wirklich? Würdest du gerne alles hinter dir lassen?«

»Und frei sein? Mehr als alles andere«, sagte sie ebenso heftig wie er. Ihre braunen Augen blitzten Albert an. Doch er verstand sie falsch.

»Dann laß uns fahren«, flüsterte er. »Edinburgh, Kristina. Erinnerst du dich noch an Edinburgh?«

Bei der Erinnerung an Edinburgh wurde sie schwach. Ihre Finger verkrampften und entspannten sich wieder, aber ihr Herz war schwer bei der Erinnerung an Edinburgh. »Klar erinnere ich mich. Und was ist danach? Wie sollte ich Jim wieder in die Augen sehen? Und was wäre mit Conni? Hast du schon vergessen, wie es war, als wir von Edinburgh zurückkamen? Und diesmal wäre es genauso, nur schlimmer.«

»Ich lasse mir irgendwas einfallen. Du weißt ja, wie gut ich darin bin«, lächelte er.

»Nein!« sagte sie. Sie sprachen in gedämpftem Ton, doch ihr Nein war eine Oktave höher.

Albert sagte: »Es ist doch keine große Sache! Ich jedenfalls würde alles tun, um ein paar Tage hier wegzukommen.«

»Warum die Eile? Wir waren doch gerade in Fahrenbrae.«

Er winkte ungeduldig ab. »Fahrenbrae ist doch nur um die Ecke. Wir könnten ein paar schöne Tage in Kanada verbringen. Wir könnten schlittenfahren. Du fährst doch gerne Schlitten, oder?«

»Ja klar«, sagte Kristina, und ihr Widerstand bröckelte mehr und mehr. »Mein Gott, das können wir doch nicht tun.«

»Rock, hör auf«, sagte er sanft. »Hör auf, dich gegen mich zu wehren.« Er nahm sie fest in die Arme.

»Es wären doch nur ein paar Feiertage«, wandte sie ein.

Er wollte sich nicht geschlagen geben, trotzdem ließ er sie los.

»So geht es nicht weiter«, sagte Kristina und lachte jämmerlich.

»Du hast recht«, pflichtete er ihr bei. »Aber was sollen wir tun? Schluß machen?«

»Ja«, kam es wie aus der Pistole geschossen.

»O Kristina! O Kristina! Wie oft sollen wir das noch durchkauen?«

»Bis wir Schluß gemacht haben.«

»Tja«, sagte er traurig. »Davon war aber heute morgen in Fahrenbrae keine Rede.«

»Die Berge waren zu schön«, antwortete sie ruhig und doch voller Gefühl. »Und du warst zu schön.«

Beide schwiegen. Sie stellte sich vor, wie es wäre, mit ihm nach Kanada zu fahren.

»Albert, dir ist doch auch klar, daß wir Schluß machen müssen, oder? Wir müssen wieder vernünftig werden. Du bist mit Conni zusammen und ich mit Jim ...« Plötzlich hielt sie inne. »Oder auch nicht. Wie auch immer, jedenfalls sollte jeder seinen eigenen Weg gehen.«

»Das haben wir schon mal probiert, und es hat nicht geklappt. Ich weiß nicht, wie ich vernünftig werden soll.« Er machte eine Pause. »Und du? Ich glaube, daß wir einfach verrückt sind.«

Ihr Mund war trocken, als sie flüsterte: »Verrückt, ja.«

»Verrückt!« rief er und zog sie an sich. »Rocky, warum tust du mir das an? Was machst du bloß mit mir?« Seine Stimme war fiebrig. Leidenschaftlich küßte er sie auf den Mund und packte ihre Handgelenke so fest, daß es weh tat.

Sie schloß die Augen und zog ihn an sich, bis ihre Gesichter verschmolzen. Sein Mund preßte sich auf ihre Lippen und öffnete sie mit seiner Erregung und Gewalt.

Sie stöhnte in seinen Armen. Er drückte sie aufs Bett. »Kristina«, flüsterte er. »Was sollen wir bloß tun?«

Sie gab nur ein unterdrücktes, heiseres Stöhnen von sich. Albert hob sie hoch und zog ihr das Top aus. Dann drückte er sie wieder aufs Bett. Sie sagte leise: »Wir werden noch ein bißchen verrückter. Und dann flüchten wir für immer.«

»Flüchten?« flüsterte er ihr in den Mund und rieb sich an ihr. So fest, daß es schmerzte und sie vor Lust stöhnte. Er rieb so stark, als wollte er ganz in sie eindringen. »Flüchten? Wovon redest du? Flüchten gibt es nicht.«

»Die süße Hölle«, flüsterte sie. »Fast wie der Himmel.« Seine große Hand legte sich hart auf ihren Mund. »Aber ich möchte nicht verdammt sein«, sagte sie durch seine Finger. Am liebsten hätte sie geweint.

Er beugte sich hinunter und nahm eine ihrer Brustwarzen vorsichtig zwischen die Zähne. Sie streichelte seine Arme, seinen Kopf, seine Haar, sein Gesicht.

»Kristina, Kristina«, sagte er leise. »Wir sind doch nicht verdammt. Wir sind verliebt.«

»Nein«, stöhnte sie, als seine Hand an ihrem Schenkel hinab glitt. »Wir sind verdammt.«

Sie hob den Rücken, damit er ihr leichter den Slip abstreifen konnte.

Er richtete sich wieder auf und küßte ihren Mund, das Gesicht. »Rocky, Darling«, sagte er. »Rocky, Kristina, Rocky ...«

»O Albert«, flüsterte Kristina. »Bitte ... bitte ... hör auf.«

Er stützte sich auf die Arme, sah ihr in die Augen und berührte ihr Gesicht und ihren Hals. »Wie denn?« sagte er erregt. »Wie kann ich aufhören, wenn du mir den Verstand raubst?«

Als er seine Jeans auszog und sie zwischen seine Beine griff, war er bereit. Sie stöhnte leise in seinen Nacken, und er atmete heftig, als er mit einer Hand ihren Rücken stützte und in sie eindrang.

Ein Klopfen an der Tür unterbrach sie.

»Kristina?«

Es war Conni.

Kristina war sofort völlig still und legte Albert die Hand auf den Mund. Sein gedämpftes Keuchen war das einzige Geräusch im Zimmer.

Es klopfte nochmals. »Kristina. Weißt du, wo Albert ist?«

Kristina hielt den Atem an, ließ Albert nicht los und antwortete: »Conni? Keine Ahnung, wo er steckt. Hör mal, es ist schon spät.«

Die Türklinke drehte sich.

»Kannst du bitte aufmachen?« sagte Conni ungeduldig.

»Conni, ich schlafe schon. Bin völlig erschöpft«, sagte sie und hielt Albert den Mund zu, um sein Stöhnen zu dämpfen. »Wir sprechen morgen, okay?«

»Ich möchte nur ganz kurz mit dir reden. Kannst du nicht aufmachen?«

»Morgen Conni, okay?«

Plötzlich schlug Conni hart gegen die Tür. »Nein, Kristina. Es ist nicht okay. Mach die Tür auf.«

»Laß mich zufrieden, Conni. Ich hatte einen harten Tag. Wir unterhalten uns morgen.«

Conni hämmerte weiter heftig an die Tür, doch Kristina und Albert achteten nicht mehr darauf. Albert drehte sich um. Kristina vergrub ihr Gesicht im Kissen, um die Geräusche zu unterdrücken. Sie spürte, wie Alberts Hand ihren Kopf ins Kissen drückte und wie sich sein Körper gegen sie preßte.

Conni schlug weiter gegen die Tür und schrie.

Schließlich hörte Kristina, wie sich jemand beschwerte und drohte, den Nachtwächter zu rufen. Conni achtete nicht darauf. Dann kam jemand und forderte sie auf, mitzukommen. Sie weigerte sich. Schließlich klopfte der Nachtwächter an Kristinas Tür und bat sie, aufzumachen. Albert streichelte sie zärtlich und pustete ihr ins Gesicht, um sie abzukühlen.

Kristina rief dem Nachtwächter zu, daß sie sich nicht wohl

fühle und schlafen wolle. Schließlich brachte der Mann Conni dazu, aufzugeben.

Später, als sie nebeneinander auf dem schmalen Bett lagen, sagte Kristina leise: »Albert, so können wir nicht leben.«

»Du hast recht. Laß uns nach Kanada fahren.«

»Wie? Für immer?«

»Ja«, sagte er. »Laß uns für immer nach Kanada ziehen.«

Sie stieß ihn leicht in die Seite. »Junge, Junge, im Moment würdest du alles sagen, was?«

Er lächelte. »Alles.« Er lag auf der Seite und stützte sich mit dem Ellbogen auf. Er pustete ihr wieder ins Gesicht und küßte sie zärtlich.

Kristina dachte an Conni. Was würde Albert ihr bloß sagen?

»Albert? Warum ausgerechnet Kanada, hm?« fragte sie. »Kommt mir so weit weg vor.«

»Je weiter, desto besser«, gab er zurück. »Sag bloß nicht, daß du nicht willst?«

»Das habe ich nicht gesagt«, antwortete Kristina nachdenklich, vorsichtig.

»Dann laß uns fahren«, flehte Albert sie an. »Geld haben wir ... und du hast selbst gesagt, daß uns nichts im Wege steht.«

Sie wollte Albert nach seiner bevorstehenden Verlobung mit Conni fragen. Wie willst du mit mir nach Kanada und dich gleichzeitig mit Conni verloben? wollte sie fragen.

Doch Albert stieß sie leicht in die Seite. »Und?«

»Und wenn das Geld alle ist, was dann?«

»Was dann? Dann besorgen wir uns neues«, antwortete er.

»Woher?«

Albert drehte sich auf den Rücken und starrte an die Decke.

»Howard und ich sind jetzt offiziell geschieden«, erklärte Kristina. »Und Großmutter ist tot.«

»Irgendwo muß doch noch was zu holen sein«, sagte Albert.

»Was redest du für einen Mist«, fuhr sie ihn an. »Es gibt kein Geld mehr, ich sag's dir doch.«

»Dann suchen wir uns einen Job. Wir kommen schon zu Geld.«

Kristina zog eine Grimasse. »Du willst dir einen Job suchen, Albert?«

»Klar, warum nicht?« Er verschränkte die Hände hinter dem Kopf. »Probieren kostet nichts.«

Jetzt drehte Kristina sich auf die Seite, stützte sich auf den Ellbogen und sah ihn an. Sie wollte ihm das mit dem Geld sagen, aber es war nicht der richtige Augenblick. Wenn er Conni geheiratet hatte, vielleicht. Sie lächelte in sich hinein.

»Was ist so komisch?«

»Ach, nichts«, antwortete sie hastig. Es war wirklich nicht der richtige Zeitpunkt.

»Rocky? Wenn ich mit Conni Schluß mache, würdest du dann auch mit Jim Schluß machen?«

Nein, nicht das schon wieder. Um ein Haar hätte sie ihn gefragt, ob er vor oder nach der Verlobung mit Conni Schluß machen wollte. Aber sie ließ es sein.

»Albert, ich bitte dich.«

Er biß die Zähne zusammen. »Ich habe ein ungutes Gefühl bei deinem Jim.«

»Warum? Weil er ein netter Kerl ist? Weil er mich gut behandelt?«

»Weil sein Glauben ihm verbietet, mit dir ins Bett zu gehen«, antwortete Albert gehässig. »Was für eine Beziehung ist denn das?«

»Ich konnte doch nicht wissen, daß er nicht auf Sex steht, als ich anfing, mit ihm auszugehen, oder?«

Albert starrte sie leidenschaftlich an. »Nein, Rocky. Es ist nicht, daß er nicht auf Sex steht. Er steht nicht auf Sex mit dir.«

»Aber für dich ist es doch leichter so, oder nicht?«

»Ja«, sagte Albert schnell. »Zuerst konnte ich den Gedanken, daß er dich berührt, nicht ertragen.« Er machte eine Pause. »Oder daß dich irgend jemand berührt.«

»Und wie meinst du, geht es mir mit dir und Conni?« fragte Kristina. Sie schwiegen. Kristina dachte an Thanksgiving. Mit ihm zusammensein. Nicht allein. Weder mit Jim, Conni noch Howard oder ganz allein sein, sondern mit ihm weit weg in Kanada.

»Wir müssen ja nirgends hinfahren«, erklärte Albert. »Die zehn Riesen könnten wir sparen.«

»Das könnten wir«, sagte sie zögernd.

»Ja. Wir haben nie Geld.« Er wandte sich etwas weiter von ihr ab. »Ich bin ständig pleite.«

»Wozu brauchst du Geld?« fragte Kristina. »Conni zahlt doch für alles.«

»Nicht nur Conni, liebe Rocky«, sagte Albert und starrte sie in der Dunkelheit an. »Nicht nur sie.«

Und dann lagen sie nackt auf dem schmalen Bett und schliefen ein.

2

Montag

Um Viertel vor acht hatte Kristina ein Seminar in Theologie. Um Zeit zu sparen, zog sie dieselben Sachen an wie gestern.

Albert saß neben Aristoteles, der sich auf dem Bett breitgemacht hatte.

»Schmeiß ihn runter«, sagte Kristina. »Er haart mir alles voll.«

Albert faßte den Hund nicht an. »Zu spät, schon passiert.«

»Albert!« rief Kristina. »Aristoteles, runter da!«

Schuldbewußt sprang Aristoteles vom Bett. Er wußte genau, daß er das nicht durfte.

Kristina setzte sich neben Albert und massierte sein Bein. »Was wirst du Conni sagen?«

Er hatte schwarze Ränder um die Augen wie immer, wenn er wenig geschlafen hatte, und wirkte mürrisch. Das blasse Gesicht und die schwarzen Augen gaben ihm etwas von einer Leiche.

»Mach dir keine Sorgen«, beruhigte er sie. »Mir fällt schon was ein.«

Kristina, der weder innerlich noch äußerlich nach Lächeln zumute war, antwortete: »Davon bin ich überzeugt. Sag ihr doch einfach, du wärst in deinem Zimmer eingeschlafen.«

»Und hätte den ganzen Radau nicht mitbekommen? Wie stellst du dir das vor, Rocky? Aus dir wird nie eine überzeugende Lügnerin.«

Kristina starrte aus dem Fenster in die blaue Dunkelheit nach dem Morgengrauen. Es sah sehr kalt aus. Sie empfand Mitleid mit Conni. Ihre Freundin hatte sich zum Narren gemacht und war obendrein betrogen worden, genau wie sie befürchtet hatte.

»Ich sag ihr, ich hätte Aristoteles doch noch rausgebracht, weil du es nicht getan hattest. Ich sag, ich wär mit ihm durch den Wald gegangen und hätte dann bei Frankie übernachtet, weil es zu spät geworden sei.«

»Und was ist, wenn sie gestern nacht bei Frankie angerufen hat?«

»Frankie geht nach Mitternacht nicht mehr ans Telefon.«

»Oder zu ihm gefahren ist?«

»Ist sie nicht. Das würde sie nicht tun.«

»Jedenfalls solltest du Frankie in deinen Plan einweihen.«

»Kein Problem.«

»Ich verstehe. Frankie ist so was wie dein Handlanger, wie?«

»So ein Quatsch! Er ist mein Freund«, sagte Albert, stand auf und starrte sie gereizt an. »Ich weiß nicht, was in dich gefahren ist, Kristina.«

Kristina schüttelte den Kopf. Sie fühlte sich immer mieser. »Nichts, ich habe nur ...« Was war aus dem Start in ein neues Leben geworden? Hatte sie nicht gestern damit begonnen? Hatte sie sich das nicht geschworen?

»Conni wird es mir abkaufen. Du wirst sehen.« Albert legte Aristoteles die Leine an. »Vergiß nicht, daß sie es gerne glauben möchte. Warum sollte sie die Wahrheit wissen wollen? Was kann sie mit der Wahrheit schon anfangen? Lassen wir ihr den Spaß. Soll sie glauben, was sie gerne glauben möchte. So einfach ist das.«

Kristina erhob sich und sagte mit kalter Stimme. »Ist es wirklich so einfach? Eine dümmere Ausrede gibt es wohl nicht.«

Er zuckte die Achseln. »Fällt dir eine bessere ein?«

Sie nahm ihre Bücher vom Schreibtisch. »Das können wir nicht machen, Albert. Ich jedenfalls kann es nicht.«

Er ging auf sie zu. »Und das fällt dir erst jetzt ein ...?« sagte er anzüglich und strich ihr mit der Hand über den Rücken.

»Ich meine es ernst«, erklärte sie und schob ihn beiseite. »Ich kann nicht mehr. Ich fange an, mich selbst zu hassen, und ...« Plötzlich stockte sie.

»Und was?«

»Ach nichts.«

»Und du fängst an, mich zu hassen.«

»Das habe ich nicht gesagt.«

»Das war auch nicht nötig.« Seine schwarzen Augen blitzten. Erschrocken trat sie einen Schritt zurück. So kannte sie ihn nicht.

»Ich muß los«, erklärte sie.

Er zuckte die Achseln. »Wo ist dein Mantel?«

»In Fahrenbrae.«

»Ach so. Dann nimm meine Jacke.«

»Und du?«

»Ich hab noch eine.« Er schloß die Tür auf und warf einen Blick auf den Gang. »Die Luft ist rein«, sagte er leise und ging schnell durch den Flur zu seinem Zimmer. Sie folgte ihm.

»Ich kann deine Jacke nicht nehmen, Albert. Was soll ich sagen, wenn ich Jim oder Conni treffe?«

»Laß dir was einfallen.«

»Klar. Daß ich meinen Mantel nach dem Schäferstündchen im Motel vergessen habe.«

»Ein bißchen cleverer mußt du schon sein.«

Sie seufzte tief. »Bis später, Albert.«

Er musterte sie einen kurzen Augenblick lang. »Bis heute nacht«, sagte er und gab ihr seine Lederjacke. Sie schüttelte den Kopf und verschwand durch die Glastür, die zum Treppenhaus führte.

»Rock«, rief ihr Albert hinterher, als sei es ihm gerade erst eingefallen. »Herzlichen Glückwunsch zum Geburtstag.«

Sie nickte, ohne zu lächeln.

»Wirst du dir das mit Kanada überlegen?«

Kristina schüttelte ungläubig den Kopf und warf ihm einen traurigen Blick zu.

Die Glastür schloß sich hinter ihr.

Nach ihrer letzten Unterrichtsstunde mußte sie zum Basketballtraining. Danach duschte sie und lief zum Parkplatz. Ihr langes Haar war noch feucht, als sie in ihren Wagen stieg und versuchte, den Motor zu starten. Der Mustang hustete und stotterte.

»Lieber kleiner Wagen«, versuchte sie ihn anzuspornen. »Bitte, bitte, spring an, du Süßer. Ich werde mich auch ganz bestimmt um dich kümmern, wenn du krank wirst. Los komm schon, Kumpel.« Endlich sprang der Motor an. Kristina schloß die Augen. Gott sei Dank. Du alte Scheißkiste.

Plötzlich klopfte jemand heftig gegen die Scheibe. Kristina öffnete die Augen. Conni trat einen Schritt zurück und verschränkte die Arme über der Brust.

»O nein, dachte Kristina und kurbelte die Scheibe halb herunter.

»Hi, Conni. Was gibt's?« sagte sie. »Ich bin spät dran.«

»Du bist immer spät dran.«

»Das ändert auch nichts daran«, sagte Kristina freundlich. Innerlich fühlte sie sich miserabel.

»Was es gibt?« wiederholte Conni und spielte wütend mit einer Strähne ihres Haares. »Wieso hast du gestern abend die Tür nicht aufgemacht?«

»Ich hab dir doch gesagt, daß ich schon geschlafen habe.«

Conni warf ihr einen eisigen Blick zu. »Geschlafen, hm? Aber die Tür hättest du aufmachen können.«

»Hätte ich, ja«, entgegnete Kristina. »Aber ich wollte nicht. Ich war nackt und müde. Und es hörte sich an, als wärst du nicht allein im Flur.«

Connis Augen verengten sich zu Schlitzen. »Und warst du allein im Zimmer?«

Kristina erschrak. Sollte sie das etwa hier auf dem Parkplatz ausfechten? »Constance«, sagte sie langsam. »Was wirfst du mir vor?«

»Nichts«, erklärte Conni hastig. »Nichts, ich war sauer, daß du die Tür nicht aufgemacht hast. Sonst schließt du nicht mal ab.« Sie zögerte. »Und ich weiß, daß Jim nicht bei dir war.«

»Woher?«

»Weil ich Albert gesucht habe.«

»In Jims Zimmer?«

»Überall.«

Kristina seufzte. »Conn, wie oft hast du Albert bei Jim getroffen? Albert geht nie zu ihm. Nie.«

»Woher weißt du das?«

»Weil Jim es mir gesagt hat.« In Wahrheit hatte Albert es ihr gesagt. Albert fühlte sich nicht mehr wohl in Jims Gegenwart.

Etwas ruhiger sagte Kristina: »Es tut mir leid, daß du sauer warst. Nächstes Mal mache ich dir auf, okay?« Sie kurbelte die Scheibe ganz herunter.

»Weißt du«, sagte Conni, »ich war nur ... ich wußte nicht, wo Albert war. Er hatte gesagt, er würde nur noch mal kurz in sein Zimmer gehen.«

»Aha«, erklärte Kristina, ohne zu wissen, was sie sonst sagen konnte. »Und ist er wieder aufgetaucht?«

»Nein«, sagte Conni mit weinerlicher Stimme. »Das ist es ja.«

Beide schwiegen. Kristina wandte den Blick von Conni ab, die ihre Gedanken zu sammeln schien, während sie in der Kälte von einem Bein auf das andere trat. Kristina blickte durch die Windschutzscheibe auf den Parkplatz und das Studentenheim. Sie konnte ihr Fenster im dritten Stock sehen. Wie schön es wäre, jetzt da oben ganz allein zu sein. Ihr Blick schweifte nach rechts auf die Brücke. Kristinas Brücke. Wenn es bald schneite ... würde sie vielleicht ein paar Drinks nehmen, über die Brücke balancieren und keine Angst mehr haben.

Sie sah Conni an, die offensichtlich mit sich kämpfte.

Schließlich räusperte sich Conni und sagte: »Krissy, hör mal. War der Hund bei dir?«

»Warum?« fragte Kristina und hätte am liebsten sofort die Scheibe wieder hochgekurbelt.

»Gestern abend.«

Kristinas Herz schlug heftig. Sie versucht, mir eine Falle zu stellen. Aber was soll ich sagen? Ich weiß nicht mal, ob sie schon mit Albert gesprochen hat. Jedenfalls versucht sie, mich in die Enge zu treiben, aber worauf will sie hinaus?

»Weiß ich nicht«, entgegnete sie dann. »Paß auf, ich muß wirklich los ...«

»Albert hat mir erzählt, er hätte gestern abend Aristoteles für dich rausgebracht.«

Kristina ließ sich ihre Erleichterung nicht anmerken.

»Ja, er ist vorbeigekommen und hat Aristoteles mitgenommen.«

»Wirklich?« sagte Conni. »Also hast du ihn getroffen?«

»Ganz kurz«, antwortete Kristina.

»Und dann?«

»Was dann? Dann habe ich abgeschlossen.«

»Warum hast du das gemacht?«

»Weil ich schlafen wollte und er so lange wegblieb.«

»Wie lange?«

»Keine Ahnung, Conni. Er hat den Hund nicht mehr zurückgebracht.« Sie wußte nicht, was sie sonst hätte sagen sollen, aber Conni schien immer noch nicht besänftigt. Also sagte sie: »Vielleicht war er noch bei Frankie.«

»Genau das hat er mir erzählt. Und er hat gesagt, er sei wohl zurückgekommen, aber du hättest die Tür nicht aufgemacht.«

»Wann denn? Ich habe ihn nicht gehört«, antwortete sie, ohne mit der Wimper zu zucken, und dachte, mein Gott Albert, warum hast du mir das nicht vorher gesagt?

»Wie lange war er denn fort, bevor ich gekommen bin?«

»Keine Ahnung. Eine halbe Stunde vielleicht.«

Es war nicht das erste Mal, daß Kristina von Conni regelrecht verhört wurde. Sie hoffte, es wäre das letzte Mal. Seit Edinburgh traute Conni Albert und Kristina nicht mehr über den Weg. Als sie noch zusammenwohnten, hatte Conni Kristina nie in Verdacht gehabt, obwohl sie davon überzeugt war, daß es in Alberts Leben noch eine andere gab.

Kristina sah zu Conni auf, die sie mit einem Gesichtsausdruck anstarrte wie jemand, der gerade eine völlig absurde Entschuldigung angenommen hat und sich nun dafür haßt.

Kristina fühlte sich jämmerlich, als sie sagte: »Conn, ich dachte, er wäre bei dir. Ich hab geglaubt, er hätte Aristoteles mit zu dir genommen.«

»Nun, das hat er nicht«, antwortete Conni und versuchte, ihre Stimme zu kontrollieren.

Kristina streckte die Hand durchs Fenster und packte Conni am Arm. »Tut mir leid, daß es dir nicht gut geht. Es wird schon wieder. Du weißt doch, daß Albert dich liebt.«

»Weiß ich das? Weiß ich das wirklich?«

»Na klar«, tröstete sie Kristina. »Das merkt man. So, wie er dich ansieht ... es ist unübersehbar.«

Conni starrte sie an. »Du machst dich über mich lustig, nicht wahr?«

»Natürlich nicht.« Worauf wollte sie hinaus?

»So, wie er mich ansieht?« Conni lachte laut. »Du machst wohl Witze. Kristina, hast du jemals gesehen, wie Albert dich ansieht?«

Kristina hatte es bemerkt. Sie wußte, wie Albert sie ansah. Sie setzte ihr ausdruckslosestes Gesicht auf und sagte: »Ich weiß nicht, wovon du redest, Conn.«

»Kristina!« Conni verlor die Beherrschung. »Er sieht dich an, und du siehst ihn an, ich weiß nicht, als ... wärt ihr die dicksten Freunde. Als müßte er am nächsten Tag an die Front und würde dich zum letzten Mal sehen. Gott, es macht mich verrückt. Und sag bloß nicht, es wäre dir nicht aufgefallen.«

»Tut mir leid, Conni. Es ist mir nicht aufgefallen.«

»Albert sagt dasselbe. ›Conn, du bist verrückt. Conn, wahrscheinlich siehst du Gespenster. Conn, ich sehe Frankie genauso an. Conn, du hast sie nicht mehr alle. Und wie sehe ich dich an?‹«

Kristina drehte sich der Magen allmählich um. »Was soll ich dir sagen, Conn?« erklärte sie schwach.

Conni fuhr fort, als hätte sie sie nicht gehört. »Ich hab ihm gesagt, es ist nicht, daß er mit dir schläft, denn das tut er ja nicht, oder dir Sachen sagt, es ist die Art, wie er dich anschaut. Ich habe ihn gebeten, dich nicht mehr anzusehen.« Conni holte tief Luft und blies sich mit einer nervösen Bewegung das Haar aus der Stirn. »Mein Gott, das Ganze ist einfach lächerlich.«

»Da hast du recht«, sagte Kristina ruhig. Sie warf einen Blick auf die Uhr am Armaturenbrett, stieg aus und nahm Conni in die Arme. Diese wehrte sich nicht, erwiderte die Umarmung aber auch nicht.

»Es tut mir wirklich leid, daß du so down bist. Kopf hoch!« Kristinas Arme lagen immer noch um ihre Schultern.

»Habe ich sie wirklich nicht alle, Krissy? Bin ich wirklich verrückt?«

»Ja«, erklärte Kristina mit schlechtem Gewissen. »Total.«

»Krissy«, sagte Conni leise. »Einmal hab ich euch gesehen.«

Kristina blieb das Herz stehen. Sie stellte sich das Schlimmste vor, aber dann sagte sie: »Uns gesehen, wo?«

»In der Bibliothek. Ihr habt im Saal gesessen und in dasselbe Buch geschaut.«

»Wann?«

»Ich weiß nicht. Vor ein paar Wochen.«

»Wahrscheinlich haben wir Nietzsche gelesen.«

»Ihr habt euch nicht berührt, aber ich habe mich so elend gefühlt, als ich euch beide so gesehen habe.«

»Conni«, sagte Kristina leise. »Wir haben nur gelernt.«

»Ja, ich weiß«, erklärte Conni mit deprimierter Stimme. »Das hat mir Albert auch gesagt. Ich meine, ich weiß, daß er mich liebt. Das weiß ich, okay? Nur komme ich gegen diese Gefühle, die ich manchmal kriege, nicht an. Es tut mir leid.«

Kristina drückte Conni fester an sich. Unglaublich. Wie habe ich bloß sie dazu gebracht, sich bei *mir* zu entschuldigen?

Connis Gesicht hellte sich etwas auf, und Kristina fühlte sich noch miserabler. Ich werde nicht mehr lügen. Das ist mein neues Motto. Ich werde mein Leben in Ordnung bringen und nie wieder lügen.

Sie stieg in den Wagen und legte den Rückwärtsgang ein: »Ich muß wirklich los.«

»Ja, sicher«, sagte Conni und trat einen Schritt zurück. »Danke, daß du mit mir geredet hast.«

»Keine Ursache«, antwortete Kristina und haßte sich, als sie zum Red Leaves fuhr.

Im Red Leaves hatte ihre Chefin und Freundin Betty eine Eistorte für Kristina besorgt. Es war die Geste, die zählte, denn sie wußte nicht, daß Kristina seit ihrer Kindheit Eistorten haßte.

Ihre Kolleginnen und einige der Mädchen im Red Leaves hatten zusammengelegt und ihr eine Handtasche aus schwarzem Leder geschenkt.

Kristina überlegte und wünschte sich etwas, das vage mit dem Geruch von Pinien, Wald, Kälte und Hoffnung zu tun hatte. Dann blies sie dankbar alle Kerzen aus, schnitt die Torte an, und Betty teilte aus, während Kristina sich in ihren Lieblingssessel im Wohnzimmer kuschelte.

Obwohl sie Eistorten haßte, aß sie ihre Portion ganz auf und bat sogar um einen Nachschlag. Schließlich nahm sie ihre Brieftasche, einige Briefe, Artikel und Zeitschriften aus ihrem alten Rucksack und steckte sie in ihre neue Handtasche. Als sie die zufriedenen, liebevollen Gesichter um sich herum sah, fühlte sie sich besser.

Betty war eine schlanke, ein wenig streng wirkende Frau Mitte Dreißig mit blasser Haut und spitzer Nase. Red Leaves war größtenteils ihr Werk. Das Haus hatte ihren Eltern gehört. John und Olivia Berret waren Philanthropen gewesen, die ihrer Gemeinde etwas Gutes hatten tun wollen. Sie hatten bereits viel Geld für Stadtbüchereien, Wohltätigkeitsvereine, Obdachlosenheime und Armenküchen gespendet, ehe sie Red Leaves gründeten. Rasch entwickelte es sich zu ihrem wichtigsten Projekt, und da es das einzige seiner Art in der Gegend war, wurde es über Nacht berühmt.

Im ersten Studienjahr hatte Kristina im Dartmouth-Hitchcock Medical Center eine Broschüre des Red Leaves House entdeckt und beschlossen, ihr Praktikum dort zu machen. Seit drei Jahren kam sie jeden Montag und Donnerstag nachmittag her. Kristina hätte sich eine bessere Bezahlung gewünscht, vor allem während der Semesterferien. Aber das Wichtige an dem Job war, daß sie zweimal in der Woche aus dem College rauskam, und das war entscheidend. Außerdem wurde sie von den schwangeren Mädchen geradezu vergöttert.

Der einzige Nachteil war die Nähe zu den Babys. Kristina hatte zögernd, dafür aber um so heftiger ihr Herz für die Kleinen entdeckt. Jedesmal wenn sie mit ihren Müttern oder Adoptiveltern das Red Leaves verließen, hatte Kristina das Gefühl, als würde man ihr ihre eigenen Kinder wegnehmen.

Den Job aufzugeben, war keine Lösung. Was hätte sie sonst machen sollen? Die Mädchen liebten sie, die Sozialarbeiter kamen gut mit ihr zurecht. Und sie war die einzige aus Dartmouth. Es war wie in einer zweiten Basketballmannschaft zu spielen. Kristina war der All-Ivy-Center von Red Leaves.

Ehe sie nach oben ging, wechselte sie noch ein paar Worte mit Betty.

»Wie geht's deinen Freunden?« wollte Betty wissen. »Siehst du sie noch, oder hast du jetzt überhaupt keine Freizeit mehr?«

»Ich hab jede Menge um die Ohren, aber ich sehe sie trotzdem jeden Tag. Im Moment schreibe ich einen Artikel über die Todesstrafe für Jim, und Freitagabend war ich mit Conni im Kino. Wir haben uns ...«

»Und Albert?« unterbrach sie Betty. »Siehst du ihn auch?«

Kristina unterdrückte ein Lächeln und musterte Betty. »Ja, ab und zu. Es geht ihm gut.«

»Prima. Du weißt ja, daß du sie gerne sonntags hierher einladen kannst, wenn du nicht so viel zu tun hast. Die Mädchen waren ganz aus dem Häuschen, als ihr vor ein paar Monaten hier wart und in der Einfahrt Basketball gespielt habt. Vielleicht könnte man das irgendwann wiederholen«, sagte sie und schaute abwechselnd nach rechts und links, ohne Kristina direkt anzusehen.

Kristina lächelte und legte ihre Hand auf Bettys Arm. »Danke, gerne. Vielleicht kann ich sie am Sonntag nach Thanksgiving zusammentrommeln. Wie wär's?«

»Das wäre gut«, antwortete Betty mit beherrschter Stimme.

»Wo ist Evelyn?« fragte Kristina.

»Sie ist oben. Du solltest raufgehen. Es geht ihr nicht besonders, und sie hat schon nach dir gefragt.«

Als Kristina aufstand und die Treppe hochging, rief Betty ihr nach: »Sie fragt ständig nach dir. Was hast du bloß mit ihr gemacht?«

»Na ja. Du weißt schon. Ich stecke Nadeln in eine Puppe namens Evelyn und schlachte jeden Freitag ein Huhn.«

»Wie nett!«

Die fünfzehnjährige Evelyn Moss war im Sommer im dritten Monat mit Zwillingen schwanger ins Red Leaves gekommen. Groß, hübsch, rotblond, kämpfte sie noch mit morgendlicher Übelkeit und war extrem depressiv. Den ganzen Sommer über hatte Kristina sich um Evelyn gekümmert, die sich allmählich in einen kugelrunden Abklatsch ihres früheren schlanken Selbst verwandelte. Im Sommer hatte sich Evelyn nichts mehr gewünscht, als nicht schwanger zu sein. Sie wich nicht von Kristinas Seite, futterte nonstop und nahm viel zuviel zu. Kein Wunder, daß sie mittlerweile Probleme mit dem Blutdruck hatte.

Sie verbrachte drei Monate damit, sich vollzustopfen, und dann noch mal drei Monate mit Heulen. Die Abneigung gegen die Schwangerschaft wich allmählich dem Verlangen, ihre Kinder behalten zu dürfen. Kristina versuchte Evelyn klarzumachen, daß auch das normal war. Doch Evelyn hörte nicht auf sie.

Kristina versuchte, sie mit Statistiken zu überzeugen. »Alles spricht gegen dich, Mädchen.« Kristina erzählte ihr, wie viele Mütter im Teenageralter die Schule aufgaben, wie viele von der Fürsorge lebten, unter dem Existenzminimum, und welche psychischen Probleme das für die Kinder bedeutete. Doch das konnte Evelyn auch nicht trösten. Sie hatte sich etwas in den Kopf gesetzt und war nicht mehr zur Vernunft zu bringen. Evelyns Eltern hatten ihr erklärt, daß sie die Kinder zur Adoption freigeben müsse, und Evelyn war in einem Alter, wo man noch auf seine Eltern hört.

Schon von draußen konnte man Evelyn in ihrem Zimmer schluchzen hören. Kristina klopfte und trat ein.

»Hi, Evie. Ich bin's«, grüßte sie fröhlich, und das Schluchzen verstärkte sich.

»Na, das ist ja eine schöne Begrüßung«, sagte Kristina, setzte sich auf das Bett neben sie und tätschelte ihren Bauch. »Wie geht's?«

Evelyn brachte kein Wort heraus.

»Kopf hoch, Kleines. Nur noch ein paar Wochen und du hast es hinter dir.«

»Von wegen ein paar Wochen. Ich hab schon die ersten Wehen.«

»Oh, klasse«, sagte Kristina aufgeregt. »Klasse!«

Evelyn nahm Kristinas Hände. »Bitte, Krissy, sprich mit meiner Mutter, bitte! Ich will meine Babys nicht weggeben.«

Evelyn hatte Kristina von ihren Eltern erzählt, die ihr ganzes Leben lang nicht aus Lyme rausgekommen waren. Ihre Würde und ihr Stolz erlaubten nicht, daß ihre einzige Tochter mit fünfzehn ein Kind kriegte. Soweit sie zurückdenken konnten, war so etwas in ihrer Familie nicht vorgekommen. Donald und Patricia Moss hatten ihre Tochter ins Red Leaves geschickt und den Nachbarn erzählt, sie besuche eine kranke Tante in Minnesota. Evelyn konnte schlecht mit zwei Babys aus Minnesota zurückkehren, von denen sie nicht einmal wußte, wer der Vater war. Bei einem ihrer vielen tränenreichen Gespräche hatte Evelyn Kristina anvertraut, daß sie selbst nicht hundertprozentig sicher war, wer der Vater sei, obwohl sie einen starken Verdacht habe. Evelyns Eltern hatten sich die beiden Jungs einzeln vorgeknöpft, doch beide hatten jede Schuld von sich gewiesen und alles Evelyn in die Schuhe geschoben. Die Jungs hatten Angst und keine Lust, mit fünfzehn zu heiraten. Sie wollten die High-School beenden.

Kristina wußte, daß es keinen Zweck hätte, mit ihren Eltern zu sprechen. »Evie«, sagte sie sanft. »Ich spreche mit deiner Mutter, wenn sie nächstes Mal kommt. Okay? Ich spreche mit ihr.« Sie machte eine Pause. »Aber selbst wenn sie adoptiert werden, wäre es okay. Wirklich. Sie würden in einer liebevollen Umgebung aufwachsen.«

»Krissy, ich bitte dich!« fauchte Evelyn. »Du verstehst gar nichts. Ich will sie nicht weggeben!«

Kristina streichelte über ihren dicken Bauch. »Doch, Evelyn, ich verstehe alles«, antwortete sie ruhig.

Evelyn löste sich von ihr. »Wie könntest du?«

Was konnte Kristina diesem verzweifelten Mädchen sagen?« »Evelyn, man wird sie lieben«, wiederholte sie sich. »Und du wirst nicht dein ganzes Leben ruinieren. Sie werden wunderbare Eltern haben. Sie werden zwei erwachsene Eltern haben, die sich um sie kümmern …«

»Sie sollen aber keine Eltern haben!« heulte Evelyn. »Sie sollen mich haben!« Evelyn saß ihr gegenüber auf dem Bett. Ihr Gesicht war rot und geschwollen, sie wirkte schwer und unbeweglich. Ihr Atem ging stoßweise.

»Evie, reg dich nicht auf«, sagte Kristina und versuchte, das Mädchen zu beruhigen, indem sie lächelte und einen Witz machte. »Ich habe keine Ahnung, wie man Hebamme spielt.«

»Aber Betty«, entgegnete Evelyn in vollem Frust. »Sie hat es schon mal gemacht, als der Wagen eine Panne hatte und sie nicht rechtzeitig ins Krankenhaus kamen.«

Kristina hatte davon gehört. Aber es war keine Panne gewesen, sondern ein Unfall. Das Baby war gestorben, und Betty hatte sich so schwer an der Wirbelsäule verletzt, daß sie heute noch mit den Folgen des Unfalls kämpfte.

»Könnten wir einen Augenblick vernünftig bleiben? Deine Babys wird ein Arzt zur Welt bringen.«

»Meine Babys, genau.«

»Evelyn, bitte!«

Evelyn ließ sich auf das Bett fallen. Ihr dicker Bauch wölbte sich in die Luft.

»Sie sollen für immer in mir drin bleiben«, flüsterte sie.

Kristina zog ihr die Socken aus und fing an, ihr die Füße zu massieren. »Als ich klein war«, sagte sie ruhig, »habe ich auch geglaubt, daß das geht. Ich dachte, man könnte die Babys im Bauch behalten, bis man sie schließlich haben wollte.«

Evelyn achtete nicht auf sie und jammerte weiter: »Für immer in meinen Bauch, nie weggehen, ihre Mommy nie verlassen …« Dann fing sie wieder an zu weinen. Ihr Bauch hob und senkte sich. Es war das einzige, was sich in dem kleinen Zimmer bewegte.

»Weißt du was?« schluchzte Evelyn. »Ich habe mir sogar schon Namen für sie ausgesucht. Joshua und Samuel. Josh und Sam. Wie gefallen sie dir?«

Kristina wollte ihr erklären, was Betty ihr beigebracht hatte, wenn sie Teenager beriet, die ihre Kinder zur Adoption freigeben wollten: Daß man dem Kinder nie einen Namen geben oder es als eigenständiges Wesen betrachten sollte. Man durfte ihm nichts kaufen oder stricken oder auch nur daran denken, die ersten paar Tage mit dem Baby zu verbringen. Josh und Samuel. War das nicht süß? Josh und Sam, die mit Evelyn rumgemacht und sich dann vor der Verantwortung gedrückt hatten. Kristina fand, Evelyn müsse verrückt sein, auch nur an sie zu denken.

»Waren deine Eltern gestern da?« fragte Kristina.

Evelyn nickte. »Mom hat gesagt, daß bald alles vorbei ist und wir dann wieder eine Familie sein können.« Sie wischte sich die Tränen aus dem Gesicht.

Kristina wollte ihr sagen, daß Babys alles ein für allemal verändern, aber es war besser, ihr über den Bauch zu streicheln und zu fühlen, wie die kleinen Beine und Füße dagegen trampelten.

Dann war es fünf. Feierabend.

Unten bedankte sie sich noch mal bei allen für den Kuchen und die Tasche und ging.

Als sie in den Wagen steigen wollte, hörte sie, wie jemand an einer Fensterscheibe im zweiten Stock klopfte. Sie sah auf. Es war Evelyn, die das Fenster aufmachte und schrie: »Krissy? Kommst du ins Krankenhaus, wenn ich meine Babys kriege?«

»Na klar«, rief Kristina. »Du kannst dich drauf verlassen.«

»Gut«, rief Evelyn. »Du fährst nicht weg über Thanksgiving, oder? Es könnte jeden Augenblick so weit sein.«

Ob sie Thanksgiving wegfuhr? Heute war schon Montag. Morgen war der letzte Tag mit Vorlesungen. Die Aussichten, über Thanksgiving wegzukommen, wurden immer geringer. Alles schien dagegen zu sprechen. Außerdem wußte Kristina, daß Evelyn ihre Hilfe brauchen würde.

»Nein«, antwortete sie. »Ich halte die Stellung. Sag Betty, sie soll mich sofort anrufen, wenn es losgeht. Ich komme dann ins Krankenhaus.«

»Um mir die Hand zu halten?«

Kristina nickte. »Um dir die Hand zu halten«, sagte sie sanft.

Evelyn warf ihr eine Kußhand zu und verschwand vom Fenster.

Gewöhnlich fuhr sie auf dem Heimweg die Route 120 entlang und bog dann links in die East Wheelock Street und anschließend rechts in die College Street ab, um zum Tuck Mall zu gelangen. Heute jedoch fuhr sie in Lebanon weiter Richtung Westen und bog dann rechts in die Route 10 ein. Diese Strecke war tagsüber schöner, und im Sommer zog sie sie regelmäßig vor. Die Aussicht gefiel ihr. Aber jetzt war es schon dunkel, und eigentlich wußte sie nicht so recht, warum sie diesen Weg genommen hatte, außer daß sie an Evelyns Zwillinge und zehn weitere Dinge gleichzeitig gedacht und die erste Abfahrt verpaßt hatte. Kristina fuhr mit dreißig Meilen die Stunde über die kurvige, zweispurige Landstraße, während sie an Josh und Sam dachte und dann an Albert und Kanada. Er hatte recht, Kanada wäre wunderbar. Wie Edinburgh.

Die vier Monate, die sie gemeinsam in Edinburgh verbracht hatten, waren die schönsten ihres Lebens gewesen.

Sie hatten kein Geld gehabt, die Zimmer waren muffig und kalt gewesen, und zum Studieren waren sie auch nicht gekommen. Kristina hatte sieben Kilo verloren, weil sie sich nur von Suppen und Spaghetti ernährt hatte. Sie hatten jeden Penny gespart, um Freitags abends in die Pubs gehen zu können. Kristina erinnerte sich an das Kopfsteinpflaster in den Straßen, an die Tudor-Häuser, die Kirchen, die ersten, die sie regelmäßig besucht hatte, und an Mull of Kintyre. Dort hatten sie Sylvester verbracht, in einem winzigen Gasthof, und mit den Einheimischen Bitter und Ale getrunken. Und am Neujahrstag waren sie an der rauhen Irischen See gewesen. Sie erinnerte sich an die Berge, an die Seen, an den Löwenzahn und die blühenden Narzissen. Sie erinnerte sich an sich selbst und an ihn in Edinburgh. Am meisten erinnerte sie sich an ihre Gefühle. Damals hatte sie weder Hoffnungslosigkeit noch Verzweiflung oder Scham empfunden. Es hatte nur sie beide gegeben. Und sie waren frei gewesen, weil niemand sie kannte.

Bis sie eines Tages aus Jux bei einer Wahrsagerin am Straßenrand anhielten und ihr ein paar Münzen gaben, damit sie Kristina die Zukunft vorhersagte. Kristina verschwand hinter dem schmutzigen Paisley-Vorhang, und die bucklige Frau griff nach ihrer Hand und drehte sie um. Kristina versuchte, die Hand zurückzuziehen, doch vergeblich. Der Griff war eisern. Kristina konnte den stark gaelischen Dialekt kaum verstehen, doch den zu Tode erschrockenen Ausdruck im Gesicht der alten Frau würde sie nie vergessen. Diesen Ausdruck des Entsetzens verstand sie. Diesen Ausdruck hatte sie bereits gesehen. Die alte Hexe wollte ihre Hand partout nicht loslassen. Sie murmelte vor sich hin, dann schrie sie sie an und drehte völlig durch. Schließlich kam Albert in den Raum und löste ihre Hände voneinander. Noch auf der Straße hörten sie, wie die Alte schrill hinter ihnen her schrie. Die Wahrsagerin war der einzige Wermutstropfen in ihrer hundertdreißigtägigen Idylle gewesen.

Draußen heulte der Wind, es war sehr kalt geworden. Entlang der Route 10 gab es keine Straßenbeleuchtung. Nur Eichen, Ahornbäume und viele amerikanische Eschen, deren gelbe Blätter im Herbst so zart schimmerten, säumten die Straße. Jetzt, drei Tage vor Thanksgiving, waren die Bäume nur Umrisse am Straßenrand.

Kristina war mit ihren Gedanken in Edinburgh. Kurz vor der Kurve an der Talsperre dachte sie daran, nach Schottland zu ziehen und dort zu leben. Und etwas tiefer im Unterbewußtsein dachte sie an *Thayers Dining Hall* und daran, ob sie heute abend Makkaroni mit Käse essen würde wie jeden Montag und ob sie irgendwo einige nicht näher bezeichnete und ganz sicher verbotene Feiertage verbringen würde.

Im örtlichen Countrysender lief gerade *We Just Disagree.*

And do you think
That we've grown up differently?
Haven't been the same
Since you lost your feel for me …

Kurz vor der Kurve sah sie den entgegenkommenden Wagen. Da es dunkel war und sie wußte, wie schmal die Straße war, drehte Kristina das Lenkrad instinktiv nach rechts. Doch die Scheinwerfer kamen direkt auf sie zu. Der andere Wagen schien immer noch gefährlich nah zu sein. Sie steuerte noch mehr nach rechts und hörte, wie die Reifen auf dem Schotter am Straßenrand knirschten. Der Mustang geriet außer Kontrolle, und das Lenkrad schlug aus. Um gegenzusteuern, drehte Kristina das Lenkrad schnell nach links.

Aber das war zu viel. Der Wagen geriet ins Schleudern, sie erschrak und trat auf die Bremse. Der Mustang rutschte, die Bremse blockierte, und der Wagen schleuderte quer über die Straße auf die Scheinwerfer des anderen Autos zu.

Kristina hörte lautes durchdringendes Hupen und quietschende Reifen. In dem Augenblick, als der Mustang von Licht durchflutet wurde, gab es einen lauten Knall, und Kristina wurde gegen das Fenster des Fahrersitzes geschleudert. Sie hörte splitterndes Glas.

Der Mustang drehte sich zweimal um die eigene Achse und stürzte dann rückwärts den Hang hinunter. Kristinas Leben stand still. Sie hatte gerade noch genug Zeit, um zu denken, oh, nein, jetzt sterbe ich. Ich will nicht sterben. Ich will nicht sterben. Dann überschlug sich der Wagen und kam wenige Meter vor dem Wasser auf allen vier Rädern wieder zum Stehen.

Kristina öffnete die Augen und schloß sie wieder, öffnete und schloß sie. Zuerst konnte sie nichts erkennen. Es war zu dunkel. Bin ich jetzt tot, dachte sie, offenen Auges, aber ohne etwas zu sehen. Einfach tot. Kein Gefühl. Keine Bewegung. Tot. Doch irgend etwas lebte noch. Etwas, das sie zuerst nicht fassen konnte. Etwas Vertrautes und Banales, das mit dem echten Leben zu tun hatte.

Sie hörte das Radio.

So let's leave it alone,
Cause we can't see eye to eye
There's no good guy
There's no bad guy
There's only you and me
And we just disagree …

Sie streckte die Hand aus, um das verdammte Radio auszuschalten und dachte, ich glaube kaum, daß man nach dem Tod Popmusik spielt.

Schmerz spürte sie nicht. Einerseits war das gut. Wer wollte schon Schmerz empfinden? Andererseits fühlten nur Tote nichts.

Es raschelte in den Blättern und Zweigen. Jemand kam den Hang hinuntergelaufen. Dann tauchte ein Mann mit erschrockenem Gesicht und blutender Nase an ihrem Fenster auf. Seine Lippen formten: Alles in Ordnung? Alles in Ordnung?

Kristina versuchte die kaputte Scheibe runterzukurbeln, aber sie klemmte. Tatsächlich bekam sie die Kurbel nicht zu fassen. Ihre Hand gehorchte ihr nicht. Die Finger ließen sich nicht bewegen.

Sie versuchte zu nicken, doch auch das klappte nicht. Mir geht es gut, wollte sie antworten, aber sie konnte ihre Stimme nicht hören. Sie wollte nur raus aus dem Wagen. »Warten Sie«, hörte sie den Mann sagen. »Warten Sie hier, ich hole Hilfe. Rühren Sie sich nicht vom Fleck.«

Sie lehnte sich im Sitz zurück. Wo soll ich schon hin, dachte sie. Wohin? Und dann: nach Hause. Nach Hause wäre gut.

Aber wo war zu Hause?

Mein Zimmer. Mein unaufgeräumtes Zimmer mit dem schmalen Bett, meinem Schreibtisch und dem Hund, der alles mit seinem Hundegestank und seinen Hundehaaren vollsaut. Es ist das einzige Zuhause, das ich habe, und da will ich jetzt hin.

Sie richtete sich auf und versuchte, den Gurt zu lösen. War der Motor noch an? Sie konnte nicht besonders gut hören. Der Gurt bohrte sich in Kristinas Hüfte und in ihre Rippen. Was hat mich bloß dazu gebracht, ihn ausgerechnet heute abend anzulegen, dachte sie. Na ja, heißt es nicht, daß Gott den Bösen und Verdammten beisteht?

Sie klickte den Gurt auf und langte mit der rechten Hand über ihren Körper hinweg zur Tür, die aber nicht aufgehen wollte. Und auch das Fenster ließ sich nicht runterkurbeln. Die Scheinwerfer des Mustang brannten nicht, obwohl sie sicher war, daß sie angeschaltet gewesen waren. Was war passiert?

Und dann spürte sie die Kälte. Sie wußte nicht, ob ihr kalt war, weil sie tot war und nun mit jeder Sekunde an Temperatur verlor. Aber nein, ihre rechte Hand ließ sich bewegen, und auch die Beine reagierten zögernd. Die Scheibe auf der Beifahrerseite war zerbrochen.

Sie rutschte mühsam hinüber und versuchte, die Tür aufzumachen. Es ging nicht. Sie kniete sich auf den Sitz und versuchte, aus dem Fenster zu steigen. Das war gar nicht so leicht. Sie konnte ihren linken Arm nicht heben, um sich abzustützen. Schließlich schaffte sie es doch und prallte hart auf dem Boden auf. Sie fiel auf den heilen Arm, aber auf die falsche Seite. Trotzdem fühlte sie immer noch keinen Schmerz.

Mist, dachte sie. Hoffentlich kann ich am Samstag spielen. Wäre schrecklich, wenn ich im ersten Ligaspiel auf der Bank sitzen muß.

Es war stockdunkel. Sie versuchte sich zu orientieren. Wo liegt der See? Ach ja, vor mir, denn hinter mir ist der Hang. Wenn der See also vor mir ist, heißt es, daß er auf der linken Seite der Straße liegt, also im Westen, und das heißt, daß Hanover nur ein paar Meilen Luftlinie Richtung Norden entfernt ist.

Zuerst mußte sie den steilen Hügel hinauf. Sie konnte kaum sehen. Sie taumelte, verlor das Gleichgewicht und fiel auf die linke Seite. Ein gewaltiger Feuerschweif durchfuhr ihren Arm, und sie verlor das Bewußtsein.

Als sie wieder zu sich kam, war es immer noch dunkel. Von der Polizei oder einem Krankenwagen keine Spur. Es war gespenstisch still.

Sie hatte nur ein Ziel, den Hang hinaufzuklettern und zu Fuß nach Hause zu gehen. Vielleicht kam ein Wagen vorbei, der sie mitnahm. Sie würde nicht auf den Mann warten, der Hilfe holen gegangen war. Hilfe bedeutete unweigerlich einen Krankenwagen, und der würde sie – nach allem, was sie über Krankenwagen wußte – geradewegs ins Krankenhaus bringen.

Kristina haßte Krankenhäuser. Sie war nur zweimal im Leben in einem Krankenhaus gewesen, und das erste Mal war bei ihrer Geburt.

Jedenfalls hatte sie nicht vor, sich von einem freundlichen Fremden ins Krankenhaus bringen zu lassen, nur wegen eines eingeklemmten Gurtes und ein paar Prellungen an den Rippen.

Also rappelte sie sich wieder auf und versuchte es erneut. Sie klammerte sich mit der gesunden Hand an alles, was Halt bot, und zog ihren Körper den Hang hinauf.

Zwei Wagen waren vorbeigefahren. Sie hörte, wie sie die Fahrt verlangsamten, wahrscheinlich, um einen Blick auf den Wagen zu werfen, mit dem sie zusammengestoßen war. Danach gaben sie wieder Gas. Doch in diesen paar Sekunden war es hell, und sie konnte erkennen, daß sie nur noch wenige Meter zu steigen hatte und daß es Gebüsch gab, an dem sie sich festhalten konnte.

Beeil dich, los, mach schon, sagte sie sich. Beeil dich, Krissy, beeil dich. Los, Rocky, zieh dich hoch. Doch immer wieder rutschte sie auf dem harten Boden aus. Ein Schritt voran, zwei zurück.

Sie stieß mit dem Knie gegen einen Felsen. Au, das tat weh. Schmerz? Gott sei Dank. Sie raffte sich wieder auf, tastete nach irgend etwas, woran sie sich festhalten konnte. Aber sie fand nur kleine Erdlöcher. Wo waren die verdammten Zweige? Während sie sich den Hang hinaufschleppte, flüsterte sie stockend: *»Hör meine Schritte nicht, wo sie auch wandeln, daß nicht ausschwatzen selber deine Steine, mein Wohinaus ... Hör meine Schritte nicht, wo sie auch wandeln, daß nicht ausschwatzen selber deine Steine, mein Wohinaus ... Hör meine Schritte nicht ...«*

Kristina hörte weitere Wagen, Gott sei Dank, und jetzt wurde es auch heller. Gleich hab ich es geschafft, nur noch ein paar Schritte. Doch es gab nichts, woran sie sich festhalten konnte, und so krallte sie in ihrer Verzweiflung die Hand in den Boden. Den linken Arm konnte sie nicht bewegen. Sie spürte, wie ihre Fingernägel sich bogen und abbrachen, aber das war ihr egal. Hauptsache, es gelang ihr, den Hügel hinaufzukommen. Sie stieß die neuen schwarzen Stiefel in die Erde wie ein Bergsteiger.

Schließlich gelangte sie auf den schmalen Standstreifen und ruhte sich kurz aus, um wieder zu Kräften zu kommen. Irgendwas tropfte von ihrem Kopf. Kristina redete sich ein, es sei Schweiß.

Der Mann hatte gesagt, er würde Hilfe holen. Nur wie er das anstellen wollte, war ihr ein Rätsel. Sein Wagen lag völlig zertrümmert im Straßengraben. Weiter dachte sie nicht. Kristina war froh, daß er nicht zurückgekommen war. Mit einer kindlichen Geste wischte sie den Schmutz von den Knien.

Dann machte sie sich auf den Weg nach Hanover. Zuerst langsam, dann humpelte sie immer schneller auf dem Standstreifen die Route 10 entlang, bis sie in einen langsamen Laufschritt fiel. Bloß weg von dem Mustang, der Talsperre, ihrer neuen Handtasche und dem Mann, der Hilfe holen wollte.

Als sie im Studentenheim ankam, stellte sie fest, daß sie ihren Schlüsselbund im Zündschloß des Autos hatte stecken lassen und ausgesperrt war. Sie mußte in der Kälte am Eingang warten, bis jemand herauskam und sie einließ.

Aristoteles war nicht im Zimmer und ihr Bett immer noch zerwühlt wie am Morgen. Der Schreibtisch quoll über. Der Computer verschwand hinter einem Berg von schmutzigen Gläsern, Büchern und Papieren. Ihre Kleider lagen im ganzen Zimmer zerstreut.

Endlich zu Hause.

Sie schloß die Tür ab, setzte sich aufs Bett und untersuchte langsam ihre Hände. Sie waren vom Klettern schmutzig und blutig, fast alle Fingernägel abgesplittert, der Nagellack abgekratzt. Sie starrte auf ihre Hände und versuchte, den Nagel des rechten Zeigefingers vom Schmutz zu befreien, bis sie innehielt und sich fragte, was das sollte.

Sie hatte alle ihre Papiere im Wagen vergessen. Na toll, dachte sie, das hast du prima gemacht. Die Polizei würde ihr bestimmt eine Menge Fragen stellen. Dürfen wir Ihnen Ihre Sachen zurückgeben, Miss? Sie haben sie in Ihrer unerklärlichen Eile, den Unfallort zu verlassen, vergessen. Warum hatten Sie es denn so eilig? Gibt es irgend etwas, das Sie uns sagen wollen? Hatten Sie vielleicht getrunken?

Und dann erinnerte sich Kristina an Spencer O'Malley und fragte sich, ob er die Ermittlungen leiten würde. Sie lächelte. Wäre gar nicht schlecht.

Getrunken? Keine schlechte Idee. Ihr lief das Wasser bereits im Mund zusammen, als sie an die Flasche Southern Comfort in der Schublade ihres Nachttisches dachte. Sie nahm sie heraus und öffnete sie. Die Flasche war fast leer. Sie stand auf und holte eine volle aus dem obersten Fach des Schranks. Dann setzte sie sich wieder auf das Bett, öffnete den Verschluß mit einer Hand und kippte so viel von dem Whiskey in sich hinein, bis sie ihren Wagen und ihre drei Freunde vergessen hatte, die bestimmt darauf warteten, ihren einundzwanzigsten Geburtstag mit ihr zu feiern.

Im Nu hatte sie ein Drittel der Flasche geleert. Sie haßte es, zuzusehen, wie Flaschen sich leerten, aber anschließend ging es ihr immer erheblich besser. Der Schock nach dem Unfall legte sich allmählich, doch nun fing sie an zu zittern und spürte auch Schmerzen.

Vorsichtig beugte sie sich vor, um die Schnürsenkel der Stiefel zu lösen. Diese mühselige Prozedur hätte unter bestmöglichen Umständen fünf oder sechs Minuten in Anspruch genommen. Heute aber brauchte sie, benebelt vom Alkohol und einem dumpfen Schmerz, dreimal so lange. Sie wäre um ein Haar in der Stellung eingenickt, halb vornüber gebeugt, als müßte sie sich erbrechen.

Das Ausziehen war eine Qual. Sie streifte zuerst das Sweatshirt mit einem Arm über den Kopf, dann das rosafarbene Top. Die Jeans mit dem Knopfverschluß waren genauso schwierig auszuziehen wie die Stiefel. Schließlich mußte sie sich rauswinden. Der linke Arm war zu nichts nütze. Danach kamen die Socken, und schließlich der Slip. Als sie nackt war, humpelte sie zu ihrem Wandschrank und starrte in den großen Spiegel auf der Rückseite der Tür.

Ihr Gesicht war blutüberströmt. Das Blut war über die rechte Schläfe, die Wange und den Hals gesickert und am Schlüsselbein geronnen. Es war also kein Schweiß, dachte sie. Ihre schwarzen Augen glänzten schwärzer als je zuvor, erweitert von der tröstlichen Wärme des Whiskeys. Ihre Knie waren aufgeschlagen, und ihr linker Arm hing leblos herab. Kristina sah näher hin. Die linke Schulter war eine geschwollene braune Masse. Mein Gott. Scheiße. Scheiße, Scheiße, Scheiße.

Während ihres ersten Collegejahres waren sechs Wochen vor Beginn der Liga zwei Mädchen beim Training unglücklich aufeinander geprallt. Die eine hatte sich den Arm ausgekugelt. Die Arme mußte sechs Wochen aussetzen und wurde nie wieder richtig fit, sie mußte schließlich das Basketballspielen ganz aufgeben. Kristina war heilfroh gewesen, daß ihr das nicht passiert war.

Plötzlich wurde ihr so bange, daß sie daran dachte, doch noch ins Krankenhaus zu fahren. Alles, mein Gott, ich tue alles, Hauptsache, ich kann wieder spielen, dachte sie.

Doch der Gedanke, sich untersuchen zu lassen, erfüllte sie mit Grauen. Was, wenn sie sich doch etwas gebrochen hatte?

Daran durfte sie im Augenblick nicht einmal denken. Sie sagte sich, daß sie kaum Schmerzen hätte, und nahm all ihren Mut zusammen. Sie biß die Zähne zusammen und versuchte, den linken Arm zu bewegen. Es geht schon, dachte sie, ja es geht. Also kann es nicht so schlimm sein.

Auf den rechten Rippen machte sich allmählich ein großer, unregelmäßiger schwarz-blauer Fleck breit, der aussah wie ein Rorschach-Test.

Kristina trat näher an den Spiegel heran. Ihr Gesicht berührte fast das kalte glatte Glas. Sie spürte etwas über dem Auge auf der rechten Schläfe und fuhr mit der Hand darüber. Es war ein Splitter von der Windschutzscheibe. Sie zog ihn vorsichtig heraus und tröstete sich damit, daß er nicht besonders groß war. Aber die klaffende, blutende Wunde sah schlimmer aus als das Stück Glas im Kopf.

Bevor sie unter die Dusche ging, nahm sie noch einen kräftigen Schluck aus der Whiskeyflasche. Die Hand, die die Flasche hielt, zitterte nicht.

Das heiße Wasser war eine Wohltat auf ihrem geschundenen Körper, nur die Schulter schmerzte so sehr, daß sie den Warmwasserhahn abdrehte. Das kalte Wasser brachte nur vorübergehend Erleichterung. Gelegentlich versuchte sie, den linken Arm zu bewegen, und fuhr vor Schmerzen zusammen. Aber so schlimm, daß ich schreien müßte, ist es auch nicht, dachte Kristina.

Als sie sich abtrocknete, betrat Jill, eine Kommilitonin, den Duschraum. Die beiden nickten sich zu, während Kristina vorsichtig ihren ramponierten Körper frottierte. Jill starrte sie an.

»Was ist denn mit dir passiert?«

»Nichts, wieso?« antwortete Kristina rasch. Vielmehr versuchte sie, schnell zu antworten, aber die Worte kamen im Schneckentempo heraus, methodisch und präzise. Es klang mehr wie »Niiiiii-chts. Wie-sooo?« Wenn sie getrunken hatte, ging und sprach Kristina langsamer als sonst, obwohl sie es nicht merkte.

»Na ja. Ich weiß nicht. Du siehst … schrecklich aus. Kann ich dir helfen oder so?«

»Danke. Es geht schon. Ich muß nur wieder in mein Zimmer«, antwortete sie und sah Jill in die ungläubigen Augen. »Ehrlich.«

»Was ist passiert?« wiederholte Jill ihre Frage. »Hast du dich beim Basketball verletzt oder was?«

»Ja, genau«, antwortete Kristina hastig. »Die Cornell-Mannschaft ist nicht gerade zimperlich.«

Jill lächelte dünn und half ihr, den Rücken abzutrocknen. Danach holte sie einen kleinen Kübel mit Eis und stellte ihn Kristina vor die Tür.

Als Kristina die Tür aufstieß, kam ihr Aristoteles entgegen. Albert saß auf dem Bett und sah sie vorwurfsvoll an. Ist das vorwurfsvoll, fragte sie sich und versuchte, seinen Ausdruck zu interpretieren. Was habe ich jetzt wieder verbrochen?

»O Gott! Was ist passiert?« sagte er.

Kristina dachte über die Frage nach, während sie den Eiskübel abstellte und das Handtuch fallen ließ. Albert war schlecht gelaunt. Sein Tonfall klang nicht bekümmert, sondern gereizt.

Sie antwortete nicht. Er ist sauer auf mich, dachte sie. Er weiß nicht, daß ich um ein Haar tot gewesen wäre. Kristina beschloß, es ihm zu sagen.

Alberts Stimme wurde sanfter. »Was ist passiert, Rock?« fragte er und kam zu ihr. Sein strenger und doch zärtlicher Blick machte sie normalerweise schwach. Doch diesmal brachte er sie fast zum Weinen.

»Warum bist du so sauer, Albert?« fragte Kristina ruhig und legte sich drei Eiswürfel auf die Schulter.

»Wir warten seit zwei Stunden auf dich. Du hast gesagt, du wärst um sechs wieder da.«

»Ich weiß nicht, ob dir etwas aufgefallen ist«, sagte sie langsam, während sie das Eis über ihren Arm rieb. »Ich habe einen Unfall gehabt. Mein Wagen hat einen Totalschaden.«

»Woher sollte ich wissen, daß du einen Unfall hattest?«

»Nein, konntest du nicht«, sagte Kristina mit Tränen in den Augen.

Sie stand nackt vor ihm. Er sah ihre Brust und dann die große schwarze Prellung an der Seite. Der Ausdruck in seinen Augen tröstete sie etwas.

»Sieh dich an«, sagte er heiser. »Was hast du da?«

Sie rieb das Eis auf die Prellung. Nichts, dachte sie und sagte es auch.

»Mein Gott! Was ist mit deinem Gesicht passiert? Und mit der Schulter? Du blutest ja.«

Sie schüttelte den Kopf. »Nichts. Das ist kein Blut«, antwortete sie. Aber sie wollte nicht mal hinsehen. »Es sind nur ein paar blaue Flecken. Weißt du, es hätte noch viel schlimmer kommen können.«

»Wie, was meinst du mit noch schlimmer?«

»Ich könnte tot sein«, sollte tot sein, dachte sie und stand auf.

»Du hast getrunken.«

»Nicht vorher.« Wahrscheinlich dachte er, sie hätte sich betrunken ans Steuer gesetzt, aber er wußte ja nicht einmal, was geschehen war.

»Nicht vorher? Wann dann?«

»Jetzt eben. Ich habe jetzt getrunken, um mich abzulenken.«

»Abzulenken – wovon?«

»Von den Schmerzen.«

»Was genau ist passiert?«

»Mein Wagen hat sich überschlagen.«

»Wie denn, mein Gott?«

»Ein entgegenkommendes Fahrzeug hat mich gerammt.«

»Dich gerammt? Wo?«

»Seitlich am Mustang.«

»Nein, ich meine, wo ist es passiert?«

»Auf der Route 10.«

»Der Wagen ist auf deine Fahrspur ausgeschert?«

Sie konnte sich nur an die Scheinwerfer erinnern, die sie geblendet hatten, und wie sie versuchte, auszuweichen.

»Nein, ich bin auf seine geraten«, antwortete sie.

»Warum?«

»Warum? Keine Ahnung«, entgegnete sie langsam. »Weil ich Lust dazu hatte.«

»Kristina, bitte!«

»Er schien so nah zu sein.«

»Verstehe. Also bist du auf seine Spur gefahren, um ihm auszuweichen?«

Sie wollte ihm antworten, doch dann wandte sie den Kopf ab und entdeckte ihr Bild im Spiegel. Sie stand nackt vor ihm. Er trug schwarze Jeans, einen schwarzen Pullover, hatte schwarzes Haar und schwarze Augen. Sie standen einen Schritt voneinander entfernt und stritten sich über Semantik. Ist das mein Leben, dachte Kristina. Ein schlechter Marx-Brothers-Streifen. Grotesk und lächerlich. Aristotelisches Theater, wo das Absurde die Norm ist und die Norm nicht existiert.

Kristina schüttelt den Kopf und ging auf den Schrank zu. »Ich muß mir was überziehen«, murmelte sie.

»Du mußt dir deine Schulter untersuchen lassen. Kannst du den Arm überhaupt bewegen?«

»Ja, kann ich. Aber ich habe keine Lust dazu.«

Er stand besorgt vor ihr. »Aber vielleicht ist er gebrochen.«

Sie schüttelte erneut den Kopf. »Dann würden die Knochen rausstehen. Er ist geschwollen. Ich glaube, er ist nur verstaucht.« Sie versuchte ihr Bestes, um alles herunterzuspielen.

»Du hast doch keine Ahnung. Du mußt zum Arzt.«

»Nein!« fuhr sie ihn an. »Kein Arzt. Du weißt, ich hasse Ärzte.« Kristina wollte ihm nicht gestehen, wie sehr sie sich fürchtete. Für ihn hatte Basketball keine Bedeutung, aber für sie war es das Leben. Das und das Red Leaves. Und er.

Sie ging zum Bücherregal und wühlte, bis sie die Taschenbuchausgabe eines Gesundheitslexikons fand.

Sie reichte es Albert. »Hier, schlag unter ›Schulter‹ nach.«

Er blätterte. »Steht nichts Brauchbares drin.«

»Dann schlag unter Gelenke nach.«

Nachdem er eine Zeitlang gelesen hatte, sagte Albert: »Verstauchung … ein gezerrtes oder verrenktes Gelenk … infolge äußerer Gewaltanwendung …«

»Großartig«, sagte Kristina.

Albert las weiter. »… das Dehnungs- oder Reibungsschmerz verursacht.« Er sah zu ihr auf. »Was habe ich dir gesagt?«

»Danke, Dr. Maplethorpe«, antwortete sie. »Lies weiter.«

»Eine Röntgenaufnahme aus mehreren Perspektiven wird empfohlen, um sicherzustellen, daß kein Bruch vorliegt.« Er hielt inne. »Siehst du?«

»Und weiter?« sagte sie ungeduldig.

»Es kann zu Blutergüssen kommen, die äußerlich sichtbar sind«, las er laut. »Die Gelenkhaut entzündet sich und sondert Flüssigkeit ab.«

»Mann, hört sich ja toll an«, sagte Kristina und beugte sich vor, um neues Eis zu nehmen. Sie stöhnte. Ihre Rippen schmerzten bei der Bewegung.

Albert warf ihr einen Blick zu und las weiter. »Vorläufige Behandlung besteht aus kalten feuchten Umschlägen oder Eispakkungen, um die Schwellung zu lindern ... Eine ärztliche Untersuchung und eine Röntgenaufnahme sollten Aufschluß darüber geben, ob es sich tatsächlich nur um eine Verstauchung handelt.«

»Trotzdem gehe ich nicht hin«, erwiderte Kristina stur. »Mir geht es gut, und morgen bin ich wieder auf dem Damm. Morgen lasse ich mir eine Infrarotbestrahlung verpassen.«

»Morgen mußt du erst mal zur Polizei.«

»Ich gehe nicht zur Polizei«, entgegnete Kristina. »Sollen die herkommen, wenn sie was von mir wollen.«

»Wenn sie herkommen, dann mit Handschellen«, warnte Albert. »Wieso bist du bloß so dickköpfig?«

»Wer ist hier dickköpfig? Bist du etwa zum Arzt gegangen, als du dir den großen Zeh gebrochen hast?«

Er starrte sie verblüfft an. »Wann denn?«

»Vor zwei Jahren.«

Plötzlich fiel es ihm wieder ein. »Ach so, ja. Aber bei einem kaputten Zeh kann man auch nicht viel machen. Außerdem hatte ich kein Geld.«

»So so. Aber ich hatte welches.«

»Ich wollte dein Geld nicht!« schrie Albert. »Kapiert?«

»Und ob!« antwortete Kristina. »Besser als du denkst.«

»Hör mal, mir ist es egal, was du machst.«

»Davon bin ich überzeugt, Albert«, erwiderte sie.

Er ging nicht darauf ein. »Dann geh eben nicht zum Arzt. Und auch nicht zur Polizei. Ist mir egal.«

»Das sehe ich.«

Albert setzte sich auf den Sessel und schwieg. Aristoteles hockte sich neben ihn und leckte ihm die Hände. Ein rührendes Bild, dachte Kristina. Aristoteles liebt Albert. Er würde gern den ganzen Tag bei ihm sein, wenn ich nicht da wäre.

Albert beugte sich hinunter und streichelte den Kopf des Hundes. Ermutigt leckte Aristoteles seine andere Hand. Albert lehnte sich zurück und starrte Kristina mit seinen undurchdringlichen Augen an.

Kristina haßte es, sich mit ihm zu streiten. In letzter Zeit wurde es immer schwerer, sich wieder zu vertragen. Nichts war so schlimm, wie ein Streit und das Gefühl, nicht zärtlich zueinander sein zu können.

»Was siehst du mich so an?« fragte sie.

»Wenn du wüßtest, wie schön du bist.«

»Ja. Sieh mich an. Ich sehe schrecklich aus.«

»Nein. Tust du nicht. Du könntest tot sein.« Seine Stimme klang seltsam. »Du kannst von Glück sagen, daß du noch am Leben bist.«

»Ich weiß«, sagte sie schwach. »Das weiß ich sogar besser als jeder andere.«

Langsam ging sie zu ihm. Er beugte sich vor und berührte sanft ihre Rippen. Sie zuckte zusammen. »Es tut weh«, sagte sie und versuchte, ihre Stimme zu beherrschen. »Albert? Kannst du dir das vorstellen? Ich tot?«

»Nein. Kann ich nicht. Ich kann mir nicht vorstellen, ohne dich zu leben.«

Kristina wollte ihm noch mal sagen, daß ihm bald nichts anderes übrigbleiben würde, aber dann beschloß sie, daß es nicht der richtige Zeitpunkt war.

»Ist das Auto völlig hin?«

Sie zuckte die Achseln. »Keine Ahnung. Meinst du, ich hätte nichts Besseres zu tun gehabt als mich um den Wagen zu sorgen?«

»Du hättest ins Krankenhaus gehen sollen«, antwortete er ruhig.

»Wie bitte? Und noch später kommen? Wahrscheinlich hätten sie mich dabehalten. Und du machst schon Theater, wenn ich zwei Stunden zu spät komme. Was, wenn ich die ganze Nacht weggeblieben wäre?«

»Ich hätte gedacht, daß dir irgend etwas Schreckliches zugestoßen ist. Ich hätte mir furchtbare Sorgen gemacht.«

»Ja, klar. So siehst du auch aus in deinem Sessel.«

»Es tut mir leid, Rock«, sagte er schließlich. »Ich weiß, daß du sauer auf mich bist. Hör mal. Laß uns nach Kanada fahren. Bitte.«

»Nein, Albert. Bitte nicht. Du mußt dich um Conni kümmern. Oder hast du das vergessen?«

»Ich kriege das schon hin, und wenn es zum großen Knall kommt.«

»Das glaube ich dir nicht«, sagte sie und hockte sich vor ihm hin. Sie war immer noch nackt. »Bitte, Albert. Ich kann das nicht mehr.«

Er warf ihr einen Blick zu. »Du bist nackt.«

Sie stand auf und trat einen Schritt zurück. »Hörst du mir überhaupt zu?«

»Laß uns nach Kanada fahren, und dann kannst du sehen, ob du es ernst meinst«, sagte er und lächelte aufreizend.

»Nein. Ich meine es ernst. Mir reicht es. Ich will Schluß machen. Okay?«

Kristina lächelte nicht, und Alberts Gesicht verfinsterte sich.

»Du bist immer noch nackt«, wiederholte er.

»Die Kleidung ist nicht das Problem, Albert. Anziehen kann ich mich jederzeit.«

»Bitte«, erwiderte er kalt.

»Das Problem sind wir. Wir müssen Schluß machen.« Sie wandte den Blick ab. »Ich will, daß wir darüber hinwegkommen.« Sie hustete, und ihr Kopf fing an zu schmerzen. »Ich will dich vergessen. Ich möchte, daß du mit Conni nach Long Island fährst und ich nicht mehr darüber nachdenken muß. Ich will nicht mehr lügen. Ich will mich nicht andauernd verstecken müssen, und ich will mir auch wegen Howard keine Sorgen machen müssen. Oder sonstwem.«

Er saß reglos und schweigend im Sessel. »Wir sind nicht füreinander gemacht«, sagte Kristina.

»Du irrst dich.« Sein Ton war flach und gleichgültig. Genausogut hätte er auch »du hast recht« sagen können.

»Wir passen einfach nicht zusammen«, sagte Kristina bestimmt, obwohl sie wußte, daß sie alles andere als selbstsicher klang. Sie konnte seinen Augen nicht ausweichen. Sie stand vor ihm wie das Kaninchen vor der Schlange.

»Du irrst dich«, wiederholte er im gleichen Ton.

Kristina wehrte sich. »Niemals. Wir haben eine Menge Mist gebaut, aber noch können wir es wiedergutmachen. Wir haben noch das ganze Leben vor uns. Ein gutes Leben. Willst du das nicht? Conni liebt dich so sehr.«

»Ich weiß. Na und? Jim liebt dich auch.« Er klang bitter.

Kristina schüttelte den Kopf. »Nein. Tut er nicht. Nicht so wie Conni dich. Und das weißt du auch genau.«

Albert stand auf und stellte sich vor sie. »Kristina, das Ganze ist absurd. Ich brauche dich.«

Sie wischte sich mit der gesunden Hand über das Gesicht, aber es war eher wie die Augen vor seinem Anblick zu schließen. »Albert. Ich bitte dich. Es geht nicht. Wir können nicht weitermachen.«

»Du irrst dich.«

Sie seufzte tief und zuckte dabei vor Schmerz zusammen. Sie irrte sich nicht. Sie war nur müde vom Stehen, und sie hatte es satt, immer wieder auf taube Ohren zu stoßen.

Plötzlich klopfte es an der Tür. Albert sah Kristina an und setzte sich wieder in den Sessel. Kristina sah Albert an. Aristoteles bellte kurz und wedelte mit dem Schwanz.

»Moment!« rief Kristina.

»Kristina?« Die Tür ging einen Spaltbreit auf. Es war Jim.

»Moment, Jim!« wiederholte Kristina und warf sich etwas über.

»Ist alles in Ordnung?«

Jim konnte sie nicht sehen, da sie hinter der Tür stand, doch sie wußte, daß er Albert sehen konnte. Gott sei Dank saß er nicht auf ihrem ungemachten Bett. Aristoteles lief zur Tür, und sein Hinterteil bewegte sich genauso nach rechts und links wie sein Schwanz.

»Alles in Ordnung«, antwortete Kristina. »Komm rein.«

Jim betrat den Raum und sah sie mißtrauisch an. Doch Kristina wußte, daß Jim sich nicht von emotionalen Impulsen leiten ließ; er traute ihnen nicht. Er sah erst Albert und dann Kristina an. Sie trug ein T-Shirt und Dartmouth-grüne Shorts. Sein Blick war finster, doch dann sah er ihr Gesicht. Da, wo das Glas gewesen war, klaffte eine tiefe Wunde, und ihre Augen hatten diesen glasigen Blick, der vom Alkohol stammte. Jim hätte den Blick sehr leicht mißverstehen können. An ihrem T-Shirt klebte geronnenes Blut.

»Gott, was ist passiert?« rief Jim und sah Albert an, als hätte er sie zusammengeschlagen.

»Nichts«, erklärte sie. »Ich habe einen Unfall gebaut. Totalschaden. Aber mir ist nichts passiert.«

»Du siehst schrecklich aus.«

Sie fühlte sich auch schrecklich. Die Wirkung des Alkohols ließ langsam nach.

»Es geht mir ganz gut.« Sie versuchte zu lächeln.

»Warst du im Krankenhaus?«

Kristina erinnerte sich, wie sie sich den felsigen Hang hinaufgeschleppt hatte, bloß um nicht ins Krankenhaus zu kommen. »Nein. Mir ist nichts passiert, also bin ich nach Hause gegangen.«

Jim wurde wütend. »Dir ist nichts passiert, also bist du nach Hause gegangen.«

Kristina küßte ihn auf die Wange und sagte so nett sie konnte: »Mir geht es wirklich gut, Jimbo.« Doch die Schwellung am Arm entlarvte sie. Sie versuchte den Arm zu bewegen, um es ihm zu zeigen, aber es ging nicht. »Wirklich, mir geht es gut«, sagte sie schließlich.

Albert stand auf. »Ich glaube, ich sehe mal nach, was Conni macht.«

»Conni ist okay«, sagte Jim, ohne Albert anzusehen. »Sie wartet auf uns. Vielleicht sollten wir alle runtergehen.«

Kristina rang sich ein Lächeln ab. »Warum geht ihr zwei nicht schon mal vor? Ich komme gleich nach.«

Albert sagte nichts. Er sah sie auch nicht an, sondern ging einfach an ihr vorbei und nahm Aristoteles mit. Jim warf ihr einen vorwurfsvollen Blick zu und sagte: »Na gut.« Dann ging auch er.

Kristina wartete ein paar Sekunden, bis sie am Ende des Ganges waren, wo sie sie nicht hören konnten, schloß die Tür ab und fiel aufs Bett.

Eine Zeitlang lag sie nur da. Es kam ihr wie eine Ewigkeit vor. Ihre Augen öffneten und schlossen sich, während sie auf die Birne an der Decke starrte und hoffte, das Licht würde von alleine ausgehen, damit es dunkel im Zimmer wäre. Dunkel wie vorhin im Wagen, mitten im Nichts, als sie dachte, sie sei tot. Jetzt lag sie auf dem Bett und fragte sich, warum Gott sie verschont hatte.

Niemals zuvor war sie dem Tod so nah gewesen. Die Apokalyptischen Reiter waren auf sie zugekommen, hatten ihr ins Auge geschaut und waren wieder davongaloppiert. Es war nicht das erste Mal, das sie sie gesehen hatte. Mit zwölf war sie von einer Mauer ins kalte Wasser gefallen. Obwohl sie eine gute Schwimmerin war, hatte die Angst sie fast gelähmt. Sie hatte weder Arme noch Beine bewegen noch um Hilfe schreien können. Sie war einfach untergegangen, hatte nach Luft geschnappt und gespürt, wie sich ihre Lungen mit Wasser füllten.

Letztes Jahr war sie ihnen wieder begegnet auf der Brücke, als sie um ein Haar in den sicheren Tod gestolpert wäre. Auch das hatte sie überlebt, aber sie hatte gelernt, darauf vorbereitet zu sein, jeden Augenblick vor Gott zu stehen und Rechenschaft über ihr Leben abzugeben, vor allem wenn es geschneit hatte und sie betrunken war und mit ausgestreckten Armen über die Mauer auf der Brücke balancierte.

Sie wollte nicht sterben. Doch am meisten machte ihr der Gedanke angst, daß es möglicherweise nicht Gott war, der auf sie wartete. »Auf Erden habe ich nur einen Meister«, flüsterte sie. »Und ich versuche, ihn aus meinem Leben zu verbannen, weil er nicht gut für mich ist. Aber er sträubt sich, weil er stärker ist als ich. Er will nicht, daß ich ihn verlasse.«

Sie öffnete die Augen und fuhr mit der Hand über die Wunde an der Stirn. Ich habe Schmerzen, dachte sie. Ob Tote auch Schmerzen fühlen? Empfinden sie Liebe, Wut, Reue? Tiefe Reue?

Empfinden sie Liebe? Eine Liebe, überwältigender als die Luft im Sommer?

Ich lebe, dachte Kristina, weil ich den Schmerz fühle. »Ich bin noch nicht bereit zu sterben«, flüsterte sie. »Ich bin mit dem Leben noch nicht fertig. Ich will nicht sterben ...«

»Ich muß was trinken. Ich muß meine Wunden betäuben, sie vergessen, den Schmerz nicht mehr fühlen.

Sie beugte sich vor, griff nach der Whiskeyflasche und ließ sich wieder ins Bett zurückfallen. Mit der gesunden Hand schraubte sie den Verschluß ab und hielt sich die Flasche über den Kopf. Dann schloß sie die Augen und kippte den Whiskey über ihr Gesicht. Ein bißchen lief ihr in den Mund und in die Nase, aber ein bißchen auch auf die offene Wunde. Sie brannte, und dann setzte eine wohltuende Betäubung ein. Das hatte sie gewollt. Den Rest schüttete sie sich über die Schulter.

Kristina rappelte sich auf und zog einen Trainingsanzug an. Der Vorteil lag darin, daß es nicht die Jeans und das T-Shirt waren, mit denen sie dem dunklen Unbekannten begegnet war. Kristina hatte immer geglaubt, daß man gut ausgeruht und nackt wie ein gerade neugeborenes Baby sein sollte, wenn man vor den dunklen Unbekannten trat, und sie war weder das eine noch das andere gewesen.

Unten in der Hinman Lounge warteten ihre Freunde auf sie. Albert las in einem Lehrbuch und machte sich Notizen. Jim schrieb, und Conni knabberte an den Fingernägeln.

»Hi«, sagte Kristina leise.

Sie sahen auf.

»Krissy, was ist passiert?« Conni sprang sofort auf und ging auf sie zu. »Jim hat gesagt, du hättest einen Unfall gehabt.« Aber das waren nur Worte. Conni machte keinen sonderlich besorgten Eindruck. Sie sah eher verbittert aus, als versuchte sie, ihre Enttäuschung hinter einem festgefrorenen Lächeln zu verbergen.

»Mit geht's gut«, antwortete Kristina. »Wirklich.«

»War es schlimm?«

»Ja, das Auto ist nur noch ein Schrotthaufen.« Kristina dachte, je öfter sie das sagte, um so schneller würde das Bedürfnis zu heulen verschwinden.

Sie versuchte sich nicht anmerken zu lassen, wie wackelig sie auf den Beinen war. Sie ging absichtlich langsam auf den Kuchen zu, wie bei einem schnellen Suchlauf auf einem billigen Videorecorder, wo lauter horizontale Streifen über den Bildschirm flackern. Und jeden Augenblick würde einer sagen: »Liebe Güte, das ist ja schrecklich; ich will ein Vierkopfsystem.« Und sie abschalten.

Alle standen auf, Aristoteles bellte, und irgendwer zündete die Kerzen auf dem Kuchen an. Kristina zählte sie nicht, aber es waren viele. Wahrscheinlich einundzwanzig, dachte sie. Der Kuchen war nicht selbstgebacken, sondern stammte aus dem *Grand Union* in der Main Street. Eine deutsche Herrentorte. Gleichgültig, daß es ihre Lieblingstorte war und jeder es wußte. Niemand hatte ihr einen eigenen Kuchen gebacken.

Im September, zu Jims Geburtstag, hatte sich Kristina ein Bein ausgerissen, um ihm seine geliebte Zitronentorte zu backen. Allein für das Eiweiß hatte sie fast eine Stunde und drei Anläufe gebraucht, weil sie Jim zeigen wollte, wie wichtig er für sie war.

Sie stand vor den brennenden Kerzen und dem Kuchen, den sie sich häufig selbst kaufte, und hörte verschwommen, wie jemand sagte: »Wünsch dir was, Kristina.«

Sie dachte an ihren Mustang und an Albert, der sie drängte, mit ihr nach Kanada zu fahren, und über Thanksgiving dreihundert Meilen von ihr weg sein würde, für immer dreihundert Meilen von ihr weg sein würde, an Jim, der sie ganz für sich beanspruchte, ohne sie wirklich haben zu wollen, an Howard in New York, an ihre Mutter, eine Million Meilen entfernt, an ihren verstorbenen Vater und an den Tod, der sie beinahe erwischt hätte, ohne vernünftigen Mantel.

Sie dachte an die Dudelsackmusik in Edinburgh, beute sich vor, schloß die Augen und blies die Kerzen aus, während sie dachte, hoffentlich darf Evelyn ihre Babys behalten …

Dann setzte sie sich.

Aristoteles stieß sie leicht mit der Schnauze. Kristina schnitt mühsam die Torte an. Das erste Stück reichte sie Jim mit einem gezwungenen Lächeln, das zweite Conni, ohne zu lächeln, und das dritte Albert, den sie nicht einmal ansah.

Wieder stieß Aristoteles sie an. Sie lächelte, wischte das Messer an ihrem Finger ab und hielt ihm die Hand unter die Nase, damit er den Finger ableckte.

»Krissy, willst du keinen Kuchen?« fragte Conni.

Die magische Wirkung des Alkohols ließ nach. Sie wünschte,

sie hätte die Flasche mitgenommen. Sie spitzte die Lippen und starrte stumm auf den Kuchen, während sie spürte, wie Aristoteles ihre Finger ableckte. Als er fertig war, gab sie ihm noch ein Stück. Der Hund liebte Schokoladenkuchen wie jeder Hund. Und Aristoteles war nie beleidigt, wenn man ihm zum Geburtstag keinen Kuchen backte, oder wenn er nicht nach Kanada konnte. Sein Leben war sehr einfach. Dreimal am Tag raus und ein gemütliches Bett, auf dem er sich rumlümmeln konnte.

Auf dem Tisch lag eine Karte, doch Kristina machte keine Anstalten, sie anzusehen. Conni schob sie ihr hin.

»Das ist von uns dreien«, sagte Conni fröhlich. »Na los, mach schon auf.« Dann griff sie unter den Tisch und holte eine Flasche Southern Comfort hervor, die mit einer roten Schleife verziert war. »Und das ist noch eine Kleinigkeit von uns dreien«, sagte sie. »Wir dachten, du würdest dich freuen.«

»Connis Idee«, sagte Albert.

»Unsinn!« entgegnete Conni mit ihrer piepsigen Stimme. »Es war deine!«

»Quatsch!« widersprach Albert und lächelte.

»Einzig und allein deine«, beharrte Conni.

Warum der alberne Streit, wessen Idee es war, dachte Kristina, während sie auf die Flasche starrte. »Ihr habt mir eine Whiskeyflasche gekauft?« fragte sie ungläubig.

»Wir wollten dir eine Freude machen«, sagte Albert.

Kristina zuckte die Achseln und öffnete die Karte. Und bereute es sofort, denn ein brennender Schmerz fuhr durch ihre Schulter.

»Wow«, sagte sie ohne großen Enthusiasmus. Gestern noch wäre sie dankbar über eine Fünfzehn-Dollar-Whiskeyflasche gewesen, die sie über Thanksgiving hinweggetröstet hätte. Wäre sie nicht einundzwanzig geworden, hätten Albert und sie nach Kanada gekonnt und wäre sie nicht um ein Haar umgekommen – hätte sie sich gefreut, zum Geburtstag eine Flasche Southern Comfort von ihren engsten Freunden zu bekommen.

»Also wirklich!« sagte sie und sah in die drei langen Gesichter. »Wow! Es tut mir leid. Ein tolles Geschenk. Bloß, wißt ihr, mir tut alles weh, mein ganzer Körper tut weh. Ich hab schon was getrunken, um den Schmerz zu betäuben, und deshalb sieht es vielleicht so aus, als sei ich undankbar, aber es ist phantastisch, wirklich.«

Sie beugte sich zur Seite und küßte Conni auf die Wange. Dann beugte sie sich auf die andere Seite und küßte Jim auf den Mund. Albert saß ihr gegenüber, und sie wollte nicht extra aufstehen. Er selbst machte auch keine Anstalten, sich zu bewegen, deshalb sagte sie nur: »Danke Albert.« Und Albert antwortete: »Keine Ursache. Es ist uns ein Vergnügen.«

»Wie willst du jetzt spielen, Krissy?« fragte Conni. »Mit dem Arm? Was willst du machen? Ich an deiner Stelle würde ins Krankenhaus gehen. Falls es was Ernstes ist. Ich meine, du willst doch nicht irgendwann zusammenklappen, oder? Nimm's mir nicht übel, es ist nur ein Rat.«

Kristina winkte mit dem gesunden Arm ab. »Das hier ist mein starker Arm. Den anderen brauche ich nicht.«

»Und wie willst du werfen?« fragte Albert.

»Mit einer Hand«, antwortete Kristina. »UPenn kann ein Handicap gut gebrauchen.«

»So gut bist du auch wieder nicht«, mischte sich Jim ein, der bislang geschwiegen hatte.

»Bin ich wohl«, widersprach Kristina und brachte ein kleines, echtes Lächeln zustande. Sie wollte ihnen nicht erzählen, was für eine entsetzliche Angst sie wegen der Verletzung hatte, und was sie fürs Basketballspiel bedeuten konnte.

Kristina lebte ein wenig auf und erzählte von dem großen Weihnachtsbaum, der mitten auf dem Dartmouth Green aufgestellt worden war, obwohl Jim als Jude sich nichts aus Weihnachtsbäumen machte. Und sie unterhielten sich über *Schindlers Liste* und daß sie es kaum erwarten konnten, den Film zu sehen, über Lorena Bobitt, die ihren Ehemann entmannt hatte, während er schlief, und über die Menendez-Brüder, die ihre Eltern in deren eigenem Haus erschossen hatten. »Hackbeiljustiz«, sagte Albert.

»Es heißt, einer der Brüder sei schwul und wollte nicht, daß der andere davon erfährt. Offensichtlich hatte sein Vater gedroht, ihn zu verraten ...«, meinte Conni.

»Na, selbst wenn es stimmt, was hat dann den anderen bewogen, bei dem Mord mitzumachen?« wandte Albert ein. »Das sind Hirngespinste, wenn ihr mich fragt. Frankie läuft doch auch nicht rum und bringt seine Eltern um.«

»Frankie ist kein gutes Beispiel«, sagte Kristina. »Frankie ist ein Einzelkind.«

»Der hat doch mit seinem Schwulenverein so viel am Hut, daß er gar keine Zeit hätte, seine Eltern umzubringen«, sagte Conni.

Alle lachten.

»Da wäre ich mir nicht so sicher«, sagte Jim. »Wer weiß schon, was in so einer Familie abgeht.«

»Das stimmt«, erklärte Kristina ruhig. Ihr tat alles weh.

»Unsinn«, sagte Albert. »Es ist doch was anderes, ob man die Leiche seines heiliggesprochenen Zwillingsbruders im Garten vergräbt oder Menschen kaltblütig ermordet, es sei denn, man ist hinter irgendwas her.«

»Du meinst wohl, es sei denn, man ist wirklich krank«, sagte Conni.

»Nein, nicht krank«, entgegnete Albert. »Nur ... gleichgültig. Sich selbst oder seinen Eltern gegenüber. Man muß einen Teil von sich vergessen, um töten zu können.«

»Einen Teil von sich, den die meisten Menschen nicht vergessen können«, sagte Kristina.

»Weiß ich nicht. Schon möglich.« Albert starrte Kristina an. »Aber wer gibt uns das Recht, über andere zu urteilen? Sind wir etwa vollkommen?«

»Ja«, sagte Conni lächelnd.

Kristina brachte kein Lächeln zustande. »Wir wissen, was Recht und Unrecht ist. Seine Eltern zu erschießen ist Unrecht.«

»Ach, hör auf«, sagte Albert und winkte verächtlich ab. »Schon Nietzsche sagt, wenn es eine absolute Wahrheit gibt, dann die, daß Moral nicht existiert.«

»Unsinn«, sagte Kristina ruhig. »Das kaufe ich ihm nicht ab. Die Moral ist keine Illusion, egal, was Nietzsche sagt. Es gibt nun mal Dinge, die kategorisch falsch sind. Dazu gehört Mord an den eigenen Eltern.«

»Aber die Brüder behaupten, die Eltern hätten sie mißhandelt«, wandte Albert ein. Als Kristina nicht antwortete, fügte er hinzu: »Seht ihr, es gibt immer eine Kehrseite.«

Conni schüttelte sich und sagte: »Brrr, was für eine irre Unterhaltung, Leute. Ich liebe meine Eltern. Ich käme nie auf die Idee, mich mit Douglas zusammen zu tun, um sie zu ermorden. Obwohl – bei ihm wäre ich mir nicht so sicher.«

Alle lachten. Conni sah Albert an und fuhr ihm liebevoll über den Arm. »Muß schwer für dich sein, Albert. Ohne Eltern.«

»Und ohne Religion«, setzte Albert hinzu. Sie schwiegen. Schließlich zuckte Albert die Achseln. »Es ist lange her. Und im College ist es leicht, die Welt draußen zu vergessen. Das Leben beschränkt sich auf das Hier und Jetzt, das andere zählt nicht.«

Conni berührte Alberts Oberarm und sagte zärtlich: »Aber mit dieser Tätowierung wirst du deine Mutter niemals vergessen.«

Albert runzelte die Stirn. »Ich dachte immer, meine Tätowierung gefällt dir, Conni«, sagte er. »Findest du sie nicht aufregend?«

»Doch doch«, kicherte sie errötend und himmelte ihn mit weit aufgerissenen blauen Augen an.

Jim stand auf, um Nachschub an Bier zu holen, und Kristina fütterte Aristoteles mit dem Kuchen.

Ohne jemand Bestimmten anzusehen, sagte Conni plötzlich: »Wahrscheinlich seid ihr zwei deshalb so dicke Freunde, weil ihr beide keine Eltern habt.«

»Ich habe eine Mutter«, berichtigte Kristina sie. »Sie ist nur sehr schwer krank.« Sie sah, wie beide unbehaglich den Blick abwandten. Jim kehrte mit Bier zurück.

»Komm doch mit uns, Krissy«, sagte Conni und versuchte, munter zu klingen. »Meine Eltern würden sich so freuen, dich wiederzusehen. Komm schon. Es wird lustig werden. Wenn Schnee liegt, können wir Schlitten fahren oder Schneemänner bauen.«

»O nein!« rief Albert. »Bloß keine Schneemänner. Kannst du dich noch an den Eispimmel erinnern?«

Conni lachte hysterisch. »War das nicht großartig?«

»Ja. Vor allem waren deine Eltern begeistert.«

»Halb so wild. Sie mögen Kristina. Komm schon, Krissy.«

Kristina schüttelte den Kopf. »Ich glaube, ich bleibe hier.«

»Hier?« sagte Jim.

Kristina erzählte von Evelyns Babys. »Und außerdem habe ich am Samstag ein Spiel.«

»Mit dem Arm willst du spielen?« spottete Jim. »Ich glaub, du spinnst.«

»Wir werden sehen«, antwortete Kristina trotzig.

»Und wann wolltest du mir das sagen, Kristina?« fragte Jim und trommelte mit den Fingern auf dem Tisch. »Es ist schon Montagabend. Ich dachte, du kommst mit mir.«

»Ich kann nicht, Jimbo«, sagte sie und spürte, wie ihre Schulter brannte. »Evelyn könnte jeden Augenblick Wehen kriegen. Und ich habe ihr versprochen, dazusein, wenn es losgeht.«

»Fahr doch mit Jim«, sagte Albert. »Evelyn hat ihre Eltern und andere Aufpasser. Sie braucht dich nicht.«

»Tut sie wohl«, entgegnete Kristina gekränkt. Und ich brauche sie.

Ohne sie anzusehen, fragte Jim: »Soll ich dich ins Krankenhaus bringen? Vielleicht hat dein Kopf was abbekommen.«

»Das hat er schon lange«, sagte Conni und lachte über ihren eigenen Witz. »Wirklich, Kristina, du solltest ins Krankenhaus fahren.«

Albert schwieg.

»Wer sagt das?« fragte Kristina.

»An deiner Stelle würde ich fahren«, beharrte Conni und öffnete eine weitere Bierdose. »Was, wenn es was Schlimmes ist?«

»Es ist schon schlimm genug«, sagte Kristina. »Ich bin gegen einen Wagen geprallt, und mein Mustang hat sich überschlagen, einmal glaube ich. Und ich weiß immer noch nicht genau, ob ich tot oder lebendig bin.«

Jim strich ihr sanft über den Nacken. »Laß dich doch im Krankenhaus untersuchen.«

»Die behalten mich direkt da und sperren mich wegen Trunkenheit am Steuer ein.«

»Warst du denn betrunken?« fragte Conni vorsichtig. »Hattest du getrunken?«

»Natürlich nicht, aber das werden sie nicht wissen können.«

»Dann fahr morgen hin.«

»Morgen bin ich wieder auf dem Damm.«

Conni beugte sich über den Tisch und fragte: »Jetzt mal ehrlich, Krissy. Hattest du keine Angst? Es scheint doch wirklich schlimm gewesen zu sein.«

»Angst? Und ob. Es war nicht gerade angenehm.« Kristina brachte die Worte kaum heraus. »Stellt euch vor, jetzt käme die Polizei ins Zimmer und würde euch sagen, daß ich tot bin. Was würdet ihr machen?«

»Den Kuchen aufessen«, scherzte Jim, doch keiner lachte.

»Jim!« mahnte Conni. »Krissy, es wäre schrecklich, einfach schrecklich. An so was darfst du gar nicht denken. Sieh es umgekehrt. Du bist noch am Leben, und du bist gesund.«

»Aber ich hätte tot sein können.«

»Deine Zeit war noch nicht gekommen«, sagte Jim und klopfte mit den Fingern gegen seine Bierdose.

»Warum nicht?« fragte Kristina. »Ich hatte einen schweren Unfall. Erinnert ihr euch an die Erste-Hilfe-Kurse, wenn man den Führerschein macht? Bei Frontalzusammenstößen kommen die meisten Menschen um. Warum bin ich nicht tot?«

»Jim hat recht«, sagte Conni. »Deine Zeit war noch nicht gekommen.«

»Wie willst du das wissen? Vielleicht war es mir bestimmt zu sterben.«

»Nein«, sagte Jim und klopfte gegen die Bierdose. »Wenn deine Zeit gekommen wäre, wärst du jetzt tot.«

»Woher weiß man eigentlich, wann die Zeit gekommen ist?« fragte Kristina langsam.

»Man weiß es nicht. Man stirbt einfach.«

Sie schauderte. »Gerade das ist ja das Schlimme. Es nicht zu wissen. Es kann jeden Augenblick soweit sein, und man weiß es nicht. Und warum? Warum sollte ich sterben? Ich meine, bei alten Leuten kann ich es verstehen, aber ich?«

»Du bist nicht gestorben«, sagte Jim, stand auf und warf seine Bierdose weg. »Du bist nicht gestorben, weil du zu jung bist und weil deine Zeit noch nicht gekommen war. Jetzt wirst du neunzig werden und deinen Enkeln erzählen, wie du an deinem einundzwanzigsten Geburtstag um ein Haar den Löffel abgegeben hättest.«

»Ja, toll, eine hübsche Gutenachtgeschichte«, sagte Kristina.

Das Gespräch flaute ab. Sie spekulierten über den bevorstehenden Schneesturm. Fünfzig bis sechzig Zentimeter Schnee wurden erwartet. Der Schneefall sollte am Nachmittag einsetzen und bis Mittwochmorgen anhalten. Viele hatten die Stadt bereits verlassen. Andere wollten einen Tag warten, bis der Sturm vorbei war. Kristina fragte Conni, wann sie aufbrechen würden. »Mittwoch morgen«, antwortete Conni.

Schließlich stand Kristina mühsam auf und sah, wie Albert die Fäuste ballte. Hör auf mit dem Quatsch, hätte sie ihm am liebsten gesagt. Auf wen ist er so wütend? Auf Jim? Auf Conni, weil sie ihm alles abkauft? Auf mich, weil ich nicht mit ihm nach Kanada fahre? Als hätte das irgendwas gelöst.

Sie räumten alle zusammen den Tisch ab, bis auf Kristina. Ihr Arm schmerzte so heftig, wie sie es noch nie erlebt hatte.

Als sie sich verabschiedeten, sagte sie tapfer. »Ich geh noch mal mit dem Hund.«

»Nein, das mach ich schon«, sagte Jim hastig. Kristina hatte gehofft, Albert würde sich anbieten, aber nach der letzten Nacht war das wohl unmöglich. Außerdem konnten Jim und sie nun die Zeit nutzen, um sich entweder zu versöhnen oder zu streiten. Die Chancen standen fünfzig zu fünfzig. Dabei wäre sie heute nacht am liebsten allein geblieben, um ihre Wunden zu lecken.

»Gute Nacht, Kristina«, sagte Albert. »Und einen schönen Geburtstag noch.«

»Einen schönen Geburtstag noch«, wiederholte Kristina. Im Innern spürte sie einen gewaltigen Schmerz, einen Knoten, der sie einschnürte, der sie zerbrach und das, was übrig blieb, auf dem Boden zerstreute.

Sie stolperte aus der Küche, Jim dicht hinter ihr.

Sie wünschte, sie könnte Jim erzählen, wie sie sich fühlte. Verwirrung, Angst, Schmerz und das Gefühl, nicht mehr lange zu leben. Kristina wollte nicht allein sein. Sie sehnte sich nach Albert. Sie sehnte sich nach dem Gefühl, das sie immer mit ihm gehabt hatte: daß sie nicht allein war auf der Welt, daß jemand bei ihr war und dieser Jemand der Mensch war, den sie am meisten liebte. Und dieser Mensch war Albert. Kristina wollte Albert, aber Albert war bei Conni.

»Könntest du heute abend allein mit Aristoteles rausgehen, Jim?« fragte sie und starrte auf ihre schmutzigen Turnschuhe. »Bitte.«

Jim zog allein mit Aristoteles los. Sie hatte ihm gesagt, daß sie nicht mitkam, weil sie sich nicht wohl fühlte, was auch stimmte. In Wahrheit aber wollte sie nicht in die Dunkelheit hinaus. Während er den Hund ausführte, zog sie sich vorsichtig aus. Dann fiel ihr ein, daß sie das Bett neu beziehen sollte.

Als er wiederkam, mußte Jim den Kopfkissenbezug wechseln, sie schaffte es nicht. Er zog sich nicht aus, und sie sagten auch nichts. Er setzte sich auf das Bett und sah Aristoteles an, während Kristina im Zimmer umherging. Wenn sie sich bewegte, waren die Schmerzen unerträglich. Nach zehn Minuten Hin und Her setzte sie sich in den Sessel. Er roch noch nach Albert.

Während sie reglos dasaß, überlegte sie, ob sie nicht doch noch ins Krankenhaus fahren sollte. Mein Körper, mein Körper, er tut weh, richtig weh.

Schließlich sah Jim auf und sagte kalt: »Krissy, du hast getrunken.«

»Du auch«, entgegnete sie und rieb sich die Rippen, das Bein und den Kopf. Selbst wenn er sauer auf sie war, konnte er nicht anders als sie Krissy zu nennen. Nicht Kristina, nicht Kris, Honey oder Pumpkin, sondern Krissy.

Jim schüttelte den Kopf und sagte ernst: »Ich hab zwei Dosen Miller Lite getrunken. Nein, ich meine, du hast eine ganze Menge getrunken.«

»Es ist doch nichts dabei«, antwortete Kristina.

»Ist es wohl«, sagte er fest. »Ich habe gesehen, wie du die Treppe raufgegangen bist. Du sahst aus wie bei einem Drahtseilakt, mit einer Stange in den Händen. Du konntest dich kaum bewegen. So ein Pech, daß es nicht schneit. Sonst wärst du wahrscheinlich längst auf der Brücke.«

Sie lächelte. »Soll ich auf die Brücke, Jimbo?«

Er zuckte die Achseln und sagte: »Mir doch egal.«

Kristina dachte, früher hätte es ihm was ausgemacht. »Früher hast du einen schönen Schreck bekommen, wenn ich auf die Brücke gegangen bin«, sagte sie traurig.

»Ja, früher …«, er verstummte. »Außerdem wirst du das nicht

machen. Um das Gleichgewicht zu halten, brauchst du beide Arme.«

»Wetten?« sagte sie. »Ich kann auch mit einem Arm das Gleichgewicht halten, wie ein richtiger Seiltänzer im Zirkus.«

»Ja klar, und ich darf dann deine Überreste auf dem Tuck Drive vom Asphalt kratzen.«

Wirst du es sein? Wirst *du* wirklich derjenige sein, der meinen zerschmetterten Körper aufhebt? dachte Kristina.

»Ich habe noch nie das Gleichgewicht verloren.« Das eine Mal letzten Februar zählte nicht.

»Statistisch gesehen stehen die Chancen schlecht für dich, Krissy«, sagte Jim langsam und ruhig. Er hatte keine Lust, darüber zu diskutieren, dachte Kristina.

»Es geht nicht um Statistik, Jimbo, sondern um Mut. Ohne Mut kein Ruhm.«

»Verstehe. Und was ist mit den Stierkämpfern? Die haben eine Menge Mut, und trotzdem werden hin und wieder ein paar aufgespießt.« Kristina runzelte die Stirn.

»Ich meine, hast du keine Angst?«

»Na klar. Das habe ich dir schon tausendmal gesagt.«

»Dann geht es also nur darum, Todesängste auszustehen.«

»Nein. Es geht darum, Todesängste auszustehen und es trotzdem zu machen.«

»Aber warum nackt? Warum mußt du unbedingt nackt sein?«

Sie lächelte. »Das ist die exhibitionistische Seite an mir. In meinem ersten Jahr hier habe ich gesehen, wie sich ein paar Typen im Epsilon House auszogen und über den Tuck Drive zum Fluß liefen, um dort zu baden. Das fand ich echt lustig.«

»Krissy!« sagte Jim. »Ich finde, solche Typen sollten dir nicht als Vorbild dienen.«

Sie legte den Kopf auf die Seite und biß sich dabei vor Schmerz auf die Lippen. Dann sagte sie leise: »Warum fragst du mich jetzt danach, Jimbo? Ärgert es dich?«

»Nein, es ärgert mich nicht«, sagte er und schüttelte den Kopf. »Es ist mir egal. Ich war nur neugierig.«

»Ich werde es heute nicht tun«, erklärte sie. »Dazu muß ich wirklich betrunken sein. Sonst bin ich nicht ruhig genug. Und es muß schneien.«

»Warum?«

»Dann fühle ich mich irgendwie sicherer«, antwortete sie. »Falls ich stürzen sollte, liegt wenigstens Schnee.«

Jim rümpfte die Nase. Sie haßte es, wenn er das tat. Es war so verächtlich. »Bei der kleinsten Windböe fliegst du runter, Schnee hin, Schnee her, Krissy.«

Sie nickte. »Deshalb mache ich es nur, wenn Schnee liegt. Dann gibt es keinen Asphalt. Nur den himmlisch weichen Schnee der Engel. Ich stelle mir vor« – sie suchte nach Worten – »ich falle in eine Schneewolke. Ich stelle mir vor, wie ich in den Schnee falle und wieder hochspringe, wie auf einem Trampolin aus Schneewolken. Ich stelle mir vor, wie ich … wirklich glücklich bin.«

»Bist du nicht glücklich, Kristina?«

Sie starrte an die Decke. »Nicht wirklich«, gestand sie.

Er war ruhig. »Allgemein nicht glücklich, oder … nicht glücklich mit uns?«

Ohne seine Frage zu beantworten, fragte sie: »Bist du glücklich mit uns?«

»Nein«, sagte er, ohne zu zögern. »Überhaupt nicht.«

Kristina nickte und fragte: »Willst du darüber reden?«

Jim holte tief Luft und schüttelte den Kopf. »Nein, ich bin müde.« Er stand auf. »Hör mal, ich glaube, ich bleibe doch lieber nicht. Wir reden ein andermal.«

»Du bleibst nicht? Aber es ist mein Geburtstag.«

»Ja, ich weiß.« Er sah sie vorwurfsvoll an. »Ich wollte Samstag nacht bei dir verbringen.«

»Ich habe dir doch gesagt, daß ich im Red Leaves war.«

»Ja, das hast du gesagt.« Er griff nach seinem Mantel und streichelte Aristoteles. »Mach's gut.« Kristina war nicht sicher, ob er den Hund meinte oder sie.

»Na dann. Uh …«, sagte Kristina und rappelte sich mühsam aus dem Sessel. »Wir reden ein andermal, Jimbo. Alles klar.«

»Was soll das nun wieder?« fragte er.

Sie seufzte. »Du willst doch gar nicht über uns reden, Jimbo.«

»Es gibt nichts zu reden.«

»Ach nein?«

Sie dachte an den Unfall vor ein paar Stunden, und wie sie auf dem harten Boden gelandet war, ohne Schnee. Wo war der weiche Schnee, der sie vor dem harten Aufprall retten und vor ihrem Schicksal hätte bewahren sollen?

»Jim? Liebst du mich eigentlich?« fragte Kristina und trat einen Schritt auf ihn zu.

Zögernd sagte er: »Na klar. Und liebst du mich?«

Ohne ihm zu antworten, streichelte sie seine Wange und sagte: »Jim, ich glaube, daß du nicht ehrlich zu mir bist. Ich glaube, daß du mich nicht liebst.«

Wieder zögerte er, zog dann eine Grimasse und nieste heftig. »Du meinst, nicht mehr liebst?«

»Ich meine, daß du mich nie wirklich geliebt hast.«

»Du spinnst.«

»Glaubst du das wirklich?«

»Ja.«

Doch sie registrierte, daß er sich bezeichnenderweise nicht die Mühe machte, sie in den Arm zu nehmen oder zu trösten, um ihr zu zeigen, daß sie sich wirklich irrte.

»Ich möchte dich was fragen, Jim. Liebst du Conni?«

Er lachte verlegen. »Was ist das denn für eine Frage? Ich habe sie mal geliebt, ja.«

»Und liebst du sie noch?«

»Das ist vorbei«, sagte er energisch.

»Sie war die große Liebe deines Lebens, nicht wahr?«

Jim zögerte. »Ja, ich war sehr in sie verknallt.«

»Sehr in sie verknallt«, wiederholte Kristina.

»Damals, ja.«

»Ach, hör mir auf.« Sie hob flehend den Arm. »Sei ganz ehrlich, Jim. Nur dieses Mal.«

»Ist es das, was du willst?« sagte er bitter. Sein Gesicht war verzerrt. »Ehrlichkeit?«

Eine Sekunde war sie verblüfft, faßte sich jedoch schnell wieder. »Ja. Daß wir beide ehrlich sind. Was willst du wissen?«

Er starrte sie einen unbehaglichen Augenblick lang an und sagte dann verächtlich. »Hör auf, Krissy. Vergessen wir's. Ich gehe.«

Sie hob die Stimme. »Was willst du wissen, Jimbo?«

»Nichts.«

»Das dachte ich mir«, sagte sie sanft. Ihr Mund fühlte sich taub an.

Er ging.

Kristina ließ sich aufs Bett fallen und versuchte, die Arme hochzuheben, doch es gelang ihr nur halbwegs. Wie immer hatten sie sich nicht ausgesprochen. Meistens ging er mittendrin, und sie ließ ihn gehen. Er ging zurück in sein Zimmer oder sie in ihres. Und am nächsten Tag unterhielten sie sich über Politik oder den nächsten Artikel für den *Review* oder was sie frühstücken sollten oder über Albert und Conni. Als hätte er sie nicht einfach stehen lassen, als sie fragte, ob er sie je geliebt hatte oder nicht. Und sie hatte ihn gehen lassen.

Sie lag auf dem Rücken und hatte das Gefühl zu fliegen. Durch den dunklen New-Hampshire-Himmel auf die Hügel von Vermont zu. Auf Fahrenbrae zu, über Fahrenbrae, über *sie beide* hinweg und hinter Aristoteles her. Sie schloß die Augen. Sie wollte nicht mehr darüber hinwegfliegen. Sie wollte Albert neben sich haben. Wollte sein schönes Gesicht sehen, in seinen Haaren spielen und mit den Lippen seine geliebte, selbstgemachte Tätowierung berühren.

3

Dienstag

Alpträume und Schmerzen. Als sie aufwachte, war sie schweißgebadet. Die Finger an ihrer linken Hand fühlten sich taub an. Doch das beunruhigte sie nicht sonderlich. Was sie aufregte, waren die Tränen, die ihr über das Gesicht strömten, bis in die Ohren und das stumpfe Haar. Tränen! Deshalb war sie aufgewacht. Sie spürte, daß sie weinte, und als sie die Augen öffnete, konnte sie nicht mehr aufhören. Und immer noch tat ihr alles weh.

Sie kletterte vorsichtig aus dem Bett und setzte sich in Alberts Sessel. Die Straßenlaternen warfen ihr kaltes gelbes Licht auf die schmutzigen Gardinen. Sie wischte sich über das Gesicht. Was zum Teufel ist mit mir los, dachte sie. Es ist doch bloß ein blödes Thanksgiving-Wochenende.

Als kleines Mädchen hatte Kristina nie geweint. Es hatte einen Grund gegeben. Geweint hatte sie nicht, aber viele Ängste ausgestanden: das finstere, stille Haus ohne ihre Mutter, Schneestürme, Tod.

Als Teenager hatte sie mit einigem Erfolg gelernt, die Angst zu besiegen.

Sie wischte sich die Tränen aus dem Gesicht und dachte daran, wie nah sie dem Tod gewesen war. Der Wagen, die Talsperre, wie sie sich in den Hang gekrallt hatte, um dem Tod zu entgehen, alles lief noch einmal vor ihr ab. Als sie ihre abgebrochenen Nägel berührte, zuckte sie zusammen. Ist es das, was mich geweckt hat? Die Vorahnung des Todes?

Was wäre aus ihrem Geld geworden, wenn sie gestorben wäre, jetzt da Howard und sie geschieden waren? Sie hätte nicht mal ein paar Zeilen hinterlassen. Wer hätte sich um den Hund gekümmert? Wer hätte ihre Sachen aus dem Zimmer und aus dem Schließfach in der Bank bekommen? Und alles andere?

Sie rieb sich die Augen, bis sie schmerzten. Und jetzt im Dunkeln ging es ihr auf. Es gab noch etwas, das sie erledigen mußte in diesem Zimmer, in Hinman Hall, in Dartmouth.

Sie war nach Dartmouth gegangen, um ihr Leben in den Griff zu bekommen. Komischerweise hatte sich in den drei Jahren so gut wie nichts verändert. Wo hatte sie versagt?

Dartmouth war ein hübsches College in einer malerischen, winzigen Stadt inmitten der Berge am Connecticut River, der eine natürliche Grenze zwischen New Hampshire und Vermont bildet.

Die Idee war ihr gekommen, als sie noch auf der High School war und nach einem Ausweg aus der Sackgasse suchte, in die sie geraten war. Sie würde in Dartmouth studieren, sich einen Job suchen, einen netten Mann finden, heiraten und Kinder bekommen.

Wenn sie sich normal verhielt, normale Dinge tat und einen normalen Freund hatte, würde sich ihr Leben schon von selbst verändern, hatte Kristina gehofft. Endlich normal werden.

Also kam sie nach Dartmouth, studierte fleißig, jobbte im Red Leaves, spielte Basketball und lernte einen netten Mann kennen.

Jim und Kristina hatten sich wirklich Mühe gegeben. Sogar nach Schottland und den vier Monaten, in denen sie kaum an ihn gedacht hatte, hatten sie versucht, wieder zueinander zu finden. Sie hatte gedacht, daß sie ihr Leben mit ihm teilen wollte. Es war kein Taugenichts, kein charmanter, tätowierter Schaumschläger mit Zöpfchen und ohne Zukunft.

Kristina hatte sich für James Allbright Shaw entschieden. Er war ihr Typ.

Aber Jim liebte sie nicht. Damit hatte sie nicht gerechnet.

Das College. Eigentlich hätte es ganz einfach sein müssen,

zueinander zu finden, bei so vielen Gemeinsamkeiten, den Seminaren, den Partys und den vielen Stunden, die sie im *Thayer* herumhingen. Das Collegeleben verdrängte alles andere, es war wie eine warme Decke, die sie alle beschützte. Unmöglich, sich im College nicht zu verlieben. Jedenfalls hatten sich die meisten Jungen und Mädchen, die sie kannte, in den letzten drei Jahren verliebt. Die meisten sogar mehr als einmal. Sie kannte ein Mädchen, das schon im ersten Wintersemester sieben Freunde durchprobiert hatte. Mittlerweile war sie wieder beim ersten angekommen.

In dieser kalten kleinen Stadt inmitten der Berge hätte sich jeder verliebt. Viertausend Studenten, zwei Dutzend Partys jedes Wochenende, Studentensäle voller Ivy Leaguers, jeden Samstag Footballspiele und im Winter der Karneval. Alle lasen den *Dartmouth Review*, alle hatten etwas, worüber sie sich aufregen konnten, alle kauften im *Co-op* ein und aßen im *EBA*. Die Typen hier waren mehr oder weniger gleich. Die meisten studierten Geisteswissenschaften, kamen aus wohlhabenden Familien und legten großen Wert auf gute Ausbildung, Karriere und Weiterkommen. Die einzigen Unterschiede waren die zwischen den Geschlechtern. Und das College Handbook versuchte selbst die zu unterdrücken.

Heute war es Jim, gestern hätte es Barry sein können, der sie vor zwei Jahren nach Cape Cod eingeladen hatte, und morgen wäre es vielleicht der gutaussehende Detective, der sie beobachtet hatte, als sie ihre Stiefel zuschnürte, und zum Kaffee eingeladen hatte. Spencer Patrick O'Malley.

Trotzdem saß Kristina nun halbnackt hier im Dunkeln mit einer Beule am Kopf und Southern Comfort im Blut, und die Tränen liefen ihr über die Wangen in den Mund.

Jim liebte sie nicht. Nicht einmal das Dartmouth College konnte darüber hinwegtäuschen.

Alles zwischen ihnen war falsch. Er streichelte ihren Nacken und massierte ihren Rücken. Doch er hatte sie nie so angesehen wie Spencer O'Malley. Er hatte sie noch nie so angesehen wie einmal Conni, als sie dabeigewesen war. Kristina bildete sich nichts auf ihre Schönheit ein. Sie bedeutete ihr nichts, und sie hätte es verstanden, wenn sie auch anderen Männern nichts bedeutet hätte. Aber Jim war ihr Freund. Albert bedeutete Kristina eine Menge, aber sie redete sich ein, daß es nicht um Albert ging. Sie wollte keine Neuauflage dessen, was sie für Albert empfand. Sie wollte dieses zerstörerische, besessene, heftige Verlangen ein für allemal loswerden. Das war keine Liebe, sondern Wahnsinn. Sie sehnte sich nach ganz normaler Liebe.

Draußen wurde es allmählich hell.

Sie stand auf und ging zu ihrem Nachttisch. Die Flasche Southern Comfort war leer. Sie fragte sich, wo die Whiskeyflasche geblieben war, die sie zum Geburtstag bekommen hatte. Sie hatte sie unten vergessen.

Sie ging im Zimmer umher und setzte sich auf das Bett. »Bring dein Leben in Ordnung«, flüsterte es in ihrem Kopf. »Bring es in Ordnung.«

Das ist es, was mir angst macht, dachte Kristina und wischte sich über das Gesicht. Nicht bloß der Tod, nein. Ich fürchte mich vor der Zukunft.

Kristina erinnerte sich an den Karneval im letzten Winter, als sie mit Jim mitten auf der Wiese einen riesigen Schneemann gebaut hatte. Sie brauchten zwei Stunden, und Jim war halbtot vor Kälte, wollte aber nicht aufgeben, ehe sie einen Hut und Kohle gefunden hatten. Er war sogar zum *Collis* gelaufen und hatte eine halbe Möhre aufgetrieben. Kristina war überrascht, daß *Collis* etwas so Frisches wie eine Möhre überhaupt führte. Damals hatte er sie ein bißchen geliebt, trotz Edinburgh.

Kristina hätte gerne von ihm gehört, daß er sie nicht liebte. Ich liebe dich nicht, Kristina. Ich hätte dich mit meiner Liebe retten können. Dich aus dem tiefen Morast ziehen und dich glücklich machen können. Dich mit meiner Liebe befreien – dich dazu bringen, diesen Verrückten, diesen dunklen Mann zu vergessen. Aber ich liebe dich nicht, also wurdest du nicht gerettet, kein Stück. Spiel Basketball und versteck dich dahinter. Schreib Artikel für die Zeitung. Sorg dich um Evelyn. Aber gerettet bist du nicht.

Kristina zog sich ein paar Sachen über und ging zu Jims Zimmer hinunter.

Sie setzte sich auf die Bettkante und stieß ihn leicht mit der gesunden Hand an: »Jimmy, wach auf. Ich will mit dir reden.«

Er stöhnte und drehte ihr den Rücken zu. Sie stieß ihn noch mal an. »Bitte, Jim, wach auf.«

»Wie spät ist es?« fragte er schläfrig.

»Noch früh. Wie spät ist Morgengrauen?«

»O nein«, stöhnte er. »Ich muß heute früh raus, ich bitte dich.«

»Nein, bitte!« erwiderte Kristina.

Jim setzte sich mit dem Rücken gegen die Wand. »Was ist denn?«

Kristina wischte sich die Tränen aus dem Gesicht. »Ich weiß nicht, Jimbo, aber ich glaube, es ist aus zwischen uns.«

»Du glaubst?« spottete er.

»Es tut mir leid, Jim«, sagte sie und starrte auf ihre Knie, weil sie ihn nicht ansehen konnte, »aber ich kann dich nicht glücklich machen.«

»Ja. Große Mühe hast du dir nicht gerade gegeben.«

»O doch.«

»Indem du die ganze Zeit Basketball spielst, im Red Leaves rumhängst und auch noch Artikel schreibst.«

»Die Artikel habe ich nur deinetwegen geschrieben.«

»Ich hab keine Gefälligkeiten nötig«, fauchte er sie an.

»Aber weißt du, du hast mich auch nicht gerade glücklich gemacht.«

»Krissy, dich kann man nicht glücklich machen.«

»Woher weißt du das?« sagte sie laut. Sie stand auf und humpelte aufgeregt im Zimmer auf und ab. »Hast du es jemals versucht?«

»Ich bin mit dir ausgegangen, oder?«

Du Schwein, dachte Kristina. »Ich hab auch keine Gefälligkeiten nötig.«

»Ich sag dir was«, erklärte er. »Es ist eine gute Idee, wenn wir uns nicht mehr sehen. Ich bin auch seit langem nicht mehr glücklich.«

»Du bist nie glücklich.«

»O doch«, entgegnete er, »ich war's, bevor ich dich kennenlernte.«

Kristina wurde das Herz schwer, aber trotzdem schaffte sie es zu antworten: »Das kann ich irgendwie nicht glauben.« Ihre Lippen zitterten. Sie würde jeden Moment losheulen. Er wollte sie zum Weinen bringen, aber das würde sie nicht zulassen. Sie wußte, wie schwer es ihm fiel, über persönliche Dinge zu reden. So war er eben, da konnte man nichts machen.

Jim lachte verächtlich. »Es ist mir schleierhaft, wie wir es so lange ausgehalten haben.«

»Jim, sag das nicht. Es war nicht immer so.«

»Ach nein?«

»Nein. Erst seit mir bewußt wurde, was du wirklich für mich fühlst. Besser gesagt, was du nicht für mich fühlst.«

Er saß auf dem Bett und starrte sie kalt an. »Was willst du damit sagen?«

Kristina tigerte immer noch durch das Zimmer. Ihr Körper schmerzte, der linke Arm hing schlaff herab. Sie war so aufgewühlt, daß sie nicht die richtigen Worte fand, um ihm zu erklären, was sie bedrückte.

»Vergiß es Jimbo. Ich bin hergekommen, weil ich hoffte, wir könnten reden.«

»Von wegen«, fuhr Jim sie wütend an. »Du bist hergekommen und hast mich geweckt, weil du von mir erwartest, daß ich dich über dich selbst hinwegtröste so wie immer. Aber ich habe keine Lust, meine Arbeit zu vernachlässigen, um dich zu trösten, verstehst du? Ich bin kein Psychologe.«

»Das merkt man«, murmelte Kristina. »Mein Gott! Ich bin nicht deshalb zu dir gekommen. Du verstehst überhaupt nichts.«

Sie würde nicht vor ihm zu weinen anfangen. Nicht jetzt. Den Gefallen würde sie ihm nicht tun. Sie versuchte, so ruhig wie möglich zu klingen, als sie sagte: »Ich gehe jetzt.«

»Wiedersehn, Krissy«, sagte er mit erstickter Stimme.

Als er nichts weiter tat, um sie am Gehen zu hindern, ging sie.

Deprimiert setzte sie sich aufs Bett. Statt sich besser zu fühlen, war sie jetzt noch schlimmer dran als vorher. Mein Gott, dachte sie, als ich aufgewacht bin, fühlte ich mich so schlecht, daß ich am Verzweifeln war, aber jetzt …

Alles war ruhig und blau im kalten morgendlichen Winterlicht. Aristoteles jaulte.

»Ich weiß, wie du dich fühlst, Hund«, sagte sie traurig und legte sich auf den dünnen Teppich neben ihn. Sie küßte ihn auf die Stirn, dachte einen Augenblick an die Schmerzen und schlief ein.

Kristina verschlief ihre beiden Seminare am Vormittag und das Basketballtraining. Die Schmerzen waren zu stark. Als sie auf dem Boden aufwachte, war Aristoteles verschwunden. Jemand hatte ihn mitgenommen und gnädigerweise sogar daran gedacht, ihr eine Decke überzulegen. Gnädig oder nicht, sie wollte wissen, wer es gewesen war. Albert? Jim? Oder Conni?

Sie erwachte mit einem entsetzlich traurigen Gefühl, das sie nicht abschütteln konnte. Hatte man sie einfach vergessen? Meistens kam irgendwer ins Zimmer, um sie zu wecken.

Als sie sich mühsam aufrappelte, ging ihr auf, daß es mehr war als nur Traurigkeit. Sie zitterte am ganzen Körper.

Wie lange hätten sie mich hier liegen lassen? fragte sie sich, als sie ihr wirres Haar bürstete. Wie lange hätte ich auf dem Fußboden gelegen? Wären sie nach Wilmington und Cold Spring Harbor gefahren und hätte mich ohne Aristoteles einfach hiergelassen? Sie warf einen Blick auf die Uhr. Es war schon Nachmittag.

Das Anziehen war eine Qual. Der Schmerz an der Schulter hatte sich verstärkt, trotzdem konnte sie den verletzten Arm bis zur Hüfte heben und dort einige qualvolle Sekunden lang halten, ehe sie ihn vorsichtig wieder herunterließ.

Plötzlich klopfte es an der Tür. Sie wußte nicht, wer es war. Doch als sie das Klopfen hörte, wurde ihr schwer ums Herz.

»Wer ist da?«

»Polizei. Machen Sie auf.«

Kristina runzelte die Stirn und seufzte deprimiert. Auch das noch.

»Einen Augenblick, ich muß mir was anziehen.«

Es klopfte wieder. »Machen Sie die Tür auf. Sofort.«

»Verdammt noch mal«, murmelte Kristina und humpelte in Trainingsjacke und Unterwäsche zur Tür.

Als sie aufmachte, stand ein untersetzter, junger Polizeibeamter vor ihr und hielt ihr seinen Dienstausweis unter die Nase.

Spencer Patrick O'Malley stand zwei Schritte hinter dem Beamten in Uniform und unterdrückte ein Lächeln. Der Streifenpolizist wurde sichtlich nervös.

»Wie geht's, meine Herren«, sagte Kristina so höflich wie möglich. »Wenn Sie mir eine Minute Zeit geben könnten, damit ich mich anziehen kann, wäre ich Ihnen sehr dankbar.«

Spencer sah sie an und lächelte, während der andere rot anlief. Betreten fuchtelte er mit seinem Dienstausweis herum und versuchte, woanders hinzusehen, als er stotterte: »Lassen Sie sich ruhig Zeit.«

Kristina bedankte sich knapp und schloß die Tür, um kurz darauf im Trainingsanzug wieder aufzumachen. »Bitte«, sagte sie lächelnd. »Was kann ich für Sie tun?« Sie blickte Spencer O'Malley nicht an, sah aber aus dem Augenwinkel, daß er ihre neue Handtasche in der Hand hielt.

Der untersetzte Beamte stellte sich als Sergeant Ray Fell vor und übernahm die Initiative. »Sind Sie Miss Kim?« Er trug eine dicke Brille mit schwarzem Rand und hatte jede Menge widerspenstige schwarze Locken. Sie fand, daß er mehr wie ein Computerfreak aussah als wie ein Polizist.

»Ja, das ist richtig«, sagte sie.

»Fahren Sie einen braunen Ford Mustang, Baujahr '81?« Er las das Kennzeichen vor.

»Nun«, sagte sie ausweichend. »Eigentlich nicht.«

»Nein?«

»Nein. Ich fahre keinen Ford Mustang mehr.«

Spencer O'Malley mußte wieder lächeln. Sergeant Fell runzelte die Stirn. Seine Stimme wurde ernster.

»Sie werden als Fahrzeughalterin geführt.«

»Seit gestern bin ich es nicht mehr«, antwortete sie.

»Hatte der Wagen einen Unfall?«

»Ja«, antwortete sie. »Das ist wohl nicht zu übersehen.»

»Haben Sie den Wagen nach dem Unfall verlassen?«

»Nun ja«, sagte sie und sah Spencer O'Malley an. Im Gegensatz zu Sergeant Fell trug er Zivilkleidung.

»Wissen Sie, daß man sich strafbar macht, wenn man den Unfallort verläßt?« fragte Ray Fell. »Fahrerflucht ist ein Vergehen. Der Fahrer darf den Unfallort nicht verlassen, wenn es einen Personen- oder Sachschaden gegeben hat.«

»Tut mir leid. Das habe ich nicht gewußt.«

»Sie wußten nicht, daß Sie bis zum Eintreffen der Polizei hätten waren sollen?«

»Nein«, sagte sie. »Es war sehr dunkel, und ich wollte nur weg.« Sie stockte. »Ich wollte den Wagen heute abschleppen und zum Schrotthändler bringen lassen.«

»Sie müssen den Unfall zu Protokoll geben, wußten Sie das nicht? Haben Sie Ihre Versicherung verständigt?«

»Nein«, entgegnete Kristina. »Das alles wollte ich heute machen.«

Der Beamte nickte. »Könnten Sie bitte mit aufs Revier kommen? Ich glaube, wir haben einiges zu besprechen.«

»Ich würde Ihnen sehr gern helfen, meine Herren, aber ich habe heute eine wichtige Mathematikklausur, die ich keinesfalls verpassen darf.«

»Sie wollen doch wohl nicht die polizeilichen Ermittlungen behindern? Das könnte mit einer Geld- oder gar Haftstrafe geahndet werden, Miss Kim«, erklärte Sergeant Fell mit erhobener Stimme. »Kommen Sie also bitte mit.«

»Ich habe nicht vor, irgendwas zu verhindern«, antwortete Kristina ernsthaft. »Und ich komme auch aufs Revier. Wie wäre es heute nachmittag? Gegen vier oder so?« Sie mußte erst noch einiges erledigen.

»Nein, Miss Kim. Sie kommen jetzt mit.«

Detective Spencer trat einen Schritt vor und legte dem jungen Streifenpolizisten die Hand auf die Schulter.

»Waren Sie schon im Krankenhaus, Miss Kim?« fragte er.

Kristina schüttelte den Kopf.

»Wir bringen Sie am besten ins Dartmouth-Hitchcock. Ihr Gesicht sieht nicht gut aus.« Er warf einen Blick auf ihren Arm. »Sie sollten sich untersuchen lassen.«

Kristina dachte, daß sie bereits untersucht worden war.

»Detective«, sagte Fell ruhig an Spencer gewandt. »Ich glaube, sie sollte sofort mitkommen.«

Spencer nickte. »Ich weiß, ich weiß«, sagte er. »Keine Angst, sie wird schon nicht türmen.« Dann wandte er sich wieder an Kristina und sagte: »Aber Sie sollten sich unbedingt untersuchen lassen, Miss Kim.« Das »Miss Kim« klang sanft, fast zärtlich.

Kristina starrte in Spencers blaue Augen. »Ich fühle mich wirklich gut. Und wenn was ist, kann ich mich jederzeit auf der Krankenstation der Uni untersuchen lassen. Könnte ich nicht heute nachmittag kommen?«

»Unmöglich. Sie haben sich bereits strafbar gemacht«, fuhr Fell dazwischen. »Unfälle müssen sofort gemeldet werden. Sie haben sich vom Unfallort entfernt und damit strafbar gemacht. Also kommen Sie jetzt mit.«

Spencer O'Malley hustete und legte die Hand erneut auf die Schulter des Beamten. »Könnten Sie bitte unten auf mich warten, Raymond?«

Ray Fell zögerte einen Augenblick lang, doch obwohl Kristina nicht viel von der Hierarchie innerhalb der Polizei verstand, begriff sie, daß er gerade einen Befehl erhalten hatte, den er befolgen mußte.

Als Fell weg war, sah Spencer Kristina lächelnd an und reichte ihr die Handtasche. »Ich hätte nicht gedacht, daß wir uns so schnell wiedersehen.«

Kristina nahm die Handtasche und stellte sie neben die Tür. »Merkst du nicht, daß ich den Unfall absichtlich inszeniert habe, damit wir uns wiedersehen?«

Ohne mit der Wimper zu zucken, antwortete er: »Ein solcher Schlamassel wäre aber nicht nötig gewesen.«

»War kein Schlamassel.«

»Du hast dir eine Menge Ärger aufgehalst. Mein Kollege ist ganz schön sauer.«

»Danke, daß du mir geholfen hast.« Kristina wollte Spencer reinbitten, doch sie schämte sich, weil es in ihrem Zimmer aussah, als hätte eine Bombe eingeschlagen. Was würde Spencer O'Malley von ihr denken? Sie schwor sich, so bald wie möglich aufzuräumen. Gott sei Dank hatte sie sich wenigstens gekämmt.

»Du hast dich tatsächlich strafbar gemacht, wußtest du das?«

»Ich wußte nicht, das es strafbar ist.«

»Warum hast du nicht gewartet, bis Hilfe kam?«

Kristina hatte das Gefühl, sie müsse ihm die Wahrheit sagen. »Ich hasse Krankenhäuser. Außerdem hatte ich gestern Geburtstag. Wir wollten feiern.«

»Oh, herzlichen Glückwunsch. War es eine schöne Party?«

»Sehr schön«, antwortete Kristina.

»Einundzwanzig. Da fühlt man sich ziemlich alt, nicht wahr?«

»Ja, woher weißt du das?«

»Weil ich erst vor kurzem dreißig geworden bin. Es fühlte sich ziemlich alt an.«

Sie dachte, wie jung Spencer wirkte trotz seines kahlen Schädels. Er sah aus wie ein schlaksiger junger Kerl, der gerade aus dem Militärdienst entlassen worden war.

»Stimmt das mit der Klausur?« wollte er wissen.

»Na ja, wenn ich Mathematik studieren würde, dann würde es stimmen.« Kristina bemerkte seinen Ausdruck und setzte hinzu: »Nein, es stimmt nicht. Aber ich muß unbedingt vor drei zur Bank.«

»Aha. Mit einundzwanzig muß man seine finanziellen Angelegenheiten regeln, was?« scherzte Spencer.

Kristina murmelte: »Ja, so ungefähr«, und schaute weg.

Spencer stand mit verschränkten Armen vor ihr und sagte: »Ich mach dir einen Vorschlag. Soll ich deinen Unfallbericht bis nach den Feiertagen zurückhalten?«

»Kannst du das denn?« fragte sie hoffnungsvoll.

Er zuckte die Achseln. »Sicher. Ich führe die Ermittlungen, ich kann alles. Hauptsache, der Chief erfährt nichts davon. Er würde mir das Fell über die Ohren ziehen.«

»Na gut«, sagte sie eifrig, »aber wo ist der Haken?«

»Kein Haken«, erklärte Spencer. »Aber ...« Plötzlich wurde er rot und wußte nicht mehr, was er sagen sollte.

Kristina merkte es und sah ihn fragend an. Er errötete noch mehr und suchte nach den richtigen Worten. »Ich meinte nur, also, ich wollte sagen ... vielleicht könnten wir, na ja, weißt du ... zusammen zu Abend essen oder so was.«

»Zu Abend essen, hm?«

»Ja, wenn du Lust hast«, sagte Spencer und senkte den Blick.

»Wo?«

»Bei *Jesse's*. Die machen die besten Steaks weit und breit. Du magst doch Steaks, oder?«

»Ich liebe Steaks«, antwortete Kristina. »Leider komme ich viel zu selten dazu.«

»Heißt das ja?«

»Das heißt vielleicht«, antwortete sie mit klopfendem Herzen. Fast hätte sie ihm über das kurzgeschorene Haar gestreichelt. »Ich hab so viel zu tun ...«

»Es ist nur ein Abend. Was ist schon ein Abend?«

Sie nickte. »Und wann dachtest du?«

»Am Freitag?«

»Wie, diesen Freitag?«

Er kratzte sich am Schädel. »Ja, warum nicht? Ach so, halt mal. Es ist ja Thanksgiving.«

»Ja«, sagte sie. Eigentlich hätte sie liebend gerne am Freitag etwas mit ihm unternommen, aber er sollte bloß nicht auf die Idee kommen, sie hätte nichts vor.

Er machte es ihr leicht. »Wie wär's mit dem Freitag danach?«

»Abgemacht«, sagte Kristina und grinste. »Okay, Spencer O'Malley. Ich gehe mit dir essen, und du steckst mich dafür nicht ins Kittchen.«

»Sei nicht albern. Niemand wollte dich ins Kittchen bringen. Vorschrift ist Vorschrift. Und in Hanover bestehen wir nun mal größtenteils aus Vorschriften. Kannst du am Montag ins Revier kommen? Oder soll ich vorbeikommen und dich mit dem Wagen abholen?«

»Keine Sorge. Ich schaffe es schon.«

Spencer lächelte. Er hatte ein wunderbares Lächeln, dachte Kristina, perfekte Zähne. »Wirst du wirklich kommen?« fragte er und versuchte, die Freude zu unterdrücken, als er auf ihre Antwort wartete.

»Ja, versprochen.« Sie dachte, daß sie ihn so ein weiteres Mal sehen könnte, und dann merkte sie, daß er immer noch zweifelte. »Ach so ... du meinst nächsten Freitag. Um wieviel Uhr?«

»Wann immer es dir paßt. Ich habe um fünf Dienstschluß.«

»Wir spielen gegen Crimson. Das Spiel müßte gegen zehn enden. Ist das zu spät? Wir könnten uns um Viertel nach treffen.«

»Willst du dir das Spiel ansehen?«

»Was heißt hier ansehen? Ich werde spielen.«

Spencer schüttelte den Kopf. »Aber nicht mit der Schulter.«

Kristina zuckte vor Schreck zusammen. »Was meinst du?«

»Ich meine, daß du mit dem Arm unmöglich spielen kannst.«

Sie wollte nicht darüber reden. Nicht einmal mit ihm. »Bis dahin bin ich wieder fit«, sagte sie abwehrend.

Er sah sie belustigt an. »Soll ich dich hier abholen?«

»Kommt darauf an. Kommst du im Streifenwagen oder mit deinem Wagen?«

»Was dir lieber ist, Kristina.«

Sie lächelte, unfähig, ihre Freude zu verbergen. »Dann komm im Streifenwagen mit Blaulicht, ja?«

»Okay«, sagte er. »Ich bring noch eine Sirene extra mit. Nur für dich.«

»Und ich mache mich besonders fein«, sagte sie. »Nur für dich.« Ich muß mir unbedingt ein Kleid kaufen, dachte sie.

»Abgemacht«, sagte er. Dann beugte er sich aus einem Impuls heraus vor und berührte ihre Wange. Bevor er ging, sagte er noch: »Es muß ein schwerer Unfall gewesen sein. Jedenfalls ist dein Wagen nur noch Schrott.« Er zögerte. »Du kannst wirklich von Glück sagen, daß du noch lebst.«

»Ach was«, entgegnete Kristina hastig, obwohl sie genau wußte, daß er recht hatte.

»Hör mal«, sagte Spencer. »Versprich mir, daß du dich untersuchen läßt, wenn der Arm bis morgen nicht besser ist.«

Kristina lächelte schüchtern. »Sieht er so schlimm aus?«

Spencer nickte. »Ja, er sieht schlecht aus. Zumindest verstaucht. Du kannst ihn nicht bewegen, oder? Man kann nie wissen. Es könnte etwas Schlimmes sein. Versprichst du es?«

»Na gut, Detective O'Malley«, antwortete Kristina und versuchte, den Arm zu bewegen. »Ich verspreche es.«

Sie streckte ihm die rechte Hand entgegen, und er drückte sie leicht. Seine Hand war warm und kräftig. Während er auf die Treppe zuging, sagte er noch halb im Scherz: »Und nicht, daß du mich sitzen läßt. Sonst muß ich dich verhaften lassen wegen Irreführung eines Polizeibeamten.«

»Oh, ist das auch ein Vergehen?«

»Ein Kapitalverbrechen.«

»Keine Angst. Ich werde hier auf dich warten«, erklärte sie lachend.

»Bis dann.«

»Ja, Spencer, bis dann«, sagte sie.

Sie beobachtete, wie er durch die Glastür ins Treppenhaus trat und sich dann noch einmal nach ihr umsah. Bei diesem Anblick hörte ihr Körper einen kurzen Augenblick auf zu zittern. Die freudige Erregung linderte den Schmerz auf ihrer Haut.

Sie schloß die Tür hinter sich. Dann setzte sie sich an ihren Computer und legte eine neue Datei an. Rasch tippte sie das Datum – 23. November 1993 –, die Zeit – 14:29 Uhr – und dann: »An alle, die es angeht.« Gleich darauf löschte sie es wieder und tippte: »Sehr geehrte Damen und Herren.« Ja, das war besser. Sie schrieb ein paar Zeilen, druckte sie aus und schaltete den Computer ab, ohne das Dokument zu speichern.

Es schneite heftig, als Kristina aus dem Studentenheim trat. Sie fragte sich, ob Albert, Conni und Jim bereits losgefahren waren. Nein, unmöglich. Aristoteles war nicht im Zimmer. Sie würden den Hund nicht einfach mitnehmen, ohne ihr Bescheid zu sagen.

In ihrem ausgebleichten blauen Trainingsanzug humpelte sie frierend zur Bank. Sie hätte ein Sweatshirt darunter anziehen sollen. Sie mußte unbedingt den Mantel ihrer Mutter wiederkriegen. Vielleicht könnte sie Spencer O'Malley anrufen und ihn bitten, sie nach Fahrenbrae zu fahren. Nein. Zu viele Fragen. Fahrenbrae gehörte nur Albert und ihr, und so sollte es auch bleiben.

Die Bank schloß um drei. Sie mußte sich beeilen.

Das aber war leichter gesagt als getan. Bei dem Unfall war ihr Knie gegen das Armaturenbrett geprallt, und nun tat es höllisch weh. An der East Wheelock, gegenüber vom *Hanover Inn*, mußte sie warten, um die Straße zu überqueren. Warum die Eile, dachte sie. Wenn ich es nicht rechtzeitig schaffe, dann kann ich immer noch morgen zur Bank. Die Banken haben doch morgen auf, oder? Wenigstens wird es keine Schlangen geben. Es spielt wirklich keine Rolle. Aber sie wollte ihre Unterschrift auf dem Schreiben noch heute beglaubigen lassen.

»Tut mir leid, wir haben schon geschlossen«, erklärte der Wachmann mit dem Schlüssel in der Hand.

»Ich wollte nur etwas in meinem Schließfach deponieren und mein Konto überprüfen. Bitte«, flehte sie.

Der Wachmann rief eine Bankangestellte, die sie widerwillig einließ.

»Bitte beeilen Sie sich«, forderte sie Kristina auf.

Na klar doch. Nichts leichter als das, dachte Kristina. »Ich brauche nur eine Sekunde, vielen Dank.«

Sie wartete, bis man sie in den hinteren Tresorraum ließ.

»Guten Tag, Mr. Carmichael. Könnten Sie mir noch schnell etwas beglaubigen?«

Mr. Carmichael, ein schmaler, graubärtiger Mann von Mitte Fünfzig, verdrehte die Augen und lächelte freundlich.

»Wir haben geschlossen, Kristina«, sagte er geduldig. »Verstehen Sie, was das heißt? Geschlossen.«

»Ja, ich weiß, aber könnten Sie nicht noch ganz schnell ...«

Er seufzte. »Was brauchen Sie denn?«

»Nur eine Beglaubigung.« Sie holte das Schreiben heraus und faltete es so, daß er den Inhalt nicht lesen konnte.

»Ich muß schon das ganze Dokument sehen, Kristina«, erklärte er. »Sie kennen doch die Regeln. Ich habe schon öfter Sachen für Sie beglaubigt.« Kristina blieb nichts anderes übrig, als ihm den ganzen Brief zu zeigen.

Nachdem er den Inhalt durchgelesen hatte, warf er ihr einen Blick zu. Kristina hoffte, daß ihr Gesicht ausdruckslos war.

»Gut. Unterschreiben Sie hier«, sagte Mr. Carmichael. Sie tat es, und er holte seinen Stempel heraus und beglaubigte ihre Unterschrift. Danach gingen beide mit ihren Schlüsseln zu Kristinas Schließfach, und er ließ sie allein.

Sie steckte den beglaubigten Brief sorgfältig in einen Umschlag, in dem sich bereits die Scheidungsurkunde befand und überprüfte hastig den Inhalt des Faches. Dann dachte sie einen Augenblick nach, nahm einen Bleistift aus der Tasche und kritzelte etwas auf die Rückseite eines alten Briefes. Am Ende legte sie ihn zurück ins Fach und schloß es ab.

»Schöne Feiertage«, rief sie Mr. Carmichael zu. »Un nochmals vielen Dank.«

Er winkte. »Keine Ursache, Kristina. Auch Ihnen schöne Feiertage.«

Tolle Feiertage, dachte sie und sehnte sich nach ihrem Mantel, sehnte sich nach einem Drink und wünschte, die dumpfen Kopfschmerzen würden endlich aufhören. Sie war froh, daß sie es geschafft hatte, zur Bank zu gehen. Morgen würde sie den ganzen Tag im Bett verbringen.

Jetzt schneite es heftiger. Es waren keine Flocken mehr, sondern Schneeklumpen, die vom Himmel auf Kristinas Haar, ihr Gesicht und den Boden fielen. Die Autos auf der Main Street kamen nur im Schneckentempo voran, die Reifen versanken bereits im tiefen Schnee. Die Bürgersteige verschwanden unter einer weißen Decke ebenso wie die Dartmouth-grünen Markisen, nur die Bäume standen still, schwarz und kahl da.

Kristina überquerte die Main Street und dachte einen Augenblick lang daran, zu *Peter Christian* zu gehen und Karottenkuchen zu kaufen. Letzten Sommer hatte sie sich eine Zeitlang fast ausschließlich von Karottenkuchen ernährt. Doch dann überlegte sie es sich anders. Lieber morgen, wenn alle weg waren und sie dort in aller Ruhe zu Mittag essen und die Zeitung lesen konnte.

Seit dem Kuchen gestern abend hatte sie nichts mehr in den Magen bekommen. In den letzten vierundzwanzig Stunden hatte sie nur die Eistorte im Red Leaves und ein Stück deutsche Herrentorte gegessen und Southern Comfort getrunken. Prima Diät. Aber sie hatte keinen Hunger, nur Kopfschmerzen.

Als sie sich an den gestrigen Tag erinnerte, lief ihr ein kalter Schauer über den Rücken. War das erst gestern, als ich um ein Haar umgekommen wäre? Wieso habe ich das Gefühl, es sei schon viel länger her? Sie tastete nach der Schwellung über der Schläfe. So lang ist es doch gar nicht her. Ah, da ist sie, genau da.

Was, wenn ich ernsthaft verletzt bin? Wenn ich eine Gehirnerschütterung habe? dachte sie weiter, während sie langsam zum Campus ging. Was, wenn es wirklich eine Gehirnerschütterung ist oder eine Gehirnblutung? Vielleicht sickert das Blut aus den Gefäßen im Gehirn und sammelt sich in meinen geschwollenen Füßen und Beinen. Da schwappt es dann im großen Abfallkübel meines Körpers, und eines Morgens wache ich nicht mehr auf.

Kristina wurde plötzlich ganz kalt. Sie trat in die Kapelle von

Dartmouth, setzte sich einen Augenblick ins Warme und dachte an Evelyn, die Babys und an Albert. Sie hätte gern eine Kerze für die Kleinen angezündet, aber es gab nirgends welche. Nach einer Weile ging sie wieder hinaus.

Dann entdeckte sie Albert unweit von Kiewit. Ihre Laune verfinsterte sich. Er stand im Schnee und unterhielt sich mit jemandem. Zögernd beschleunigte sie ihre Schritte. Ihre Beine wurden schneller, aber ihr Kopf kam nicht mit. Albert begann, in Richtung Frat Row zu gehen. Kristina humpelte noch schneller und schleifte das rechte Bein hinter sich her.

»Albert!« rief sie schließlich außer Atem im dichten Schnee. »Warte!«

Er drehte sich um und kam auf sie zu. Als sie ihn einholte, war sie erschöpft und wußte nicht, was sie sagen sollte. Sie starrten sich schweigend an.

»Ist Jim über Nacht geblieben?« fragte Albert schließlich, und Kristina spürte, wie seine Frage ihr in die kalten Knochen fuhr. Sie haßte ihn, wenn er so war.

»Nein, er ist nicht geblieben«, antwortete sie und rieb die Hände gegeneinander. »Wir haben Schluß gemacht.«

Er sagte nichts. »Wirklich? Warum? Hat es zwischen euch denn nicht geklappt?«

»Na ja, jedenfalls nicht so wie bei dir und Conni.«

»Wer hat denn gesagt, daß es zwischen Conni und mir klappt?« Er verstummte. »Ich bin einfach nur froh wegen Jim und dir, das ist alles.«

»Das glaube ich dir.«

»Ja. Und jetzt? Soll ich mit Conni Schluß machen?«

»Mit ihr Schluß machen? Wozu?« fragte Kristina entgeistert.

»Damit wir nach Kanada fahren können, zum Beispiel.«

»Hör endlich auf mit Kanada. Ich hab dir schon tausendmal gesagt, daß es nicht geht. Wieso bist du so stur?«

»Ich bin nicht stur. Aber was willst du jetzt machen?«

»Was meinst du?« fragte Kristina mürrisch.

»Mit Jim.«

»Gar nichts. Vielleicht gehe ich mit jemand anders aus.« Sie sah die Qual in seinem Blick und sagte leise, fast unhörbar: »Albert, bitte.« Der Druck in ihrer Brust wollte nicht weichen; ihr

Herz zog sich zusammen, setzte aus vor Schmerz. Sie seufzte tief: »Hast du heute morgen Aristoteles rausgebracht?«

»Ja«, antwortete Albert. »Er hatte seinen Spaß im Schnee.«

»Ja, das glaube ich.« Es war also Albert gewesen, der sie zugedeckt hatte.

Er beugte sich vor und sagte: »Erinnerst du dich an letztes Jahr? Als wir mit Aristoteles drei Tage in Fahrenbrae eingeschneit waren? Wieviel Spaß wir hatten? Ich habe mich betrunken, und du hast mir Kaffee gekocht, und am Abend haben wir uns ausgezogen und sind den Hügel runtergelaufen. Du hast immer gewonnen, weil mir zu schnell kalt wurde. In der Hütte hast du mir dann die halb erfrorenen Füße massiert und mich in Decken eingewickelt, weißt du noch, Rock?«

»Klar, weiß ich das noch, Albert«, antwortete Kristina erschöpft. »Ich habe meine Gefühle nicht verleugnet. Sie werden sich auch nicht ändern.« Zitternd vor Kälte rieb sie sich den wunden Arm. Die Kälte tat dem Schmerz gut. »Gehen wir zurück, mir ist kalt.«

Er trat näher und sagte leise: »Diesmal hättest du keine Chance da draußen in der Kälte. Diesmal würde ich gewinnen.«

Sie wich nicht zurück, aber sie reagierte auch nicht freundlich. »Los, komm schon. Ich friere.«

»Ich wollte eigentlich zu Frankie«, erklärte Albert.

»Ach so«, sagte Kristina. »Soll ich mitkommen?«

»Nein«, sagte Albert hastig. »Ich bleib nicht lange. Ich glaube, er will mich allein sprechen. Von Mann zu Mann.«

»Ach ja. Dann solltest du besser gehen, wenn Frankie einen Mann braucht«, entgegnete sie.

Albert musterte sie. »Was soll denn das nun wieder heißen?« fragte er schließlich und strich ihr den Schnee aus dem Haar.

»Nichts, Albert«, sagte Kristina. »Nichts.«

»Geh schon. Du zitterst ja am ganzen Leib.« Sie sah, wie seine Augen sie verschlangen. »Du Arme. Wir müssen unbedingt deinen Mantel holen«, setzte er zärtlich hinzu.

»Bloß kein Mitleid. Mir geht es gut.«

»Dann ist es ja gut. Wir sehen uns später.« Es klang kühl.

»Nein! Ich meine, vielleicht. Ich meine – ich will wirklich Schluß machen, Albert«, sprudelte es aus ihr heraus.

»Hab schon verstanden«, entgegnete er kalt. »Wen versuchst du eigentlich zu überzeugen?«

»Mich«, sagte sie wie aus der Pistole geschossen. »Und diesmal wird es mir gelingen. Ich möchte, daß jeder seinen Weg geht.«

»So hatten wir es von Anfang an geplant, Rocky«, sagte Albert und wurde rot; er sah aus, als sei ihm heiß.

»Nenn mich nicht Rocky«, fuhr in Kristina an. »Ich will mein eigenes Leben führen, verstehst du nicht?«

»Mit wem? Mit Jim hast du Schluß gemacht. Jetzt machst du mit mir Schluß. Mit wem, Kristina?«

Sie ging nicht darauf ein. »Ein Leben ohne dich. Wenn das möglich ist.«

»Nein«, sagte er resigniert. »Ist es nicht. Das habe ich schon lange eingesehen, aber du willst es nicht einsehen.«

»Weil es nicht stimmt«, sagte sie verzweifelt.

Albert näherte sich ihr, bis sie sich fast berührten. »Was hast du nur für einen schönen Mund. Gott, ich möchte dich küssen. Jetzt.«

»Hör auf, Albert«, sagte sie schwach. »Es reicht.«

»Na gut. Hör mal, wenn du nicht nach Kanada willst, dann komm doch mit uns nach Long Island, Rock. Ich möchte nicht, daß du Thanksgiving hier ganz allein verbringst. Komm mit. Wir werden uns amüsieren.«

»Ist das dein Ernst? Wer wird sich amüsieren? Conni, wenn sie wie wild an meine Tür hämmert? Oder ich? Oder du? Wenn du mich vier ganze Tage nur ansehen kannst? Nein danke. Früher hatte ich auch eine Familie. Ich brauche nicht das Mitleid der anderen, oder daß sie mich mit Truthahn vollstopfen und mich ausfragen und mir Pumpkin Pie und Apple Pie vorsetzen. Ich brauche kein Mitleid. Und deins erst recht nicht.«

Als hätte er sie nicht gehört, sagte Albert mit rauher Stimme: »Ich begehre dich, Kristina. Mehr als alles andere auf der Welt.«

»Ja, aber es ist ein unmögliches Begehren.«

»Ich wünschte, wir könnten in Edinburgh leben. Und nie unser Zimmer, unser Bett verlassen.«

Er konnte nicht anders, er streckte die Hand aus und streichelte ihr zärtlich über die kalte Wange: »Komm mit, Kristina. Alles ist besser, als hier allein zu bleiben.«

»Da irrst du dich«, antwortete sie, ohne zurückzuweichen. Sie wich nie vor seinen Zärtlichkeiten zurück. Er wußte es, und sie wußte es auch.

»Komm. Bitte.«

»Nein.«

»Bitte.« Er streichelte sie immer noch.

Schließlich trat Kristina doch einen Schritt zurück. Jetzt oder nie. »Hör mal«, sagte sie. »Stimmt es eigentlich, daß ihr euch an Thanksgiving verloben wollt?«

»Nein, stimmt nicht«, sagte Albert schnell und fügte dann hinzu: »Conni wollte, daß wir uns Thanksgiving verloben.«

Sie sah ihn ungläubig an.

»Das ist die Wahrheit«, beharrte er. »Wir haben zwar darüber gesprochen, aber nur weil sie es wollte.«

Kristina lachte. »Mein Gott, Albert! Du kannst es nicht sein lassen, was? Nicht einmal mir sagst du die Wahrheit.«

»Ich weiß wirklich nicht, wovon du sprichst«, antwortete er ernst.

»Schon gut«, sagte sie. »Ich dachte bloß, zu einer richtigen Verlobung gehören zwei.« Sie stieß eine Dampfwolke aus.

Albert starrte sie finster an. Er trat von einem Bein auf das andere, um sich warm zu halten.

Sie dagegen stand reglos vor ihm. »Wie wolltest du das anstellen, Albert? Mit mir nach Kanada fahren und dich gleichzeitig mit Conni verloben?«

»Ich hätte mich nicht verlobt.«

»Ach, du hättest das Ganze um eine oder zwei Wochen verschoben? Oder hat die Familie schon eine richtige Verlobungsfeier mit allem Drum und Dran organisiert?«

»Keine Ahnung, was sie vorhaben.«

»Alles klar«, sagte sie und ging an ihm vorbei. Er folgte ihr nicht.

»Heute ist Pokerabend, Rock«, sagte er. Es klang fast wie ein Flehen. »Wir vier und Frankie.«

Als Kristina nicht antwortete, rief er ihr hinterher. »Bitte komm, wir brauchen dich.«

Wortlos kehrte sie ihm den Rücken zu und begann, in Richtung Tuck Mall zu gehen.

»Wir müssen unbedingt deinen Mantel holen«, rief er ihr hinterher.

Kristina winkte, ohne sich umzudrehen.

Aristoteles war nicht in Kristinas Zimmer. Es schneite heftig, und sie hoffte, daß er nicht draußen war. Sie hatte nur noch den Wunsch, ihren Hund zu holen, raufzugehen und sich mit ihm ein paar Minuten hinzulegen.

Sie ging in den zweiten Stock zu Connis Zimmer. Die Tür war nicht abgeschlossen. Kristina warf einen Blick hinein. Das Zimmer war wie üblich sauber und aufgeräumt. Die blauen Leuchtziffern des Weckers zeigten 15:10 Uhr an.

Schließlich fand sie Conni an einem Fenstertisch in der Hinman Lounge. Zu ihrer Überraschung saß Frankie Absalom neben ihr und lernte. Beide waren völlig versunken in ihre Arbeit. Keiner sah auf.

Kristina starrte sie verdutzt an. Hatte Albert nicht gesagt, daß er mit Frankie im Epsilon House verabredet sei? Und wenn nicht mit Frankie, mit wem dann? Kristina lachte leise. Ob Albert Connie betrog?

Vielleicht hatte Frankie seine Verabredung mit Albert verschwitzt. Kristina strich sich das Haar aus dem Gesicht und ging auf sie zu.

»Hey«, sagte sie. Beide blickten auf und nickten gleichgültig.

»Wie geht es dir heute, Krissy?« fragte Conni.

»Prima, danke«, log sie. »Weiß du, wo Aristoteles ist?«

»Ich habe ihn vor etwa einer Stunde mit Jim in der Main Street gesehen. Vor dem *Review*, glaube ich. Wo hast du denn den ganzen Tag gesteckt?«

»Ach, hier und da«, antwortete Kristina vage. »Hauptsächlich im Bett. Frankie, bist du nicht mit Albert verabredet?«

Frankie sah sie verwundert an: »Was?«

»Na, du bist aber gesprächig heute. Wolltest du dich nicht mit Albert treffen?«

»Was?« wiederholte Frankie.

»Frankie!«

»Ich hab nicht die geringste Ahnung, was du meinst. Ich hab Albert seit seinem Geburtstag gar nicht mehr gesprochen.«

»Verstehe«, sagte Kristina.

Frankie steckte die Nase wieder in sein Buch. Conni warf Kristina einen unbehaglichen Blick zu, die sich ein freundliches Lächeln abrang und ihr mit dem gesunden Arm zuwinkte, bevor sie die Lounge verließ.

Kristina ging zurück ins Zimmer, legte sich ins Bett und zog sich die Decke über den Kopf. Sie versuchte zu schlafen, aber die trüben Gedanken ließen sie nicht los. Sie stand auf, räumte ein bißchen auf, spielte ein Computerspiel, starrte aus dem Fenster und legte sich wieder hin. Nichts. Ihr Herz fühlte sich an wie ein Stein. Sie vergrub den Kopf im Kissen und weinte.

Sie konnte nicht schlafen. Sie war zwar nicht müde, hoffte aber, daß sie sich nach dem Schlafen besser fühlen würde. Es ging nicht. Jedesmal, wenn sie die Augen schloß, sah sie das Bild des herankommenden Wagens vor sich. Den Zusammenstoß, das Überschlagen, den Aufprall. Den Zusammenstoß, das Überschlagen, den Aufprall. Den Zusammenstoß, das Überschlagen …

Sie stand auf und rief Spencer O'Malley im Polizeirevier an. Er hatte bereits Feierabend. Sie erkundigte sich bei der Auskunft nach seiner Privatnummer und rief ihn zu Hause an. Auch dort war er nicht. Sie wußte nicht, was sie ihm hätte sagen sollen, wenn er dagewesen wäre. Eigentlich wollte sie nur seine Stimme hören.

Schließlich brachte Jim den Hund zurück, aber er blieb nicht lang. Kristina hatte nicht die Kraft, ihn zu überreden. Vorerst mußte sie sich mit dem Hund zufriedengeben. Sie ließ ihn aufs Bett springen und legte sich neben ihn.

Sie dachte daran, später auf die Brücke zu gehen, aber sie hatte keinen Whiskey. Fast eine Stunde lang kramte sie in ihren Schränken auf der Suche nach irgend etwas, um ihre Halsschmerzen zu stillen, die zittrige Hand zu beruhigen und das

Ziehen in der Schulter zu lindern. Oder die Stiche in ihrem Herzen. Doch sie fand nichts.

Sie erinnerte sich an die Flasche Southern Comfort, die sie zum Geburtstag geschenkt bekommen hatte. Wo war sie bloß?

Allmählich war es Zeit für den Pokerabend, aber sie hatte keine Lust. Sie ging aus dem Zimmer, ließ die Tür hinter sich ins Schloß fallen und stieg die Treppe hinunter. Doch mittendrin machte sie kehrt und ging noch mal zurück, um Aristoteles zu holen, der nicht sonderlich begeistert war, wieder raus zu müssen. Doch dann trottete er mit, als spürte er, daß sein Frauchen Gesellschaft brauchte. Sie gingen den dunklen Tuck Mall im Schnee hinunter und bogen dann in die Main Street ein. Sie wollte zu *Murphy's Tavern.* In Hanover gab es keinen einzigen Laden, in dem man um die Zeit Hochprozentiges kaufen konnte. In *Stinson's* Lebensmittelladen und im *Grand* gab es Champagner und Bier. Aber wer zum Teufel wollte schon Champagner oder Bier? Einer der Barkeeper im *Murphy's*, ein richtig netter Kerl, verkaufte ihr manchmal eine Flasche Whiskey, wenn keine Bullen im Lokal waren und sie ihn darum bat.

Doch *Murphy's* hatte zu. Wegen Schneesturm geschlossen. Sie sah sich auf der Straße um, als hoffte sie, irgendwer mit einer Tequilaflasche im Gürtel würde auftauchen und ihr einen Schluck anbieten.

Wohnte Spencer nicht in der Straße in der Nähe vom *EBA*? Sie ging dorthin, blieb vor dem zweistöckigen Gebäude stehen und blickte hinauf zu den beiden erleuchteten Fenstern. Sie wußte nicht, ob es seine waren, aber es waren die einzigen Fenster weit und breit, in denen Licht brannte. An der Türklingel stand sein Name. *S. P. O'Malley.* Sie wollte schon klingeln, doch dann überlegte sie es sich anders.

Sie rief nach dem Hund, der im sauberen Schnee nach irgendwas Leckerem schnüffelte. »Wir müssen total spinnen, uns bei dieser erbärmlichen Kälte rumzutreiben, was? Mir ist elend zumute, und du frierst. Fühlst du dich auch so elend, Aristoteles?«

Der Hund wedelte fröhlich mit dem Schwanz.

»Dachte ich's mir. Du siehst auch ganz so aus.« Sie streichelte seinen Rücken. »Komm, laß uns nach Hause gehen.«

Langsam stapften sie durch den Schnee. Kristina sah hinunter auf Aristoteles' nackte Pfoten. Dann auf ihre eigenen Füße. Ihre Turnschuhe waren auf. »Das ist nicht fair, Aristoteles«, sagte sie. Der Hund blieb stehen, als er seinen Namen hörte. Kristina streifte die Schuhe ab. Socken trug sie ohnehin keine. Dann bückte sie sich, um die Schuhe vom Boden aufzuheben und Aristoteles den dicken blonden Kopf zu tätscheln.

Die große Turmuhr bei Baker schlug einmal. Kristina sah nicht auf.

Die Hinman Lounge war menschenleer, als sie reinkamen. Sie warf einen Blick auf die digitale Wanduhr, die seit Monaten kaputt war. Sie stand auf 2:10 Uhr. Tag oder Nacht, dachte sie. Sie zog eine Bierdose aus dem Automaten und setzte sich hin.

Bald darauf kamen alle, außer Frankie.

»Was für ein Wunder«, rief Conni. »Krissy ist zu früh dran.«

»Ich bin nicht zu früh dran. Ihr kommt zu spät.«

»Quatsch«, entgegnete Jim. »Schau auf die Uhr.«

»Klar doch. 2:10 Uhr. Wo wart ihr überhaupt?«

»In Connis Zimmer«, antwortete Jim.

»Wir haben uns eine Strategie ausgedacht, um Frankie zu schlagen«, tönte Conni.

In dem Augenblick kam Frankie herein und rief, während er den Mantel auszog: »Was soll das heißen? Habt ihr euch etwa gegen mich verschworen?«

»Da bist du ja endlich«, sagte Conni scherzhaft. »Hast wohl verschlafen, was?«

Sie setzten sich an einen der runden Tische, Kristina gegenüber von Albert, der sie mit zusammengekniffenen Augen musterte, während sie versuchte, ihn zu ignorieren.

»Aristoteles' Pfoten sind ganz naß und kalt«, sagte Albert. »Wo bist du mit ihm gewesen?«

»Im Schnee«, antwortete sie und sah ihm in die Augen. »Er liebt den Schnee, weißt du, Albert. Kann gar nicht genug davon kriegen.«

»Los, fangen wir an«, sagte Frankie. »Gibt's was zu trinken?«

»Nichts Gutes, das steht fest«, sagte Kristina und stand auf. »Nur jede Menge Miller Lite.«

»Na bestens. Dann schieb mal ein Bier rüber, und los geht's«, sagte Frankie und hielt Kristina die flache Hand hin. Sie schlug drauf und reichte ihm ein Bier.

Albert stellte eine Dose mit Nickels, Pennies und Dimes auf den Tisch. Jeder nahm sich Münzen im Wert von fünf Dollar und setzte dann zwei Pennies. Albert teilte aus. Sie spielten einen klassischen Poker. Frankie gewann das erste Spiel mit einem Trio. Als nächstes teilte Conni aus. Auch dieses Spiel ging mit einer Leiter an Frankie. Alle mochten Frankie, aber keiner spielte gern Karten mit ihm, weil er grundsätzlich gewann und sich darüber lustig machte, daß die anderen die wöchentlichen Spiele so wichtig nahmen und es gar nicht gut fanden, daß er sie jedesmal schröpfte. Frankie schimpfte, sie seien schlechte Verlierer, und sie konnten ihm nicht einmal vorwerfen, daß er ein schlechter Gewinner war, da er sich seinen Gewinn nie auszahlen ließ. Aber es ging ums Prinzip.

Wenn ein anderer von ihnen gewann, machte er sich nie lustig über die anderen, und er steckte auch den Gewinn nicht wieder in die Kasse zurück. Albert brauchte das Geld. Constance war zum Sparen erzogen worden. Jim behielt seinen Gewinn, weil er nicht einsah, warum er auf etwas verzichten sollte, das ihm rechtmäßig zustand. Kristina wußte, daß Jim gern gewann. Bei Monopoly war er richtig rücksichtslos. Kristina gewann selten. Zweimal in drei Jahren vielleicht. Das Geld zurückzugeben hätte ihren Sieg in eine Niederlage verwandelt. Sie galt als ewiger Loser unter den fünf.

»Pech im Spiel, Glück in der Liebe«, sagte Frankie immer. Dann lächelte Jim, zumindest früher, als er noch lächelte, und Kristina dachte an Albert und hätte am liebsten laut gesagt: »Von wegen Glück in der Liebe.« Statt dessen lächelte sie, denn elegant zu verlieren, war eine Kunst, die sie aus der Notwendigkeit heraus gelernt hatte. Sie hatte Glück in der Liebe und war eine gute Verliererin. Was gab es auch sonst in verschneiten Winternächten in Hinman Hall am Dartmouth College?

Der einzige, der sich zu amüsieren schien, war der großmäulige Frankie, der seinen Kaugummi aufblies, lachte und sie alle ausnahm wie eine Weihnachtsgans. Doch seine Fröhlichkeit konnte Kristina heute nicht anstecken. Sie hatte Mühe mit den Karten, denn mittlerweile schmerzten auch ihre Finger.

Die anderen saßen da und hielten die Karten fest. Gewöhnlich waren die Spiele lebendiger. Kristina wußte nicht, was die anderen heute hatten, sie wußte nur, was sie störte.

»Und, Albert?« sagte Kristina nach der zehnten Runde. »Wie war's heute nachmittag mit Frankie?«

Alle sahen auf. Es war überraschend, daß Kristina sich direkt an Albert wandte. Das kam selten vor. Und plötzlich diese seltsam anzügliche Frage.

Frankie starrte auf seine Karten und ließ seinen Kaugummi platzen. »Zwei Karten für mich«, sagte er und nahm sie von Albert an, dessen Gesicht völlig ausdruckslos blieb. Jim versuchte gleichgültig zu wirken, und Conni machte sich erst gar nicht die Mühe.

»Wie spät ist es?« fragte Jim.

Frankie warf einen Blick auf seine Uhr. »Zehn vor elf.«

»Oh«, sagte Jim. »Dann ist das mein letztes Spiel.«

»Was ist los? Mußt du etwa schon ins Bett?« nahm Frankie ihn auf den Arm. Jim ging nicht darauf ein.

Kristina ließ nicht locker. »Na, sag schon, Frankie, wie war's heute nachmittag mit Albert?«

»He, Albert«, sagte Frankie und lächelte auf seine geniale Art. »Wovon redet sie eigentlich?«

»Ja, wovon redest du eigentlich?« fragte Conni.

Kristina sah Albert an und runzelte die Stirn. »Albert?«

Er starrte auf seine Karten. »Was ist los, Kristina?« fragte er müde.

»Wie war euer Treffen?«

»Wir haben uns verpaßt. Frankie war nicht da.«

Kristina nickte und warf einen Blick auf ihre Karten. Die Karokönigin, drei Asse und die Pikkönigin. »Danke, keine Karten für mich«, erklärte sie und schob ihr ganzes restliches Geld in die Mitte des Tisches. »Ich erhöhe um diesen Betrag.« Sie zeigte auf den Haufen. Conni und Jim paßten. Albert ging mit und auch Frankie, der noch um weitere drei Pennys erhöhte. Kristina mußte sich drei Pennys von Conni leihen, um seine Karten sehen zu können.

Er hatte vier Könige.

Sie warf die Karten auf den Tisch. »Wirklich sehr komisch«, sagte Kristina. »Ich könnte schwören, du hättest mir gesagt, daß ihr ein Gespräch unter Männern führen wolltet. Oder weißt du das nicht mehr?«

Albert starrte sie über den Tisch hinweg an. Frankie kratzte sich am Kopf und fragte: »Albert, was meint sie eigentlich?«

»Genau. Was meinst du, Kristina?« wiederholte Conni.

Jim sagte kein Wort, und auch Kristina schwieg. »Nichts«, sagte sie schließlich und starrte Albert scharf an. »Nichts, nicht wahr?«

»Genau«, sagte er. »Nichts.«

Frankie blies wieder seinen Kaugummi auf, während er die Karten mischte. »Na ja, Krissy. Du weißt ja, ich habe Albert gern zu Besuch.«

»Aber nicht heute nachmittag, was, Frankie?« sagte Kristina. »Heute nachmittag hattest du dich mit Conni zum Lernen verabredet.«

Conni legte ihre Karten hin. »Ich möchte mal wissen, was dich das angeht, Kristina?«

»Gute Frage«, murmelte Jim neben Kristina.

»Na gut, dann lassen wir es«, antwortete Kristina.

»Nein, wir lassen es nicht«, wandte Conni ein. »Ich will es jetzt wissen.«

»Ach ja? Willst du es wirklich wissen?« Kristina nahm Frankie die übrigen Karten ab und gab sie Conni. »Du gibst.«

Conni schob die Karten zur Seite. »Ich glaube nicht, daß ich weiterspielen will.«

»Komm schon, Constance«, sagte Albert. Wenn Albert sie Constance nannte, hieß es, daß er langsam sauer wurde, das wußte Kristina.

»Nichts, komm schon!« fuhr sie ihn an. »Ich will wissen, was hier gespielt wird.«

Mit angespannter Stimme sagte Kristina: »Na los, Albert, erklär ihr, was gespielt wird.«

Er warf ihr einen bösen Blick aus seinen schwarzen Augen zu. »Es gibt nichts zu erklären.«

Frankie stand, immer noch lächelnd auf. »Wißt ihr was? Ich

glaube, ich sollte mich allmählich auf die Socken machen. Der Zeitpunkt ist genau richtig.«

Albert stand auch auf. »Hey, Mann, bleib hier. Das ist doch albern.«

Frankie sah einen nach dem anderen lächelnd an und zog dann einen imaginären Hut zum Abschied. »Einen schönen Abend noch, meine Damen und Herren. Wenn es wieder wegen meiner üblichen Glückssträhne ist, dann könnt ihr meinen Gewinn gerne behalten. Vielleicht bringt er euch Glück.«

»Nein, danke«, murmelte Kristina.

Frankie fuhr Kristina sanft durchs Haar. »Und nun zu dir, Kleines. Ich bin erstens hergekommen, weil heute Pokerabend ist, und zweitens, weil es schneit. Und wenn mich nicht alles täuscht, wird hier im ersten Schnee des Jahres eine alte Tradition gefeiert, nicht wahr?« Er streckte beide Arme aus, als balancierte er auf einem hohen Seil, schloß die Augen und machte ein paar vorsichtige Schritte auf einer imaginären Linie auf dem schmutzigen Holzfußboden. »Die Jungs im Epsilon betrinken sich, um das Schauspiel zu verfolgen. Ein ganzes Jahr freuen sie sich darauf. Ich glaube, die meisten hocken bereits einträchtig am Fenster der Feldberg Bibliothek und warten.«

»Sind sie besoffen?«

»Seit September«, antwortete Frankie und entlockte Kristina ein Lächeln.

»Sie werden noch ein bißchen warten müssen«, sagte Kristina. »*Ich* bin noch nicht betrunken.«

Conni schnaubte verächtlich. Albert beugte sich etwas zur Seite und sagte leise: »Laß das.«

»Nein! Ich lasse gar nichts«, fuhr sie ihn wütend an.

»Laß es«, wiederholte Albert leiser und langsamer.

»Nein!« sagte sie sauer. »Nicht, bis ich weiß, was hier abgeht.«

»Das ist mein Stichwort«, erklärte Frankie fröhlich. »Ich bin weg! Krissy, es ist ein toller Schneesturm. Bitte mach deinem Namen Ehre und sieh zu, daß du dich pronto betrinkst. Hier, da hast du schon mal mein Bier. Ich werde in der Bibliothek auf deinen Auftritt warten. Hab sogar mein Fernglas mit.« Er griff in die Manteltasche und zog ein vergoldetes Opernglas für Damen hervor. »Es gehört meiner über alles geliebten Mutter. Sie wollte wissen, was ich im College damit anfangen will, und ich hab ihr erzählt, daß es in Dartmouth tausendmal spannender zugeht als in der Oper. Und sie hat geantwortet: ›Na, wenigstens bekommst du eine anständige Ausbildung, mein Sohn.‹ ›Ja klar‹, hab ich gesagt, ›eine Superausbildung‹.« Er blickte sie durchs Fernglas an. »Werde ich das Vergnügen haben?«

Kristina mußte lächeln. Sie nahm sogar einen Schluck Bier. »Wann gibst du endlich auf, Frankie? Warum willst du mich unbedingt auf der Brücke da sehen?«

»Warum wohl? Damit ich der Held der Frat Row bin. Dann kann ich eine Woche lang schwänzen, und die anderen geben mir ihre Aufzeichnungen. Helden sind nun mal beliebt.«

Kristina klopfte ihm auf den Arm und sagte: »Ja, das sind sie, Frankie. Wirst du mein Schutzengel sein, wenn ich auf der Brücke bin? Paßt du auf, daß ich nicht falle?« Kristina sah Conni an, die rot wurde und den Blick abwandte.

Frankie stand wie angewurzelt da und kratzte sich am Kopf. »Ich werde nicht in die Schußlinie geraten, o nein, meine Lieben. Ich mache mich aus dem Staub. Wiedersehen!«

»Verschwinde endlich, Absalom«, sagte Albert.

»Ich wollte ja nur …«, sagte Frankie und fügte, als er Alberts Gesicht sah, schnell hinzu: »Genau, ja, verschwinden. Weiter nichts. Wirklich. Bloß verschwinden. Macht's gut.«

Beim Rausgehen blinzelte er Kristina zu und hielt sich das Opernglas vors Gesicht. »Ich verlaß mich auf dich«, sagte er. »Trink aus!«

»Ja, ja, ja«, und sie lachte.

Nach Frankies Abgang war es eine Weile still. Alle starrten auf die Karten auf dem Tisch. Kristina brach schließlich das Schweigen. »Sollen wir noch eine Runde spielen?« Doch das entschärfte die Spannung auch nicht.

Conni fauchte sie an: »Du wolltest doch gehen, oder? Hast du nicht eine Verabredung auf deiner Brücke?«

»Reg dich ab, Conn«, sagte Kristina. »Du nimmst immer alles viel zu ernst.«

»Das glaube ich nicht«, entgegnete Conni. »Ich glaube nicht, daß ich alles zu ernst nehme. Und Jim bestimmt auch nicht.«

Kristina warf einen Blick auf Jim. »Ich glaube, daß Jim alles ganz gelassen nimmt, stimmt's Jimbo?«

»Halt mich bitte da raus«, sagte Jim ungeduldig und stand plötzlich auf, ohne jemanden anzusehen. »Vergeßt es. Vergeßt das Ganze.« Alle starrten ihn mit fassungslosen Gesichtern an.

Conni stand auf und fiel dann geräuschvoll wieder auf den Stuhl. Ihre Finger spielten nervös mit den Karten. »Jim, was geht hier vor?«

»Nichts«, sagte Kristina.

»Vergessen wir das Ganze«, sagte Albert.

»Ich will es aber nicht vergessen«, kreischte Conni und sprang erneut auf. Die Karten fielen auf den Boden. »Ich weiß, daß hier irgendwas im Busch ist. Es stinkt zum Himmel, und wenn ihr mir nicht endlich sagt, was hier gespielt wird, dann, dann ...« Sie fing an zu stammeln.

Conni hat nicht das Zeug zu drohen, dachte Kristina.

»Ich will wissen, was los ist, sofort. Ich habe keine Lust mehr auf diese Spielchen!« rief Conni.

Kristina starrte Conni mit großen, scheinbar erstaunten Augen an. Und dann bemerkte Conni, wie Albert ihr leise zuflüsterte. »Hör auf, Kristina!« Doch Kristina ignorierte ihn.

»Wieso ... flüsterst ... du«, Conni brachte die Worte kaum heraus, »... mit ihr?« Obwohl die Frage Albert galt, starrte sie Kristina an. Ihre Hände zitterten.

Sie war die einzige, die noch stand. Keiner antwortete ihr. Niemand sah sie auch nur an.

»Ich will jetzt auf der Stelle wissen, was hier los ist«, schrie sie fast hysterisch und stampfte mit dem Fuß auf. »Vorher geh ich nicht.«

»Hör zu, Conni!« sagte Kristina und stand ebenfalls auf. »Hier ist nicht der richtige Ort für diese Art von Unterhaltung.«

»Nein, dieser Ort ist genau richtig für diese Art von Unterhaltung. Ich will, daß du mir endlich die Wahrheit sagst.«

Kristina legte den Arm auf Jims Schulter, der ihn abschüttelte und selbst aufstand. Er war gereizt, und seine grünen Augen funkelten verwirrt und wütend. »Worüber willst du dich unterhalten, Constance? Welche Wahrheit meinst du?«

»Die Wahrheit über Kristina und Albert«, erwiderte Conni.

Jim stand stumm neben Kristina, als spitzte er die Ohren, um ihre Antwort zu hören.

Kristina zögerte einen Augenblick und sagte plötzlich: »Wie wär's, wenn du mir die Wahrheit über Jim und dich sagst?«

»Jim und mich?« antwortete Conni mehr irritiert als überrascht. »Wovon redest du eigentlich?«

»Vergiß es!« Kristina winkte mit ihrem gesunden Arm ab, als wollte sie sich über Jim lustig machen. »Vergiß das Ganze.« Sie wandte sich zum Gehen. Doch dann drehte sie sich noch einmal um. »Übrigens, Albert sitzt direkt neben dir. Warum fragst du nicht ihn?«

»Weil ich dich gefragt habe«, entgegnete Conni, ohne auch nur in Alberts Richtung zu blicken.

Jim war auf Abstand zu Kristina gegangen. »Sei nicht so blöd, Conni«, sagte er grob. »Das Ganze ist doch sonnenklar! Sie hat es dir doch selbst gesagt.«

»Ich hab's nicht gehört«, erwiderte Conni.

»Sie hat es dir gerade gesagt!« schrie Jim und sah Kristina an. »Oder irre ich mich? Hör gut zu. Ich will nichts mehr von dir wissen!« Sein Gesicht war erhitzt und verzerrt vor Wut. »Nie mehr, hast du verstanden? Ich will nie wieder was mit dir zu tun haben. Komm mir nicht mehr nah, bitte mich nicht, deinen Hund spazieren zu führen oder dir beim Studium zu helfen. Sprich mich nie wieder an, hörst du?«

Conni war nicht die einzige, die Jim verblüfft anstarrte. Er konnte sich also tatsächlich über etwas anderes als den *Dartmouth Review*, Politik oder ein Verbrechen aufregen. Für seinen Showdown hatte er sich obendrein den richtigen Ort ausgesucht. Ein paar Studenten, die reingekommen waren, um sich die Nachrichten im Fernsehen anzusehen, hatten die Szene mitgekriegt. Jetzt drückten sie sich unbehaglich am Eingang herum.

»Mensch, Jim, hör auf!« sagte Albert, doch Jim schnitt ihm das Wort ab.

»Halt's Maul, du Arsch!« drohte er und zeigte mit dem Finger auf ihn. »Ich weiß nicht, was für ein mieses Spiel du drauf hast, aber ich werde mich nicht daran beteiligen. Kapiert?«

Albert baute sich vor ihm auf, doch Jim machte auf dem Absatz kehrt und verließ den Raum derart hastig, daß drei der Studenten am Eingang nicht rechtzeitig ausweichen konnten. Kristina sah noch, wie er sich im Gehen umwandte und sie ansah. In seinem Blick war nicht nur Wut, sondern blanker Haß. Kristina drehte sich zu Conni um: »Siehst du jetzt, was du angerichtet hast?«

»Ich?« Connis Wut schien sich gelegt zu haben, als hätten Jims Beschimpfungen und sein darauffolgender Anfall sie eher besänftigt als noch mehr in Rage gebracht.

»Dann glaubt Jim also, daß du ihn betrügst, was?« sagte Conni mit beiläufiger Stimme, die das Gewicht ihrer Worte Lügen strafte. Offensichtlich versuchte sie, mit aller Macht zu vergessen, mit *wem* Kristina Jim betrügen könnte.

»Ich hab genug von euch beiden«, sagte Albert. »Ich gehe schlafen.«

»Warte, Albert«, sagte Conni, während Kristina schwieg.

»Ich habe die Nase voll, gestrichen voll. Ich habe es satt, andauernd von euch an den Pranger gestellt zu werden«, sagte er, obwohl *ihn* gar keiner an den Pranger gestellt hatte. »Ich habe keinen Bock darauf, daß du mich immer wieder irgendwelcher absurder Geschichten bezichtigst und mir nie glaubst. Wenn das so ist, dann solltest du Schluß machen. Besser, du machst jetzt Schluß und gehst wieder mit Jim. Wie ich höre, ist er frei. Du traust mir nicht, und das stinkt mir. Ich will keine Beziehung, in der es kein Vertrauen gibt. Entweder du vertraust mir, oder wir machen Schluß. Ich habe einfach keine Lust auf diese Spielchen.«

»Ich will nicht Schluß machen«, sagte Conni leise. »Ich will nur, daß du mir die Wahrheit sagst. Dann werde ich dich nie mehr was fragen oder an dir zweifeln.«

Kristina wartete. Sie wartete ohne Neugier oder Hoffnung. Sie kannte Albert und sie wußte, daß die Wahrheit nicht gerade seine starke Seite war. Conni wußte es wahrscheinlich auch, sah aber lieber darüber hinweg. Das war *ihr* kategorischer Imperativ – den Kopf in den Sand stecken. Alberts kategorischer

Imperativ war sein ewiges Katz-und-Maus-Spiel. Sein Wort genügte Conni, obwohl es kein Gewicht, keinen Rückhalt, keine Bedeutung und keine Geschichte hatte. Kristina wartete darauf, daß Albert Constance Tobias ins Gesicht sah und seinen Imperativ bestätigte.

Albert Maplethorpe enttäuschte sie nicht.

Zum großen Knall war es also nicht gekommen. Die einzige Folge war, daß keiner mehr mit dem anderen redete. Es war das erste Mal, das so etwas passierte.

Kristina ging nach oben. Es war Viertel nach elf, als sie ihr Zimmer betrat.

Es schneite immer noch heftig. Kristina hatte nur den einen verzweifelten Wunsch, sich heute nacht zu betrinken, damit sie auf die Brücke gehen konnte. Frankie Absalom wartete. Tief seufzend setzte sie sich an ihren Computer mit der Absicht, ihren Artikel über die Todesstrafe zu beginnen, obwohl sie im Grunde genommen ins Bett wollte und wünschte, daß ihr Herz endlich aufhörte, verrückt zu spielen.

Um Viertel vor zwölf drehte sie noch eine Runde mit dem Hund und kam kurz vor Mitternacht zurück.

Als es an der Tür klopfte, schreckte sie auf, und sofort raste ihr Herz schneller. Was ist bloß mit mir los, dachte sie nervös.

Das Klopfen war leise, nicht heftig. Es konnten nur drei Personen sein, und Kristina hatte keine Lust, sich mit einem von ihnen zu unterhalten. Sie machte nicht sofort auf, sondern wartete, ob sie das Klopfen erkannte.

Da war es wieder.

Schließlich machte sie auf. »Hör zu, Jim ...«, sagte sie.

Es war Conni. Sie sah furchtbar aus. Ihr Haar war völlig zerzaust. Die blauen Augen versuchten zu lächeln, doch Kristina konnte sehen, wie sehr sie mit sich kämpfte.

Kristina öffnete die Tür ein Stückchen weiter. »Komm rein.«

Conni schüttelte den Kopf. »Nein, ich muß gleich wieder zurück. Albert wartet. Und außerdem muß ich noch packen. Wir wollten dir nur das hier geben.« Sie zog die Flasche Southern Comfort hinter dem Rücken hervor und gab sie ihr. »Wir haben uns gedacht, daß du sie gebrauchen könntest, jetzt, wo du allein hier bleibst, also habe ich sie gebracht. Außerdem wollte ich dir sowieso noch was sagen.«

Kristina spürte, wie ein warmes und wohliges Gefühl durch ihre Adern strömte. Sie war froh über die Flasche und warf sie aufs Bett. »Vielen Dank.«

»Hör mal, es tut mir leid wegen vorhin«, sagte Conni, ohne Kristina anzusehen.

»Komm rein«, wiederholte Kristina. Aristoteles wedelte mit dem Schwanz. Conni rührte sich nicht von der Stelle.

»Es braucht dir nicht leid zu tun.«

»Albert findet, ich sollte mich entschuldigen, und ich finde das auch.«

»Du hast keinen Grund, dich zu entschuldigen«, entgegnete Kristina bestimmt.

»Doch doch. Ich bin übers Ziel hinausgeschossen, vorhin. Ich weiß nicht, was in mich gefahren ist.«

»Doch, das weißt du. Du weißt genau, warum du dich so aufgeregt hast. Warum tust du eigentlich immer so, als sei alles in Ordnung?«

Kristina sah die Angst in Connis Augen. Das war das letzte, worüber sie einen Tag vor ihrer Verlobung an Thanksgiving reden wollte. »Ich tue nicht so, okay?«

»Doch«, antwortete Kristina. »Warum?«

»Tue ich nicht!« rief Conni und senkte dann rasch die Stimme. »Was meinst du überhaupt damit? In welcher Hinsicht tue ich das?«

Kristinas Körper pulsierte vor Schmerz. Sie beugte sich vor und flüsterte: »Indem du dir vormachst, die Wahrheit sei nicht die Wahrheit.«

Es war wie ein Schlag ins Gesicht. Conni zuckte zusammen und trat einen Schritt von der Tür zurück. Sie brauchte einige Sekunden, um sich zu fassen. »Du lügst. Ich weiß, daß du lügst. Erstens rege ich mich gar nicht auf. Möglich, daß ich manchmal an ihm zweifle, aber das kommt in jeder Beziehung vor. Deshalb vertraue ich ihm lieber. Es bleibt mir nichts anderes übrig. Wie sonst könnte ich bei ihm bleiben? Wenn ich ihm nicht vertrauen würde und trotzdem bei ihm bliebe, hätte ich keine Achtung mehr vor mir selbst. Also muß ich ihm vertrauen. Verstehst du das nicht?«

Kristina nickte und sagte: »Doch, ich verstehe.«

Plötzlich holte Conni aus und versetzte ihr eine schallende Ohrfeige, die ein rotes Mal hinterließ, und ehe Kristina wußte, wie ihr geschah, noch eine auf die andere Wange.

Kristina torkelte nach hinten. »Was soll das?« sagte sie. »Hast du den Verstand verloren?«

»Du hättest Schlimmeres verdient«, erwiderte Conni, »dafür, daß du versuchst, uns auseinanderzubringen. Und ich hab geglaubt, du wärst meine Freundin.«

»Ich bin deine Freundin«, entgegnete Kristina und rieb sich die Wange.

»Bist du nicht. Sonst hättest du sehen müssen, wie sehr ich ihn liebe.«

»Ich weiß, wie sehr du Albert liebst«, erklärte Kristina. »Ich weiß auch all die anderen Dinge, von denen du keine Ahnung hast.«

»Du weißt gar nichts. Gar nichts. Du bist nur grausam. Du hast alles. Ich dagegen will nur Albert. Siehst du nicht, wie schwach er ist?«

Kristina lachte. »Schwach? Albert? Conni, er ist der stärkste Mensch, dem du in deinem ganzen Leben begegnet bist.«

»Er ist schwach. Er kennt nicht mal seine eigenen Gefühle.«

»Er kennt sie viel besser als du deine oder ich meine. Albert ist nur sich selbst gegenüber ehrlich. Das wirst du schon noch sehen.«

Conni holte aus und packte Kristina am Haar. Doch diesmal war Kristina auf der Hut. Sie mußte zwar den rechten Arm gebrauchen und den Kopf wegdrehen, aber sie packte Conni an den Haaren und zog sie heftig nach hinten. »Hör sofort auf mit dem Quatsch, du bist ja völlig durchgedreht.« Doch Conni hörte nicht auf. Daraufhin grub Kristina ihr die Fingernägel in die Wange. Conni wimmerte vor Schmerz und ließ los.

Kristina nicht.

»Jetzt hör mir mal gut zu«, sagte sie und beugte sich über Conni. »Ich weiß, daß du immer nur auf mich sauer bist, aber ich sage dir, ich bin nicht diejenige, auf die du sauer sein müßtest.«

»Laß mich los!« keuchte Conni heftig. »Laß los!«
Kristina ließ los. Auf Connis linker Wange waren blutige Kratzer zu sehen.
Conni berührte sie. Kristina trat einen Schritt in ihr Zimmer zurück.
Conni versuchte, wieder zu Atem zu kommen, und sagte dann hämisch: »Jetzt will ich dir auch mal was verraten. Ich habe Albert gefragt, und weißt du, was er geantwortet hat?«
»Klar, weiß ich das«, entgegnete Kristina.
»Er hat alles bestritten.«
»Was denn sonst?«
»Jetzt kann ich mir aussuchen, ob ich meinem Freund glauben will, den ich liebe und heiraten will, oder dir, bloß einer Freundin. Und ich habe beschlossen, wohl oder übel, Albert zu glauben, denn damit kann ich leben, ist das klar? Und ich will nie wieder darüber reden.«
»Na schön«, antwortete Kristina und fühlte sich kotzelend. Elend wegen Conni, elend wegen sich selbst und wütend auf Albert.
Mit der Hand auf der Wange wich Conni zurück, ging rückwärts den Gang entlang und verschwand durch die Feuertür.
Na schön, du meinst, du hättest ihn durchschaut, dachte Kristina. Du schwankst zwischen blinder Wut und wohligem Vergessen. Und wenn du nicht mehr kannst, dann bin ich schuld, immer nur ich.
Sie setzte sich aufs Bett und dachte an Conni.
Dann sah sie auf die Uhr.
Halb eins.
Sie zog sich langsam aus. Der Schmerz in der Brust war so heftig und verzweifelt, daß sie sich aufs Bett fallen ließ. Sie hielt die Whiskeyflasche zwischen den nackten Beinen und öffnete den Verschluß. Sie wollte einen Schluck nehmen, doch die offene Flasche ekelte sie an. Sie spreizte die Beine ein wenig und ließ die Flasche zu Boden fallen. Sie wollte nichts von dem miesen Zeug, nicht mal, um auf die Brücke zu gehen oder um ihr Herz zu trösten.
Sie schaltete das Licht aus und trat ans Fenster. Der weiche unberührte Schnee war wunderschön. Der erste Schnee des Jah-

res. Normalerweise wären jetzt viele Studenten auf der Straße, aber heute waren sie entweder schon nach Hause gefahren oder schliefen bereits. In der Feldberg Bibliothek gegenüber Hinman brannte noch Licht. Kristina fragte sich, ob Frankie tatsächlich auf sie wartete.

Sie würde es tun. Betrunken über das Brückengeländer zu balancieren hatte etwas, das sie von allem Übel befreite. Sie fühlte sich dabei wie ein flugunfähiger Vogel vor dem Start, eins mit der Natur, die Schritte gedämpft vom weichen Schnee. Der Alkohol im Blut gab ihr Sicherheit. Wenn sie ihrem Schöpfer begegnen mußte, war sie bereit.

Nach dem gestrigen Tag hatte Kristina begriffen, daß sie noch lange nicht bereit war.

Und heute hatte sie Angst. »Vergib mir«, flüsterte sie. »Vergib mir, daß ich noch lebe und dich nicht sehen wollte. Vergib mir, daß ich am Leben hänge, lieber Gott. Ich will ein gutes Leben führen, aber ich weiß nicht wie.« Sie neigte den Kopf. »Bitte zeig mir, wie.«

Gestern hatte sie eine weitere Chance bekommen, ihr Leben in Ordnung zu bringen, und die würde sie nutzen. Die Chance, ein anständiges Leben zu führen. Aber wie?

Gib Albert auf, dachte sie. Mach Schluß mit ihm. Soll Conni ihn haben. Geh deinen eigenen Weg, ohne ihn.

Die Straßenlaterne warf einen einsamen gelben Lichtstrahl auf den bläulich weißen Schnee.

Gewöhnlich ging sie barfuß auf die Brücke, aber das war, bevor sie die schwarzen Stiefel gekauft hatte. Endlich hatte sie was Anständiges anzuziehen. Rippen und Schulter taten höllisch weh, und die Stiefel mit einem Arm anzuziehen, war eine Qual, aber langsam schaffte sie es.

Sie hatte einen Stiefel übergestreift, als es an der Tür klopfte.

Ihr Herz schlug wie verrückt. Noch ehe es zum zweiten Mal klopfte, stockte ihr der Atem.

Kristina hatte keine Lust, die Tür zu öffnen. Aber Aristoteles wedelte heftig mit dem Schwanz, so wie er nur für einen Menschen wedelte, und Kristina wollte ihm schöne Feiertage wünschen. Hab ein wunderschönes Thanksgiving in Cold Spring Harbor.

Vor der Tür stand Albert.

»Komm rein«, sagte sie und trat nackt, mit nur einem Stiefel an den Füßen, auf ihn zu, in dem verzweifelten Verlangen, ihn zu berühren.«

»Ich wollte nur sehen, wie es dir geht.«

»Bestens«, erklärte sie und setzte sich neben den anderen Stiefel aufs Bett.

»Ich dachte, daß du vielleicht zur Brücke bist«, sagte er. »Du kannst ja keiner Herausforderung widerstehen.« Er ließ sich lässig in den Sessel fallen und sah sich im Raum um. Seine Augen blieben an der Whiskeyflasche hängen, die sich über den Teppich ergossen hatte.

Kristina sagte leise: »Wohin gehen wir, Albert?«

»Nirgendwohin, Rocky. Das weißt du doch.« Er streckte den Arm aus und schloß das Fenster. »Es ist kalt.«

»Laß es auf«, sagte Kristina. »Mir wird nachts immer so heiß.«

Er stand auf. »Hör mal, falls ich dich morgen nicht mehr sehen sollte, alles Gute zu Thanksgiving.«

»Klar«, antwortete Kristina und wandte den Blick ab. Sie war den Tränen nah. »Danke, wünsche ich dir auch.«

»Bist du auch ganz sicher, daß du nicht mit willst?«

Sie sah ihn an. »Ja, ganz sicher, Albert.«

Er kam auf sie zu, doch sie wich zurück. Sie sah ihn an mit einer Mischung aus Wut, Bedauern und Liebe, die in ihrer Seele kämpfte.

Albert wollte sie berühren, doch sie trat noch weiter zurück, und er gab auf. »Komm, ich helfe dir mit dem anderen Stiefel«, sagte er sanft.

Kristina ließ ihn. Er kniete vor ihr nieder, und sie streckte das Bein aus. Sie war ganz nackt und sah, wie er sie mit leicht geöffnetem Mund betrachtete.

»Soll ich ihn dir zubinden?«

»Ja, bitte«, sagte sie, und Albert schnürte ihn zu. Er blieb noch eine Sekunde vor ihr knien und fuhr ihr zärtlich über die Schenkel, aber sie schloß die Beine und wandte sich ab. Er streckte die Hand aus und berührte ihr Gesicht.

»Was ist mit deinem Gesicht passiert? Es ist ganz geschwollen.«

»Du, Albert, du bist ihm passiert«, gab Kristina zurück.

Er fragte nicht nach, und sie bot keine Erklärung. Er stand auf, um zu gehen. »Bis dann, Rocky.«

»Ja, sicher«, antwortete Kristina und wandte ihr Gesicht ab. »Bis dann.«

Sie spürte, wie er sie noch einen Augenblick lang anstarrte, und dann schnappte die Tür ins Schloß.

Mit angezogenen Stiefeln ließ sie sich aufs Bett fallen, während die Decke vor ihren Augen verschwamm. Bitte fang nicht an zu heulen, dachte sie. Nimm dich zusammen. Gleich geht es in die klirrende Kälte. Wenn dich das nicht auf andere Gedanken bringt, was dann?

Ein paar Minuten später stand sie auf, stieß Aristoteles leicht mit dem Stiefel an und verließ das Zimmer.

Sie trat durch den Seiteneingang hinaus in den kalten Schnee. Sie schlang den Arm um die Brust. Los, mach schnell, dachte sie. Aber sie wußte, daß sie heute nicht so schnell sein konnte. Sie mußte auf jeden Schritt, auf jede Bewegung achten, als ginge sie im Zeitlupentempo. Den ganzen Tag hatte sie halb verrückt vor Schmerzen verbracht und sich mit schlechten Gefühlen herumgeschlagen. Die Kälte würde sie betäuben und Linderung bringen.

Kristina sah zur Feldberg Bibliothek auf. Vielleicht konnte sie Frankie an einem der Fenster erkennen. Er war ihr Schutzengel, aber er hatte nicht versprochen, die ganze Nacht auf sie aufzupassen. Kristina lächelte, um die bösen Geister zu vertreiben, und bekreuzigte sich, als sie den Anfang der Brücke erreichte und stehenblieb.

Rauf mit dir, Kristina. Rauf mit dir. Das Brückengeländer aus Stein war einen Meter hoch und einen halben Meter breit. Langsam kletterte sie hinauf, stützte sich mit dem linken Knie auf und erhob sich. Ehe sie den ersten Schritt tat, versuchte sie, beide Arme auszustrecken. Doch nur der rechte wollte gehorchen.

Der linke Arm hing schlaff an der Seite, als sie einige zittrige Schritte vortrat und dabei flüsterte: »*Hör meine Schritte nicht, wo sie auch wandeln, daß nicht ausschwatzen selber deine Steine ...*« Wenn sie jetzt fiel, konnte nicht viel passieren. Zur rechten Seite war es nur ein Meter bis auf die Brücke und zur linken bis zum schneebedeckten Boden etwa genausoviel. Dann fiel der Hang unter ihr immer steiler ab, bis sie fünfundzwanzig Meter über der Straße schwebte. Ein nackter Vogel, der mit einem ausgebreiteten Flügel und langen Beinen vorsichtig vorwärts stakste. Die schwarzen Stiefel hinterließen einen klaren Abdruck nach dem anderen im Schnee. Sie starrte mit schwarzen Augen geradeaus und flüsterte: »*Den jetz'gen stummen Graus, der so ihr ziemt.*«

Die schwarzen Stiefel gaben ihr Halt, aber die Angst hatte sie gepackt. »*Hier droh ich, er lebt dort. Für heiße Tat zu kalt das müß'ge Wort.*« Sie fröstelte und drehte sich zur Seite, doch mit dem wunden Arm konnte sie das Gleichgewicht kaum halten. Entgegen aller Vernunft versuchte sie, den linken Arm zu heben, doch der scharfe Schmerz ließ sie zusammenzucken. Sie verlor das Gleichgewicht, rutschte auf dem glatten Schnee aus und stürzte.

Sie fiel rücklings zur Seite und schlug sich das rechte Bein an dem scharfen Stein auf. Sie glaubte, ihr Herz würde zerspringen. Sekundenlang saß sie wie gelähmt auf der Kante, dann ließ sie sich ganz langsam herunter.

»*O Gott, o Gott, o Gott*«, stammelte sie vor sich hin. Ihr Herz raste. Gott war das knapp. O Gott, war das knapp ...

Kristina war noch nie so zu Tode erschrocken gewesen, nicht mal bei dem Unfall.

Das ist wirklich kein Spaß mehr, dachte sie. Lieber verliere ich beim Pokern gegen Frankie. Gott sei Dank ist nichts passiert. Doch auf die oberflächliche Erleichterung folgte eine derart überwältigende Angst, daß sich ihr der Magen umdrehte.

Sie taumelte zum Ende der Brücke und flüsterte vor sich hin. »*Ich geh, und's ist getan; die Glocke mahnt. Hör sie nicht, Kristina, 's ist ein Grabgeläut, das dich zu Himmel oder Höll' entbeut.*«

Ein kleiner Pfad führte hinter der Feldberg Bibliothek zum Rand eines Pinienhains. Über dem Hintereingang der Bibliothek leuchtete eine gelbe Lampe.

Ich bin verrückt, dachte Kristina. Völlig verrückt. Nie wieder. Nie wieder. Spencer Patrick O'Malley, ich verspreche, daß ich lange genug leben werde, um am Freitag mit dir auszugehen.

Sie wischte sich den Schnee von der Brust und bekreuzigte sich. Als sie sich umdrehte, um zum Studentenheim zurückzugehen, meinte sie eine Stimme zu hören, die ihren Namen rief. »Kristina, Kristina ...« Sie sah sich um, konnte aber niemanden erkennen. Ich sehe schon Gespenster, dachte sie und starrte in die Dunkelheit, als ihr Herz in einen bodenlosen Abgrund stürzte.

TEIL II

SPENCER PATRICK O'MALLEY

Vox Clamantis in Deserto

Rage, rage against the dying of the light.

DYLAN THOMAS

4

Im Wald und auf der Mauer

Spencer saß vor Kristina Kims unausgefülltem Unfallbericht und trank seinen siebten Kaffee, als plötzlich die Sprechanlage summte. Die ganze Woche über hatte er an Kristina gedacht und gehofft, sie würde ihre Verabredung morgen abend einhalten. Er hatte nichts von ihr gehört, und jetzt war bereits Donnerstag, eine Woche nach Thanksgiving.

Letzten Dienstag, nachdem sich die Versicherung des anderen Fahrers gemeldet hatte, hatte er bei ihr angerufen. Als keiner ans Telefon ging, nahm er an, sie sei in der Uni. Als er sie am Abend von zu Hause anrief, meldete sie sich auch nicht, also hatte er angenommen, daß sie über Thanksgiving weggefahren war.

Aber was, wenn sie doch da war und ihm nur aus dem Weg ging? Dieser beunruhigende Gedanke paßte nicht so recht in das Bild, das er letzte Woche von ihr erhalten hatte. Er hätte schwören können, daß sie gern ja gesagt hatte. Oder war das ein Irrtum? Er glaubte nicht.

»Trace, wir haben gerade einen Anruf bekommen. Im College ist irgendwas passiert.«

»Irgendwas passiert?« fragte Spencer gedankenverloren. Doch dann horchte er auf und hakte nach. »Irgendwas sagt mir nichts, Kyle. Können Sie sich etwas präziser ausdrücken?«

»Tut mir leid, aber das ist alles, was ich an Informationen erhalten habe«, entschuldigte sich Kyle. »Wir haben einen Anruf von einem ziemlich nervösen Studenten erhalten, der behauptet, er habe was entdeckt, das wichtig sein könnte. So hat er sich ausgedrückt.«

Spencer verdrehte die Augen. »Was denn?«

Kyle zögerte einen Augenblick. »Keine Ahnung. Wahrscheinlich ist es nichts, aber wir sollten es trotzdem überprüfen.«

»Hat er seinen Namen genannt?«

»Ja. Er heißt Milton Johnson.«

Spencer schlug Kristinas Unfallbericht zu und legte ihn in seine Schublade. Im Aufstehen fragte er: »Wen haben Sie hingeschickt, Kyle?«

»Fell war in der Gegend. Ich habe ihn damit beauftragt.«

»Na, großartig«, murmelte Spencer und fügte lauter hinzu: »Funken Sie ihn an, daß ich gleich da bin.« Als er seinen Parka anzog, murmelte er. »Möglich, daß die noch glauben ...«

Auf dem Weg nach draußen klopfte er an die Tür des Chiefs. Sie war nur leicht angelehnt, doch Spencer hatte gelernt, niemals unaufgefordert einzutreten, nicht mal, wenn sie offen stand.

»Chief?«

Aus dem Büro kam ein Grunzen. Ein gutes Zeichen. Spencer trat ein. »Ich fahre kurz zum College. Ein Student hat irgendwas Komisches gefunden.«

»Was Komisches?« wiederholte Chief Ken Gallagher mürrisch. Der übergewichtige, grauhaarige Mann hockte hinter einem winzigen, glänzenden Schreibtisch aus Metall, und Spencer war nicht sicher, was unangebrachter war, sein Chief oder der Schreibtisch. Spencer und Gallagher waren beide irischer Abstammung und tranken im Geiste irischer Kameradschaft gelegentlich einen Whiskey zusammen. Spätestens als Spencer zum Detective-Sergeant befördert wurde, war ihm klar, daß er bei seinem Chief einen Stein im Brett hatte. Der hatte ihn gegenüber anderen, auch dienstälteren Offizieren wie Will Baker bevorzugt, obwohl er genauso schroff mit ihm umging wie mit allen anderen Beamten im Revier.

»Worauf warten Sie dann noch? Auf die Jungs aus Concord?«

»Bestimmt nicht, Sir«, antwortete Spencer eilig.

»Gut. Dann fahren Sie hin. Nehmen Sie Will zur Verstärkung mit.«

Spencer glaubte nicht, daß er seinen Partner brauchte, um einer Fundsache auf den Grund zu gehen. »Ja, Sir.«

Spencer war fast schon halb durch die gläserne Eingangstür, als er sich noch mal umdrehte und seinem Kollegen hinter dem Panzerglas zurief: »Hey, Kyle. Wo muß ich eigentlich hin?«

»Wie bitte?«

»Wo muß ich hin?« rief Spencer und ging ein paar Schritte zurück.

Der Beamte warf einen Blick in sein Notizbuch. »Zum Wald hinter der Feldberg Bibliothek. Zwischen Tuck Drive und Feldberg.«

Spencer trat durch die Tür auf die Straße. Er wußte nicht, wo die Feldberg Bibliothek lag, aber er kannte den Tuck Drive, eine dunkle, kurvenreiche Straße, die zwischen dreißig Meter hohen Pinien entlang führte. Er würde hinfahren und hoffen, daß er Fells Streifenwagen, einen weißen Crown Victoria mit kornblumenblauen Streifen, dort irgendwo entdeckte.

Auf dem Weg zu seinem Wagen begann er, sich Gedanken zu machen. Feldberg Bibliothek. Hinman lag in der Nähe des Flusses, es gehörte zu dem halben Dutzend Studentenheimen, die im sogenannten River Cluster lagen. Der Wald am Hinman fiel bis zum Tuck Drive ab.

Hinman. Spencer beschleunigte seine Schritte.

Er hatte seinen alten, verrosteten hellblauen Chevy Impala auf der anderen Seite des Gebäudes geparkt, neben dem *Hanover Country Club* und dem Golfplatz. Seit einigen Jahren teilten sich Polizei und Feuerwehr dieses moderne Gebäude. Spencer hatte es besser gefallen, als die Polizei ihr eigenes Revier hatte. In dem alten Gebäude waren die Stühle und Tische alt gewesen, der Holzfußboden morsch, die Farbe von den Fensterrahmen abgeblättert, die schweren Holztüren knarzten und die Toiletten hatten noch uralte Spülungen aus dem neunzehnten Jahrhundert mit Kette. Es war alles andere als sauber oder gar hygienisch gewesen, aber Spencer fand, es paßte besser in das Bild einer so alten Stadt.

Vorsichtig setzte er zurück und bog in die Route 10 ein, um zum College zu fahren. Man hatte Salz gestreut, doch die Straßen waren trotzdem spiegelglatt. An der College Street bog er rechts ein und mußte hinter einem Wagen anhalten, der in zweiter Reihe auf einen freiwerdenden Parkplatz wartete. Spencer hupte; der andere Fahrer reagierte nicht. Erst ein kurzes lautes Aufheulen der Polizeisirene konnte ihn dazu bewegen, endlich weiterzufahren. Der Parkplatz mußte warten.

Die kleinen Weihnachtsbäume, die den Platz um die Baker Library säumten, sahen sehr festlich aus. Nachts funkelten sie, und die bunten Weihnachtslichter glänzten auf den schneebedeckten Zweigen. Spencer hatte schon an manchem Dezemberabend die funkelnden Bäume gesehen.

Der Tuck Drive war menschenleer. Er fuhr bis zum Bootshaus am Connecticut River, aber da fand er auch niemanden. Von Fells Streifenwagen keine Spur.

Die Straße, die Bäume und das Bootshaus waren von Schnee bedeckt. Die Woche nach dem Schneesturm, der einen Tag vor Thanksgiving die ganze Stadt unter einer halben Meter dicken Schneeschicht begraben hatte, war bitterkalt gewesen. Gestern abend hatte man einen neuen Schneesturm erwartet, doch dann war es bei ein paar Zentimetern Neuschnee geblieben.

Spencer wendete und fuhr zum Tuck Drive zurück. Auf dem Hügel hinter der Kurve, wo die Brücke über den Drive führte, entdeckte er schließlich zwischen den Bäumen eine kleine Menschengruppe. Er erkannte Fells Polizeihut und seine schwarze Uniform. Spencer parkte den Wagen auf dem Tuck Drive, ließ das Blaulicht an und kletterte den Hügel hinauf.

»Warten Sie«, rief Fell, als er Spencer sah. »Vorsichtig.«

Fell mahnte ihn zur Vorsicht. Sollte das ein Witz sein? Doch Fell schien es ernst zu meinen. Spencer machte einen weiten Bogen und stieg dann den Hügel hinauf.

Schnee drang in seine Stiefel, er spürte die Kälte an den Füßen, dann die Nässe. Verdammte Stiefel. Nicht das Leder wert, aus dem sie gemacht waren.

Spencer stapfte rasch auf Fell zu. »Was ist los?«

»Weiß noch nicht«, antwortete Fell. »Ich habe alle Hände voll zu tun, die Leute hier zurückzuhalten.«

Spencer warf einen Blick auf die wenigen Studenten, die reglos in der Kälte standen und von einem Bein auf das andere traten. Sie machten nicht den Eindruck, als müßte man sie von irgendwas zurückhalten. Einer der Jungs stand ein bißchen abseits und wirkte irgendwie verloren. Das war wahrscheinlich Milton.

»Was ist passiert?« fragte Spencer.

»Ich weiß es nicht. Ich habe auf einen von Ihnen gewartet.«

»Wo ist Ihr Partner?«

»Krank gemeldet, Sir.«

»Und Milton?«

»Wer?«

»Der Student, der angerufen hat«, sagte Spencer geduldig. »Milton Johnson.«

Fell zeigte auf den abseits stehenden Jungen. Spencer nickte. »Haben Sie mit ihm gesprochen?«

»Ja. Er wollte mir drüben etwas zeigen.« Fell deutete nach unten. »Ich weiß nicht, Detective Tracy. Ich habe nichts sehen können. Vielleicht bildet er sich das nur ein.«

Etwas weniger geduldig sagte Spencer: »Schon gut, Ray. Ich sehe mal selbst nach. Warum gehen Sie nicht zum Streifenwagen und holen das Absperrband und ein paar Laken, für alle Fälle?«

»Laken?«

»Ja, damit wir nicht alles zertrampeln und dabei Beweismaterial vernichten.«

Spencer sah, wie Fell Richtung Feldberg verschwand und wandte sich dem Wald zu. Birken und Eichen waren grau, die Koniferen schwer vom Schnee. Spencer erkannte ein paar alte, vom Neuschnee halb verdeckte Spuren, die vom Pfad weg abwärts führten. Zwischen zwei jungen norwegischen Tannen blieb er stehen. Seine Augen folgten den Spuren zwei, fünf, acht Meter weiter nach unten zu einer Gruppe von Tannen. Da war was. Er kniff die Augen zu, um besser sehen zu können, und kramte in den Taschen nach seinem Notizbuch und dem Stift. Seine Hände waren kalt, und er suchte eine Weile, während er nach unten schaute. Was ist das? dachte er, und sein Herz schlug plötzlich heftig. Was ist das?

Und dann lockerte sich sein Griff. Stift und Notizbuch fielen zu Boden.

Gleich neben den Tannen am Ende einer schneebedeckten Erhebung erkannte Spencer O'Malley ein Paar schwarze Stiefel, die aus dem Schnee lugten.

Nein, dachte er. Nein. Er stolperte vorwärts. Nein, das waren keine Stiefel. Er war zu weit entfernt. Es waren irgendwelche dunklen Steine. Ein Hut oder eine Tasche. Oder einfach weggeworfener Abfall. Langsam kletterte er den Hügel hinab.

Es ist nur ein Baumstumpf. Meine Phantasie geht mit mir durch. Zu viele Überstunden, das ist es. Es war ein langer Tag, und ich brauche einen Drink. Drei Meter vor der Erhebung blieb er stehen und starrte auf die Stiefel. O Gott.

Spencer mochte den Anblick von Dartmouth Hall im trüben Wetter, die makellos weiß getünchten Wände und die breiten Rolläden aus Ebenholz. Durch die regennassen grünen Bäume wirkte das Gebäude im Frühling wie Schnee. Es war Dartmouth Hall gewesen, das seine Aufmerksamkeit erweckt hatte, als er zum ersten Mal nach Hanover kam.

Doch im Winter sah man nur die schwarzen Rolläden vor dem weißen Schnee, ähnlich wie jetzt die schwarzen Stiefel.

Die Rolläden jedoch erschreckten ihn nicht, jagten ihm keine Angst ein und machten ihn nicht zum bloßen Abklatsch eines Polizisten, eines Menschen, eines Mannes. Als Spencer die Stiefel sah, durchfuhr ihn in einem Anflug von Abscheu vor sich selbst die Erkenntnis, daß er gar kein Mann war, sondern ein kleiner Junge, der Räuber und Gendarm spielte und hoffte, nicht erwischt zu werden.

Spencer bekreuzigte sich langsam und sprach stumm zwei Ave Marias.

Oben auf dem Pfad stand Fell und rief nach ihm. Spencer machte ihm ein Zeichen zu kommen. Seite an Seite standen sie da. »Haben Sie die Laken?« fragte Spencer heiser und räusperte sich.

»Ja«, antwortete Fell und reichte ihm eines. »Brauchen wir sie?« Er sah gleichgültig auf die Erhebung.

Spencer breitete das Laken davor aus und kramte in seinen Taschen nach dem Notizbuch und einem Taschentuch. »Ich glaube, wir haben eine Leiche gefunden, Fell«, erklärte er.

Fell sah näher hin. »Wirklich?« sagte er überrascht. »Wo?«

Spencer konnte kein Taschentuch finden. Sein Notizbuch lag ein paar Meter weiter oben im Schnee, wo es ihm aus der Hand gefallen war. »Ray«, sagte er. »Sehen Sie die Stiefel direkt vor Ihnen?«

»Stiefel?« Er strengte sich an. »Sind das Stiefel?«

»Was sonst?«

»Ich weiß nicht. Hat Milton das gemeint? Ich habe in die Richtung geschaut, in die er gezeigt hat, aber nichts gesehen.«

»Das glaube ich Ihnen«, entgegnete Spencer. »Gehen Sie hoch, und sorgen Sie dafür, daß niemand hier runterkommt. Warten Sie auf mich.«

»Was haben Sie vor?«

»Warten Sie oben auf mich, Ray.«

Spencer blieb einige Minuten reglos stehen, dann trat er auf dem Laken vorsichtig näher an die Erhebung heran. Aus der Nähe wirkten die Stiefel auffallend schwarz vor dem weißen Schnee.

Alles andere jedoch schien unberührt zu sein, und die Erhebung sah aus wie eine Schneeverwehung. Plötzlich war Spencer fest davon überzeugt, daß es eine Schneeverwehung war. Dann erinnerte er sich, daß er vor ein paar Tagen jemanden auf der Main Street mit genau solchen Stiefeln gesehen hatte. Er hockte sich neben die Erhebung und atmete erleichtert auf. *Sie ist es nicht. Sie ist es nicht.*

Spencer zog seine Lederhandschuhe an und begann, den Schnee wegzuschaufeln. Zuerst langsam, dann immer schneller. Da war nichts, nur alter, festgefrorener Schnee. Bloß ein paar alte Stiefel, dachte er. Irgendein dummer Jungenstreich. Doch dann ertasteten seine Finger etwas anderes.

Er schloß die Augen und wischte den Schnee fort. Es war eine Menschenhand. Ihm stockte der Atem. Er öffnete die Augen und stieß einen leisen, schmerzverzerrten Laut aus.

Es war Kristinas Hand. Lange Finger, steif und unnachgiebig, kein Schmuck. Die schönen Fingernägel waren abgebrochen, der rote Nagellack abgesplittert. Die Hand war weder geballt noch entspannt, nur steif vor Kälte, wie tiefgefrorenes Fleisch oder Eis. Plötzlich fing Spencers Gesicht nervös an zu zucken. Er war nicht in der Lage, es zu kontrollieren, obwohl es ihm irgendwie peinlich war, wie alles, was unkontrollierbar war. Er wußte, daß sein Gesicht nur zuckte, wenn er unter extremer Anspannung stand. Aber er wußte auch, daß er jetzt unbedingt einen kühlen Kopf behalten mußte: Bis auf das Zucken im Gesicht merkte man ihm nichts an.

Er zog langsam die Handschuhe aus, hob ihren gefrorenen Arm an und umfaßte ihre Hand mit beiden Händen.

Wieder stöhnte er auf.

Dann legte er ihre Hand sanft zurück und erhob sich. Sein Gesicht zuckte.

Spencer stand mit herabhängenden Armen da und versuchte, die Tränen zu unterdrücken.

Er wünschte, die Menge würde verschwinden. Und Fell auch. Spencer sehnte sich danach, mit ihr allein zu sein. Ehe der Gerichtsmediziner, der Coroner und der Leichenbestatter sie zu Gesicht bekamen, ehe Concord und die Staatsanwaltschaft in Haverhill den Fall an sich riß. Ehe Erde oder Feuer sie zu sich holen. Seine Knie zitterten. Bitte, lieber Gott. *Laß mich meinen Mann stehen. Ich weiß, daß ich es schaffe. Ich weiß es.*

Er kontrollierte sein Zittern und horchte in den Wald. Was war passiert?

Nicht ein zerbrochener Zweig drum herum. Keine Anzeichen eines Kampfes, nur Schnee. Was hat sie bloß hier gesucht? Wollte sie sterben? Ist sie einfach hergekommen, hat sich in den Schnee gelegt und ist gestorben? Ist sie gestolpert, hat sich den Kopf aufgeschlagen, das Bewußtsein verloren und ist dann zu Tode erfroren? Die Erhebung ist vollkommen symmetrisch. Nur die Natur mit ihren Schneestürmen bringt solche perfekten Verwehungen zustande.

Doch die kaum vom Schnee verwischten Spuren deuteten darauf hin, daß erst gestern nachmittag jemand bei ihr gewesen sein mußte. Spencer kniff die Augen zusammen, um im

Schnee besser sehen zu können. Neben den Fußspuren entdeckte er noch andere Spuren. Diese waren klein, rund, hatten vier Zehen und trugen keine Schuhe.

Spencer holte tief Luft und ging den Hügel zu Ray Fell hinauf.

»Was ist da los?« fragte Fell ungeduldig.

»Da liegt ...«, Spencer hielt kurz inne, um seine Stimme unter Kontrolle zu bringen, »... eine Leiche, Ray. Bitte verständigen Sie Will, das Krankenhaus und das Bestattungsinstitut. Ach ja. Und bringen Sie mir die Kamera und noch ein paar Laken.«

Er hatte Kristinas Hand wiedererkannt und wußte, daß es keine Hoffnung mehr gab. Er wollte sie so schnell wie möglich aus dem Schnee bergen.

»Eine Leiche?« keuchte Ray, und seine Augen glänzten in kaum gebändigter Erregung. »Mein Gott! Wow!«

Spencer biß die Zähne aufeinander. »Eine Leiche, Ray!« wiederholte er laut. »Haben Sie verstanden? Wissen Sie, was das bedeutet? Jemand ist tot. Wollen Sie etwa dastehen und ›Wow‹ sagen, wenn Sie den Eltern beibringen müssen, daß ihre Tochter tot ist?«

Verlegen stammelte Ray: »Tut mir ...«

»Bitte gehen Sie zum Wagen, rufen Sie Will und die anderen an und bringen Sie mir die Kamera.«

Ray sah ihn verwirrt an.

»Die Kamera, Raymond!« wiederholte Spencer.

Fell hatte die Kamera, die er eigentlich ständig im Streifenwagen mitführen mußte, vergessen und stammelte irgendwas von dem Wetter und daß er sie in der Kälte nicht hatte im Wagen liegenlassen wollen und daß seine Tante unbedingt die Kamera hatte sehen wollen, mit der Verbrechen festgehalten wurden.

Spencer winkte ungeduldig ab. »Holen Sie mir noch ein paar Laken aus dem Wagen. Die haben Sie doch wohl dabei? Oder wollte Ihre Tante die auch sehen?«

»Nein, Sir«, erklärte Ray Fell. »Soll ich zuerst Will anrufen oder Ihnen die Laken bringen?«

»Beides, Ray, beides«, antwortete Spencer, drehte ihm den

Rücken zu und ging los, um sein Notizbuch und den Stift zu holen. Gottverdammter Idiot.

Er schrieb auf, wann er eingetroffen war, was er gesehen hatte, wie die Erhebung aussah, er beschrieb die schwarzen Stiefel, die Fußspuren, die Abdrücke der Pfoten und die Hand. Und dann ging er zu der Gruppe von Studenten.

»Wer von Ihnen ist Milton Johnson?«

Der schmächtige Kerl hob die Hand wie im Unterricht.

Spencer seufzte und bedeutete ihm, näher zu kommen. »Sie müssen nicht die Hand heben. Sie sollen nur reden. Sie sind ...«

»Milton Johnson«, sagte der Junge schüchtern und wandte den Blick ab.

»Milton, tun Sie mir einen Gefallen, und sehen Sie mich an, wenn Sie mit mir reden. Da unten liegt eine Leiche, und wenn Sie mich beim Sprechen nicht ansehen, kriege ich das Gefühl, Sie hätten was zu verbergen. Okay?«

Sichtlich eingeschüchtert blinzelte Milton nervös. Er konnte kaum aufhören, mit den Zähnen zu klappern, als er Spencer ansah.

»Also Milton, wann haben Sie etwas bemerkt?«

»V-v-vor ein paar Stunden«, stotterte er.

»Und was haben Sie bemerkt?«

Milton zeigte auf die Fenster im zweiten Stock der Feldberg Bibliothek. »Ich hab auf der Fensterbank im zweiten Stock gesessen und eine kleine Pause gemacht. Hab aus dem Fenster geschaut. Einfach so, um mich abzulenken. Um nicht zu denken. Nicht zu denken, wissen Sie.«

»Ich weiß«, sagte Spencer hilfsbereit.

»Ja und dann ... dann.« Sein ganzer Körper zappelte nervös.

»Studieren Sie, Milton?«

»Ja, ja«, antwortete Milton schnell. »Maschinenbau. Deshalb war ich auch in der Bibliothek. Feldberg ist besonders gut. Man hat viel Platz, und es ist ruhig.«

»Und weiter?«

»Ja, klar. Klar. Weiter.« Milton kratzte sich im Gesicht. Und dann den Kopf, unter der Kapuze.

Spencer war froh, daß es bei ihm nicht so schlimm war. Er hatte nur dieses Zucken im Gesicht. Ingenieure konnten es sich wahrscheinlich leisten, Nervenbündel zu sein. Aber einen Polizisten konnte er sich mit solchen Ticks nicht vorstellen.

»Ich hab also dagesessen und aus dem Fenster geschaut, wissen Sie. Es ist ein schöner sonniger .Tag heute, und ich schaue mir also die Bäume an, so ein bißchen abwesend, wissen Sie.«

»Ich weiß«, sagte Spencer. »Und weiter?«

»Und da sehe ich etwas. Ich weiß nicht. Aus dem zweiten Stock konnte man nicht erkennen, was es war, aber ich mußte dauernd hinsehen. Und nach einer Weile war ich, ich weiß auch nicht, irgendwie besessen, rauszukriegen, was es war. Verstehen Sie?«

»Und weiter? Wofür haben Sie es gehalten?«

»Das ist es ja. Ich kam nicht dahinter, was es war. Ich meine, seltsamerweise sah es aus wie ... ja tatsächlich wie ein Paar Stiefel. Sogar von da oben.«

»Also sind Sie hingegangen.«

»Ja.«

»Und dann?«

»Ich bin da rumgegangen, etwa bis dahin«, Milton zeigte ein paar Meter weiter, von wo sie standen. »Ich hab da runtergesehen, und es kam mir immer noch wie ein Paar Stiefel vor. Und aus dieser Perspektive konnte man auch deutlich die Erhebung erkennen. Als wenn da noch was anderes wäre. Da habe ich die Polizei angerufen. Ich hab gesagt, ich wüßte nicht, was es sei.«

»Ja, das haben Sie richtig gemacht, Milton. Wie nah sind Sie an den Schneehaufen rangegangen?«

»Nur bis da.« Er zeigte auf eine Stelle, etwa einen Meter weiter entfernt, aber immer noch auf dem Trampelpfad.

»Okay. Sie müssen aufs Revier kommen, um eine Aussage zu machen. Okay?«

Milton verwandelte sich schon wieder in einen Zappelphilipp. »Ja, klar doch.«

»Eine letzte Frage, Milton«, sagte Spencer, während er die Angaben in seinem Notizbuch festhielt. Er konnte die kalten Hände nur sehr langsam bewegen. »Haben Sie einen Hund?«

Die anderen Studenten kicherten. Milton kratzte sich den Nacken, dann die Hand, dann die andere Hand. Er sah kränklich und schwach aus.

»Nein, Sir. Ich habe keinen Hund.«

»Milton ist gegen Hunde allergisch«, erklärte ein Mädchen in einem schwarzen Wollmantel.

»Milton ist gegen alles allergisch«, mischte sich ein anderer ein. Und als wollte er es beweisen, fing Milton jetzt an, sich überall wie wild zu kratzen.

»Verstehe.« Spencer lächelte leicht. »Kommen Sie mit vielen Hunden in Kontakt, Milton?«

»Nein, Sir. Na ja. Sie wissen, wie das hier ist. Überall laufen diese verdammten Köter rum. Ich halte mich, so gut es geht, von ihnen fern.«

»Sehr klug von Ihnen, Milton«, pflichtete Spencer ihm bei und sah in sein Notizbuch. »Sie wohnen in Mass Row. Gibt es da viele Hunde?«

»Nein, Sir. Hundehaltung ist auf dem Campus verboten.«

»Aha«, horchte Spencer auf. »Gibt es Studenten, die gegen diese Vorschrift verstoßen?«

»Ach, jede Menge«, erklärte das Mädchen in dem schwarzem Wollmantel. »Das ist eine von den Regeln, die man nicht durchsetzen kann, weil hier zu viele sich nicht daran halten.«

»Noch eine Frage, Milton. Waren Sie gestern zufällig hier?«

»Gestern? Hm, nein.« Milton schüttelte den Kopf und konnte plötzlich gar nicht mehr damit aufhören. »Gestern war ich nicht in der Bibliothek. Zu viele Seminare. Hab in meinem Zimmer gelernt. Wieso? Glauben Sie, ich sei hier gewesen?«

»Nein, das glaube ich nicht, es sei denn, Sie waren tatsächlich hier. Keine Angst. Sie können nach Hause gehen. Im Laufe des Tages wird sich jemand vom Revier bei Ihnen melden. In Ordnung?«

»Ja, natürlich, kein Problem«, erklärte Milton tapfer, obwohl seine Hand zitterte.

Spencer wartete ungeduldig auf Ray.

Nachdem er mit den Laken gekommen war, sperrten sie den Tatort rund um die schneebedeckte Erhebung in einem Umkreis von zwanzig Metern ab. Spencer versuchte sich auf die Arbeit zu konzentrieren und an nichts anderes zu denken. POLIZEILICHE ABSPERRUNG – NICHT BETRETEN stand in schwarzen Großbuchstaben auf dem Absperrband, das abgesehen von der Schrift so aussah wie die gelben Fliegenfänger, die Spencers Mutter in der Küche von der Decke hängen hatte.

Als sie das Band um die behelfsmäßigen Pfosten aus Baumstämmen und dickeren Ästen spannten, brach Spencer einmal im Eis ein und versank bis zu den Knien im Schnee. Einen kurzen, unwirklichen Augenblick lang überlegte er, ob die schwarzen Stiefel Kristinas Füße vor Nässe und Kälte schützten.

Spencer sah sich um. Damit sie das Band um die Bäume führen konnten, hatten sie einige Zweige abbrechen müssen, die nun auf dem Boden lagen und die makellos weiße Schneedecke befleckten. Mit ihrem Band hatten sie mehr Unordnung geschaffen als der Tod.

Als sie fertig waren, bückten sie sich unter das Band und betraten die abgesperrte Zone. Als erstes breiteten sie zwei weitere Laken auf dem Boden aus, um keine Spuren zu verwischen.

»Vorsicht!« mahnte Spencer nervös, als er sah, wie Fell im Schnee herumtrampelte. »Sehen Sie nicht die Spuren da?«

Fell ging in die Hocke und kniff die Augen zusammen. Die Spuren waren etwa anderthalb Meter vor dem Schneehaufen entfernt.

»Ja, ich sehe sie, aber sie scheinen alt zu sein.«

Spencer hatte sich neben ihn gekniet. »Das ist gut, Fell. Je älter desto besser.«

»Je älter?«

»Ja, genau. Sie ...«, Spencer hielt inne, »... die Leiche«, verbesserte er sich, »liegt nicht seit heute früh hier. Sie ist von Schnee bedeckt. Wann hat es das letzte Mal geschneit?«

»Na ja«, antwortete Fell unsicher. »Heute nacht, Sir.«

»Natürlich hat es heute nacht geschneit, Fell. Aber genug, um einen Menschen zu begraben?«

»Keine Ahnung, Sir. Ich war gestern abend nicht draußen«, antwortete Fell kühl.

Spencer richtete sich auf und sagte genauso kühl: »Sind Sie nicht von vier Uhr nachmittags bis Mitternacht Streife gefahren? Was soll das heißen, Sie waren nicht draußen?«

Fell wurde nervös. »Doch, ich meinte zu Fuß, Sir.«

»Und aus dem Streifenwagen heraus haben Sie keinen Schnee gesehen?«

»Doch, Sir, es hat geschneit.«

»Klar hat es geschneit, aber wenig.« Spencer trat einen Schritt zurück. »Heute morgen haben sie im Radio was von vier Zentimeter Neuschnee gesagt. Glauben Sie, daß das genügt, um einen Menschen völlig zuzudecken?«

Fell wich Spencers Blick aus und antwortete steif: »Nein, Sir.«

Spencer nickte. »Sehen Sie. Ich auch nicht. Also, passen Sie gut auf die Spuren auf.«

Am Tag vor Thanksgiving hat es genug geschneit, um sie zu bedecken, dachte Spencer und betrachtete die Erhebung. In der Umgebung hatte es fast zwei Meter hohe Schneewehen gegeben. Ein kalter Schauer lief ihm über den Rücken. Liegt sie schon seit Thanksgiving hier? Er bekreuzigte sich verstohlen, und sein Gesicht zuckte. Gräßlich.

Spencers Gedanken wurden durch die Ankunft seines Partners Will Baker, des Gerichtsmediziners vom Dartmouth-Hitchcock und zwei Krankenwagen unterbrochen.

»Warum zwei Krankenwagen?« fragte Spencer seinen Kollegen, einen kahlköpfigen, dickbäuchigen Mann mit Ziegenbärtchen, als er unter die Absperrung trat und sich neben ihn stellte.

»Ray war nicht besonders präzise. Wir wußten nicht, wie viele Leichen du gefunden hast.«

Spencer schüttelte den Kopf. »Es gibt nur eine Leiche. Für eine einzige Tote brauchen wir nicht das ganze Krankenhaus.«

Will musterte Spencer. »Was hast du? Und woher weißt du, daß es eine Sie ist?«

»Nun, wenn der Typ keine langen, gepflegten und lackierten Fingernägel hatte, muß es eine Sie sein.«

»Sie haben die Leiche angefaßt?« fragte Ray Fell. Seine Stimme klang leicht angewidert.

Spencer warf ihm einen kurzen Blick zu, nur um ihn dann wieder zu ignorieren. »Sie können schon mal die anderen Studenten befragen und ihre Personalien aufnehmen, Ray. Und vergessen Sie nicht, sich die Telefonnummern aufzuschreiben.«

Spencer streckte Will die Hand entgegen und fragte: »Hast du die Kamera?« Will gab ihm eine Nikon mit einem 28–85 Millimeter Zoom. Beide Männer gingen vor der Erhebung in die Hocke. »Also, was haben wir hier?« fragte Will leise.

»Eine junge Frau«, antwortete Spencer.

»Verstehe.« Will schwieg kurz. »Trace, wer hat ihre Hand freigelegt?«

Ehe er antwortete, dachte Spencer nach. »Das war ich.«

»Wieso?«

»Wie hätte ich sonst sehen können, ob es eine Leiche ist?«

Will sah Spencer von der Seite an. »Hättest du nicht aus den Stiefeln folgern können …«

»Nein«, unterbrach ihn Spencer ohne weitere Erklärung. »Sieh mal.« Er zeigte auf die Spuren neben dem Schneehaufen.

»Will sah sie sich sorgfältig an. »Was hältst du davon?«

»Jemand hat seinen Hund ausgeführt und ist über die Leiche gestolpert.«

»Also Hundespuren.«

»Was sonst? Ein Wolf? Ein Puma? Oder ein Fuchs? Wie oft führt man solche Tiere hier in der Gegend aus? Die Abdrücke der Pfoten sind direkt neben denen der Stiefel.«

»Stiefel?«

»Ordentliche Winterstiefel. Sehr modisch. Genäht, mit dicker Profilsohle und dem Warenzeichen des Herstellers im Absatz. Doc Martens. Größe 10. Etwas groß für eine Frau. Wahrscheinlich ein Mann, etwa eins achtzig groß. Ein Leichtgewichtler. Nicht besonders schwer, siebzig Kilo vielleicht.«

Während er sprach, fiel Spencer noch etwas auf. Neben dem rechten Stiefel befand sich ein kleines, etwa acht Zentimeter tiefes Loch. Als hätte das Tier versucht, den Schnee wegzuscharren, um an das, was sich unter der Erhebung verbarg, heranzukommen. Spencer konnte das Wimmern des Tieres förmlich hören. Er schob den Schnee vorsichtig beiseite und entdeckte Rutschspuren auf dem Eis darunter, an der Stelle, wo das widerspenstige Tier zurückgezerrt worden war.

Er stand auf und versuchte vergeblich, das Zucken im Gesicht zu unterdrücken. »Nicht irgendein Hund. Ihr Hund.«

Nachdem sie die Umgebung und den Schneehaufen von allen Seiten abgelichtet hatten, fotografierten sie auch die anderen Spuren, die Abdrücke der Pfoten, die Rutschspuren und das freigelegte Loch. Spencer lief ein Schauer über den Rücken, als er sah, wie sich die weißgekleideten Sanitäter mit Handschuhen daran machten, vorsichtig, um die Spuren im Schnee nicht zu verwischen, die Leiche zu bergen.

Zuerst legten sie die Stiefel frei, unter denen sie keine Socken trug, dann die nackten Waden und die Knie. Spencer betete zu Gott, daß sie nicht ganz nackt wäre, doch als sie zu ihren bloßen Schenkeln kamen, begann er, das Schlimmste zu befürchten.

Hilflos hob er das Laken unter seinen Füßen auf, um sie zu bedecken. Mein Gott, sie hatte die ganze Zeit im Schnee gelegen, und obendrein nackt. Seine Augen brannten.

Die Sanitäter sahen zu Spencer auf, der wie betäubt mit dem Laken in der Hand dastand und sie anstarrte. Will legte ihm die Hand auf die Schulter. »Schon gut, Mann«, sagte er, und an die anderen gewandt: »Machen Sie weiter.«

Spencer wollte nicht mit ansehen, wie sie ihre Scham entblößten. Er wandte den Blick ab. Dann ließ er das Laken auf den Schnee fallen und nahm Will die Kamera aus der Hand. Er wünschte, er hätte Feierabend, säße in irgendeiner dunklen Spelunke auf einem Barhocker und hätte ein Glas in der Hand. Sein Gesicht zuckte.

»Vorsichtig«, murmelte er. »Bitte, ganz vorsichtig.«

Die Männer legten den Bauch frei, danach die Hände, die Arme, den Oberkörper und bürsteten vorsichtig den Schnee von ihren weißen Brüsten. Spencer hob die Kamera, die in seinen Händen zitterte.

Die Männer begannen, Schulter und Hals freizulegen.

»Vorsicht!« rief Spencer. »Hab ich nicht gesagt, ihr sollt aufpassen, verdammt?«

Sie starrten ihn an. Will legte ihm die Hand auf den Rücken und senkte den Blick.

»Wollen Sie es übernehmen?« fragte einer der Männer.

Unter anderen Umständen hätte Spencer es getan. Aber unter anderen Umständen wäre es ihm egal gewesen, ob die Männer vorsichtig mit der Leiche umgingen oder nicht. Er schüttelte den Kopf. »Seien Sie bitte vorsichtig, mehr habe ich nicht gesagt«, setzte er viel leiser hinzu.

Er konnte die Leiche immer nur ganz kurz ansehen. Sie wies viele Spuren auf. Schrammen an den Knien und Waden, große blaue Flecken unter den Rippen. Sie konnten von dem Autounfall stammen. Andererseits hätte sie auch von einem Gewalttäter überfallen worden sein können. Wie sollte man sich sonst erklären, was sie nackt in diesem Wald zu suchen hatte?

Der Arm lag selbst im Tod unnatürlich verzerrt neben dem Körper. Es sah ein bißchen so aus, als hätte man den Deckel einer Dose nicht richtig verschlossen.

»Vorsicht, Vorsicht«, murmelte er bei sich. Er hob die Kamera und belichtete noch einen ganzen Film. Er ging um sie herum, machte Nahaufnahmen und achtete darauf, sie nur durch die Optik anzusehen.

Plötzlich tauchte Will hinter ihm auf. »Spence, kommst du zurecht?«

»Ja, klar. Ich bin gleich fertig.«

»Dann solltest du dir das hier mal ansehen.« Spencer und Will knieten vor der Leiche, als wollten sie beten oder irgendwelche Indizien unter die Lupe nehmen.

Spencer betete. Rasch und lautlos murmelte er ein Ave Maria, ehe er Will mit einer eigenen Beobachtung antwortete: »Ihre Augen sind geschlossen.«

»Stimmt«, sagte Will. »Ziemlich ungewöhnlich, nicht wahr?«

»Ziemlich unmöglich, würde ich sagen.«

»Könnte sie hier eingeschlafen sein?«

»Niemand würde sich hier draußen schlafen legen«, entgegnete Spencer.

»Niemand würde bei dieser Kälte nackt auf die Straße gehen«, hob Will hervor. »Und trotzdem, da ist sie. Mit nichts am Leib außer den Stiefeln. Und ihre Augen sind geschlossen.«

Spencer stand auf und sah Will an. »Ich glaube, daß sie ermordet wurde. Und der Mörder hat ihr auch die Augen geschlossen.«

»Unwahrscheinlich«, entgegnete Will skeptisch. »Ein Gewalttäter schließt seinem Opfer nicht die Augen. Und wo sind ihre Kleider?«

Spencer hätte Will um ein Haar angefahren, aber er war zu aufgewühlt, und außerdem war ihm kalt. Es lohnte sich nicht. Schließlich konnte Will nichts dafür, daß Kristina tot war.

Die Sanitäter wurden gebeten, oben zu warten, bis der Gerichtsmediziner und die Polizei die Leiche untersucht hatten. Der Arzt erklärte Kristina am Donnerstagnachmittag des 2. Dezember 1993 um 15 Uhr 45 für tot.

Die Sanitäter hatten es offensichtlich eilig, ins Warme zu kommen, und riefen ihnen von oben ungeduldig zu. Mißgelaunt erwiderte Spencer: »Warten Sie noch, bitte! Wir brauchen noch einen Augenblick. Wenn wir fertig sind, können Sie sie abholen.«

»Wie ist sie?« rief ein Student von oben.

»Ziemlich hinüber«, hörte Spencer jemand rufen und versuchte vergeblich, die Worte abzuschütteln, bis er merkte, daß er selbst sie gerufen hatte. Was konnte schlimmer sein als die Erinnerung seiner eigenen nervösen Stimme, die den innersten Kern seines Gewissens erschütterte? *Hinüber*. War ihm der Tod schon so oft begegnet, daß er abgestumpft war, sogar gegenüber dem eigenen Schmerz? Und dem ihres Hundes – er war sicher, daß es ihrer war –, der neben ihr im Schnee gehockt, gewinselt, mit den Pfoten im Boden gescharrt und sich nicht vom Fleck gerührt hatte, bis er von seinem erfrorenen Frauchen weggezerrt worden war?

Wieder hörte er: »Wie ist sie?« Doch dann ging ihm auf, daß der Student in Wahrheit »Wer ist sie?« rief und er ihn nur falsch verstanden hatte. Tränen schossen ihm in die Augen, und diesmal antwortete er nicht.

Sie würden noch eine knappe Stunde Tageslicht haben, und hier im Wald auf der Nordseite des Gebäudes war es jetzt schon fast dunkel.

Spencer und Will suchten die weitere Umgebung, den Wald und den Schnee ab und inspizierten anschließend die Sohlen von Kristinas Stiefeln, ihre Hände, Fingernägel, Augen und ihr Haar. Sie belichteten fünf weitere Filme. Eine Dreiviertelstunde verging in bedrückender Stille.

Als es immer dunkler wurde, fragte Will schließlich: »Was hältst du von der Sache, Trace?«

Spencer versuchte, seine Stimme zu kontrollieren. »Seltsam, nicht wahr? Keine Spuren.«

»Nein, nichts. Bis auf die Verletzungen am Körper.«

»Ja«, antwortete Spencer und hätte am liebsten gesagt, daß sie alt waren. Doch er wollte nicht erklären müssen, woher er das wußte. »Aber die Beine …« Er zögerte, es fiel ihm schwer, fortzufahren. »Ihre Beine sind geschlossen. Man hat sie nicht angerührt. Keine Schuß- oder Stichwunden. Keine Würgemale. Nichts.«

»Vielleicht ist sie vergiftet worden«, sinnierte Will.

»Na hör mal, wir sind doch nicht im Altertum«, entgegnete Spencer. »Fällt dir sonst noch was ein?«

»Sie war betrunken, ist gefallen und dabei tödlich verunglückt.«

»Auf den Rücken? Und nackt?«

Sie standen vor der Leiche. Spencer sah nicht hin.

»Sie hat ihren Mörder gekannt«, sagte Will leise.

Nach einer Pause fragte Spencer: »Wo sind ihre Spuren?«

Will zuckte die Achseln. »Unter dem Schnee?«

»Ja. Sie lag da, unter dem Schnee, als sei sie dahingeflogen und nicht zu Fuß gegangen oder gestolpert. Aber wenn sie ermordet wurde, wo sind dann die Spuren des Mörders?«

»Unter dem Schnee«, wiederholte Will.

»Ja. Das war ein ganz gerissener Mörder. Er wußte, was er tat. Er hat keine einzige Spur hinterlassen.«

Will machte den Sanitätern endlich ein Zeichen und sagte an Spencer gewandt: »Wir kriegen ihn, Trace. Mord ist gar nicht so einfach.«

»Sehr einfach, Will«, sagte Spencer und zeigte auf Kristinas leblosen Körper. »Sieh nur, wie einfach.«

»Ich meinte, daß es schwer ist, einen Mord zu planen. Planen heißt lügen, und lügen heißt, sich erinnern. Du wirst sehen, wir kriegen ihn.«

Spencer wandte sich ab, sah zum Wald und nickte.

Die Sanitäter brachten eine Trage. Spencer half ihnen, Kristinas Körper auf das graue Segeltuch zu heben. Dann nahm er ein Laken vom Boden, schüttelte den Schnee ab und legte es über die Leiche. Will begab sich zu Ray, um mit ihm die Studenten zu befragen. Spencer wollte mehr über Kristinas Hund wissen. Wer den Hund ausführte und so weiter. Er bat Will Baker, das rauszukriegen, erinnerte ihn jedoch daran, daß es vielleicht um Mord ging und allen Spuren nachgegangen werden müsse. Wahrscheinlich war es gut, alle möglichen Fragen zu stellen. Je weniger Zeit die Leute hatten, sich etwas auszudenken, um so besser.

Die Sanitäter trugen Kristinas zugedeckte Leiche den Hügel hinauf und an den neugierigen Studenten und den Polizisten vorbei zum Krankenwagen mit dem blitzenden Blaulicht am Ende der Steinbrücke. Der Fahrer schaltete die Sirene ein und raste ins Dartmouth-Hitchcock. Mittlerweile hatte sich eine große Schar von Schaulustigen versammelt.

Spencer stand etwas abseits und zog langsam seine Lederhandschuhe an. Während er gerade noch dem Krankenwagen hinterhersah, bemerkte er eine junge Studentin, die unauffällig durch die Hintertür des Hinman verschwand. Es war nichts Außergewöhnliches an dem Mädchen. Sie war klein, und es war dunkel. Das einzig Seltsame war, daß sie an der Menschenmenge und den Krankenwagen vorbeigegangen war. Sie war nicht einmal stehengeblieben. Im Gegenteil. Sie schien sogar den Kopf gesenkt und ihre Schritte beschleunigt zu haben. Neugier ist ein starker menschlicher Instinkt, ähnlich wie Angst. Spencer fand ihr Verhalten ziemlich merkwürdig, es widersprach seiner Erfahrung, nicht nur als Polizist, sondern auch als Mensch.

Hinter der Feldberg Bibliothek war niemand mehr. Es war dunkel, Baker und Fell hatten ihre Arbeit beendet. Spencer erklärte den Studenten, daß niemand die von der Polizei abgesperrte Zone betreten dürfe. Die Vernichtung von Beweismaterial sei ein schweres Vergehen, das mit einer Mindeststrafe von mehreren Monaten Haft geahndet würde. Das schien Eindruck zu machen.

»Wer ist es?« fragte einer der Studenten.

»Ein Mädchen namens Kristina Kim. Ist sie einem von Ihnen bekannt?«

Hinten begann ein Mädchen zu weinen. Spencer richtete den Strahl seiner Taschenlampe auf sie und bahnte sich einen Weg durch die Menge.

»Heißt das ja?« fragte er sanft. »Haben Sie sie gekannt?«

Das Mädchen wischte sich die Tränen aus dem Gesicht. Spencer wartete. Ihm war kalt. Er war schon zu lange draußen, nicht mal sein Parka hielt ihn noch warm. Es war unter null an einem dunklen Dezemberabend.

»Ja, ich habe sie gekannt«, schluchzte das Mädchen schließlich. »Sie war die beste Basketballspielerin am College. Die allerbeste. Letztes Jahr hat sie den Dartmouth-Rekord gebrochen. Bei jedem Spiel hat sie mindestens zwanzig bis dreißig Punkte gemacht. Ich glaube letztes Jahr im Endspiel, als Big Green den Ivy-Titel gewann, waren es sogar siebenundzwanzig Punkte.«

Die Studentin brauchte einen Augenblick, um sich zu beruhigen. »Glauben Sie, daß sie ermordet wurde? Vielleicht von jemand aus einem anderen College?

»Wie bitte? Wegen der Basketball-Liga oder so was?« fragte Spencer und verkniff sich ein Lächeln.

»Ja, klar. Sie haben keine Ahnung, wie wichtig die Ivy League ist.«

»Nein, wahrscheinlich nicht.« Spencer klopfte ihr auf den Rücken. »Bitte, beruhigen Sie sich. Wissen Sie, wer ihre Freunde waren? Sie hat etwas erwähnt ...« Plötzlich hielt Spencer inne. Was redete er denn da? Kristina hatte ihm im *EBA* etwas über eine frühere Mitbewohnerin erzählt, aber warum erwähnte er das vor dem Mädchen? Er warf Will Baker einen Blick zu, der ihn fragend anstarrte.

Spencer zuckte die Achseln und schüttelte den Kopf.

Das Mädchen hörte auf zu weinen.

»Schon gut. Wissen Sie, mit wem sie so herum hing?«

»Lassen Sie mich überlegen.« Sie kratzte sich an der Stirn. »Ich weiß nicht so recht, ich glaube, sie ging mit dem Herausgeber des *Dartmouth Review*.«

Spencer fühlte einen Stich im Herzen. Sie hatte also einen

Freund. Wie albern von ihm zu denken, sie sei ungebunden gewesen.

»Wissen Sie seinen Namen?«

»Jim, Jim noch was. Shore, glaube ich. Vielleicht auch Shaw.«

Spencer rief: »Ist irgend jemand von Hinman hier?«

Einer hob die Hand.

»Tja, ist das nicht interessant?« sagte Spencer an Will gerichtet, doch laut genug, daß jeder ihn hören konnte. »Hinman ist weit und breit das einzige Gebäude hier, abgesehen von der Bibliothek, die die Studenten sowieso nicht benutzen, wie sie selbst sagen, und von all den Anwesenden hier am Tatort wohnt keiner im Studentenheim? Ich finde das seltsam. Was meinst du?«

Will nickte.

Sechs weitere hoben die Hand.

Spencer schüttelte den Kopf und schrieb sich Namen und Telefonnummern auf. Was versprachen sie sich davon, wenn sie sich raushielten? Wahrscheinlich waren es lauter Jurastudenten, die den Mund nicht aufmachten, wenn sie nicht vorher mit ihrem Anwalt gesprochen hatten.

Spencer bedankte sich bei dem Mädchen für die Mitarbeit und stellte die obligatorische Frage: Wann war Kristina Kim das letzte Mal lebend gesehen worden? Wie vermutet erhielt er keine befriedigende Antwort.

Danach stand er noch ein paar Minuten mit Will zusammen.

»Mannomann«, sagte Will. Er war ein guter, ruhiger Kollege, der nie die Stimme erhob. Die perfekte Ergänzung zu Spencer. Er hielt ihn in Schach.

»Was meinst du?«

»Nichts. Nur Mannomann.« Will sah ihn stirnrunzelnd an. »Trace, wie zum Teufel bist du an den Namen des Mädchens gekommen? Woher wußtest du, daß sie Kristina Kim heißt?«

Spencer warf Fell einen Blick zu, der ein paar Meter entfernt von einem Bein auf das andere trat und offensichtlich liebend gern an ihrem Gespräch teilgenommen hätte. Er winkte ihn herbei und erklärte: »Ray und ich haben sie letzte Woche wegen eines Unfalls aufgesucht, nicht wahr, Ray?«

»Wen?«

»Das Mädchen. Die Tote. Kristina Kim.«

»Ach, ja? Ich habe sie nicht wiedererkannt, Detective Tracy.«

»Natürlich nicht.« Spencer musterte Ray einige Sekunden lang.

Ray straffte die Schultern und sagte laut: »Wie lauten die weiteren Anweisungen, Sir?«

»Fahren Sie schon ins Revier vor, Ray. Wir kommen nach.«

Will sagte leise: »Er ist kein schlechter Polizist, Spence. Er ist bloß etwas schwer von Kapee.«

»Schwer von Kapee? Er ist eine Schlafmütze.«

»Nein, nein. Bloß ... unerfahren.«

»Will, er vergißt alles! Alles! Er wird noch sein eigenes Begräbnis verpassen.«

Will lächelte und sagte noch mal Mannomann.

Spencer beugte sich zu ihm und fragte: »Was?«

»Nichts. Ich dachte nur, daß dieses Mädchen meine Tochter sein könnte.«

»Du hast zwei Jungen.«

»Du weißt, was ich meine«, erklärte Will. »Sie muß doch schon eine Weile tot gewesen sein. Wie lange meinst du?«

»Wann hat es so heftig geschneit, daß der Schnee sie unter sich begraben konnte?«

Will überlegte. »Ich glaube, bei dem Blizzard am Dienstag vor Thanksgiving.«

Spencer nickte stumm. Er konnte die Vorstellung nicht ertragen, daß sie seit *neun* Tagen im Schnee gelegen hatte. Als er sie letzten Dienstag nachmittag verließ, hatte es gerade zu schneien begonnen. Da hatte sie noch gelebt. Also mußte sie irgendwann zwischen ein Uhr nachmittags und Mittwoch morgen umgekommen sein, als es zu schneien aufhörte.

»Ja. Ich glaube, das könnte hinkommen«, sagte er schließlich. »Vor Thanksgiving.«

»Die Nacht war sehr kalt. Sie muß sofort erfroren sein. Ist dir das aufgefallen? Kein Anzeichen von Verwesung, keine Leichenfarbe.«

»Hey«, sagte Spencer schwach, in dem Versuch, einen Witz zu machen. »Meinst du, wenn wir sie auftauen, wäre sie noch am Leben?«

Will schüttelte den Kopf.

Spencer bat ihn, den Dekan von dem Todesfall zu unterrichten und alle zu befragen, die das Opfer in den letzten Tagen gesehen haben könnten. Dann erinnerte er sich an das Basketballspiel. »Will, kannst du mir noch einen Gefallen tun? Bitte sprich mit der Trainerin des Basketballteams. Krieg raus, ob Kristina letzten Samstag gespielt hat.« Er wollte Will nur loswerden. Spencer wußte, daß sie nicht gespielt hatte. Er hatte ihre Schulter gesehen.

Was die Leichenfarbe anbetraf, so hatte sich Will geirrt. Als Spencer die Leiche auf die Trage zu heben geholfen hatte, hatte er einen Blick auf ihren Rücken und die Beine geworfen. Da, wo das Blut sich angesammelt hatte, nachdem es aufgehört hatte zu zirkulieren, waren dunkle Blutergüsse und Prellungen zu sehen gewesen. Anzeichen von Verwesung waren nicht festzustellen, weil die Leiche gefroren war, ehe die Leichenstarre eingesetzt hatte. Im Krankenhaus würde sie auftauen und zugleich der Verwesungsprozeß einsetzen.

Spencer war es sehr kalt.

Er klingelte an der Hintertür von Hinman Hall und ging die Treppe hoch. Im dritten Stock blieb er vor Kristinas Tür stehen und klopfte. Die Tür war nicht verschlossen, doch Spencer wußte, daß er ohne Durchsuchungsbefehl kein Recht hatte, einzutreten.

Er stieß die Tür einen Spaltbreit auf und warf einen Blick hinein. Das Licht brannte. Der Computer war an, der Monitor dunkel. Das Bett war ungemacht. Bücher und Kleidungsstücke lagen im ganzen Zimmer verstreut. Die Kleider auf dem Bett konnten jene sein, die sie kurz vor ihrem Tod ausgezogen hatte. Auf dem Boden neben dem Bett lag eine umgekippte Flasche Southern Comfort.

Spencer verspürte ein übermächtiges Verlangen, die Vorschriften zu ignorieren und einfach reinzugehen, aber er beherrschte sich. Was nützte es, wenn er etwas fand, das er später nicht benutzen konnte? Erstens würde das Gericht die Beweise nicht zulassen, und dann müßte der Chief ihn unter dem Druck der Klugscheißer aus Concord feuern. Er hätte keinen Verdächtigen mehr und wäre obendrein seinen Job los.

Zögernd schloß Spencer die Tür wieder.

Er sah sich im Flur um und klopfte an die Tür gegenüber. Ein asiatischer Student öffnete. Spencer begann zu erklären, wer er sei und was geschehen war, doch der junge Mann unterbrach ihn gelassen.

»Halt, halt, halt. Sie sollten mit jemand anders sprechen.« Er zeigte den Gang hinunter. »Zimmer 319.«

»Wieso 319?«

»Sie waren Freunde«, antwortete der Student und versuchte, die Tür zu schließen. Spencer stellte den Fuß in die Tür und zog seinen Dienstausweis.

»Mir gefällt Ihre Art nicht«, sagte er energisch. »Wer wohnt in 319?«

Der Student warf einen Blick auf Spencers Fuß in der Tür und auf den Dienstausweis. »Maplethorpe, Albert. Darf ich?«

Spencer zog den Fuß zurück, und die Tür schloß sich.

Er ging langsam auf 319 zu. Auf der malvenfarbenen Tür, direkt neben der magnetischen Pinnwand, hing ein Poster von Anubis, dem Totengott, der mit seinem Hundekopf ziemlich gespenstisch aussah. Darunter stand ein bulgarisches Sprichwort: *Wer den Tod sucht, quäle sich nicht mit seichten Gewässern.*

Was muß ich sonst noch über diesen Maplethorpe, Albert wissen, dachte Spencer, als er an der Tür klopfte. Ein gutaussehender junger Mann mit langem Haar öffnete. Er trug nichts weiter als schwarze Shorts.

Spencer zeigte ihm seinen Dienstausweis. »Sind Sie Albert Maplethorpe?«

»Ja«, antwortete Albert, strich sich das Haar nach hinten und band es zu einem Zopf.

»Sind Sie mit einem Mädchen namens Kristina Kim befreundet?«

In den schwarzen Augen des jungen Mannes blitzte etwas auf. Was war es?

»Befreundet, ja.«

»Sie wurde heute tot aufgefunden.«

Sogar in dem trüben Licht des Ganges sah man, daß der junge Mann getroffen, schwer getroffen war. Alles Blut schwand aus seinem Gesicht.

Ohne sich umzudrehen, sagte er: »Conni, komm mal, Es geht um Kristina.«

Das Mädchen kam zur Tür. Auch sie hatte kaum etwas an, obwohl es Winter war. »Ist was passiert?«

»Das ist Detective ...«

»Entschuldigen Sie«, sagte Spencer zu dem Mädchen. »Dürfte ich Ihren Namen wissen?

»Conni. Constance Tobias«, stammelte das Mädchen. Sie war sichtlich nervös. Irgendwie erinnerte sie Spencer an das Nervenbündel Milton.

»Was ist passiert?« fragte Conni leise.

Albert sah sie an und sagte hastig: »Man hat Kristina tot aufgefunden.«

Plötzlich brach Conni zusammen. Sie weinte so unvermittelt, so heftig und hemmungslos, daß Spencer erschrak. Albert legte ihr den Arm um die Schulter. »Schon gut«, flüsterte er, »schon gut.« Conni weinte noch lauter.

Spencer beobachtete sie genau. Im Bruchteil von Sekunden hatte ihr Verhalten von scheinbar normal zu hysterisch gewechselt.

Spencer räusperte sich und sagte, ohne sie aus den Augen zu lassen: »Es tut mir sehr leid. Sie kannten sie?«

»Kannten?« schluchzte Conni. »Sie war unsere beste Freundin.«

Unsere, sagte sich Spencer nachdenklich. Wie interessant. »Tut mir wirklich leid. Ich werde es kurz machen.«

Conni hörte nicht auf zu weinen. Sie zitterte am ganzen Leib, und ihre Nase lief. Alberts Arm um ihre Schulter konnte sie nicht trösten. Im Gegenteil. Sie schluchzte immer verzweifelter.

Spencer beobachtete beide aufmerksam. Conni Tobias war klein und hübsch. Zumindest theoretisch, denn im Moment war es schwer zu sagen, ob sie hübsch war oder nicht. Ihr Gesicht war gerötet und tränenüberströmt.

Sie trug ein Top und Shorts. Sie war schlank und hatte einen üppigen Busen. Spencer sah auf ihre nackten Füße und spähte dann ins Innere des Zimmers. Er versuchte, irgendwo Schuhe zu entdecken.

Sein Blick kehrte zurück zu Albert. Er war kräftig, ohne muskulös zu wirken, und sah gut aus, wenn auch nicht vollkommen. Spencer bemerkte den kleinen goldenen Ohrring am linken Ohr und die auffällige Tätowierung auf dem linken Arm. Interessant. Unter den Dartmouth-Studenten waren Tätowierungen selten. Spencer starrte sie genau an. Es war wieder Anubis, diesmal ein geflügelter, und darunter standen die Initialen K M.

»Hübsche Tätowierung. Wer ist K M?« fragte Spencer.

»Meine Mutter. Kay Maplethorpe«, erklärte Albert.

»So so«, antwortete Spencer mißtrauisch. »Warum nicht einfach Mom?«

»Ziemlich pathetisch für einen Mann, sich Mom auf den Arm tätowieren zu lassen.«

»Falsch«, sagte Spencer. »Die Liebe zur Mutter ist etwas sehr Lobenswertes. Mit so was werden Politiker in öffentliche Ämter gewählt.«

»Gott sei Dank werde ich mich nie um ein öffentliches Amt bewerben«, entgegnete Albert.

Conni weinte immer noch. Spencer mißtraute Leuten, die allzu heftig auf schlimme Nachrichten reagierten. Manche wurden schreckensbleich, andere zeigten überhaupt keine Reaktion, das war okay. Von Eltern erwartete er schon mal einen hysterischen Anfall. Aber von Freunden nicht. Und was dieses Mädchen hier aufführte, war wirklich zuviel des Guten.

Keiner von beiden hatte gefragt, was Kristina eigentlich passiert war.

»Sind Sie sicher?« schluchzte Conni. »Sind Sie völlig sicher, daß sie tot ist?«

»Es gehört zu meinem Job festzustellen, ob jemand tot ist oder nicht, Miss Tobias. Ihre Freundin muß mehrere Tage im Schnee gelegen haben. Sie ist erfroren. Noch kennen wir die genaue Todesursache nicht, aber es besteht kein Zweifel daran, daß sie ...«, Spencer schluckte. Die Worte steckten in seiner trockenen Kehle, »... tot ist.«

»Möchten Sie hereinkommen?« fragte Albert.

Spencer sah ihn an. Vielleicht meinte er wegen der neugierigen Studenten im Gang, die von ihrem informellen Gespräch nichts mitkriegen sollten, vielleicht meinte er aber auch, daß er – Spencer – nicht gut aussah und sich hinsetzen sollte.

»Danke nein«, sagte Spencer. »Ich wollte noch wissen, ob Kristina einen Hund hatte.«

»Einen Hund?« schluchzte Conni. »Ja. Sie hat einen Hund. Albert, wo ist Aristoteles?«

Beide warfen einen Blick in Alberts Zimmer und sahen sich dann an.

Spencer wartete. »Heißt der Hund Aristoteles?«

Sie nickten.

»Komischer Name für einen Hund. Haben Sie Aristoteles verloren?«

»Wieso wollen Sie wissen, ob sie einen Hund hatte?« fragte Conni und wischte sich die Tränen ab.

Spencer pflegte keine Fragen zu beantworten, die andere Leute nichts angingen, und ignorierte sie.

»Wissen Sie, wo der Hund ist?«

»Hier ist er nicht«, antwortete Albert.

»Das ist nicht zu übersehen. Es ist ein großer Hund, nicht wahr? Ein Labrador vielleicht?«

»Ja, woher wissen Sie das?«

Spencer ging auch diesmal nicht auf die Frage ein.

Als Spencer ein Kind war, hatte er einen alten, halbblinden Retriever gehabt. Der Hund war eines Winters gestorben. Die schleppenden Spuren seiner Pfoten im schneebedeckten Garten hatten sich für immer in Spencers Kindheitserinnerungen eingebrannt.

»Alles, was ich wissen möchte, ist, ob Sie den Hund gesehen haben und ob Sie wissen, wo er sein könnte.«

»Vielleicht hat Jim ihn?« sagte Conni unsicher.

»Jim Shore?«

»Jim Shaw. Ihr Freund«, sagte Conni traurig. »Ist sie gestürzt?«

»Gestürzt?« hakte Spencer sofort nach. »Was meinen Sie mit gestürzt?«

»Nichts, nichts«, antwortete Conni hastig. »War nur so eine Idee.«

»Wo gestürzt?« Spencer machte sich fleißig Notizen.

»Von der Brücke«, erklärte Conni. »Von dieser schrecklichen Brücke, auf der sie rumklettert.«

»Sie meinen die Brücke neben der Feldberg Bibliothek?« Er erinnerte sich, wie er auf der Hinfahrt unter einer Brücke lang gefahren war. Und wie er später hinter den Sanitätern, die Kristina trugen, über eine Brücke gegangen war. »Warum sollte sie von der Brücke stürzen?«

Albert schüttelte den Kopf. »Weil sie immer auf dem Geländer herumspaziert ist.«

»Warum hat sie das getan?«

Albert zuckte die Achseln. »Aus Spaß. Sie hat sich betrunken und ist dann auf dem dämlichen Brückengeländer hin und her balanciert.« Er schüttelte heftig den Kopf. »Deshalb haben wir gedacht, daß sie vielleicht gestürzt ist.«

»Wie oft hat sie das gemacht?«

Albert und Conni zuckten die Achseln. »Ab und zu.«

»Betrunken?«

»Ja, der Alkohol hat sie beruhigt«, erklärte Conni.

»Beruhigt?« Spencer schrieb es ins Notizbuch. Ehe er die nächste Frage stellte, holte er tief Luft. »Sie war ... nackt, als wir sie fanden.« *Als ich sie fand.* »Wissen Sie, warum sie nackt gewesen sein könnte?«

»Sie balancierte immer nackt«, antwortete Albert schlicht und fragte dann: »Ist sie nun gestürzt oder nicht?«

Diesmal antwortete Spencer. »Nein, sie ist nicht gestürzt. Warum ging sie nackt auf die Brücke in dieser klirrenden Kälte?«

»Wir wissen es nicht«, schluchzte Conni.

»Verstehe. Wo wohnt Jim Shaw?«

Von Conni erfuhr er, daß Jims Zimmer im ersten Stock lag. Spencer erklärte ihnen, daß sie sich anziehen und mit aufs Revier kommen müßten, um noch ein paar weitere Fragen zu beantworten. Dann wandte er sich zum Gehen.

»Noch was«, sagte er plötzlich. »Wissen Sie, wo ihre Eltern wohnen? Ich muß sie benachrichtigen.« Als sie nicht antworteten, erklärte Spencer: »Jemand muß ihre Leiche identifizieren.«

Conni fing wieder an zu weinen. Albert sah schrecklich aus. »Ihr Vater ist tot. Und wo ihre Mutter wohnt, wissen wir nicht«, sagte er.

»Ich verstehe. Wissen Sie, wo sie herkommt?«

Albert sah Conni an. »Conni, weißt du, wo Kristina herkam?«

»Ich glaube New York. Sie war irgendwo in Brooklyn Heights zur Schule gegangen. Aber sicher bin ich nicht.« Ihre Stimme zitterte.

»Ja, das muß es sein«, sagte Albert und sah wieder Spencer an. Sein Blick war undurchdringlich. »Brooklyn Heights.«

Spencer hatte ein ungutes Gefühl, als er die beiden verließ. Er wartete ein paar Minuten vor Jims Tür, nachdem er geklopft hatte, und horchte. Es war niemand da. Aus dem Innern des Raumes kamen keine Geräusche. Spencer sagte sich, daß Jim vielleicht mit dem Hund rausgegangen war. Er lehnte sich an die Tür und wartete. Ein Student kam vorbei und fragte: »Kann ich Ihnen helfen?«

»Danke, nein«, sagte Spencer freundlich.

»Wenn Sie zu Jim wollen, er ist vor einiger Zeit weggegangen. Ich hab ihn gesehen. Kann ich ihm etwas ausrichten?«

Der Student schien reichlich neugierig zu sein.

»Danke, nein«, wiederholte Spencer.

»Keine Ahnung, wie lang er weg sein wird. Manchmal bleibt er ziemlich lange. Sind Sie sicher, daß Sie ihm keine Nachricht hinterlassen wollen?«

»Ganz sicher.« Spencer hatte das Gefühl, daß Jim bald kommen würde.

Und er behielt recht.

Etwa eine Viertelstunde später, gegen sechs, sah er den hellbraunen Labrador den Gang entlanglaufen.

Der Hund kam geradewegs zu Spencer, der sich hinunterbeugte und ihn ausgiebig streichelte. Spencer liebte Hunde und hätte gern selbst einen gehabt, aber in seiner kleinen Wohnung waren Haustiere verboten. Während er sich mit dem Hund beschäftigte, hatte er Gelegenheit, sich die Schuhe seines Herrchens genau anzusehen.

»Gut gemacht, braver Hund, Aristoteles«, sagte Spencer, richtete sich auf und sah sich einem warm bekleideten jungen Mann mit Wollmütze und Schal gegenüber. »Sind Sie Jim Shaw?«

»Ich denke schon«, antwortete Jim knapp und nahm Mütze und Schal ab. »Und wer sind Sie?«

Spencer hielt ihm den Ausweis unter die Nase. »Damit eins klar ist. Ich stelle hier die Fragen. Sie müssen mitkommen.«

»Warum? Ich habe nichts getan«, widersetzte sich Jim.

»Sehen Sie, Jim, genau das ist mein Problem mit Ihnen. Entweder Sie haben zuviel oder zu wenig getan. Jedenfalls möchte ich, daß Sie mit aufs Revier kommen und mir ein paar Fragen beantworten.«

»Was meinen Sie eigentlich?« fragte Jim, doch als Spencer sein rotes Gesicht und seine unruhigen Augen sah, dachte er, daß Jim genau wußte, was er meinte.

»Kommen Sie jetzt mit.«

»Ich komme nirgendwohin, wenn Sie mir nicht sagen, was das Ganze soll und ich meinen Anwalt verständigt habe.«

»Wo ist denn Ihr Anwalt, Jim? Ist es etwa üblich, daß man als Dartmouth-Student einen Anwalt auf Abruf hat? Kann er in einer Stunde hier sein? Ich hatte nämlich schon um fünf Feierabend, und ich werde keine weitere Sekunde warten. Ich verhafte Sie einfach wegen dringenden Tatverdachts und lasse Sie bis morgen früh, wenn ich wieder Dienst habe, in unserer Zelle schmoren. Oder Sie kommen gleich mit und ersparen sich eine Menge Ärger.«

Jim stand völlig verdattert da. »Was soll das Ganze?« sagte er, wandte den Blick ab und starrte angestrengt auf Aristoteles.

»Sehen Sie mich an, Jim.« Spencer hatte nicht übel Lust, ihn beim Kinn zu packen und sein Gesicht anzuheben. Jim sah auf. »Ihre Freundin, Kristina Kim, ist tot aufgefunden worden.« Spencer hielt inne und starrte Jim aufmerksam an.

Jim blinzelte mehrmals und sackte gegen die Tür. Als er die Hände zum Gesicht führte, bemerkte Spencer, daß sie zitterten. »O nein, o nein, o nein«, sagte Jim leise. »O mein Gott, nein.« Seine Schultern bebten, und Spencer befürchtete schon, er würde in Tränen ausbrechen. Spencer wollte hart bleiben, Mitgefühl würde diesen Vorsatz zerstören.

»Nehmen Sie sich zusammen, Jim. Tut mir leid, daß ich Ihnen diese traurige Meldung überbringen muß.«

Jims Schultern bebten immer noch. Er sah Spencer nicht an, und der wünschte sich verzweifelt, Jim nicht ansehen zu müssen.

»Tut mir leid, Mann«, wiederholte er gefühlvoll. »Ich weiß, es ist schrecklich.«

Jim sah auf. »Sie ist nicht meine Freundin«, erklärte er mit leiser Stimme und heftig blinzelnd.

Spencer schüttelte den Kopf. »Das ist gut. Zeigen Sie ruhig Ihre Trauer«, sagte er sarkastisch.

»Nein, nein«, entgegnete Jim hastig. »Ich wollte das nur klarstellen, damit es keine weiteren Mißverständnisse gibt.«

Jim stand wie betäubt vor seiner Zimmertür. Aristoteles tapste herum. Andere Türen gingen auf und wieder zu.

»Ich komme mit«, erklärte er schließlich. »Ich will nur eben dem Hund was zu trinken geben.«

»Der Hund kommt auch mit.«

»Warum?«

»Jim, Sie sind wirklich vergeßlich. Die Spielregeln lauten, ich stelle die Fragen, Sie antworten. Verstanden? So, der Hund kommt mit. Gehen wir nach oben.«

»Nach oben? Wohin?«

»Zu Kristina Kims Zimmer«, sagte Spencer, ohne die Augen von Jim zu nehmen, der sichtlich zusammenzuckte, als er den Namen Kristina hörte.

»Aristoteles ist Kristinas Hund, nicht wahr?«

»Woher wissen Sie das?«

Ich weiß alles, wollte Spencer schon antworten, aber das stimmte nicht. Er wußte kaum etwas.

»Als ich vorhin draußen die Polizeiautos und jetzt Sie vor der Tür stehen sah, habe ich mir schon gedacht, daß es um Kristina geht«, sagte Jim leise.

Spencer legte den Kopf auf die Seite, damit man das Zucken im Gesicht nicht sah. »Sie hatten recht. Es geht um Kristina.«

Als sie oben ankamen, fing Aristoteles an zu winseln. Er legte sich im Gang hin und weigerte sich, ins Zimmer zu gehen.

Jim stand mit dem Rücken zu Spencer. Er war vollkommen still. Es war fast so, als betrachtete man die Trauer eines anderen mit abgestelltem Ton.

Jims zuckende Schultern erinnerten Spencer an seine eigene,

tief im Innern schmorende Trauer, und er fühlte mit dem Jungen.

Spencer holte das gelbe Klebeband aus der Tasche, auf dem NICHT BETRETEN stand, und brachte einen Streifen quer über der Tür, dem Schloß und einem Stück von der Wand an.

»So, das wär's«, sagte er schließlich und riß das Band mit den Zähnen ab. »Gehen wir.«

Sie holten Conni und Albert ab und brachten den Hund in Jims Zimmer unter, ehe sie ins Polizeirevier fuhren.

Spencer führte Conni und Albert jeweils in ein kleines Zimmer und bat sie, dort zu warten; es werde sich gleich jemand um sie kümmern.

Jim brachte er in einen rechteckigen Raum dahinter. Spencer erkundigte sich zunächst, was Baker von den anderen Studenten erfahren hatte, und bat ihn, bei der Vernehmung dabeizusein. Sie holten ein Tonbandgerät und Kaffee, den Jim ausschlug.

Sie saßen in unbequemen Plastikstühlen an einem kleinen, runden Tisch, über dem eine nackte Birne brannte. Will saß links neben Spencer. Insgeheim verfluchte Spencer den modernen Tisch, der dem Ernst eines Verhörs völlig widersprach. Man hatte das Gefühl, in der Betriebskantine einer Vorstadtfirma zu sitzen.

Er räusperte sich.

»Jim Shaw. Das ist Detective Will Baker, mein Partner. Er arbeitet mit mir an diesem Fall.«

Will nickte. Jim rührte sich nicht. In dem Versuch, die Atmosphäre etwas aufzulockern, sagte Spencer: »Wissen Sie, daß Ihre Dartmouth-Bibliothek nach ihm benannt ist?«

Jim sah auf, sagte aber nichts.

Spencer schnitt Will eine Grimasse und setzte sich. »Na gut, bringen wir es hinter uns. Erzählen Sie uns etwas über sich.«

»Was denn?«

»Irgendwas, Jim. Wir kennen Sie nicht. Erzählen Sie uns, was wir Ihrer Meinung nach wissen sollten.«

Jim räusperte sich und behielt beide Hände unter dem Tisch. »Ich wurde in Bonn geboren ...«

»Sie sind Deutscher?« unterbrach ihn Spencer. Will legte die Hand auf Spencers Arm. Spencer lehnte sich zurück.

»Meine Eltern sind Amerikaner. Mein Vater war Vizepräsident in der internationalen Abteilung von Coca-Cola. Deshalb sind wir viel in der Welt rumgekommen. Nachdem mein Dad in Rente ging, sind wir wieder nach Wilmington gezogen, wo der Rest meiner Familie herstammt.«

»Geschwister?«

»Ein jüngerer Bruder.«

»Wo ist er jetzt?«

»In Wilmington. Er arbeitet in der Delaware National Bank.«

»Verstehe.« Spencer schwieg einen Augenblick und ging seine Notizen durch. Will rieb sich stumm die Hände, und Jim beobachtete Spencer. Jim war ein gutaussehender junger Mann. Er trug eine Tweedjacke über dem weißen Hemd und einen dunkelblauen Wollpullover. In seinen tiefliegenden Augen wechselten sich Intelligenz und Erschöpfung, Trotz und Angst ab. Das hellbraune Haar war auf einer Seite gescheitelt und nach hinten gekämmt. Jim machte den Eindruck eines guten Sohns und eines guten Studenten.

»Jim, wie Sie wissen, ist Kristina Kim tot.«

Jim zuckte nicht mit der Wimper.

»Wann haben Sie Kristina das letzte Mal gesehen? Sie müssen sich an alles erinnern, an das kleinste Detail.«

Jim zuckte. »Das muß letzte Woche gewesen sein.«

»Wann genau?«

»Vor Thanksgiving.«

»Wann vor Thanksgiving? Sonntag? Montag? Dienstag?«

»Muß am Dienstag gewesen sein.«

»Jim«, sagte Spencer. »Ich will Ihnen nicht alles aus der Nase ziehen müssen. Zu Ihrer Information, ein letztes Mal. Wir sitzen hier und stellen Ihnen eine Menge Fragen. Sie antworten so gut Sie können und erwähnen auch Dinge, auf die wir von allein vielleicht nicht kommen. Auf diese Weise haben Sie ein reines Gewissen, und als Gegenleistung buchten wir Sie nicht ein. Haben Sie verstanden?«

»Dienstag, habe ich gesagt.«

»Warum Dienstag?«

»Weil ich am Mittwoch nach Hause gefahren bin und sie nicht mehr gesehen habe.«

»Sind Sie sicher?«

»Ja.«

»Wann Dienstag?«

»Spät. Vielleicht gegen elf. Wir haben an dem Abend Karten gespielt.«

»In der Hinman Lounge?«

»Ja, woher wissen Sie das?«

»Wer ist wir?«

»Kristina, Albert, Conni, Frankie und ich.«

»Wer ist Frankie?«

»Frankie Absalom, ein guter Freund von Albert. Conni war vor ein paar Jahren Krissys Mitbewohnerin.«

»Ich habe Conni kennengelernt. Und Albert?«

»Albert ist Connis Freund.«

Spencer fiel auf, daß Jim leicht zusammenzuckte, als er das erwähnte.

»Wie lange sind die beiden schon zusammen?«

»Ein paar Jahre.«

»So ...«, Spencer warf Will einen kurzen Blick zu. »Was für eine Verbindung gab es zwischen Albert und Kristina?«

Jim wurde nervös und zögerte, so daß Spencer die Frage wiederholen mußte.

»Er hat sie durch Conni und mich kennengelernt, glaube ich. Wir waren alle befreundet.«

»Waren?«

»Sind, ich meine, sind.«

»Sie sagten, *durch* Sie?«

»Ja. Albert und ich haben uns im ersten Studienjahr eine Wohnung geteilt.«

»Sie haben sich also eine Wohnung geteilt. Und Conni und Kristina auch.«

»Ja, richtig. Könnte ich bitte etwas Wasser haben? Mein Hals ist ganz ausgetrocknet.«

Will brachte ihm ein Glas Wasser. Jim trank es in einem Zug aus. Ohne darum gebeten worden zu sein, ging Will wieder raus und holte eine Kanne, die er auf den Tisch stellte. Während er fort war, sprachen Spencer und Jim nicht miteinander.

Als Will Platz genommen hatte, nahm Spencer den Faden

wieder auf. »Wann sagten Sie noch, hätten Sie sich kennengelernt?«

»Während unseres ersten Studienjahres.«

»Wie?«

Spencer bemerkte, daß Jim Mühe hatte, ruhig zu bleiben. Er hat Probleme, dachte er. Bin ich dabei, ihm ein Geständnis aus der Nase zu ziehen?

»Ich weiß nicht, wie wir uns kennengelernt haben«, sagte Jim. »Das ist eine schwierige Frage.«

»Eine schwierige Frage?« wiederholte Spencer ungläubig. »Ich will Ihnen was sagen, Jim. *Das* ist keine schwierige Frage.«

»Vergessen Sie es. Sie verstehen es nicht«, sagte Jim kopfschüttelnd.

»Dann erklären Sie es mir.«

»Hören Sie. Ich weiß nicht, was das damit zu tun hat.«

Spencer warf Will einen Blick zu, und der sagte an Jim gewandt: »Jim, Sie bringen meinen Partner langsam auf die Palme. Es ist nicht Ihre Sache zu entscheiden, was das eine mit dem anderen zu tun hat. Sie arbeiten nicht mit uns zusammen, und wir kriegen langsam das Gefühl, daß Sie etwas zu verbergen haben.«

»Ich habe nichts zu verbergen. Ich ...«, er brach ab. Nach einer Weile sagte er: »Ich habe das nie richtig rauskriegen können, verstehen Sie? Ich dachte, ich hätte Conni und Kristina kennengelernt und sie Albert vorgestellt ...«

»Aber ...«

»Aber gar nichts. Ich habe Conni und Kristina das erste Mal an Thanksgiving gesehen. Sie kamen aus der Alumni Turnhalle. Wenn ich ganz ehrlich sein soll«, sagte Jim und räusperte sich, »habe ich mich zuerst für Conni interessiert. Sie war nicht so groß, wissen Sie, irgendwie attraktiver. Kristina ... na ja, ehrlich gesagt, sie war nicht mein Fall. Trotz der eisigen Kälte trug sie nur eine Radlerhose und ein Top.«

»Sie war nicht Ihr Fall, weil sie Sportsachen anhatte?« wollte Spencer wissen.

»Nein, nein«, entgegnete Jim hastig. »Ich fand sie sehr nett und alles. Auf dem Heimweg nach Mass Row, wo wir damals alle wohnten, kamen wir ins Gespräch, und ich erzählte den beiden, daß ich einen Mitbewohner hätte. Sie kicherten die ganze Zeit.«

»Sie können sich also doch ganz gut daran erinnern, wie sie sich alle kennengelernt haben, nicht wahr, Jim?«

»Sie verstehen nicht«, antwortete Jim.

»Waren Sie und Albert befreundet?«

»Sehr sogar. Wir haben uns auf Anhieb verstanden.« Jim konnte die Anspannung in seinem Gesicht nicht verbergen. Er biß sich auf die Unterlippe. »Conni war nett. Kristina war lustig, aber nicht besonders freundlich, verstehen Sie?«

Spencer verstand. Kristina war zu schön gewesen, um nett zu Fremden zu sein.

Außer bei ihm. Zu ihm war sie sehr nett gewesen. Plötzlich ertappte er sich dabei, wie er sich auf die Unterlippe biß.

Spencer war klar, daß er sich nicht mehr allzulange mit diesen Fragen aufhalten konnte. Es gab Wichtigeres, aber ein paar Minuten wollte er sich Kristina noch vorstellen, in Radlerhosen, *lebendig*.

»Ich hatte gehofft, sie bald wiederzusehen, und tatsächlich sind die beiden Albert und mir dann eines Morgens im *Thayer* über den Weg gelaufen. Sie kamen mit ihren Tabletts an unserem Tisch vorbei. Und das ist das Komische: Noch ehe ich Gelegenheit hatte, ihnen zuzuwinken, tat es Albert. Sie setzten sich zu uns. Albert sagte: ›Kristina, Conni, das ist mein Mitbewohner Jim.‹«

»Das kam Ihnen komisch vor?«

»Na ja. Er hätte sie mir nicht vorgestellt, wenn er sie nicht schon gekannt hätte, oder?«

»Der Campus ist klein.«

»Ja, aber er hat mir nie erzählt, wie er sie kennengelernt hat. Das ist immer unklar geblieben. Na ja, Albert und ich freundeten uns mit ihnen an und so weiter, und bald …« Hier stockte Jim und verstummte.

»Und bald?« fragte Spencer.

Jim schenkte sich noch ein Glas Wasser ein und trank hastig. »Fing ich an, mit Conni auszugehen.«

»Mit Conni?«

»Ja.«

»Und Albert mit Kristina?«

»Das hatte ich gehofft. Es wäre toll gewesen, wenn wir uns einfach so hätten aufteilen können.«

»Aber ...«

»Aber ... es klappte nun mal nicht zwischen Albert und Kristina.«

»Oh.«

»Eines Abends habe ich Albert danach gefragt, und er klang nicht besonders begeistert. ›Die Chemie stimmt nicht‹, hat er gesagt.«

Spencer sah, daß Jim mit jedem Wort kämpfte. »Und wie sind Sie dann bei Kristina gelandet?«

»Mit Conni lief es nicht so, wie ich es mir gedacht hatte.« Jim schluckte. »Ich hab gemerkt, daß sie ein Auge auf Albert geworfen hatte.«

Spencer nickte. »Ich verstehe. Und Albert auf sie?«

»Das ist mir nicht so aufgefallen. Ich habe sie einmal gesehen, wie sie zusammen aus der Bibliothek kamen und zu *Lou's* gingen. Sie haben sich unterhalten. Sie sagte, sie seien nur Freunde, aber ich spürte, wie sehr sie ihn mochte.«

Spencer schüttelte den Kopf. Kristina Kim war also Jims Trostpreis gewesen. Es war nicht zu fassen.

»Ich dachte zuerst, Conni sei nicht Alberts Typ, aber ich hatte mich geirrt«, erzählte Jim. »Sie sind seitdem zusammen. Ich glaube, an Thanksgiving haben sie sich sogar verlobt. Sie sehen also, ich habe die Situation ganz schön falsch eingeschätzt.«

»Tja«, antwortete Spencer. »Was haben Sie und Albert gemacht?«

»Nichts, jedenfalls eine Weile. So weiter gemacht wie vorher.«

»Muß ganz schön hart für Sie gewesen sein«, warf Will mitfühlend ein.

Jim nickte. »Schließlich ist Albert im Frühjahr mit Frankie zusammengezogen.«

»Und Sie fingen an, mit Kristina auszugehen.«

»Ja«, sagte Jim mit müder Stimme.

»Wie stehen Sie jetzt zu Conni?«

»Gut. Wir sind Freunde.«

»Und was ist mit Albert?«

»Auch gut«, sagte Jim schnell.

»Sie sind also Freunde.«

»*Weniger* gute«, antwortete Jim und ging nicht weiter darauf ein.

»Sie sagten, Kristina sei nicht Ihre Freundin. Wann haben Sie sich getrennt?«

»Am Montag.«

»Am Montag vor Thanksgiving?«

»Ja.«

»Am Montag? Einen Tag vor ihrem Tod?«

»Eigentlich war es Dienstag morgen.«

»Dienstag morgen?«

»Ja. Sie ist im Morgengrauen in mein Zimmer gekommen.«

Spencer entspannte sich leicht. Er stellte sich vor, wie sie mit ihrem Freund, mit dem sie seit drei Jahren zusammen ist, Schluß macht und kurz darauf ermordet wird. Sah gar nicht gut aus für Jim.

»Hat *sie* mit Ihnen Schluß gemacht?«

Jim zuckte die Achseln und nickte, während er wieder zum Glas griff. »Es lief nicht zwischen uns.«

Spencer fragte sich, ob es auch ein winzig kleines bißchen an ihm – Spencer – gelegen haben könnte. Jetzt würde er es nie erfahren.

Will stieß Spencer unter dem Tisch an. »Darf ich?«

»Bitte.«

»Jim«, begann Will. »Ich habe mich in Hinman Hall mit ein paar Studenten unterhalten, die euch in der Nacht gesehen haben, in der Kristina möglicherweise umkam. Das war am Dienstag. Sie haben ausgesagt, daß ihr euch ganz schön gestritten habt und daß Sie Hals über Kopf die Lounge verlassen haben.«

»Ach das!« Jim winkte verächtlich ab. Spencer sah, daß seine Hände zitterten. »Es war nichts. Nur eine kleine Auseinandersetzung.«

»So, so. Aber der Junge, mit dem ich sprach, sagte, Sie seien sehr erregt gewesen.«

»Nein, ich war nicht erregt.« Als Jim nicht weiter darauf einging, wechselten die beiden Detectives einen kurzen Blick.

»Jim«, erklärte Spencer. »Vielleicht habe ich mich vorhin nicht deutlich genug ausgedrückt.«

»Es war wirklich nichts. Glauben Sie mir«, sagte Jim verzweifelt.

»Wen versuchen Sie eigentlich zu decken?«

»Wie bitte? Niemanden!«

»Oder haben Sie Angst, sich selbst zu belasten?«

»Ich versuche niemanden zu decken«, sagte Jim laut. Er wirkte erhitzt und unruhig.

»Haben Sie Kristina Kim getötet, Jim?«

»Nein!« rief er mit aufgeregter Stimme.

»Wissen Sie, wer es war?«

»Nein!« rief er erneut. Der Schweiß stand ihm auf der Stirn.

Spencer nickte und fuhr mit dem Verhör fort. »Sie sagten, Sie hätten letzten Dienstag Karten gespielt. Wie spät war es, als Sie aus dem Raum stürzten?«

»Wahrscheinlich gegen elf.«

Spencer warf einen Blick auf Jims Gelenk. »Tragen Sie eine Uhr, Jim?«

Jim krempelte die Ärmel hoch und zeigte ihm, daß er keine trug.

»Gibt es eine Uhr in der Hinman Lounge?«

»Ja, aber sie funktioniert seit Monaten nicht. Ich habe Frankie nach der Uhrzeit gefragt.«

»Wohin sind Sie gegangen, nachdem sie den Raum verlassen hatten?«

»In mein Zimmer.« Jim schluckte.

»Haben Sie gepackt? Gelernt? Kristina angerufen?«

»Nein, ich habe … noch etwas gelesen. Ich war müde. Ich kann mich nicht mehr genau erinnern, aber ich glaube, ich habe mich hingelegt.«

»Und Sie haben Ihr Zimmer in dieser Nacht nicht mehr verlassen?«

Jim schwieg eine lange Zeit. »Nein«, erklärte er schließlich. »Ich habe das Zimmer während der ganzen Nacht nicht mehr verlassen.«

Spencer stand auf. »Soll ich Ihnen Ihre Rechte vorlesen und Sie wegen Mordes an Kristina Kim verhaften?«

»Nein, nein!« rief Jim. »Ich habe sie nicht getötet!«

»Warum wollten Sie dann einen Anwalt, Jim?«

Jim wußte schon wieder nicht, was er antworten sollte. Spencer wurde immer mißtrauischer und wütend. Er war am Ende mit seiner Geduld. »Was wollen Sie, Jim? Zwei Nächte im Knast verbringen? Wir können sie bei Mord bis zu achtundvierzig Stunden ohne richterliche Verfügung hierbehalten. Wollen Sie das? Wollen Sie später Anwalt, Politiker oder gar Präsident werden? Dann wäre das ganz und gar nicht gut für Sie.«

Schließlich setzte sich Spencer wieder hin. Jim war so aufgewühlt, daß er sich erst mal beruhigen mußte.

»Nehmen Sie sich zusammen, Mann, und erzählen Sie uns, was passiert ist«, sagte Spencer entschieden. »Wovor haben Sie Angst, wenn Sie sie nicht getötet haben? Erzählen Sie, was Sie Dienstag nacht gemacht haben.«

»Dienstag nacht? Mein Gott, nichts. Ich sagte Ihnen doch schon, ich habe mein Zimmer in der Nacht nicht mehr verlassen«, antwortete Jim hastig.

»Können Sie das beweisen?«

»Wie meinen Sie das?«

»Ob Sie beweisen können, daß Sie Ihr Zimmer nicht verlassen haben?«

Jims Hände zitterten. »Nein, wie sollte ich es beweisen können? Ich war bis zum Morgen in meinem Zimmer. Niemand war bei mir.«

»Haben Sie mit irgend jemand gesprochen?«

»Persönlich?«

»Persönlich, am Telefon oder anderweitig?«

»Nein. Ich war noch eine Weile wach, habe meinen Koffer gepackt und mich dann schlafen gelegt. Ich habe nichts gesehen oder gehört.«

»Was meinen Sie mit ›nichts gesehen oder gehört‹?« fragte Spencer mißtrauisch.

»Keine Ahnung. Nichts Besonderes.«

»Das heißt, daß Sie für die Zeit ab elf, nachdem Sie aus der Lounge gestürzt sind, kein Alibi haben.«

»Ich habe geschlafen, verdammt! Wie soll ich ein Alibi haben?«

Jim sah derart elend aus, daß Spencer Mitleid mit ihm bekam. »Okay, okay. Und am nächsten Morgen? Was haben Sie da gemacht?«

»Am nächsten Morgen ... da hat es nicht mehr geschneit. Ich habe meine Sachen zu Ende gepackt und bin nach Hause gefahren.«

»Um wieviel Uhr sind Sie gefahren?« wollte Spencer wissen.

»Weiß ich nicht genau.«

»Muß ganz schön schwierig für Sie sein, ohne eine Uhr pünktlich zu den Seminaren zu erscheinen«, erklärte Spencer.

»Ich habe eine Uhr. Ich trag sie nur nicht gern. Ich mag überhaupt keinen Schmuck.«

»Haben Sie Kristina Kim am Mittwoch morgen gesehen?« Spencer war sicher, daß er sie nicht gesehen hatte.

Jim schüttelte den Kopf.

»Haben Sie den Hund gesehen?«

»Ja, der Hund war in ihrem Zimmer. Er hat sich nicht gefreut, mich zu sehen. Ist nicht mal vom Bett aufgesprungen.«

»Wie sah es in ihrem Zimmer aus?«

»Na ja. Sie wissen schon ...«

»Ich weiß gar nichts.«

»Unaufgeräumt.«

»Was haben Sie mit dem Hund gemacht?«

»Nichts. Ich habe ihn gestreichelt und bin dann gegangen.«

»Hat es Sie nicht gewundert, daß Kristina nicht in ihrem Zimmer war?«

Jim schüttelte den Kopf. »Nein, war nicht ungewöhnlich.«

»Haben Sie an Alberts Tür geklopft?«

»Wieso hätte ich das tun sollen?« antwortete Jim scharf.

Spencer musterte ihn gleichmütig mit einem langen, kalten Blick. »Weiß nicht. Um sich von Ihrem Freund zu verabschieden? Um zu fragen, ob er Kristina gesehen hat?«

»Nein, habe ich nicht.«

»Haben Sie nicht, oder hätten Sie sowieso nicht getan?«

Es folgte eine Pause. »Habe ich nicht.«

»Sie sind also gefahren.«

»So ist es.«

»Wie lange waren Sie weg?«

»Bis Sonntag abend.«

»Ich nehme an, daß Sie ein schönes Thanksgiving hatten«, sagte Spencer bissig.

»Es ging«, antwortete Jim.

»Was haben Sie gemacht, als Sie zurückgekommen sind?«

»Was meinen Sie? Ob ich ausgepackt habe?«

»Alles, was Sie gemacht haben. Das Auspacken können Sie sich sparen. Ich will wissen, ob Sie Kristina aufgesucht haben?«

»Ja, habe ich.«

»Und?«

»Und was? Sie war nicht da.«

»Nein, natürlich nicht«, sagte Spencer. »Der Schnee war längst gefallen.«

Jim starrte Spencer fragend an.

Spencer hatte große Lust, sich über den Tisch zu beugen, Jim am Kragen zu packen und zu schütteln. Gott sei Dank war Will Baker anwesend, sonst wäre sein irisches Temperament mit ihm durchgegangen. Deshalb brauchte er Will; seine ruhige Hand auf Spencers Schulter war dasselbe wie bis zehn zu zählen und tief durchzuatmen.

Jim war eine harte Nuß, und obendrein hatte Spencer das Gefühl, daß er ihnen etwas verschwieg. Irgend etwas verschwieg Jim Shaw vor Spencer, der langsam vor Wut kochte. Spencer wollte diesem aufgeblasenen Klugscheißer klipp und klar machen, daß sie ihm die Hölle heiß machen konnten, wenn er ihnen in einem Mordfall wichtige Informationen vorenthielt, egal, wie clever er sich vorkam.

»Sie sind also zu ihr gegangen, und sie war nicht da. Wie sah es im Zimmer aus?«

»Ich hab nicht darauf geachtet. Wahrscheinlich genauso wie vorher.«

»Ja, wahrscheinlich«, sagte Spencer sarkastisch, und Will berührte ihn leicht am Arm. Wollte er ihn beruhigen? Oder unterstützen? Spencer konnte ziemlich dringend Beruhigung gebrauchen.

»War der Hund da?«

»Nein, er war nicht da.«

»Am Mittwochmorgen war der Hund noch da, und am Sonntag war er nicht mehr da. Was haben Sie daraus geschlossen?«

»Daß ihn jemand ausgeführt haben mußte.«

»Jemand? Kristina vielleicht?

»Ja, vielleicht, oder auch Albert.«

»Wechseln Sie sich damit ab?«

»Ja, so ungefähr.«

Spencer starrte ihn eine ganze Weile an. Er hoffte, dieser selbstgerechte Scheißer würde bald dahinterkommen, daß er ihnen in die Falle gegangen war. Er würde noch lernen, Spencer den nötigen Respekt zu zollen, wenn er sah, wie aussichtslos seine Lage war.

Spencer wartete, daß Jim fortfuhr. Der aber hatte die letzte Frage offensichtlich beantwortet und würde den Mund nicht mehr aufmachen, bis man ihm die nächste stellte.

»Haben Sie nachgeschaut, ob der Hund bei Albert war, Jim?«

»Nein.«

»Warum nicht?«

»Weil er nicht in seinem Zimmer gewesen wäre, wenn er den Hund ausgeführt hätte.«

»Verstehe. Was haben Sie dann gemacht?«

»Nichts. Ich bin runter in mein Zimmer gegangen.«

»Haben Sie sich nicht gefragt, wer vier Tage lang auf den Hund aufgepaßt haben mochte?«

»Natürlich nicht. Er war ja bei Kristina.«

»Aber Sie sagten doch, das Zimmer hätte genauso ausgesehen wie am Mittwochmorgen?«

»Ich habe nicht genau darauf geachtet. Ich weiß nur, daß das Zimmer beide Male unaufgeräumt war.«

»Was haben Sie anschließend gemacht?«

»Ich bin in mein Zimmer zurückgegangen. Ich habe noch mal bei Kristina angerufen, ehe ich das Licht ausgemacht habe.«

»Und?«

»Sie war nicht da.«

»Okay«, sagte Spencer und kratzte mit den Fingern an der Unterseite des Tisches, während Will sich Notizen machte.

Spencer hatte schon lange aufgehört, mitzuschreiben, da er sich völlig auf Jim konzentrierte. »Kommen wir zum Montag.«

»Montag? An den Montag kann ich mich kaum erinnern«, antwortete Jim.

»Dienstag?«

»Nein«, sagte Jim schwach, »an den Dienstag auch nicht.«

»Mittwoch. Das war gestern. Können Sie sich an Mittwoch erinnern?«

»Nicht besonders«, erklärte Jim.

Spencer fiel auf, daß Jim nicht von seinen Händen aufsah, die flach auf dem Tisch ruhten.

»Also gehen wir Schritt für Schritt vor. Das ist wörtlich zu verstehen. Okay?«

»Klar«, antwortete Jim.

»Haben Sie Kristina am Montag gesehen?«

»Nein.«

»Wußten Sie am Montag, daß sie tot war?«

»Natürlich nicht!«

»Wissen Sie, wie sie gestorben ist?«

Jim sah wieder auf seine Hände. »Nein«, sagte er. »Ich weiß nicht, wie sie gestorben ist.«

»Sie wissen nicht, wie sie gestorben ist?«

»Nein, hab ich Ihnen doch gesagt.«

»Ja, ich weiß, aber wissen Sie, was mich ganz stutzig macht? Wenn Sie nicht wissen, wie sie gestorben ist – das behaupten Sie, und ich muß es Ihnen abnehmen –, dann verstehe ich nicht, warum Sie gar nicht wissen wollen, wie sie gestorben ist?«

Jim wandte den Blick von Spencer ab.

»Ich brauche Ihre volle Aufmerksamkeit, Jim. Bitte sehen Sie mich an, wenn ich mit Ihnen rede. Ich finde es äußerst unangenehm, wenn Sie mir nicht in die Augen sehen.« Es war ihm nicht nur unangenehm, es machte ihn mißtrauisch und wütend.

Jim sah Detective Spencer kurz an, konnte aber seinem Blick nicht lange standhalten.

»Ich will Ihnen eine andere Frage stellen. Als ich Ihnen vor Ihrem Zimmer von Kristinas Tod erzählt habe, haben Sie da zum ersten Mal davon gehört?«

Jim öffnete den Mund, dann schloß er ihn wieder. »Ja«,

sagte er schließlich. »Da habe ich zum ersten Mal davon gehört.«

»Wollen Sie mich für dumm verkaufen?«

»Nein!«

»Warum haben Sie mich dann nicht gefragt, wie sie gestorben ist?«

»Weil ich glaubte, es zu wissen.«

»Wie das?«

»Ich habe mir gedacht, daß sie von der dämlichen Brücke gefallen sein mußte.«

»Und warum sollten Sie das denken?«

»Weil ich seit drei Jahren damit gerechnet habe, daß sie irgendwann stürzt.«

»Ach ja?«

»Ja.«

»Sie haben sich also gedacht, es ist nur eine Frage der Zeit, bis sie stirbt, und waren deshalb nicht sonderlich überrascht?«

»Vielleicht«, sagte Jim leise.

»Glauben Sie, daß sie auf die Brücke gegangen ist, weil sie sterben wollte?«

»So ähnlich«, sagte Jim noch leiser.

»Glauben Sie, daß sie sterben wollte?«

Er schüttelte heftig den Kopf. »Höchstens, wenn sie betrunken war. Und selbst dann … hing sie am Leben.«

»Aber nicht, wenn sie trank?«

»Auch, aber weniger.«

»Wenn sie also so voller Leben war, warum balancierte sie dann in fünfundzwanzig Meter Höhe über eine Straße und riskierte den Tod?«

»Keine Ahnung. Die Gründe, die sie mir genannt hat, ergaben keinen Sinn.«

»Das glaube ich Ihnen gern«, erklärte Spencer und hatte ein etwas besseres Gefühl diesem Jungen gegenüber, der vor ihm saß. Er mußte eine Menge durchgemacht haben unter seiner Schlangenhaut.

»Nun, Jim. Kristina ist nicht von der Brücke gestürzt.«

Jim sah nicht auf, und Spencer dachte, aha, das weiß er also auch schon.

»Noch ein paar Fragen zu den letzten drei Tagen, Jim. Sie sagten mir, Sie hätten Kristina nicht mehr gesehen.«

»Nein.«

»Sind Sie noch mal zu ihrem Zimmer gegangen, um zu sehen, ob sie da war?«

»Ja. Sie war nicht da.«

»Wie oft haben Sie es versucht?«

»Ich bin Montag hin und am Dienstag auch.«

»Und Mittwoch? Sie wissen schon, gestern.«

»Ich weiß nicht«, wich Jim aus. »Ich glaube nicht, daß ich gestern da war.«

»Warum nicht?«

»Ich weiß nicht. Wahrscheinlich, weil ich viel zu tun hatte.«

»Ist es Ihnen denn nicht seltsam vorgekommen, daß Kristina einfach verschwunden war?«

»Nein, das kam gelegentlich vor. Außerdem war es direkt nach Thanksgiving. Ich hab mir gedacht, daß sie vielleicht doch weggefahren und noch nicht zurückgekommen war.«

»Und der Hund?«

»Was ist mit dem Hund?«

Wieder war diese Mauer da, hinter der sich Jim verschanzte.

»Hatten Sie den Hund seit Sonntag gesehen?«

»Na klar, ich bin mit ihm rausgegangen.«

»Sind Sie jeden Tag mit dem Hund rausgegangen?«

»Ja.«

»Und wo ist der Hund geblieben, wenn Sie nicht mit ihm draußen waren?«

»Bei mir.«

»Kam Ihnen das nicht seltsam vor?«

»Kristina war offensichtlich weg, also habe ich mich um den Hund gekümmert.«

»Und Sie haben sich nicht gefragt, wo Kristina war?«

»Ich hatte tausend andere Dinge zu tun.«

»Haben Sie nach Thanksgiving Albert und Conni gesehen?«

»Ja, ein- oder zweimal.«

»Haben Sie sie zufällig nach Kristina gefragt?«

»Nein, hab ich nicht.«

»Warum nicht?«

»Ich hab's einfach nicht getan. Ich hatte viel um die Ohren. Ich war beschäftigt.«

Spencer verspürte wieder ein ungutes Gefühl. »Jim, noch mal. Bei wem ist der Hund über Thanksgiving geblieben?«

»Ich weiß es nicht. Wirklich nicht!«

»Was meinen Sie mit ›wirklich nicht‹? Meinen Sie, daß es vorher, wenn Sie sagten, ›Ich weiß nicht‹, nicht gestimmt hat und jetzt stimmt? Denn Sie haben ziemlich oft ›Ich weiß nicht‹ gesagt. Ich frage mich, ob Sie ›Ich weiß nicht‹ gesagt und was anderes gemeint haben.«

»Nein, nein!« sage Jim hastig. »Ich meine, daß ich mir keine Gedanken darüber gemacht habe. Wahrscheinlich dachte ich, daß Conni und Albert den Hund mitgenommen hatten.«

»Mitgenommen wohin?«

»Mit zu Connis Eltern, wo sie hingefahren waren.«

»Und warum hätten sie das tun sollen?«

»Ich weiß nicht«, antwortete Jim, und Spencer hatte das Gefühl, daß er nach einer halben Stunde Verhör noch weniger wußte als zuvor. Er war so verwirrt, daß er beinahe das Wichtigste vergessen hatte. Mittwoch. Der Mittwoch, ehe drei Zentimeter Schnee Stiefelspuren und Abdrücke eines Hundes verwischt hatten, der im Boden gescharrt hatte, weil er zu seinem erfrorenen Frauchen wollte.

»Sind Sie am Montag mit dem Hund draußen gewesen?«

»Ja, daran erinnere ich mich genau.«

»Und Dienstag?«

»Ja klar. Er war ja bei mir.«

»Sind Sie auch am Mittwoch mit ihm rausgegangen?«

Es folgte eine kurze Pause, dann antwortete Jim. »Ja, ich denke schon.«

»Können Sie sich erinnern, wo Sie mit ihm waren?«

»Überall. Ich weiß wirklich nicht mehr, wo.«

»Wo führen Sie den Hund normalerweise aus?«

»Überall. Manchmal gehen wir zum Fluß.«

»Wie kommen Sie vom Studentenheim dorthin?«

»Wir gehen durch den Wald. Da ist dieser kleine Pfad hinter Hinman. Den nehmen wir meistens.«

»Auch am Mittwoch?«

»Weiß ich nicht mehr.«

»Nicht mehr oder *wirklich* nicht mehr? Wie meinen Sie es diesmal?«

Jim blickte wieder auf seine Hände. Spencer beugte sich einen Augenblick unter den Tisch, hob dann wieder den Kopf und sagte: »Hübsche Stiefel, Jim. Welche Marke?«

Jim sah Spencer konfus an. »Wie bitte?«

»Die Stiefel, Jim. Welche Marke?«

Jim warf einen flüchtigen Blick auf seine Schuhe und sah dann Spencer O'Malley an, der nun beide Hände flach auf den Tisch legte, aber nur, um keine Faust zu ballen. Ihre Blicke trafen sich und da wußte Spencer genau, *ganz genau*, daß Jim begriffen hatte, worauf er hinauswollte.

Er seufzte tief, nahm die Hände vom Tisch und legte sie in den Schoß. Dann sagte Jim leise: »Doc Martens.«

5

Enge Freunde

Der Detective wandte den Blick nicht von Jim ab.

»Was sagen Sie jetzt, Jim?« erklärte Spencer ruhig und dachte, gut möglich, daß diese Hände nie wieder eine Klausur schreiben, zumindest in den kommenden fünfundzwanzig Jahren bis lebenslänglich nicht.

»Passen Sie auf«, sagte Jim schließlich gequält. »Ich werde Ihnen erzählen, was passiert ist. Aber ... ich will nicht, daß Sie mich einsperren.« Es folgte langes Schweigen. »Bitte!«

»Ich weiß nicht«, antwortete Spencer. »Sollten wir Sie einsperren?«

»Nein«, sagte Jim rasch. »Ich habe sie nicht umgebracht.«

»Eins will ich gleich klarstellen«, erklärte Spencer. »Wenn Sie es getan haben, dann brauchen Sie dringend einen Anwalt.«

Jim schlug mit der Faust auf den Tisch. »Ist es das, was Sie denken?« schnaubte er. »Daß ich sie ermordet habe? Sie irren sich. Sie irren sich ganz gewaltig.«

»Sie sprechen wie ein echter Jurastudent«, entgegnete Spencer. »Jim, ich will Ihnen was sagen. Alle Mörder bestreiten vehement ihre Tat. ›Unschuldig, unschuldig, unschuldig‹, schreien sie. Vor der Polizei, vor Gericht, bei der Revision und im Gefängnis. Unschuldsbeteuerungen sagen mir nichts. Was haben Sie sonst vorzubringen?«

»Die Wahrheit.«

»Okay, Jim. Und ich sage nur, daß Sie einen Anwalt brauchen, falls Sie sie getötet haben.«

»Das weiß ich. Ich habe vor, Jura zu studieren. Für wen halten Sie mich eigentlich?«

Spencer beugte sich vor. »Ich sag Ihnen, für wen ich Sie halte. Für einen jungen Mann, der nach drei Jahren Schluß mit seiner Freundin macht. Sie streiten sich am Abend ihres Todes, und danach fährt er für vier Tage weg. Als er wiederkommt, ist das Mädchen verschwunden. Kein Wunder, sie kann ja gar nicht mehr dasein. Sie ist tot. Aber der junge Mann denkt sich nichts dabei. Er geht zum Unterricht, führt ihren Hund spazieren, ißt, schläft, tut so, als sei alles in Ordnung. Obwohl er weiß, daß irgend etwas Furchtbares passiert sein muß, denn seit Tagen hat niemand sie gesehen. Weder er noch ihre Freunde Conni und Albert. Dann, am Mittwoch, geht er mit dem Hund im Wald spazieren. Der Hund nimmt eine Fährte auf und schleppt ihn zu einer meterhohen Schneeverwehung, aus der ein paar schwarze Stiefel ragen, die seinem Frauchen gehören. Der Hund fängt an zu winseln und im Boden zu scharren. Der junge Mann zerrt den Hund zurück. Seine schlimmsten Befürchtungen haben sich bestätigt. Kristina ist nicht nur verschwunden, sie ist tot.« Spencer stockte. Seine Brust war schwer. »Meine Frage: Warum haben Sie uns nicht sofort benachrichtigt?«

Jim ballte die Hände zu Fäusten und sagte mit totenbleichem Gesicht: »Ich weiß nicht.«

Spencer lachte. Will zuckte zusammen. Jim fuhr zurück. Dann wurde Spencer wieder ernst. »Ich sage Ihnen was, Jim. In den nächsten fünfzehn Minuten will ich die Worte ›Ich weiß nicht‹ nicht mehr hören. Können wir uns darauf einigen?«

Jim sagte nichts.

»Trifft es zu, was ich Ihnen gerade geschildert habe?«

Jim brachte nur ein Nicken zustande.

»Warum also haben Sie uns nicht benachrichtigt?«

Jim seufzte tief auf und sagte: »Weil ich eine Heidenangst hatte.«

»Wovor?«

»Ich weiß ...«

»Vorsicht Jim! Wir hatten etwas abgemacht. Angst wovor?«

»Daß mir was passieren könnte.«

»Ihnen?«

»Ja, daß man mich irgendwie verantwortlich machen könnte.«

»Verantwortlich wofür?«

»Für ihren Tod.«

»Jim, wenn Sie unschuldig sind, warum sollte man Sie verantwortlich machen?«

»Sehen Sie doch selbst, was passiert! Sie verdächtigen mich, Sie machen mich verantwortlich, und ich habe nichts getan. Genau das ist eingetroffen, wovor ich Angst hatte.«

»Woher sollen wir wissen, daß Sie nichts getan haben?«

»Wenn ich es Ihnen doch sage.«

»Sie hätten Kristina am Dienstag vor Thanksgiving töten können und sind gestern noch mal hingegangen, um zu sehen, ob sie noch da ist.«

»Warum hätte ich das tun sollen? Auf dem Schnee sind meine Fußspuren zu erkennen. Der Hund gehört Kristina. Warum hätte ich an den Tatort zurückgehen sollen? Das hätte ich nie getan.«

»Sie wären nicht an den Tatort zurückgekehrt, wenn Sie sie getötet hätten. Ist es das, was Sie sagen wollen?«

»Richtig«, antwortete Jim vorsichtig, nachdenklich. »Das hätte ich nicht getan.«

Spencer drehte sich rasch zu Will um. »Will, sind Sie verheiratet?«

Will nickte langsam, da er nicht wußte, worauf Spencer hinauswollte.

»Wenn deine Frau acht Tage lang verschwunden wäre, würdest du dir Sorgen machen?«

»Und wie.«

»Würdest du uns anrufen?«

»Na klar.«

»Wenn du deine Frau tot im Schnee fändest, würdest du sie liegenlassen, bis der Schnee geschmolzen ist und man sie findet, Will?«

»Niemals.«

Spencer wandte sich wieder Jim zu. »Sehen Sie. Ich glaube, daß Will richtig gehandelt hätte. Meinen Sie nicht, Jim?«

»Menschen reagieren unterschiedlich«, entgegnete Jim. »Und außerdem war sie nicht meine Frau.«

»Wollen Sie sagen, daß Sie sie nicht geliebt haben?«

»Das habe ich nicht gesagt. Wir waren uns nur nicht so ... nah.«

Nicht so nah, dachte Spencer. Am liebsten hätte er geflucht. Statt dessen drehte er sich Will zu und fragte: »Will, hast du Kristina Kim gekannt?«

»Nein«, antwortete Will und warf Spencer einen bedeutungsvollen Blick zu.

»Wenn du im Wald spazieren gingst und sie dort fändest, würdest du uns benachrichtigen?«

»Sofort.«

»Auch wenn du kein Polizist wärst?«

»Sicher.«

Spencers Stimme war kalt, als er zu Jim sagte: »Wie Sie selbst zugeben, sind Sie jeden Tag zu ihrem Zimmer gegangen, um zu sehen, ob sie wieder da war. So nah waren Sie sich also doch. Aber nicht nah genug, um ihren Tod zu melden. Trifft das zu?«

Jim schüttelte den Kopf und antwortete: »Sie verstehen einfach nicht.«

»Da haben Sie vollkommen recht«, fauchte Spencer. »Aber ich würde es gerne verstehen. Ich würde gerne verstehen, wovor ein Einundzwanzigjähriger solche Angst hat, daß er seine Freundin tot im Schnee liegen läßt.«

»Ich hatte um mich selbst Angst. Ich weiß, das klingt furchtbar ...«

»Allerdings«, sagte Spencer.

»Ich weiß, aber es ist die Wahrheit. Ich wußte nicht, was ich machen sollte. Ich bin ausgerastet. Ich hab die ganze Zeit daran denken müssen. Und dann wurde mir klar, wie schlecht ich dastehen würde. Aber es war schon zu spät, um die Polizei zu benachrichtigen.«

»Und es hatte geschneit«, erwähnte Spencer.

Jim lief rot an, er hatte verstanden, worauf Spencer hinauswollte.

»Ja, es hatte geschneit«, gab Jim leise zu.
»Und was bedeutete Schnee für Sie?«
»Es bedeutete«, antwortete Jim mit kaum hörbarer, verzweifelter Stimme, »daß der Schnee vielleicht meine Spuren und auch ihre Stiefel bedeckt hätte ...«
»Und?«
»Und was?«
»Und wenn Ihre Spuren verwischt gewesen wären und man ihre Stiefel nicht mehr hätte sehen können, was dann?«
»Dann hätte es vielleicht noch eine Weile gedauert, bis man sie gefunden hätte, und ich wäre aus dem Schneider gewesen.«
Spencer und Will schwiegen eisig und wechselten einen Blick. Will schüttelte den Kopf. Spencer schüttelte den Kopf und verdrehte die Augen.
»Jim, ich kann nicht glauben, was ich höre. Ehrlich nicht. Es ist einfach unfaßbar. Sie stoßen auf ihre tote Freundin, die Ihnen immerhin drei Jahre lang sehr nahe stand, und dann verdrücken Sie sich einfach? Sie ziehen den Schwanz ein und hoffen, daß niemand sie findet?«
Jim schloß die Augen.
»Hätten Sie dann irgendwann«, sagte Spencer mit zusammengebissenen Zähnen, »nach einem oder zwei Monaten vielleicht, spätestens, wenn im Februar der Schnee schmilzt, Conni und Albert gegenüber erwähnt, daß Sie Kristina schon eine ganze Weile nicht gesehen haben? Oder meinen Sie, daß die beiden es auch nicht bemerkt hätten?«
Jim rieb sich die geschlossenen Augen. »Hören Sie, heute war der schlimmste Tag in meinem Leben. Ich habe alle meine Seminare sausen lassen. Das habe ich noch nie gemacht. Ich war völlig daneben.«
»Das sah man Ihnen allerdings nicht an«, sagte Will Baker laut. Diesmal mußte Spencer ihm die Hand auf die Schulter legen.
»Ich habe mich den ganzen Tag in der Bibliothek verkrochen«, fuhr Jim fort. »Wenn Aristoteles nicht in meinem Zimmer gewartet hätte, wäre ich die ganze Nacht dort geblieben. Als ich vom Spaziergang mit ihm zurückkam und Sie vor meiner Tür gesehen habe, war ich erleichtert. Früher oder später

wäre ich zu Ihnen gekommen. Ich hätte damit nicht leben können.«

»So so«, entgegnete Spencer. »Sie sind wirklich ein Wichser! Seit elf Jahren bin ich bei der Polizei. Mehr als ein Drittel meines Lebens. Ich kann verstehen, daß man aus Eifersucht tötet oder aus Gier. Aus Rache. Aber ich verstehe nicht, daß ein junger Kerl, der vielleicht später mal Anwalt werden möchte, ein Beruf, der eine gewisse Ethik erfordert, wie ein Hase vor seiner toten Freundin davonläuft, die nackt und erfroren im Schnee liegt. Das ist unfaßbar.«

Spencer wandte sich an seinen Partner. »Ergibt das einen Sinn, Will?«

»Nein, überhaupt nicht«, antwortete Will.

Spencer erhob sich vom Stuhl. »Jim, Sie sollten sich besser einen Anwalt nehmen. Und zwar einen guten.«

Jim nickte im Sitzen.

»Wir haben keinen weiteren Verdächtigen, Jim. Nur Sie. Haben Sie verstanden, was ich Ihnen gerade erklärt habe?«

Jim saß völlig erledigt am Tisch und sagte, ohne den Blick zu heben: »Ich weiß nicht.«

»Nein, das glaube ich«, sagte Spencer und gab Will ein Zeichen, Jim aus dem Raum zu bringen. »Ach übrigens, wir müssen ihre Familie benachrichtigen.«

»Ja«, sagte Jim wie in Trance, als Will ihm hochhalf. »Sie hat nicht viel von ihrer Familie erzählt.«

»Ist sie zu Thanksgiving oder Weihnachten nie nach Hause gefahren?«

»Nein«, sagte Jim traurig. »Niemals. Manchmal kam sie mit mir. Manchmal blieb sie in Dartmouth. Ich glaube, einmal ist sie mit Conni und Albert zu Connis Familie gefahren.«

»Hatte sie keine Verwandten?«

»Ich weiß es nicht. Ich glaube, ihr Vater war gestorben. Sie sprach nie über ihre Familie.«

»Hatte sie andere Verwandte? Brüder? Schwestern? Großeltern? Tanten?«

Jim kratzte sich den Kopf. »Ich glaube, ihre Großmutter ist im Sommer gestorben.«

»Gestorben? Nun, das hilft uns auch nicht weiter. Kristina

muß identifiziert werden, ehe der Gerichtsmediziner eine Obduktion durchführen kann. Wir haben natürlich noch etwas Zeit.« Spencer zögerte und setzte dann hinzu: »Sie muß ja erst auftauen.«

Jim zuckte zusammen.

»Wo lebte ihre Großmutter?«

»An irgendeinem See nicht weit von hier. Es war ein großer See. Ich komme jetzt gerade nicht drauf, wie er heißt. Es war ein langer, komischer Name. Indianisch oder so was.«

»Lake Winnipesaukee?« fragte Will.

»Ja, das ist er!« rief Jim.

Spencer nickte. »Würdest du bitte Mr. Shaw Blut abnehmen, Will. Wir brauchen auch eine Haarprobe, ein paar Fasern von seinem Pullover und die Abdrücke seiner Stiefel.«

»Okay«, antwortete Will und beugte sich zu Spencer. »Was ist mit den beiden anderen?« fragte er leise.

»Ach ja.« Spencer hatte sie ganz vergessen.

Während Will sich um Jim kümmerte, warf Spencer einen Blick in Alberts Zimmer. »Keine Sorge. Wir haben Sie nicht vergessen. Es dauert noch ein Weilchen.«

Albert nickte.

»Müssen Sie vielleicht mal auf die Toilette?«

»Da ich nichts getrunken habe, nein, vielen Dank«, erklärte Albert.

Spencer brachte ihm eine Tasse Kaffee und ging danach weiter zu Conni, um ihr zu sagen, daß sie bald dran war.

Spencer und Will brachten Jim ins Dartmouth-Hitchcock Medical Center, um Kristina zu identifizieren.

Auf dem Weg erzählte Jim Spencer von den Ungereimtheiten am Pokerabend. Daß Kristina Albert bezichtigt habe, eine Verabredung mit Frankie gehabt zu haben, von der dieser nichts wußte, und daß Conni sich furchtbar aufgeregt habe, weil Kristina sich in Alberts Leben einmischte.

Nein, sagte Jim weiter, er wüßte auch nicht, warum Kristina sich so in Alberts Leben eingemischt hatte.

Spencer wußte damit nichts anzufangen.

Spencer beobachtete Jim, als sie durch die nüchternen Glastüren des modernen Krankenhauses traten. Seine Schultern hingen schlaff herunter, das Gesicht war kreidebleich im fahlen Licht des Aufzuges, mit dem sie in die untere Etage des Krankenhauses fuhren. Sie durchquerten einen mit Neonlampen grell erleuchteten Gang, traten durch eine Doppeltür in einen anderen Gang und gelangten schließlich zu einer unbeschilderten grauen Tür. Will ging vor. Danach kam Jim, dicht gefolgt von Spencer, der das Gefühl hatte, Jim könne jeden Augenblick zusammenklappen.

Das Leichenschauhaus war ein kahler Raum mit einer hohen Decke und sauberem Kachelfußboden.

Es war nicht immer so sauber hier. Manchmal war der Boden mit Spuren von Körperflüssigkeiten besudelt, die von den Opfern stammten.

Doch heute glänzte der Fußboden, und Spencer war dankbar für diese kleine Gefälligkeit.

Ein hagerer, grauer Angestellter des Leichenschauhauses öffnete die Schublade Nummer 515. Die Leiche war zum größten Teil mit einem Laken bedeckt. Die schwarzen Stiefel waren deutlich sichtbar.

Jim blieb tapfer stehen, und dann brach er in Tränen aus. Spencer sah Will einige Sekunden lang verblüfft an, dann legte er dem Jungen die Hand auf die Schulter und drückte sie heftig. »Schon gut«, wollte er sagen, aber er traute seiner eigenen Stimme nicht.

Schließlich warf Will einen Blick auf Spencer und sagte: »Schon gut.«

»Gut?« rief Jim und streifte Spencers Hand ab. »Sie ist tot! Nichts ist gut. Es ist schrecklich.«

Der Angestellte stand neben der zugedeckten Leiche. Seine Augen waren gleichgültig.

»Ja«, sagte Spencer leise. Die Gefühle gingen mit ihm durch. »Es ist schrecklich. Sie war zu jung, um zu sterben. Sie hatte noch das ganze Leben vor sich. Deshalb brauchen wir Ihre Hilfe. Helfen Sie uns rauszufinden, was passiert ist.«

»Was ändert das schon? Davon wird sie auch nicht wieder lebendig.«

Spencer trat einen Schritt zurück. Sein Blick wurde wieder eiskalt. Dieser Kerl war unmöglich. »Sie haben völlig recht. Nichts kann sie wieder lebendig machen. Aber indem Sie uns helfen, ersparen Sie sich den Knast. Sie können Gift darauf nehmen, daß der Staatsanwalt in Concord wissen will, warum Sie schon gestern von ihrem Tod wußten und uns nicht benachrichtigt haben. Warum Sie keine Vermißtenanzeige aufgegeben haben, obwohl Sie wußten, daß sie seit einer Woche verschwunden war. Die Staatsanwaltschaft wird das alles wissen wollen. Das ist ein neugieriger Haufen. Die lassen nicht locker.«

Jims Widerstand bröckelte. »Na gut«, sagte er und zeigte auf die Leiche. »Muß ich mehr sehen? Es sind ihre neuen Stiefel. Ich erkenne sie wieder.«

Ja, dachte Spencer und berührte die Stiefel mit den Fingern.

»Spencer!« rief Will.

Spencer nahm die Hand langsam zurück und sagte, ohne die Augen von den Stiefeln zu nehmen: »Hm. Interessant.« Dann warf er Jim einen Blick zu.

Jim sah auf die Stiefel. »Was denn?«

Spencer trat einen Schritt zurück. »Nichts, nichts.«

»Hören Sie, das ist sie. Muß ich mehr sehen?«

Spencer wollte sie selbst nicht sehen. Fast hätte er nein gesagt, als Will sich einmischte und erklärte. »Ja, Jim. Ich fürchte, das müssen Sie.« Er warf Spencer einen bösen Blick zu.

»Na schön«, sagte Jim angespannt. »Bringen wir es hinter uns.«

Der kleine Mann entblößte zunächst den Kopf, dann zog er das ganze Laken ab. Spencer stand am Ende der Bahre, Jim links neben ihm. Er hielt den Atem an, um nicht noch einmal vor Schmerz aufzustöhnen.

Es war eine Identifizierung, die nicht positiver hätte ausfallen können. Jim sah Kristina an und wandte sich zitternd ab. Kristina war nackt, die Arme lagen neben ihrem Körper. Sie war noch gefroren, aber die Körperextremitäten fingen schon an aufzutauen. Ihre bläuliche Farbe hob sich vom Rest des Körpers ab, der noch weiß war. Spencer hätte Jim nun die Frage stellen müssen: *Ist es Kristina Kim?* Doch er bekam kein Wort heraus. Schließlich gab er Will ein Zeichen, der daraufhin sagte: »Jim, ist das Kristina Kim?«

»Ja«, antwortete Jim mit gebrochener Stimme, ohne sich umzudrehen. »Sie ist es.«

Obwohl Spencer mit einem Stich im Herzen das Blau des Körpers und Kristinas weißes Gesicht bemerkte, war er völlig auf Jim fixiert. Er wollte sehen, wie er reagierte. Tränen und Schluchzen konnten ebenso ein Zeichen von Reue sein wie von Trauer.

Mit Tränen in den Augen sah Jim die Leiche an und wischte sich mit einer rauhen Geste über das Gesicht. »Was wird jetzt mit ihr geschehen?«

»Nichts«, antwortete Spencer. »Wir müssen warten, bis sie auftaut. Samstag vielleicht. Der Coroner in Concord weiß Bescheid?« Der letzte Satz klang fast wie eine Frage. Spencer sah Will an, der die Achseln zuckte.

»Den hat Fell übernommen.«

»Und den Staatsanwalt?«

Will nickte. »Den Staatsanwalt auch. Er wollte beide benachrichtigen.«

»Ich sage Ihnen was, Jim. Die Jungs bei der Staatsanwaltschaft sind ganz schön scharf. Die wollen nur eins. So viele Leute wie möglich hinter Gitter bringen, um ihre Statistiken aufzumöbeln. Sie verstehen doch, was das heißt, oder?« fragte Spencer.

Jim sah ihn an, als hätte er gar nicht zugehört, und nickte.

»Die sind für jeden Mord dankbar. Davon gibt es hier bei uns nicht viele. Ich weiß ja nicht, wie es in Wilmington ist, aber hier ist die Suche nach einem Mörder eine große Sache. So was macht Schlagzeilen. Verstehen Sie?«

Jim regte sich nicht.

»Wenn sie durch einen Unfall umgekommen ist, dann sind Sie aus dem Schneider«, fuhr Spencer fort, »aber wenn die Obduktion das Gegenteil beweist, dann wird die Staatsanwaltschaft nicht rasten und ruhen, bis sie den Mann hat. Verstehen Sie?«

»Wie kommen Sie eigentlich drauf, daß es ein Mann war?« fragte Jim.

»Jim, Jim. Sie nehmen das zu persönlich. Und zu wörtlich.

Versuchen Sie, sich zu beruhigen. Bisher wissen wir nichts. Es könnte auch ein Unfall gewesen sein.«

»Ein Unfall?«

»Ja, sicher. Ein Unfall«, sagte Spencer. »Wir müssen das Ergebnis der Obduktion abwarten. Sie könnte betrunken auf die Brücke gegangen sein, anschließend einen Spaziergang im Wald gemacht haben und zusammengebrochen sein. Mit einer ganzen Flasche Southern Comfort im Blut hat sie die Kälte nicht gespürt. Sie ist müde geworden und hat sich im Schnee schlafen gelegt. So könnte es auch gewesen sein.«

»Echt?« fragte Jim so hoffnungsvoll, daß Spencer fast übel wurde.

»Nein«, sagte Spencer traurig. »Nein. Aber vergessen Sie das. Verstehen Sie nun, wie wichtig Ihre Aussage ist? Ihre Körpertemperatur zu messen, bringt nichts. Es würde uns nichts sagen, alles irrelevant. Sie lag neun Tage unter einem Meter Schnee begraben.«

»Zumindest wissen wir, wann sie ...«, sagte Jim und verstummte, als seien seine Worte in Kristinas Gegenwart unangebracht.

»Gestorben ist?« beendete Spencer den Satz. »Wissen wir das wirklich? Ich glaube, wir wissen gar nichts.«

Jim trat einen Schritt von der Bahre aus rostfreiem Stahl zurück und blinzelte, um die Tränen zurückzudrängen. Spencer gab dem grauen Mann ein Zeichen und dachte, der Kerl sieht selbst schon fast so aus wie eine wandelnde Leiche.

Das weiße Laken wurde ihr zuerst über die Beine, dann den nackten Rumpf, die gefrorenen Brüste und schließlich das Gesicht und das nasse schwarze Haar gezogen. Spencer senkte den Blick.

»Gehen wir«, sagte er. »Wissen Sie was, ich lasse Sie laufen, aber zuerst müssen Sie noch mit aufs Revier kommen, bis ich mir ihre Freunde Albert und Constance vorgenommen habe. Und kommen Sie ja nicht auf die Idee, Kristinas Zimmer zu betreten. Sobald wir morgen früh einen richterlichen Durchsuchungsbefehl haben, wird die Spurensicherung ihre Arbeit aufnehmen. Haben Sie verstanden? Ich kann nur hoffen, daß Sie die Wahrheit gesagt haben. Los, gehen wir.«

»Warum machst du das?« flüsterte Will auf dem Weg zum Wagen. »Das ist gegen die Vorschriften. Wir sollten ihn unbedingt über Nacht dabehalten.«

»Er ist ein armes Schwein. Er hat die Hosen gestrichen voll«, flüsterte Spencer zurück. »Außerdem glaube ich nicht, daß er es war.«

»Nein? Wieso nicht?«

»Einfach so. Ich glaube nicht, daß ein Mörder immer wieder zu Kristinas Zimmer gegangen wäre. Wozu?«

Im Wagen fragte Spencer: »Nur zur Sicherheit noch mal: Der Hund war über Thanksgiving nicht bei Ihnen, oder?«

»Nein«, antwortete Jim vom Rücksitz aus.

Sie fuhren wieder ins Revier. Es war nach Dienstschluß und das Gebäude fast menschenleer. Albert und Conni saßen immer noch in getrennten Räumen.

Spencer steckte den Kopf durch Connis Tür. »Wie geht es Ihnen?«

»Mein Gott! Dauert das noch lange?« beschwerte sich Conni.

»Nur noch ein paar Minuten«, antwortete Spencer. Er wollte zuerst Albert vernehmen.

»Das haben Sie schon vor Stunden gesagt. Könnte ich nicht etwas zu essen bekommen, oder ...«

»Nein, Conni. Das geht nicht«, antwortete Spencer und schloß die Tür. »Wir sind doch kein Restaurant.« Aber er brachte ihr trotzdem ein Glas Wasser und Kaffee.

Will und er gingen zu Albert, der ziemlich gelassen schien. Doch Spencer wußte, daß Gelassenheit nicht dasselbe ist wie innere Ruhe oder Unwissenheit. Es bedeutet nur, daß man seine Ticks vor anderen besser verbergen kann als andere. Mittlerweile war es acht Uhr abends. Spencer war noch lange nicht fertig, aber schon jetzt erledigt. Er rückte sein Halfter zurecht, um bequemer zu sitzen, und zog es dann ganz aus.

»Brauchen Sie jemanden, der sie identifiziert?« fragte Albert.

Spencer schlug seinen Notizblock auf und erklärte langsam: »Jim Shaw hat sie bereits identifiziert. Jetzt suchen wir jemanden, der die Obduktion autorisiert und Anspruch auf die Leiche erhebt. Sind Sie dazu berechtigt?«

Albert schüttelte den Kopf. »Nein. Ich dachte nur, Sie bräuchten vielleicht noch jemand, der sie wiedererkennt.«

Spencer musterte ihn einen Augenblick. »Sie ist bereits identifiziert worden. Das reicht.«

Albert zuckte die Achseln und lehnte sich mit starrem Blick zurück. Spencer beobachtete ihn. Irgendwie beeindruckte ihn seine Art, der unerschütterliche Blick, die stoische Ruhe. In diesem Teil des Landes gehörte Mord nicht zum Alltag. Das hier waren nicht die Straßen von New York. Und Kristina war mit Albert befreundet gewesen. Trotzdem war er völlig ruhig. Er wirkte nicht so niedergeschlagen wie Jim, und er konnte Spencer direkt in die Augen sehen.

Noch ehe Spencer etwas sagte, erklärte Albert, er fände das alles abscheulich und bot seine uneingeschränkte Mitarbeit an.

»Wir wissen das zu schätzen«, sagte Will Baker, der neben Spencer Albert gegenüber saß.

»Es war sehr schlimm für Jim Shaw«, erklärte Spencer.

»Es ist für uns alle schlimm«, gab Albert zurück, und Spencer zweifelte keinen Augenblick daran, daß er sich selbst meinte. Spencer schaltete das Tonband ein.

»Bevor wir über Kristina sprechen, erzählen Sie uns etwas von sich, Albert.«

»Was würden Sie gerne wissen?«

»Wo sind Sie geboren?«

»In Clairton, Pennsylvania.«

Spencer nickte. »Nie von gehört. Und Ihre Eltern? Wo wohnen sie?«

»Ich weiß es nicht. Vielleicht immer noch da. Wir haben so gut wie keinen Kontakt.«

»Sie haben keinen Kontakt zu Ihrer Mutter?«

»Nein.«

»Warum nicht?«

Albert zuckte die Achseln. »Einfach so.«

»Sie war Ihnen wichtig genug, um sich ihre Initialen eintätowieren zu lassen.«

»Immerhin war sie meine Mutter, Detective.«

»Brüder, Schwestern?«

»Keine.«

»Warum haben Sie sich für Dartmouth entschieden?«

Albert lächelte leicht. »Weil meine Abschlußnoten zu gut waren für Harvard.«

Spencer verzog keine Miene. »Warum Dartmouth?« wiederholte er.

Albert hörte auf zu lächeln. »Ich habe mich nicht für Dartmouth entschieden. Dartmouth hat sich für mich entschieden.«

Spencer sah ihn an. Das Tonbandgerät summte. Keiner sagte ein Wort. Albert wirkte anders als vor ein paar Stunden. Er kam ihm vertrauter und sympathischer vor. Alles paßte, die Tätowierung, der Ohrring, das lange Haar, die undurchdringlichen schwarzen Augen. Albert war gelassen und ungerührt, aber hinter der Fassade konnte Spencer keine Angst erkennen. Weder vor ihm und dem Verhör noch vor dem Gefängnis. Albert wirkte wie jemand, der nichts zu verbergen hatte.

»Sagen Sie, Albert, waren Jim und Sie eigentlich gute Freunde?«

»Ja. Im ersten Semester haben wir sogar zusammen gewohnt.«

»Haben Sie so Kristina und Conni kennengelernt, durch Jim?«

»Kristina und ich haben dieselbe Philosophievorlesung besucht. Conni und Kristina wohnten auch zusammen.«

Nun, das erklärte es. Albert hatte Kristina in einer Vorlesung kennengelernt. Er fragte sich nur, warum Jim das nicht wußte. Warum hatte er dagesessen und sich den Kopf über etwas zerbrochen, das drei Jahre zurücklag und sich mit einem simplen Satz in zwei Sekunden erklären ließ?

Will stand auf. »Kann ich dich kurz sprechen, Trace?« fragte er.

Sie traten auf den schmalen Flur hinaus und schlossen die Tür hinter sich.

»Was soll das?« fragte Will.

»Was meinst du?«

»Wozu diese Fragen? Ich weiß, daß du an nichts anderes denken kannst, aber das wissen wir doch schon alles von Jim. Es ist irrelevant.«

Will war etwas kleiner als Spencer, so daß der sich herabbeugen mußte, um ihm zu antworten. »Ich will sehen, ob sich ihre Geschichten decken, Will. Ich will einen der beiden bei einer Lüge ertappen.«

»So so«, sagte Will und rieb sich die müden Augen. »Und was ist, wenn sie sich nicht decken? Wenn der eine das sagt und der andere jenes? Willst du dasselbe etwa auch noch mit Conni durchziehen? Um eine dritte Perspektive zu bekommen? Es ist doch völlig egal, ob einer von ihnen lügt. Das Ganze liegt drei Jahre zurück. Wen interessiert es schon?«

»Genau da irrst du dich, Baker«, erwiderte Spencer. »Das Ganze liegt erst zwei Stunden zurück. Da wird eine junge Frau tot aufgefunden, und ihre besten Freunde melden nicht, daß sie seit neun Tagen verschwunden ist.«

»Weil sie nicht da waren!« Will hob die Stimme.

Spencer ebenfalls. »Sie haben nicht mal eine Vermißtenanzeige aufgegeben. Das ist alles, was mich interessiert, Will«, Spencer senkte die Stimme wieder. »Und ich werde rauskriegen, warum.«

Will stöhnte.

Sie gingen wieder in den Raum, wo Albert saß und setzten das Verhör fort.

»Eins würde mich noch interessieren, Albert. Warum sind Sie eigentlich nicht mit Kristina ausgegangen? Jim war doch mit Conni zusammen.«

Albert lächelte belustigt. »Hat er Ihnen das erzählt? Um die Wahrheit zu sagen, es war nicht meine Schuld, daß sich Conni in mich verliebte. Sie wollte Jims Gefühle nicht verletzen. Und Kristina mochte Jim sehr gern.«

»Jim sagte, Sie hätten ihm mal erzählt, daß die Chemie zwischen Ihnen und Kristina nicht stimmte.«

»Ja, richtig. Ich wollte nicht, daß er wegen mir und Conni traurig war. Ich habe ihm auch gesagt, daß Kristina ihn gern hatte.«

»Das hat er nicht erzählt.«

»Nein, das würde er auch nicht tun.«

Will stieß Spencer unter dem Tisch an.

Doch Spencer ließ sich nicht bremsen. Er stellte Albert weiterhin dieselben Fragen, die er Jim gestellt hatte. Wann genau

Albert Kristina zum letzten Mal gesehen habe? Albert sagte, nach dem Pokerabend gegen Mitternacht, als er sich von ihr verabschiedet und ihr schöne Feiertage gewünscht habe.

»War Conni dabei?«

»Nein.«

»Sie sind Connis Freund, richtig?«

»Richtig.«

»Besuchen Sie öfters nach Mitternacht andere Mädchen in ihren Zimmern, ohne daß Ihre Freundin dabei ist?«

Albert sah Spencer überrascht an. »Wir sind alle sehr gute Freunde. Außerdem wohnen Kristina und ich auf derselben Etage, und Conni war in ihrem Zimmer. Es war nichts Besonderes. Ich war sowieso hochgegangen, um meine Tasche zu packen.«

Albert erzählte ihm, er habe nicht gewußt, was Kristina über Thanksgiving vorhatte. Conni habe Kristina eingeladen, mit ihnen zu fahren, aber Kristina habe abgelehnt. Wegen irgendeinem Mädchen im Red Leaves und einem Basketballspiel am Samstag.

Dann fielen Spencer Kristinas Stiefel ein. »Die Stiefel … mir ist aufgefallen, daß der eine zugebunden war und der andere nicht. Als Sie bei ihr waren, haben Sie ihr da geholfen, einen Stiefel anzuziehen?«

»Das weiß ich nicht mehr«, antwortete Albert. »Möglich wäre es. Sie hatte einen Unfall gehabt, und ihr Arm schmerzte. Möglich, daß ich ihr mit den Stiefeln geholfen habe.«

»Sie meinen, mit einem Stiefel.«

»Meine ich das?«

»Nur einer war zugebunden.«

Albert lächelte gelassen. »Vielleicht ist der andere wieder aufgegangen.«

Spencer studierte ihn. »Vielleicht.«

Will sagte: »Wir lassen die Stiefel von Ed Landers untersuchen, Tracy.«

Spencer nickte. »Wenn wir Ihre Fingerabdrücke auf beiden Stiefeln fänden, würde das Ihrem Gedächtnis auf die Sprünge helfen?«

»Nicht wirklich«, antwortete Albert. »Es ist so viel passiert seitdem, und es war doch bloß eine Kleinigkeit. Ich weiß es nicht mehr.«

»Als Sie Kristina in ihrem Zimmer aufgesucht haben, war sie da nackt? Würden Sie sich daran erinnern?«

»Sicher.«

»Und war sie es?«

»Weiß ich nicht mehr.«

»Verstehe.« Spencer hielt inne. »Aber Sie würden sich doch bestimmt erinnern, wenn Sie vor einem nackten Mädchen gekniet hätten, das nicht ihre Freundin war, um ihr den Stiefel zuzuschnüren, oder?«

»Ich glaub schon.«

»Ja, das glaube ich auch. Haben Sie was dagegen, wenn wir Ihnen Fingerabdrücke abnehmen? Und auch eine Haar- und eine Blutprobe?«

»Nein«, antwortete Albert. »Natürlich nicht.«

»Hielten Sie Kristina für normal?«

»Ja«, sagte Albert. »Sie war sehr süß.«

»Wohin wollte sie dann nach Mitternacht?«

»Ich weiß es nicht. Sie hat es mir nicht gesagt.«

»Hat sie davon gesprochen, auf die Brücke zu gehen?«

»Nein, ich kann mich nicht erinnern, daß sie das erwähnte.«

»Ihr Gedächtnis hat eine Menge Lücken, was Kristina angeht, Albert.«

»Es war nicht so wichtig.« Albert lächelte. »Deshalb kann ich mich nicht daran erinnern.«

»Noch ein paar Fragen«, sagte Spencer und sah ihn scharf an.

Albert hob den Kopf. »Wenn ich helfen kann, den Fall aufzuklären, gerne.«

Spencer fragte, was mit Kristinas Hund geschehen sei.

»Wir haben ihn mitgenommen.«

»Warum?«

»Das ist nichts Ungewöhnliches. Letztes Jahr zu Thanksgiving haben wir ihn auch mitgenommen. Kristina war manchmal froh, Ruhe vor dem Köter zu haben, und Connis Familie hat einen riesigen Garten.«

»Sie haben ihn mitgenommen.«

»Ja.«

»Und wie hätte Kristina erfahren, daß Sie beide den Hund mitgenommen hatten?«

»Ich dachte, Sie hätten gesagt, Kristina sei da bereits tot gewesen?«

Spencer wandte den Blick nicht von Albert. »Ja, das habe ich gesagt, aber Sie wußten ja nicht, daß Kristina zu diesem Zeitpunkt schon tot war. Oder wußten Sie es?«

»Nein, natürlich nicht.« Albert erwiderte Spencers Blick.

»Und Conni? Hat sie es auch nicht gewußt?«

»Da müssen Sie sie schon selbst fragen«, antwortete Albert freundlich.

»Zurück zu meiner Frage. Wie haben Sie Kristina mitgeteilt, daß Sie den Hund mitnehmen würden?«

»Ich glaube, Constance hat ihr eine Nachricht dagelassen.«

»Wo?«

»Keine Ahnung. Wahrscheinlich auf dem Schreibtisch.«

»Sie sind also am Mittwochmorgen in ihr Zimmer gegangen, haben ihr eine Nachricht hinterlassen und den Hund mitgenommen?«

»Nicht ich. Conni.«

»Okay.« Spencer würde eine Menge Fragen an Conni haben. »Und dann sind Sie für vier Tage verreist.«

»Fünf. Wir sind erst Montag zurückgekommen.«

»Richtig. Haben Sie Kristina den Hund zurückgebracht?«

»Nein, sie war nicht da. Wir haben ihn bei Jim gelassen.«

»Haben Sie Jim nach Kristina gefragt?«

»Nein, wir wußten ja nicht, daß sie nicht da war. Es war Jim, der uns gefragt hat, ob wir sie gesehen hätten. Und das hatten wir nicht.«

»Sprechen Sie für beide? Für sich und Conni?«

»Ja. Wir waren die ganze Zeit zusammen.«

»Die ganze Zeit? Jede Minute?«

»Ja.«

»In dieser Dienstagnacht – waren Sie da auch die ganze Zeit zusammen?«

Albert war verwirrt. »Welche Dienstagnacht meinen Sie jetzt?«

»Die Nacht, in der Kristina starb.«

»Ach die.« Albert kratzte sich am Kopf. »Ich glaub schon. Wenn auch nicht jede Sekunde.« Er lächelte. Es war ein offenes Lächeln. »Auf dem Klo waren wir getrennt.«

Doch Spencer biß nicht an. »Können Sie sich erinnern, um welche Zeit das war?«

Albert schüttelte den Kopf. »War nur ein Scherz. Ich meine, wir haben natürlich nicht jede Sekunde zusammen verbracht.«

»Können Sie sich an die Sekunden erinnern, in denen Sie nicht zusammen waren?«

»Werde ich oder werden wir beide verdächtigt, Detective O'Malley?« Die Frage klang freundlich, doch Alberts Augen verhärteten sich.

»Albert, beim gegenwärtigen Stand der Ermittlungen verdächtigen wir sogar den Hund, deshalb lautet die Antwort auf Ihre Frage: Ja. Ich habe die Leiche eines Mädchens, das anderthalb Wochen im Schnee gelegen hat, und drei Freunde, die sich nicht mal gefragt haben, wo Kristina steckte. Jetzt versuche ich die Ereignisse der Nacht, in der sie vermutlich umkam, Steinchen um Steinchen zusammenzusetzen. Haben Sie sich keine Sorgen gemacht, als Kristina verschwunden war?«

Will unterbrach Spencer. »Ich habe mit der Basketballtrainerin gesprochen. Sie war sehr überrascht, als Kristina am Samstag nicht zum ersten Spiel der Saison erschien. Anscheinend sind zwei aus ihrem Team am Samstagabend nach dem Spiel bei ihr vorbeigegangen, um zu sehen, ob alles in Ordnung war. Am Sonntag hat ihre Trainerin persönlich bei Kristina angerufen, um sie zusammenzustauchen, wie sie selbst sagte. Kristina ist der Star des Teams, und ohne sie haben sie gegen UPenn verloren.

Am Montag gingen die Mädchen erneut bei ihr vorbei, aber sie waren nicht allzu besorgt, weil Kristina dafür bekannt war, daß sie oft beim Training fehlte und manchmal auch Spiele sausen ließ. Am Dienstag und am Mittwoch versuchten sie, sie in ihrem Zimmer anzurufen. Sie haben sich sogar im Red Leaves nach ihr erkundigt.«

Spencer nickte und kritzelte etwas auf seinen Notizblock. »Höchst interessant, Will. Finden Sie nicht, Albert? Die

Mädchen aus ihrem Team fahren zu ihr, rufen sie an und versuchen es sogar bei ihrem Arbeitgeber. Ich würde gerne wissen, warum sich Kristinas beste Freunde keine Sorgen machten, als sie plötzlich vier, besser gesagt neun Tage verschwunden war? Wieso hat keiner eine Vermißtenanzeige aufgegeben oder zumindest den Heimleiter benachrichtigt, damit dieser die Polizei einschaltet?«

»Das sind viele Fragen«, sagte Albert und lächelte. »Welche soll ich zuerst beantworten?«

»Alle.«

»Kristina führte ein sehr hektisches Leben. Sie hatte zwei Hauptfächer, schrieb für die Zeitung, jobbte drei Tage in der Woche im Red Leaves, ging fünfmal in der Woche zum Training und hatte zwei Spiele pro Woche. Es gab Tage, da haben wir sie überhaupt nicht gesehen.«

»Tatsächlich?« Spencer glaubte kein Wort. »Wie ist es möglich, daß sich enge Freunde auf einem kleinen Campus wie diesem tagelang nicht sehen? Meine Uni hatte achtzehntausend Studenten, und ob ich wollte oder nicht, ständig lief ich irgendwelchen Leuten über den Weg, die ich lieber nicht gesehen hätte. Und was meine Freunde betraf, so hatte ich immer Zeit für sie, meistens abends. Außerdem gab es immer noch das Telefon. Irgendwie schaffte man es einfach, sich zu treffen, egal wie viele Hauptfächer man hatte. Red Leaves hin, Red Leaves her. Oder Basketball. Vor allem, wenn ein Hund im Spiel ist. Und ganz besonders, wenn man gerade ein langes Wochenende hinter sich hat.«

»Sie vielleicht«, entgegnete Albert. »Ich kann Ihnen nur sagen, daß wir hier alle jede Menge zu tun haben.«

»Was war mit Dienstagabend? Was ist während des Pokerabends passiert?«

»Nichts Besonderes. Wir haben gespielt, bis Frankie gegangen ist. Nach Frankie ging Jim, und dann auch Kristina. Conni und ich haben unsere Koffer gepackt.«

»Moment mal«, mischte sich Will ein. »Während des Pokerspiels ist nichts vorgefallen?«

»Während des Spiels? Nein. Alles war ganz normal.«

Will und Spencer wechselten einen Blick. »Sie finden es also ganz normal, daß Jim Shaw tobt und rumbrüllt und dann Hals über Kopf aus dem Zimmer stürzt?« hakte Will nach.

Albert verzog das Gesicht, als versuche er, sich zu erinnern, und lachte kurz. »Ach das. Das war nichts. Er hat sich nur ein bißchen aufgeregt. Kommt schon mal vor.«

»Worüber?«

»Ich weiß es wirklich nicht mehr. Irgendeine Kleinigkeit.«

»Hatte es etwas mit Frankie und Ihnen zu tun?«

»Mit Frankie und mir?« fragte Albert ungläubig. »Nein. Bestimmt nicht. Es war alles in Ordnung.«

»Verstehe«, sagte Spencer. »Wie war das noch? Sie wollten Frankie besuchen, und der wußte nichts davon?«

Einen Augenblick wurde Albert kreidebleich. »Ach das«, sagte er langsam. »Ja, stimmt. Wahrscheinlich hatte er vergessen, daß wir verabredet waren. Als ich kam, war er nicht da.«

»Jim hat behauptet, daß Frankie mit Conni gelernt hätte und Kristina offensichtlich davon ausging, daß Sie mit Frankie verabredet waren.«

»Ja, stimmt. Es war alles sehr verwirrend«, gestand Albert.

»Für wen verwirrend?«

»Für mich. Ich hatte keine Ahnung, was der ganze Krach zu bedeuten hatte.«

»Es gab also Krach?«

»Nein, nichts Dramatisches.« Albert lächelte. »Nichts, das in die Akte müßte, Detective.«

»Ich will es nicht für die Akte«, gab Spencer zurück. »Ich will es für mich.«

»Klar.«

»Eins verstehe ich nicht. Warum sollte sich Kristina darum kümmern, ob Sie bei Frankie gewesen waren oder nicht? Warum hätte sie sich überhaupt Gedanken darüber machen sollen, wo Sie sich herumtreiben?«

»Keine Ahnung. Deshalb war ich ja so perplex.« Da war wieder dieses Lächeln. Es fing an, Spencer auf den Geist zu gehen.

»Ich war ihr ein paar Stunden vorher auf dem Campus begegnet und hatte ihr erzählt, daß ich zu Frankie müßte. Sie wollte wahrscheinlich wissen, wie es war.«

»Worüber hat sich dann Jim so aufgeregt?«

»Er schien mir gar nicht so aufgeregt.«

»Nein? Andere Zeugen haben etwas ganz anderes ausgesagt.«

»Nun, mir kam er nicht so aufgeregt vor.«

Will stieß Spencer an. »Na schön«, sagte dieser. »Was haben Sie gemacht, nachdem Jim fort war?«

»Wir sind noch etwas geblieben, und dann ist Kristina weggegangen.«

»Und Sie und Conni?«

»Wir sind in Connis Zimmer gegangen und haben gepackt.«

»Aber Sie haben dort nicht die ganze Nacht verbracht.«

»Wir haben zusammen Connis Zimmer aufgeräumt, und dann fiel mir ein, daß ich selbst noch packen mußte. Also habe ich ihr gesagt, daß ich kurz raufginge, sonst würden wir es nicht schaffen, am nächsten Morgen rechtzeitig loszukommen.«

»Um wieviel Uhr war das?«

»So gegen zwölf.«

»Dann sind Sie in Ihr Zimmer gegangen?«

»Nein. Ich bin zuerst runter in die Lounge und habe unsere Kasse geholt, die wir dort vergessen hatten. Dann bin ich wieder hoch.«

»Und dann?«

»Hab ich gepackt, ein bißchen Musik gehört und bin dann zu Kristina gegangen, um mich zu verabschieden.«

»Um wieviel Uhr war das?«

»Gegen halb eins. Vielleicht zwanzig vor eins.«

»Und um wieviel Uhr haben Sie ihr Zimmer wieder verlassen?«

»Keine Ahnung. Wahrscheinlich so gegen zehn vor eins.«

»Ziemlich spät.«

»Ja, es war spät.«

»Und danach?«

»Danach bin ich wieder in die Lounge.«

»Wieso?«

»Um mir ein Bier zu holen.«

»War noch jemand da?«

»Ja, dieser Junge, Tim. Ein netter Kerl. Er sah sich *Stirb langsam* im Fernsehen an. Der Film hatte um halb eins angefangen.

Ich habe mein Bier getrunken und mich eine Weile zu ihm vor den Fernseher gesetzt. Dann bin ich erst auf die Toilette und dann rauf zu Conni.« Albert hielt inne. »Die Tür war nicht abgeschlossen, aber sie war nicht im Zimmer. Also bin ich noch mal runter in den Fernsehraum gegangen. Tim war eingeschlafen, und ich hab ihn geweckt und gesagt, daß er einen guten Film verpassen würde. Wir saßen noch eine Weile vor der Kiste. Ich habe mein Bier ausgetrunken. Dann kam Conni, die mich suchte.«

»Um wieviel Uhr war das?«

»Ich weiß nicht. Warten Sie mal, der Film war mehr als halb vorbei. Vielleicht Viertel vor zwei. Ja, wahrscheinlich, weil es genau zwei war, als wir wieder in Connis Zimmer waren.«

»Wo war Conni gewesen?«

»Sie hat gesagt, sie hätte mich gesucht«, sagte Albert langsam. »Ich erzählte ihr, daß ich in der Lounge gewesen war. Sie wollte wissen, warum ich nicht zurückgekommen wäre. Und ich sagte, daß ich dagewesen war, aber sie nicht, und ich deshalb in die Lounge gegangen war, um mir eine Weile den Film anzusehen.«

»Wie lange hat sie nach Ihnen gesucht?«

»Eine halbe Stunde, sagte sie.«

»Eine halbe Stunde?« Spencer und Will sahen sich wieder an. »Das ist aber sehr lange.«

»Ich weiß.«

»Wo, sagte sie, hätte sie nach Ihnen gesucht?«

»Sie hat es nicht erwähnt, und ich habe sie auch nicht danach gefragt.«

»Was haben Sie gemacht, nachdem Conni Sie gefunden hatte?«

»Wir sind in ihr Zimmer gegangen. Ich bin über Nacht geblieben, und am nächsten Morgen sind wir nach Long Island gefahren.«

»Haben Sie Kristina danach noch mal gesehen? Nach null Uhr fünfzig?«

»Nein.«

»Haben Sie sie am Mittwoch morgen gesehen?«

»Nein.«

Spencer brannte darauf, mit Conni zu sprechen.

Er bat Will, Albert eine Haar- und Blutprobe sowie die Fingerabdrücke abzunehmen.

»Ich will mit Frankie sprechen. Wo kann ich ihn erreichen?«

»In einem der Studentenhäuser. Phi Beta Epsilon. Am Ende der Frat Row. Hinter dem President's House. Aber Sie werden ihn dort nicht finden, weil er noch gar nicht zurück ist.«

Spencer horchte auf. »Noch nicht zurück? Warum?«

»Keine Ahnung.«

»Sind jetzt nicht Klausuren?«

»Ja.«

Nachdenklich kratzte sich Spencer im Gesicht. »Wo wohnt seine Familie?«

»Weiß nicht. Irgendwo in Boston.«

Spencer hatte das Gefühl, daß da was faul war. Irgendwas, aber er wußte nicht, was.

»Eine letzte Frage, Albert. Haben Sie Kristina Kim getötet?«

»Nein!« sagte Albert sofort und nachdrücklich. »Wir waren Freunde.«

»Wissen Sie, wer sie getötet hat?«

»Nein, mit Sicherheit nicht.«

Spencer und Will nickten.

Auf dem Weg hinaus sagte Spencer an Albert gewandt: »Vor zwei Tagen wurde ein Hund als vermißt gemeldet. Da ist irgendein dummer Köter weggelaufen und seine zweiundneunzigjährige Besitzerin ist halb wahnsinnig geworden.«

»Oje«, sagte Albert. »Und hat man den Hund gefunden?«

»Ja. Tot«, antwortete Spencer. »Ist es nicht eine Schande, daß Kristina nicht einer zweiundneunzigjährigen alten Dame gehörte?«

Spencer war erschöpft. Sein Verhalten Conni gegenüber war entsprechend schroff. Will schwieg. Nachdem Conni ihm erzählt hatte, daß sie aus Cold Spring Habor in Long Island stammte, starrte Spencer lange auf seine Notizen und tat so, als würde er darin lesen. In Wahrheit dachte er an Kristina. Sie hatte ihm erzählt, daß ihre frühere Mitbewohnerin aus Cold

Spring Harbor stammte. Spencer erinnerte sich daran, weil er ein Polizist war und weil er selbst aus Farmingville in Long Island kam.

Welten trennten Cold Spring Harbor von Farmingville, obwohl die Städte nur fünfundzwanzig Meilen voneinander entfernt lagen.

Spencer erzählte Conni, woher er kam.

»Farmingville?« wiederholte sie scheinbar nachdenklich. »Ich habe davon gehört. Liegt es nicht irgendwo an der Route 110?«

Weit gefehlt, wollte er ihr sagen. *Du* hast an der Route 110 gewohnt. Statt dessen schüttelte er den Kopf. »Sie verwechseln es mit Farmingdale.«

»Ach ja«, antwortete sie und kicherte. »Wie dumm von mir.«

Conni versuchte, Spencer in ein Gespräch über Long Island zu verwickeln. Wann er das letzte Mal da gewesen sei. Ob er Long Island vermisse. Was ihn nach Hanover verschlagen habe. Doch Spencer hatte mit dem geschwätzigen Mädchen innerlich schon abgeschlossen. Er wollte an den Kern.

Er überließ Will das Fragen. Wie lange sie Kristina kannte, wie sie sich mit ihr verstanden und ob Kristina ihrer Meinung nach Feinde gehabt habe.

»Nein.« Conni schüttelte heftig den Kopf. Ihre nachgezogenen Brauen zuckten nervös, doch sie versuchte, so gewinnend wie möglich zu lächeln. »Nein, sie war bei allen beliebt. Alle mochten sie. Alle. Man konnte nicht anders, wissen Sie.« Sie verzog leicht das Gesicht und fügte hinzu: »Man mußte sie einfach gern haben. Außerdem war sie wunderschön.«

Mit angespanntem Gesicht hätte Spencer ihr gerne beigepflichtet. Nach dem, was er von ihr wußte, mußte man sie wirklich gern haben. Und schön war sie auch gewesen.

»Klar waren einige Mädchen neidisch auf sie. Aber wenn man sie kannte, hat man ihr ihre Schönheit nicht mehr übelgenommen. Sie war einfach süß.« Conni machte eine Pause. »Ja. Einige haben hinter ihrem Rücken über sie getratscht. Warum sie sich nicht öfter mal das Haar kämmte oder Make-up benützte. So was in der Art.«

»Aber niemand war so neidisch, daß er sie deswegen umgebracht hätte, oder?«

Conni riß die Augen auf. »Sie glauben, jemand hätte sie ermordet? Unmöglich! Nicht hier in Dartmouth. Und warum? Es muß ein Unfall gewesen sein.«

Spencer musterte sie aufmerksam. »Meinen Sie? Was wissen Sie darüber?«

Conni stammelte: »Nichts. Nur, was Sie mir gesagt haben.«

»Ich habe Ihnen sehr wenig gesagt.«

Conni beugte sich vor und kratzte sich am Bein. Sie sah Spencer weder an noch machte sie eine Bemerkung. Sie ist nervös, weil sie irgendwas weiß, das ihr Sorgen macht, dachte Spencer. Jim hat mich nicht angesehen, Albert hat mir offen in die Augen geschaut, und sie kratzt sich am Bein.

»Constance? Wann haben Sie Kristina zum letzten Mal gesehen?«

Conni richtete sich auf und sah an die Decke, als suchte sie dort nach Inspiration. »Das muß Dienstagabend gewesen sein. Wir haben Karten gespielt.«

»Wie lief das Spiel?«

»Gut«, sagte sie, wandte jedoch den Blick ab. Nur Albert hatte ihm ständig in die Augen sehen können. Nur Albert hatte nicht nervös gezappelt oder auf seine Hände gestarrt. Nur er wirkte ruhig und gelassen und hatte die richtigen Geräusche gemacht. Vielleicht zu gelassen, dachte Spencer. Mist. Ich mache mich noch selbst verrückt.

»War das das letzte Mal?«

»Ja«, wiederholte sie, sah ihn aber nicht an, so daß Spencer sie dazu auffordern mußte.

»Ja«, wiederholte sie leise und sah ihn an. »Das war das letzte Mal.«

Sie lügt, dachte Spencer.

»Gab es während des Pokerspiels irgendwelche Probleme?«

Conni schwieg. Sie wägt ihre Optionen ab, dachte Spencer. Sie weiß, daß ich bereits mit Albert gesprochen habe.

»Nichts von Belang.«

»Keine Auseinandersetzung?«

»Nein, nichts. Nur die üblichen Sticheleien, weil uns Frankie ständig ausnimmt. Außerdem stehen die Klausuren an. Kleinigkeiten.«

»Verstehe. Und Jim ist nicht wütend aus dem Raum gestürzt?«

Sie sagte nichts. »Nicht wirklich wütend. Das Spiel war schon vorbei.«

»Ist er rausgestürmt oder nicht?«

»Nicht wirklich.«

»Erinnern Sie sich noch, warum er so wütend war?«

»Weiß ich nicht mehr.«

»Sie scheinen alle ein äußerst schlechtes Kurzzeitgedächtnis zu haben. Macht Ihnen das bei den Klausuren nicht zu schaffen?«

Conni lachte. »Oh, Sie sind aber lustig.« Doch Spencer war nicht zum Lachen zumute. Zudem klang Connis Lachen falsch.

»Um wieviel Uhr sind Sie wieder in Ihrem Zimmer gewesen?«

»Ich hab nicht auf die Uhr geschaut.«

»Und danach haben Sie Kristina auch nicht mehr gesehen?«

»Nein.«

»Was haben Sie den Rest des Abends gemacht?«

»Den Rest des Abends habe ich mit Albert verbracht.«

»In seinem oder in Ihrem Zimmer?«

»In meinem«, sagte sie leise.

»Sie gingen von der Lounge direkt ins Zimmer und waren die ganze Zeit zusammen?«

»Nein. Albert mußte noch packen.«

»Sind Sie mitgegangen?«

»Nein. Ich bin in meinem Zimmer geblieben.«

»Na schön. Dann erzählen Sie mir, was Sie gemacht haben, bis Sie ins Bett gegangen sind.«

»Ich kann mich wirklich nicht besonders gut erinnern. Es ist schon eine Weile her.« Sie schien nach Worten zu suchen. Spencer gefiel die Sache ganz und gar nicht.

»Woran können Sie sich denn erinnern?«

»Mal sehen ... Albert ist in sein Zimmer gegangen ...«

»Um wieviel Uhr war das?« unterbrach sie Spencer.

»Ich glaube, um Mitternacht.«

»Okay. Und danach?«

»Danach? Nichts. Ich habe gepackt, etwas aufgeräumt, mir

die Sachen bereitgelegt, die ich am Morgen anziehen wollte, und bin mich waschen gegangen.«

»Okay, und dann?«

»Und dann? Na ja, ich ... lieber Himmel, ich weiß es nicht mehr. Ich glaube, ich habe Albert angerufen, um ihn zu fragen, wann er runterkäme. Die Leitung war besetzt. Ich habe ein paar Minuten gewartet und dann nochmals gewählt. Sie war immer noch besetzt.«

»Um wieviel Uhr war das?«

»Etwa zehn vor eins. Ich kann mich noch erinnern, weil ich dachte, daß es schon ziemlich spät zum Telefonieren wäre.«

»So.«

Spencer wartete. Als Conni nichts sagte, drängte er.

»Dann ... dann habe ich noch ein bißchen gewartet und dann bei Frankie angerufen, um zu sehen, ob Albert mit ihm telefonierte.«

»Und?«

»Nein ... ich meine, es hat niemand abgenommen.«

»Was haben Sie daraufhin gemacht?«

»Ich habe Jim angerufen. Auch da hat keiner abgenommen. Das hat mich gewundert. Jim geht sonst immer früh ins Bett. Ich dachte, daß er vielleicht bei Kristina wäre. Daß sie sich vielleicht versöhnt hätten.«

Spencer sah Will bedeutungsvoll an. Will nickte. Dieser Jim, dachte Spencer.

»Was haben Sie dann gemacht, Constance?«

»Ich bin nach oben zu Alberts Zimmer gegangen. Die Tür war abgeschlossen, und im Zimmer war alles still. Also bin ich wieder in mein Zimmer gegangen und habe nochmals angerufen. Aber die Leitung war immer noch besetzt. Also dachte ich, der Hörer sei falsch aufgelegt oder so was.«

»Und dann?«

»Ich wußte immer noch nicht, wo er war. Also bin ich in die Lounge gegangen.«

»War er da?«

»Nein. Halt, nein, eigentlich schon, aber er war gerade auf der Toilette. Ich bin nicht lange geblieben. Ich hab nur einen Blick reingeworfen und bin wieder gegangen.«

»Was haben Sie gesehen, als sie einen Blick in den Raum geworfen haben?«

»Im Fernsehen lief ein Film. Ein Student saß im Sessel.«

»War das Licht aus? Hätte es nicht Albert sein können?«

»Nein.«

»Woher wissen Sie, daß Albert auf der Toilette war?«

»Er hat es mir später gesagt. Er sagte, er habe sich ein Bier holen wollen und sei dann vor dem Fernseher hängen geblieben.«

»Verstehe«, sagte Spencer und dachte angestrengt nach. Er kam nicht weiter. »Und dann?«

»Ich bin wieder in mein Zimmer zurück, hab meinen Mantel genommen und bin rausgegangen.«

»Wohin?«

»Ich weiß nicht mehr.« Conni sah auf ihre Hände, auf den Tisch, auf Will und dann wieder auf ihre Hände. Aber Spencer sah sie nicht an.

»Wie lange waren Sie weg?«

»Zwanzig, fünfundzwanzig Minuten.«

»Albert hat ausgesagt, er sei gegen Viertel nach eins in Ihrem Zimmer gewesen, aber Sie waren nicht da. Und daß Sie erst gegen Viertel vor zwei in die Lounge gekommen seien.«

Conni rieb sich das Gesicht. »Ja … schon möglich. Dann eben dreißig, fünfunddreißig Minuten.«

»Und in der Zeit, in der Sie unterwegs waren, haben Sie da Kristina gesehen?«

»Nein«, sagte Conni mit piepsiger Stimme. »Ich sagte Ihnen doch, daß ich Albert gesucht habe.«

»Wieso waren Sie so sehr in Sorge um Albert?«

»Er war nicht in seinem Zimmer, da habe ich mir halt Sorgen gemacht.«

»Was für Sorgen? Daß er entführt worden sei? Oder ermordet? Was denn?«

Conni zitterte. Sie war nervös, die Gesprächigkeit war verflogen. »Kann ich nicht erklären.«

»Versuchen Sie es.«

»Keine Ahnung. Ich habe mir einfach Sorgen gemacht. Er hatte gesagt, er sei im Zimmer. Und dann war er nicht da.«

»Scheint so, als hätten Sie sich verpaßt. Er war zu Kristina gegangen, um sich von ihr zu verabschieden ...«

»Ist das wahr?« unterbrach Conni ihn.

Aha, dachte Spencer. Wußte ich's doch.

»Ja.«

Ein paar Sekunden schwieg Conni. Ihr Gesicht war angespannt und blaß.

»Es war nur ein Mißverständnis zwischen Albert und mir«, erklärte sie schließlich. »Sie wissen schon.«

»Nein, ich weiß nicht. Erzählen Sie mal, wo haben Sie nach ihm gesucht?«

»Überall. Auf dem ganzen Campus.«

»Auch hinter der Feldberg Bibliothek? An der Brücke?«

»Nein!« rief Conni. »Mein Gott, wieso hätte ich da nach ihm suchen sollen?«

»Hat irgend jemand Sie auf dem Campus gesehen, als sie um ein Uhr morgens nach Albert suchten?«

»Glaub nicht.«

»Ich auch nicht. Es war bitterkalt, und es hat geschneit. Alle schliefen.«

Außer Kristina, sie lag im Sterben.

»Sie sind sicher, daß niemand Sie gesehen hat?«

»Ja, ziemlich.«

»Das ist nicht so gut.«

Stille. Dann sagte sie stockend: »Es ist die Wahrheit.«

Allmählich bekam Spencer Kopfschmerzen. Es war ein langer Tag gewesen. Um neun Uhr abends war er normalerweise fertig mit seiner Arbeit. Diese Studentin, die ihm gegenüber saß, klein, aufgedonnert, süß, machte ihm mit ihren ausweichenden Antworten echte Kopfschmerzen.

Plötzlich erinnerte er sich an die Kleine, die vorhin so schnell in Hinman Hall verschwunden war. Wie hatte sie noch ausgesehen? Die Größe kam hin. Und weiter? Die Jacke ... sie trug eine Jacke. Ja eine Jacke mit einem weißen D auf dem Rücken. Genau.

Er bat Conni, ihm ihre Jacke zu zeigen. Es war eine Dartmouth-Jacke. Spencer war klar, daß neunzig Prozent der Studenten diese Jacken trugen, trotzdem wurde er das Gefühl nicht los, daß Conni Tobias das Mädchen gewesen war, das an den Krankenwagen und der Menge vorbeigelaufen war.

»Na schön. Kommen wir zurück zu Albert. Sie haben die Nacht zusammen verbracht?«

»Ja.«

»Und am nächsten Morgen?«

»Wir sind aufgestanden, haben im *Thayer* gefrühstückt und sind anschließend nach Long Island gefahren.«

»Haben Sie am Mittwochmorgen Kristina noch gesehen?«

Conni dachte nach oder tat zumindest so. »Nein.«

Nein, natürlich nicht, dachte Spencer.

»Haben Sie Jim gesehen?«

»Nein.«

»Und Kristinas Hund?«

»O ja. Wir haben ihn mitgenommen.«

»Warum?«

»Ich weiß nicht. Wir hatten Mitleid mit ihm.«

»Mitleid? Wieso?« hakte Spencer sofort nach.

»Weil wir meinten, er hätte es besser bei uns. Wir haben einen großen Garten zu Hause.«

Das glaube ich dir, dachte Spencer. Einen Garten, gepflegt wie lackierte Fingernägel. Kein einziges Blatt auf dem Rasen und die Büsche ordentlich getrimmt, vermutlich auch noch künstlich in Form geschnitten.

»Haben Sie Ihre Mutter angerufen und gefragt, ob Sie den Hund mitbringen durften?«

Conni winkte ab. »Nein. Meine Mutter hat nichts dagegeben. Als Kristina vor zwei Jahren Weihnachten bei uns war, hatten wir Aristoteles auch dabei.«

»Sie haben Aristoteles mitgenommen, ohne Kristina Bescheid zu sagen?«

»Ich habe ihr einen Zettel geschrieben.«

»Sie haben ihr einfach einen Zettel geschrieben?«

»Sie wußte, daß der Hund bei uns gut aufgehoben wäre.«

»Ja, aber wie konnten Sie ihn einfach mitnehmen, ohne sie zu fragen?«

»Albert meinte, Kristina würde sich freuen, weil sie nicht genau wußte, was sie über Thanksgiving mit ihm anstellen sollte.

Sie hat ständig Training und muß nebenbei arbeiten. Jedenfalls sind wir davon ausgegangen, daß es ihr recht war. Ich hatte sogar das Gefühl, irgendwie hoffte sie drauf, daß jemand anbieten würde, auf den Hund aufzupassen.«

Spencer überlegte scharf. Was hatte er gerade gehört? Schließlich fragte er: »Wie konnte Albert wissen, daß Kristina keine Lust hatte, auf den Hund aufzupassen?«

»Weiß ich auch nicht.« Ihre Stimme klang unsicher.

»Wissen Sie, ob sie über Thanksgiving was vorhatte?«

»Nein. Sie sagte was von einem Mädchen, um das sie sich kümmerte. Angeblich sollte sie um die Zeit ihre Zwillinge kriegen.«

»Die Kleine vom Red Leaves?«

Conni nickte. »Woher wissen Sie das?«

Spencer dachte, daß diese Studenten dringend einen Crash-Kurs bräuchten, um zu lernen, wer bei einem Verhör die Fragen stellt und wer sie zu beantworten hat. »Soviel Arbeit kann doch das nicht gewesen sein. Wieso hätte sie ihren Hund nicht bei sich haben wollen? Sie wäre ja nicht mal weggefahren.« Mein Gott, dachte Spencer, und ich habe geglaubt, daß sie über die Feiertage zu ihrer Familie fährt. Dabei waren wir beide hier. Nur lag sie unter einer meterhohen Schneedecke.

Spencer ballte die Hand zu einer Faust und legte sie dann auf den Schoß. Es hätte nichts geändert. Es wäre sowieso zu spät gewesen.

»Kristina war froh, daß wir uns ständig um den Hund gekümmert haben, deshalb hat sie auch ihre Tür nie abgeschlossen, wissen Sie.«

»Nein, wußte ich nicht. Sie hat ihre Tür nie abgeschlossen?«

»Nein, nie«, sagte Conni, und Spencer bemerkte, daß sie rot geworden war.

»Sie holten also den Hund ab, ließen ihr eine Nachricht da und fuhren los. Wann sind Sie zurückgekommen?«

»Am Montag nachmittag. Wir haben die Vorlesungen geschwänzt«, sagte Conni verlegen.

»Haben Sie Kristina den Hund zurückgebracht?«

»Nein, eigentlich haben wir ihn Jim übergeben.«

»Hatte irgend jemand Kristina gesehen?«

»Ich jedenfalls nicht.«

»War das nicht ungewöhnlich?«

»Nein, überhaupt nicht.«

»Das war am Montag. Haben Sie sie am Dienstag gesehen?«

»Nein.«

»Haben Sie sie am Mittwoch gesehen?«

»Auch nicht.«

»Und heute früh?«

»Nein.«

»Verstehe. Und obwohl Sie sie vier Tage lang und auch vor Thanksgiving nicht gesehen hatten, haben Sie sich keine Gedanken gemacht?«

»Nein, nicht wirklich.«

»Wie oft haben Sie sich sonst gesehen?«

»Oh, jeden Tag.« Es folgte eine lange Pause. »Wir waren immer zusammen. Sie war so was wie meine beste Freundin hier in Dartmouth.« Doch sie sagte es flach, ohne Überzeugungskraft und ohne die Trauer, die man nach dem Verlust einer besten Freundin empfindet. Ohne die Tränen, die sie zuvor vergossen hatte. Sie tupfte sich die trockenen Augen ab in der Hoffnung, daß es half. Conni sah Spencer an. Offensichtlich hatte es nichts genutzt.

»Normalerweise haben Sie sich also jeden Tag getroffen. Plötzlich sehen Sie sie tagelang nicht, und Sie machen sich keine Sorgen?«

»Nein. Wie ich schon sagte, manchmal ist sie verschwunden, und niemand wußte, wohin.«

Und diesmal auf Nimmerwiedersehen, was, Conni? dachte Spencer bei sich und warf ihr einen argwöhnischen Blick zu.

»Was verheimlichen Sie uns, Conni?«

»Verheimlichen?« fragte sie mit noch schrillerer Stimme als sonst. »Ich verheimliche nichts.«

»Nichts, Conni?«

»Nichts.«

»Sie sind heute abend an einer Menschenmenge und zwei Krankenwagen vorbeigegangen und nicht einmal stehengeblieben. Wissen Sie das noch?«

»Wovon reden Sie? Was hat das damit zu tun?« fragte Constance.

»Waren Sie es, oder waren Sie es nicht?«

»Ich?«

»Ja, Sie.«

»O nein ... Das kann ich nicht gewesen sein. Ich erinnere mich nicht an eine Menschenmenge. Nein, nein. Wirklich nicht.«

»Aber Albert hat ausgesagt, Sie hätten noch ihre Dartmouth-Jacke angehabt, als Sie in sein Zimmer gekommen sind.«

Spencer hatte fast Mitleid mit ihr.

»Ach ja«, sagte sie nervös. »Jetzt erinnere ich mich, ja. Kann sein, daß ich, Sie wissen schon, an einer Menschenmenge ... vorbeigegangen bin ... Ich glaube ... ich hatte es eilig – und bin, wissen Sie, bin deshalb nicht stehengeblieben. Ich wollte es eigentlich, es war sehr interessant. Ich hatte einfach – keine ... keine Zeit, wissen Sie.«

Je nervöser Conni wurde, desto ruhiger fühlte sich Spencer. Er lehnte sich zurück und verschränkte die Arme.

»Ich frage mich, wie man an diesem Durcheinander von Menschen, Kranken- und Streifenwagen mit Blinklichtern vorbeigehen kann, ohne zu fragen, was da los ist?«

Die einzige Antwort, die Conni einfiel, war ein nervöses Achselzucken. Spencers Gereiztheit nahm zu. Ihr blödes Gezappel nervte ihn. Er hatte schon fast vergessen, wie Jim ihn auf die Palme gebracht hatte, dabei war er mit ihr nicht zu vergleichen.

Er holte tief Luft und sagte: »Ich habe noch ein paar Fragen, Constance.«

Spencer tat so, als mache er sich Notizen, statt dessen kritzelte er einfach irgendwas Sinnloses in sein Heft.

Dann sah er wieder auf. »Sie haben einen häßlichen Kratzer im Gesicht.«

Conni faßte sich hastig unters Auge. Spencer entging nicht, daß ihre Hände zitterten. »Ach da, ja. Halb so wild.« Noch ehe er fragen konnte, fuhr Conni fort: »Mein Bruder und ich haben am Wochenende aus Spaß gerauft. Ein Versehen.«

»Verstehe. Hat bestimmt weh getan.«

»Ach was. Es ist nichts.«

Spencer beugte sich vor, um sich den Kratzer näher anzusehen, und Conni wich fast unmerklich zurück. Genau das wollte Spencer sehen. Dieses Zurückweichen. Die Kratzer in ihrem Gesicht hatte er sich schon zuvor aufmerksam angesehen.

»Haben Sie Kristina Kim getötet, Conni?«

Sie kicherte und wurde dann todernst. »Nein. Natürlich nicht, Lieutenant.«

»Detective«, berichtigte Spencer.

»Detective.« Connis blaue Augen lächelten ihm zu.

»Na schön. Sie haben doch sicher nichts dagegen, wenn wir Ihnen Fingerabdrücke, eine Haar- und eine Blutprobe abnehmen, oder?«

Sichtlich nervös antwortete sie: »Haar- und Blutprobe, wozu?«

»Reine Routine, gehört zu den polizeilichen Ermittlungen«, beruhigte sie Spencer. »Kein Grund zur Aufregung. Einer unserer Streifenpolizisten, Ray Fell, muß ebenfalls eine Haar- und Blutprobe abgeben.« Das war natürlich nur ein Scherz, hauptsächlich für Will bestimmt. Conni fand ihn ganz und gar nicht lustig. »Sie brauchen sich keine Sorgen zu machen, Conni«, beruhigte sie Spencer nochmals und stand auf. »Albert und Jim haben ihre Proben auch abgegeben.«

»Wirklich? Jim auch?«

»Klar. Sie wollen bei der Aufklärung des Falles mithelfen«, erklärte Will.

»Gibt es einen Grund, warum Sie es nicht tun sollten?« wollte Spencer wissen.

»Nein, nein, natürlich nicht«, sagte Conni auf dem Weg zur Tür.

»Während Will wie zuvor Albert und Jim jetzt auch Conni Fingerabdrücke und die anderen Proben abnahm, ging Spencer wieder zu Jim.

Jim sah schrecklich aus, und Spencer setzte sich neben ihn.

»Nur noch ein paar Fragen, Jim, dann können Sie nach Hause. Ich habe mit Conni gesprochen. Sie hat mir erzählt, sie hätte in besagter Nacht um ein Uhr früh bei Ihnen angerufen und Sie seien nicht da gewesen.«

Spencer wartete auf eine Antwort. Als er keine bekam, räusperte er sich.

»Ich war da, aber ich hatte das Telefon abgestellt.«

»Warum haben Sie das gemacht?«

»Weil ich mit niemandem reden wollte.«

»Aus welchem Grund?«

»Weil ich stinkwütend war und meine Ruhe haben wollte.«

»Wer hätte Sie denn anrufen können?«

»Keine Ahnung. Kristina. Albert. Wer auch immer.«

»Aber wenn einer von denen mit Ihnen hätte sprechen wollen, hätte er doch auch an Ihre Tür kommen können, oder?

»Das hätte sich nicht vermeiden lassen. Aber das Telefon konnte ich wenigstens abstellen.«

»Verstehe«, sagte Spencer und erhob sich. »Ist es mittlerweile wieder angestellt?«

»Ja.«

»Heißt das, daß in der Nacht, in der Ihre ehemalige Freundin ermordet wurde, jemand vergeblich versucht hat, Sie zu erreichen?«

Jim gab keine Antwort darauf. Spencer verließ den Raum.

»Was meinst du, Trace?« fragte Will, als sie allein auf dem Gang waren.

»Ich glaube, ich fahr nach Hause und setz mich in meinen Sessel. Und du?«

»Ich glaube, ich fahr nach Hause und leg mich in mein Bett.«

»Bring die Bande erst noch nach Hause, okay?«

Spencer machte sich auf den Heimweg. Der lange Tag steckte ihm in den Knochen. Er dachte daran, sich noch einen Absacker in *Murphy's Tavern* zu genehmigen. Er hatte keine Lust, allein zu trinken, aber noch weniger, sich mit irgendwem unterhalten zu müssen. Und bei *Murphy's* kannte ihn jeder. Der Kontakt ließ sich nicht vermeiden. Tracy dies, Tracy das. Vor die Wahl gestellt, allein zu trinken oder sich unterhalten zu müssen, entschied er sich, nach Hause zu gehen.

Vielleicht würde er seine Mutter anrufen. Er vermißte sie. Er vermißte sie fast immer. Er machte sie nicht dafür verantwortlich. Sie fehlte ihm einfach nur. Die Leere und Kälte, die Kristinas Tod in ihm ausgelöst hatte, weckten in ihm den Wunsch, zu Hause anzurufen, die Stimme seiner Mutter zu hören und seinen Vater im Hintergrund: »Kann ich jetzt? Darf ich vielleicht auch mal mit meinem Sohn sprechen?«

Mom, wollte er sagen, *wenn man mich tot auffindet, versprich, daß du kommst und mich nicht auf einer Metallbahre in einer Schublade liegen läßt.*

Der Hals tat ihm weh.

Seine winzige Wohnung war dunkel und nur spärlich möbliert. Im Schlafzimmer stand ein rahmenloses Bett, ein Nachttisch und ein Kleiderschrank, im Wohnzimmer eine alte Couch, ein Fernseher, ein kleiner Tisch und ein gemütlicher La-Z-Boy-Sessel, der einzige Luxus, den er sich beim Umzug gegönnt hatte.

Er ließ sich in den Sessel fallen und tastete nach der Whiskeyflasche auf dem Boden. Guter alter Jack Daniel's. Spencer war genügsam, was das Trinken anging. Er mochte weder Wein noch Bier. Er stand auf Whiskey.

Er dachte daran, aus der Flasche zu trinken, besann sich aber aus zweierlei Gründen eines besseren. Erstens schickte es sich nicht für einen Detective Sergeant, wenn der liebe Gott zusah, wie er aus der Flasche trank, und zweitens erinnerte er sich an die Flasche Southern Comfort in Kristinas Zimmer auf dem Boden, eine Flasche ohne Glas.

Er stand auf und ging in seine sogenannte Küche – eigentlich nur eine kleine Nische mit Herd und Kühlschrank –, um einen Plastikbecher zu holen. TRAU KEINEM ÜBER DREISSIG stand darauf. Er stammte noch von der Geburtstagsfeier, die seine Kollegen vor sechs Monaten für ihn veranstaltet hatten. Spencer nahm einen kräftigen Schluck, lehnte den Kopf nach hinten und schloß die Augen. Sofort tauchte Kristina in ihren schwarzen Stiefeln im weißen Schnee vor ihm auf. Schwarz und still. Und trotzdem ... sie schrie. Schrie um Hilfe, schrie um ihr Leben.

Aber sie hatte nicht geschrien. Spencer hätte einen Wochenlohn darauf gewettet, daß Kristinas letzte Begegnung mit dem Tod ziemlich kampflos verlaufen war. Die Obduktion würde es ergeben.

Mit geschlossenen Augen nahm er einen weiteren Schluck aus dem Plastikbecher und ließ den Whiskey im Mund zergehen. Am Mittwoch den 24. November hatte Kristina Kim eine Flasche Southern Comfort geleert, sich splitternackt ausgezogen und ihrem Hund ein letztes Mal übers Fell gestrichen. Dann war sie in ihren brandneuen Stiefeln durch den Schnee gestapft und auf das Geländer der Brücke gestiegen. Sie war bis zum Ende der Brücke balanciert, dann heruntergesprungen und statt nach Hause noch tiefer in den Wald hineingegangen. Dort hatte sie sich mit geschlossenen Beinen und ausgestreckten Armen, als wollte sie fliegen lernen, in den Schnee gelegt und war mit geschlossenen Augen gestorben.

Spencer schlug die Augen auf und beobachtete das dunkle Zimmer, die Schatten an den Wänden, das gedämpfte Licht, das von der Allen Street hereinfiel, und die Umrisse des Fernsehapparates.

Er stand auf, zog seinen Parka an und verließ das Haus.

Er ging rasch und blickte dabei auf den verschneiten Bürgersteig und auf seine Schuhe. Er kam am Dartmouth Green Park und an der Sanborn Bibliothek vorbei und bog in den Tuck Mall ein. Zur Linken lag der alte Friedhof. Die Straßenlaternen auf der Friedhofsseite waren defekt, so daß die Straße im gelben Licht der Laternen auf der rechten Seite ein wenig unheimlich wirkte. Direkt vor ihm lag die Tuck School of Business. Er bog links ab, überquerte den großen Parkplatz und den Platz vor Hinman und ging an McLane vorbei, bis er die Brücke sah. Deutlich sichtbar, nackt und dunkel. Am Anfang und am Ende der Brücke gab es jeweils eine Straßenlaterne. Die Mitte war kaum beleuchtet. Spencer sah nach rechts. Die hohen Glasfenster der Feldberg Bibliothek warfen helle Vierecke auf den Schnee, die Bäume und die Brücke. Hinter den Fenstern saßen Studenten über ihre Bücher gebeugt. Spencers nachdenklicher Blick wanderte von den Fenstern und den Studenten zur Brücke.

Dann machte er ein paar Schritte vorwärts und beugte sich über das Brückengeländer. Es war stockdunkel, und er konnte nichts sehen, aber er wußte, daß die Straße weit unter ihm lag. Spencer ging langsam am Geländer entlang und berührte mit der Hand den harten Stein, dann kehrte er wieder zurück. Er sah auf die Uhr. Er hatte neunzig Sekunden gebraucht. Er ging zur Mitte der Brücke und sah zur Bibliothek hinauf. Man konnte die Studenten hinter den Fenstern deutlich erkennen. Wenn sie die Nase gegen das Glas preßten, würden sie ihn ebenfalls sehen.

Spencer ging wieder ans Ende der Brücke und versuchte, sich über die Mauer zu beugen. Unmöglich. An dieser Stelle war sie zu hoch. Ohne zu wissen, was er als nächstes tun würde, kehrte er an den Anfang zurück, wo die Mauer ihm nur bis zur Hüfte reichte und kletterte hinauf. Er blickte auf die Uhr. Auf der Mauer lag Schnee. Spencer hoffte, daß er weder glatt noch eisverkrustet war. Langsam balancierte er auf die Dunkelheit und die Tannen auf der anderen Seite zu. Er breitete die Arme aus, um das Gleichgewicht besser halten zu können, als er vorsichtig einen Schritt nach den anderen auf dem festgefrorenen Schnee zurücklegte. Schließlich hatte er es geschafft. Er sah wieder auf die Uhr. Er hatte über zwei Minuten für die Strecke gebraucht.

Er sprang hinunter und ging mit heftigem Herzklopfen weiter in den dunklen Wald hinter der Feldberg Bibliothek. Seine Schritte waren bedächtig und zögernd; es war unglaublich, daß es irgendwo so unheimlich still, so reglos, so schwarz sein konnte. Die Bäume regten sich nicht. Er sah nur ihre Schatten und Umrisse. Von der Feldberg Bibliothek drang so gut wie kein Licht bis hierher. Die Beleuchtung im Treppenhaus war abgeschaltet. Spencer konnte weder den Pfad noch die Tannen oder das Absperrband der Polizei erkennen. Nichts. Er horchte ins Dunkle und starrte auf die reglosen Bäume. Sie wissen Bescheid, dachte Spencer. Sie wissen, was passiert ist. Sieh nur, wie still sie sind. Sie stehen einfach da und denken: *Wir sagen nichts. Keiner fragt uns. Wir schweigen. Aber wir wissen es.*

Er atmete schwer. Er hörte Geräusche. Es waren Menschen. Sie kamen vom Tuck Drive, fast siebzig Meter unterhalb. Vom Verstand her wußte Spencer das, aber trotzdem hatte er das Gefühl, die Stimmen kämen aus dem Wald und sie kämen immer näher. Sie hatten es auf ihn abgesehen. Jemand hatte sich im Wald, in den hohen dunklen Bäumen versteckt und wartete auf ihn. Spencer fühlte sich plötzlich dem Tod einen Schritt näher. Einen Tag, einen Monat, ein Jahr.

Er konnte sich nicht einmal umdrehen. Er ging den Pfad ganz vorsichtig, um nicht zu stolpern, rückwärts zurück und legte dabei die Hand auf die Brust, um sein heftig pochendes Herz zu beruhigen. Er seufzte. Erst als er wieder auf der Brücke war, drehte er sich um und ging so schnell er konnte nach Hause.

Nach einer Viertelstunde saß er wieder in seinem Sessel und trank seinen Whiskey in großen gierigen Zügen. Sein Hals brannte.

Was treibt ein Mädchen dazu, nackt im Wald spazieren zu gehen? Fror sie nicht? Wollte sie nicht nach Hause?

Spencer zwang sich, die Augen offenzuhalten. Hatte jemand Kristina die Augen geschlossen? Hatte jemand ihr die Augen geschlossen, damit es aussah wie ein Unfall? Ein Mörder würde die Augen seines Opfers nicht schließen. So viel Empfindsamkeit konnte man nicht erwarten. Aber mit geschlossenen Augen sähe es aus, als sei sie eingeschlafen. Vielleicht war der Mörder besonders rücksichtsvoll oder besonders berechnend gewesen.

Vielleicht auch beides.

Ein letzter Schluck und der Becher war leer. Nachzuschenken hätte größere Anstrengung erfordert, als Spencer aufbringen wollte. Die Leere und der Schmerz, die er im Innern fühlte, konnte man nicht in Whiskey ertränken. Auch nicht mit einer ganzen Flasche erstklassigem Southern Comfort. Und er war sicher, daß auch Kristina ihre Leere damit nicht hatte füllen können.

Sie hatte den Tod nicht verdient.

Aber was wußte Spencer schon? Er hatte sie nicht gekannt. Vielleicht war alles ganz anders. Vielleicht war der Tod ihre einzige Erlösung gewesen. Doch irgendwie bezweifelte er es. Ihr Tod schien nichts mit Erlösung zu tun zu haben, sondern schlicht und einfach mit Sterben.

Zu frühem Sterben.

Andie. Auch sie war zu jung gestorben. Warum ausgerechnet sie, es war zu viel, wie sollte man das ertragen, allein damit bleiben? Ein ähnlicher, unnötiger Tod. Sie hatte noch ihr ganzes Leben vor sich gehabt. Sie war so lebendig, so voller Leben. Sie hatte nicht mal Kinder gehabt, so jung war sie. Obwohl sie gerne welche gehabt hätte. Bei Gott, wir haben es oft genug versucht, Andrea, Andie. Du warst zu jung, um zu sterben. Ich hoffe, du erinnerst dich noch an unsere Hochzeitsreise. Die fünf Tage in Paris, als wir wegen einer Bombendrohung in der Metro festsaßen, uns Versailles im Regen ansahen, in einem Boot auf der Seine Fisch aßen und uns in einem alten, quietschenden Bett liebten. Fünf Tage. Wir machten Pläne, wir wollten noch mal hin, wenn es nicht regnete, vielleicht im Frühling. Aber dann kam der Frühling, und du warst tot. Frontalzusammenstoß bei hundert Meilen in der Stunde. Du lagst auf dem Rücksitz des anderen Wagens, warst durch deine und seine Windschutzscheibe geflogen. Hätte er nicht auch den Tod gefunden, hätte ich ihn eigenhändig umgebracht. Deine Freundin fuhr, du hast auf dem Beifahrersitz gesessen. Sie hat überlebt. Aber sie bedeutete mir nichts. Sie fand ich nicht auf dem Rücksitz des anderen Wagens. Nur dich.

Wie ist Kristina umgekommen? Irgendwie, Andie, mochte ich sie. Sie erinnerte mich an dich, das Haar, die Augen. Das süße Lächeln. Du hattest auch ein paar schwarze Stiefel, aber du hast nicht neun Tage lang im Schnee gelegen, ohne daß jemand nach dir gesucht hätte. Als du gestorben bist, wußten wir es alle. Du warst nicht neun Tage irgendwo verschüttet, ohne daß irgend jemand um dich weinte.

Wie lange wird Kristina noch in diesem kalten Kasten verbringen? Vor der Obduktion, nach der Obduktion. Wann wird jemand auftauchen, Anspruch auf ihre aufgetaute Leiche erheben und sagen: *Ich bin es. Sie gehört mir, darf ich sie mitnehmen? Ich habe sie geliebt, ich werde sie vermissen. Sie ist meine Tochter, o Gott, mein einziges Mädchen! Oder eine von sieben, sie ist meine Schwester, meine einzige Schwester, oder meine älteste.* Sie ist meine Frau. Sie war meine Frau, und ich habe sie geliebt und sie begraben und mich gleich mit. Seit fünf Jahren versuche ich, langsam wieder aus meinem Grab herauszukommen, Schritt für Schritt. Ich dachte schon, ich wäre auf dem besten Weg, und du, Kristina, hast mir Hoffnung gemacht. Ich hatte mich auf Freitag gefreut, aber jetzt sehne ich mich wieder nach der Nacht, um alles zu vergessen. Und nach dem Mittag, wenn die Sonne zu hell scheint, um groß zu trauern.

Schließlich schlief Spencer im Sessel ein. Kurz vor Morgengrauen schreckte er auf und stolperte ins Bett. Die Nächte, in denen er, ohne sich auszuziehen, im Sessel einschlief, waren vorbei.

Gegen neun Uhr wachte Spencer auf. Sein Dienst hatte vor einer Stunde begonnen. Er hatte furchtbare Kopfschmerzen. Nach einer Tasse Kaffee mit viel Milch und Zucker würde er sich besser fühlen, das wußte er. Doch in der ganzen Wohnung gab es keinen Kaffee. Das hatte seinen Grund. So kam er morgens schneller aus dem Haus. Und heute war es nicht anders, es gab eine Menge zu tun.

Er zog seinen einzigen Anzug an. Er ähnelte dem, den er zu Andies Beerdigung getragen hatte. Frisch geduscht, rasiert und mit weißem Hemd verließ er in düsterer Stimmung die Wohnung, in der es weder Kaffee noch etwas Eßbares gab, und ging runter zum *Mobil Mart*, wo der Duft nach frisch aufgebrühtem Kaffee das Ambiente fast anheimelnd wirken ließ.

Von seinem Funkgerät im Wagen aus rief er im Revier an und fuhr dann zum Rathaus und Gericht, um sich den Hausdurchsuchungsbefehl für Kristinas Zimmer zu besorgen.

Er fragte Kyle per Funk, ob der Staatsanwalt in Concord benachrichtigt worden sei. Kyle sagte, er wisse es nicht, gehe aber davon aus. Jedenfalls habe Fell den Auftrag, sich darum zu kümmern. Freitags hatte der Chief Ruhetag. Da spielte er entweder Golf oder fuhr in das fünfundvierzig Meilen nördlich gelegene Haverhill zum Morddezernat, manchmal auch nach Concord. Spencer fragte Kyle, was der Chief heute machte. Kyle antwortete, er sei mit seiner Tochter unterwegs, um ein Konfirmationskleid oder so was ähnliches zu kaufen.

Na großartig, dachte Spencer. Da haben wir aller Voraussicht nach einen Mord aufzuklären, und die Ermittlungen liegen in den Händen eines dreißigjährigen irischen Kleinstadtbullen, eines ehemaligen Krankenpflegers und eines Kerls, der die Kameraausrüstung der Polizei seiner Tante in Cleveland leiht. »Wenn die Ermittler aus Concord eintreffen, sagen Sie ihnen, ich sei im College, und benachrichtigen Sie mich per Funk. Wo steckt Fell jetzt?« Fell fuhr irgendwo in Lebanon Streife. »Ich hoffe, er hat Landers angerufen. Er muß das Zimmer des Opfers untersuchen.«

»Ja«, antwortete Kyle. »Ed hat heute morgen angerufen. Er wird gegen Mittag hier sein.«

Als erstes fuhr er zum Sekretariat in der McNutt Hall, um sich Kristinas Immatrikulationsakte anzusehen. Er mußte rausfinden, ob sie irgendwelche Verwandte hatte. Die Sekretärin weigerte sich, die Akte herauszugeben, aus Datenschutzgründen. Spencer mußte die ernste junge Frau davon überzeugen, daß es nicht mehr auf Datenschutz ankam. Es gehe darum, Kristina eine anständige Beerdigung zu ermöglichen, wenn es soweit war. Doch sie war mißtrauisch und händigte sie ihm erst aus, nachdem er mit ihrem Vorgesetzten gesprochen hatte. Spencer setzte sich mit der Akte auf eins der gemütlichen Sofas in dem stillen Raum.

Nachname: *Kim.* Vorname: *Kristina.* Weitere Namen: *Keine* stand auf dem Anmeldeformular. Geburtsdatum: *22. November 1972.* Stimmt. Sie ist gerade einundzwanzig geworden, dachte Spencer.

Ich kann mich noch an meinen einundzwanzigsten Geburtstag erinnern. Meine sechs Brüder, mein bester Kumpel Matt und ich sind nach Port Jefferson gefahren und haben uns vollaufen lassen. Auf dem Heimweg kamen wir an einer Schlägerei vorbei – mitten auf der Hauptstraße wurde ein Junge bis auf die Unterhose ausgezogen und brutal zusammengeschlagen. Ich mußte im betrunkenen Zustand zwei Burschen festnehmen und im Revier anrufen, weil ich sie nicht selbst fahren konnte. Das war mein einundzwanzigster Geburtstag.

Kristinas einundzwanzigster Geburtstag war der vorletzte Tag ihres Lebens gewesen.

Spencer las weiter. Da stand eine Anschrift in Brooklyn, New York. Er würde sie überprüfen lassen müssen. Die nächsten Zeilen überflog er nur. Aha, hier – Name der Mutter: *Katherine Morgan*. Anschrift: *Unbekannt*.

Unbekannt? Spencer sah schnell nach, was unter Vater stand. *John Henry. Verstorben*. Geschwister: *Keine*.

Es war schlimmer als Spencer befürchtet hatte. Zumindest wußte er jetzt, daß keine Eltern da waren, die Anspruch auf die Leiche ihrer geliebten Tochter stellen würden. Aber lieber Himmel! Irgend jemand mußte sie doch beanspruchen. Spencer betrachtete es als seine persönliche Verantwortung, dafür zu sorgen, daß jemand kam und sich zu Kristina bekannte.

Doch ihre Akte warf mehr Fragen auf, als daß sie Antworten enthalten hätte. Katherine Morgan? John Henry und weiter? John Henry *Kim*? Was hatte das zu bedeuten?

Die übrigen Eintragungen waren noch weniger hilfreich. Kristina hatte sich in Brooklyn Heights auf das College vorbereitet. Die Studiengebühren wurden durch ein Stipendium, einen kleinen Kredit und ihren Job im Red Leaves finanziert. Ihre Großmutter mütterlicherseits, Louise Morgan, sorgte für Essen und Miete und was sonst noch anfiel. Keine Anschrift von Mrs. Morgan. War das die Großmutter, die am Lake Winnipesaukee gelebt hatte?

Spencer warf einen Blick auf ihre Zeugnisse und ihre Aufnahmenoten. Allesamt sehr gut. Sie war also nicht nur eine gute Sportlerin gewesen.

Er beschloß, zur North Main Street zu fahren, zur Krankenstation des Dartmouth College, die direkt neben dem ehemaligen Mary Hitchcock Memorial Hospital lag, um zu sehen, ob er dort eine andere Anschrift fand. Als einzige Kontaktadresse für Notfälle war Louise Morgan eingetragen. Spencer wußte, daß es keinen Zweck hätte, die Nummer zu wählen. Louise Morgan war tot.

Von der Krankenstation aus rief Spencer die Auskunft in Brooklyn an.

»Kim«, buchstabierte er. Vor- oder Nachname? Ob er einen Vornamen wisse? Er hätte fast Kristina gesagt, aber das war idiotisch, also sagte er nein.

In Brooklyn Heights gab es keine Kims. Und Morgans? Er bekam drei Telefonnummern. Bei zweien meldete sich der Anrufbeantworter, der dritte Teilnehmer kannte niemanden mit Namen Kristina. Er hinterließ keine Nachricht auf den Anrufbeantwortern. Was hätte er sagen sollen? Entschuldigen Sie bitte. Ich bin Detective Spencer Patrick O'Malley vom Police Department in New Hampshire, Hanover. Wenn ein Mitglied Ihrer Familie Kristina Kim heißt – rufen Sie mich bitte unter der Nummer und so weiter. Oder hätte er lieber gleich die Wahrheit sagen sollen? Falls ein Mitglied Ihrer Familie Kristina Kim heißt, sie ist im Schnee erfroren und wartet im Leichenschauhaus von Hanover darauf, daß man ihre Leiche abholt. *Mein Gott, Spencer, wirklich.* Spurlos verschwunden, so ist das also. Vielleicht war es tatsächlich ein Unfall. Wußten denn bloß ihre drei Freunde und ich von der Existenz dieses Mädchens?

Er entschied, etwas anderes zu versuchen. Er rief die Privatschule an, die sie besucht hatte, Kristina Kim? Tut mir leid. Ach so. Wann? Vor vier Jahren? Moment, bitte. Also, Kim, Kristina. Ja, sie war bei uns. Die Adresse war dieselbe wie die, die Spencer in der Hand hielt. Haben Sie eine Telefonnummer? Ja, aber nur die von vor vier Jahren. Besser als nichts, sagte Spencer. Er versuchte es, aber es kam »Kein Anschluß unter dieser Nummer«, und eine andere gab es nicht. Wieder eine Sackgasse.

Es war höchste Zeit für die Durchsuchung. In ihrem Zimmer würde er bestimmt mehr finden als in den zwei Stunden, die er im College verplempert hatte.

Doch er durfte das Zimmer nicht allein betreten. Er brauchte dazu Will Baker und Ed Landers, den Experten der Spurensicherung aus Concord.

Spencer war so nervös, daß er nichts essen konnte, während er ungeduldig wartete, daß Ed mit seinen Handschuhen und dem Talkumpuder und Will mit seinem Notizbuch und den Plastiktüten auftauchten. Die Zeit verging. Um sich das Warten zu vertreiben, rief Spencer in den Redaktionen der *New York Post, New York Daily News, New York Times* und *New York Newsday* an und bat um ihre Mitarbeit. Ein in Brooklyn gemeldetes Mädchen sei unter mysteriösen Umständen zu Tode gekommen, und es gebe keine Verwandten, die man benachrichtigen konnte. Ob sich da nicht etwas machen ließe?

Dann ging Spencer zu Fuß zu Kristinas Brücke. Im Tageslicht wirkte sie ganz und gar nicht mehr unheimlich. Diesmal stieg er nicht auf die Mauer, sondern ging langsam über die Brücke, bog bei den Tannen rechts ab und schlenderte den Zickzackpfad hinab bis zum Tatort. Er begann, das Absperrband abzunehmen. Es gab keinen Tatort mehr. Nur Bäume, Schnee und die kalten Pinien. Und den aufgewühlten Schnee, da, wo Kristina gelegen hatte. Spencer blieb einen kurzen Augenblick am Anfang des Pfads stehen und sah auf die Stelle hinunter, wo Kristina unter dem Schnee begraben gewesen war. Hier war es unheimlich, sogar bei hellem Tageslicht. Spencer ging noch ein Stück weiter und verließ dann den Pfad. Er ging vorsichtig durch den Wald bis zum Tuck Drive und blickte sich um. Der Tuck Drive lag in einem Tal zwischen zwei steilen, bewaldeten Hügeln. Den einen war er gerade hinuntergestiegen. Spencer überquerte die Straße und stieg dann langsam auf der anderen Seite wieder hinauf, wobei er sich einen Weg durch die scharfen, tiefhängenden Zweige der Nadelbäume bahnen mußte. Seine billigen Stiefel waren vollkommen durchnäßt. Keuchend kam er am abgeschiedenen, westlichsten Ende der Webster Avenue heraus. Das erste Haus zu seiner Rechten war das Phi Beta Epsilon.

Was für ein glücklicher Zufall, dachte Spencer und klopfte an der Tür. Jemand rief, er solle reinkommen. Er ging hinein und zeigte einem schmierigen Kerl in viel zu weiten Klamotten, der auf einem Sofa lag, seinen Dienstausweis. »Ist Frankie Absalom zu sprechen?«

Frankie sei nicht da, wurde ihm gesagt. Er sei übers Wochenende nach Hause gefahren.

»Bitte richten Sie ihm aus, daß Detective Spencer O'Malley da war und ihn dringend sprechen muß. Er soll sich sofort bei mir melden.«

Der Junge nickte und widmete sich wieder seinem Buch, doch Spencer war noch nicht fertig. »Hören Sie«, fing er wieder an. »Es tut mir leid, wenn ich Sie störe, aber wir haben gestern eine Leiche im Schnee gefunden, und Frankie war eine der letzten Personen, die mit dem Mädchen gesprochen haben. Ich muß ihn dringend sprechen. Könnten Sie mir nicht helfen?«

Der schmierige Kerl schüttelte den Kopf. »Wüßte nicht wie, Mann. Keine Ahnung, wo er in Boston wohnt. Fragen Sie doch seinen Freund Albert Soundso.«

»Albert Maplethorpe?«

»Ja, genau, fragen Sie den. Die beiden stecken immer zusammen. Er weiß es garantiert.«

»Hab ich schon gemacht. Er weiß es nicht.«

Der Junge zuckte die Achseln, ohne den Blick vom Buch zu heben.

Spencer verließ das Epsilon House und lief zurück zum Sekretariat der McNutt Hall, wo er sich Frankies Immatrikulation, die Anschrift und Telefonnummer seiner Familie besorgte. Mit seiner Telefonkarte rief er anschließend aus einer öffentlichen Zelle im ersten Stock an. Das Gebäude war ruhig.

»Hallo? Hier spricht Detective Spencer Patrick O'Malley vom Police Department in Hanover. Ich hätte gern Franklin Absalom gesprochen, bitte.«

»Ja. Ist alles in Ordnung?« fragte eine besorgte mütterliche Stimme.

»Ja, es ist alles in Ordnung, Ma'am«, antwortete Spencer. »Ich muß nur kurz mit Franklin sprechen.«

»Ja, sicher, ich verstehe. Er schläft noch. Ich glaube … Moment mal … bleiben Sie bitte dran.«

Spencer hörte, wie sie mehrmals »Franklin!« rief, bevor sich eine schlappe Stimme an einem anderen Apparat meldete: »Ja?«

»Frankie?«

»Ja.«

»Ich bin Detective Spencer Patrick O'Malley vom Police Department in Hanover. Haben Sie ein paar Minuten Zeit?«

»Ja.« Frankies Stimme klang jetzt nicht mehr schlapp.

»Könnten Sie jetzt bitte auflegen, Ma'am?« sagte Spencer. »Es dauert nur ein paar Minuten.«

Die nervöse Stimme der Mutter sagte Ja, und dann legte sie den Hörer auf.

»Frankie, seit wann sind Sie in Boston?«

»Seit Thanksgiving.«

»Warum sind Sie nicht schon längst wieder im College?«

»Ich weiß nicht … ich brauchte Ruhe, glaube ich.«

»Verstehe. Tut mir leid, aber ich habe eine schlechte Nachricht für Sie.« Spencer hielt inne. »Wissen Sie, warum ich anrufe?«

Kein Wort. Spencer wartete.

»Frankie?«

»Ich hoffe, es ist nichts Schlimmes.« Seine Stimme war unsicher.

»Doch. Gestern wurde Kristina Kim tot aufgefunden.«

Frankie hielt die Luft an. Ein paar Sekunden lang hörte Spencer nur unregelmäßiges Keuchen und leises Stöhnen am anderen Ende der Leitung.

»Frankie?«

»J…j…ja?« Seine Stimme klang gebrochen und leise. »Gott, ich …«

Wieder vergingen ein paar Sekunden. Spencer sah auf die Uhr. Halb eins. Wahrscheinlich warteten Ed und Will längst auf ihn.

»Frankie, es tut mir leid. Wirklich sehr leid. Aber ich muß Ihnen ein paar Fragen stellen.«

»Wie ist es passiert?« unterbrach ihn Frankie.

Diesmal hatte Spencer nichts dagegen zu antworten. Offensichtlich ging Kristinas Tod Frankie sehr nahe. Spencer empfand Mitgefühl für ihn.

»Sie wurde unter einer meterhohen Schneeverwehung gefunden.«

»War sie …« Frankie konnte nicht weiter sprechen. Nach einer Weile sagte er: »War sie verletzt?«

Verletzt? Komische Frage.

»Wie … wie meinen Sie das?« fragte Spencer langsam.

»Ich meine …« Frankie hatte Mühe, die Worte auszusprechen. »Ich meine, ob sie verletzt war. Sie wissen schon. Verletzt.«

Spencer dachte erneut über die Frage nach. Seine Augen weiteten sich. Er griff in die Tasche und bat Frankie, einen Augenblick zu warten, während er seinen Minikassettenrecorder einschaltete und an den Hörer hielt. Dann sagte er: »Frankie, man hat sie tot im Schnee gefunden. Fällt das in die Kategorie verletzt?«

Als Frankie nicht antwortete, hakte Spencer nach: »Oder meinen Sie, ob sie vergewaltigt oder mißhandelt wurde?«

»Ja«, sagte Frankie schnell.

»Nein«, erwiderte Spencer genauso schnell. »Sie wurde nicht mißhandelt. Können Sie jetzt auf meine Fragen antworten?«

»Ja, klar. Tut mir leid. Es ist nur ...« Er schluchzte. »Schrecklich. Einfach schrecklich.«

Spencer stimmte zu und fragte dann, wann er Kristina zuletzt gesehen habe.

»Kristina?« wiederholte Frankie, als hörte er ihren Namen gerade zum ersten Mal. »Zuletzt?«

»Ja.« Versuchst du etwa, Zeit zu schinden, Frankie? dachte Spencer und wünschte, er könne Frankies Gesicht sehen.

»Na ja. Diese Woche war ich nicht da.«

»Frankie!« mahnte Spencer, der allmählich die Geduld verlor. »Bitte. Wann haben Sie Kristina das letzte Mal gesehen?«

»Ja, ja, lassen Sie mich überlegen ... ich meine, das war, bevor ich wegfuhr.«

»Und wann genau?«

»Ich versuche, mich zu erinnern.« Seine Stimme hatte sich merklich verändert. »Wir haben am Dienstagabend Karten gespielt.«

»Zuletzt, Frankie.«

»Ja, am Dienstag, glaube ich.«

»Glauben Sie?« sagte Spencer erschöpft.

»Ja, bestimmt.«

»Jetzt hören Sie mir mal gut zu, Frankie. Ich habe nicht viel Zeit. Wir haben ein totes Mädchen gefunden. Ich will nicht nach Boston kommen müssen, um Sie zu holen, und ich will auch nicht denken müssen, daß Sie irgend etwas verheimlichen. Also, eine klare Antwort. Wann haben Sie sie das letzte Mal gesehen?«

Frankie holte mehrmals tief Luft, ehe er antwortete: »Dienstag. Oder war es schon Mittwoch morgen?« Er stockte und fuhr dann fort: »Ich habe sie auf der Brücke gesehen.«

Ja. Mit einer Hand umklammerte Spencer immer noch den Recorder, die andere fuhr zum Herz. Ja.

»Sie haben sie gesehen«, sagte Spencer schließlich. »Gut. Wann war das?«

»Mal sehen«, sagte Frankie, als versuchte er tatsächlich, Zeit zu schinden. »Mal sehen. Ich glaube, es muß gegen ein Uhr gewesen sein. Vielleicht fünf nach. So um den Dreh.«

»Zwischen eins und fünf nach eins. Woher wissen Sie das so genau?«

»Ich habe einen Blick auf die Uhr geworfen, weil es spät war und ich nach Hause wollte. Und dann habe ich aus dem Fenster geschaut und sie gesehen.«

»Warum haben Sie aus dem Fenster geschaut?«

»Ich habe darauf gewartet, daß sie ... über das Geländer balanciert.«

»Wollten Sie ihr zusehen?« fragte Spencer zögernd.

»Nein. So was nicht. Eher auf sie aufpassen.«

»Na gut. Dann erzählen Sie mir, was passiert ist. Alles.«

»Sicher. Alles, okay.«

»Frankie, versuchen Sie, jemanden zu decken?« fragte Spencer laut.

»Nein, niemanden.«

»Sie wissen, daß Sie sich der Mittäterschaft an einem Mord schuldig machen würden, oder?«

»Ja, natürlich. Das brauchen Sie mir nicht zu sagen. Ich weiß Bescheid. Eigentlich habe ich Ihnen schon alles gesagt. Am Dienstag haben wir Karten gespielt. Ich habe wie üblich gewonnen. Aber es lag eine komische Spannung im Raum. Wir waren alle nervös.«

»Ja, das ist mir bekannt.« Spencer versuchte das Verhör zu beschleunigen. »Sie waren mit Albert in Ihrem Zimmer verabredet.«

»Nein, das stimmt nicht. Es war ein Mißverständnis.«

»Er sagt, Sie hätten es vergessen.«

»Meine Güte! Ich vergesse nie etwas. Und schon gar keine Verabredung mit Albert in meinem Zimmer«, sagte er halb ironisch, halb zweideutig.

Was sollte das nun wieder heißen? Spencer wollte diesen Frankie kennenlernen. »Verstehe«, sagte er. »War Kristina nüchtern?«

»Stocknüchtern. Ich weiß es. Ich weiß es aus mehreren Gründen. Als ich wegging, habe ich sie geküßt und ihren Atem gerochen. Sie hat sich die ganze Zeit beschwert, es gäbe nichts Vernünftiges zu trinken. *Murphy's* hatte zu.«

Mit einem Stich im Herzen dachte Spencer, dann ging sie also auch zu *Murphy's*?

Er zwang sich, Frankie zuzuhören. »Es gab zwar Bier, aber sie hat statt dessen eine Cola getrunken. Deshalb weiß ich, daß sie nüchtern war.«

»In ihrem Zimmer haben wir eine Flasche Southern Comfort gefunden.«

In leicht verächtlichem Ton sagte Frankie: »Ja, sie mochte das Zeug. Wir haben ihr zum Geburtstag eine Flasche geschenkt. Aber die hat sie nicht getrunken, sie hat sie nicht mal mitgenommen.«

»Woher wissen Sie das?«

»Weil ich am Dienstag in Connis Zimmer war und die Flasche auf dem Tisch stand. Sie mußte sie wegstellen, um Platz für unsere Bücher zu machen.«

»Die Flasche könnte doch auch Conni gehört haben.«

»Soll das ein Scherz sein?« Frankie lachte. »Conni trinkt nur Bier.« Plötzlich korrigierte er sich. »Natürlich erst, seit sie einundzwanzig ist.«

»Ja, ja, ja«, sagte Spencer. Die Zeit verging. Er mußte weiter.

»Conni war ein bißchen unglücklich damit, daß wir Krissy eine Flasche Whiskey zum Geburtstag geschenkt hatten. Sie sagte, Kristina hätte sich gar nicht gefreut. Wir sprachen kurz darüber.«

»Wir haben in Kristinas Zimmer eine ausgelaufene Flasche Southern Comfort gefunden.«

»Ach ja? Vielleicht hat Conni sie ihr nach dem Pokern noch gebracht?«

»Ja. Schon möglich«, antwortete Spencer. »Und weiter?«

»Während des Pokerabends habe ich Kristina ein bißchen mit der Brücke aufgezogen. Was sie da macht, ist wirklich schrecklich, aber die Jungs im Epsilon lieben das Schauspiel, und gelegentlich stachele ich sie etwas an. Und manchmal geht sie tatsächlich drauf ein. Nicht oft. Aber wenn, dann muß sie völlig betrunken sein. Die Studenten versammeln sich an den Fenstern der Feldberg Bibliothek und sehen ihr zu. Es ist *das* Ereignis.«

»Und Sie sehen auch zu?«

»Nein«, sagte er beiläufig. Zu beiläufig. »Ich bin meistens der Letzte in der Schlange. Und wie gesagt, ich sehe weniger zu …«, sagte er stockend, »als daß ich auf sie aufpasse. Es ist sehr gefährlich, aber alle finden es toll. Ich wache nur darüber, daß … na ja, ist auch egal …«

»Sie wachen darüber, daß was?«

»Nichts. Daß sie nicht stolpert. Am Dienstagabend sagte sie, es könnte passieren. Deshalb habe ich noch so lange gewartet.«

»Obwohl sie nüchtern war?«

»Wie lange braucht man, um sich zu betrinken?« gab Frankie die Frage zurück. »Wenn Conni ihr die Flasche gebracht hätte, wäre Kristina in Nullkommanichts voll gewesen.«

Spencer fragte, wieso Frankie sie dazu anstachelte, etwas derart Gefährliches zu tun. Ein Sturz von da oben wäre tödlich gewesen.

»Sie hätten sie sehen müssen auf der Mauer, um es zu verstehen. Sie schwebte hin und zurück wie ein Engel. Wenn sie da oben war, hatte sie den lieben Gott auf ihrer Seite.«

»Aber nicht die Wahrscheinlichkeit.«

»Ja. Sie sagte immer, das ganze Leben sei gegen uns. Am Montagabend hatte sie einen Autounfall gehabt. Sie hätte tot sein können. Ich hatte immer ein gutes Gefühl, wenn sie auf der Brücke war. Sie wirkte so sicher. Sie konnte eine ziemliche Show inszenieren. Aber in dieser Nacht war ich nicht sicher, ob sie es tun würde, also bin ich nicht ins Epsilon, um den Jungs Bescheid zu sagen. Die hätten mich gelyncht, wenn ich falschen Alarm gegeben hätte.«

»Verstehe, wer geht schon freiwillig bei der Kälte raus«, sagte Spencer.

»Ja. Und außerdem mußte ich noch arbeiten. Also bin ich in die Feldberg Bibliothek gegangen. Ich studiere oft da oben. Es ist ruhig. Ich habe ein schönes Plätzchen im zweiten Stock mit Blick direkt auf die Brücke. Ich rückte den Tisch und den Stuhl ans Fenster. Es gefällt mir da. Es ist so schön abgeschieden. Da war ich also.«

Spencer schwieg. Er hatte Mühe zu atmen. Er hörte, wie Kristina die letzten Augenblicke ihres Lebens verbracht hatte, und konnte sich nicht dazu durchringen, Frankie Fragen zu stellen oder ihn zu unterbrechen.

»Als ich sie sah, war sie schon in der Mitte der Brücke und ziemlich wackelig auf den Beinen. Furchtbar wackelig. Mir wurde einigermaßen mulmig, als ich sie sah. Ich habe sogar das Fenster aufgemacht, aber dann beschlossen, nicht zu rufen, um sie nicht zu erschrecken. Ich hab also noch ein paar Sekunden zugesehen, und dann ist sie gestolpert. Sie rutschte im Schnee aus und fiel hin, und mir blieb fast das Herz stehen, aber ich konnte nichts tun. Sie war ausgerutscht, konnte sich aber noch festhalten und wieder hochziehen. Dann lag sie ein paar Sekunden einfach so da. Sie muß einen furchtbaren Schreck bekommen haben.«

»Sie lag nackt im Schnee?«

»Ja«, sagte Frankie und zuckte die Achseln. »Ich weiß, es klingt verrückt, aber sie hat Philosophie studiert. Es gibt Menschen in Tibet, die sich Löcher in die Haut bohren oder Schwerter schlucken oder über glühende Kohlen gehen und keinen Schmerz dabei empfinden. Sie hatte diese Gabe. Sie konnte ihren Körper immun gegen die Kälte machen.«

Nicht, als es wirklich darauf ankam, dachte Spencer.

»Ich war immer noch zu Tode erschrocken, aber ich sah, wie sie von der Mauer runtersprang. Das macht sie nie. Sonst hat sie sich immer am Ende umgedreht und ist die Strecke wieder zurückgegangen. Sie muß wirklich große Angst gehabt haben. Sie war am Ende der Brücke, und ich war sehr erleichtert. Ich habe ihr noch was zugerufen wie ›Gut gemacht, Krissy, du verrücktes Ding‹. Oder so ähnlich.«

»Hat sie Sie gehört?«

»Ich glaube ja. Ich glaube es, weil sie stehenblieb und sich umdrehte. Sie sah zuerst auf und dann in den Wald hinter Feldberg. Ich glaubte, sie wüßte nicht, woher meine Stimme kam. Also habe ich noch mal gerufen. Sie sah sich wieder um.«

»Und dann?« Spencers Finger am Hörer waren fast steif.

»Dann ist sie auf dem Pfad hinter der Feldberg Bibliothek verschwunden.«

»Im Wald?«

»Ich weiß nicht. Wahrscheinlich. Da konnte ich sie nicht mehr sehen.«

»Was haben Sie gemacht?«

»Ich habe den Kopf geschüttelt und gedacht, wie verrückt sie ist. Und es schoß mir durch den Kopf, daß sie furchtbare Angst vor der Dunkelheit hatte. Wenn wir im Wald hinter dem Studentenheim den Hund ausgeführt haben, hat sie sich immer an meinem Ärmel festgehalten und nicht losgelassen.«

Spencer zuckte zusammen. Die Hand, in der er das Gerät hielt, zitterte. Er mußte an das schwarze Holz der alten Douglas-Tannen denken.

Frankie fuhr fort: »Ich habe das Fenster zugemacht und wollte mich wieder den Büchern widmen. Aber es war schon etwas spät ...«

»Wie spät?«

»Sehr spät. Ich habe meine Bücher eingesammelt ...«

»Sofort danach?«

»Ja. Ich war müde. Ich habe die Bücher zugeschlagen, sie in die Tasche gesteckt, Mantel, Handschuhe und Mütze angezogen. Was meinen Sie, wie lange ich dafür gebraucht habe?«

»Etwa fünf Minuten.«

»Vielleicht sechs oder sieben. Acht? Nein, keine acht. Moment mal, zuerst bin ich noch auf die Toilette gegangen. Ja. Vielleicht also fünfzehn Minuten insgesamt. Ja, so ungefähr ...«

»Sie waren zehn Minuten auf der Toilette?«

»Ja, ungefähr. Ich habe mir die Hände und das Gesicht gewaschen. Acht bis zehn Minuten. Das kommt ungefähr hin, weil es etwa zwanzig vor zwei war, als ich im Epsilon ankam.«

»Also eine halbe Stunde, nachdem Kristina im Wald verschwunden war?«

»Ja.«

»Und das war's?«

»Ja.«

»Sind Sie sicher?«

»Ja.«

»Sie haben sonst niemanden gesehen?«

»Nein.«

»Danach haben Sie sie nicht mehr gesehen?«

»Nein.«

Nein, natürlich nicht. Das war's.

Spencer schaltete das Gerät aus. Sein Gesicht zuckte, und er legte auf.

Auf dem Parkplatz vor der Feldberg Bibliothek warteten Will Baker und Ed Landers auf ihn.

»Wo hast du denn gesteckt?« fragte Will gedämpft, aber bestimmt.

Spencer hob die Augenbrauen. »Ich war auf der Suche nach Kristinas Mörder. Und du, Will?«

Ed Landers war ein großgewachsener Mann mit extrem großen und weit abstehenden Ohren, die ihm offensichtlich mächtig zu schaffen machten. Niemand im Department durfte über seine Ohren Scherze machen, vor allem nicht in seiner Gegenwart. Spencer mochte Ed. Er war ein netter Kerl, höchst professionell, und er ließ sich nichts gefallen.

Als sie in Kristinas Zimmer waren, bat Spencer ihn, zuerst die Flasche zu untersuchen, und Will, sie in Plastik einzuschweißen. Die Flasche war halb leer, der Verschluß lag daneben. Spencer kniete sich auf den Boden und schnüffelte an dem Teppich, wo der Alkohol ausgelaufen war. Es roch schal und muffig wie die Klamotten eines Obdachlosen in der Penn Station von New York. Wenn Kristina in der Nacht, in der sie starb, etwas getrunken hatte, dann nicht hier.

Danach durchsuchte Spencer systematisch den Raum. Er begann mit der Wäsche, die auf dem Bett lag, danach hockte er sich auf den Boden. Wonach suche ich? dachte er und sah unters Bett. Was will ich hier bloß finden?

Auf dem Schreibtisch fand er Connis Zettel, der achtlos auf einem Lehrbuch lag. *Liebe Krissy, wir haben Aristoteles mit nach Long Island genommen. Schade, daß du nicht dabei bist. Schöne Feiertage und alles Liebe, Conni.*

Spencer las den Zettel mehrmals hintereinander und reichte ihn dann weiter an Will.

Im Schrank befand sich eine Reihe interessanter Zeitschriften, die alle von Baker eingesammelt und in Plastiktüten verstaut wurden. Ausgaben von *Peoples Magazine* und *Newsweek* aus den siebziger und frühen achtziger Jahren, die so lagen, als wären sie erst vor kurzem durchgeblättert worden – eine Ausgabe vom 15. November 1993 lag unter einer vom 10. November 1988, und die wiederum unter einer vom 27. August 1993. Mehrere kürzlich erschienene Ausgaben von *Life* und eine Ausgabe von *Time* mit dem Dalai Lama auf der Titelseite. Ein Exemplar der *Greenwich Time*, deren Abonnementaufkleber abgerissen war. »Leg die in eine separate Tüte, Baker«, sagte Spencer. Was macht ein Mädchen aus Brooklyn Heights mit der *Greenwich Time*?

Spencer brauchte drei Stunden, um Kristinas Papiere durchzugehen. Landers nahm von fast allen Fingerabdrücke. Aber Spencer setzte in diesem Fall nicht viel Hoffnung auf Fingerabdrücke, es sei denn, sie würden welche auf Kristinas Hals finden. Er war sicher, daß der Schreibtisch, der Stuhl und vielleicht sogar das Bett von Fingerabdrücken ihrer drei Freunde und der meisten Spielerinnen aus ihrem Basketballteam nur so wimmelten.

Während der Arbeit sprachen die Männer kaum ein Wort miteinander. Gelegentlich bat Spencer Will, ein Beweisstück einzupacken, oder Landers, von einer Schublade oder einem Schrank Fingerabdrücke zu nehmen, doch beide wußten selbst genau, was sie zu tun hatten.

In den Schubladen ihres Schreibtisches und in ihrem Schrank fanden sich einige persönliche Gegenstände, ein paar Lehrbücher und Hausarbeiten, aber weder Tagebücher noch andere Notizen. Ihre Aufzeichnungen enthielten nicht die geringsten Kritzeleien, was sehr erstaunlich war, wenn man bedachte, wie chaotisch es im Zimmer aussah. Schlampige Notizen hätten eher zu der Unordnung im Zimmer gepaßt, aber bei Kristina war es wohl anders. Ihre Aufzeichnungen waren in tadelloser Schönschrift verfaßt. Wie paßten das wilde Haar, die zusammengewürfelten Klamotten, das unaufgeräumte Zimmer und die umgekippte Flasche Southern Comfort auf dem Boden bloß mit so einer sauberen Handschrift zusammen?

Spencer suchte nach verwertbaren persönlichen Gegenständen: ein Foto, einen ungültigen Scheck, ein Sparbuch. Er war derart verzweifelt, daß er sich sogar über einen Kontoauszug gefreut hätte. Doch die Hinweise, die er im Zimmer fand, sagten genausowenig aus wie Kristinas Unterlagen im Sekretariat. In diesem Zimmer soll sie gelebt haben? Hier sah es eher aus wie bei Heimlich und Co. Dieses Zimmer strotzte nur so vor Geheimnissen, und Spencer hatte einen Riecher dafür.

Daß sich im Zimmer kein einziger persönlicher Gegenstand befand, war kein Zufall. Wenn jemand wirklich so unordentlich war, wie es hier den Anschein hatte, dann wäre er mit seinen persönlichen Dingen genauso achtlos umgegangen. Kristina war bloß *nach außen* unordentlich. Sie tat nur so als ob. Aber warum? Wollte sie vielleicht die Tatsache verdecken, daß sie sich große Mühe gab, jeden persönlichen Gegenstand aus ihrem Zimmer zu verbannen, der hätte verraten können, wer oder was sie wirklich war?

Alles, was irgendwie ein Licht auf sie hätte werfen können, war entfernt worden, und das warf mehr Licht auf sie als alles andere. Es war wie ein sorgfältig verpacktes Geschenk, das sich als leere Schachtel entpuppt. Kristina hatte diese Schachtel monatlich, täglich, ja *stündlich* geleert.

Aber was konnte zu jeder Tages- und Nachtzeit in ihr Zimmer einfallen, wovor fürchtete sie sich, daß sie es so gründlich sauber hielt?

Spencer suchte vergeblich nach einem Foto, einer Pinnwand, einer Kassette der Eagles, einem Zeitungsausschnitt oder einem Bild ihrer Mutter. Doch am auffälligsten war, daß er im ganzen Zimmer keinen einzigen Scheck oder Kontoauszug finden konnte. Es gab keinerlei Bankunterlagen oder Quittungen, die auf ein Depot oder sonst etwas hätten schließen lassen. Kristina Kim war ein äußerst vorsichtiger Mensch gewesen. Er durchsuchte zum x-ten Mal ihre Handtasche. Nichts. Eine alte, abgewetzte Männerbrieftasche aus Leder mit aufgeplatzten Nähten, deren Plastikfächer für Kreditkarten längst das Zeitliche gesegnet hatten. Eine Kreditkarte der New Hampshire Savings Bank, die eigentlich nahelegte, daß es Kontoauszüge geben mußte. Eine American-Express-Karte. Eine grüne Dartmouth-College-Karte. Drei Eindollarnoten. Ein leerer, zusammengefalteter Zettel. Sonst nichts. Nicht einmal eine Quittung für die schwarzen Stiefel, die Kristina zwei Tage vor ihrem Tod gekauft hatte, wie Spencer wußte. Wahrscheinlich hatte sie die Quittung sofort weggeworfen, sozusagen automatisch. Aber warum hätte sie eine dumme Schuhquittung wegwerfen sollen? Es sei denn aus Gewohnheit, oder weil es ein sicheres Versteck dafür gab.

»Will, kann ich noch mal die Schlüssel sehen?« fragte er, und Baker nahm sie pflichtbewußt wieder aus der Plastiktüte. Ed Landers war dabei, die Handtasche auf Fingerabdrücke zu untersuchen. Spencer mußte grinsen. Wahrscheinlich war sie voll mit seinen eigenen Fingerabdrücken. Vielleicht bin ich auch verdächtig, dachte er und schaute sich den Schlüsselbund genau an. Es war nichts Außergewöhnliches dran: ein paar größere Hausschlüssel, ein Autoschlüssel, ein kleiner, wahrscheinlich von einem Briefkasten, und noch ein weiterer, kleiner Spezialschlüssel, dicker und schwerer. Er trug eine Nummer.

»Volltreffer!« sagte er leise und begann, vor sich hin zu summen.

»Wie bitte, Detective O'Malley?« fragte Ed Landers. Er schien verwirrt. Will lächelte nur.

»Schon gut, es ist nichts«, sagte Spencer. »Machen Sie hier in Ruhe zu Ende. Ich muß noch schnell zur Bank, bevor sie schließt.«

»Es ist schon nach drei«, sagte Will.

»Ja, aber die Angestellten bleiben noch bis fünf und stimmen ihre Kassen ab.«

»Stimmt's oder habe ich recht«, summte er, als er in die Main Street bog und vor *Molly's Balloon* neben der New Hampshire Savings Bank parkte. Spencer klopfte an die Glastür der Bank.

»Wir haben geschlossen«, rief ein mürrisch dreinblickender Mann hinter der Scheibe.

Spencer zeigte ihm seinen Ausweis, und die Tür öffnete sich.

»Kann ich mit dem Manager sprechen, bitte?«

Man führte ihn zu Mr. Carmichael.

Er erzählte Mr. Carmichael von Kristina. Es dauerte eine Weile, bis Mr. Carmichael wieder ansprechbar war. Er hatte die Hände vor das Gesicht geschlagen und weinte. »Sie war ein nettes Mädchen«, sagte er immer wieder. »So ein nettes Mädchen.«

Schließlich sagte Spencer. »Ich bin hergekommen, weil ich einen Schlüssel gefunden habe, der zu einem Schließfach zu passen scheint. Ich hatte früher auch mal so einen.«

»Ja, sie hatte ein Schließfach, wenn Sie das meinen.«

»Dürfte ich es bitte sehen?«

»Entschuldigen Sie, aber brauchen Sie dafür nicht einen Durchsuchungsbefehl?«

Er brauchte keinen, wenn er nichts darin zu finden hoffte. Er konnte einfach einen Blick reinwerfen und wieder gehen. Aber wenn er auf etwas stieß, das jemanden belastete, und er es später vor Gericht verwenden wollte, brauchte er auf jeden Fall einen Durchsuchungsbefehl. Und wenn er dann keinen hatte, konnte er genausogut seinen Ausweis in Kristinas Schließfach deponieren und wieder Streife fahren irgendwo im Norden von Vermont. Das heißt, falls sie ihn dann noch wollten. Falls sie ihm überhaupt noch was zutrauten, nachdem er ohne richterliche Anordnung ein Schließfach durchsucht hatte.

»Ja, ich glaube, Sie haben recht. Den brauch ich wohl.« Er sah auf die Uhr. Viertel vor fünf. Er hatte nur noch ein paar Minuten Zeit. »Ich bin gleich wieder da.«

Mr. Carmichael brachte ihn zur Glastür. »Ich kann es nicht fassen, daß sie tot ist, wissen Sie«, sagte er zu Spencer.

»Ja, ich weiß.«

»Meinen Sie, es war ein Unfall?« wollte Mr. Carmichael wissen, und Spencer hörte, wie er die Luft anhielt, als befürchtete er eine Antwort, die ganz und gar nicht in das Bild einer verschlafenen New-England-Kleinstadt an einem kalten Dezembernachmittag paßte. Die Menschen hier machten Stimmung für die Dartmouth Big Green, aßen einmal im Monat im *Hanover Inn*, auch wenn sie es sich nicht leisten konnten, und bekamen höchstens ein Fünf-Dollar-Knöllchen fürs Falschparken. Umgebracht wurde hier niemand.

Als sie an dem griesgrämigen Wachmann vorbeigingen, der den Detective nicht hatte hereinlassen wollen, beugte sich Spencer zu Mr. Carmichael herüber und sagte: »Nein, ich fürchte nicht.«

Er sah Mr. Carmichaels gequältes Gesicht. »Was ist los? Was haben Sie?« fragte Spencer.

Mr. Carmichael wich seinem Blick aus, als er antwortete: »Kommen Sie mit dem Durchsuchungsbefehl wieder, und dann reden wir. Bringen Sie auch eine richterliche Anordnung, um ihr Vermögen zu beschlagnahmen.«

Spencer erinnerte sich an die drei Dollar in ihrer Brieftasche. »Hat sie denn Vermögen?«

Mr. Carmichael sah ihn bedeutungsvoll an. »Kommen Sie mit dem Durchsuchungsbefehl wieder, und wir sehen dann weiter, Detective O'Malley.«

Spencer bekam seinen Durchsuchungsbefehl in zwölf Minuten, das war Rekordzeit, sogar für ihn. Kristinas Bankkonten würden bis auf weiteres eingefroren. Spencer lief zur Bank zurück und dachte, was hat Mr. Carmichael mir zu sagen? Was weiß er?

Die Bankangestellten waren nach Hause gegangen. Mr. Carmichael ließ ihn herein. Sie gingen nach hinten in den Tresorraum. Mr. Carmichael fand auf Anhieb den richtigen Schlüssel in seinem großen Bund. Zusammen schlossen sie Kristinas Schließfach auf.

»Kann ich es allein ansehen, bitte?« fragte Spencer und wußte, wie es klang. Gott sei Dank war er nicht versucht, irgendwelche wichtigen Informationen zu unterschlagen. Man stelle sich die Macht eines Polizisten vor, der das Recht hat, ohne Zeugen das Schließfach einer ermordeten Frau zu durchsuchen. Trotzdem … das Drum und Dran der Entdeckung, die Spencer jetzt gleich machen würde, war zu bedeutsam, um es außer acht zu lassen.

Mr. Carmichael führte ihn in einen leeren Raum und schloß die Tür.

Spencer hob den Metalldeckel des kleinen Kastens. Sein Herz schlug heftiger.

Doch zu seiner Überraschung fand er nicht die Sachen darin, die Kristina mit der Wucht eines Waldbrands aus ihrem Zimmer entfernt hatte. Spencer erwartete, die Quittung der Stiefel sorgfältig gefaltet auf einem Haufen von stornierten Schecks und Kontoauszügen zu finden. Er erwartete tränenverschmierte Liebesbriefe, säuberlich gestapelt und verschnürt.

Auf den ersten Blick war er fast enttäuscht. Aber da war ein Foto ... endlich! Das Foto eines jungen Mädchens, hübsch, mit kurzem Haar, das lachte und einen Drachen in der Hand hielt. Die Aufnahme war an einem Gewässer gemacht worden, das ihn an den Long Island Sound erinnerte. Dann gab es noch ein Foto von einer sehr schönen jungen Frau, die ein kleines Mädchen auf dem Arm hielt. Ein paar Polaroids von Teenagern mit Babys. Spencer vermutete, daß es Mädchen aus dem Red Leaves waren. Es waren etwa ein Dutzend Fotos. Er würde sie sich später genauer ansehen, wenn er mehr Zeit hatte.

Jetzt suchte er etwas Aufschlußreicheres. Er fand einen Kuli mit dem Aufdruck *»Fahrenbrae Hilltop Retreat«* und eine Streichholzschachtel mit derselben Anschrift.

In einem von der Handelskammer herausgegebenen Fremdenführer hatte er über das *Fahrenbrae Retreat* gelesen. Drei wunderschön eingerichtete Häuser in den Vermont-Hügeln, zwölf Meilen von Dartmouth entfernt, für einhundertfünfundzwanzig Dollar die Nacht. Er erinnerte sich, weil die Gegend einen starken Eindruck auf ihn gemacht und er daran gedacht hatte, irgendwann mal hinzufahren.

Spencer fand Andenken aus Schottland. Streichholzschachteln, Feuerzeuge, Servietten, schmutzige Servietten, Servietten mit Bierflecken und gaelischen Worten bekritzelt, die er nicht verstand. Ein Stück Seife aus einem Bed-and-Breakfast-Hotel in Mull of Kintyre. Er fand ein paar billige Ringe, rote und weiße Schleifen und Nagellack mit gaelischer Aufschrift. Für sich genommen hatte nichts eine Bedeutung. Aber zusammen ergab es eine Phase in Kristinas Leben, die ihr sehr viel bedeutet haben mußte.

Angesichts der übrigen Gegenstände in ihrem Schließfach ließ sich folgern, daß die Sachen aus Schottland ihr mehr bedeutet hatten als alles andere in ihrem Leben. Es waren keine Streichholzschachteln aus Brooklyn da oder zerrissene Servietten aus dem Dartmouth-College. Aber Schottland war da.

Schottland und Fahrenbrae. Er fand mehrere, bereits einige Jahre alte Briefe von ihrer Großmutter auf altem Pergamentpapier, die oben links die Initialen L.M. eingeprägt hatten. Spencer las einen davon.

Liebste Krissy, mein Kind, ich vermisse Dich. Warum besuchst Du mich nicht öfters? Ich weiß. Du hast eine Menge zu tun mit dem Studium, und die Arbeit geht vor. Ich weiß, daß Du im Sommer nicht herkommen kannst, aber ich wünschte mir, ich könnte Dich öfters sehen. Wenn Du Zeit hast, besuch mich bitte, ich freue mich, trotz allem. Ich meine es ehrlich, aus tiefstem Herzen. Du bist immer noch meine Familie, und ich bin zutiefst überzeugt, daß Dich keine Schuld trifft. Hab also bitte keine Angst vor mir. Ich liebe Dich. Bitte, besuch mich, wann immer Du kannst, Darling, ich werde versuchen, Dir so gut es geht zu helfen.

Und noch einen auf rosafarbenem Papier, mit den blumigen Initialen K.M.S.

Kristina,
warum läßt Du meine Briefe zurückgehen? Warum willst Du nicht mit mir sprechen? Was habe ich Dir getan, daß Du so wütend bist auf mich? Eigentlich müßte ich wütend auf Dich sein. Trotzdem habe ich es versucht, aber Du zeigst mir die kalte Schulter. Bitte, Liebling, bitte. Dein Vater meinte es nicht so, als er zu den Anwälten ging, er war nur wütend, das legt sich wieder. Du wirst sehen. Verzeih den Brief, den er Dir geschrieben hat. Ich weiß, daß er es nicht so gemeint hat. Er vermißt Dich so sehr. Und ich auch, Kristina. Du fehlst uns beiden.

Er war unterschrieben mit *Mutter.*

KMS? dachte Spencer. S?

Er suchte kurz nach dem Brief des Vaters, aber er fand ihn nicht.

Was noch?

Ein großer Umschlag mit einem gefalteten Brief und einem siebenseitigen Dokument. Der Brief erschreckte ihn ... ihn, einen alten Hasen des Long Island Expressway. Ihn, der den Hackebeilmörder festgenommen hatte, der mit furchtbaren, vorsätzlichen Verbrechen zu tun hatte, ihn, der in einem Rudel von sechs wilden Brüdern aufgewachsen war.

Sie alle hatten eine Frau gefunden, die einen öfter als die anderen. Er hatte nur einmal eine gefunden, und auch das hatte er überlebt. Doch als er jetzt in dem leeren Raum saß, hatte er Angst, einen dreifach gefalteten Brief zu öffnen. Statt dessen sah er sich das dicke Dokument an.

Scheidungsantrag vor dem Richter im Borough von Brooklyn, New York, vom 10. November 1993, gestellt von Kristina Kim, P.O. Box 2500, Hinman, Dartmouth College, Hanover, N.H., gegen Howard Kim ...

Da stand es. Howard Kim. Sie war verheiratet gewesen.

Verheiratet.

Verheiratet. Begraben. Na ja, begraben noch nicht. Aber er hätte es wissen müssen. Kim war nicht ihr wirklicher Name. Er war ihm von Anfang an komisch vorgekommen ... so fremd. Malaysia? Vietnam? Korea? Irgendwo aus der Ecke. Er blätterte schnell zur letzten Seite des Dokuments, um ihren Mädchennamen zu sehen.

Sinclair. *Kristina Sinclair.*

Katherine Morgan *Sinclair*. John Henry *Sinclair*. Das ergab schon Sinn. Kristina Morgan Sinclair stand auf dem Scheidungsantrag.

Howard Kim. Wenigstens hatte er jetzt einen Namen. Nicht nur einen Namen, sondern auch eine Anschrift. Es war eine andere als die, die Kristina auf ihrer Immatrikulation im College eingetragen hatte. Howard mußte in den letzten Jahren umgezogen sein. Spencer warf einen flüchtigen Blick auf das übrige Dokument. Böswilliges Verlassen ... drei Jahre Trennung, vom Gericht nicht bestätigt ... keine Unterhaltsforderungen, keine Kinder.

Der Scheidungsantrag war im September 1993 eingereicht worden, zwei Monate vor Kristinas Tod.

Vielleicht hatte Howard Kim sie auf dem Gewissen. Vielleicht hatte er sich nicht von ihr scheiden lassen wollen.

Man stelle sich das vor! Verheiratet. Eine College-Studentin, die verheiratet ist. Spencer überprüfte das Datum. Howard und Kristina hatten am 28. November 1988 geheiratet. Da war sie erst sechzehn gewesen! Und noch auf der High-School. Hätte sie nicht das Einverständnis der Eltern benötigt, um in dem Alter zu heiraten? Und warum sollte ein sechzehnjähriges Mädchen heiraten wollen? So viele Fragen. Aber keine Antworten.

Noch nicht, dachte Spencer.

Er mußte sich Howard vorknöpfen.

Spencer fragte sich, ob ihre besten Freunde wohl gewußt hatten, daß sie verheiratet war. Ob Jim Shaw, der davon träumte, eines Tages in die Politik zu gehen, und dazu eine vorzeigbare Frau vorweisen mußte, gewußt hatte, daß Kristina bereits mit sechzehn geheiratet hatte?

Spencer stand auf und wollte gehen, doch dann setzte er sich wieder hin. Da war noch der Brief.

Er hielt das Schreiben in der Hand und sah es genauso an wie gestern die schwarzen Stiefel, die aus dem Schnee gelugt hatten. Spencer befürchtete, daß sich alle Hoffnungen, daß Kristinas Tod ein Unfall gewesen war, zerschlagen würden, wenn er diesen Brief las. Irgendwie hielt Spencer an der idiotischen Vorstellung fest, daß ihr Tod vielleicht genauso zufällig gewesen war wie ein Blitzschlag.

Er entfaltete den Brief, sah auf das Datum und erkannte Kristinas Unterschrift, dann sah er den Beglaubigungsstempel des Notars und die Unterschrift von Mr. Carmichael. Er las den Text mehrmals durch.

Ich, Kristina Morgan Kim, verfüge, daß die Guthaben auf meinem Giro- und Sparkonto bei der New Hampshire Savings Bank zu gleichen Teilen zwischen meinen drei Freunden James Allbright Shaw, Constance Tobias und Albert Maplethorpe aufgeteilt werden. Aristoteles bleibt bei Jim. Der Inhalt meines Schließfaches geht an Albert. Das Haus meiner Großmutter am Lake Winnipesaukee fällt an Howard Kim.

Als Spencer Kristinas Sachen wieder in den Kasten legte, mußte er ständig an die drei Dollarscheine in der Brieftasche denken, die er in jener Nacht, als sie beinahe umgekommen wäre, in dem verunglückten Mustang unweit der Talsperre gefunden hatte.

Mr. Carmichael wartete draußen. Spencer hatte nur eine Frage an ihn. Sie starrten sich schweigend an. Es gab nichts zu sagen.

»Wieviel?« fragte Spencer. Er wollte es gar nicht wissen.

»Neun Millionen dreihundertvierzigtausend Dollar«, antwortete Mr. Carmichael.

Spencer nickte, während sein Mund taub wurde. Neun Millionen dreihundertvierzigtausend Dollar. Das ist allerdings ein Motiv und Grund genug, das FBI einzuschalten. Aber …

»Mr. Carmichael, Sie haben das Schriftstück für sie beglaubigt, oder?«

»Ja, am letzten Dienstag.«

Dem Tag, an dem sie starb. Einen Tag *nach* ihrer flüchtigen Begegnung mit dem Tod.

»Seit wann ist die Summe auf ihrem Konto?«

»Seit letztem Montag.«

Spencer überlegte. »Was wäre mit dem Geld geschehen, wenn sie gestorben wäre, ohne diesen Brief zu hinterlassen?«

»Das übliche. Der nächste Familienangehörige hätte geerbt.«

Spencer hielt den Atem an. »Zum Beispiel …«

»Der Ehemann. Klar. Oder die Kinder. Ich bin nicht sehr vertraut mit der genauen Erbfolge.«

»Ich glaube, der Familienvorstand steht an dritter Stelle«, sagte Spencer.

Mr. Carmichael starrte ihn nur an.

»Ehemann oder Kinder«, wiederholte Spencer. »Wie steht es mit einem geschiedenen Ehemann?«

»Ich glaube, der zählt nicht.« Mr. Carmichael runzelte die Stirn. »Aber ist das jetzt nicht sowieso alles hypothetisch?«

»Ja, wahrscheinlich.«

Wußte denn der Familienvorstand von dem beglaubigten Brief, der das alles zu einer hypothetischen Frage machte? Es gab weder einen Ehemann noch Kinder. *Wer wäre der dritte gewesen?*

Spencer verließ die Bank mit Kristinas Sachen in einer Plastiktüte unter dem Arm.

Spencer war klar, warum Kristina so überstürzt ein Testament geschrieben hatte. Es war kurz nach einer neun Millionen schweren Erbschaft und einem Unfall entstanden, bei dem sie beinahe ums Leben gekommen wäre. Niemand außer ihr und Carmichael wußten von der Existenz dieses Briefes, davon war Spencer überzeugt. Wer hätte ihr ganzes Vermögen geerbt, wenn es dieses Testament nicht gegeben hätte?

Aus dem Wagen rief er im Revier an. Man sagte ihm, er solle ins Dartmouth-Hitchcock fahren. Dort wartete der Gerichtsmediziner auf die Genehmigung, die Obduktion durchführen zu können.

»Welche Genehmigung?« fragte Spencer, als er ins Leichenschauhaus trat.

»Die Genehmigung ihrer Familie«, antwortete Dr. Earl Innis. Er war ein untersetzter, glatzköpfiger Mann, der an chronischer Schweratmigkeit litt.

»Ihre Familie«, wiederholte Spencer. »Verstehe. Nun, ihr Vater ist tot, ihre Mutter ist spurlos verschwunden, und andere Verwandte hat sie nicht. Nur einen geschiedenen Ehemann. Sollte ich ihn fragen?«

»Ja«, sagte Dr. Innis.

Spencer nickte. Howard Kim, ich weiß nicht, was du für deine Exfrau empfunden hast, aber ich werde es rauskriegen.

Vom Hitchcock rief er die Auskunft in New York an und gab Howards neue Anschrift in New York City durch. Dort meldete sich der Anrufbeantworter. Spencer schaute auf die Uhr. Zwanzig nach sechs. Mr. Kim müßte jeden Augenblick von der Arbeit nach Hause kommen. »Hier spricht Detective O'Malley vom Police Department in Hanover, New Hampshire, Mr. Howard Kim, es geht um ...«

Jemand nahm den Hörer ab. »Ja«, sagte eine Stimme mit leichtem Akzent.

»Mr. Kim?«

»Ja.«

»Guten Tag, Sir. Es geht um Kristina Kim, Ihre Ex ...«

»Ja? Ist alles in Ordnung?«

»Nein, Sir. Leider nicht. Es ist etwas Schreckliches passiert.«

Die Stimme am Ende der Leitung fragte: »Ist sie tot?«

»Es tut mir leid. Ja. Wäre es Ihnen möglich, herzukommen?«

Howards Stimme war schwach. »Ich bin gegen halb elf da. Ich mache mich sofort auf den Weg.«

»Bitte kommen Sie ins Dartmouth-Hitchcock Medical Center. Fragen Sie am Haupteingang nach Detective O'Malley oder Dr. Innis.«

Howard legte auf, und nach einer Weile legte auch Spencer auf.

Er mußte vier Stunden totschlagen. Es war bereits dunkel, und das hieß, es war Feierabend.

Feierabend bedeutete einen Drink. Doch sein Tag war noch lange nicht vorbei, also fuhr er statt dessen ins *Everything but Anchovies* und aß eine Chilisuppe und ein Truthahnsandwich. Da er sonst nichts zu tun hatte, bestellte er anschließend ein paar Hackbällchen mit Kartoffelpüree. Und zum Nachtisch zwei Portionen Reispudding. Schließlich hatte er einen derart vollen Magen, daß Alkohol ihm nicht mehr viel ausmachen konnte. Er schaute bei *Murphy's* rein und genehmigte sich zwei doppelte Southern Comforts on the Rocks. Das Zeug haute ganz schön rein. Wie hatte sie das trinken können?

Spencer warf einen Blick auf die Uhr. Halb acht. Der Gerichtsmediziner aus Concord wartete auf die Obduktion. Spencer wartete auf Howard. Ed Landers müßte zurück in seinem Labor in Concord sein. Will war schon längst zu Hause.

Spencer ging an den kleinen Weihnachtsbäumen am Marktplatz und an der Baker Bibliothek vorbei, bog in den Tuck Mall ein und stapfte bis Hinman Hall durch den Schnee. Es war Freitagabend, der Abend, an dem er zum ersten Mal mit Kristina hatte ausgehen wollen. Er hätte sie zu *Jesse's* eingeladen. Statt dessen wartete er auf die Genehmigung ihres Exgatten, um sie aufschneiden zu lassen und zu sehen, ob es in ihrem Körper irgendwelche Hinweise auf die neun Millionen Dollar gab, die sie ihren drei besten Freunden hinterlassen hatte.

6

Das Vermächtnis

Spencer rief Will Baker an und bat ihn, noch mal zur Arbeit zu kommen. »Ich hab die drei wieder im Revier zusammengetrommelt, für eine kleine Überraschungsveranstaltung mit dem Inhalt von Kristinas Schließfach. Es dauert nicht lange. Höchstens ein Stündchen.«

»Wirklich nicht mehr? Ich nehm dich beim Wort, O'Malley.«

»Wahrscheinlich wird's länger dauern, Will. Die Leiche wird noch heute nacht obduziert.«

Fell hatte seine Schicht schon längst beendet. Es war bereits später Freitagabend, und noch immer war kein Vertreter der Staatsanwaltschaft aus Concord in Hanover aufgetaucht. »Kannst du dir das erklären, Will?« fragte Spencer.

»Nein, ehrlich gesagt nicht.«

Spencer rief Fell zu Hause an. »Raymond«, sagte er ruhig in den Hörer. »Können Sie sich vorstellen, warum ich anrufe?«

»Nein, Sir.«

»Ich warte immer noch auf unsere Freunde aus Concord, Ray. Können Sie sich erklären, warum sie nicht da sind?«

Schweigen am anderen Ende der Leitung. Spencer verdrehte die Augen und stieß einen lauten Fluch aus. Will legte ihm beruhigend die Hand auf die Schulter. »Ray?«

Schweigen.

»Ray!« sagte Spencer um einiges lauter.

Will nahm ihm den Hörer aus der Hand. Nachdem er fünf Minuten lang zugehört hatte, nickte er und hing auf. »Die Jungs sind nicht gekommen.«

»Nein! Wirklich? Ich glaub es nicht.«

»So ist es aber. Sie kommen nicht.«

»Sie kommen also nicht. Das ist ja interessant. Sind wir den Herren vielleicht nicht wichtig genug? Oder hat er sie gar nicht angerufen?«

»Will versuchte, Ray in Schutz zu nehmen. »Nein, nicht *per se.*«

Spencers Augen weiteten sich. »Hat er vergessen, sie anzurufen?«

»Nein, vergessen nicht.«

»Will«, sagte Spencer. »Es war ein langer Tag, und wir sind nicht zum Spaß hier. Ich habe keine Lust auf Ratespielchen. Was hat Fell also gemacht? *Per se.*«

»Er hat angerufen, aber da war es schon nach sechs, und alle waren nach Hause gegangen.«

»Was heißt alle?«

»Kannst du dich nicht an letztes Wochenende erinnern?«

»Nur allzugut.«

»Alle, die über Thanksgiving arbeiten mußten, durften sich dieses Wochenende freinehmen.«

»Ja, außer mir. Warum hat er sie denn nicht vorher angerufen?«

»Er sagt, er hätte zu tun gehabt. Hätte vorher alles andere erledigen müssen.«

»Was denn alles?« rief Spencer. »Er hatte sonst nichts zu tun!«

»Tracy«, sagte Will leise. »Warum regst du dich so auf? Es ist ein Mordfall, und jetzt gehört er dir, zumindest bis Montag.«

Spencer beruhigte sich. Will hatte recht. Vielleicht war das gar nicht so schlecht. »Uns, Will, uns.«

»Nein, dir, Partner. Ich habe dieses Wochenende Familienverpflichtungen.«

Spencer dachte nach. »Schade, Will. Du solltest dir ansehen, was ich gefunden habe.«

»In ihrem Zimmer?«

»Nein, nein. Du weißt doch, daß es da nichts zu holen gab.« Spencer hielt inne. »Im Gegensatz zu ihrem Schließfach.«

Will riß die Augen auf. Er ließ sich normalerweise von Beweismaterial nicht beeindrucken, doch als er die Scheidungsurkunde und das Testament las, konnte auch er seine Aufregung nicht verbergen. Dann fragte er vorsichtig wie üblich: »Der Gerichtsmediziner hat die genaue Todesursache noch nicht festgestellt, oder? Sie könnte auch ohnmächtig geworden und erfroren sein.« Sie sprachen im Flüsterton. Die Tür zum Vernehmungsraum stand offen, und sie konnten Connis und Jims Rücken sehen.

»Ja, schon möglich. Aber ich sage dir, mir sträuben sich die Haare. Mein Riecher sagt mir, daß es kein Zufall war, daß sie mit ausgebreiteten Armen und geschlossenen Augen im Schnee lag.«

»Manchmal täuscht dich dein Riecher, O'Malley. Denk nur an die Hammonds.«

Spencer erinnerte sich. Als Will und er noch auf Streife gingen, hatten sie mehrmals den ruhigen, untersetzten Mr. Hammond festnehmen müssen, weil seine Frau regelmäßig völlig aufgelöst bei der Polizei anrief. Jeden Samstagabend war die Frau übel zugerichtet, und er ebenfalls. Sie kreischte, sie sollten ihn festnehmen und einsperren, am nächsten Morgen würde sie Anzeige erstatten. Der Mann sagte nie ein Wort gegen seine Frau und versuchte auch nicht zu erklären, warum er sie geschlagen hatte. Er sprach sowieso kaum ein Wort.

An einem Samstag abend fuhren Will und er ein paar Minuten vor dem üblichen Anruf bei den Hammonds vorbei. Sie wurden Zeugen, wie eine rasende und offensichtlich betrunkene Mrs. Hammond ihren auf der Erde kauernden Mann mit einer Bratpfanne windelweich prügelte und sich später mit derselben Pfanne ein paarmal kräftig ins Gesicht schlug, bevor sie zum Telefon torkelte. Im gleichen Augenblick klingelten sie. Die Frau hielt die Pfanne noch in der Hand. Sie war erstaunt, wie schnell sie da waren, und konnte gar nicht verstehen, warum man sie festnahm.

Bis zu diesem Zeitpunkt hatte Spencer steif und fest behauptet, Mr. Hammond schlage regelmäßig seine Frau und sei der Inbegriff eines Wiederholungstäters.

»Schon gut, schon gut«, sagte Spencer jetzt. »Bei den Hammonds habe ich falsch getippt. Aber wer hätte das ahnen können?«

»Niemand. Deshalb sage ich, daß man keine voreiligen Schlüsse ziehen sollte. Für uns mag es so aussehen, aber in Wirklichkeit haben wir nicht die geringste Ahnung. Und diese Kids hier sind höchstwahrscheinlich völlig unschuldig.«

»Du wirst deine Meinung ändern, wenn du das hier gelesen hast«, erklärte Spencer und zeigte ihm den Umschlag.

»Ich kann's kaum erwarten«, antwortete Will.

Sie saßen zu fünft im Vernehmungsraum, Conni zwischen Albert und Jim, eng nebeneinander, und auf der anderen Seite des runden Tisches, wie eine feindliche Frontlinie, die beiden Detectives. Der Raum war so kahl, daß es nichts zum Anschauen gab als das Gegenüber.

Spencer ergriff die Initiative. »Mir ist aufgefallen, daß Sie gestern während der Vernehmung einiges vergessen haben zu erwähnen. Möchte einer von Ihnen dazu was sagen?«

Die drei ließen sich auf nichts ein. Sie saßen einfach da – Albert ausdruckslos, Jim finster, Conni wachsam – und schwiegen.

Spencer schob ihnen Kristinas Scheidungsurkunde und das Testament über den Tisch und beobachtete, wie sie nervös hin und her rutschten, völlig ruhig blieben oder ihn überrascht ansahen.

»Kristina war verheiratet?« fragte Conni.

»Kristina hatte neun Millionen Dollar?« rief Albert.

»Mir kam der Name Kim schon immer komisch vor. Wie hieß sie mit richtigem Namen?« sagte Jim.

»Sinclair«, erklärte Spencer. »Kristina Morgan Sinclair.«

»Wir haben zwei Jahre zusammengewohnt, und sie hat mir nie erzählt, daß sie verheiratet war. Wußtest du das, Jim?«

Jim schüttelte den Kopf. Albert ebenfalls.

»Neun Millionen Dollar«, sagte Jim.

»Neun Millionen Dollar«, wiederholte Albert.

»Woher hatte sie soviel Geld? Sie war doch immer so pleite«, fragte Conni.

»Stimmt, sie war pleite«, nickte Spencer. »Das Geld hat sie von ihrer Großmutter geerbt. Am Montag kam es an, am Dienstag hat sie das Testament gemacht, am Mittwoch war sie tot. Und hat alles Ihnen vermacht.«

Conni legte den Brief auf den Tisch. »Das ist absurd. Ich hatte keine Ahnung von dem Geld.«

Albert sagte: »Keiner von uns wußte davon.«

Jim zögerte. »Wir können sagen, was wir wollen, das hilft uns auch nicht weiter, oder? Tatsache ist, daß sie uns das Geld vermacht hat und dann gestorben ist. Sieht ganz nach einem Mord aus.« Jim unterdrückte einen tiefen, gequälten Seufzer, es klang wie ein leises Gurgeln. »Aber es könnte auch ein Unfall gewesen sein, Detective. Sie trinkt, und dann geht sie raus in die Kälte. Vielleicht hat sie das Bewußtsein verloren.«

Spencer nickte. »Ja, könnte sein«, antwortete er. »Aber es spricht leider sehr wenig dafür. Irgendwie habe ich es im Gefühl.«

»Vielleicht haben Sie sogar recht«, gab Jim zu. »Sie hatte panische Angst vor der Dunkelheit.«

Spencer nickte.

Will fragte: »Wieso ist Kristina nicht den gleichen Weg zurückgegangen, den sie gekommen war? Das würde ich gerne wissen. Warum geht ein Mädchen, das sich vor der Dunkelheit fürchtet, so tief in den Wald?« Spencer stieß Will unter dem Tisch mit dem Fuß an und schüttelte den Kopf. Sie sollten nicht wissen, daß Frankie Kristina auf der Brücke gesehen hatte, noch nicht.

»Vielleicht hatte sie Angst und hat geschrien«, sagte Conni und kicherte nervös. »Ich hätte es getan.«

Will schüttelte den Kopf. »Das glaube ich nicht. Wenn sie geschrien hätte, hätte sie sich auch gewehrt. Und darauf deutet bisher nichts hin.«

»Sie hätte sich sowieso nicht großartig wehren können«, sagte Jim mit angespanntem Mund und Tränen in den Augen. »Sie hatte sich bei dem Unfall ziemlich verletzt.«

Conni begann: »Vielleicht ...«, doch Spencer fiel ihr ins Wort. »Hören Sie, es ist sehr nett, daß Sie sich jetzt als Amateurschnüffler versuchen wollen, aber können wir noch mal auf das Geld zurückkommen?«

»Da gibt es nichts zu sagen«, erklärte Albert.

»Genau«, pflichtete ihm Jim bei. »Wir hatten keine Ahnung davon.«

»Keine Ahnung, so so.«

»Sie hatte Geld auf der Bank, na und?« sagte Conni und versuchte, sich beim Sprechen nicht auf die Lippen zu beißen.

»Was Detective O'Malley sagen will«, unterbrach Will, »ist, daß es einem zu denken gibt, wenn jemand zwölf Stunden, nachdem er sein Testament gemacht hat, ums Leben kommt.«

»Was ist daran so komisch? Wir wußten nichts von dem Geld«, sagte Jim.

Spencer sah Jim an, der seinen Blick nicht abwandte. Er zuckte nicht mit der Wimper. Vielleicht wußte er tatsächlich nichts von dem Geld, dachte Spencer. Aber Albert hatte denselben Blick. Und Conni, die sonst so nervös war, schien das Geld überhaupt nicht wichtig zu sein; es sah eher so aus, als sei sie wegen etwas anderem nervös. Vielleicht hatte wirklich keiner von den dreien von dem Geld gewußt. Merkwürdig. Kann es sein, daß so viel Geld wirklich nichts mit ihrem Tod zu tun hatte? Nein, das glaube ich nicht. Er musterte sie noch schärfer, in der Hoffnung, sie nervös zu machen. Aber sie ließen es nicht zu.

»Ich weiß, daß es ganz schön mies für uns aussieht«, sagte Jim, »aber ich sage Ihnen, dieses Testament und ihr Tod – das ist reiner Zufall.«

»Zufall also. Dann lassen Sie mich was fragen. Wer hätte das viele Geld bekommen, wenn sie kein Testament hinterlassen hätte?«

Conni starrte Spencer an. Sie wirkte entspannter als am Tag zuvor, aber das Zittern konnte sie nicht verbergen. Albert war genauso ruhig wie bei seiner ersten Vernehmung. Jim war angespannt, aber nicht nervös.

»Woher sollen wir das wissen? Vielleicht ihr Exmann?« sagte Conni.

Spencer schüttelte den Kopf und stand auf. »Nein, sie hat sich scheiden lassen, also hatte er kein Anrecht. Ein Angehöriger?«

Albert, Conni und Jim sahen sich ratlos an. »Ich glaube, sie hat mal erwähnt, daß ihr Vater tot sei«, sagte Conni zaghaft.

»Sie war ein Einzelkind«, fügte Jim hinzu.

»Kristina hat mir erzählt, daß ihre Mutter psychisch gestört ist oder so was«, gab Albert zu. »Sie sagte, sie würde mit Medikamenten vollgestopft, um sie ruhigzustellen.«

»Das hat sie dir erzählt?« fragte Conni und drehte sich halb zu Albert um. Es war das erste Mal, daß sie ihn ansah, seit sie Platz genommen hatten.

»Warum mußte ihre Mutter ruhiggestellt werden?« unterbrach Spencer. Er würde nicht zulassen, daß sich Eifersüchteleien in die Vernehmung mischten.

»Das hat sie nicht gesagt«, antwortete Albert.

»Wenn ihre Mutter lebt, dann hätte sie das Geld geerbt«, erklärte Spencer.

Albert schüttelte den Kopf und sagte: »Vermutlich.« Er war blaß, und seine dunklen Augen wirkten noch dunkler als sonst.

Die Reaktion der drei drehte Spencer den Magen um. Sie schienen aufrichtig überrascht zu sein, aber auch hilfsbereit und besorgt. Was hatten sie ihm noch über Kristina verschwiegen? Spencer konnte sich kaum an die Auseinandersetzung mit Jim erinnern. Ach ja. Jim hatte sie gefunden und war weggelaufen. Conni war eine halbe Stunde aus ihrem Zimmer verschwunden, ohne eine echte Erklärung dafür zu haben. Und Albert war *nach Mitternacht* in Kristinas Zimmer gewesen, um sich zu verabschieden.

»Ich verstehe das nicht«, sagte Conni. »Warum sollte uns Krissy ihr Geld vermachen? Sie weiß doch, daß wir es nicht wollen.«

»Weiß sie das?« fragte Spencer. »Weiß sie das wirklich?«

»Natürlich weiß sie es«, sagte Jim gereizt. In Begleitung der Freunde fühlt er sich wahrscheinlich stärker als gestern, dachte Spencer, doch es war ihm nicht entgangen, daß die drei ziemlich distanziert miteinander umgingen. Ein unsichtbares kaltes Etwas hockte zwischen ihnen und hielt sie mit langen, scharfen Krallen auseinander.

Spencer zuckte die Achseln. »Sie waren praktisch die einzige Familie, die sie hatte. Neun Millionen. Das ist eine Menge Geld, auch wenn man es durch drei teilt.«

Sie schwiegen. Spencer hatte ein komisches Gefühl, während

er sie beobachtete. Sie schienen über etwas anderes als Kristinas Geld nachzudenken. Albert war immer noch blaß, nur seine schwarzen Augen loderten. Conni biß sich auf die Lippen, und Jim musterte Spencer verächtlich, als wollte er sagen, fuck you, Mann, geh zum Teufel. Es ist mir egal, was du denkst oder mit mir machst. Ich habe nichts verbrochen, und mein Leben ist auch so ruiniert genug. Jim brauchte nichts zu sagen, sein herausfordernder, verletzter Blick schrie Spencer über den weißen Resopaltisch hinweg förmlich an.

Nach ein paar Minuten fragte Albert: »Was wollen Sie eigentlich von uns, Detective O'Malley?«

»Ich möchte wissen, was Sie am Mittwoch, den 24. November, morgens zwischen Mitternacht und zwei Uhr gemacht haben.«

Conni rutschte nervös auf dem Stuhl hin und her. Jim verdrehte die Augen. Albert sah Spencer an. »Was genau wollen Sie wissen?«

»Nun, bisher sind wir soweit: Jim behauptet, er sei die ganze Nacht in seinem Zimmer gewesen, aber nach elf hat ihn keiner mehr gesehen, und als Conni um eins versucht hat, ihn anzurufen, ist er nicht drangegangen. Albert behauptet, er habe im Fernsehraum einen Film geguckt, aber als Conni ihn dort gesucht hat, war er nicht da. Der andere Junge, Tim, hat die Hälfte des Films verschlafen, er kann sich an nichts mit Sicherheit erinnern. Und Conni ist auf dem Campus rumgelaufen, wie sie selbst sagt, und hat im Schneesturm nach Albert gesucht. Vierzig Minuten war sie verschwunden. Was hat das alles zu bedeuten ...?«

Kyle steckte den Kopf durch die Tür. »Entschuldigen Sie, aber der Chief möchte Sie sprechen. Sofort.«

»Sagen Sie ihm, wir sind mitten in einem ...«

Kyle riß die Augen auf. »Sofort, der Chief sagt, sofort.«

Spencer sprang auf. »Wir sind gleich wieder da.«

»Können wir jetzt nach Hause?« fragte Jim.

»Warten Sie noch, wir sind gleich zurück.«

Spencer und Will ließen die drei allein.

Draußen wartete Kyle auf sie. »Na, wie war ich?«

»Großartig, Kyle«, antwortete Spencer. Nur das Timing stimmte nicht ganz.

Will ging pinkeln und anschließend seine Frau anrufen. Spencer betrat einen kleinen dunklen Raum gleich neben dem Vernehmungszimmer, schaltete den Monitor ein und setzte sich vor einen durchsichtigen Spiegel.

Zuerst sagten sie nicht viel. Jim wiederholte immer wieder, daß die Polizei kein Recht hatte, sie festzuhalten. Sie könnten gehen, wann sie wollten, solange kein dringender Tatverdacht gegen sie bestand.

»Willst du vielleicht eine Anklage riskieren?« fragte Albert.

»Was soll das? Natürlich nicht.«

»Dann halt lieber den Mund.«

Jim warf Albert einen vernichtenden Blick zu.

Conni sagte: »Schrecklich, daß sie uns das ganze Geld hinterlassen hat. Einfach schrecklich.«

»Ja«, pflichtete Albert ihr bei. »Das ist wahr. Wie konnte sie das nur tun?«

»Schrecklich ist, daß sie tot ist«, sagte Jim. »Das ist das Schreckliche.«

Ja, nickten die beiden anderen. Das war schrecklich.

Danach saßen sie eine Weile nur da und starrten auf ihre Hände.

»Und was sollen wir jetzt machen?« fragte Conni und sah erwartungsvoll Albert an, als wüßte der auf alles eine Antwort.

»Ich hab keine Ahnung, was ihr beide machen wollt, aber ich weiß, was ich machen werde.«

Sie saßen dem Spiegel gegenüber, doch plötzlich stand Albert auf, ging gedankenverloren im Raum auf und ab und setzte sich dann mit dem Rücken zum Spiegel Conni und Jim gegenüber. Spencer konnte weder Alberts noch Connis Gesicht sehen. Er stand auf und trat ein paar Schritte zur Seite, um sie aus einem anderen Winkel besser sehen zu können.

»Sie ist tot. Ich will ihr Geld nicht«, sagte Albert.

»Wirklich?« fragte Conni.

»Wirklich«, wiederholte Albert fest. »Wir waren Freunde, und es ist schlimm genug, daß sie tot ist, auch ohne daß ich davon profitiere.« Albert sagte das sehr ruhig, und Spencer wußte nicht so recht, ob er es ernst meinte oder ironisch. »Ich will ihr Geld nicht.«

»Du hast dir nie viel aus Geld gemacht, nicht wahr Albert?« sagte Conni.

»Nein, nie. Das weißt du auch. Je weniger ich habe, desto besser geht's mir. Ich bin überzeugt, daß zuviel Geld auf einem Haufen einen verdirbt.«

»Was willst du machen? Sie hat es so gewollt.«

»Nein«, erwiderte Albert, und Spencer wünschte sich, er könne Alberts Gesicht sehen. »Das hat sie nicht gewollt.«

Es folgte eine lange Pause. Spencer beobachtete Conni und Jim, die beide Albert ansahen. Connis Gesicht war zärtlich, das von Jim kalt.

Interessant, dachte Spencer. Bisher ist es ihnen gelungen, ihr kleines Geheimnis für sich zu behalten und mich auszuschließen, aber ich werde schon noch dahinter kommen, was immer es ist.

Kaum waren Alberts letzte Worte verflogen, fuhr er fort: »Ich werde meinen Anteil dem Red Leaves spenden.«

»Echt?« fragte Conni ungläubig.

»Ja. Warum bist du so überrascht?«

Conni lachte. »Weil du derjenige von uns bist, der ständig pleite ist. Wir haben das Geld nicht nötig, aber du ... du könntest es eigentlich ganz gut gebrauchen.«

»Ich brauche ihr Geld nicht«, entgegnete Albert verbittert. »Ich will ihr Geld nicht. Ich weiß nicht, was ich damit anfangen sollte, und außerdem will ich mir mein Geld auf ehrliche Weise verdienen. Ich *werde* mein eigenes Geld verdienen«, berichtigte er sich, fuhr mit der rechten Hand durch das schwarze Haar und schlang das Gummi neu um den Zopf.

»Es war lieb von ihr, an uns zu denken«, sagte Conni.

Wann wird sie wieder losheulen? dachte Spencer. Wann wird dieses labile Ding erneut zusammenklappen und so tun, als würde sie den Tod ihrer besten Freundin betrauern? Nichts in Connis Gesicht deutete auf einen schmerzlichen Verlust hin.

»Woher mag sie das ganze Geld wohl haben?« fragte Jim.

»Genau, und wieso hat sie ihrem Exmann nichts hinterlassen?« fügte Conni hinzu.

»Ich kann es immer noch nicht fassen, daß sie verheiratet war.« Irgend etwas mußte Jim gerade eingefallen sein, denn er sprang von seinem Stuhl auf, sah sich nervös um und setzte sich dann wieder. Er wirkte aufgeregt und mitgenommen.

»Was hast du, Jimmy?« fragte Conni.

»Nichts, nichts«, sagte er hastig. »Ich hab nur vergessen, den Detective was zu fragen.« Pause. »Hab vergessen zu fragen, wann sie sich von diesem Howard Kim hat scheiden lassen.«

»Ach, Jimmy, was macht das jetzt noch aus? Sie ist tot. Das ist Schnee von gestern. Willst du etwa auf eine Tote wütend sein?« fragte Conni.

»Warum nicht?« fragte Albert. »Du bist es doch auch.«

Conni wurde rot. »Ich bin nicht wütend auf sie, Albert. Sie ist tot, ich bin nicht mehr wütend auf sie.«

»Nein, jede Wette nicht«, sagte Albert leise, doch Spencer hörte ihn, und Jim hörte ihn auch, denn sein Blick wurde sanft.

Ohne Albert anzusehen, fragte er: »Willst du deinen Anteil wirklich dem Red Leaves geben?«

»Ja«, antwortete Albert. »Die können das Geld gut gebrauchen. Das Haus hat Krissy so viel bedeutet. Und umgekehrt haben diese jungen Dinger sie vergöttert. Meine Güte, sie haben sie mehr geliebt als ihre eigenen Babys.«

»Ja, du hast recht. Es hat ihr sehr viel bedeutet«, erklärte Conni. »Nun, ich brauche ihr Geld am allerwenigsten. Und wenn ein armes Waisenkind darauf verzichtet, kann ich es unmöglich behalten. Was würden die Leute denken?«

»Daß du vernünftig bist«, sagte Albert. »Ich käme mir schäbig vor, wenn ich es nehmen würde, aber du solltest es behalten.«

Conni erhob die Stimme. »Ich werde ihr Geld bestimmt nicht behalten. Machst du Witze oder was?«

»Denk noch mal drüber nach. Du wolltest doch schon immer nach Europa.«

»Ja, Albert, das wollte ich schon immer, aber mit *dir*«, antwortete sie gefühlvoll.

»Das kannst du immer noch, Babe.«

»Ich werde ganz bestimmt nicht auf ihre Kosten mit dir nach Europa reisen, Albert Maplethorpe.«

»Das wäre in der Tat etwas komisch«, mischte sich Jim ein. Er trug einen schwarzen Pullover, von dem er ständig wie besessen helle Hundehaare pickte.

»Es wäre überhaupt nicht komisch«, gab Albert zurück. »Wir waren noch nie in Europa.«

Es folgte eine lange peinliche Stille. Schließlich sagte Conni, ohne aufzusehen: »Meines Erachtens ist Schottland ein Teil von Europa.«

Schottland! Spencer drückte das Gesicht an den Spiegel.

Er spürte das kalte, glatte Glas auf der Haut. Jetzt kapier ich endlich. Mein Gott, bin ich dämlich.

Als er sich wieder auf die Unterhaltung konzentrierte, sah er, wie Albert über den Tisch hinweg Connis Arm tätschelte und sagte: »Laß es, Babe. Sie ist tot. Hör endlich auf damit.«

»Als wenn das irgendwas verbessern würde«, fauchte Jim.

»Nicht verbessern«, erwiderte Albert. »Nur beenden.«

Und an Conni gewandt: »Wir waren Freunde, Constance. Nur Freunde. Warum hast du bloß so eine blühende Phantasie?«

Hatte Spencer Albert gerade bei einer faustdicken Lüge ertappt? Liebesbriefe von Albert an Kristina oder umgekehrt hatte er nicht gefunden. Er hatte die beiden nie zusammen gesehen, Alberts Parfum in ihren Kleidern gerochen oder gesehen, wie sich ihrer beider Atem in der Novemberkälte vermischte. Aber er hatte etwas viel Aussagekräftigeres entdeckt. Streichholzschachteln und Feuerzeuge und Servietten aus einem Land mit unvorstellbar grünem Gras, einem Land, in dem die Männer Röcke trugen und auf Dudelsäcken eine Musik spielten, die viel zu traurig war für diese Welt. Er hatte mit eigenen Augen gesehen, was Kristina, geborene Sinclair, für das schottische Edinburgh empfand, und deshalb wußte Spencer O'Malley, daß Albert und sie mehr als nur gute Freunde gewesen waren.

Kristina hatte Albert geliebt.

Das war es.

Warum zum Teufel war sie dann mit Jim gegangen? Spencer drückte seine Handflächen gegen den Spiegel. Wenn Albert und Kristina zusammen sein wollten und Jim auf Conni stand, warum dann dieses dumme Bäumchen-wechsle-dich-Spielchen?

Warum, warum, warum? Spencers Kopfschmerzen wurden allmählich lästig. Und wieso hatte Albert behauptet, die Chemie habe nicht gestimmt? Oder war das alles eine Sackgasse?

Vielleicht sagte Albert die Wahrheit, und sie waren tatsächlich nur gute Freunde gewesen.

Außerdem wollte er ihr Geld nicht. Sie hatte es allen dreien hinterlassen, ihm, ihrem Freund und ihrer besten Freundin. Warum wollte Albert es nicht nehmen? Es war nicht zu übersehen, daß er es nicht wollte. Und dann hörte Spencer, wie Jim sagte: »Eine gute Idee, das mit dem Red Leaves. Das ist eine Menge Geld für die.«

»Ja«, antwortete Albert. »Kristina hat mal erwähnt, daß sie renovieren wollten. Oben haben sie nur ein paar Schlafzimmer, und manchmal sind sie so überfüllt, daß sich mehrere Mädchen ein Zimmer teilen. Mit dem Geld könnten sie anbauen.«

»Mit neun Millionen Dollar?« fragte Conni. »Da können sie mehr als nur anbauen.«

»Ja, eine gute Idee«, wiederholte Jim. »Aber wieso hat Krissy nicht selbst daran gedacht?«

»Wir waren ihr näher als das Red Leaves«, antwortete Conni. »Aber du hast recht, wir sollten das Geld spenden. Wer leitet es eigentlich?«

»Weiß ich nicht mehr«, erklärte Albert. »Am besten schreibe ich hin, und wenn wir das Geld erhalten, schicken wir ihnen einen Scheck. Die werden sich mächtig freuen.«

»Und du?« fragte Conni sanft. »Wirst du dich auch freuen?«

Spencer konnte sein Gesicht nicht sehen, dafür aber das von Conni. »Klar. Sie ist tot. Auch wenn ich ihr Geld behalten würde, würde es sie nicht wieder lebendig machen.«

»Wünschst du dir, daß sie wieder lebendig wäre, Albert?« fragte Conni, und auch diesmal konnte Spencer sich den Ausdruck in ihrem Gesicht nicht erklären. Es war eine Mischung aus leidenschaftlicher Liebe und unvorstellbarer Verzweiflung.

»Ich bin traurig, daß sie nicht mehr da ist, und du solltest es auch sein.«

»Sag ihr nicht, wie sie sich fühlen soll«, fuhr Jim ihn an. »Was weißt du schon von ihren Gefühlen? Für dich gibt es doch nur Schwarz oder Weiß.«

»Was soll das heißen, Mann?« fuhr ihn Albert irritiert an. Es war das erste Mal, daß Albert in Spencers Anwesenheit seine Beherrschung verlor. »Erstens sehe ich nicht alles schwarz oder weiß, und zweitens gehen dich Connis Gefühle nichts an, kapiert?«

»Im Gegensatz zu dir mache ich mir wenigstens Gedanken über Connis Gefühle«, gab Jim zurück.

Albert schien ungerührt. »Tja, Jim, wir wissen durchaus, was du für Conni empfindest. Du machst ja keinen Hehl daraus. Aber ich sage dir, hör endlich damit auf, verstehst du? Ich habe dir dein Mädchen nicht weggeschnappt, und das weißt du auch.«

»So?« gab Jim zurück. »Du hast mir alle beide weggenommen.«

»Ich habe keine Ahnung, wovon du redest, Jim«, sagte Albert.

»›Die Chemie stimmt nicht‹«, sagte Jim und äffte Alberts Stimme nach. »Kannst du dich noch dran erinnern? Du hast mir erzählt, zwischen Kristina und dir würde die Chemie nicht stimmen.«

»So?« entgegnete Albert brüsk. »Und was ist damit?«

»Es war eine gottverfluchte Lüge, stimmt's?«

»Was soll das?« rief Albert laut. »Kristina ist tot, wir stehen alle unter Mordverdacht, sie hat uns einen Batzen Geld hinterlassen, und du kommst mir mit einer Geschichte, die drei Jahre her ist. Was soll das Ganze?«

Spencer trat einen Schritt vom Spiegel zurück und ging auf die Tür zu. Jeden Augenblick würde er in dem kleinen Raum mit dem runden Tisch gebraucht werden.

Doch Conni kam ihm zuvor, indem sie die beiden Streithähne beschwichtigte. »Bitte«, sagte sie mit erstickter Stimme, »können wir uns nicht darauf konzentrieren, was jetzt wichtig ist?« Sie sah Albert an, der ihr gegenüber saß. »Ich bin deiner Meinung. Wir spenden das Geld dem Red Leaves.«

Als keiner von beiden etwas sagte, sah sie Jim an. Er erwiderte ihren Blick und biß die Zähne zusammen. Conni streichelte seinen Arm. »Jimmy, warum bist du so wütend? Sie ist nicht mehr da.«

Er schüttelte ihren Arm ab und entgegnete brüsk: »Na und? Wird es davon besser?«

»Ja«, antwortete Conni leise. »Oder nicht?«

»Wovon redest du eigentlich, Conni?« Jim starrte sie durchdringend an. »Ausgerechnet du solltest so was nicht sagen, bei Gott nicht.«

Schweigen. Conni starrte auf den Tisch, Albert blieb stumm.

Spencer war überrascht. Es vergingen Minuten, dann unterhielten sie sich ganz normal weiter. Über den Exmann, was Kristina bewogen haben könnte, so jung zu heiraten und warum sie nie von Howard erzählt hatte, obwohl sie doch sonst über alles geredet hatten. Dann sah Conni Albert an und fragte mit kindlicher Stimme: »Über alles, Albert?« Und er antwortete: »Schätze schon.« Sie sprachen über Kristinas Beerdigung. Wenn sie in Pine Knoll beigesetzt würde, konnten sie auf jeden Fall teilnehmen, aber in Brooklyn? Wie sollten sie sich freinehmen, ausgerechnet jetzt, wo die Klausuren geschrieben wurden? Jim erklärte, er würde sich auf jeden Fall freinehmen. Die anderen beiden waren überrascht. Jim? Jim würde seine Klausuren sausen lassen?

Keiner der drei wirkte verstört über die Tatsache, daß sie gerade beschlossen hatten, auf neun Millionen Dollar zu verzichten.

Ohne mit der Wimper zu zucken, hatten sie mit einem Schlag vom Tisch gewischt, was Spencer für ein Mordmotiv gehalten hatte, als er hinter der Scheibe stand und sie belauschte.

Plötzlich mußte Spencer an letzte Woche denken, als sie zusammen Kaffee getrunken hatten – war es wirklich erst eine Woche her? Was hatte Kristina noch gesagt? Sie sei pleite. Sie führe einen alten Mustang und könnte sich nur gebrauchte Lehrbücher leisten. In ihrer Tasche hatten sie drei Dollar gefunden. Ob sie überhaupt jemandem gesagt hatte, daß sie neun Millionen erben würde? Und wenn nicht, warum nicht? Wenn er die Aussicht auf neun Millionen, ach was, neunhundert Dollar hätte, wäre er rumgelaufen und hätte es überall erzählt. Auf alle Fälle Will. Kristina dagegen hatte es nicht einmal ihren drei besten Freunden erzählt. Warum nicht?

Er drehte sich um. Will stand in der Tür. »Wovor hatte sie Angst, Spence?« fragte er, und einen Augenblick lang glaubte Spencer schon, Will könnte Gedanken lesen. Doch dann wurde ihm bewußt, daß Will Conni meinte. »Habe ich mit mir selbst geredet?« fragte Spencer.

»Nein, du hast laut nachgedacht«, antwortete sein Partner und trat näher. »Ich stand die ganze Zeit hinter dir.« Will legte die Hand auf Spencers Schulter. »Das Ganze geht dir zu nah. Was ist bloß in dich gefahren, O'Malley?«

Spencer fuhr sich mit der Hand über das Stoppelhaar. »Nichts, Mann, gar nichts.«

»Nur die Ruhe, Spence. Wir kriegen es schon raus, ich meine, du.«

»So, glaubst du?«

Will nickte. »Aber da ist noch was anderes im Spiel, abgesehen von dem Geld.«

»Glaub ich auch.«

»Man spürt eine gewaltige Spannung zwischen diesen Kids, obwohl sie doch angeblich beste Freunde sind.«

»Ja.«

»Ich glaube nicht, daß sie von dem Geld wußten. Hast du ihre Gesichter gesehen? Ich habe sie beobachtet. Albert wäre fast vom Stuhl gefallen. Conni sah aus, als hätte man ihr eine Ohrfeige verpaßt. Und Jim hat die Augen geschlossen. Er hat sofort kapiert, was es für sie bedeutete. Ich sage dir, das Geld ist es nicht.«

»Ich weiß nicht, Will. Es ist zu viel, um es nicht zu sein.«

»Ja, aber denk doch mal nach. Albert geht alleine zu Kristina ins Zimmer. Sie ist möglicherweise nackt, und er schnürt ihr möglicherweise die Stiefel zu. Conni merkt, daß Albert nicht in seinem Zimmer ist, und dreht durch. Kein Wunder, daß sie um ein Uhr früh auf dem Campus rumrennt und ihn sucht.« Will sprach ohnehin leise, doch jetzt senkte er die Stimme noch weiter. »Und warum ist Conni so nervös? Die ganze Zeit zupft sie an ihren Augenbrauen herum.«

»Ich weiß, Will. Aber wo war Jim?«

»In seinem Bett.«

»Na schön, wenn Jim im Bett war, wo war dann Albert?«

»Willst du damit sagen, er könnte sich rausgeschlichen haben?«

»Nein«, antwortete Spencer. »Will ich gar nicht sagen. Aber ich frage, wo war Conni?«

Will winkte ab. »Hör zu, Tracy, wir haben uns so sehr auf

das Motiv konzentriert, daß wir darüber vergessen haben, nach dem Mörder zu suchen. Was, wenn es ein Verrückter war? Irgendein Bekloppter, der wußte, daß sie nackt auf der Brücke herumtanzt? Vielleicht hat er auf sie gewartet, sie in den Wald geschleppt, vergewaltigt und sie umgebracht, als sie um Hilfe schrie?«

Spencer schüttelte heftig den Kopf. »Will, ich weiß, daß du eine blühende Phantasie hast. Aber wir haben keine Spuren gefunden, die auf Widerstand schließen lassen, und sie wäre bestimmt nicht freiwillig mit einem Verrückten in den Wald gegangen. Sie wurde ein ganzes Stück weit weg von der Brücke gefunden. Wie soll der Mörder das angestellt haben? Meinst du, er hat sie liebevoll auf Händen zum Tatort getragen? Und außerdem, wer würde schon eine Frau im Schnee vergewaltigen? Oder meinst du, der Kerl hatte eine Picknickdecke dabei? Bei der Kälte wäre ihm doch der Pimmel abgefroren.«

Die beiden Männer musterten sich, dann setzte Spencer hinzu: »Paß auf, vielleicht sollten wir einfach so tun, als würden wir nach einem Verrückten suchen. Dadurch gewinnen wir Zeit und können diese Kids möglicherweise aus der Reserve locken, wenn sie sich sicherer fühlen.«

Will nickte. »Keine schlechte Idee, aber trotzdem … ich glaube …«

»Psst«, sagte Spencer. »Los, gehen wir.«

Will hielt Spencer die Tür auf und flüsterte: »Diese Kids sind mir nicht geheuer. Irgendwas stimmt da einfach nicht.«

»Ja, aber warte, bis wir den Ehemann gesehen haben«, entgegnete Spencer. »Der könnte noch schlimmer sein.«

Howard Kim war elegant gekleidet, sehr ernst und asiatischer Herkunft.

Spencer war nicht überrascht. Er hatte sich schon so etwas gedacht.

Sie reichten sich die Hand. »Sie ist also tot? Das ist traurig, sehr traurig. Wie ist es passiert?«

»Man hat sie im Schnee gefunden, erfroren.«

Howard senkte den Blick. Sie standen an der Rezeption des Krankenhauses.

»Mein Gott, wie schrecklich.«

»Ja«, sagte Spencer leise. »Es tut mir sehr leid.«

»Muß ich sie identifizieren?«

»Sie ist bereits identifiziert worden, danke. Wir brauchen Ihre Einwilligung, um eine Obduktion durchführen zu können.«

»Ist das alles?«

»Nein.« Spencer warf Will einen Blick zu. »Anschließend müssen Sie meinem Partner Will Baker ein paar Fragen beantworten.«

»Sie meinen offizielle Fragen?«

»Offizielle Fragen?«

»Ja, so was wie eine Vernehmung?«

Spencer wechselte einen Blick mit Will. »Vernehmung?« Seine Stimme klang nicht mehr so höflich und freundlich wie zuvor. »Ich weiß nicht, Mr. Kim. Gibt es irgendeinen Grund, warum wir Sie vernehmen sollten?«

»Ich bin Anwalt, Detective O'Malley. Ich weiß, wie das abläuft. Eine junge Frau ist tot. Alle, die ihr nahe standen, sind potentielle Verdächtige.«

»Richtig. Und Sie waren immerhin ihr Ehemann.«

Howard winkte ab. »Ja, aber nur auf dem Papier.«

Dann bat Howard, sie noch einmal sehen zu dürfen. Sie fuhren mit dem Aufzug runter ins Leichenschauhaus. Ungläubig und schockiert berührte Howard Kristinas Körper, der nun aufgetaut war und anfing zu verwesen.

»Wie ist es passiert? Wie ist sie umgekommen?« flüsterte er.

Spencer schüttelte den Kopf und versuchte, Kristina nicht anzusehen. »Das können wir Ihnen nicht sagen. Wenn Sie uns erlauben, die Obduktion durchzuführen, werden wir mehr wissen.«

Howard nickte zustimmend und brach in Tränen aus. Spencer atmete flach und hastig, um Haltung zu wahren.

»Ich will nicht, daß sie hier liegt«, sagte Howard und wandte sich von Spencer, Will und Kristina ab. »Keine Minute länger. Sie gehört nicht hierher. Ich möchte, daß sie beerdigt wird. Ihr Körper muß ruhen, damit auch ihre Seele Ruhe findet. Ich muß sie hier rausholen, bitte.«

Spencer wollte Howard die Hand auf die Schulter legen.

»Nach der Obduktion wird das Bestattungsinstitut in Hanover sie hinbringen, wohin Sie wollen«, erklärte Spencer. Er konnte Howard nicht trösten. »Bitte warten Sie draußen, bis ich mit Dr. Innis gesprochen habe.«

Ehe Howard ging, nahm er seinen schwarzen Schal ab und legte ihn über Kristinas Leiche. Er schluchzte. Spencer griff nach dem Schal und gab ihn Howard zurück. »Nein«, sagte er sanft. Dann bat er Howard, im Gang auf ihn zu warten.

Dr. Innis befand sich im Obduktionsraum. Die drei Metalltische waren leer. Der Gerichtsmediziner zog sich die Gummihandschuhe an. »Können wir?«

»Wie lange werden Sie brauchen?«

Dr. Innis reichte Spencer einen weißen Kittel. »Etwa sechs Stunden. Drei für die Obduktion und drei weitere, um den Bericht zu schreiben. Es ist doch nicht Ihre erste Obduktion, Detective, oder?«

In den letzten zwei Tagen hatte Spencer jedesmal drei Stunden dranhängen müssen. Es reichte nicht, daß es jetzt bereits zehn Uhr abends war. Drei Stunden später würde es noch schlimmer sein. Und Spencer war nach wie vor im Dienst. »Nein, es ist nicht meine erste Obduktion, natürlich nicht.« Doch er zitterte, als er den Laborkittel in der Hand fühlte, und sein Gesicht zuckte.

Dr. Innis sah ihn ruhig an. »Detective?«

»Ja, ja«, antwortete Spencer hastig und fummelte mit dem weißen Kittel herum.

»Gut. Kann es losgehen? Dann bitte ich Ralph, die Bahre zu holen.«

Spencer lehnte sich an die Wand. Hatte ihn der sachliche Ton so hart getroffen? Er mußte noch ein paar Minuten warten, bevor Kristinas Leiche in den kalten Raum gebracht wurde. Dr. Innis warf ihm einen Blick zu und fragte: »Detective O'Malley? Ich habe nicht die ganze Nacht Zeit. Sind wir soweit?«

»Ich … ich …«, stammelte Spencer. Er lehnte immer noch an der Wand. »Tut mir leid, Doktor, wenn Sie mich … bitte entschuldigen Sie mich einen Augenblick.« Dann wandte er sich ab und verließ den Raum.

Am Ende des Korridors standen Will und Howard. »Will,

kann ich dich einen Augenblick sprechen?« Sie betraten einen kleinen Warteraum. Spencer machte die Tür zu und hielt Will den weißen Kittel hin.

»Was soll das?«

»Hast du Lust, die nächsten drei Stunden hier zu verbringen?«

»Nein«, sagte Will wie aus der Pistole geschossen.

»Du weißt doch, daß einer von uns dabei sein muß.«

»Ja, und deshalb bin ich froh, daß du der Detective Sergeant bist, ich bin nur ein einfacher Detective.«

»Dann befehle ich dir jetzt als Detective Sergeant, da reinzugehen.«

»Nein danke. Das mußt du schon selbst machen. Du gehst doch sonst so auf in deinem Job.«

»Du verwechselst mich mit Ray Fell.«

»Ach ja? Und wo ist der Kerl, wenn man ihn braucht?« sagte Will und schüttelte den Kopf. »Es ist inzwischen schon nach zehn, O'Malley.«

»Das brauchst du mir nicht zu erzählen.«

Sie sahen sich an. »Will, es ist wichtig.«

»Ja, ja, ja«, seufzte Will. »Schon gut. Ich rufe meine Frau an und sag ihr, daß es noch eine Weile dauern kann.«

Es war schon lange her, daß Will und er zusammen Nachtdienst gemacht hatten. Spencer bedauerte das. Er vermißte Will.

Er schüttelte ihm die Hand. »Will, du weißt, daß ich es tun würde, normalerweise macht es mir nichts aus, aber dieses eine Mal kann ich es nicht. Ich wünschte, ich könnte, aber es geht nicht.«

Will klopfte ihm sanft auf den Rücken und sagte nur: »Manchmal werde ich einfach nicht schlau aus dir, aber du mußt nichts erklären.«

Spencer lächelte stumm und erleichtert.

»Soll ich warten, bis der Bericht fertig ist, wenn du nicht da bist?«

»Ich werde dasein, keine Sorge.« Als Spencer Wills leicht enttäuschten Ausdruck bemerkte, setzte er hinzu: »Wir warten zusammen, abgemacht?« Es war zwar makaber, aber er konnte Wills Spannung verstehen. In Dartmouth kam es nicht so häufig vor, daß man auf einen Obduktionsbericht warten mußte. Und schon gar nicht auf einen, bei dem völlig unklar war, was drinstehen würde.

Spencer trat zu Howard. »Was meinen Sie? Bringen wir Sie erst einmal im Hotel unter und unterhalten uns anschließend?«

Howard, dessen braune Augen gerötet waren, nickte. »Ich wohne normalerweise im *Hanover Inn*«, antwortete er.

»Gut«, sagte Spencer und dachte, *normalerweise*?

Als sie vor dem Hotel ankamen, sagte Howard: »Ihr Partner ist ein guter Polizist. Ich wünschte, in New York gäbe es mehr Männer wie ihn.«

Die gab es mal, wollte Spencer antworten. Früher hattet ihr mich, aber dann ist meine Frau gestorben. Und wer wollte mich dann noch, außer einer Kleinstadt mit zehntausend Einwohnern mitten in den Bergen?

Spencer wollte Howard mit dem Gepäck behilflich sein, doch er hatte gar keins. »Ich bin sofort losgefahren. Ich hatte keine Zeit zum Packen«, meinte Howard entschuldigend, als würde Spencer es ihm irgendwie übelnehmen, daß er ihm nicht beim Tragen helfen konnte.

»Macht nichts. Wollen Sie einen Kaffee?«

»Ja, gern und vielleicht auch etwas zu essen. Haben Sie schon zu Abend gegessen?«

»Ja, aber ich nehme einen Kaffee.«

Sie gingen in das hoteleigene *Ivy Grill.* Howard bestellte einen Shrimp Cocktail und ein Steak. Spencer ließ sich einen Whiskey und einen Kaffee bringen und trank abwechselnd von beiden. Einen Schluck Whiskey, einen Schluck Kaffee.

Howard starrte ihn an. »Ich will noch nicht schlafen«, sagte Spencer, als müßte er etwas erklären. Aber was?

»Es ist keine Erklärung nötig«, sagte Howard kühl.

Und auch nicht erwünscht, dachte Spencer. »Also Howard, erklären Sie mir, wie ein sechzehnjähriges weißes Mädchen dazu kommt, einen Rechtsanwalt aus ...«

»Hongkong.«

»... Hongkong zu heiraten, der zehn Jahre älter ist als sie?«

»Wir waren verliebt?« Es klang mehr wie eine Frage als eine Antwort. »Wir konnten es nicht abwarten, zusammen zu sein?«

Spencer hob das Glas. »Mein herzliches Beileid dem trauernden Exgatten.«

Schweigen.

»Vorhin erwähnten Sie, daß Sie nur auf dem Papier verheiratet gewesen seien?«

Howard fuchtelte mit seiner Gabel herum, die zu Boden fiel. Er hatte seinen Shrimp Cocktail kaum angerührt. Das Restaurant war fast leer. Es würde bald schließen. »Kristina war ein sehr nettes Mädchen«, erklärte Howard und versuchte, die Fassung zu bewahren. »Ich habe mich bemüht, ihr so gut es ging zu helfen.«

»Das bezweifle ich nicht. Wann haben Sie Kristina zum letzten Mal gesehen?«

»Am Sonntag nachmittag.«

Einen kurzen Augenblick lang dachte Spencer, er meinte letzten Sonntag, und verspürte die wahnwitzige Hoffnung, daß vielleicht, nur vielleicht doch alles ganz anders war, als sie bisher gedacht hatten. Vielleicht war sie nach Hause gefahren, hatte ihr letztes schönes Thanksgiving erlebt, hatte Truthahn gegessen, ihre Familie gesehen ... hatte noch ein paar Tage länger gelebt.

»Am Sonntag vor Thanksgiving«, fügte Howard hinzu, und Spencer lehnte sich zurück. »Sie hat mir die Scheidungsurkunde gegeben.«

Spencer wußte nicht, was er als nächstes fragen sollte. Er versuchte nachzudenken und nahm zur Stärkung einen – großen – Schluck Whiskey. »Wann haben Sie sie zuletzt gesehen?«

»Wie gesagt, am Sonntag vor Thanksgiving.«

»Ja. Sicher. Ich meinte, wo haben Sie sich am Dienstagabend, den 23. November aufgehalten?«

»Stehe ich unter Verdacht, Detective O'Malley?«

»Nicht mehr als jeder andere. Wir müssen alle befragen. Das ist unser Job. Das haben Sie selbst gesagt.«

»Haben Sie mich deshalb herbestellt? Um mich zu verhören?«

»Ja«, sagte Spencer. »Sie waren bis vor einer Woche noch ihr Ehemann. In welcher Branche arbeiten Sie, Mr. Kim?«

»Ich vertrete die Geschäftsinteressen meiner Mandanten in

Chinatown, Detective. Zu Ihrer Information, ich war bis acht Uhr abends im Gericht und danach bei mir zu Hause.«

»Allein?«

»Nein, warten Sie. Letzten Dienstag? Da war ich mit einem meiner Mandanten beim Abendessen verabredet.«

Spencer schrieb alles auf. »Sein Name?«

»Ihr Name«, berichtigte ihn Howard. »Anna Chung.«

Spencer sah auf. Howard starrte gelassen zurück. »Ja, Detective, ich habe auch ein Privatleben.«

»Die Tinte war noch nicht getrocknet.«

»Ich sagte Ihnen bereits, daß wir keine gewöhnliche Ehe geführt haben.«

»Was für eine war es denn dann?«

Howard dachte einen Augenblick lang nach und antwortete: »Eine ungewöhnliche.«

Der Kellner nahm den nicht angerührten Shrimp Cocktail wieder mit und stellte ihm ein Filet Mignon mit Folienkartoffel und Gartengemüse hin.

»Essen Sie, Howard«, sagte Spencer. »Ich will mich kurz fassen. Es ist ziemlich schwierig, Informationen von Leuten zu kriegen, die angeblich ihre Freunde und/oder Exmänner sind. Alle geben sich zugeknöpft, nicht besonders kooperativ oder gar offen feindselig. Keine Einmischung erwünscht, als ginge es mich nichts an, daß ein einundzwanzigjähriges Mädchen tot im Schnee gefunden wird, während ihre Freunde sich neun Tage munter um ihre eigenen Angelegenheiten kümmern. Keiner von ihnen hat sich die Mühe gemacht, sie zu suchen, Alarm zu schlagen oder zur Polizei zu gehen. Nun, ich will Ihnen was sagen, es geht mich sehr wohl etwas an. Ich habe nicht vor, ein Exempel an Ihnen zu statuieren, Mr. Kim, aber ich habe die Nase voll. Ich habe kaum geschlafen und bin völlig erledigt. Das Mädchen ist tot, und ich würde das Haus meiner Mutter drauf wetten, daß es kein Unfall war, egal was Sie oder ihre Freunde mir einzureden versuchen.«

»Ich versuche gar nicht, Ihnen etwas einzureden, Detective O'Malley«, gab Howard kalt zurück.

»Moment!« sagte Spencer und nahm einen Schluck Kaffee. »Wenn ich Sie aufs Revier bringen muß, bis Sie mir meine Fragen zufriedenstellend beantwortet haben, werde ich es tun und dabei wenigstens die Genugtuung haben, daß auch Sie nicht zum Schlafen kommen. Haben Sie verstanden? Oder würden Sie jetzt lieber *Ihren* Anwalt anrufen?«

Howard Kim steckte ein Stück Steak in den Mund und kaute langsam. Dann schluckte er es hinunter, tupfte sich den Mund mit der Serviette ab und sagte: »Ich verstehe.«

»Gut.«

»Sie glauben also, daß sie eines gewaltsamen Todes starb?«

»Es ist ein Gefühl, eine Ahnung, von mir aus Intuition. Es gibt überhaupt keinen Grund dafür, daß sie tot ist, außer daß sie ausgerechnet im schlimmsten Schneesturm des Jahres splitternackt spazieren war. Sie werden sehen, die Obduktion wird mir recht geben. Sie wurde umgebracht.«

»War sie verletzt?«

»Nicht, daß ich wüßte. Vielleicht hatte sie innere Verletzungen. Möglicherweise hatte sie getrunken.«

»Ja.«

Spencer sah Howard einen Augenblick an und fragte dann: »Hat sie gern getrunken?«

Howard nickte. »Klar, sie war Studentin.«

»Na und? Ich trinke auch gern, trotzdem gehe ich nicht nackt in der Kälte spazieren und werde anschließend tot aufgefunden.«

»Sie hatten nicht so ein Pech.«

»Falsch. Ich habe eine ganze Menge Pech, aber ich bin nicht umgebracht worden.« Spencer nahm einen raschen Schluck Whiskey.

»Ich habe ein Alibi, Detective«, sagte Howard leise.

»Wird Anna Chung es bestätigen?«

»Ja«, antwortete Howard noch leiser.

»Okay«, sagte Spencer. Er glaubte ihm. »Trotzdem müssen Sie mir noch was erklären.«

»Ja?«

»Warum hat Kristina Sie geheiratet?«

»Aus Liebe?«

»Nicht aus Liebe.«

»Würden Sie mir glauben, wenn ich sagte, aus Not?«

Spencer dachte nach. »Sie haben sie geschwängert?« fragte er ungläubig.

»Nun«, antwortete Howard, während er sich den Mund abtupfte und die Serviette auf das kaum angerührte Fleisch warf, »jedenfalls war sie schwanger.«

Spencer hielt den Atem an, um ja nichts zu verpassen. »Was wollen Sie damit sagen?«

»Damit will ich sagen, daß sie schwanger war, als wir geheiratet haben.«

»Aber nicht von Ihnen.«

»Das ist richtig.«

»Wer war denn der Vater?«

Howard schwieg.

»Und warum hat sie nicht ihn geheiratet statt Sie?«

»Das weiß ich nicht«, antwortete Howard.

»Wer war es?«

»Das weiß ich auch nicht.«

»Das wissen Sie nicht? Was soll das heißen?«

Howard antwortete nicht.

»Und wie kommen Sie in die Geschichte?«

»In einem Boot. Natürlich nicht wörtlich. Meine Familie stammt ursprünglich aus Pyongyang ...«

»Woher?«

»Nordkorea«, erklärte Howard ein wenig scharf, als sei er pikiert, daß Spencer O'Malley nicht wußte, wo Pyongyang lag. »Meine Familie ist nach Hongkong ausgewandert auf der Suche nach Arbeit. Ich habe in Hongkong eine britische Universität besucht und wollte Anwalt werden. Kristinas Vater kaufte Textilien von meinem Vater. Ich beendete mein Studium und wollte eigentlich nach England, aber das war sehr schwierig. Meine erste Wahl waren natürlich die Vereinigten Staaten, doch das war noch schwieriger. Ich arbeitete in der Firma meines Vaters, aber das machte mir keinen Spaß, denn ich wollte als Unternehmensanwalt tätig sein. Kristinas Vater konnte mir nicht helfen. Die amerikanischen Einwanderungsgesetze sind sehr streng. Alle Welt will nach Amerika. Und 1997, wenn Hongkong an China zurückfällt, werden noch viel mehr Menschen aus Hongkong in die USA einwandern wollen. Aber das wissen Sie bestimmt.«

China, ja. »Und weiter?«

»Dann hat ihr Vater …«

»John Henry Sinclair?«

»Ja. Tja, also er kam vor fünf Jahren nach Hongkong und fragte mich, ob ich immer noch nach Amerika auswandern wollte. Er sagte, er könne es arrangieren, wenn ich seine Tochter heirate. Wir sollten uns in New York niederlassen, ich als Anwalt, und Kristina sollte dort die Schule fertig machen. Nach fünf Jahren könne ich die amerikanische Staatsangehörigkeit beantragen, dann wäre sie einundzwanzig, und wir könnten uns wieder scheiden lassen. Solange jedoch mußten wir verheiratet bleiben … die Einwanderungsbehörden sind sehr streng, was Scheinehen angeht.«

»Ja, vor allem, wenn es um einen Koreaner und eine junge Amerikanerin geht.«

»Ja, dann ganz besonders. Deshalb blieben wir verheiratet. Kristina besuchte die Schule in Brooklyn Heights, und ich arbeitete als Anwalt in einer sehr angesehenen Kanzlei. Ich bin heute noch da.«

»Die Scheidung war also von beiden gewollt?«

»Nein. Sie wollte die Scheidung. Ich habe zugestimmt. Ich hatte die Staatsangehörigkeit beantragt und sie auch problemlos bekommen.«

»Und was wäre geschehen, wenn sie die Scheidung nicht gewollt hätte?«

»Nichts. Ich war …« Howard dachte nach. »Ihrem Vater verpflichtet. Ich hätte alles getan, was sie wollte.«

Wie nett, dachte Spencer. Jeder hat bekommen, was er sich wünschte.

»Wo ist das Baby?«

»Das Baby?«

»Ja, das Kind.«

»Es war eine Totgeburt.«

»Oh.« Spencer schwieg.

»Ich kenne die Familie nicht besonders gut. Eigentlich überhaupt nicht. Mit Kristinas Mutter habe ich nur am Telefon gesprochen. Ich hatte immer mit ihrem Vater zu tun. Er …« Howard stockte. »Er war ein sehr, sehr unausgeglichener Mann. Er sprach nicht mehr mit Kristina. Zu mir hat er gesagt, es sei besser, wenn seine Tochter einen bedeutenden Mann heiratete, einen Anwalt, einen seiner Kollegen, bloß nicht so eine Schande.«

Spencer war entsetzt. »Sie meinen, das war ihm lieber als die Wahrheit?«

»Ich glaube, ja.«

Spencer winkte dem Kellner, um einen neuen Drink zu bestellen, und eine Minute später hatte er es schon vergessen und winkte ihm erneut. Er trank beide aus, bestellte noch einen und dachte die ganze Zeit, na, das erklärt wenigstens die Sache mit Red Leaves.

»Wußten Sie, daß sie sich für schwangere Teenager einsetzte?«

»Ja, das hat sie mir erzählt.« Howard senkte den Kopf. »Arme Kristina.« Er unterdrückte ein trockenes Schluchzen. »Ist das alles, Detective? Ich bin müde.«

»Nur noch ein paar Minuten, Mr. Kim. Warum haben Sie den Kontakt zu ihr aufrechterhalten, als sie aufs College wechselte?«

Howard hustete. »Das war Teil der Abmachung. Ihr Vater hat mir das Geld für sie gegeben. Ich habe ihre College-Ausbildung bezahlt.«

Spencer schüttelte den Kopf. »Das stimmt nicht.«

»Natürlich stimmt das.«

»Wirklich? Das ist aber seltsam. Ich dachte, daß ihre Großmutter das Studium finanzierte.«

Howard wurde blaß. Er beugte sich vor und dann wieder zurück. Seine Mundwinkel zuckten nervös. Er gab sich Mühe, ruhig zu wirken, doch seine Stimme war zittrig, als er sagte: »Das ist unmöglich. Ich habe ihr jedes Jahr Geld gegeben. Das weiß ich. Zwanzigtausend Dollar jährlich, vier Jahre lang. Ich war sehr vorsichtig. Sie neigte dazu, mehr Geld auszugeben als sie besaß. Schon ihr Vater hatte mich davor gewarnt. Sie würde es für irgendwelchen Unsinn ausgeben, hat er gesagt. Also habe ich mich genau erkundigt, wieviel sie für Studium, Kost und Logis brauchte, habe das Stipendium und das Geld, das sie sich dazuverdiente, abgezogen und ihr jedes Jahr eine bestimmte Summe gegeben.«

»Das ist ja komisch«, sagte Spencer. »Offensichtlich waren

Sie nicht der einzige, von dem sie vier Jahre lang genau zwanzigtausend Dollar im Jahr erhalten hat.«

»Wovon reden Sie eigentlich, Detective?«

»Wir haben in Kristinas Schließfach Briefe ihrer Großmutter gefunden. Sie hat ihr ebenfalls jedes Jahr Geld fürs Studium geschickt.«

Howard schüttelte heftig den Kopf. Zum Glück ist er fertig mit Essen, dachte Spencer, sonst wäre ihm das Steak im Hals steckengeblieben. »Das kann nicht sein«, sagte er. »Es kann einfach nicht sein.«

Spencer zuckte die Achseln und sagte: »Vielleicht hatte sie das Geld klug angelegt und ist so zu den neun Millionen Dollar gekommen.«

Howard sah Spencer mißtrauisch an. »Welche neun Millionen Dollar?«

»Die, die sie von ihrer Großmutter geerbt hat«, antwortete Spencer. Howards Gesicht ... es sah plötzlich ganz elend aus, Scham, Versagen und Erschöpfung spiegelten sich darin.

»Großmutter?« sagte er schließlich und riß sich zusammen. »Ach ja, vielleicht. Woher wissen Sie das?«

»Das Geld wurde von einer Bank in New Hampshire überwiesen. Außerdem haben wir eine Kopie von Louise Morgans Testament in Kristinas Schließfach gefunden, datiert von Ende August. Das Testament weist Kristina ohne jeden Zweifel als Alleinerbin des gesamten Vermögens aus. Louise Morgans Geld floß in einen Trust, der an Kristinas einundzwanzigstem Geburtstag in ihren Besitz überging.«

»Warum?« fragte Howard. Es klang wie ein Stöhnen. Als hätte er diese zwei Silben nur gehaucht: »Warum?«

»Woher soll ich das wissen? Ich stelle die Fragen. Sie sollen die Antworten geben.«

»Aber ich weiß nichts. Das habe ich ihnen schon gesagt. Ich kannte nur ihren Vater, und der hat mir so gut wie nichts erzählt. Er hat mir nur gesagt, wie ich mich um Kristina zu kümmern hatte. Das war die Abmachung. Ich habe mich um sie gekümmert. Glaubte ich. Ich habe auf sie aufgepaßt. Glaubte ich.« Howard senkte den Kopf. »Aber das stimmte nicht. Ich habe nicht gut genug auf sie aufgepaßt.«

»Stimmt«, nickte Spencer und überlegte, ob er noch einen Drink bestellen sollte. »Haben Sie nicht.«

Sie saßen schweigend da, während die Kellner ringsum die Stühle auf die Tische stellten und Anstalten machten, den Boden zu wischen.

Offenbar hatte Howard das Bedürfnis, sich zu erklären, denn er sagte: »Was weiß ich schon, Detective O'Malley? Ich bin der Sohn eines Textilfabrikanten aus Korea. Ich war Mr. Sinclair sehr dankbar, daß er mir die Möglichkeit gab, nach Amerika zu kommen. Es war mein Traum. Ich habe keine unangenehmen Fragen gestellt. Er sagte mir, wo es langging, und ich hielt mich dran. Ich habe mir meine Neugier nicht anmerken lassen. Und das war richtig so. Kristinas Mutter klang immer so traurig, wenn sie anrief. Sie tat mir leid.«

»Sie hat nicht oft angerufen?«

»Nein. Und dann überhaupt nicht mehr. Ich glaube, daß Kristina sehr darunter gelitten hat.«

»Dann hat sie ihre Mutter geliebt?«

Howard nickte. »Ja, das hat sie.«

»Und was ist aus John Sinclair geworden? In Kristinas College-Anmeldung steht, daß er gestorben ist.«

»Ja. Ja.« Howard kratzte sich am Kopf. »Das letzte Mal, als Mrs. Sinclair anrief, hat sie erzählt, er habe einen Herzinfarkt gehabt. Sie klang sehr traurig.«

Das glaube ich, dachte Spencer. Sie hatte ihren Mann und ihre einzige Tochter verloren. »Traurig« war ganz schön untertrieben.

»Gab es ein Testament?«

»Wie bitte?«

»Hat John Sinclair ein Testament hinterlassen?«

»Ja, gewiß. Ein Mann, der so reich ist wie er, würde nicht sterben, ohne ein Testament zu hinterlassen.«

Spencer wartete. Howard fuhr fort: »Ich erhielt ein Schreiben vom Anwalt des Nachlaßverwalters. Ich sollte für den Zeitraum von fünf Jahren jährlich fünfzigtausend Dollar erhalten. Das war vor zwei Jahren.«

»Wie nett. Und Kristina? Wieviel hat sie bekommen?«

Howard wandte den Blick ab, bevor er antwortete: »Nichts.«

»Nichts?«

»Nichts.«

»Seine einzige Tochter hat nichts bekommen?«

Howard räusperte sich unbehaglich, rückte gereizt die Brille zurecht und sagte: »Er hatte sie enterbt.«

»Er hatte – was?«

»Er hatte sie enterbt. Er hatte ein entsprechendes Schreiben aufgesetzt, das von ihm und seiner Frau unterzeichnet war, und sie enterbt.«

Spencer brauchte unbedingt was zu trinken. »John Sinclair hat seine einzige Tochter enterbt?«

»Ja.«

»Und es notariell beglaubigen lassen, so daß sie keinerlei Ansprüche auf das Vermögen ihrer Eltern hatte?«

»Richtig.«

»Und«, sagte Spencer langsam, während ihm die Gedanken durch den Kopf schossen, »*ihre Eltern auch keinen Anspruch auf ihr Erbe*?«

»Das weiß ich nicht. Möglich. Aber was hat das alles mit Kristinas Tod zu tun, wenn ich fragen darf, Detective O'Malley?«

Spencer entschied sich widerstrebend gegen einen weiteren Drink und sagte: »Vielleicht nichts. Vielleicht alles. Kristinas zum Platzen gefülltes Bankkonto, die Scheidung von Ihnen ... ihrem einzigen direkten Erben ... und ihre Eltern ...«

»Ihre Mutter«, berichtigte Howard. »John Sinclair ist bereits tot.«

»... haben sie enterbt. Das Ganze wird allmählich ziemlich verrückt. Und sie starb nicht etwa ohne einen letzten Willen, aus Zufall oder göttlicher Vorsehung. Nicht umsonst hatte sie in aller Eile ein Testament gebastelt.«

»Ohne mich zu erwähnen.«

»O nein. Sie erben das Haus ihrer Großmutter.«

Howard sagte nichts. »Und wem hat sie das Geld hinterlassen?« Es klang gleichmütig, doch Spencer hätte schwören können, daß Howard insgeheim den Atem anhielt.

»Ihren drei Freunden. Was hätten Sie gedacht?«

Er atmete aus, scheinbar sehr erleichtert. »Keine Ahnung. Ich glaube, darüber sollten Sie sich mit ihnen unterhalten.«

»Das werde ich machen, darauf können Sie Gift nehmen. Aber es ist ohnehin eine hypothetische Frage. Sie wollen das Geld nicht behalten.«

»Nein?«

»Sie wollen es dem Red Leaves spenden.«

Howard lehnte sich zurück. »Gott, ist das alles merkwürdig. Wirklich seltsam.« Er nahm die Brille ab und rieb sich die Augen. »Es macht einfach keinen Sinn.«

Spencer beugte sich vor. »Wollten Sie das Geld, Howard?«

»Was soll ich sagen? Es hätte mir nichts ausgemacht, ein Stück von dem Kuchen abzubekommen.«

Eines stand fest, Howard war nicht Spencers Mann. Bloß der Routine halber würde er sein Alibi überprüfen, zweifelte aber nicht daran, daß er die Wahrheit gesagt hatte.

Sie saßen noch eine Weile zusammen. Die Angestellten wischten den Boden. Die Rechnung kam und wurde bezahlt. Der Tisch war schon lange abgeräumt. Er sieht so erschöpft aus wie ich es bin, dachte Spencer. Seine Augen schmerzten. Am liebsten hätte er sie geschlossen und wäre in Long Island wieder aufgewacht. Dann läge all das hinter ihm, oder es stünde ihm noch bevor, egal, Hauptsache, es schnürte ihm nicht so unmittelbar die Luft ab. Spencer schwor sich, daß er seine Familie besuchen würde, sobald er das hier hinter sich hatte. Zu Weihnachten vielleicht.

»Ich glaube, sie stammten aus Connecticut«, meinte Howard schließlich.

Spencer erinnerte sich an die *Greenwich Time*, die er in Kristinas Schrank gefunden hatte. Er stand auf und sagte: »Vielen Dank, daß Sie gekommen sind, Mr. Kim.«

»Keine Ursache. Wann meinen Sie, wird die Leiche freigegeben?«

»Morgen. Sie können sie morgen abholen. Ich muß jetzt wieder ins Krankenhaus, um mit dem Coroner zu sprechen.«

Spencer erwartete, daß Howard mitkommen wollte, aber er sagte nichts. Er sah erschöpft aus. Auch Spencer war erschöpft, aber er mußte hin. Es war schlimmer, als auf dem Long Island Expressway zu hocken und auf Geschwindigkeitsübertreter zu warten. Damals war er der Freund der Geschwindigkeitsübertreter gewesen, weil er ständig eingeschlafen war. Doch jetzt mußte er hellwach bleiben, egal, wie sehr es ihm gegen den Strich ging.

Er verabschiedete sich von Howard und ging zu seinem Wagen. Es war weit nach Mitternacht. Will wartete im Krankenhaus und wollte nach Hause. Ray war zu Hause bei seiner Familie und wäre garantiert lieber im Krankenhaus. Der dumme Kerl wäre liebend gern dabei, wenn der Coroner an halbverwesten Leichen rumschnibbelte. Würde Dr. Innis überhaupt feststellen können, ob sie zuerst gestorben und dann gefroren war?

»Nein«, antwortete Dr. Innis auf Spencers Frage. Obwohl es im Vorraum zum Obduktionssaal höchstens sechs Grad über Null war, schwitzte Dr. Innis und wischte sich mit dem Ärmel des weißen Laborkittels den Schweiß von der Stirn. Er war nicht *völlig* weiß, aber darüber wollte Spencer jetzt lieber nicht nachdenken. Will war sofort nach Hause gefahren, als Spencer kam, um ihn abzulösen.

»Nein?«

»Nein«, wiederholte Dr. Innis. »Die Antwort lautet nein. Sie ist keines natürlichen Todes gestorben.«

»Hören Sie Doktor, ich finde, erfrieren ist nicht unbedingt ein natürlicher Tod.«

»Sie ist nicht erfroren. Sie ist gestorben und dann gefroren.«

»Wirklich?«

»Ja. Hatten Sie etwas anderes erwartet?«

»Nein, es ist genau das, womit ich gerechnet hatte.«

»Tja, dann lagen Sie ja richtig. Meinen Glückwunsch.«

Spencer wartete. Der Arzt äußerte keine weiteren Einzelheiten. Sie standen im Vorraum des Obduktionssaals, einem kleinen, klinisch weißen Bereich mit Glasfenstern, Glastüren und Neonlampen. Ein kalter Raum.

Spencer hustete. »Und die Todesursache, Dr. Innis?«

»Ach ja. Wollen Sie selbst sehen?«

Spencer schüttelte heftig den Kopf. »Nein!«

»Schön.« Dr. Innis begann die blutbeschmierten Gummihandschuhe abzustreifen. Spencer beobachtete ihn voller Ekel.

Dr. Innis sagte kein Wort, bis er die Handschuhe in den Müllbehälter geworfen hatte. Spencer atmete auf.

»Tod durch Asphyxie. Sie wurde erstickt.«

Spencer konnte nicht einmal sagen, daß er überrascht war. Diese Worte spukten ihm seit vierundzwanzig Stunden durch den Kopf. Das Urteil des Arztes war bloß das Echo seiner Gedanken. Ohne selbst etwas gesehen, ohne die Leiche seziert oder Teile der jungen Frau berührt zu haben, hatte Spencer auf Tod durch Ersticken getippt.

»Ich kann nicht behaupten, daß ich überrascht bin.«

Dr. Innis runzelte die Stirn. »Nein? Sie hätten Gerichtsmediziner werden sollen, Detective O'Malley. Für Ihre Art der Arbeit scheinen Sie mir bei weitem zu zynisch zu sein. Eine junge Frau stirbt, und Sie vermuten sofort das Schlimmste. Ich hoffe, Sie haben Ihre Gedanken nicht publik gemacht. Vor Gericht könnte die Verteidigung behaupten, ich sei nur ein Werkzeug in Ihrer Hand gewesen.«

Spencer lächelte schwach. »Stimmt es etwa nicht, Doktor?«

Innis fand das nicht besonders lustig. »Wollen Sie nun wissen, was ihr zugestoßen ist, oder nicht?«

»Na klar«, sagte Spencer. »Schießen Sie los.«

»Der Subduralraum des Gehirns zeigt Anzeichen für eine beginnende Zersetzung des Bindegewebes, die vor dem Gefrieren eingesetzt hat. Wäre sie im Schnee eingeschlafen, hätte sich das Gehirn erst zersetzt, wenn die Körpertemperatur zu niedrig gewesen wäre, um die Körperfunktionen aufrechtzuerhalten, so daß sie zum Zeitpunkt des Todes ohnehin fast vollständig erfroren gewesen wäre. Nein, sie ist gestorben und dann gefroren … rasch, aber nicht rasch genug, um zu verhindern, daß sich das hochsensible Hirngewebe bereits zersetzte. Normalerweise hätte sie anderthalb Grad pro Stunde verloren und so in etwa vierundzwanzig Stunden die Temperatur ihrer Umgebung angenommen. Die Leichenstarre hätte sechs Stunden nach dem Tod eingesetzt. Aber es war bitterkalt, und bei dem Wind müßten die Temperaturen weit unter Null gelegen haben. Ich kann mich an diese Nacht erinnern. In der Zeitung stand, es sei die kälteste seit siebzig Jahren gewesen. Also wird sie etwa anderthalb Grad *in der Minute* verloren haben. Damit hätte sie die Außentemperatur innerhalb von einer Stunde erreicht. *Voilà* ... keine Leichenstarre, keine Verwesung, und die Leichenfarbe am Rücken ist verhältnismäßig schwach, wenn man bedenkt, daß sie neun Tage so dagelegen hat. Das Erfrieren hat zwar den schnelleren Zersetzungsprozeß im Gehirn verlangsamt, aber nicht aufgehalten. In den vergangenen vierundzwanzig Stunden, als der übrige Teil des Körpers auftaute und die Verwesung einsetzte, war das Gehirn ... nun, sagen wir, schon stark zersetzt.«

Dr. Innis schien es zu gefallen, Spencer all das zu erklären, der zwar freundlich nickte, aber eigentlich nichts hörte, das er nicht schon wußte. »Verstehe. Das leuchtet ein. Und sonst nichts?«

»Doch. Ein winziges Zeichen, das auf Tod durch Ersticken hindeutet.«

»Die Augen?« sagte Spencer.

»Ja, wie kommen Sie darauf? Wußten Sie, worauf Sie aufpassen mußten?«

Ja, auf ein nacktes Mädchen mit schwarzen Stiefeln und neun Millionen Dollar im Zentrum eines eifersüchtigen Vierecksverhältnisses. Für so was habe ich einen Riecher. Spencer schüttelte den Kopf. »Nein, nicht wirklich.« Er wollte nicht zeigen, wie nah ihm das alles ging.

»Ja, die Augen«, fuhr Dr. Innis fort. »Die haarfeinen Blutgefäße waren durch den Druck auf den Kopf geplatzt, der wiederum von einem ungeheuren Druck auf die Halsschlagader herrührte. Dadurch wurde die Sauerstoffzufuhr zum Gehirn lange genug unterbrochen, um die Funktion des parasympathischen Systems zu beenden und den Herzstillstand zu bewirken. Der Druck auf die Augen war so stark, daß sie bis in die Hirnkammern hinein geblutet haben. Sind Sie sicher, daß Sie es sich nicht selbst ansehen wollen?«

Spencer tat alles weh. »Jemand, der sehr kräftig war?« sagte er mit gebrochener Stimme.

»Nein, keineswegs. Sie hat um Luft gerungen. Sie hat bis zum letzten Atemzug gekämpft. Die Anstrengung hat die Schlagader fast zum Platzen gebracht.«

»Ja«, sagte Spencer und kämpfte darum, normal zu sprechen. »Sie kam einfach nicht gegen ihn an.«

»Sind Sie sicher, daß es ein Mann war, Detective? Nein, sie hätte auch gegen eine Frau keine Chance gehabt. Ihre linke Schulter war sehr schwer verletzt.«

»Ja, ja«, nickte Spencer. »Das war vom Tag zuvor. Sie hatte einen Autounfall gehabt.«

»Nun, das erklärt einige der Verletzungen ... sie wirkten schon etwas älter. Eine Rippe auf der rechten Seite war gebrochen und eine Stelle am Schädel gequetscht. Es ist ein Wunder, daß sie sich überhaupt auf den Beinen halten konnte. War sie im Krankenhaus gewesen?«

»Nein, sie wollte nicht.«

Dr. Innis wischte sich den Schweiß von der Stirn. »Schade. Es hätte ihr das Leben gerettet.«

»Wie kommen Sie darauf?«

»Man hätte sie keinesfalls nach Hause gehen lassen. Die Schulter war schwer verletzt. Sie hätte operiert werden müssen. Mehrfache Fraktur, die sich zudem entzündet hatte.«

Spencer brachte kein Wort heraus.

Dr. Innis sah so zufrieden aus, als hätte er soeben den Mörder entlarvt statt Spencer erklärt, wie wehrlos Kristina gewesen war.

»Sie war in einem fürchterlichen Zustand«, schloß er. »Jeder, sogar meine siebenjährige Enkelin, hätte sie überwältigen können. Sie konnte sich nur mit dem rechten Arm wehren.«

»Glauben Sie, daß sie sich gewehrt hat?« fragte Spencer stockend. »Wir haben keinerlei Spuren gefunden, die auf einen Kampf hingedeutet hätten.«

Der Doktor lächelte. »Da irren Sie sich, Detective. Gut zu wissen, daß Sie mich doch noch brauchen. Ich hatte schon befürchtet, ich sei hier überflüssig, da Sie alles zu wissen scheinen. Es *gibt* Spuren, zum Beispiel eine weitere ernsthafte Verletzung an einem Hinterhauptlappen. Ein kleines subdurales Blutgerinnsel. Wahrscheinlich hat sie das Bewußtsein verloren.«

»Wurde sie niedergeschlagen?« fragte Spencer. Mein Gott, Will hatte doch recht, es war ein Sexualverbrechen.

»Möglich. Ich glaube, daß sie gestoßen wurde oder gefallen ist.«

»Gefallen?«

»Ja. Sie könnte rückwärts ausgewichen sein, dabei ausgerutscht und mit dem Hinterkopf gegen einen Baumstamm oder auf einen Stein geschlagen sein. Es war kein scharfer Gegenstand, die Haut ist dabei nicht verletzt worden, aber man kann eine Prellung erkennen. Das ist nur meine persönliche Vermutung, verstehen Sie. Oder sie wurde gestoßen, schlug mit dem Hinterkopf auf und verlor ein paar Sekunden lang das Bewußtsein. Von da an war es ein leichtes Spiel. Es gibt zwei symmetrische Druckstellen an beiden rechten Oberarmen und zwei weitere am Oberkörper, oberhalb des Brustkorbs. Unter der Haut fanden wir Quetschungen und geplatzte Äderchen. Was schließen Sie darauf, Detective?«

Spencer überlegte kurz. »Jemand hat auf ihren Armen und der Brust gesessen. Die Druckstellen stammen von den Knien.«

»Genau. Es sind Druckstellen von Knien. Die junge Frau hat um ihr Leben gekämpft ...«

»Womit wurde sie erstickt?« unterbrach ihn Spencer. »Mit bloßen Händen?«

»Nein, nein. Das hätte eine hübsche Spur hinterlassen. Nein, es war ein großer weicher Gegenstand. Im Gesicht sind keine sichtbaren Druckstellen zu erkennen. Ein Kopfkissen vielleicht? Jedes normale kleine Kissen hätte genügt.«

Spencer konnte den Arzt nicht ansehen.

»Hören Sie, Detective O'Malley«, fuhr Dr. Innis etwas sanfter fort. »Ich habe etwas unter ihren Fingernägeln gefunden. Möglich, daß ihr Mörder verletzt wurde. Kratzspuren.«

»Was haben Sie gefunden?«

»Blut«, antwortete der Doktor. »Und kleine Haarfasern.«

»Ah, warum haben Sie das nicht gleich gesagt?«

»Ich habe darauf gewartet, daß Sie danach fragen.«

»Welche Haarfarbe?«

»So genau habe ich sie mir noch nicht angesehen, Detective. Ich habe aber ein Mikroskop hier. Wollen Sie einen Blick darauf werfen?«

Spencer hätte beinahe ja gesagt. Aber was verstand er schon von Haarproben?

»Haben Sie Haarproben, die Sie mir zum Vergleich geben wollen?« fragte Dr. Innis.

Spencer hätte beinahe genickt, doch dann besann er sich. Es waren nur drei dumme Kids. Er schüttelte den Kopf und überlegte. »Können Sie ausschließen, daß es eine Frau war?«

»Ich schließe nichts aus, Detective, es sei denn, ich bin hundertprozentig sicher.«

»Na ja. Eine Frau hätte sie wohl kaum vergewaltigt.«

»Wer hat von Vergewaltigung gesprochen?«

»Sie ist nicht vergewaltigt worden?«

»Nein.«

»Nein? Sind Sie sicher? Ganz sicher?«

»Ganz sicher«, sagte Dr. Innis pikiert. »Das ist mein Job. Frage ich Sie etwa, ob Sie sicher sind, wie man ein Knöllchen schreibt oder einen Verdächtigen verhört? Sie wurde nicht sexuell mißbraucht. Keine Risse in der Vaginawand, kein Sperma ...«

»Er könnte ein Kondom benutzt haben«, wandte Spencer ein.

»Wer? Der Mörder? Meinen Sie, er hat kurz vor der Vergewaltigung gesagt, ›Moment, ich muß noch schnell ein Gummi überziehen‹? Wie rücksichtsvoll. Hat er sie gebeten, das Kissen solange zu halten, bis er es anhatte? Oder hat er es ihr vielleicht solange unter den verletzten Kopf gelegt, um es ihr etwas gemütlicher zu machen? Nein, Detective, wie gesagt, Sex war nicht das Motiv.«

Spencer wünschte, es wäre anders. Er konnte es selbst nicht glauben, aber ihm wäre es fast lieber gewesen, wenn sie von einem völlig Fremden vergewaltigt worden wäre.

Er senkte den Kopf und sagte: »Ich gebe Ihnen ein paar Haar- und Blutproben zum Vergleich.«

»Ah, Sie haben also doch welche. Ich schicke sie ins Labor.«

»Welches Labor meinen Sie? Das DNS-Labor in Cellmark? Oder das in South Carolina? Das dauert Monate!« rief Spencer.

»Wir machen erst mal einen ganz einfachen Test in Concord.«

»Wie lange dauert das?«

»Sie sind ziemlich ungeduldig, Detective O'Malley. Noch vor einer Minute hatten Sie nicht mal einen Fall.«

»Da irren Sie sich, Doktor. Ich habe schon seit gestern einen Fall, ich hatte bloß keine Beweise. Wie lange?«

Dr. Innis dachte nach. »Ein paar Tage, eine Woche vielleicht.«

»Es muß schneller gehen.«

»Der Staat New Hampshire hat eine Million Einwohner und nur einen Gerichtsmediziner, Detective O'Malley ... mich. Und Hanover hat zehntausend Einwohner. Sie werden sich gedulden müssen.«

Spencer biß sich auf die Lippen. Er konnte den Coroner schließlich nicht anschreien. »War sie betrunken?«

»Betrunken?« wiederholte Dr. Innis schwer atmend. Er war überrascht. »Wieso fragen Sie?«

»War sie es?«

»Ich glaube nicht. Ich werde es aber erst mit Sicherheit sagen können, wenn ich die Ergebnisse der Blutuntersuchung habe. Jedenfalls war ihr Magen vollkommen leer.«

Spencer nickte. »Wann werden Sie es wissen?« Aber er hätte ein ganzes Monatsgehalt darauf verwettet, daß Kristina Sinclair Kim bei ihrem letzten Tanz auf der Brücke stocknüchtern gewesen war.

»Wie gesagt, Detective Sergeant«, seufzte Dr. Innis. »In ein paar Tagen.«

»Na gut. Ist der Totenschein fertig?«

»Ich muß ihn noch ausfüllen. Bin gerade erst mit ihr fertig geworden.«

Spencer setzte sich auf einen der Stühle und murmelte in sich hinein. »Ganz schön viel Warterei dafür, daß es zwei Uhr morgens ist.«

Dr. Innis hatte ihn gehört, denn er drehte sich noch einmal um und sagte: »Zwei Uhr, und ich bin noch mitten in der Arbeit, Detective.«

»Ich auch, Doktor.«

»Nein, mein Lieber. Sie warten nur.« Damit verschwand er und ließ Spencer in dem leeren Raum sitzen.

Spencer war müde und ließ seinen Gedanken freien Lauf. Er stellte sich vor, wie Kristina rückwärts im Schnee den Hang hinunter torkelte. Warum hat sie den Pfad verlassen? Und dann wird sie gestoßen und fällt, kriegt keine Luft, versucht, sich zu wehren, aber sie kriegt keine Luft. Spencer tat das Herz weh. Er versuchte, an etwas anderes zu denken, an Howard Kim, der, um nach Amerika zu kommen, ein Mädchen geheiratet hatte, das er nicht einmal kannte. Er hatte Kristina Sinclair geheiratet und das Geld ihres Vaters genommen. Und wo mochte Katherine Morgan Sinclair stecken? Adresse unbekannt. Spencer dachte an John Henry Sinclair. Ob er sich das Leben genommen hatte, weil seine einzige Tochter in einen Skandal verwickelt war? Es schien nicht unmöglich. Aber was konnte schlimmer sein als eine Sechzehnjährige, die einen Mann heiratet, den sie nicht einmal kennt, und mit ihm nach New York zieht? Vielleicht war er tatsächlich an einem Herzinfarkt gestorben. Spencers eigenes Herz wurde allmählich schwach bei dem Versuch, sich einen Weg durch diesen Sumpf zu bahnen. Er mußte unbedingt Katherine Morgan Sinclair finden.

Kristina, Kristina, hast du gekämpft? Hast du in die schwarze Nacht geschrien? Dich mit Händen und Füßen gewehrt und um jeden Atemzug gerungen? Oder hat dich der Tod überrascht?

Spencer nickte ein; sein Kopf fiel auf die Seite. Wenig später wurde er von Dr. Innis geweckt, der einen braunen Umschlag unter dem Arm hatte.

»So, da ist Ihr Totenschein«, sagte er etwas versöhnlicher. Spencer fuhr zusammen und rieb sich die Augen. Er fühlte sich erbärmlich, zerschlagen und erschöpft. Dr. Innis dagegen wirkte frisch und wach. Er schwitzte nicht mehr und atmete auch nicht mehr so schwer. Er hatte sogar rote Wangen. Dieser Kerl scheint richtig aufzublühen, wenn er mitten in der Nacht an Menschen rumschnibbelt, dachte Spencer. Es gab ein Wort für solche Nachteulen. Anne Rice hatte sie beschrieben.

»Ich habe ihr Blut schon mal vorab untersucht«, erklärte der Doktor. »Ich hatte recht. Sie hatte nichts getrunken.«

Spencer nickte. Seine Augen brannten. »Wie spät ist es?«

»Halb sechs«, antwortete Dr. Innis. »Sie sollten sich etwas hinlegen. Ich sorge dafür, daß Sie den Laborbericht bis Montag bekommen. Abgemacht? Bis Montag werden Sie noch warten können, oder?«

»Was bleibt mir anderes übrig?« sagte Spencer, während er aufstand und die Hand nach dem Totenschein ausstreckte. Dr. Innis zog den Umschlag zurück. »Er ist noch nicht fertig. Ich habe den genauen Zeitpunkt des Todes nicht feststellen können. Keine Leichenstarre, keine Verwesung bis gestern im Leichenschauhaus, leerer Magen. Außerdem sind die Fotos und Röntgenaufnahmen noch nicht fertig. Ich schicke Ihnen alles zusammen am Montag zu.«

Spencer hatte das Gefühl, er hätte Watte im Mund, und auch sein Gehirn sei aus Watte. »Machen Sie sich keine Sorgen wegen der exakten Zeit«, sagte er benommen. »Wir wissen, wann sie gestorben ist. Schreiben Sie, zwischen ein Uhr zehn und ein Uhr dreißig in der Nacht des 24. November 1993.«

»Sind Sie sich völlig sicher?«

»Ja. Das letzte Mal, daß sie lebend gesehen wurde, und zwar dreißig Meter vom Tatort entfernt, war um ein Uhr fünf.«

»Verstehe, aber sie könnte viel später gestorben sein.«

»Nein. Sie war völlig nackt, und es war bitterkalt. Sie wäre wieder nach Hause gegangen. Ich bin sicher, daß sie aus dem Wald nicht mehr zurückgekehrt ist.«

»Ja, Sie haben recht. Schön. Also zwischen ein Uhr zehn und ein Uhr dreißig.« Dr. Innis kritzelte etwas auf den Umschlag. »Übrigens, es waren keine menschlichen Haare unter ihren Fingernägeln. Wahrscheinlich stammen sie von einem Hund.«

»Oh«, sagte Spencer. Er war zu müde, um enttäuscht zu sein. »Dann machen Sie den Bluttest aber trotzdem, okay?« Es war alles zuviel für ihn. Halb sechs Uhr früh. Seit einundzwanzig Stunden war er auf den Beinen, und es fühlte sich an wie hunderteinundzwanzig.

Spencer fuhr nach Hanover zurück. Draußen war es noch dunkel, doch der Himmel hatte bereits die metallische Färbung eines winterlichen Sonnenaufgangs angenommen. Er betrat die Wohnung und warf einen Blick auf den Sessel, aber es war zu spät oder zu früh, um sich darin niederzulassen. Zu spät oder zu früh, um etwas zu essen oder einen Whiskey zu trinken. Spencer zog die hohen braunen Stiefel und die Socken aus und warf einen Blick in den leeren Kühlschrank. Er hätte die Vorhänge geschlossen, aber es war bereits Morgen. Er ging ins Schlafzimmer und wollte alles noch einmal Revue passieren lassen, er wollte über das Blut unter Kristinas langen roten Fingernägeln nachdenken, über die Druckstellen an ihren Oberarmen, über ihre Briefe, Howard, den sie geheiratet und Albert, den sie geliebt hatte, und über das Heim für schwangere Teenager, das jetzt wahrscheinlich ihr ganzes Vermögen erben würde. Statt dessen fiel er aufs Bett und war von einer Sekunde auf die andere eingeschlafen.

Am Samstag vormittag um halb elf sprang Spencer aus dem Bett, als hätte sein Vorgesetzter beim Militär ihm während der Wache bei einem Nickerchen erwischt. Dann erst wurde ihm bewußt, daß das Telefon klingelte.

Es war Will, der sich erkundigte, ob er heute zur Arbeit käme.

»Klar komme ich. Wir stecken mitten in einem Mordfall.«

»Na gut. Ich bin schon im Revier, aber ich bleibe nicht mehr sehr lange. Innis hat gerade eine Kopie des Totenscheins gefaxt. Sehr interessant.«

»Das glaube ich.«

»Eine Vergewaltigung ist ausgeschlossen.«

»Ja, sieht so aus.«

»Wir sollten uns die Kids noch mal vornehmen, was meinst du?«

»Unbedingt«, sagte Spencer.

»Hast du schon einen Blick in die Zeitungen geworfen, Trace?«

»Nein, bin noch nicht dazu gekommen.«

»Nun werd nicht gleich sauer. Jedenfalls solltest du reinschauen. Kristina ist in sämtlichen Schlagzeilen. Alle sagen, es sei ein Sexualverbrechen.«

»Toll!« sagte Spencer. »Die sind so blöd, daß sie alles drucken.« Er wies Will an, Frankie Absalom in Boston anzurufen und ihn vorzuladen. Außerdem sollte er ihn fragen, ob es Zeugen gäbe, die bestätigen könnten, daß er sich in der Nacht, in der Kristina starb, in der Feldberg Bibliothek aufhielt.

»Wieso? Glaubst du, daß Frankie sie auf dem Gewissen hat?« fragte Will.

»Woher soll ich das wissen? Wir haben diesen Frankie nie gesehen. Warum soll er nicht der Mörder sein?«

»Was für ein Motiv, Trace?«

»Schaff ihn her, und wir werden es rauskriegen.«

»Ja. Auf alle Fälle sollten wir die Alibis ihrer Freunde überprüfen. Was meinst du?«

»Was für Alibis?«

Will antwortete nicht.

»Paß auf, Will. Fahr zur Feldberg Bibliothek, geh in den zweiten Stock und hör dich um. Vielleicht hat sich einer der Studenten dort in der Nacht zum 24. November aufgehalten.«

»Es ist halb elf, Trace. Ich glaube kaum, daß die Studenten an einem Samstagvormittag schon so früh auf sind«, wandte Will ein. »Außerdem habe ich bereits jede Menge Studenten vernommen und alle, die dabei waren, als wir sie fanden. Alle fünfzehn.«

»Und?«

»Was, und?«

»Und – ich höre. Beispielsweise: ›Ich habe gesehen, wie ein eins achtzig großer, achtzig Kilo schwerer weißer Mann sie niederschlug, sich auf sie draufsetzte und sie erstickte‹.«

»Du beschreibst dich selbst, O'Malley.«

»Laß die Sicherheitskräfte auf dem Campus ein paar Plakate aufhängen.«

»Und was soll da drauf stehen? Gesucht: Kristina Kims Mörder, tot oder lebendig‹?«

»Genau. Und wenn du das nicht durchkriegst, dann versuch es mit einer Belohnung für Hinweise, die zur Ergreifung des Täters führen, bla, bla, bla.«

»Belohnung? Wir sind nicht in New York, Spencer.«

»Ach, hör auf, soviel müßte doch drin sein im Budget.«

»Sicher. Wenn du dein Gehalt zur Verfügung stellen willst. Na schön, ich rede mal mit der Kasse. Aber ich glaube nicht, daß es Zweck hat. Außerdem vergißt du, daß wir es mit reichen Studenten zu tun haben. Meinst du, die machen für zweihundert Dollar den Mund auf?«

»Ich dachte eher an zweitausend.«

Will lachte.

»Versuch dein Bestes. Wir unterhalten uns später weiter«, sagte Spencer.

»Was hast du heute vor?«

»Ich? Ich werde einen kleinen Ausflug mit Albert Maplethorpe machen.«

»Klingt nicht schlecht. Soll ich mitkommen?«

»Nein, nicht nötig. Anschließend will ich ins Red Leaves und mit der Leiterin sprechen. Willst du mich dort treffen oder später vorbeikommen?«

»Nein, danke. Ich mache gegen Mittag Schluß und komme erst Montag früh wieder zum Dienst. Die Laboruntersuchungen sind noch nicht da. Und die Ergebnisse der Fingerabdrücke auch nicht.«

Spencer grunzte. »Weißt du, in New York haben wir die Laborergebnisse innerhalb von zwei Stunden gehabt, wenn es um Mord ging.«

»Tja, aber wo ist New York, wenn man es braucht?«

Spencer wollte Schluß machen. Es war schon Viertel vor elf. Die Zeit verging.

»Ach übrigens, das Büro der Staatsanwaltschaft hat angerufen«, sagte Will.

»Warum haben sie so lange gebraucht?«

»Weil sie unterbesetzt sind und zuviel Arbeit haben ...«

»Es war nur eine rhetorische Frage, Will«, fiel Spencer ihm müde ins Wort.

»... aber als sie den Bericht des Coroners gelesen hatten, wurde ihnen klar, daß es um Mord geht.«

»Es ging von Anfang an um Mord«, warf Spencer ein.

»Na ja. Du weißt ja. Keine Blutspuren, keine Anzeichen für einen Kampf ... sie wollten wissen, ob sie ihre Leute herschicken sollen.«

»Nur über meine Leiche«, gab Spencer zurück.

»Nimm das Ganze nicht so persönlich, Spence. Die Leute sind da, um zu helfen.«

»Um alles an sich zu reißen, meinst du wohl.«

»Um bei der Suche nach dem Mörder zu helfen, verstehst du?«

»Nein«, entgegnete Spencer. »Was noch?«

Will zögerte. »Ob wir bereits einen Haftbefehl hätten.«

»Ja, sag ihnen, daß wir einen Haftbefehl gegen meine Mutter haben. Sie hat Kristina getötet. Machen die Witze oder was?« Spencer konnte es nicht glauben.

»Und der Staatsanwalt wollte wissen, ob wir schon Verdächtige hätten.«

»Klar. Sag ihnen, viertausend Dartmouth-Studenten und hundert Häftlinge auf Ausgang.«

»Spencer, sie wollen doch nur ...«

»Ich weiß, was sie wollen«, unterbrach ihn Spencer. »Ruf Innis an und bitte ihn, sich mit den Blutproben zu beeilen, und Landers soll sich die Fingerabdrücke vornehmen.«

»Innis – und Landers auch – haben Montag gesagt.«

»Herrgott noch mal! Das ist doch nicht normal, daß man sich das Wochenende frei nimmt, wenn man an einem Mordfall arbeitet.«

»Das Labor in Concord ist völlig überlastet.«

»Was du nicht sagst! Hatte ich ganz vergessen. Thanksgiving scheint ein gefundenes Fressen für Kapitalverbrecher zu sein«, sagte Spencer und legte auf.

Gleich darauf klingelte das Telefon erneut. »Ich wollte nur noch was fragen«, sagte Will. »Ich hab den Inhalt ihres Schließfaches nicht gesehen.«

»Ich habe ihn gestern als Beweisstück registrieren lassen.«

»Das meinte ich nicht«, sagte Will.

»Ja, ich weiß. Mach dir keine Sorgen. Okay?« Spencer legte zum zweiten Mal auf.

Er nahm eine Dusche, zog eine Khakihose und einen dunkelblauen Pullover an und streifte das hellbraune Lederhalfter mit der Magnum über. Dann suchte er vergeblich nach Nescafé. Andie O'Malley war nie dazu gekommen, ihm zu erklären, wie das mit dem Kaffeefilter funktionierte. Trotzdem stand die Kanne als Souvenir auf der Arbeitsplatte. Spencer nahm eine Dose Cola aus dem Kühlschrank und setzte sich an den Küchentisch. Er fegte die Zeitung von gestern vom Tisch und leerte den Inhalt von Kristinas Schließfach vor sich aus.

Langsam und methodisch nahm er sich Stück für Stück vor. Er suchte nach etwas von ihrem Vater oder von oder an Albert. Und während er sich eins nach dem anderen anschaute, hatte er das Gefühl, daß sie in all dem Krimskrams lebendig war.

Da waren die Briefe ihrer Großmutter, die über die vielen Probleme jammerte und erzählte, wie sehr ihr die Kinder fehlten, die am See zusammen gespielt hatten.

Spencer betrachtete das Foto der jungen Kristina mit einem Drachen in der Hand. Sie war süß, und es hatte den Anschein, als kümmerte man sich gut um sie. Kurzes, ordentlich gekämmtes Haar. Sie lächelte in die Kamera. Hinter ihr war der Long Island Sound zu erkennen und dazwischen eine niedrige Steinmauer und ein Streifen Strand. Es sah aus wie im Herbst ... die Bäume trugen keine Blätter mehr. Kristina sah sehr glücklich aus, sie lächelte den Fotografen an.

Greenwich, dachte Spencer. Greenwich, Connecticut.

Das Telefon klingelte wieder. Will hatte etwas Geld aus dem Budget lockergemacht und wollte die College-Verwaltung bitten, die Plakate in den Versammlungsräumen, Bibliotheken und Studentenheimen anbringen zu lassen.

»Wieviel?«

»Fünfhundert Dollar«, sagte Will begeistert, als seien fünfhundert Dollar soviel wie fünftausend.

»O la la«, sagte Spencer und riß die Augen auf. »Na, wenn das nicht hilft, den Mörder zu schnappen, dann hilft wahrscheinlich gar nichts.«

Spencer kehrte zu Kristinas Sachen zurück. Von ihrem Vater fand er nichts. Vermutlich hatte sie den Brief weggeworfen, in dem ihr Vater sie verstoßen hatte.

Auf der Rückseite eines Briefes von ihrer Großmutter fand er ein paar Zeilen, die an Albert gerichtet waren.

Hastig griff er danach. Der Brief war nicht weiter wichtig, er hatte mit der Notiz nichts zu tun. *Liebster Albert*, las Spencer, *bitte, bitte, laß nicht zu, daß diese Worte von George Bernard Shaw auf Dich zutreffen –*

Sie treibt
Dich
in die Selbstzerstörung.

In Liebe, Rocky.

Spencer las die Worte wieder und wieder, bis sie sich unauslöschlich in seine Erinnerung eingegraben hatten. Doch sie ergaben keinen Sinn, weder beim ersten noch beim hundersten Mal.

Die Notiz war auf die Rückseite eines alten Briefes gekritzelt, der zwischen Umschlägen, Fotos und Servietten versteckt war, als sei er für niemandes Augen bestimmt als für Alberts.

»Na schön, Albert«, sagte Spencer laut, stand auf und griff nach dem Brief. »Mal sehen, was du dazu zu sagen hast.«

Spencer fuhr zur Hinman Hall. Es war halb zwei an einem grau verhangenen Dezembernachmittag.

Albert war allein in seinem Zimmer. Sie nickten einander höflich zu. »Haben Sie ein paar Minuten Zeit? Ich würde gern einen Ausflug mit Ihnen machen«, sagte Spencer. »Ich will Ihnen etwas zeigen.«

»Ja klar«, antwortete Albert und zog seine Lederjacke an. »Ich helfe Ihnen gerne, wenn ich kann.«

»Könnten wir den Hund mitnehmen«, fragte Spencer.

»Lieber nicht. Er ist ein Quälgeist.«

»Er ist ein braver Hund. Ich würde ihn gerne dabei haben.«

Albert zuckte die Achseln und sagte: »Von mir aus.«

Sie bogen in West Wheelock rechts ab und fuhren über den Fluß – die natürliche Grenze zwischen New Hampshire und Vermont –, dann weiter über die Interstate 91 durch ein malerisches kleines Dorf namens Norwich, und schließlich folgten sie einer zweispurigen Straße, die durch kahle Bäume und Schnee aufwärts führte, an Farmen und weißgetünchten Villen im Kolonialstil vorbei.

»Wohin fahren wir?« fragte Albert freundlich.

»Sind Sie diese Strecke noch nie gefahren? Nach Thetford Hill?«

»Wohin?« fragte Albert schon weniger freundlich.

»Es gibt ein hübsches kleines Cottage auf einem Hügel da oben, das ich Ihnen gerne zeigen möchte.«

Die restliche Strecke über schwiegen sie. Aristoteles saß auf dem Rücksitz und keuchte.

»Hier biegen wir links ab«, erklärte plötzlich Spencer. »Erkennen Sie den Ort wieder, Albert?«

»Nein«, antwortete Albert verstockt.

»Hm, der Hund scheint ihn wiederzuerkennen.« Es war nicht zu übersehen. Der Labrador wedelte aufgeregt mit dem Schwanz.

Albert zuckte die Achseln. »Aristoteles war Kristinas Hund.«

Spencer beobachtete Aristoteles, während sie auf dem verschneiten Schotterweg den Hügel hinauffuhren. Das erste Haus ließ ihn kalt. Der Hund starrte weiter geradeaus und japste. Ganz oben auf dem Hügel kamen sie zu einer kleinen Lichtung mit zwei Holzhäusern und Blick auf die Hügel von Vermont. Spencer parkte den Wagen und stieg aus. »Schöne Aussicht«, sagte er. »Sehr friedlich.«

Albert sagte nichts. Auch er stieg aus und blieb dann stumm neben dem Wagen stehen. Aristoteles rannte wie wild zwischen den beiden Häusern hin und her und bellte.

»Ein glücklicher Hund«, sagte Spencer.

Spencer drehte sich Albert zu. »Kennen Sie diesen Ort?«

»Nein«, antwortete Albert.

»Wirklich nicht? Sollen wir reingehen und uns das Gästebuch ansehen?«

Albert schwieg, und Spencer musterte ihn aufmerksam, ehe er wiederholte: »Sollen wir?«

»Von mir aus«, antwortete Albert und ging auf das höherliegende Haus zu. Er stieg die Treppe hinauf und trat ein. Spencer folgte langsam und nachdenklich.

Das Gästebuch lag auf einer niedrigen Trennwand neben der Tür. Das Innere des Hauses war warm und gemütlich, voller Holz, Bücher und Schmiedeeisen. Auf dem Boden lagen dicke Läufer, und überall standen bequeme Sessel. Spencer hatte Erkundigungen über Fahrenbrae eingezogen. Die Mutter des Besitzers war Bibliothekarin. Scheinbar glaubte sie, daß die Leute, die in ihren Häusern übernachteten, Bücher genauso schätzten wie sie.

»Sehen Sie nach«, sagte Albert.

Spencer blätterte durch das Gästebuch bis zum letzten Sommer zurück. Es gab keine Kristina Kim, keine Kristina Sinclair und auch keinen Albert Maplethorpe. Daß Kristinas Name darin nicht auftauchte, wunderte Spencer nicht. Er las sämtliche Einträge nochmals aufmerksam durch. Nichts.

»Zufrieden?« fragte Albert.

Spencer gefiel seine Art nicht. »Ja, sehr«, antwortete er. »Aber verraten Sie mir eins«, sagte er und schlug das Gästebuch zu. »Wenn Sie noch nie hier waren und Ihnen das hier alles neu ist, woher wußten Sie dann, daß man einfach so reingehen kann, ohne die Tür aufzuschließen? Woher wußten Sie, daß die Tür nicht verschlossen ist?«

Albert zuckte zusammen, nur ganz kurz, aber Spencer hatte genug gesehen. Jetzt wußte er, daß Albert log.

Doch Albert lachte nur und sagte: »Hören Sie, wir sind in Vermont, nicht in New York. Jeder weiß, daß die Leute hier ihre Häuser nicht abschließen. Hier herrscht noch Vertrauen.«

»Ja, richtig.«

»Wozu haben Sie mich hergebracht, Detective? Bestimmt nicht, um in alten Gästebüchern zu schmökern.«

»Wollen wir uns hier unterhalten, oder würden Sie lieber ins Revier zurückfahren?«

Albert schwieg, woraufhin Spencer sagte. »Dachte ich mir.«

»Worüber wollen Sie reden?« Albert steckte die Hände in die Taschen seiner Lederjacke und lächelte warm. Seine schwarzen Augen leuchteten. Draußen grub Aristoteles unbeeindruckt von der Kälte im Schnee und versuchte, einen Tunnel unter einer Eiche hindurch zu bauen.

»Erzählen Sie mir von Kristina.«

»Was wollen Sie wissen?«

Spencer mußte all seine Gefühle beiseite schieben, um Albert die nächste Frage zu stellen. Hier drin war es so gemütlich, daß er am liebsten den Kamin angezündet und die Tote vergessen hätte.

»Haben Sie sie geliebt?«

Albert starrte ihn einen Augenblick an und antwortete dann unbeeindruckt: »Worauf wollen Sie eigentlich hinaus?«

»Sie hätten es mir sagen sollen. Sie hätten mir von ihr und Ihnen erzählen sollen. Spätestens beim letzten Mal, als wir uns unterhalten haben«, erklärte Spencer.

»Da gibt es nichts zu erzählen«, entgegnete Albert und sah ihm in die Augen.

»Albert, haben Sie Kristina auch verleugnet, als sie noch lebte? Warum tun Sie es nach ihrem Tod? Seien Sie ein Mann. Sie ist tot. Und sie hat Sie sehr geliebt. Warum belügen Sie mich?«

Albert senkte den Kopf und sagte leise: »Ich belüge Sie nicht.«

»Ich bitte Sie!« Spencer schüttelte ungläubig und gereizt den Kopf. »Es sieht nicht gut aus für Sie. Und auch nicht für Jim oder Conni. Und für Ihren Freund Frankie am allerwenigsten – er ist untergetaucht.«

Albert stand da und beobachtete, wie der Hund auf der Lichtung herumtollte.

Als er schließlich sprach, kämpfte er mit jeder Silbe: »Ich habe Ihnen nichts erzählt, weil ...«

»Ja?«

»Weil es eine schreckliche Situation ist.«

»Da haben Sie allerdings recht.«

»Nein. Ich meine, Kristina ist tot, aber Conni lebt, und Jim auch.«

»Und Sie ... Sie leben auch.«

»Ach wirklich?« Seine Stimme zitterte und wühlte den Kummer in Spencer wieder auf. »Was zum Teufel ist an mir denn noch lebendig?«

Spencer dachte nach. Albert atmete, das hieß, er lebte. Albert war nicht nackt, seine besten Freunde hatten ihn nicht neun Tage lang im Schnee liegen lassen. Kristina war ein beliebtes, bildhübsches All-Ivy-Girl gewesen, und als sie starb, hatte kein Hahn nach ihr gekräht. Spencers Augen brannten vor so viel Ungerechtigkeit. Oder vielmehr nur, weil er kaum geschlafen hatte.

Als könnte er Gedanken lesen, sagte Albert im gleichen Augenblick: »Mich braucht man gar nicht erst vor Gericht zu bringen, ich quäle mich schon jeden Tag selbst genug.«

»Quälen sich!« rief Spencer verächtlich.

Albert schüttelte den Kopf, sein Gesicht war aschfahl. »Quäle mich«, flüsterte er. Seine Hand zitterte, als er versuchte, die Zigarette zum Mund zu führen. »Es war eine unmögliche Geschichte«, sagte er und warf Spencer einen Blick zu. »Eine unmögliche Liebe. Ich konnte sie im Leben nicht verleugnen und tue es auch nicht nach ihrem Tod. Ich will nur nicht Conni verletzen oder Jim.«

Spencer hob die Hände, als wollte er Albert schütteln. »Albert! Conni weiß es. Und Jim auch. Sogar ich weiß es, und ich kenne Sie nur flüchtig …«

»Sie kennen mich überhaupt nicht«, entgegnete Albert.

»Ich kenne Sie besser, als Sie denken«, sagte Spencer.

»Das glaube ich nicht, Detective.«

»Waren Sie und Kristina zusammen in Edinburgh?«

»Nicht zusammen«, antwortete Albert und blies sich in die Hände, um sie aufzuwärmen. Die Zigarette hing ihm schief im Mundwinkel. »Aber ja, wir waren beide in Edinburgh. Wir haben an einem Austauschprogramm teilgenommen.«

»Verstehe. Edinburgh hat Kristina sehr viel bedeutet.«

»Ja.«

»Kristina hat Streichholzschachteln und Servietten von den Orten gesammelt, wo Sie zusammen waren.«

»Das hat sie getan?«

Was war das in seiner Stimme? Reue? Zärtlichkeit? Angst? Albert war undurchschaubar.

»Sie können mir doch nicht im Ernst weismachen wollen, daß Conni nichts davon wußte.«

»Ich glaube nicht, daß sie es wußte.«

»Ach nein? Warum rennt sie dann nachts um eins im Schneesturm draußen rum und sucht Sie?«

»Manchmal … macht sie sich zu viele Sorgen. Conni läßt sich schnell davonreißen«, sagte Albert.

»Davonreißen? Zu viele Sorgen? Sie war außer sich vor Eifersucht! Freunde bewirken solche Reaktionen nicht. Lügen tun es, Geliebte tun es. Geheimnisse, Betrug. Haben Sie Conni betrogen?«

»Ich habe niemanden betrogen, verstehen Sie? Niemanden.«

»Glaubt Conni das auch?«

»Ja, ich denke schon. Worauf wollen Sie eigentlich hinaus?«

»Jetzt passen Sie mal auf,« sagte Spencer. »Die Lügerei, was Kristina und Sie angeht, ist Ihnen dermaßen in Fleisch und Blut übergegangen, daß Sie nicht mehr wissen, wo Ihnen der Kopf steht. Ich gebe Ihnen den guten Rat, damit aufzuhören, Sie gehen mir ganz schön auf die Nerven.«

Sie verließen das Haus und blieben neben einer alten Hängematte stehen, die von Schnee bedeckt war. Albert fröstelte und zog den Reißverschluß seiner Jacke hoch. Dann seufzte er. »Hören Sie, ich lüge nicht. Das Ganze geht mir schrecklich nahe.«

Spencer stöhnte innerlich vor Frust. Um sie herum die Berge, der Schnee, das Tal, und alles so wunderschön. Warum verschaffte es ihm keine Erleichterung, warum fand er keinen Frieden darin? Warum kamen ausgerechnet hier Gefühle auf, mit denen er vor diesem jungen Mann, den er mit jeder Minute mehr verachtete, unmöglich fertig werden konnte?

»Was sind Sie bloß für ein Mensch, Albert? Was waren Sie und Kristina für Menschen? Conni liebt Sie, das ist nicht zu übersehen. Und Jim liebte Kristina ...«

Albert schnaubte verächtlich. Spencer fuhr fort: »Warum haben Sie sie behandelt, als wären sie Ihnen scheißegal? Warum haben Sie nicht einfach mit den anderen Schluß gemacht und sich zusammengetan?«

»Weil wir Freunde waren und es auch bleiben wollten. Außerdem haben Kristina und ich nicht wirklich zueinander gepaßt. Hören Sie, Detective O'Malley, ich werde den Rest meines Lebens damit leben müssen. Ich versuche, es bei Conni wiedergutzumachen, und ich versuche, Jim ein guter Freund zu sein. Ich gebe mir Mühe, all das zu vergessen. Kristina und ich sind nicht voneinander losgekommen, aber jetzt ist sie tot, und alles ist vorbei. Jetzt kann ich mich nur noch um die Lebenden kümmern.«

»Um die Lebenden, hm?« Spencer erinnerte sich an die Blutspuren unter Kristinas Fingernägeln und die Kratzer in Connis Gesicht.

»Eine Frage, Albert«, sagte Spencer scharf. »Halten Sie es für möglich, daß, als Sie alle noch lebten, Conni sich über die Geschichte zwischen Kristina und Ihnen so hätte aufregen können, daß sie sie getötet hat?«

Albert wirkte erschrocken. »Detective, ich ...«, stammelte er. »Ich weiß nicht ... natürlich nicht ... ich meine, ich weiß nicht, wie Sie darauf kommen. Ganz bestimmt hätte sie das niemals getan.«

»Ganz bestimmt nicht? Wir haben unter Kristinas Fingernägeln Blut gefunden. Ich will keine voreiligen Schlüsse ziehen. Ich warte noch bis Montag, aber dann komme ich darauf zurück.«

»Blut?« sagte Albert nervös. »Und wenn schon. Wahrscheinlich ist es nichts.«

»Albert, Ihre Geliebte ist ermordet worden. Da gibt es nichts Unbedeutendes.«

Albert versuchte sich eine neue Zigarette anzuzünden, doch seine Hände zitterten zu stark. »Nein, Detective, nein. Ich bin sicher ... ganz sicher, es ist ... nichts, bestimmt. Glauben Sie mir.«

»Hat Conni Kristina getötet, Albert? Versuchen Sie etwa, sie zu decken?«

»Nein! Natürlich nicht, natürlich ...« Seine Stimme brach ab. Die Zigarette fiel in den Schnee. »Mein Gott ... ich weiß einfach nicht, was hier los ist.«

»Das glaub ich gern. Ich werde Ihnen sagen, was los ist. Sie haben sie mit Ihren Lügen in den Wahnsinn getrieben. Jeder normale Mensch wäre da durchgedreht.«

»Ich habe sie nicht in den Wahnsinn getrieben! Und sie ist auch nicht durchgedreht ... wir haben uns zu Thanksgiving verlobt.«

»Na, das trifft sich ja gut. Und was war mit Kristina?«

»Wie gesagt, Kristina und ich ... wir hatten Schluß gemacht, wir haben es zumindest versucht. Sie wollte keine Heimlichkeiten mehr, sie ... sie wußte, daß Conni und ich uns verloben wollten. Es war vorbei.«

»Warum sind Sie nicht bei Kristina geblieben?«

Albert zögerte. »Wie gesagt, wir paßten nicht zueinander«, sagte er dann leise.

»Warum nicht?« Paßten nicht zueinander, dachte Spencer. So ein Schwachsinn. Als wenn sich irgendwer in dem Alter darüber Gedanken machen würde.

»Jim und Kristina paßten viel besser zusammen. Er hatte eine Zukunft. Er war gut für sie.«

»Und Sie? Haben Sie auch eine Zukunft? Und sind Sie gut für Conni?«

»Keine Ahnung. Hab noch nie drüber nachgedacht, ehrlich gesagt.«

»Sie haben nicht drüber nachgedacht? Wie lange sind Sie schon mit Conni zusammen?«

»Ungefähr drei Jahre.«

»Und Sie haben nie darüber nachgedacht, ob Sie zusammen passen?« fragte Spencer ungläubig.

»Wissen Sie was?« antwortete Albert scharf. »Wahrscheinlich habe ich aufgehört, darüber nachzudenken, als ich einsah, daß ich für niemanden gut bin.« Seine Stimme war rauh und kratzig.

»Für niemanden? Sie meinen, nicht gut für Kristina.«

»Verstehen Sie doch! Wir beide waren ständig pleite. Ich hatte keine Ahnung, was ich mit meinem Leben anfangen wollte, und Kristina suchte Sicherheit, eine Karriere, ein anständiges Leben. Wir wollten völlig verschiedene Dinge.«

»Sie waren beide pleite? Da haben Sie sich aber gewaltig geirrt, nicht wahr?«

»Sieht so aus«, antwortete Albert sarkastisch.

»Hat sie Ihnen nie erzählt, daß sie erben würde?«

»Nein, nie.«

»Finden Sie das nicht merkwürdig? Daß Ihre Geliebte Ihnen nicht sagt, daß sie neun Millionen erwartet?«

»Ja, schon, aber sie hat es mir nicht erzählt.«

»Ich frage mich, warum?«

»Ich mich auch. Fragen Sie sie doch selbst!«

Spencer warf ihm einen eisigen Blick zu. Er zog Kristinas Brief aus der Tasche und hielt ihn Albert unter die Nase. »Sagen Sie, ergibt das irgendeinen Sinn für Sie?«

Albert lehnte den Kopf ein wenig zurück, um die Notiz auf der Rückseite des Briefes lesen zu können. »Was ist das?« fragte er.

»Keine Ahnung. Kristina hat Ihnen den Inhalt ihres Schließfaches vermacht. Dumm für Sie, daß sie ermordet wurde und die Sachen nun als Beweismaterial für die Anklage dienen. Was bedeuten diese Zeilen?«

»Woher zum Teufel soll ich das wissen?«

»*Sie treibt Dich in die Selbstzerstörung*. Was ist damit gemeint?«

»Keine Ahnung.«

»Hat sie das Wort ›Selbst‹ nicht besonders betont, so wie es dasteht?«

Albert warf einen erneuten Blick auf die Notiz und sagte: »Wirklich, ich habe keine Ahnung.«

»Kristina hat es offensichtlich am Herzen gelegen, Ihnen das auf die Rückseite eines alten Briefes zu schreiben. Datiert am ... Sehen Sie selbst.« 23. November 1993. »Sie hat es an Sie gerichtet und hoffte, daß diese Worte nicht auf Sie zutreffen mögen. Was wollte sie damit sagen?«

»Woher soll ich das wissen, Detective?« Albert lachte dünn. »Kristina war manchmal wirklich komisch.«

»Ja, komisch, das war sie, aber jetzt ist sie tot.«

Albert senkte den Kopf. »Ja, das ist sie.«

Spencer steckte den Brief wieder in seine Jackentasche. »Darf ich das haben?« fragte Albert.

»Nein. *Sie treibt Dich in die Selbstzerstörung*. Ich möchte rauskriegen, was diese Worte bedeuten.«

»Ich auch«, sagte Albert.

Spencer schwieg und wartete. Albert schwieg ebenfalls. Spencer wechselte das Thema. »Erzählen Sie mir noch einmal, wie Sie sich kennengelernt haben.«

»Ich sagte Ihnen doch schon, daß wir dieselbe Vorlesung besuchten.«

»Vorlesung«, wiederholte Spencer. Plötzlich fiel ihm auf, daß er mit den Zähnen klapperte. »Wann war das?«

»Im ersten Semester. Das habe ich Ihnen auch schon gesagt.«

Spencer nickte. »Dartmouth. Ein nettes College. Aber teuer. Und Sie haben keine Familie. Wie finanzieren Sie Ihr Studium?«

»Stipendien, Beihilfen, Kredite.«

Spencer fuhr sich nachdenklich über das Gesicht. »Wie wollen Sie mit einem Magister in Philosophie die achtzig Riesen zurückbezahlen, die Sie Dartmouth schulden?«

»Ich glaube nicht, daß ich dem College achtzig Riesen schulde.«

»Nein? Sind Sie da ganz sicher?« sagte Spencer und hoffte, Albert würde den Sarkasmus in seiner Stimme bemerken. »Wieviel schulden Sie ihm denn?«

»Keine Ahnung.«

»Wahrscheinlich eine ganze Menge.«

»Wahrscheinlich.«

»Nun, das Geld von Kristina ...«

»Welches Geld?« unterbrach ihn Albert schroff.

»Lassen Sie mich ausreden. Das Geld von Kristinas Konto – Ihr Anteil hätte immerhin drei Millionen Dollar betragen – wäre Ihnen doch ganz gelegen gekommen, oder etwa nicht? Mit einem Schlag hätten Sie bequem sämtliche Schulden abbezahlen können.«

»Stimmt. Aber ich will ihr Geld nicht.«

»Verstehe. Sie sind stolz. War das schon immer so?«

»Was meinen Sie?«

»Was ich meine? Halten Sie mich für einen Idioten oder was?«

»Nein«, sagte Albert und sah ihn scharf an.

»Nein? Ich denke doch.«

»Ich finde, das Ganze gerät etwas außer Kontrolle.«

Spencer trat einen Schritt auf Albert zu und sagte mit zusammengebissenen Zähnen: »Sie hat Ihr College bezahlt, Albert. Sie hat alles bezahlt, und Sie schulden niemandem auch nur einen verdammten Penny.«

Albert schwieg. Der Wind heulte durch die Hügel von Vermont. Der Hund lag im Schnee und nagte an einem Stock. Es war sehr still. Kein Wunder, daß sie gerne herkam, dachte Spencer. Aber mit *ihm*?

»Und wenn schon?« sagte Albert schließlich. »Was ist dabei? Das ist doch nicht verboten.«

»Nein, aber es ist verboten, die Polizei in die Irre zu führen.«

Schweigen.

»Halten Sie mich wirklich für so dumm, Albert?«

»Nein!«

Spencer erhob die Stimme: »Sie hat Ihr Studium von Anfang an finanziert, Albert.«

»Na und?«

»Albert«, sagte Spencer geduldig. »Wenn Kristina Ihr Studium vom ersten Jahr in Dartmouth an bezahlt hat, wie können Sie dann behaupten, Sie hätten sich erst während einer Vorlesung im ersten Semester kennengelernt?«

Albert sagte nichts. Dann hob er den Blick und starrte Spencer so durchdringend an, daß es ihm kalt über den Rücken lief.

Spencer war sicher, daß es nicht die Kälte war. Plötzlich war ihm bewußt geworden, daß er im nächsten Augenblick tot sein konnte, jetzt und hier, inmitten der schneebedeckten Berge, und Aristoteles würde ganz sicher nicht im Schnee scharren, um *ihn* auszubuddeln.

Wie konnte er nur so unvorsichtig sein, mit jemandem, den er kein bißchen kannte, in eine so gottverlassene Gegend zu fahren? Er hatte nicht die geringste Ahnung, mit wem er es zu tun hatte. Plötzlich ging ihm auf, daß er zwar so tat, als führte er eine Ermittlung, in Wirklichkeit aber Kristinas Freunde überhaupt nicht ernst genommen hatte.

Albert mußte seine Gedanken gelesen haben, denn seine ohnehin kalten Augen wurden noch eisiger, als er sagte: »Keine Sorge. Ich habe sie nicht umgebracht, und ich werde auch Ihnen nichts tun.« Er hielt inne. »Haben Sie plötzlich Angst bekommen? Haben Sie gedacht, ich würde mich vielleicht so sehr in die Ecke gedrängt fühlen, daß ich auf Sie losgehen könnte?« Er lachte laut. »Keine Sorge, Detective O'Malley. Ich bin in keiner Ecke, in der ich nicht sein will. Sie haben recht. Wir kannten uns schon kurz, ehe wir nach Dartmouth kamen. Ich kann Ihnen auch alles darüber erzählen, aber ich weiß nicht, was das mit Kristinas Tod zu tun haben könnte.«

»Das ist weder Ihr Problem noch Ihre Entscheidung, Albert.«

»Stimmt. Was weiß ich schon. Ich bin nur ein einfacher Philosophiestudent.«

Und ein Lügner, dachte Spencer. »Los, gehen wir«, sagte er scharf.

Albert ging auf den Wagen zu und blieb dann plötzlich stehen. »Moment, ich bin gleich wieder da. Es dauert nur einen Augenblick.«

»Sie gehen nirgendwohin.«

»Warten Sie. Ich will nur was holen.«

»Nein, Albert.«

»Nur einen Augenblick«, wiederholte er und ging auf das Haus zu.

Spencer stellte sich ihm in den Weg. »Ich habe nein gesagt, und ich meine es ernst. Ich weiß nicht, was Sie da holen wollen, aber Sie werden es sein lassen.«

Albert starrte ihn an, ohne sich zu rühren. Er zuckte nicht mal mit der Wimper. »Hören Sie, Detective O'Malley, ich will nur ihren Mantel holen«, sagte er geduldig. Seine schwarzen Augen blitzten. »Kristina hat ihren Mantel im Haus vergessen, und ich will ihn jetzt mitnehmen. Kommen Sie mit, wenn Sie wollen.«

»Albert, zwingen Sie mich nicht, Sie zu verhaften. Ich hätte nichts dagegen, Sie für eine Nacht im Knast einzusperren.«

Doch diesmal hatten seine Worte nicht dieselbe Wirkung wie bei Jim. Albert hatte keine politische Karriere im Kopf. Es schien ihm nichts auszumachen, wenn er die Nacht im Gefängnis verbringen mußte, im Gegenteil. Seine Antwort imponierte Spencer. »Abgemacht Detective. Kristinas Mantel gegen eine Nacht im Gefängnis.«

Spencer trat einen Schritt auf Albert zu, zog seine Magnum und hielt sie ihm unter die Nase. »Keinen Schritt weiter«, warnte er. »Drehen Sie sich um, gehen Sie zum Wagen und steigen Sie ein.«

Albert machte keine Anstalten zu gehorchen, sondern blickte ihn furchtlos an. »Was denn, Detective? Wollen Sie mich über den Haufen schießen?«

»Drehen Sie sich um, und gehen Sie zum Wagen zurück«, befahl Spencer mit zusammengebissenen Zähnen.

Albert lächelte breit und freundlich. Nur knapp ein Meter trennte die beiden. Albert lächelte weiter. Doch plötzlich schnellte sein linkes Bein hoch und schlug Spencer die Waffe aus der Hand. Sie landete drei Meter weiter im Schnee.

Albert hörte nicht auf zu lächeln. »Ich habe einen schwarzen Gürtel in Karate«, erklärte er.

Spencer ging einen Schritt auf ihn zu und schlug ihm die Faust in den Magen. Albert krümmte sich und sackte zusammen. Spencer war sofort über ihm und drehte ihm den Arm auf den Rücken. »Und ich bin ein Hüter des Gesetzes, Sie verdammter Idiot. Sie werden mir nicht drohen, verstanden?«

Albert nickte keuchend. Spencer zerrte ihn im Polizeigriff hoch, schleppte ihn zum Wagen und warf ihn auf den Rücksitz. Dann rief er über Funk Ray Fell und wies ihn an, sofort zu kommen.

Spencer hob seine Magnum vom schneebedeckten Boden auf und wartete mit gezogener Waffe neben dem Impala.

Eine Weile sagte keiner von beiden ein Wort. Albert saß auf dem Rücksitz, ohne Spencer anzusehen.

Dann hörte Spencer Alberts Stimme durch die Scheibe. »Ein guter Zug, Detective, aber wenn jemand Sie hätte umlegen wollen, wären Sie schon längst tot.«

Spencer zuckte nicht mit der Wimper, obwohl sein Herz eine Sekunde aussetzte. »Und Sie auf dem Weg zum elektrischen Stuhl, Mr. Maplethorpe.«

Albert drehte sich zum Fenster um und grinste breit. »Wer sagt denn, daß man mich erwischen würde?«

Nachdem Spencer eine halbe Stunde in der Kälte gewartet hatte, tauchte Ray Fell endlich auf. Selbst sein Wagen fuhr nur im Schneckentempo, doch Spencer war froh, ihn zu sehen. Er wies ihn an, Albert mit gezogener Waffe in Schach zu halten und bei der geringsten Bewegung zu schießen. Dann ging er ins Haus und durchsuchte sämtliche Zimmer, bis er in einem der Wandschränke fand, wonach er gesucht hatte. Es war das einzige Kleidungsstück im ganzen Haus. Ein alter brauner Kaschmirmantel. Spencer faßte in die Taschen. Nichts.

Er hielt den Mantel ans Gesicht. Er verströmte einen schwachen Geruch nach Moschus und Seife. Kristinas Duft. Er schmiegte sein Gesicht in den Stoff und schloß die Augen. Er dachte daran, ihn Albert nicht zurückzugeben, sondern ihn für sich zu behalten. Er sog den Geruch nach Moschus und Seife ein. Es wäre nicht gefährlich gewesen, Albert den Mantel holen zu lassen, aber das hatte Spencer nicht wissen können. Der Kerl hätte genausogut eine Uzi in einem der Schränke versteckt haben können. Zuzutrauen war es ihm.

Spencer brachte Albert ins Polizeirevier von Hanover, las ihm seine Rechte vor und steckte ihn in die kleine Zelle.

Nach einer Stunde fragte Spencer, ob er telefonieren wolle. Zuerst erhielt er keine Antwort, dann sagte Albert plötzlich: »Hören Sie, ich will keine Scherereien.«

»Gut, denn Sie haben bereits jede Menge.«

»Ich habe nichts getan.«

»Ach nein? Widerstand gegen die Staatsgewalt und Behinderung polizeilicher Ermittlungen. Sie können von Glück reden, daß ich Ihnen nicht auch noch tätlichen Angriff auf einen Polizeibeamten vorwerfe.«

Albert warf Spencer einen Blick durch die Gitter zu. »Glück, Detective?«

Spencer war so wütend, daß er aus Versehen eine kleine Lampe umwarf, als er aufsprang.

Um acht Uhr abends rief er Will zu Hause an und erzählte ihm, was passiert war. »Du hast sie nicht alle«, sagte dieser. »Wie konntest du bloß allein da rausfahren?«

»Ich war nicht allein«, entgegnete Spencer. »Ich hatte Albert dabei. Ich wollte mich bloß ein wenig mit ihm unterhalten.«

»Verstehe. Und deshalb hast du ihn jetzt eingelocht?«

»Nein. Ich habe ihn eingelocht, weil er Widerstand geleistet hat.«

»Und was bezweckst du damit? Es ist Samstag abend. Die Gerichte haben geschlossen, er kann keine Kaution bekommen, außerdem hat er kein Geld für einen Anwalt ...«

»Das hätte er sich vorher überlegen müssen, meinst du nicht?«

»Er ist ein eingebildetes Muttersöhnchen, Spence«, sagte Will. »Vergiß das Ganze. Mach einfach Feierabend, und laß dir seinetwegen keine grauen Haare wachsen.«

Doch Spencer ging nicht nach Hause. Er konnte nichts vergessen. Er ging durch die Büroräume zurück zu Alberts kleiner Zelle.

Nach einer Weile sagte Albert: »Wollen Sie mir nicht endlich die Handschellen abnehmen?«

»Ich weiß nicht«, antwortete Spencer. »Vielleicht sollte ich Ihnen auch die Füße fesseln. Was meinen Sie?«

Albert ignorierte die Provokation. Nach einer Weile winkte ihn Spencer zu sich und nahm ihm die Handschellen ab. Albert rieb sich die Handgelenke und setzte sich wieder auf seine Pritsche.

Spencer setzte sich auf einen Stuhl und sagte: »Nennen Sie mir nur einen vernünftigen Grund, warum ich Sie nicht bis

Montagmorgen hierbehalten und Sie dann wegen Mordes an Kristina Kim dem Haftrichter vorführen sollte.«

»Ich nenne Ihnen einen: Weil ich Kristina Kim nicht ermordet habe.«

»Woher weiß ich das?«

»Weil ich zur Tatzeit mit einem Kumpel vor der Kiste gehockt und mir diesen blöden Film angesehen habe. Weil ich …«, er stockte. »Weil ich sie geliebt habe, deshalb.« Spencer war still. »Weil ich sie mehr als alles andere auf der Welt geliebt habe«, fuhr Albert fort. »Ich wäre lieber gestorben, als sie zu verletzen. Ich hätte mein Leben für sie hingegeben, ich habe keine Angst, Detective.«

»Das sehe ich.«

Sie schwiegen. Spencer beobachtete Albert, der auf der Pritsche saß und auf seine Hände starrte. »Ich verstehe einfach nicht, warum Sie mit Conni zusammen waren, wenn Sie doch Kristina liebten. Das ist absurd.«

Albert zuckte die Achseln, ohne aufzublicken. »Ich liebe Conni«, antwortete er. »Ich bin nur nicht in sie verliebt. Aber sie ist ein guter Mensch, und sie liebt mich, und deshalb gibt es keinen Grund, warum ich sie verletzen sollte.«

»Sie verletzen? Finden Sie nicht, daß Sie sie ganz mächtig verletzen, wenn Sie ihr etwas vormachen?«

»Ich habe ihr nie etwas vorgemacht. Sie weiß, wie ich fühle. Sie weiß auch, daß ich lieber sie heirate als irgendwen anders, weil sie ein guter Mensch ist.«

»Ein guter Mensch?« Spencer hielt den Atem an. »Albert, ist Ihnen bewußt, was Sie da sagen? Conni könnte Kristina getötet haben.«

Albert schüttelte heftig den Kopf. »Nein. Das ist unmöglich.«

»Wenn ich Conni wäre und Sie mich ständig mit Ihren Lügen quälten und ich Sie verdächtigen würde, mit meiner besten Freundin zu schlafen, hätte ich sie schon längst umgebracht. Und Sie auch.«

Albert sagte nichts. Spencer wartete. Er wußte, daß er verzweifelt nach einem rettenden Strohhalm suchte. Wenn die drei doch bloß nicht auf das Geld verzichtet hätten, dachte er. Dann hätte er wenigstens was in der Hand.

Aber auch nicht viel, das war ihm klar. Es gab keinen Augenzeugen. Es gab keine Tatwaffe. Kein plausibles Motiv. Es gab nicht mal einen Fall.

Alles, was es gab, war ein riesiges Gefühlskarussel um ein totes Mädchen. Das reichte. Das war mehr als genug. Kristina war ermordet worden. Zwei Knieabdrücke auf ihrer Brust und Blut unter den Nägeln waren der Beweis.

Spencer quälte Albert, das war ihm klar, aber es war, als hätte Spencer Albert unter seinen Fingernägeln.

Es gab eine Zeit, da brauchte Spencer nur jemanden anzusehen und wußte über ihn alles, was von Bedeutung war. Andie hatte immer gesagt, das sei Spencers besondere Gabe für die Welt. Nicht, daß er nicht klug gewesen wäre, hatte sie gesagt, das war er sowieso, und gut aussehen tat er auch. Aber Spencer Patrick O'Malley hatte auch einmal den Instinkt eines einsamen Wolfes besessen. Und nun? Was war daraus geworden?

»Ich weiß so gut wie nichts über Sie«, sagte Spencer schließlich. »Außer daß Sie mich belogen und angegriffen haben.«

»Ich habe Sie nicht angegriffen ... Sie haben mit der Waffe auf mich gezielt. Tut mir leid wegen vorhin. Sie haben mich einfach kalt erwischt.«

»Ich habe *Sie* kalt erwischt?« Spencer lachte und stand auf. »Gute Nacht, Albert. Der diensthabende Beamte bringt Ihnen später ein Sandwich und was zu trinken.«

Albert kam ans Gitter und fragte: »Sie lassen mich hier?«

Spencer lächelte. »Ich dachte, Sie hätten keine Angst?«

Damit drehte er sich um und verließ die Zelle.

Am Sonntag früh um sieben kehrte er zurück. Der Beamte der Nachtschicht erzählte ihm: »Stellen Sie sich vor, der Kerl hat sich kein einziges Mal hingelegt. Die ganze Nacht hat er einfach dagesessen, mit dem Kopf in den Händen.«

Spencer spürte einen Anflug von schlechtem Gewissen. Er schloß die Zelle auf und sagte: »Los, Albert, es ist Zeit.«

Wortlos stand Albert auf und folgte ihm.

»Soll ich Sie nach Hause fahren?« fragte Spencer.

Albert drehte sich zu ihm und sagte sehr ruhig: »Ich brauche noch ihren Mantel, bitte.«

Wieder nagte das schlechte Gewissen an Spencer, als er Kristinas Mantel aus dem Kofferraum holte.

Albert war Spencer nicht geheuer. Irgend etwas an ihm kam ihm bedrohlich vor. Vielleicht lag es daran, daß Albert keine Angst hatte und Spencer Menschen mißtraute, die keine Angst kannten.

Sie hatten so wenig zu verlieren.

7

Constance Tobias

Wo hast du bloß die ganze Zeit gesteckt«, flüsterte Will Baker wütend, als Spencer am nächsten Montagmorgen zur Arbeit erschien. »Ich hab dich überall gesucht.«

Spencer nickte. »Ich war … na ja, weißt du …« Er brach ab. »Ich habe einen Ausflug gemacht.«

»Einen Ausflug? Wohin?«

»Nach Connecticut.« Spencer zögerte und spürte, wie er blaß wurde. »Will, ich habe eine Menge Neuigkeiten, die ich dir erzählen muß. Ich habe Kristinas Mutter gefunden. Katherine Sinclair.«

»Wen? Um Gottes willen, Tracy. Diese Alleingänge mitten in einem Mordfall mußt du dir abgewöhnen. Zuerst Albert und jetzt das. Außerdem siehst du aus, als hätte man dich durch den Fleischwolf gezogen. Was ist bloß in dich gefahren?«

Spencer warf einen Autoschlüssel auf den Tisch. »Hast du gehört, was ich gesagt habe, Will?«

»Ja, hab ich, aber verrat du mir erst mal, was Kristinas Mutter mit der Sache zu tun hat. Außerdem habe ich dir auch einiges zu berichten.«

»Was ist los?« fragte Spencer und zog seinen Mantel aus. Er hatte keine Lust mehr, sich ständig zu verteidigen.

Will nahm Spencer am Arm und ging mit ihm auf den Gang. »Frankie ist da.« Spencer warf einen Blick durch die angelehnte Tür des Vernehmungsraums und sah einen Jungen am Tisch sitzen.

»Was soll das?« fragte Spencer. »Was geht hier vor?«

»Er ist gestern abend zurückgekommen. Ich habe dich unentwegt angerufen.«

»Und? Hat er irgendwas Neues zu sagen?«

Will riß vielsagend die Augen auf. »Er sagt ja, aber er will mit niemand anderem reden als mit dir.«

Spencer wollte schon reingehen, doch Will hielt ihn zurück. »Zuerst will der Chief mit dir sprechen.«

»Jetzt?«

»Auf der Stelle.«

Kaum hatte Spencer die Tür hinter sich geschlossen, knallte Ken Gallagher einen Stapel Zeitungen auf seinen grauen Resopalschreibtisch. »Wo zum Teufel haben Sie gesteckt, Tracy?«

»Ich war ...«

»Baker hat mindestens tausendmal bei Ihnen zu Hause angerufen! Hat er Ihnen gesagt, daß Frankie Absalom dringend mit Ihnen reden wollte und Sie nirgends aufzutreiben waren?« Gallagher tobte vor Wut. »Er wollte mit niemandem reden außer Ihnen. Also, wo zum Teufel haben Sie gesteckt?«

»Das wollte ich Ihnen gerade erklären, Sir ...«

»Dann schießen Sie los, verdammt noch mal! Ich glaubte, daß Sie an einem Mordfall arbeiten!«

»Ja, genau das habe ich getan. Ich war ...«

»Wissen Sie, daß wir Frankie Absalom Ihretwegen über Nacht dabehalten mußten?«

»Warum?«

»Ich stelle hier die Fragen und Sie haben gefälligst zu antworten, Tracy!« Doch dann lenkte er ein. »Weil wir nicht wissen, ob wir den Mörder haben oder nicht. Wo zum Teufel waren Sie also?«

»In Connecticut«, sagte Spencer hastig, ehe er erneut unterbrochen wurde.

»Wozu?«

»Ich habe mit der Mutter des toten Mädchens gesprochen.«

»Mit der *Mutter* des toten Mädchens?« rief Gallagher.

Spencer ergriff die Gelegenheit beim Schopf. »Ja, Sir. Sie ist schwer krank und lebt im Norwalker Genesungs...«

»Tracy!« brüllte der Chief. »Was glauben Sie, warum ich gerade nichts gesagt habe? Ich bin sprachlos, verdammt noch mal ... Ich habe keine Zeit für solchen Schwachsinn! Möglicherweise haben wir den Mörder, und Sie kommen mir mit einer verdammten *Mutter* an. Haben Sie nicht alle Tassen im Schrank oder was?«

Spencer zwang sich, ruhig zu bleiben. »Es ist nicht irgendeine Mutter, Sir, sondern die des ermordeten Mädchens. Und es gibt ein paar sehr beunruhigende ...«

»Vielleicht habe ich mich nicht deutlich genug ausgedrückt, O'Malley.« Gallagher schob ihm den Stapel Zeitungen zu. »Was ist das?«

»Keine Ahnung, Chief«, antwortete Spencer. »Was denn?«

»Das und das und das!« Gallagher hielt Spencer die Zeitungen unter die Nase und zeigte mit dem Finger auf die Schlagzeilen. »Sehen Sie das? Wir sind in allen Zeitungen. Haben Sie das gelesen? Ja?«

Spencer hob den Blick von den Zeitungen und sagte ruhig. »Nein, Sir. Ich war zu beschäftigt, um Zeitung zu lesen, Sir.«

»Hören Sie mit dem verdammten ›Sir‹ auf, O'Malley!« sagte Gallagher mit erhobener Stimme. »Als ich am Donnerstag nach Hause fuhr, bin ich davon ausgegangen, daß Sie alles unter Kontrolle haben!«

»Wir haben alles unter Kontrolle, Sir«, sagte Spencer und dachte, außer, daß ich gleich in die Luft gehe.

»Ach nein! Und was ist das?« Gallagher zeigte auf die Schlagzeilen der wichtigsten Lokalzeitung und las laut vor: »Das Police Department von Hanover tappt im dunkeln. Offizielle Stellen räumen ein, daß es noch keine heiße Spur gibt.«

Danach zeigte er Spencer ähnliche Artikel im *Dartmouth Review, Concord Monitor, Manchester Union* und im *Boston Globe*.

Spencer warf seinem Vorgesetzten einen gleichgültigen Blick zu. »Und?«

»Tracy«, sagte Gallagher unheilvoll, »führen Sie mich nicht an der Nase herum. Ich habe Sie befördert im Glauben, Sie würden sich beweisen ...«

»Chief Gallagher!« rief Spencer und senkte die Stimme gleich wieder. »Ich habe im Moment einfach keine Zeit, mich zu beweisen.« Er holte tief Luft. »Ich stecke mitten in einem komplizierten Mordfall. Die Zeitungen haben nicht die geringste Ahnung. Und wir werden ihnen unsere Ermittlungsergebnisse bestimmt nicht unter die Nase reiben, bevor wir uns vergewissert haben, daß sie für eine offizielle Anklage ausreichen. In dem Punkt stimmen Sie mir doch wohl zu, oder nicht, Chief?«

»Hören Sie auf O'Malley, wollen Sie mich etwa belehren? Die Zeitungen ziehen über uns her und werfen uns Unfähigkeit vor. Ich habe keine Lust, mir von unseren Bürgern, dem College und Concord vorhalten lassen zu müssen, daß wir unsere Arbeit nicht tun!«

»Wer sagt, daß wir unsere Arbeit nicht tun?« Spencer knirschte mit den Zähnen. »Es sind die Zeitungen, die unfähig sind.«

»Aber irgendwo müssen sie ihre Informationen ja wohl her haben, oder?«

»Ja, Sir. Vielleicht sollte man unseren Männern mehr Diskretion im Umgang mit der Presse anraten.«

»Tracy, die Staatsanwaltschaft liest diesen Mist auch!« schrie Gallagher. »Die wird dasselbe denken. Daß wir unseren Job nicht gut machen. Der Dekan persönlich hat Dave Peterson angerufen und sich erkundigt, was unternommen worden sei, um den Mörder des Mädchens zu finden.«

»Und der Staatsanwalt konnte ihm nichts sagen«, erwiderte Spencer, »weil er nämlich nicht im Dienst war. Und sein Stellvertreter? Dito.«

»Nun, heute morgen waren sie im Dienst! Ich selbst habe mit Peterson gesprochen. Er kocht vor Wut. Er hat bereits eine ganze Kompanie losgeschickt.«

Spencer war erleichtert, daß sich nun ein paar desinteressierte Staatsanwälte des Falles annehmen würden. Zumindest konnte er dann wieder seine Runden durch die Stadt drehen, sich bei *Lou's* einen Kaffee genehmigen oder eine warme Mahlzeit und hin und wieder bei *Murphy's Tavern* reinschauen. Er konnte zu seinem gemütlichen Winterschlaf zurückkehren, ohne an Kristina und ihre zerrüttete Familie denken zu müssen.

Spencer bot dem Chief die Stirn. »Und wo waren die Herren von der Staatsanwaltschaft, als wir sie brauchten? Am Freitag beim Golf, und am Samstag und Sonntag hatten sie Wochenende. Der kleine Stich galt dem Chief selbst, obwohl Spencer ihn nicht beim Namen nannte. »Im Gegensatz zu Will und mir. Wir arbeiten seit Donnerstag ununterbrochen an diesem Fall.«

»Aber ohne Ergebnis! Und Ihre Fahrt nach Connecticut betrachte ich nicht als Arbeit.«

Spencer spürte, daß er jeden Augenblick platzen würde. »Was erwarten Sie, Chief?«

»Daß Sie einen Verdächtigen verhaften.«

»Einen Verdächtigen zu verhaften, ist kein Problem, das kann ich jederzeit tun, wenn Sie wollen. Aber um den tatsächlichen Mörder zu verhaften, braucht man schon etwas länger.«

Chief Gallagher sprang auf. Spencer blieb reglos vor ihm stehen. Gallagher sagte nichts, und Spencer wandte den Blick nicht ab. Nach ein paar Sekunden verbeugte Spencer sich, lächelte flüchtig und sagte: »Wenn Sie mich jetzt entschuldigen würden, Chief. Ich muß noch einen wichtigen Zeugen vernehmen.«

»Sie werden bald hiersein, O'Malley, und dann werden Sie niemanden mehr vernehmen müssen.«

Spencer entging die Drohung nicht.

»Soll ich nun mit Frankie Absalom sprechen oder nicht?« fragte er und wandte sich noch einmal um. »Oder nehmen Sie mir den Fall weg, Chief?«

»Ich nehme Ihnen gar nichts weg, O'Malley.«

Will war hereingekommen und stand an der Tür. »Spencer, Peterson hat gerade angerufen. Offensichtlich hat er neue Informationen. Er will, daß du Frankie erst verhörst, wenn Silas und Artell dabei sind.«

»Warum?«

»Anscheinend sind wir ihnen zu lahm.«

»Aber wenn wir auf sie warten, geht es schneller, was?«

»Wir sind ihnen zu lahm«, wiederholte Will stur.

»Wem sind wir zu lahm?« fragte Spencer erschöpft. »Es ist Montag morgen, und sie wurde Donnerstag nachmittag gefunden.«

»Dem College«, sagte Gallagher. »Dartmouth. Der Dekan

und der Rektor kriegen eine Menge Druck von den Studenten und den Eltern. Ein totes Mädchen auf dem Campus, und der Obduktionsbericht läßt keinen Zweifel daran, daß sie ermordet wurde. Seit Freitag macht die Story Schlagzeilen. Die Leute haben Angst, daß ein wahnsinniger Sexualtäter frei herumläuft.«

»Hat man der Presse mitgeteilt, daß sie nicht vergewaltigt wurde?«

»Das tut nichts zur Sache. Sie wissen, daß sie in den letzten zweiundsiebzig Stunden ihres Lebens Geschlechtsverkehr hatte. Für ängstliche Gemüter ist das dasselbe.«

»Ach, die sind doch krank«, erwiderte Spencer. »Aber das ist nicht meine Schuld.«

»Niemand gibt Ihnen die Schuld.«

»Wie haben die Zeitungen das mit dem Sex überhaupt rausgekriegt?«

Will zuckte die Achseln. »Jemand muß im gerichtsmedizinischen Institut den Obduktionsbericht zu Gesicht bekommen haben.«

»Na toll. Einfach toll«, rief Spencer. »Ich werde jetzt jedenfalls mit Frankie reden. Wenn die Jungs von der Staatsanwaltschaft ihn später nochmals verhören wollen, ist das ihre Sache.«

Will schüttelte den Kopf. Spencer ging an ihm vorbei und versuchte fünf Minuten lang, an der Sodamaschine der benachbarten Feuerwehrabteilung seine Nerven zu beruhigen.

Spencer schloß die Tür des kleinen weißen Raums und reichte Frankie Absalom die Hand.

»Tut mir leid, daß Sie so lange warten mußten, Frank, oder soll ich Sie Frankie nennen?«

»Frankie geht in Ordnung. Nennen Sie mich, wie Sie wollen, Mann. Ich bin froh, daß Sie endlich da sind.«

Spencer nahm Platz.

Frankie war ruhig. »Sie haben mich über Nacht dabehalten, weil ich mich geweigert habe, mit ihnen zu sprechen. Jetzt meinen die wohl, ich hätte sie umgebracht, was?«

»Und? Haben Sie es getan?«

»Natürlich nicht! Die hatten überhaupt kein Recht, mich einzusperren.«

»Mein Partner Will war mißtrauisch. Sie hätten ruhig mit ihm reden sollen. Er hätte Sie dann wieder gehen lassen.«

»Ja, wahrscheinlich«, sagte Frankie langsam und schwieg eine Weile, bevor er fortfuhr. »Mann, Sie haben einen coolen Namen. Ist doch nicht wegen Spencer Tracy, oder?«

»Genau«, sagte Spencer. »Wenn ich ein Mädchen geworden wäre, hätte mich meine Mutter Katherine genannt.«

Frankie lächelte. »Ja, und meine Mom hat mich nach *Frankie und Johnny* genannt.«

Spencer erwiderte das Lächeln. »In *Frankie und Johnny* war Frankie aber das Mädchen.«

»Ja, ist das nicht komisch?« sagte Frankie.

Spencer mußte lachen. Frankie hatte die Beine auf den Tisch gelegt. Er trug eine tadellos gebügelte, weite Hose mit Karomuster, einen schwarzweiß gestreiften Pullover und eine schwarze Baseballkappe, die er verkehrt herum aufgesetzt hatte. Er sah aus wie ein Penner, aber ein eleganter Penner.

»Frankie, macht es Ihnen was aus, die Beine vom Tisch zu nehmen? Immerhin geht es um eine ernste Sache.«

Frankie folgte seiner Aufforderung.

»Also, was haben Sie mir zu sagen?« fragte Spencer und nahm einen Schluck schwarzen Kaffee. »Ich bin ganz Ohr.«

»Ich sag's nur einmal, und nur Ihnen. Abgemacht?«

»Frankie, Sie werden Ihre Geschichte ein halbes Dutzend Male wiederholen müssen, bis wir mit Ihnen fertig sind. Und dann müssen Sie vor Gericht, wo Sie es einmal der Jury, einmal dem Staatsanwalt und einmal der Verteidigung erzählen werden. Da Sie ein unentbehrlicher Zeuge sind, wird Ihre Aussage auf Band aufgezeichnet. Sollten Sie sich in Widersprüche verstricken, wird die Verteidigung Sie in der Luft zerfetzen. Also seien Sie vorsichtig, präzise und ehrlich. Und jetzt erzählen Sie mir, was passiert ist.«

Frankie senkte die Stimme. Die Lockerheit von eben war ein wenig verflogen. »Na ja, das ist ja die Sache. Ich habe keine Lust, als Verräter dazustehen.«

»Sind Sie deshalb nicht nach Darmouth zurückgekommen?«

»Nicht zurückgekommen? O nein, Mann.« Er nickte. »Na ja, eigentlich schon. Ich wollte ... mir war nicht besonders wohl in meiner Haut, ich dachte, ich bleibe lieber zu Hause und denke erst mal darüber nach.«

»Und zu welchem Ergebnis sind Sie gekommen?«

»Zu keinem. Es fühlt sich immer noch so an, als würde ich meine Freunde verraten. Verstehen Sie? Für so was würde die Mafia einen kaltmachen.«

»Frankie, es geht hier nicht um die Mafia. Und Ihre Freunde sind keine schweren Jungs. Hier wird niemand kaltgemacht, das garantiere ich Ihnen.«

»Ja, das weiß ich, aber es ist trotzdem Verrat.«

»Frankie, wir wollen in einer Welt leben, in der jeder von uns ein winziges Rädchen im Rechtssystem ist. Also.«

Frankie nahm die Baseballkappe ab, überlegte es sich anders und setzte sie wieder auf.

»Sie werden mir doch nicht weismachen wollen, daß das Übel weiterlebt, wenn die Anständigen den Mund nicht aufmachen, oder?«

»Bestimmt nicht«, sagte Spencer. »Obwohl *ich* den Mund aufmachen würde.«

Frankie nickte langsam. »Ja, das glaube ich Ihnen, Detective O'Malley.«

Spencer behielt ihn im Auge. »Sagen Sie mir bloß nicht, daß Sie mir neulich am Telefon was verschwiegen haben.«

Frankie nickte. »Doch, Mann, hab ich.«

»Frankie!« Spencer stand auf. »Verdammt noch mal! Das ist aber gar nicht gut für Sie. Und für mich auch nicht.«

»Tut mir leid. Ich war entsetzlich durcheinander. Sie haben mich einfach überrumpelt mit Ihrem Anruf. Ich wußte nicht, was ich machen sollte, Mann. Es tut mir wirklich leid.«

Spencer setzte sich wieder hin. »Und woher soll ich wissen, daß Sie mir jetzt die Wahrheit sagen?«

»Weil ich es tun werde. Sie werden sehen.« Frankie senkte den Kopf so weit, daß ihm die Kappe fast heruntergefallen wäre und er sie fester auf den Kopf drückte. »Es fühlt sich an wie Verrat.«

»Sie tun das einzig richtige.«

»Das sagen Sie. Das hat Detective Baker gesagt. Aber mir kommt es nicht so vor.«

»Frankie, haben Sie Kristina Kim umgebracht?«

»Nein, Mann, natürlich nicht. Machen Sie Witze? Ich kann ja nicht mal einer Fliege was zuleide tun. Ich bin da irgendwie gestört. Ich bitte Sie. Nein.«

»Was ist dann passiert? Haben Sie jemanden auf der Brücke gesehen?«

Frankie sah überrascht auf. »Ja, wie kommen Sie darauf?«

Spencer lächelte nicht, und es war auch keine Genugtuung zu wissen, daß er richtig gelegen hatte. Er war ganz auf sich allein gestellt. »War es Conni?«

»Gott! Ja. Sie wissen es?«

»Ich dachte mir von Anfang an, daß Conni in der Nacht losgezogen war, um Kristina zu suchen«, erklärte Spencer. »Ihre Angaben waren ungenau, und sie war lange weg. Na los, erzählen Sie weiter.«

»Also, es war so. Als ich von der Toilette zurückkam und den Mantel anzog, um in mein Zimmer zu gehen, sah ich noch mal aus dem Fenster.«

»Um wieviel Uhr war das?«

»Gegen fünfundzwanzig nach eins.« Frankie senkte erneut den Kopf. »Da habe ich Conni gesehen«, sagte er leise. »Conni auf der Brücke. Sie ging sehr schnell in Richtung Hinman Hall.«

Spencer lehnte sich zurück und fragte: »War sie allein?«

»Ja.«

»Wie ging sie?«

»Sie hatte es eilig.«

»Ich meine, schaute sie einfach geradeaus, oder sah sie sich um? Könnte man sagen, daß sie rannte?«

»Nein, nichts davon. Höchstens, daß sie lief.«

»Sie hat weder geradeaus geschaut noch zur Seite?«

»Darauf habe ich nicht geachtet. Mir ist nichts Ungewöhnliches an ihrer Kopfhaltung aufgefallen. Vermutlich hat sie geradeaus geschaut.«

»Verstehe. Ist das alles, was Sie gesehen haben?«

»Ja, alles. Ich schwöre.« Wie um es zu unterstreichen, bekreuzigte er sich.

Spencer atmete erleichtert auf. »Meine Güte, wir haben einen Augenzeugen.«

»Ich habe nicht gesehen, daß sie irgendwas getan hätte, Mann. Nichts. Das ist die Wahrheit.«

Spencer kniff die Augen zusammen und sah ihn an. »Das habe ich auch nicht behauptet.«

»Es ist auch nicht so.«

»Frankie, wir haben nicht mehr viel Zeit. Die Jungs von der Staatsanwaltschaft sind um einiges härter als ich, und sie sind schon auf dem Weg hierher, um Sie in die Zange zu nehmen.«

»Sie haben doch versprochen, daß Sie mich gehen lassen.«

»Nur wenn Sie mir die ganze Wahrheit sagen.«

»Aber ich habe Ihnen die Wahrheit gesagt. Die ganze Wahrheit.«

»Was haben Sie gedacht, als Sie Conni auf der Brücke sahen?«

Frankie wirkte unsicher. Seine Stimme klang gereizt, als er antwortete: »Nichts. Was hätte ich schon denken sollen?«

»Beantworten Sie meine Frage, Frankie. Woher soll ich wissen, was Sie denken sollten? Jedenfalls führt die Brücke, wie Ihnen bekannt ist, nirgendwohin. Was hatte Conni auf der Brücke zu suchen? Haben Sie sich das nicht gefragt?«

»Nein, habe ich nicht«, entgegnete Frankie und rutschte nervös auf dem Stuhl hin und her.

Spencer beobachtete ihn aufmerksam. »Was haben Sie gedacht, Frankie?«

»Nichts.«

»Und was noch?«

»Wirklich nichts. Ich hab meine Bücher eingesammelt und bin nach Hause gegangen. Ich dachte bloß, daß Sie vielleicht wissen sollten, daß ich Conni gesehen habe.«

»Ja, das sollte ich wissen. Und was noch?«

»Nichts sonst.«

»Frankie, ich weiß, daß Sie mir was verschweigen.«

»Nein.«

»Na gut. Sie sehen also Conni. Seit Sie Kristina zum letzten Mal gesehen haben, sind zwanzig Minuten verstrichen. Haben Sie sich nicht gefragt, wo Kristina war?«

»Sie hätte längst wieder reingegangen sein können.«

»War sie aber nicht. Und Sie sind am Mittwoch früh nach

Hause gefahren. Sie haben sich weder von Ihren Mitbewohnern noch von Albert verabschiedet. Sie haben nicht bei Kristina angerufen, um sich zu erkundigen, ob alles in Ordnung ist. Sie sind einfach nach Hause gefahren und erst nach Thanksgiving nach Dartmouth zurückgekommen. Als ich Sie vor zwei Tagen angerufen habe, sind Sie zusammengebrochen, aber Sie waren nicht überrascht.«

Frankie spielte mit der Bügelfalte seiner Hose, ohne Spencer anzusehen.

»Jede Wette, daß Sie nicht überrascht waren.«

Frankie schüttelte fast unmerklich den Kopf. »Nein.«

Spencer musterte ihn einen langen Augenblick und sagte dann: »Waren Sie überrascht, als sie Conni auf der Brücke sahen?«

Frankie wirkte fast erleichtert, als er antwortete: »Nein, war ich nicht.«

Ich auch nicht, dachte Spencer. »Wieso nicht?«

»Sehen Sie, Detective O'Malley ...« Frankies Stimme brach ab. Er blickte wieder sehr unbehaglich drein. »Es war nicht das erste Mal, daß ich sie da sah.«

»Wo sah?«

»Auf der Brücke.«

Spencer zögerte und überlegte, wie er seine nächste Frage formulieren sollte. »Sie meinen, so spät nachts? Mitten in einem Schneesturm? Aus dem Wald kommend? Was genau?«

»Auf der Brücke, spät in der Nacht, mitten in einem Schneesturm.«

»Und allein?«

Hier zögerte Frankie.

»Also nicht allein«, sagte Spencer. »Mit jemand anders?«

»Ja, so ungefähr.« Frankie seufzte. »Mist, ich will das nicht.«

»Frankie!« rief Spencer aus. »Sie haben es gleich geschafft. Also los, raus damit.«

»Wird das hier gerade aufgenommen?«

»Ja.«

»Wird Conni es hören?«

»Ganz bestimmt. Was hatte sie auf der Brücke zu suchen, als Sie sie zum ersten Mal sahen?«

»Hören Sie, das ist nicht in Ordnung«, sagte Frankie unsicher. »Das ist ganz und gar nicht in Ordnung. Davon wird die Welt keinen Deut besser, verstehen Sie …«

»Frankie, verraten Sie mir eins. Haben Sie ein verletztes, hilfloses Mädchen in den Schnee gestoßen? Haben Sie sich auf sie gesetzt und ihr ein Kissen auf Nase und Mund gepreßt, bis sie erstickt ist, und sind sie dann nach Hause gegangen?« Spencer machte eine Pause. »Ihre Freundin ist umgebracht worden. Jemand hat sie mit bloßen Händen getötet. Das ist ein schreckliches Unrecht. Wollen Sie nicht endlich den Mund aufmachen?«

»Ja, aber es ist zu spät für Kristina. Dieses Unrecht kann keiner wiedergutmachen.«

»Mit Ausnahme der Justiz. Die Schuldigen müssen zur Rechenschaft gezogen werden.«

»Das sehen Sie vielleicht so. Aber wie kann ich das Unrecht, das einem Menschen zugefügt wurde, gutmachen, indem ich einen anderen, der noch lebt, ausliefere? Vor allem, wenn ich dieses Mal bloß gesehen habe, wie Conni zurücklief.«

»Dieses Mal?« wiederholte Spencer.

Frankie fuhr mit gedämpfter und verdächtig flacher Stimme fort. »Es war letzten Winter. Ich glaube, im Februar. Ja, kurz vor Karneval.«

»Ja? Ja?« Spencer mußte sich beherrschen, um nicht loszuschreien.

Frankie senkte die Stimme noch weiter und beugte sich über den Tisch. »Da hat Conni Kristina von der Brücke gestoßen.«

Die Stellvertreter der Staatsanwaltschaft trafen aus Concord ein. John Artell und Daphne Silas trugen dunkelgraue Anzüge und waren jung, ehrgeizig und ungeduldig. Sie ähnelten einander wie ein Ei dem anderen und kamen angeblich, um Spencer bei dem Fall behilflich zu sein, doch er wußte es besser.

Was störte Spencer so an den stellvertretenden Staatsanwälten? Nicht, daß sie tätig wurden. Das mußten sie sogar, wenn es um ein Kapitalverbrechen ging. Immerhin vertraten sie das Volk, und das Volk mußte die Schuldigen ins Gefängnis bringen. Die Staatsanwaltschaft war also gezwungen, tätig zu werden. Ihre Ermittler waren bestens ausgerüstet und verfügten über ein ordentliches Budget. Spencer selbst verließ sich auf ihre Experten, wenn er Überfälle oder Diebstähle zu untersuchen hatte.

Aber nicht Mord.

Diesmal fühlte sich Spencer durch ihre Anwesenheit persönlich angegriffen, denn sie waren nicht gekommen, um ihm zu helfen, sondern um ihn zu verdrängen. Sie waren hier, weil weder Gallagher noch sie ihm den Job zutrauten. Es ging um kaltblütigen Mord, und jetzt kochte jeder sein eigenes Süppchen. Mit einem Mord konnte man sich profilieren, er war eine echte Trumpfkarte bei einer Wiederwahl. Sie kamen, um Stimmen zu fangen.

Als erstes versammelten sich alle im großen Konferenzraum. Spencer hielt das Band mit Frankies Vernehmung in der Hand. Er überlegte, wie er den anderen von seinem Gespräch mit Kristinas Mutter erzählen konnte.

Doch Daphne hatte bereits einen eigenen Plan. In sachlichem Ton erklärte sie: »Wir werden die zwei Männer in die Mangel nehmen, die das Opfer kannte …«

»Welche zwei Männer? Sie hat mehr als nur zwei gekannt«, wandte Spencer ein und runzelte die Stirn, während er John Artell einen Blick zuwarf. »Es sei denn, Sie meinen es im biblischen Sinne.«

»O'Malley!« polterte der Chief. Daphne und John blieben ernst.

»Hören Sie«, sagte Spencer, diesmal etwas freundlicher, und versuchte zu lächeln. »Bevor wir uns Frankies Aussage anhören, möchte ich Ihnen von Katherine Sinclair erzählen.«

»Wem?« fragte Daphne.

Will schüttelte den Kopf, und seine Lippen formten nein, nein.

»Der Mutter des toten Mädchens …«

»Ich dachte, sie hieße Kim«, sagte John.

»Ja, das stimmt. Aber erst nach ihrer Heirat. Sie war eine geborene Sinclair. Ihre Mutter hat mir erzählt …«

»Ich bin sicher, daß es sehr interessant ist, Detective«, unterbrach ihn Daphne, »aber wir würden doch lieber zuerst Howard Kim vernehmen ...«

»Howard Kim? Ihren Exmann?«

»Ja.«

»Nun, den finden Sie im Leichenschauhaus. Er kümmert sich gerade um die Beerdigung seiner Exfrau. Da wird er noch bis morgen bleiben«, erklärte Spencer sarkastisch. »Dann ist er auf dem Friedhof von Pine Knoll, um sie zu Grabe zu tragen.«

Daphne Silas hatte keinen Sinn für Humor. Oder falls doch, zeigte sie es nicht. »Was ist mit diesem Frankie Absalom? Hat er ein Alibi?«

»Ja«, erklärte Will. »Jemand hat ihn in der Bibliothek gesehen und kann bezeugen, daß er das Gebäude gegen halb zwei oder so verließ.«

Spencer sagte: »Wieso nehmen Sie nicht die Basketballmädchen von Crimson unter die Lupe? Ich hab gehört, daß sie Kristina haßten.«

Daphne horchte interessiert auf. »Wirklich?«

»Ich muß doch bitten!«

Gallagher hustete in die Hand, um Spencers Aufmerksamkeit zu erhaschen, und zischte leise. Spencer verstummte.

»Hören wir uns das Band an«, schlug er schließlich vor. »Vielleicht ist es interessant für Sie. Wir haben noch etwas Zeit, bis Landers und Innis sich melden. Oder wollen Sie lieber erst die Ergebnisse der Pathologie und der Spurenvergleiche abwarten?«

»Ich dachte mir, wir könnten sie uns zusammen ansehen«, schlug Daphne Silas vor. Wäre sie nicht so etepetete und spröde gewesen, hätte Spencer schwören können, daß sie versuchte, ihn anzumachen. Er beobachtete sie aufmerksam, als sie die Lippen zu einem leichten Lächeln verzog.

Spencer drehte sich der Magen um, als er das Gesicht seines Vorgesetzten beobachtete, während dieser das Band hörte. Gallagher blickte drein, als habe er gerade vier Millionen Dollar gewonnen oder als sei er mit einer saftigen Gehaltserhöhung befördert worden. Sogar Will, der sich sonst nicht so leicht aus der Ruhe bringen ließ, wurde etwas munterer. Daphne und John bewahrten die Ruhe, doch ihre Augen funkelten.

»Das ist ja unglaublich, Tracy«, lobte Gallagher.

»Freut mich, daß Sie so denken, Sir«, antwortete Spencer. Gallaghers Lächeln bekam einen kleinen Riß.

Daphne stand auf. »John, ruf Dr. Innis an. Sag ihm, daß wir die Ergebnisse der Bluttests sofort brauchen.« Sie wandte sich Spencer zu. »Gute Arbeit, Detective-Sergeant.«

Spencer fluchte insgeheim.

Ed Landers rief als erster an. Überall im Zimmer waren Fingerabdrücke gefunden worden, die von mindestens drei Personen außer Kristina stammten. Die Fingerabdrücke waren mit denen von Conni Tobias, Albert Maplethorpe und Jim Shaw identisch. Die Abdrücke auf der Whiskeyflasche stammten nur von Kristina – und Conni.

Aus irgendeinem Grund schien Will daraus voreilige Schlüsse ziehen zu wollen. »Sie ging nur auf die Brücke, wenn sie betrunken war«, sagte er an Spencer gewandt. »Stimmt's, Trace? Conni könnte ihr die Flasche gebracht haben, um sie betrunken zu machen und auf die Brücke zu locken, verstehst du?«

»O Will«, sagte Spencer müde. »Das sind doch nur Vermutungen. Niemand hat gesehen, wie Conni ihr die Flasche gebracht hat.«

»Ja, aber Frankie hat Kristina auf der Brücke beobachtet. Und Conni auch«, sagte Gallagher.

»Stimmt, sie war sehr eifersüchtig«, erklärte Spencer. »Sie hatten so was wie ein Dreiecksverhältnis ...«

»Wollen Sie etwa behaupten, daß Frankies Aussage nicht zwingend ist?« sagte Gallagher laut.

»Das habe ich nicht gesagt, Sir. Aber wir sollten deshalb nicht anderes außer acht lassen.«

»Was meinen Sie mit ›anderes‹?« fragte der Chief unfreundlich. Spencer sah Will an. Sogar er schien nicht auf seiner Seite zu stehen.

Spencer öffnete den Mund in dem Versuch, noch einmal Katherine Sinclair ins Gespräch zu bringen. Moment mal, wollte er sagen, hören Sie gut zu. Lassen Sie mich aussprechen. Doch nichts von dem, was er ihnen hätte mitteilen können, hätte dieselbe Intensität, denselben Eifer in ihren Augen entfacht.

Der Chief mußte einen Anruf entgegennehmen, John Artell mußte ein Gespräch führen. Will klopfte Spencer auf den Rücken. Daphne saß Spencer gegenüber und starrte ihn an.

Und dann spuckte das Faxgerät die Ergebnisse der Blutuntersuchung aus.

Während die anderen noch die Ergebnisse studierten und Spencer ihre triumphierenden Gesichter sah, stand er auf und entschuldigte sich. Will folgte ihm in den Gang.

»Was ist los?« flüsterte Will. »Was zum Teufel ist in dich gefahren?«

»Nichts«, antwortete Spencer, während er in sein Büro ging, um Schlüssel und Mantel zu holen. »Ich bin gleich wieder da.«

»Spencer!« rief ihm Will hinterher. »Was zum Teufel hast du vor? Wir stecken mitten in den …«

»Von wegen, das ist es ja gerade. Mir scheint es, als hättet ihr die Ermittlungen bereits abgeschlossen und wärt bereits dabei, den Prozeß vorzubereiten. Ich dagegen stecke noch mittendrin.«

»Wovon redest du überhaupt, Mann? Hast du nicht die Ergebnisse der Spurenvergleiche gesehen? Hast du Frankies Aussage nicht gehört?«

»Ich habe die Beweise gesehen. Ich habe Frankies Aussage gehört.«

»Wo zum Teufel willst du dann hin?«

»Zum Hinman, um mit Conni Tobias zu reden.«

Auf dem Weg dorthin dachte Spencer an *Molly's* Potato Skins, die er gestern zum ersten Mal seit zweihundert Sonntagen ausgelassen hatte, weil er den Tag im Norwalk State Hospital verbracht hatte. Den ganzen Tag hatte er sich bloß von fünf Tassen schwarzem Kaffee ernährt, die ihm den Boden unter den Füßen weggezogen hatten, und Jack Daniel's, über den er spät nachts gestolpert war, als er aus Connecticut zurückkehrte.

Spencer wußte, daß er nicht viel Zeit hatte.

Conni war nicht in ihrem Zimmer. Genausowenig wie Albert und Jim.

Er überlegte. Irgendwann würde sie etwas essen müssen. Also ging er ins *Collis Café*. Es hatte einen großen Erker mit vier riesigen Fenstern. Spencer setzte sich an einen der runden Fenstertische.

Constance Tobias, das nette Mädchen aus Cold Spring Harbor, dem besseren Teil der Welt, aus dem nur brave, verwöhnte und gebildete Mädchen kamen. Cold Spring Harbor, wo die Bäume höher waren als die höchsten Häuser, wo der schimmernde Long Island Sound durch die Maulbeerfeigenbäume blinkte und seine Reflexe auf Eichen und Pinien tanzten. Cold Spring Harbor, wo die Einfahrten eine Achtelmeile lang waren und jedes Haus zwei Zimmer für das Personal, zwei Gästezimmer, sieben Badezimmer, einen beheizten Pool, einen Tennisplatz und ein Schieferdach besaß. Cold Spring Harbor, wo Conni ihr Haar blonder getönt hatte, um Albert Maplethorpe zu gefallen, und Lancôme Rouge aufgetragen hatte, um die Kratzer im Gesicht zu verbergen.

In Spencers High-School hatte es keine Mädchen wie Conni gegeben. Mädchen, die sich für was Besseres hielten und achtlos an ihm vorbeigingen mit ihren Büchern, weißen Pullovern und hocherhobener Nase.

Manchmal dachte Spencer, er sei bloß deswegen Streifenpolizist geworden, um diesen eingebildeten Gören eins auszuwischen, wenn sie mit über achtzig Sachen in ihren teuren Flitzern an ihm vorbeisausten. Wenn er gut gelaunt gewesen war, hatte er gelegentlich ein Auge zugedrückt und sie mit einer Verwarnung laufenlassen.

Aber diesmal war es anders.

Hier ging es nicht um teure Flitzer und Geschwindigkeitsübertretung.

Hier ging es um Mord.

In engen Jeans und einem bauchfreien rosa Pullover betrat Conni das Lokal mit Freunden, die er nicht kannte. Als sie ihn sah, blieb sie stehen und lächelte. Spencer nickte ihr zu und stand auf. Sie hofft, daß ich nicht ihretwegen hier bin, aber an ihren Augen sehe ich, daß sie genau weiß, warum ich auf sie warte.

Spencer ging langsam auf sie zu. Conni machte ein tapferes Gesicht. »Oh, Detective O'Malley! Ich wollte gerade zu Mittag essen. Seit sieben Uhr früh habe ich nichts mehr in den Magen bekommen.«

Da ist sie wieder, schaut mich aus dem Fenster ihres Flitzers an und sagt mit hoher, einschmeichelnder Stimme: *Stimmt was nicht Officer? Bin ich etwa zu schnell gefahren?*

»Geht nicht, Conni«, sagte er. »Ich muß mit Ihnen reden.«

»Okay, klar, aber kann ich vorher was essen?«

»Nein«, sagte Spencer etwas lauter. »Jetzt sofort.«

Er hatte sie überrumpelt. Sie versuchte zu lächeln. »Es wird mir doch wohl nicht den Appetit verderben, oder?«

»Schon möglich.«

Auch sein Magen knurrte und schmerzte vor Leere. Er setzte sich wieder, um den Kaffee zu trinken, den er bestellt hatte. Diesmal mit viel Milch und viel Zucker. Eine flüssige Mahlzeit, dachte er, amüsiert über die Ironie des Schicksals.

»Conni, ich will nicht lange um den Brei herum reden. Spätestens in einer halben Stunde wird die Polizei hier auftauchen, mit einem Haftbefehl gegen Sie.«

»Haftbefehl?« flüsterte Conni. »Weswegen?« Dann biß sie lustlos in ihren Hamburger.

Sie saßen an einem runden Tisch aus Kirschbaumholz. Spencer fand das sehr passend, es erinnerte ihn an den Vernehmungsraum im Revier. Aber dieser Tisch eignete sich besser für ein Verhör, selbst wenn es bei einem Hamburger war.

»Sie können sich doch an Frankie Absalom erinnern, nicht wahr, Conni?«

»Sicher kann ich mich an ihn erinnern. Er ist ein Freund von uns.«

»In der Nacht, als Kristina umgebracht wurde, hat Frankie Sie auf der Brücke gesehen.«

Sie zuckte nicht mit der Wimper. »Und?«

Spencer wandte den Blick ab. »Conni, er hat Sie ein paar Minuten, nachdem Kristina von der Bildfläche verschwand, gesehen. Sie kamen gerade aus dem Wald zurück.«

Conni sagte nichts. Spencer sah sie nicht an.

»Erinnern Sie sich, daß Sie in dieser Nacht rausgegangen sind?«

»Ich denke schon.«

»Sie denken schon?« Jetzt hob Spencer den Blick und sah sie an. »Ich habe Sie ein Dutzendmal auf verschiedene Weise gefragt, wo Sie in der besagten Nacht überall gewesen sind. Sie haben nie erwähnt, daß Sie in der Nacht auf der Brücke waren. Und die Brücke spielte an dem Abend eine große Rolle, finden Sie nicht?«

»Ich habe es nicht erwähnt, weil es mit der Sache nichts zu tun hatte.«

Spencer versuchte nicht zu schreien. »Darüber haben Sie nicht zu entscheiden, Conni. Das überlassen Sie mal lieber anderen. Haben Sie kapiert? Oder haben Ihre gebildeten Eltern Ihnen etwa nicht beigebracht, daß Sie nichts verschweigen dürfen, wenn Sie zu Ihrem Alibi befragt werden, vor allem nicht, daß Sie am Tatort gewesen sind, auch wenn Sie meinen, es sei nicht wichtig?«

»Was haben meine Eltern damit zu tun?« gab sie wütend zurück, und Spencer dachte, sie hat recht, was haben sie mit alledem zu tun? Doch dann fielen ihm die Maulbeerfeigenbäume in Cold Spring Harbor wieder ein, die den Blick auf den Long Island Sound verdeckten, und er dachte, o doch, sie haben eine ganze Menge damit zu tun, Constance Tobias. Sie haben dich zu dem gemacht, was du bist, ein verwöhntes Ding, das glaubt, über dem Gesetz zu stehen – und über mir.

»Ich will es Ihnen erklären. Sie verschwinden vierzig Minuten lang, und niemand sieht Sie außer Frankie, und zwar in unmittelbarer Nähe des Tatorts. Wollen Sie mir jetzt verraten, was Sie auf der Brücke zu suchen hatten?«

»Das habe ich Ihnen bereits gesagt.«

»Nein, haben Sie nicht.«

»Ich habe Albert gesucht«, sagte sie und wandte den Blick ab.

»Auf der Brücke?«

»Ja.«

»Haben Sie ihn gefunden?«

»Nein.«

»Und was ist mit Kristina? Haben Sie sie gesehen?«

»Nein«, antwortete sie und griff mit zittrigen Händen nach ihrem Hamburger.

Spencer lachte. »Was soll das, Constance? Wollen Sie mir klarmachen, daß Sie nicht mit mir reden wollen? Na schön, ich bin sowieso gleich weg.«

»Warum wollen sie mich verhaften?« rief sie aus.

»Weil Sie bei Rot über die Straße gegangen sind! Mein Gott, Conni! Sie werden des vorsätzlichen Mordes an einem Menschen beschuldigt.«

Jetzt war es Conni, die lachte. »Ich hab sie nicht umgebracht, Lieutenant, Detective, wie auch immer. Ich hab sie nicht umgebracht.«

»Nein? Dann ist es ja gut. Dann plädieren Sie bei Ihrer Vorführung vor dem Richter auf unschuldig. Geben Sie sich alle Mühe.«

»Vorführung? Wovon reden Sie? Ich habe Ihnen doch gesagt, daß ich es nicht war.« Sie sprach so laut, daß sich die Leute an den anderen Tischen nach ihr umdrehten. Es kam bestimmt nicht oft vor, daß eine Dartmouth-Studentin beim Lunch im *Collis* lauthals ihre Unschuld in einem Mordfall beteuerte. Wahrscheinlich war es eine Premiere. Alle starrten sie an.

»Dann sagen Sie mir, was passiert ist«, sagte Spencer leise. »Erzählen Sie.«

Conni begann zu weinen. »Brauche ich nicht einen Anwalt, wenn ich mit Ihnen rede? Ich glaube, ohne Anwalt darf ich gar nicht mit Ihnen reden.«

»Wenn das so ist, bitteschön. Aber vergessen Sie nicht, daß Sie bei Verdacht auf vorsätzlichen Mord nicht mal mit einer Kaution freikommen.«

»Noch hat mich niemand angeklagt«, erwiderte Conni. »Außer Ihnen.«

Spencer seufzte. »Sehe ich etwa wie ein hinterhältiger Mensch aus, Miss Tobias? Ich bin hier, weil ich Ihnen helfen will. Warum machen Sie es sich selbst so schwer? Wenn Sie unschuldig sind, dann erzählen Sie mir alles, und ich werde auf Ihrer Seite sein. Das ist mein Job.«

»Ich bin unschuldig«, sagte Conni schnell.

»Warum sollte ich Ihnen das glauben?«

»Weil es die Wahrheit ist.«

»Die Wahrheit?« Spencer suchte nach Worten. »Sie haben es immer noch nicht kapiert, nicht wahr?« Er hielt inne, während er versuchte, seine wirren Gedanken zu ordnen.

»Und warum sehen Sie mich an, als sei ich schuldig?« fragte Conni.

Spencer schüttelte traurig den Kopf. »Sie wollen mir nicht helfen, nicht wahr? Warum vertrauen Sie mir nicht einfach? Bin ich Ihnen zu schroff? Das kann es ja wohl kaum sein. Ich gelte im allgemeinen als sehr anständig bei Vernehmungen. Trotzdem hat keiner von Ihnen mit mir kooperieren wollen. Jim wollte mir nicht sagen, warum er davongelaufen ist, als er Kristinas schwarze Stiefel aus dem Schnee lugen sah. Albert schwieg sich aus, was sein Verhältnis zu Kristina anging. Und Sie wollen mir nicht verraten, was Sie auf der Brücke zu suchen hatten.«

»Ich sagte es Ihnen, okay? Aber werden Sie mir überhaupt glauben?« fragte sie flehend.

Spencer blieb ruhig. »Ich weiß nicht, Conni. Versuchen wir es. Aber erzählen Sie mir nicht, daß Sie außer sich waren vor Eifersucht. Sollten Sie nämlich verurteilt werden, dann müssen Sie sich diesen Satz ein Leben lang im Gefängnis sagen hören. Also seien Sie vorsichtig, und überlegen Sie gut! Denken Sie an alles.«

Conni starrte Spencer sprachlos an. »Was heißt alles?« fragte sie und stolperte über ihre eigenen Worte. Sie zupfte an ihren Wimpern und Augenbrauen. Es tat weh, es mit anzusehen. »Ich gebe ja zu, ich war auf der Brücke ...« Spencer konnte an ihrem Gesicht ablesen, wieviel Kraft sie das kostete.

»Ich war auf der Brücke, um Albert zu suchen.«

»Albert.«

»Ja, Albert.«

»Wieso sollte er auf der Brücke sein?«

»Weil«, sagte Conni und kämpfte mit jeder Silbe, »er meistens da war, wo sie war.«

»Verstehe.«

»Das ist sehr schwer für mich.«

»Ja, das ist mir klar.«

»Ich bin auf die Brücke gegangen, weil ich geglaubt habe, daß er vielleicht bei ihr wäre, und das hat mich rasend gemacht.«

»Wie rasend, Conni?« wollte Spencer wissen. »Wie rasend genau?«

Sie schob das Tablett mit dem Essen so heftig beiseite, daß es zu Boden fiel. Beide warfen einen Blick darauf, doch keiner machte Anstalten, es aufzuheben. Conni fuhr fort: »Bleiben Sie auf dem Teppich. Ich wollte ihn nur in flagranti erwischen. Besser gesagt, die beiden.«

»Wobei?«

»Keine Ahnung. Vielleicht beim Sex.«

»In der Kälte? Da hätten sie sich aber mächtig beeilen müssen.«

»Oder beim Knutschen. Was auch immer. Ich war völlig mit den Nerven runter. Sie haben ja keine Ahnung, was ich durchgemacht habe. Diese ständige Ungewißheit. Er ist nicht in seinem Zimmer, sie ist nicht in ihrem Zimmer. Er ist nirgendwo zu finden, sie auch nicht. Oder ... sie ist in der Bibliothek, er auch. Sie geht mit Aristoteles spazieren, er auch. Sie ist im *Collis*, er auch.«

Spencer sagte nichts.

»Ja, ich war verrückt vor Eifersucht. Ich war völlig blind, Detective. Ich kann es nicht mal leugnen, ich bin froh, daß sie nicht mehr da ist. Lange Zeit habe ich ihr den Tod gewünscht. Sie hat mich wahnsinnig gemacht. So fühlte ich mich. Sie stand immer zwischen Albert und mir. Solange sie da war, hatte ich keine ruhige Minute.«

Spencer hörte sich Connis Worte ungläubig an und starrte genauso ungläubig in ihr verzerrtes Gesicht. »Conni, Sie haben es immer noch nicht begriffen, was? Mit dem, was Sie mir gerade gesagt haben, und mit den Beweisen, die wir besitzen ... müssen Sie sich auf lebenslänglich gefaßt machen.« Er hielt inne. »Lebenslänglich ohne Kristina, aber immerhin lebenslänglich.«

»Wovon reden Sie? Ich sagte doch, daß ich sie nicht getötet habe. Ich bin nur froh, daß sie nicht mehr da ist.«

»Conni, das nimmt Ihnen niemand ab.« Dann setzte er langsam hinzu: »*Ich* nehme es Ihnen nicht ab.«

»Aber ich sage Ihnen die Wahrheit. Warum sollte ich lügen?«

»Warum Sie lügen sollten?« Und Spencer dachte, ist sie wirklich so blöd oder was? »Warum *Sie* lügen sollten?

Plötzlich schien der Groschen zu fallen. »Okay, okay. Aber jetzt sage ich Ihnen die Wahrheit. Ich habe sie nicht getötet. Ich habe nur Albert gesucht.«

»Um ihn zu töten?«

»Seien Sie nicht albern. Um ihn zu stellen.«

»Zu stellen? Wobei? Und warum?«

»Um mir ein für allemal Gewißheit zu verschaffen.«

»Gewißheit?« Spencer lachte. »Constance, Sie können doch – Sie können doch nicht so blind gewesen sein. Ich habe die beiden nie zusammen gesehen, aber mir war es schon vor drei Tagen klar, nachdem ich ein einziges Mal mit Ihnen und ein einziges Mal mit Albert gesprochen hatte. Und wenn es mir klar war, dann hätten Sie es schon längst wissen müssen. Warum haben Sie sich das gefallen lassen?« Spencer war wütend auf Conni, weil sie sich von Albert hatte betrügen und von Kristina belügen lassen. »Warum haben Sie nicht einfach mit ihm Schluß gemacht? Wieso haben Sie mitgespielt?«

»Wieso?« Conni schien von dieser Frage überrascht und peinlich berührt zugleich zu sein. »Weil ich Albert liebe, darum. Ich liebe ihn über alles. Weil ich es lange nicht wahrhaben wollte. Irgendwie glaube ich immer noch nicht ganz dran. Er hat mir immer in die Augen geschaut, und er klang so ehrlich. Ich kann nicht glauben, daß er mir das antun würde, mich dermaßen belügen ...«

»Sie sollten es aber glauben, denn es ist wahr«, sagte Spencer.

»Woher wissen Sie das?«

»Sie hat es mir gesagt. Und er hat es mir gesagt.«

»*Er* hat es Ihnen gesagt?« Conni stieß den Atem aus. Auf ihrem Gesicht spiegelte sich ein innerer Kampf wider. Schließlich sagte sie: »Ich ... ich kann nicht ... kann nicht glauben, daß er Ihnen das sagen würde.«

»Warum nicht? Natürlich wollte er es mir nicht sagen. Ich mußte es ihm aus der Nase ziehen. Aber das ist was, das für Sie alle gilt. Auf lange Sicht fällt jeder um.«

»Jetzt spielt es keine Rolle mehr«, erklärte Conni.

»Da irren Sie sich, Conni. Es spielt eine ungeheuer große Rolle.«

»Nein, ich meinte, jetzt kommt es nicht mehr darauf an. Es ist besser zwischen Albert und mir. Es ist ... es ist fast so, als hätte sie nie existiert, wissen Sie.«

»O ja, ich weiß«, sagte Spencer und nahm sich mühsam zusammen. »Aber sie hat existiert. Sie hat gelebt. Können Sie sich das vorstellen, Constance? Können Sie sich vorstellen, so jung zu sterben?«

»Ich versuche, sie zu vergessen. Ich weiß, daß es erst ein paar Tage her ist. Deshalb habe ich gedacht, daß es eine gute Idee sei, das Geld dem Red Leaves zu spenden. So steht sie nicht mehr ständig zwischen uns, verstehen Sie? Bezahlt für unser Haus, bezahlt für unsere Hochzeit, mischt sich in unser Leben ein.«

»Sie wird immer in Ihrem Leben sein.«

Conni verstand nicht oder wollte nicht verstehen. Sichtlich aufgewühlt sagte sie: »Was für eine Freundin ... ich dachte immer, Freunde würden anders miteinander umgehen.«

Spencer sprach langsam und betonte jede einzelne Silbe. »Da irren Sie sich, Conni. So gehen Freunde immerzu miteinander um, es ist der älteste Betrug der Welt. Aber Männer tun das nicht den Frauen an, die sie lieben. Fragen Sie sich lieber mal, was Ihr Verlobter für ein Mensch ist.«

»Genau das meinte ich. Albert liebt mich. Ich hätte nie gedacht, daß er mir das antun würde.«

»Aber er hat es getan, Conni. Kristina schuldete Ihnen nichts, Albert dagegen alles, und trotzdem hat er Sie von Anfang an betrogen und belogen.«

Conni war blaß geworden. Mit zuckenden Mundwinkeln sagte sie: »Das glaube ich nicht. Nicht von Anfang an.«

Spencer wollte schon sagen, glauben Sie mir, von Anfang an, doch statt dessen lehnte er sich zurück. Will war nicht da, um ihm die Hand auf die Schulter zu legen. »Diese Kratzer in Ihrem Gesicht, Conni. Wo haben Sie die her?«

»Ich sagte Ihnen doch, vom Raufen mit meinem Bruder.«

»Conni!«

Sie lehnte sich zurück.

»Conni«, sagte Spencer etwas ruhiger. Er spürte, wie die Adern an seinen Schläfen anschwollen, wie sie pochten, wie das Blut in ihnen kochte vor Frust. »Conni, wir haben unter Kristinas Fingernägeln Ihr Blut gefunden, *Ihr* Blut. Wir haben Ihr Blut unter Kristinas Fingernägeln gefunden, und auf Ihrer Wange ist eine Wunde, die uns zeigt, wo sie Sie gekratzt hat.«

»Unter ihren Fingernägeln?« wiederholte Conni. Spencer wußte, daß sie auch das abstreiten würde.

Er beugte sich über den Tisch, mit dicken Rändern unter den Augen, bleich, hager, und versuchte mit allen Kräften, nicht die Beherrschung zu verlieren. »Ich möchte Sie was fragen. Als Sie Kristina niederschlugen und ihr das Kissen über den Kopf legten, um sie zu töten, und sie sich mit dem gesunden Arm zum letzten Mal zu wehren versuchte und Ihnen dabei einen Fetzen Haut aus dem Gesicht kratzte, als Sie das Kissen fester auf ihr Gesicht drückten, immer fester, bis Ihr Arm erschlaffte und sie aufhörte, sich zu bewegen, haben Sie da von ihr abgelassen, oder haben Sie noch ein Weilchen gewartet, um sicher zu sein, daß sie auch wirklich tot war?«

Conni war den Tränen nah. »Ich weiß nicht, wovon Sie reden!« rief sie. Ihre Stimme war voller Angst.

»Conni, Ihr Blut war unter ihren Nägeln. Verstehen Sie, was das heißt?« sagte Spencer ruhig.

An ihrem Gesicht konnte er ablesen, daß sie verstanden hatte.

»Hören Sie«, sagte sie unsicher. »Die Sache zwischen uns spitzte sich zu. Wir waren einmal wirklich gut befreundet gewesen. Aber Sie sind zu einer ziemlich schlimmen Zeit in unser Leben getreten.« Jetzt schluchzte sie.

»Schlimm vor allem für sie«, sagte Spencer.

»Nein, schlimm für uns beide. Ich hielt es einfach nicht mehr aus. Ich habe versucht, beiden zu glauben, aber es wurde von Tag zu Tag schwerer. Mein Verhältnis zu Albert und zu ihr ging immer mehr in die Brüche.«

Spencer wartete.

»Aber die Kratzer auf meinem Gesicht ... die stammen nicht aus dem Wald. Das ist auf ihrem Gang passiert. Draußen vor der Tür. Wir haben uns gestritten.«

»Wann?«

»Dienstag nacht. Gegen Mitternacht.«

»Mitternacht, sagten Sie?«

»Ja.«

»Sie haben ausgesagt, Sie hätten sie an diesem Abend nach elf nicht mehr gesehen.«

»Doch, habe ich.«

Spencer schob die Kaffeetasse beiseite. »Conni, ich rate Ihnen, Ihre Familie anzurufen, damit sie Ihnen einen Anwalt besorgt.«

»Sie meinen, ich bräuchte wirklich einen?« fragte sie wie gelähmt. »Ich sage Ihnen doch die Wahrheit.«

»Die Wahrheit? Was ist das?« fragte Spencer. »Ich weiß nicht mehr, was die Wahrheit ist. Ihr drei sorgt dafür, daß ich sogar an meinem Namen zweifele.«

»Ich habe meine Knie nicht auf Kristinas Brust gedrückt! Ich habe sie nicht umgebracht! Das ist doch lächerlich. Sie wissen, daß ich es nicht war.« Conni sprach jetzt sehr laut und eindringlich.

Spencer schüttelte langsam den Kopf. »Weiß ich das? Nein. Ich weiß gar nichts. Aber Sie werden ohnehin nicht mich, sondern die zwölf Geschworenen von Ihrer Unschuld überzeugen müssen.«

Conni verstummte. Dann sagte sie: »Wirklich, Sie müssen mir glauben. Ich war es nicht.« Jetzt waren alle Masken gefallen. Zurück blieb nur ein sonniger Tag in Cold Spring Harbor, den sie nicht sehen konnte, weil sie in einem klimatisierten Haus lebte. Was zurückblieb, sinnierte Spencer, waren einundzwanzig Jahre, in denen man Conni eingehämmert hatte, daß man machen kann, was man will, wenn man sich nur stark genug darauf konzentriert und dann laut von Wahrheit tönt. Nun, Constance Tobias hatte getan, was sie wollte. Sie hatte sich auf nichts anderes konzentriert, und als sie es beim ersten Mal nicht geschafft hatte, versuchte sie es noch einmal.

»Warum quälen Sie mich so?« sagte Conni. »Ich sage Ihnen die Wahrheit. Wir haben uns gestritten. Ich weiß nicht mehr genau, was passiert ist. Ich bin durchgedreht und auf sie losgegangen. Sie hat versucht, mich abzuwehren, und dann haben wir uns in die Haare gekriegt, aber nur ganz kurz. Ich war einfach wütend, verstehen Sie?«

Spencer beugte sich vor und hätte sie am liebsten an den Schultern gepackt. »Wütend genug, um sie zu töten?«

»Ich hab es Ihnen gesagt, ich hab Ihnen mehrmals gesagt, daß ich sie nicht getötet habe. Warum glauben Sie mir nicht? Ich war es nicht!«

»Es wäre ja nicht das erste Mal, daß Sie versucht haben, sie zu töten, oder?«

Conni fiel zurück, totenbleich und mit offenem Mund. Spencer konnte ihr nicht in die Augen schauen und senkte den Blick.

»Lieut ... Detective ... O'Malley«, stammelte sie. »Ich habe sie nicht ... bitte, Sie müssen mir glauben. Diesmal – nein. Ich habe sie nicht getötet.«

»Sie können nicht einfach ein Geständnis ablegen, nicht wahr, Conni? Sie können nicht sagen: ›Ja, ich war es.‹ Denn dann würde Ihnen bloß noch langweiliger Papierkram und das Gefängnis blühen. Nein. Sie müssen bis zum letzten Atemzug kämpfen, aber Sie waren es, nicht wahr?«

Conni rieb sich das Gesicht. In ihrer Stimme war jetzt nackte Angst. »Hören Sie, das mit letztem Jahr. Hat Frankie Ihnen das auch erzählt? O Gott, Frankie. Wozu sind Feinde da, nicht wahr? Nun, das mit letzten Jahr ...« Sie kicherte unkontrolliert und brach dann in Tränen aus.

Spencer nahm ein paar Kleenex aus der Tasche und reichte sie ihr. Sie wischte sich die Tränen ab. Beide schwiegen. »O Gott, das ist wirklich schlimm, nicht? Mir war nicht klar, wie schlimm es wirklich ist, warum war mir das nicht klar? Aber es ist schlimm ...«

»Ja«, sagte Spencer. »Es ist ziemlich schlimm.«

»Wissen das alle?« fragte Conni mit einem Funken Hoffnung. »Oder nur Sie?«

Nur Sie, Officer, nur Sie wissen, daß ich zu schnell gefahren bin. Hmm. Sie sehen gut aus, vielleicht haben Sie Lust, irgendwann mal mit mir auszugehen. Sie und Ihre blauen Augen, wer weiß ...

»Jeder weiß es, Miss Tobias, alle Welt weiß es. Im übrigen haben Sie doch wohl nicht angenommen, daß ich dem Staatsanwalt wichtiges Beweismaterial in bezug auf das Motiv und Ihre Verfassung vorenthalten würde?«

»Nein, natürlich nicht«, sagte sie niedergeschlagen. »Es stimmt, ich meine, ich … ich war außer mir. Ich habe … sie … Sie wissen schon … geschubst, ich hab sie gestoßen.«

»So wie Sie sie in den Schnee gestoßen haben?«

»In den Schnee? Was reden Sie bloß? Ich bitte Sie. Nein. Damals, damals habe ich sie am Bein gestoßen.«

»Warum haben Sie das getan?«

»Warum? Das habe ich Ihnen schon gesagt. Sie hat mich verrückt gemacht. Ich liebte sie, und ich haßte sie. Ich verstand, warum Albert so verknallt in sie war, und haßte sie dafür. Ich wollte, daß sie verschwindet …«

»Für immer.«

»Nur verschwindet!« sagte Conni heftig. »Ich gebe zu, es war dumm. Ich weiß nicht, was in mich gefahren ist, aber es stimmt, ich habe sie gestoßen, damit sie von der Brücke fällt. Sie war betrunken … es war nicht ausgeschlossen, daß sie eines Tages von selbst fallen würde.«

»Was ist passiert?« wollte Spencer wissen.

»Was passiert ist? Was, hat Frankie Ihnen den Rest nicht erzählt?«

»Offensichtlich hat Kristina überlebt«, hakte Spencer nach.

»Klar hat sie überlebt«, antwortete Conni heftig. »Ich habe sie ganz am Anfang der Brücke gestoßen und nicht daran gedacht, daß der Hang den Sturz auffangen würde. Sie sah ziemlich übel aus danach, wie ein … wie ein …«

»Wie ein Häufchen Elend?«

»Ja, so ähnlich. Aber sie war okay.«

Spencer kratzte sich am Kopf und nickte. »Eins verstehe ich nicht, Conni. Sie haben versucht, sie umzubringen. Wieso kommt Kristina dann auf die Idee, Ihnen soviel Geld zu hinterlassen?«

»Wir hatten uns wieder versöhnt. Ich habe mich entschuldigt.«

»Wie kann man sich nach so was wieder versöhnen? Wie soll das gehen?«

»Ich habe gesagt, es sei ein Unfall gewesen, und sie war viel zu betrunken, sie hat mir einfach geglaubt. Man macht einfach weiter und tut so, als sei nichts geschehen.«

»Und das geht?«

»Wir haben es gemacht.«

»Aber nicht gut, wie ich sehe«, sagte Spencer.

Conni schwieg. Spencer beobachtete sie. »Wenn Sie sie nicht getötet haben, wer war es dann?«

»Woher soll ich das wissen? Ein Verrückter. Ich weiß es nicht. Ich war nicht dabei.«

Spencer ließ nicht locker. »Sie müssen es ganz schön schwer mit Albert gehabt haben. Lügen können einen in den Wahnsinn treiben. Nie Gewißheit zu haben, nie sicher sein zu können.«

»Sie haben keine Ahnung«, erwiderte Conni. »Der Campus ist so klein, und wir waren immer zusammen, wir waren sehr gute Freunde. Ich habe ihnen so vertraut. Kristina war ein wundervoller Mensch, wissen Sie? Ich meine, wie konnte sie mir das nur antun?« Conni senkte die Stimme. »Ich habe eine Ewigkeit gebraucht, bis ich überhaupt Verdacht geschöpft habe.«

Spencer rückte ein bißchen näher. »Conni, wer ist Albert? Was wissen Sie von ihm? Ich habe gestern versucht, etwas über seine Vergangenheit zu erfahren, hatte aber nicht viel Erfolg. Wußten Sie, daß auf seinem Notfallausweis keine Kontaktanschrift angegeben ist? Nur der Name einer Kanzlei hier in der Stadt? Ich habe in Clairton, Pennsylvania, angerufen, aber man hat mir gesagt, es gäbe keinen einzigen Maplethorpe in Clairton, Pennsylvania.«

Conni sah verwirrt auf. »Clairton, Pennsylvania?«

Spencer nickte und klopfte mit seinem Kaffeelöffel auf den Tisch. »Ja, er hat mir gesagt, er stamme von dort.«

Conni lachte. »Er stammt nicht aus Clairton, Pennsylvania. Er kommt aus Fort Worth, Texas. Er hat keine Familie, er ist ein Waisenkind ...«

Spencer sprang auf, warf den Stuhl um und ließ den Löffel fallen. »O Gott!« murmelte er. »O mein Gott!«

Conni stand mit ihm auf. »Was ist los?«

»Nichts. Ich muß weg. Ich ...« Und damit war er schon aus der Tür und lief zu seinem Wagen.

Spencer fuhr auf die Interstate 89, schaltete die Polizeisirene an und raste nach Concord ins Revier, wo Landers arbeitete. Er bat Landers, ihm die Fingerabdrücke aus Kristinas Zimmer zu zeigen und ihn in den Keller zu begleiten, wo sich die Datenbank des FBI befand.

»Ich habe noch nie Fingerabdrücke von irgendwem überprüft«, sagte Spencer keuchend, als sei er von Hanover nach Concord zu Fuß gelaufen. »Könnten Sie mir zeigen, wie es geht?«

»Ja, sicher«, antwortete Landers. »Ich bin da, um zu helfen. Sind es die Fingerabdrücke des Mädchens, die Sie interessieren? Ich habe gehört, daß man sie verhaften wird.«

»Nein, die der Jungs. Albert Maplethorpe und Jim Shaw.«

»Oh, okay.«

»Gut«, sagte Spencer auf dem Weg nach unten und legte Landers die Hand auf die Schulter, als wollte er ihn zu größerer Eile antreiben.

»Es ist ganz einfach«, erklärte Landers. Spencer wünschte, er würde schneller machen. »Man legt den Fingerabdruck mit dem Gesicht nach unten in den Scanner, macht die Klappe zu, drückt auf den grünen Knopf …«

»Den hier?«

»Ja, genau«, lächelte Landers. »Sie haben es schon raus.«

Na mach schon, mach schon, dachte Spencer und lächelte Ed höflich an, während er in Wirklichkeit Blut und Wasser schwitzte.

»Dann öffnen wir das Programm und geben unser Bild vom Fingerabdruck ein. Ist es Ihnen scharf genug? Wollen Sie, daß ich es vergrößere?«

Spencer nickte zu allem.

»Jetzt wählen wir einen Pfad, und jetzt … los geht's.«

Spencer hörte nicht mehr zu und schloß die Augen.

»So, jetzt müssen wir uns nur ein paar Minuten gedulden. Am besten setzen wir uns.« Ed setzte sich vor den Monitor. Auch Spencer nahm Platz, obwohl er das Gefühl hatte, sofort wieder aufspringen zu müssen. Er brauchte seine ganze Willenskraft, um sitzenzubleiben. »Gleich ist es so weit«, beruhigte ihn Landers.

Es waren die längsten Augenblicke seines Lebens.

»Sehen Sie? Jetzt haben wir die Fingerabdrücke gespeichert. Und nun will der Computer wissen, ob wir nach möglichen Gegenstücken suchen wollen.«

»Sagen Sie ja. Klar.«

»Klar. Also drücken wir auf F5 für Suchen und Warten.«

Ganz schön viel Warterei, dachte Spencer.

Auf dem Monitor erschien die Aufforderung. *Bitte Kriterien präzisieren.*

»Was bedeutet das?« fragte Spencer.

»Es bedeutet, daß der Computer weitere Angaben braucht. Vielleicht hat er einen Abdruck gefunden, der dem unseren ähnelt, aber er ist noch nicht sicher. Sollen wir männlich angeben?«

»Auf jeden Fall.«

Landers gab die Daten ein und wartete. Dieselbe Aufforderung erschien wieder auf dem Bildschirm.

»Oh«, sagte Spencer. »Kommt das oft vor?«

»Nun ja. Man gibt Fingerabdrücke ab, wenn man die Staatsangehörigkeit annimmt, zum Beispiel, oder in den diplomatischen Dienst eintritt oder lange Reisen unternimmt und natürlich, wenn man mit dem Gesetz in Konflikt gerät. Diese Gruppe wird als allererste durchforscht.«

»Können Sie alle Gruppen durchchecken?«

»Sicher. Versuchen wir es mal mit ›männlicher Reisender‹.«

Sie warteten. Der Raum erinnerte Spencer an das Leichenschauhaus im Dartmouth-Hitchcock Medical Center. Allerdings war es hier nicht so sauber und gepflegt.

Jetzt kam etwas. Die Festplatte sprang an und gab ein paar summende Geräusche von sich, bevor ein Foto von Jim Shaw mit allen zehn Fingerabdrücken und einem kurzen Lebenslauf auf dem Monitor auftauchte.

»Wie ist das?« fragte Landers.

»Okay, Ed. Können wir jetzt auch noch die anderen Fingerabdrücke durchchecken?«

»Klar, einen Augenblick.«

Spencer wartete. Seine Fingerspitzen preßten sich weiß vor Anspannung in seine Beine.

Ed scannte die Fingerabdrücke ein. »Was genau suchen Sie?«

»Einen Namen«, antwortete Spencer. »Nur einen Namen.«

»Ist ein Name so wichtig?«

»Keine Ahnung«, sagte Spencer ungeduldig. »Kommt drauf an.«

Diesmal mußten sie nicht lange warten. Der Computer reagierte sofort, und auf dem Monitor erschien Alberts Gesicht. Spencer warf einen Blick auf den Namen unter dem Foto und atmete auf.

Der Name lautete nicht *Albert Maplethorpe*, sondern *Nathan Sinclair*.

Wie betäubt stand Spencer hinter Ed Landers. Er hörte das Summen des Computers und den Drucker im hinteren Zimmer. Er hörte, wie sich Leute unterhielten. Schließlich sah er, wie sich Landers umdrehte.

»Alles in Ordnung?« fragte Ed.

Spencer kam zu sich. »Ja, sicher. Alles in Ordnung. Ich will mir das Ganze nur noch etwas genauer ansehen.« Er beugte sich vor und kniff die Augen zusammen. Der Text verschwamm vor seinen Augen.

Nathan Sinclair war im Alter von siebzehn Jahren in Brooklyn Heights verhaftet worden, nachdem man ihn und ein paar seiner Freunde bei einem stümperhaften Ladenüberfall erwischt hatte. Er hatte zwei Jahre Haft bekommen und war nach drei Monaten auf Bewährung entlassen worden. Laut Polizeiakte hatte er sich nie bei seinem Bewährungshelfer gemeldet und war seit diesem Tag spurlos verschwunden.

»Mein Gott, was hatte dieser Mensch in Kristinas Zimmer zu suchen?« sagte Ed Landers.

Spencer lehnte sich zurück. Seine Gefühle waren ebenso angespannt wie Connis schrille Stimme. »Keine Ahnung, Ed. Aber es ist genau das, wonach ich gesucht habe. Könnten Sie mir das ausdrucken?«

Sobald er den Umschlag mit den Unterlagen über Nathan Sinclair in den Händen hielt, verließ Spencer das Gebäude.

Er wollte nach Hause. Man stelle sich vor: Noch vor vier Tagen hatte er gelangweilt, nervös und frustriert am Schreibtisch gehockt, bloß weil eine Studentin vom College sich nicht bei ihm gemeldet hatte.

Vier Tage.

Manchmal ging er vier Tage lang nicht aus der Wohnung, unternahm nichts, fühlte nichts. Er aß – essen, was für ein Luxus! – trank, schlief, sah sich die Sportnachrichten im Fernsehen an, und so vergingen vier Tage, ohne daß auch nur das Geringste passierte.

Langsam fuhr Spencer zurück nach Hanover. Es war bereits dunkel; wieder ein Tag, ohne etwas zu essen. Er zwang sich, bei *Murphy's* anzuhalten und ein Bier und einen Burger zu bestellen. Er ließ den Burger stehen, aber das Bier schmeckte ganz gut. Er bestellte noch eins. Es war noch früh, das Lokal war leer.

»Du siehst aus, als hättest du Probleme«, sagte Marty, sein alter Freund an der Theke.

»Das kannst du laut sagen.« Spencer lächelte dünn. *Nathan Sinclair* sang es in seinem Kopf.

»Hat es mit dem toten Mädchen zu tun?«

»Ja, so gut wie alles.«

»Na ja. Ihr habt doch heute jemanden verhaftet. Unglaublich. Ein junges Mädchen. Keiner kann sich das erklären. Ich glaubte, die Polizei sucht nach einem Sexualtäter. Und jetzt ein Mädchen. Kannst du das glauben?«

»Kaum«, antwortete Spencer.

»Aber offensichtlich ist sie schuldig.«

»Na ja. Das wissen wir nicht, also laß uns keine voreiligen Schlüsse ziehen.«

»Was soll das heißen? Ihr hättet sie doch nicht verhaftet, wenn ihr keine Beweise gegen sie hättet. Und was ihr habt, muß ausreichen, um sie vor Gericht zu bringen, speziell bei einem Mord. Sonst hättet ihr sie nicht verhaftet. Nicht zu fassen.«

»Ich kann es selbst nicht fassen.« Spencer mochte Marty, aber heute wünschte er, der Barkeeper würde ihn in Ruhe lassen. »Marty, woher weißt du all das? Arbeitest du etwa im Nebenjob als Anwalt?«

Marty winkte ab. »Ach was. Man lernt eben nie aus, Detective-Sergeant.«

Spencer nippte an seinem Bier.

»Die Leute sagen, sie hätte es nicht mal abgestritten«, fuhr Marty fort, als würde das ihre Schuld praktisch besiegeln.

»Sie hat das Recht, die Aussage zu verweigern, weißt du«, klärte ihn Spencer auf.

»Ja klar, aber ich glaube, sie hält den Mund, weil sie sich sonst verplappern würde.«

Spencer wußte, daß er ins Revier fahren sollte, aber er wollte noch ein Bier trinken. Am liebsten wäre er auf seinem Stammplatz in der dunklen Bar sitzen geblieben und einfach eingenickt.

Hoffentlich war das alles bald vorbei.

»Du siehst wirklich nicht gut aus, Kumpel. Sogar bei diesem Licht.«

»Danke für das Kompliment.« Spencer lächelte.

»Tracy, du weißt, daß du in meiner Bar stets willkommen bist. Ich freue mich, wenn ich dich hier sehe, aber heute glaube ich, solltest du lieber losziehen und das Verbrechen bekämpfen.«

Bevor er ging, warf Spencer Marty einen langen Blick zu und sagte: »Weißt du was, Marty? Ich wünschte mir, du würdest endlich aufhören, mich Tracy zu nennen.

»Na hör mal, Trace...«

»Im Ernst, es kotzt mich an.«

Marty sah beinahe verletzt aus. »Spencer, ich nenne dich doch schon seit fünf Jahren so.«

»Und seit fünf Jahren kotzt es mich an, Marty«, sagte Spencer unfreundlich und müde. »Nur daß du's weißt. Gute Nacht.«

Marty murmelte in seinen Bart.

Spencer ging langsam zu Fuß nach Hause, um einen klaren Kopf zu kriegen und sich umzuziehen, ehe er wieder ins Revier fuhr.

Er wußte, daß der Chief ihm die Hölle heiß machen würde. Er drückte den Umschlag enger an sich, als er in die Allen Street einbog und an *Stinton's*, *EBA* und dem Dartmouth Music Shop vorbei nach Hause ging.

Die Last, als einziger von Nathan Sinclair zu wissen, wog zu schwer.

Oh, wenn Conni das gewußt hätte! Wenn sie es gewußt hätte, wäre sie vor Kristina *und* Albert weggelaufen und hätte es

Jim Shaw erzählt, und auch der wäre schreiend davongelaufen. So, wie es jetzt stand, war Connis Haß mit ihr durchgegangen. Und wozu? Für wen? Spencer war beinahe sicher, daß Constance Tobias die falsche Person erwischt hatte. So wie Ruth Ellis – die letzte Frau, die in Britannien gehängt worden war – hätte sich Conni mit der Krankheit selbst befassen sollen, statt mit ihrem Symptom.

Als er die Treppe raufging und den Schlüssel ins Schloß steckte, wünschte Spencer, er hätte jemanden, zu dem er heimkehren konnte. Jemanden, der ihm zuhören und sagen würde, da, in dem Punkt hast du dich geirrt, da liegst du falsch.

Insgeheim befürchtete Spencer, daß Will Baker doch der bessere Polizist war, weil Will Baker verheiratet war. Will konnte nach Hause gehen und zehn Minuten über seinen Arbeitstag sprechen, und wenn es etwas dazu zu sagen gab, sagte Ginny Baker was, und dann vergaßen sie es und widmeten sich ihrem gemeinsamen Abend.

Spencer konnte sich keinem gemeinsamen Abend widmen. Er hatte nur sich selbst. Meistens kam er damit zurecht, aber es gab Tage, da sah er sich in seiner dunklen, einsamen Wohnung um, und die Mächte des Universums verbündeten sich gegen ihn und erdrückten ihn. Zum Beispiel, wenn er sich wünschte, daß jemand anders um Kristinas willen und auf Conni und auf *Nathan Sinclair* wütend wäre. Oder jemand anders auf den Chief sauer wäre, weil er ihn fertiggemacht und die Idioten aus Concord auf den Plan gerufen hatte.

Daß jemand um seinetwillen sauer war.

Daß jemand *überhaupt etwas* seinetwegen war.

Spencer legte den Schlüssel auf den kleinen Tisch und warf aus Gewohnheit einen Blick in den Kühlschrank. Leer. Es war sechs Uhr abends, und auch später würde niemand dasein. Oder morgen früh. Niemand außer ihm, und heute abend konnte er sich selbst nicht leiden. Er hatte die Nase voll von sich.

Er nahm eine Dusche, zog frische Sachen an und fuhr ins Revier. Den Umschlag mit den Unterlagen zu Nathan Sinclair ließ er auf dem Küchentisch liegen.

Auf das Spektakel, das ihn vor dem Revier erwartete, war Spencer nicht vorbereitet.

Überall schwirrten Reporter herum, mit Kameras, Scheinwerfern und lästigen Mikrophonen, die ein Eigenleben zu haben schienen. Wo kommen die bloß alle so schnell her, fragte sich Spencer. Ein Kamerateam aus Oklahoma war dabei, und zwei Reporter der *Los Angeles Time* hielten ihm ihre Live-Mikrophone unter die Nase. Er bahnte sich einen Weg durch das Gedränge. »Kein Kommentar, kein Kommentar.« Er konnte die Fragen, die sie ihm stellten, ohnehin kaum hören, so laut hallten seine eigenen in seinem Kopf wider.

Die Blaulichter der Streifenwagen blitzten. Es lag immer noch Schnee, und es war eisig kalt.

Spencer ging direkt ins Büro des Chief. Gallagher sah ihn an, als wäre er der letzte Dreck.

»Wo zum Teufel haben Sie sich rumgetrieben? Wir haben Constance Tobias verhaftet.«

»Hab ich gehört.«

»Verdammt noch mal, Spencer! Wo waren Sie? Silas und Artell wollten, daß Sie und Ray dabei sind.«

»Warum? Sie scheinen doch bestens klar zu kommen.«

»Hören Sie auf mit der Klugscheißerei, O'Malley. Sie haben die Ermittlungen geführt. Die beiden brauchten Ihre Hilfe.«

»Ja ja«, sagte Spencer und grinste. »Warum haben Sie das nicht gleich gesagt? Ich bin da, um zu helfen. Genau.«

»Genau dazu sind Sie da«, fauchte Gallagher. »Um ihnen zu helfen. Wir arbeiten hier alle zusammen, Tracy. Das geht wohl nicht in Ihren Dickschädel, was? Wir finden den Mörder, die anderen vertreten die Anklage, wissen Sie noch, wie das geht?«

»Nun, ich wußte nicht, daß die Anklagevertreter auch Verhaftungen durchführen. Ich dachte immer, das wäre meine Arbeit.«

»Sie waren nicht da!« schrie Gallagher, als Will den Kopf durch die Tür steckte. »Wenn Sie dagewesen wären, hätten Sie vielleicht selbst die Verhaftung durchführen können.«

»Wenn ich hier gewesen wäre, hätte ich Ihnen geraten, noch zu warten ...«

Gallagher schnitt ihm einfach das Wort ab. »Worauf zu warten, O'Malley? Auf Weihnachten? Ich habe die Nase voll von Ihrem Schwachsinn. Soll Baker den Fall übernehmen?«

Spencer sah Will an, der sich nicht rührte. »Wollen Sie mir drohen, Chief?«

»Nehmen Sie sich zusammen, O'Malley! Die Jungs von der Staatsanwaltschaft brauchen Sie, Ihr Partner braucht Sie, und Sie lassen sich von Ihren persönlichen Problemen überwältigen, jedesmal, wenn wir einen wichtigen Fall haben.«

»Überwältigen? Jedesmal? Meinen Sie die beiden, die wir bisher hatten?«

»Was soll das heißen, sind für Sie nur Mordfälle wichtig? Was ist mit den vierzig Diebstählen letztes Jahr? Oder den vielen Einbrüchen? Was mit dem beinahe tödlichen Unfall in der Bar letzten Winter? Jedesmal, wenn es brenzlig wird, verschwinden Sie, um weiß Gott was zu erledigen.«

Spencer versuchte, die Situation zu überblicken. »Haben Sie deshalb die Jungs von der Staatsanwaltschaft auf den Plan gerufen, weil Sie gemeint haben, ich hätte mich verflüchtigt?«

»Ich habe sie nicht auf den Plan gerufen! Wir arbeiten zusammen, verdammt noch mal! Zuerst sah es nach einem Unfall aus, jetzt ist es plötzlich Mord. Concord und Haverhill hätten schon am Donnerstagabend die Ermittlungen aufnehmen müssen.«

»Ja, aber das haben sie nicht getan.«

»Richtig, und was ist dabei rausgekommen … ich weiß es nicht!« Gallagher schlug mit der Faust auf den Tisch, stand auf und setzte sich wieder hin. »Sehen Sie mal«, sagte er mit versöhnlicher Stimme. »Baker scheint andeuten zu wollen, daß Sie Hilfe gebrauchen könnten.«

Spencer legte den Kopf auf die Seite und starrte seinen Partner gelassen an. Will lief rot an. »So, so! Baker scheint andeuten zu wollen: Tut er das tatsächlich?« Bevor der Chief oder Baker darauf antworten konnten, fuhr Spencer fort: »Zu Ihrer Information, Chief, die Hilfe, die ich erhalten habe, kam erstens zu spät und war zweitens zu wenig. Für die Ermittlungen am Tatort stand mir nur Ray zur Verfügung, dabei gibt es im ganzen Department keine größere Niete. Er hatte weder die Kamera noch einen Kassettenrecorder oder einen Notizblock dabei. Er hat vergessen, in Concord anzurufen, obwohl ich es ihm ausdrücklich aufgetragen hatte. Der Coroner wurde erst am Freitagabend unterrichtet, und seien wir ehrlich, wo waren Sie eigentlich letzte Woche? Wenn dieser Fall plötzlich so wichtig ist, wo zum Teufel haben Sie gesteckt? Ich weiß es nicht, und es geht mich auch nichts an, aber hier waren Sie jedenfalls nicht.«

Spencers Stimme war immer lauter geworden. Wäre er nicht so aufgebracht gewesen, hätte er merken müssen, daß der Chief mit seinen polternden Vorhaltungen nur davon ablenken wollte, daß er selbst die Sache auf die leichte Schulter genommen hatte. Aber Spencer war viel zu aufgeregt, um sich das in diesem Augenblick bewußt zu machen.

»Ich bin der Chief, Tracy«, sagte Gallagher mit erhobener Stimme.

»Genau! Und wo war der Chief letzten Donnerstag, als wir mit bloßen Händen die Leiche einer jungen Frau aus dem Schnee buddeln mußten? Wo waren Sie, als wir neun Millionen Dollar auf ihrem Bankkonto entdeckten und niemanden ausfindig machen konnten, der Anspruch auf die Leiche erhob? Kristina war bei aller Welt beliebt, solange sie lebte, aber nach ihrem Tod muß etwas mächtig faul gewesen sein, denn plötzlich wollte keiner mehr was von ihr wissen! Und was mein Verschwinden angeht – gestern war ich in Norwalk, Connecticut, und habe mit einer Frau gesprochen, die mir ziemlich unglaubliche Dinge erzählt hat, die Sie nicht die Bohne interessieren. Heute war ich in Concord, um ...« Er zögerte. »Um ein paar Fingerabdrücke zu vergleichen, mit denen was nicht stimmte. Seit vier Tagen habe ich so gut wie nichts gegessen. Wo waren Sie denn gestern? Soll ich raten? Sie haben mit Ihren Jungs Football gespielt und dann den Sonntagsbraten Ihrer Frau verputzt. Also kommen Sie mir bloß nicht damit, ich sei spazierengefahren«, sagte Spencer mit geballten Fäusten. »Ich habe meine Arbeit getan.«

Es dauerte lange, bis bei Spencer die Sicherungen durchbrannten, aber wenn, dann war er nicht mehr zu halten.

Will stand neben ihm und starrte auf den Boden.

Gallagher antwortete bemerkenswert ruhig, wie ein Vater, der versucht, seinen aufgebrachten Sohn zu beschwichtigen.

»Spencer«, sagte der Chief sanft, aber mit zusammengebissenen Zähnen, und wenn Spencer nicht dermaßen außer sich gewesen wäre, hätte er gestaunt, denn der Chief nannte ihn nie beim Vornamen, nicht mal, wenn sie zusammen ein Bier trinken gingen.

»Hören Sie bloß auf, mich Spencer zu nennen«, fuhr er ihn an. »Ich habe die Nase voll, gestrichen voll. Ich gehe nach Hause. Sie haben Ihren Mörder, sozusagen. Jetzt können Sie rausgehen und sich den Reportern stellen. Die warten nur auf Sie. Gehen Sie, und sagen Sie ihnen alles, was Sie über Conni Tobias, Kristina Kim und Nathan Sinclair wissen.«

»Wer zum Teufel ist Nathan Sinclair?« flüsterte Will.

»Tut mir leid, daß wir nicht so intelligent sind wie Sie, Tracy«, sagte der Chief wutschnaubend. »Aber wir sind auch keine Idioten. Und wir bitten Sie ausdrücklich um Vergebung, daß wir Frauen und Kinder haben, aber wir versuchen trotzdem, unsere Arbeit zu tun so gut wir können, obwohl natürlich nie so brillant wie Sie oder vierundzwanzig Stunden am Tag.«

Spencer hatte keine Lust auf diese Diskussion. Die Gefühle gingen mit ihm durch. Seit seine Frau gestorben war, hatte er nicht mehr solche starken Empfindungen gehabt. Plötzlich wurde ihm bewußt, daß Gallagher etwas sehr Wichtiges über Spencer Patrick O'Malley wußte. Etwas, das ihm die Macht verlieh, Spencer in die Enge zu treiben, und es war nicht das erste Mal, daß der Chief diese Macht genüßlich ausnutzte.

Gallagher wußte, daß Spencer O'Malley kein Privatleben hatte.

Mit angehaltenem Atem stand Spencer vor seinem Vorgesetzten. Angesichts dieses Dilemmas, einer Situation, deren Optionen sich gegenseitig ausschlossen und beide gleichermaßen verheerend waren, reagierte er nach außen nur mit einem leichten Zittern der Finger.

»Ich kündige«, sagte er.

»O'Malley, seien Sie nicht so stur«, rief der Chief. »Jedesmal, wenn ich Sie zusammenstauche, werfen Sie das Handtuch. Ich habe es satt. Eines Tages werde ich Ihnen keine goldene Brücke mehr bauen.«

»Fangen Sie am besten gleich heute damit an«, gab Spencer

zurück, löste sein Halfter mit der Magnum und warf es auf den Schreibtisch.

»O'Malley!« rief Gallagher.

»Hör auf damit, Tracy«, sagte Will und kam auf ihn zu.

Spencer trat einen Schritt zurück, nahm den Dienstausweis aus der Hemdtasche und warf auch ihn auf den Schreibtisch. »Ich weiß, ich weiß«, sagte er um einiges ruhiger. »Es ist immer dasselbe. Ich habe keine Lust mehr, weil ich es satt habe, wie Sie mich behandeln, wie Sie mit mir reden, wie Sie den ganzen Laden hier schmeißen. Seit fünf Jahren warte ich, daß Sie sich pensionieren lassen, um Ihre Stelle zu übernehmen, aber es kommt mir vor wie fünfundfünzig. Ich bin geblieben, weil ich glaubte, keine andere Wahl zu haben. Aber wissen Sie was? Kristina Kim hat keine Wahl. Katherine Sinclair hat keine Wahl. Aber ich hab eine. Und deshalb schmeiße ich die Brocken hin. Sie glauben, ich würde diesen Job so lieben ...«

»Ich glaube das nicht, O'Malley.«

»Nun, da irren Sie sich. Ich liebe diesen Job, aber mir fehlt ein Privatleben, um ihn auszugleichen. Deshalb behandeln Sie mich wie einen Haufen Scheiße, stimmt's? Weil ich sonst nirgends hin kann. Zum Teufel mit dieser Stadt. Ich gehe. Sie können meinen Schreibtisch ausräumen lassen. Es ist sowieso nichts drin. Wenn die Staatsanwaltschaft mich als Zeugen braucht, sollen sie mich vorladen.«

»Tracy«, flüsterte Will. »Du gehst zu weit.«

»Ja, genau, durch diese Tür nämlich.«

Spencer wandte sich zum Gehen.

»Tracy«, rief der Chief. »Ich warne Sie. Wenn Sie jetzt gehen, brauchen Sie gar nicht erst wiederzukommen. Das war es dann.«

Spencer drehte sich noch einmal um und erklärte. »Nennen Sie mich nie wieder Tracy. Ich hasse den verdammten Namen.«

Spencer trat in die kalte Nachtluft und blieb gleich vor der Tür stehen. Er wußte, daß er immer noch zurück konnte. Sie brauchten ihn, das war ihm klar. Er hatte ihnen noch nichts von Nathan Sinclair erzählt.

Aber was würde das schon ändern? Sie würden es zur Kenntnis nehmen. Aber im Grunde genommen war es ihnen egal. Und wenn die Wahrheit erst ans Tageslicht kam, würde auch Conni Tobias sie erfahren. Oder Jim Shaw. Conni würde nur das Gefühl haben, daß sie ihr Leben umsonst ruiniert hatte, und Spencer wollte nicht, daß Conni alle Hoffnung verlor. Sie brauchte diese Hoffnung, um durchzuhalten. Irgendwie hatte Spencer Mitleid mit ihr. Er wollte sie nicht zugrunde richten.

Und Jim Shaw? Er würde in einen Skandal reingezogen, der einen Schlußstrich unter seine angestrebte politische Karriere setzen könnte. Seine Gegner würden ihm seine Jugendsünden immer wieder vorwerfen. Sie würden nie vergessen, daß er in einen Inzest-Skandal verstrickt gewesen war. So wie Edward Kennedy Chappaquiddick nie wieder losgeworden war, würde auch Jim Shaw Kristina und Nathan Sinclair niemals abschütteln können. Spencer wollte Jims Karriere nicht den Todesstoß versetzen.

Langsam bemerkte er die tausend Scheinwerfer um sich herum, die vielen Leute, die schrien und ihm ihre mit schwarzem Schaumgummi überzogenen Mikros unter die Nase hielten, das Blitzlichtgewitter. Es war taghell. Ein falsches Licht. In Wirklichkeit war es Nacht, und es war kalt. Wieder bahnte er sich einen Weg durch die Meute, ohne auf die Fragen der Reporter einzugehen. Dann fragte einer: »Führen Sie die Ermittlungen?«

»Nicht mehr«, antwortete Spencer.

Er fuhr nach Hanover, ohne einen letzten Blick auf die unheilverkündenden hohen Pinien am Golfplatz zu werfen, direkt neben der Polizeistation, wo Spencer die letzten fünf Jahre seines Lebens zugebracht hatte.

Zu Hause in der Allen Street begann er zu packen. Er brauchte nicht lang. Viel besaß er nicht, und in den letzten fünf Jahren war nur wenig dazugekommen. Warum habe ich hier keine Wurzeln geschlagen? dachte er. Weil ich wußte, daß ich nicht bleiben würde? Nein, Hanover hatte ihm schon gefallen. Er war einfach nicht dazu gekommen, Wurzeln zu schlagen. Er war zu sehr damit beschäftigt gewesen zu überleben, und hatte das Leben darüber vergessen.

Spencer stopfte seine Sachen wahllos in die Koffer. Seine Gedanken waren ganz woanders. Seltsamerweise dachte er nicht daran, daß er gerade seinen Job als Detective-Sergeant an den Nagel gehängt hatte, oder daran, was er als nächstes tun sollte, oder daß er nach Hause fahren würde, wo er seit Jahren nicht mehr gewesen war.

Spencer dachte an die vier Freunde, an die schmutzige, vulgäre Beziehung, die sie miteinander verbunden hatte. Trauer und Niedergeschlagenheit überschwemmten ihn wie Regen.

Jim Shaw. Conni Tobias. Nathan Sinclair. Kristina Kim.

Jim Shaw. Wie ein Donnerschlag hallte der Name in seinem Bewußtsein wider. Jim Shaw.

Warum hatte er es nicht gemeldet, als er letzten Mittwoch Kristinas Stiefel entdeckt hatte? Er hatte behauptet, er habe Angst gehabt, aber das kaufte Spencer ihm nicht ab.

Angst gehabt um wen?

Ob Jim von dem Vorfall gewußt hatte, dessen Zeuge Frankie vor einem Jahr geworden war? Hatten es alle gewußt, möglicherweise darüber gelacht während der schmutzigen Spielchen, die sie miteinander trieben, wenn das Kartenspielen nicht mehr genügte?

Spencer zog seinen Parka an und verließ die Wohnung. Hanover widerte ihn dermaßen an, daß er nur auf seine Füße schaute, als er Richtung Hinman Hall ging.

Jim machte ihm auf. Er sah müde aus und viel älter als der Student, den Spencer vor vier Tagen kennengelernt hatte. Er war unrasiert und ungekämmt. Spencer wußte, daß er nicht zum Unterricht gegangen war. Er wirkte niedergeschlagen. Spencer glaubte wegen der bevorstehenden Beerdigung, doch dann sagte Jim: »Conni … man hat sie verhaftet.«

»Ja, ich weiß«, sagte Spencer und nickte.

»Es ist schrecklich für sie, schrecklich.«

»Ja«, sagte Spencer und hätte am liebsten gesagt, daß es auch für Kristina schrecklich war.

»Wie wird es jetzt weitergehen?«

»Mit Conni? Sie wird sich den teuersten Anwalt nehmen, den ihr Vater sich leisten kann, und das Beste hoffen.«

»Was meinen Sie? Hat sie eine Chance?«

Spencer trat ein und setzte sich in den Sessel. Er sah sich in Jims Zimmer um.

»Ich kann mir denken, wie Sie sich fühlen, Jim, aber Conni *war* auf der Brücke, und es war *ihr* Blut unter Kristinas Fingernägeln.«

Jim schüttelte den Kopf, schlug die Hände vors Gesicht und sagte: »Nein, nein. Das glaube ich nicht. Es kann nicht sein.«

»Jim, sie hat es sich selbst angetan. Ich weiß, daß es schwer ist.«

»Sie war es nicht, sie war es nicht«, sagte Jim. »Ich glaube es einfach nicht.«

»Sie glauben es nicht?« erwiderte Spencer. »Wer war es dann?«

»Ich weiß es nicht. Irgendwer anders.«

»Sie etwa?«

Jim schüttelte den Kopf.

»Albert?« Als Jim nicht darauf antwortete, sagte Spencer: »Gibt es etwas, das Sie wissen?«

»Ich sage nicht, daß er es war. Ich sage nur …«

Spencer nickte. »Was war letzten Mittwoch? Als Sie Ihre Freundin im Schnee gefunden haben? Haben Sie da gedacht, daß Conni sie umgebracht hatte?«

Jim schüttelte den Kopf. »Ich weiß nicht, wovon Sie reden.«

»Nein?«

Jim senkte den Blick, während Spencer aufstand. »Dachte ich mir.«

»Warum sind Sie hergekommen?« wollte Jim wissen. »Um mich zu quälen?«

»Ich bin hergekommen, um Ihnen zu sagen, daß Sie all Ihren Mut zusammennehmen und vor Gericht die Wahrheit sagen sollen.«

»Die Wahrheit?«

»Ja, die Wahrheit. Wenn Sie Ihren guten Ruf retten wollen, müssen Sie aussagen, daß Sie weggelaufen sind und Ihre tote Exfreundin im Schnee haben liegen lassen, weil Sie Angst hatten, daß das Mädchen, das Sie liebten, sie getötet hatte. Das stimmt doch so, oder?«

»Ich weiß nicht, was Sie meinen«, sagte Jim ausweichend. »Ich habe Ihnen gesagt, daß ich Angst hatte.«

»Aber nicht um sich, sondern um sie. Sie wußten von dem Vorfall auf der Brücke, nicht wahr? Letztes Jahr. Conni hätte sie schon damals umbringen können, oder wollen Sie das abstreiten? Sie hatte es vor.«

Jim sah zu Boden. Spencer nickte und ging auf die Tür zu. »Denken Sie darüber nach, was ich Ihnen gesagt habe.« Dann drehte er sich noch einmal um. »Viel Glück.«

Ganz leise sagte Jim: »Auch wenn Conni ins Gefängnis kommt, wird Kristina nicht mehr lebendig.«

»Natürlich nicht. Den Opfern kann man damit nicht mehr helfen.« Spencer schüttelte den Kopf und trat durch die offene Tür. »Ihre Gefühle für Conni machen Sie blind. Die Schuldigen müssen vor Gericht gebracht werden.« Er zögerte. »Was ist eigentlich los mit Ihnen? Kristinas Leben ist ein für allemal beendet. Und sie hat nicht darum gebeten, umgebracht zu werden.«

Jim sah auf. »Nein?«

Spencer trat wieder ins Zimmer und ging auf ihn zu. »Was haben Sie damit gemeint?«

Jim machte einen Rückzieher. »Gott wird Conni vergeben. Und nur Gott sollte über sie richten.«

»Das wird er auch tun. Eines Tages. Aber hier auf Erden sorgen Menschen dafür, daß Gottes Gebote befolgt werden. Und das erste lautet, du sollst nicht töten.«

Jim warf Spencer einen feindseligen Blick zu und sagte dann rauh: »Wie fühlt sich das an, Detective? Macht es Ihnen Spaß, herzukommen und den Leuten den Tag zu verderben – ach was, ihr Leben zu ruinieren?«

Spencer sah auf ihn nieder und sagte mit zusammengebissenen Zähnen: »Sie haben keine Ahnung. Wenn ich Ihr Leben ruinieren wollte, hätte ich es längst getan, ich hätte Ihnen die Hölle heiß gemacht. Bei Gott, ich hätte Ihnen Ihre Weihnachtsferien vermiest!«

Um ein Haar hätte er ihm von Nathan Sinclair erzählt, aber

der Kerl war es nicht wert, daß man seine Zeit mit ihm verschwendete.

Am Dienstagmorgen zog Spencer aus seiner Wohnung aus und nahm sich ein Zimmer im *Hanover Inn*. Howard war dabei, die Einzelheiten für die Trauerfeier zu arrangieren, die im Anschluß an die Beerdigung im Daniel Webster Room stattfinden sollte.

Spencer wollte an der Beerdigung teilnehmen und anschließend nach Long Island fahren. Irgendwie paßte es, daß er seinen letzten Tag in Hanover im *Inn* verbrachte. Immerhin war er auch am ersten Tag hier abgestiegen.

In seinem Hotelzimmer standen mehr Möbel als er in seiner gesamten Wohnung gehabt hatte. Durch zwei Fenster im georgianischen Stil sah er auf den Baker Tower und die Dartmouth Hall. Er aß im *Ivy Grill* zu Mittag und machte anschließend ein Mittagsschläfchen in seinem riesigen Doppelbett mit dem Baldachin aus Makramee. Um Punkt drei wachte er auf, als die Turmuhr *Let it snow, let it snow, let it snow* spielte.

Er sah aus dem Fenster. Es schneite nicht.

Als er auf die Straße trat, war es kalt, aber sonnig. Er konnte die Dartmouth Hall sehen, die schwarzen Läden, die weißen Wände. Plötzlich packte ihn ein Anflug von Bedauern. Was hatte er bloß getan?

Doch der schneebedeckte große Platz, die Baker Bibliothek mit ihrer weißen Turmuhr und die vielen Studenten vor der Dartmouth Hall lösten nicht mehr die Zuneigung aus, die er anfangs für diese Stadt gehabt hatte. Als er unter den grünen Markisen die Main Street entlang ging, war er sich seiner Ernüchterung schmerzlich bewußt. Die Stadt erschien ihm plötzlich wie eine treulose Geliebte. Einst war sie schön gewesen, aber wenn er ihr jetzt in das flatterhafte Gesicht blickte, empfand er nur Wut und Enttäuschung und konnte nichts Liebenswertes mehr darin entdecken. Zur Hölle mit alledem.

Er stieg in seinen Wagen, und das erste, was er sah, war das Funkgerät und das Blaulicht auf dem Beifahrersitz. Eines Tages würde er die Sachen zurückgeben müssen.

Er fuhr ins Red Leaves. Auf der Fahrt dachte er daran, wie Kristina um ein Haar im Graben an der Talsperre ums Leben gekommen war. Er fuhr im Schneckentempo an der Unfallstelle vorbei. Ein Wagen hinter ihm hupte ungeduldig. Er gab Gas und versuchte, den Kloß in seinem Magen zu ignorieren.

Spencer ließ Lebanon hinter sich und bog rechts in eine ruhige Straße ein. Er war schon zweimal im Red Leaves gewesen. Beide Male hatte er schwangere Teenager, die von zu Hause ausgerissen waren, an diesen Ort gebracht, wo sie nichts zu befürchten hatten. Es war die einzige derartige Einrichtung im gesamten Upper Valley. Kein Wunder, daß das Red Leaves Kristina so sehr am Herzen gelegen hatte.

Er stieg aus dem Wagen, ging an dem Messingschild mit dem Namen des Hauses vorbei, das auf einem in den Bürgersteig einzementierten Pfosten angebracht war, und klopfte an die Tür. Eine Frau öffnete, verwies ihn an eine andere, und die wiederum brachte ihn zu einer dritten. Die Besitzerin sei heute nicht da, ob sie ihm weiterhelfen könne?

Als die Betreuer und die Teenager erfuhren, wer er war, machten sie ein großes Getue, drückten ihm eine Tasse Tee in die Hand, brachten ihm einen Sessel, setzten ihm Kekse vor und scharten sich um ihn wie Gläubige um ihren Hirten. Ein paar Mädchen schluchzten. Sie schüttelten den Kopf und wollten wissen, was wirklich passiert war. Immer wieder unterbrachen sie ihn, unglaublich, schrecklich, wie konnte das nur passieren, so was wäre bei ihnen zu Hause nie möglich gewesen. Spencer hätte ihnen gern erklärt, daß so etwas überall möglich ist.

Er hätte ihnen auch gern gesagt, wieviel Red Leaves Kristina bedeutet hatte, aber dazu fehlten ihm die richtigen Worte. Doch die Tränen der Frauen und ihre herzliche Anteilnahme bezeugten, was Kristina ihnen bedeutet hatte.

Sie hätten Anspruch auf ihre Leiche erhoben, dachte Spencer. Sie alle, jede einzelne von ihnen wäre gekommen, um Kristina aus der Anonymität einer Metallschublade zu erlösen. Sie hätten sich um sie gekümmert.

Spencer erklärte, daß es sich mit hoher Wahrscheinlichkeit um ein Verbrechen aus Leidenschaft handelte. Die vermeintliche Täterin habe Kristina nach Jahren der Eifersucht in einem Augenblick der Unzurechnungsfähigkeit getötet. Eine der Anwesenden bestätigte, daß Kristina sehr schön gewesen sei und durchaus Grund zur Eifersucht hätte geben können. Spencer stimmte halbherzig zu. Unverhofft führte man ihm hier ein Stück lebendige Kristina vor. Irgendwie war es tröstlich.

Er fragte, ob sie am nächsten Tag zur Beerdigung kommen würden. Dann fragte er, ob sie schon von dem Geld gehört hätten, das sie bekommen sollten. Die Stellvertreterin der Besitzerin tupfte sich die Tränen von den Wangen und sagte: »Ja, war das nicht wunderbar von ihr? Einfach wunderbar. Daß sie an uns gedacht hat! Wir können es noch gar nicht glauben.«

Sie erzählte Spencer, daß das Red Leaves seit dem Bericht in der Lokalzeitung großes Interesse erfahren habe. Allein heute mußten an die fünfhundert Briefe mit Schecks gekommen sein. Eine der Betreuerinnen schleppte drei Postsäcke an, um sie Spencer zu zeigen. Er war beeindruckt. Kristina hatte eine Spur auf dieser Welt hinterlassen. Ihr Gutes hatte Gutes hervorgebracht. Eigentlich war es ja Alberts, besser gesagt Nathans Gutes, das Gutes hervorgebracht hatte, doch Spencer hatte nicht die Absicht, diesem Mistkerl auch nur einen Funken Anerkennung zu bezeugen.

Spencer saß noch eine Weile da und hörte ihnen höflich zu. Der Sessel war gemütlich, es war angenehm warm, die letzten Sonnenstrahlen des Tages fielen durchs Fenster und machten ihn schläfrig. Einen Augenblick lang schloß er sogar die Augen, und als er sie wieder aufschlug, sehnte er sich mit jeder Faser seines Körpers nach Zuhause. Wo immer das war, es war nicht in Hanover, das wußte er nun.

Nachdem er sich von allen verabschiedet hatte und zu seinem Wagen zurückgekehrt war, fiel ihm auf, daß er heute zum ersten Mal in seinem Erwachsenenleben Tee getrunken hatte. Spencer genehmigte sich ein teures Abendessen im *Daniel Webster Room*. Er wußte, daß es seine letzte Nacht in Hanover sein würde.

Was es bedeutete, den einzigen Job aufgegeben zu haben, den er je im Leben geliebt hatte, war ihm noch nicht richtig aufgegangen. Würde der Chief ihm ein gutes Zeugnis ausstellen, oder mußte er von nun an sein Leben als Nachtwächter bestreiten?

Will war ihm all die Jahre ein guter Freund gewesen. Es tat Spencer leid, nicht für einen besseren Abgang gesorgt zu haben. Vielleicht hätte Will eine Abschiedsparty für ihn gegeben.

Er dachte daran, noch einmal ins Revier zu gehen, um sich richtig von seinem Partner zu verabschieden und die Sachen abzugeben, aber er wollte nicht in die Nähe von Conni Tobias kommen, die dort in ihrer Zelle saß.

Spencer wollte Conni nicht begegnen. Er würde noch oft genug die Augen schließen und Kristina vor sich sehen, die nackt und schon beinahe ihre Balance verlierend auf der Brücke stand, als eine hysterische junge Frau die Hand ausstreckte.

Was hatte Kristina durchmachen müssen? Wie hatte sie zwölf Monate mit der Tatsache leben können, daß ihre Freundin versucht hatte, sie umzubringen? Wie hatte sie das bloß ignorieren können?

Kristina hatte zu lange zu nah am Tod gelebt, dachte Spencer und schob die geschmorte Ente, die er bestellt hatte, beiseite. Er hatte keinen Appetit. Statt dessen trank er. Er saß ganz allein am Tisch und trank. Jedesmal, wenn sein Glas leer war, ließ er sich nachschenken. Er saß ruhig da, ohne eine Seele zu stören, und ertränkte seinen Schmerz im Alkohol. Er wollte vergessen. Gegen zwei Uhr früh hatte Spencer genügend Whiskey intus, um so gut wie alles zu vergessen. Und so war es dann auch.

Das einzige, was ihm nicht aus dem Kopf ging, war die Begegnung mit *Katherine Morgan Sinclair*.

8

Es war einmal in Greenwich, Connecticut

Die Erinnerung an Katherine Sinclair nagte an Spencers whiskeygetränktem Herzen.

Als er sie zum ersten Mal gesehen hatte, saß sie ruhig in ihrem Rollstuhl an einem Fenster mit weißen Holzrahmen.

Wahrscheinlich war sie einmal eine schöne und elegante Frau gewesen. Jetzt entdeckte er nur noch den Abglanz eines längst vergessenen Lebens – eines Lebens, das sie ausgekostet und geliebt hatte, das jedoch jetzt der Vergangenheit angehörte. Ihr Haar war ungepflegt. Er versuchte sich vorzustellen, wie es ausgesehen hatte, als es noch Farbe hatte, als sie es täglich wusch, auf Lockenwickler drehte und weich über die Schultern fallen ließ. Katherine Morgan Sinclair. Nur ihr Name hatte noch Glanz. Es kam nicht darauf an, wo Katherine jetzt war, wie sie aussah, welche Kleidung sie trug oder wie sie sprach. Was zählte, war, daß ihr Name noch immer alles sagte.

Ich bin Katherine Morgan Sinclair, sagte eine Stimme in ihm. Und ich hatte ein schönes Leben.

Daß er sie ausfindig hatte machen können, grenzte an ein Wunder. Am Sonntagmorgen hatte er zwei Stunden damit verbracht, alle Krankenhäuser in Connecticut anzurufen, bis er endlich eine Katherine Sinclair im State Hospital von Norwalk auftat. Der Leiter schien sehr um Katherine und ihre nicht gerade gute Verfassung besorgt zu sein und wollte Spencer partout nicht zu ihr lassen. Nicht einmal sein Dienstausweis konnte ihn beeindrucken. Spencer mußte mit einer Vorladung drohen, bevor er sie schließlich sehen durfte.

Er hatte nicht gewußt, was ihn erwartete. »Es geht mir jetzt viel besser«, hatte Katherine am Telefon erklärt. »Ich könnte jederzeit gehen, wirklich, aber es ist so angenehm hier, und man kümmert sich um mich.« Sie war sofort einverstanden gewesen, ihn zu empfangen, obwohl sie nicht wußte, wer er war und was er von ihr wollte. Ergeben und aufrecht saß sie nun in ihrem Rollstuhl und drehte sich nur hin und wieder zum Fenster, das auf den Park und den See hinausging.

Katherine war blind. Ein weißer Blindenstock lehnte hinter dem Rollstuhl. Spencer vermutete, daß er nie benutzt wurde. Wahrscheinlich hatten die Krankenschwestern ihn ihr gegeben, weil sie darum gebeten hatte, aber er glaubte nicht, daß sie ihren Rollstuhl oft verließ, so ausgezehrt und schwach wirkte sie. Sie schien nur noch Haut und Knochen zu sein.

Spencer räusperte sich.

»Geben Sie sich keine Mühe, Detective O'Malley«, erklärte sie ruhig. »Ich weiß, daß Sie gekommen sind, um mir zu sagen, daß sie tot ist. Nicht wahr?« Ihr Tonfall war flach.

Spencer nickte, und als ihm bewußt wurde, daß sie ihn nicht sehen konnte, sagte er: »Ja.«

So saßen sie da. Ein leichtes Beben erfaßte ihren Körper. Es begann in den Lidern, ging in Mund, Nacken und Arme und Beine über und endete in den Füßen. Dann saß Katherine wieder reglos da.

Sie starrte links an Spencers Kopf vorbei ins Leere, und er starrte auf die Decke, die über ihren gelähmten Beinen lag. Er konnte es nicht ertragen, sie anzusehen.

Schließlich bat Katherine ihn um ein Glas Wasser.

Nachdem sie daran genippt hatte, sagte sie leise. »Mein Baby, mein Baby.« Spencer wollte ihre Hand nehmen, doch sie sagte: »Nein, nein, Detective. Bitte. Das macht es nur noch schwerer. Lassen Sie mir etwas Zeit. Gleich geht es wieder.«

Er wartete ruhig.

»Haben Sie meine Tochter gekannt, Detective O'Malley?«

Er nickte. Er mußte wirklich aufhören damit. »Ja, Mrs. Sinclair. Ich habe sie gekannt, wenn auch leider nicht besonders lange.«

»War sie immer noch so schön?«

»Über alle Maßen.«

Katherine lächelte. »Ja, schon als Kind war sie außergewöhnlich. Es brach mir jedesmal das Herz, wenn ich sie ansah. Ich konnte es nicht begreifen. Oder glauben Sie, daß alle Eltern so über ihre Kinder denken?«

Spencers eigene Mutter war überzeugt, daß ihre Kinder die hübschesten auf der Welt waren. »Kristina war unbestreitbar wunderschön«, sagte er.

Sie nickte. »Ja. Wissen Sie, ich bin froh, daß ich nicht mehr sehen kann. Ich habe sie gesehen, und das reicht. Jetzt muß ich sie wenigstens nicht als Tote sehen.« Ihre Augen füllten sich mit Tränen.

Spencer wandte den Blick ab.

»Wie ist sie gestorben, Detective? War es ein Autounfall? Ist sie erfroren? Wurde sie ermordet?

Spencer hätte am liebsten alle drei Möglichkeiten bejaht. Er war vollkommen aufgewühlt. »Sie ist erfroren«, antwortete er. »Woher wissen Sie das?«

»Der Schnee. Sie liebte den Schnee«, sagte Katherine mit brüchiger Stimme. »Wenn es geschneit hatte, lief sie morgens im Schlafanzug raus und ließ sich in den Schnee fallen. ›Steh auf‹, habe ich gerufen, ›sonst holst du dir noch den Tod‹.«

Spencer lief ein Schauer über den Rücken.

Es sei ein Wunder, daß Kristina überhaupt am Leben blieb, erzählte ihre Mutter. Sie selbst sei Diabetikerin, und Kristina und ihr Zwillingsbruder seien acht Wochen zu früh auf die Welt gekommen.

Der Junge habe es nicht geschafft, er sei zu schwach gewesen.

Auch Kristina hatte die ersten drei Monate mit dem Tod gerungen. Katherine hatte ihren toten Sohn begraben und war dann Tag für Tag ins Greenwich Memorial Hospital gefahren, um neben dem Brutkasten zu sitzen, der ihr einziges Kind wärmte. Kristina wog nur anderthalb Pfund bei der Geburt, aber sie klammerte sich ans Leben. »Und wie sie sich daran geklammerte hat, Detective O'Malley!« sagte Katherine Sinclair mit feuchten Augen, und ihre Finger zupften heftig an der ausgefransten Baumwolldecke. »Bei jedem Atemzug meinte ich, er sei ihr letzter. Ich hörte sie nach Luft ringen und verlor fast den Verstand. Ein, aus, kurz, lang, zu lang, dann doch noch ein angestrengter Atemzug. Aber sie hat es schließlich geschafft. Als sie vier Monate alt wurde, holten wir sie nach Hause. Inzwischen wog sie acht Pfund.« Katherine lächelte. »Dafür ist sie ganz schön groß und stark geworden, nicht wahr?« Dann erstarb ihr Lächeln plötzlich. Sie hörte auf, an der Decke zu zerren und wandte den Kopf zum Fenster. »Sie war so niedlich. So süß. Und sie hatte keine Diabetes. Nach dem ersten Jahr war sie robust wie sonst was. Hat nicht mal die Windpocken gehabt oder andere Kinderkrankheiten. Ganz selten war sie mal erkältet. Kein Mensch hätte geglaubt, daß sie bei der Geburt mit dem Tod gekämpft hatte.«

»Nein, da wäre man nie drauf gekommen«, stimmte Spencer ihr zu. »Sie sah Ihnen ähnlich«, sagte er in dem vergeblichen Versuch, sie zu trösten.

Es dauerte ein Weilchen, bis Katherine weiter sprach. »Die ersten sieben Jahre wuchs sie als unser einziges Kind auf. Sie können sich nicht vorstellen, wie verwöhnt sie war.«

»Doch, Mrs. Sinclair, das kann ich.«

»Sie hatte zwei Gouvernanten. Mit vier bekam sie Klavierunterricht auf ihrem eigenen Steinway-Flügel, mit fünf ging sie zum Ballettunterricht, mit sieben wollte sie Geige lernen, also kauften mein Mann und ich das beste Instrument, das wir bekommen konnten. Sie bekam Reitunterricht und ein eigenes Pferd, für das wir extra einen Stall bauten. Mein Mann war ein erfolgreicher Geschäftsmann, und ich stammte aus einer wohlhabenden Familie. Meine Mutter war sehr vermögend.«

»Ja, ich weiß«, sagte Spencer.

»Alle waren in Kristina vernarrt. Ich war immer irgendwo in ihrer Nähe, sehnte mich nach ihr, brauchte sie, liebte sie. Doch sie wehrte meine Zärtlichkeit ab, weil sie sich lieber auf Mozart konzentrierte. Es machte mir nichts aus. Sie war mein einziges Kind … Können Sie sich vorstellen, wie sehr ich sie geliebt habe?«

Das konnte Spencer sich vorstellen – den Reichtum nicht, die mütterliche Fürsorge schon. O Scheiße, sagte er sich und schüttelte den Kopf.

»Als Kristina sieben war, wurde meinem Mann und mir klar, daß wir dabei waren, sie zu verderben, indem wir sie zu sehr verhätschelten. Daß wir sie auf Händen trugen, tat ihr nicht gut. Sie wurde egozentrisch und unabhängig. Sie brauchte einen Bruder oder eine Schwester. Aber wir konnten keine eigenen Kinder mehr haben – nicht, wenn ich am Leben bleiben wollte, um sie zu erziehen, was ich letztlich getan habe, wie Sie sehen.«

»Ja, Mrs. Sinclair. Das sehe ich.«

»Wir adoptierten ein Kind aus einem Waisenhaus in Texas. Wir fuhren bis Fort Worth, um es zu finden.«

Spencer konnte nur nicken.

»Er war genau der richtige kleine Junge. Dunkelhaarig, dünn, mit guten Manieren. Er sah unserer Krissy sogar ein bißchen ähnlich. Er brauchte dringend ein Zuhause, und das kam uns natürlich sehr gelegen, weil wir verzweifelt einen Bruder für Kristina gesucht hatten. Die Schwestern im Waisenhaus erzählten, man habe ihn vor drei Jahren mitten in der Nacht am Straßenrand eines Highways gefunden. Im Heim hatte er anfänglich nicht gesprochen, das ganze erste Jahr kein Wort. Erst zwei Jahre, bevor wir ihn adoptierten, hatte er wieder angefangen zu sprechen. Er hatte keinen Namen, und er kannte seine Eltern nicht. Er wußte nicht, wann er geboren war. Die Schwestern nannten ihn Billy. Wir tauften ihn dann Nathan, nach unserem verstorbenen Sohn. Wir legten seinen Geburtstag auf den Tag vor Kristinas, wie ihr Zwillingsbruder, der zehn Minuten vor Mitternacht zur Welt gekommen war.«

Katherine mußte Spencers Reaktion gespürt haben, denn sie sagte: »Ja, ich weiß. Der alte Aberglaube. ›Nenne nie ein Kind nach einem verstorbenen Kind‹, sagten meine Freunde. ›Ach was, warum nicht?‹ erwiderte ich. Die Juden tun es. Also tat ich es auch. Wir waren gottesfürchtige Menschen und alles andere als abergläubisch. Wir gingen sonntags in die Kirche und beteten vor dem Essen. An die Märchen alter Weiber glaubten wir nicht.«

»Ich auch nicht, Mrs. Sinclair«, erklärte Spencer.

»Ach, hätten wir es nur getan«, fuhr Katherine fort. »Wir adoptierten ihn, wir gaben ihm unseren Namen und behandelten ihn wie Kristina. Nein, sogar besser. Er war ein kleiner Junge, der viel Liebe brauchte.«

»Ja, das glaube ich«, pflichtete Spencer bei.

»Kristina war ganz anders, wie bereits gesagt, sie war sehr unabhängig. Sie brauchte niemanden und meinte, ihr Vater und ich würden sie bevormunden, weil wir ständig um sie herumschwirrten. Nathan war anders. Er saugte unsere Liebe auf wie ein Schwamm und wurde sehr anhänglich. Ohne uns ging er nirgendwohin, ohne uns wollte er nachts nicht mal im Haus bleiben. Er war sehr liebevoll. Ein süßer kleiner Junge.

Die Kinder liebten sich vom ersten Tag an. Kristina war die Streitbarere, und ich mußte Nathan ständig in Schutz nehmen. ›Kristina, laß deinen Bruder in Ruhe, Kristina, mach dich nicht lustig über ihn. Kristina, benimm dich. Kristina, Kristina, Kristina ...‹« Katherine sprach den Namen ihrer Tochter aus wie eine Liebkosung.

»Doch insgesamt war ich froh. Denn sie spielten zusammen, stritten sich, sahen fern, tollten im Garten herum. Kristina brachte Nathan das Schwimmen bei. Er konnte nicht schwimmen. Und er lehrte sie, keine Angst zu haben.«

»Keine Angst? Wovor?«

»Vor allem. Nathan war ein furchtloser Junge. Er kannte keine Angst. Im Gegensatz zu Kristina, die unter vielen kindlichen Ängsten litt, vor allem Angst vor der Dunkelheit. Nathan brachte ihr bei, wie man unter Wasser den Atem anhält, mindestens so lange, bis die Rettungsschwimmer da sind. Nathan war derjenige, der auf einen Baum kletterte und von da zum nächsten sprang; er war derjenige, der sich einmal das Bein brach, als er über einen Zaun stieg, und drei Tage lang nichts sagte: er war derjenige, der nur Einsen bekam, ohne jemals in ein Lehrbuch geschaut zu haben. Er war unser Wunschkind. Wir konnten es nicht fassen, daß Gott uns mit einem solchen Sohn gesegnet hatte.«

Spencer dachte, so gut kann Nathan als Lehrer nun auch wieder nicht gewesen sein, denn Kristina hatte immer noch Angst vor der Dunkelheit gehabt.

»War Kristina nicht eifersüchtig?«

»Ach was, wo denken Sie hin? Kristina muß in den ersten sieben Jahren sehr einsam gewesen sein. Es war eher so, daß wir auf die beiden eifersüchtig waren. Sie wurden unzertrennlich. Zwischen ihnen schien eine Verbundenheit zu bestehen, die wir nicht verstanden und erst recht nicht teilten.

Sie waren vorbildliche Schüler und hatten tadellose Manieren, auch Nathan, der sehr schnell gelernt hatte, obwohl man ihn irgendwo in der Weite von Texas auf dem Müll gefunden hatte. Es vergingen drei Jahre, dann fünf, dann sieben. Ich widmete mich wieder meiner Wohltätigkeitsarbeit, und mein Mann arbeitete sehr hart. Er importierte Textilien aus aller Welt. Wir gingen viel aus, und wir gaben Dinnerpartys, bei denen Nathan sang und Kristina ihn am Klavier begleitete. Er hatte eine wunderschöne Stimme.

Noch heute, nach allem, was geschehen ist, denke ich zurück an diese Jahre und glaube, daß wir sehr glücklich waren. Wir führten ein Leben, von dem die meisten Menschen nur träumen können. Viele unserer Freunde waren mehrmals geschieden und hatten mehrmals wieder geheiratet, sie hatten Kinder und Stiefkinder, Halbgeschwister, die sich neu zusammenraufen mußten oder auseinandergerissen wurden, mit dreizehn Drogen nahmen, mit fünfzehn Entziehungskuren machten, wegen Diebstahls verhaftet wurden, Kinder, die ihre Eltern bestahlen, schlecht erzogene, verwöhnte Kinder, unglückliche Mütter, rastlose Väter. Wir kannten Frauen, die Affären mit sämtlichen Männern hatten, die ihnen über den Weg liefen, während ihre Männer den ganzen Tag arbeiteten und nachts wegschauten. Bis auf einen, der seine Frau erwischt und dann erschossen hatte.«

Spencer runzelte die Stirn.

»John und ich dachten, daß wir unsere Kinder davor bewahrt hätten. Wir glaubten, wir hätten ihnen ein gutes Leben geboten.«

»Das haben Sie auch.«

»Das haben wir damals geglaubt«, sagte Katherine. »Und selbst heute kann ich nicht sagen, was wir falsch gemacht haben. Hätte ich ihnen mehr Aufmerksamkeit widmen sollen?

Oder weniger? Hätte ich Kristina mehr und Nathan weniger Zuneigung schenken müssen? Ein anderes Kind adoptieren? Was hätte ich tun sollen?«

Spencer wußte keine Antwort darauf. Doch irgendeine Reaktion erwartete sie sicher, und so streckte er die Hand aus und streichelte Katherines Hand. Sie rührte sich nicht.

»Es hört sich an, als sei es ein gutes Leben gewesen, Mrs. Sinclair«, sagte er, und sie antwortete mit einem heiseren Geräusch, einem kleinen erstickten Schrei.

»Ja, nicht wahr? Wir haben diesen Jungen geliebt wie unser eigenes Fleisch und Blut. Verstehen Sie das?«

»Ja«, antwortete Spencer.

»Mein Mann wollte, daß Nathan eines Tages, wenn er älter war, die Firma übernahm, und in unserem Testament wurden beide Kinder zu gleichen Teilen bedacht. Beide hatten Trust Fonds, über die sie bei ihrem einundzwanzigsten Geburtstag verfügen konnten.«

Spencer nickte und merkte wieder mal zu spät, daß sie ihn nicht sehen konnte.

»Nathan und Kristina ...«, Katherine schluckte, als bereitete es ihr körperliche Schmerzen, die beiden Namen in einem Atemzug zu nennen. »Allmählich entzogen sie sich uns. Nathan wollte nicht mehr so viel mit uns unternehmen. Kristina hatte es ohnehin nie gewollt. Na ja, sagten wir uns, das ist normal, wenn man erwachsen wird – was sollen sie schon mit zwei Alten wie uns anfangen? Mit vierzehn hatten sie sich ziemlich von uns zurückgezogen. Wir schrieben es dem Alter zu. Sie waren Teenager. Manchmal sind Teenager so. Die Schule hatte nicht darunter gelitten, sie kamen immer noch gut miteinander aus, und immerhin saßen wir jeden Tag alle zusammen beim Abendessen. Doch irgendwas war anders als früher. Ich weiß nicht. Vielleicht war es meine Kleine. Ich glaubte sie zu kennen. Sie war immer ein offenes, unbefangenes Kind gewesen, aber in letzter Zeit – damals, vor all den Jahren«, verbesserte sie sich hastig, »wurde sie plötzlich so verschlossen. Verstehen Sie? Sie verkroch sich in sich selbst. Ich hörte immer noch Nathans Stimme im Haus, aber Krissy antwortete nicht mehr. Wenn ich gehört hatte, wie sie sich stritten, hatte ich immer lächeln müssen, aber jetzt waren sie so still da oben, still im Wohnzimmer und auch beim Essen ziemlich schweigsam. Sehr höflich, alle beide. Zu höflich.

Sah so die Rebellion der Teenager von heute aus? Mein Mann und ich wunderten uns. Aber alles in allem war es nicht so schlimm, entschieden wir. Wir kannten viele Eltern, die es viel schwerer hatten. Wenn man Kinder allzu sehr verwöhnt, zeigen sich die ersten Risse, wenn sie Teenager, spätestens aber, wenn sie Erwachsene sind.«

»Welche Risse?« fragte Spencer, obwohl er es lieber nicht erfahren hätte.

»Tja, wissen Sie ... ich habe auch nichts Schlechtes darin gesehen. Aber jetzt, da ich völlig blind bin – ist das nicht komisch?« Katherine lächelte in seine Richtung. Sie muß atemberaubend schön gewesen sein, dachte Spencer. »Jetzt kann ich Ihnen davon erzählen. Damals war ich völlig unbekümmert. Ich setzte mich für wohltätige Zwecke ein, gab zweimal in der Woche meine großen und kleinen Dinnerpartys, wir fuhren nach New York zu Wohltätigkeitsveranstaltungen, gesellschaftlichen Empfängen, ins Theater, zu Partys.«

Sie brannte darauf, ihm mehr und mehr aus ihrer Vergangenheit zu erzählen. Spencer hatte sich schon ein Bild gemacht von dem Leben, das sie in ihrem großen Haus in Greenwich, Connecticut, geführt hatten. Aber sie war noch lange nicht fertig. Sie mußte darüber sprechen. Sie erzählte ausführlich von Kristinas Klavier- und Geigenunterricht, von den Ballettstunden und den vielen Ausgaben für Ballettschuhe und Tutus oder wie Nathan es in die Schulauswahl der Basketballmannschaft geschafft hatte.

»Ich habe zum ersten Mal geahnt, daß irgendwas nicht stimmte, als Kristina vierzehneinhalb war. Sie kam zu mir, nein, nicht sie, sondern ihre Gouvernante. Mrs. Pitt kam zu mir und erzählte, Kristina habe den Musik- und Tanzunterricht aufgegeben. Beides. Als ich sie zur Rede stellte, sagte sie, es mache ihr keinen Spaß mehr. Das war sehr komisch, verstehen Sie? Seit sie fünf war, hatte sie Klavier gespielt. Und jetzt, mit einem Male, verlor sie die Lust? Ich habe es ihr nicht abgenommen. Mein Mann auch nicht. Aber was sollten wir machen? Sie sagte nicht, daß etwas nicht stimmte. Wir schickten sie zu unserem Familienpsychologen, der uns erklärte, sie sei ungewöhnlich verschlossen. Der Psychologe schien besorgt, und das steckte uns natürlich an. Er meinte, ihr Verhalten könne eine Reaktion auf etwas sein. Er fragte, ob in der Familie kürzlich jemand gestorben sei. ›Nein‹, sagten wir, ›Die Kinder sind sehr glücklich. Es gibt keine Probleme.‹

Jeden Sommer fuhren die beiden zu meiner Mutter, die ein Haus am Lake Winnipesaukee in New Hampshire hatte. Sie liebte die Kinder über alles, war völlig in sie vernarrt, obwohl Kristina von Anfang an ihr Liebling gewesen war. Ich war das einzige Kind meiner Mutter. Ich glaube, sie hatte das Gefühl, noch eine Tochter aufzuziehen. Die Kinder waren sehr gern dort, und meine Mutter freute sich jedesmal riesig, sie um sich zu haben. Doch als Kristina vierzehneinhalb war, eröffnete sie mir ganz ruhig, daß sie lieber nicht mehr hinwollte. Es war mir ein Rätsel. Sie wollte nicht mehr zum Lake Winnipesaukee? ›Aber warum nicht? Grandma liebt dich doch.‹ ›Oh, das weiß ich‹, sagte sie, zögerte dann und gab weiter keine Erklärung. Ich bekam nichts aus ihr heraus. Aber sie fuhr. Im nächsten Jahr fing sie wieder davon an, daß sie im Sommer vielleicht etwas anderes machen wollte. Ich wußte, daß es meiner Mutter das Herz gebrochen hätte, wenn sie nicht gekommen wäre. Seit Kristina auf der Welt war, hatte sie jeden Sommer bei ihr verbracht. Als sie sich erneut weigerte, mir einen plausiblen Grund zu nennen, bestand ich drauf, daß sie fuhr. Ich sagte ihr, das Ganze sei lächerlich.« Katherine hielt inne. »Also fuhr sie.«

Spencer unterbrach sie. »Sie oder …«

»Nein, beide. Natürlich. Beide fuhren zusammen zu ihrer Großmutter. Ich dachte nicht weiter darüber nach, aber als sie zurückkamen, war Kristina verschlossener denn je. Sogar meiner Mutter war ihre Launenhaftigkeit aufgefallen. Wir sprachen darüber und kamen zu dem Schluß, daß es die Pubertät sein mußte. Haben Sie Schwestern, Detective?«

»Ja, drei.«

»Hatten sie auch eine schwere Pubertät?«

Spencer konnte sich nicht daran erinnern. Für ihn hatten sie sich nie verändert, und er war auch viel zu jung gewesen, um zu bemerken, wie sie mit anderen umgegangen waren. Als kleiner Junge hatte seine Welt nur aus der Familie bestanden, und seine Schwestern waren ein Mutterersatz gewesen. *Als ich geboren wurde, war meine älteste Schwester Kathleen bereits zwanzig, Maureen war vierzehn und Sinéad dreizehn. Und als ich alt genug war, um die Dinge zu verstehen, hatten sie längst geheiratet und waren aus dem Haus. Kathleen hatte Harry, meinen Neffen, sogar zwei Jahre ehe ich, sein Onkel geboren wurde, bekommen. Schöner Onkel! Harry nennt mich heute noch Onkelchen Spencer.*

»Wahrscheinlich«, sagte Spencer. »In dem Alter waren sie wahrscheinlich ziemlich seltsam.«

»Ja, bestimmt«, sagte Katherine scharf. »Ich bin sicher, daß Ihre Mutter sich auch nichts dabei dachte.«

»Meine Mutter bestimmt nicht«, antwortete Spencer.

»Nun, ich auch nicht. Kristina und Nathan kehrten aus New Hampshire zurück, gingen wieder in die Schule, und alles schien in Ordnung zu sein. Ich hatte meine Arbeit. In Greenwich gibt es vor Thanksgiving und Weihnachten eine Menge zu tun, um Spenden für wohltätige Zwecke zu organisieren.«

Spencer verstand. »Und dann?«

»Dann? Nichts dann. Irgendwann im Oktober 1988, an einem Donnerstagabend, saß ich in unserem Wohnzimmer auf meiner neuen Couch, als mein Mann nach einem Geschäftsessen nach Hause kam und sagte, er müsse dringend mit mir reden, es gehe um Kristina.

Ich war gerade dabei, Umschläge zu beschriften und zu frankieren, und antwortete gedankenverloren: ›Ja, sicher, was ist denn los?‹ John erzählte mir, daß die Leute schreckliche Dinge über Kristina erzählten, so schrecklich, daß er sich an diesem Abend mit seinem Bruder Jeff geprügelt hatte. Anscheinend hatte Jeff etwas verlauten lassen.

Da horchte ich auf. Ich legte die Umschläge aus der Hand und sah John an. Wenn er sagte, er habe sich mit seinem Bruder geprügelt, dann mußte es sehr ernst sein. John hatte in seinem ganzen Leben noch nie jemanden geschlagen.

Er erzählte mir, daß sich die Leute in der North Street die

Mäuler zerrissen. Es hieß ... es war zu schrecklich ... Kristina sei schwanger.

Ich mußte lachen. Das war meine erste Reaktion. Ich lachte nur. ›Sei nicht albern‹, sagte ich. ›Regst du dich deshalb auf? Lächerlich. Sie hat nicht mal einen Freund.‹ Aber er starrte mich derart seltsam an, daß ich es mit der Angst bekam. Ich schüttelte den Kopf und lachte erneut. ›Was ist in dich gefahren, John? Hör auf mit dem Unsinn. Wovon redest du eigentlich?‹ Ich hätte ihn fast angeschrien: ›Es kann nicht wahr sein, das weißt du.‹

›Ruf sie‹, sagte er. ›Ruf sie her.‹ Es war schon spät, aber ich rief sie. Ich hörte, wie sie langsam die Treppe herunterkam, und dann stand sie vor uns in ihrem weißen Morgenmantel und Pantoffeln. Sie sah müde aus, aber hinreißend. ›Krissy‹, sagte ich, ›dein Vater macht mich ganz konfus, sonst hätte ich dich nicht um diese Zeit aus dem Bett geholt.‹ Sie fragte, was los sei, und einen Augenblick ging es mir besser, bis ich sagte: ›Daddy hat Gerüchte gehört, die in der Stadt umgehen, schreckliche Lügen. Es fällt mir schwer, sie vor dir zu wiederholen. Daddy ... dein Vater und ich ... wir wollen wissen ...‹ Ich konnte nicht weiter. Ich zitterte am ganzen Leib. Es war so absurd. Ich lachte wieder. Und dann stand John von der Couch auf und fragte unsere Tochter: ›Kristina, die Leute sagen – jemand hat mir gesagt, daß du schwanger bist. Stimmt das?‹«

Katherine senkte den Kopf, als reichten fünf Jahre und Blindheit nicht aus, die Demütigung zu verbergen, die sie damals empfunden hatte.

»Und sie sagte: ›Ja.‹

Ich sah meine Tochter an, wie ich sie vorher und auch nachher nie wieder angesehen habe. Ich sah sie mir an, ganz genau, vielleicht zum ersten Mal, seit sie ein Teenager war. Und ich sah sie so, wie sie war – hager, bleich, mit dicken Ringen unter den Augen, mit müden Lippen und eingefallenen Wangen in ihrem viel zu weiten weißen Morgenmantel.

Sie war zum Stadtgespräch geworden. Greenwich ist wirklich sehr provinziell, wenn man es genau betrachtet. Ein Dorf. Es war ein Thema, über das man sich auf sämtlichen Cocktailpartys, Dinnerpartys und beim Tennisspielen die Mäuler zerriß.«

Spencer streichelte ihre Hand. Katherine zog sie nicht zurück. Ihr Körper zeigte keinerlei Regung.

»Mein kleines Mädchen. Sie war mein kleines Mädchen, verstehen Sie? Wie konnte mein kleines Mädchen mit fünfzehn schwanger sein?«

Als wäre das das Schlimmste gewesen, dachte Spencer düster. Katherine mußte seine Gedanken gelesen haben, denn sie nickte und setzte hinzu: »›Ja, schwanger mit fünfzehn von ihm.‹

Ich war außer mir. Und ich kann mir bis heute nicht verzeihen, was ich dann tat. Ich trat auf sie zu und schlug sie ins Gesicht, so heftig, daß sie zu Boden fiel. Ich wollte sie noch mal schlagen, doch mein Mann hielt mich zurück. Ich konnte John nicht mal ansehen. Und das war nicht alles. Ich mußte mit Nathan reden. Als ich ihm gegenüberstand, brachte ich kein Wort heraus.«

Selbst jetzt, bei der bloßen Erinnerung, fiel ihr das Sprechen schwer.

»Es war schrecklich, Detective. Viel zu schrecklich. Nathan sah mich ohne jede Reue an. Er sah mich an, als könne er nicht verstehen, warum wir uns aufregten. Und ich wußte, daß mein Mann ihn umbringen würde, wenn er diesen Blick sah. Er würde ihn töten. Ich wußte, wie er sich fühlte, denn ich hätte Nathan auch am liebsten umgebracht, als er mich derart schamlos ansah.«

Spencer schüttelte den Kopf. Er war froh, daß Katherine ihn nicht sehen konnte.

»Ich packte seinen Koffer – auf der Stelle – und schickte ihn zu meiner Mutter nach New Hampshire, bis wir überlegt hatten, was wir mit Kristina machen sollten. Es ging mir so schlecht, daß ich starke Beruhigungsmittel nehmen mußte. Ich glaube, ich habe alle zwei Stunden ein Valium nehmen müssen, ich lief herum wie ein Zombie, aber anders war es nicht zu bewältigen. Medizinisch herbeigeführte Gefühllosigkeit. Wir fanden, daß Kristina abtreiben sollte, aber Sie werden es nicht glauben, sie weigerte sich. Sie weigerte sich. Und wissen Sie, warum? Wegen der fünf schrecklichsten Worte, die eine Mutter jemals zu hören bekam: ›*Aber Mom, ich liebe ihn.*‹«

Spencer schnaubte verächtlich und schüttelte den Kopf. Katherine tastete blind nach seiner Hand und drückte sie. Tränen standen ihr in den Augen. »Aber Mom, ich liebe ihn«, wiederholte sie flüsternd. »Können Sie sich etwas Schrecklicheres vorstellen?«

»Nein«, antwortete Spencer ehrlich.

»Gegen ihren Willen konnten wir sie nicht in eine Klinik schleppen. Ich sagte Kristina sogar, daß ich es selbst machen könnte. Aber sie blieb hart. Sie wollte ... können Sie sich das vorstellen? ... das Baby behalten.« Katherine lachte leise. »Ich war stolz gewesen auf meine Tochter, mehr als auf alles andere, sie war die Krönung meines Lebens gewesen, aber die Sinclairs folgten der alten Tradition, wenigstens die High-School zu beenden, ehe sie sich von ihren Brüdern schwängern ließen.«

Red Leaves. Spencer wollte dieser gebrochenen Frau erzählen, daß ihr Lebenswerk letztlich doch nicht vergeblich gewesen war. Das Kristina versucht hatte, etwas aus ihrem Leben zu machen, daß sie versucht hatte, den Schmerz, den sie anderen zugefügt hatte, wiedergutzumachen. Aber er konnte es nicht. Katherines Tochter war tot, ermordet, ihr Mann war tot, und ihre Mutter war tot. Nur Nathan Sinclair war noch da.

»Wie kam es dazu, daß Kristina Howard Kim heiratete?«

»Überall in Greenwich tuschelten die Leute. Die ganze Stadt tratschte. Bla, bla, bla. Wir mußten etwas unternehmen, und zwar schnell. Unsere angeblichen Freunde wußten zwar, daß Kristina schwanger war, aber sie konnten nicht wissen, von wem. Die Leute glaubten, es sei ein Junge aus der High-School. Wenn sie die Wahrheit erfahren hätten ...« Sie schluckte. »Haben Sie Howard Kim getroffen? Er ist ein gutaussehender Mann.«

»Ja«, stimmte Spencer zu. »Das ist er.«

»Er praktiziert Tai Chi Chuan. Er war sowohl geistig als auch körperlich fit. Und sehr verantwortungsvoll. Deshalb vertraute mein Mann ihm und fuhr nach Hongkong. Howard hatte schon lange nach Amerika kommen wollen. Und jetzt bekam er die Möglichkeit dazu. Verstehen Sie?« sagte sie und versuchte zu lächeln. »Jeder hatte etwas davon.«

Spencer sagte nichts.

»Wie geht es ihm?« fragte Katherine.

»Sehr gut. Er ist erfolgreich.«

»Gut, gut«, sagte sie gleichgültig. »Das freut mich für ihn. Waren sie noch verheiratet, als sie starb?«

Spencer schüttelte den Kopf. »Nein«, sagte er schnell, als ihm wieder einfiel, daß sie ihn nicht sehen konnte. »Sie wurden im November geschieden.«

»In diesem November?«

»Ja.«

»Wann ist sie gestorben?«

»Am 24. November«, antwortete Spencer und beobachtete, wie die Mutter erschauderte.

»Zwei Tage nach ihrem Geburtstag«, sagte sie mit gebrochener Stimme.

»Ja.«

»Ist sie ...«, ihre Stimme ging in ein Flüstern über. »Ist sie friedlich gestorben, Detective?«

Nein, sie ist eines gewaltsamen Todes gestorben, wollte er ihr sagen. Sie hat um jeden Atemzug gerungen, um jeden schmerzhaften, eisigen Atemzug, aber am Ende war ihre Schulter zu schwach, und ihr Arm zu entzündet, die Rippen hielten dem Druck nicht stand, ihre Kehle war verletzlich, voller zerbrechlichen Lebens, und am Ende gab sie auf, wenn auch nicht, ohne sich wie rasend gewehrt zu haben.

»Ja«, sagte er laut, konnte aber nichts hinzufügen.

Katherine starrte ins Leere. »Ich dachte mir immer, daß sie früh sterben würde«, flüsterte sie. »Keine Ahnung, warum. Sie hat zu intensiv gelebt, als sie zu jung war. Sie hat sich verausgabt.«

Nach einer Weile fragte Spencer: »Haben sich die Wogen geglättet, nachdem sie Howard Kim geheiratet hatte?«

»Ach, wissen Sie«, sagte Katherine und winkte ab. »Im Grunde genommen war es egal. Einen Monat später wurde der Sohn unseres besten Freundes in eine Entziehungsanstalt zwangseingewiesen, ein anderer mit einer Überdosis ins Krankenhaus eingeliefert, noch ein paar andere wegen Trunkenheit am Steuer verhaftet. Das Leben ging weiter. Das heißt – das Leben der anderen ...

Für uns hatte das Leben aufgehört ... wir hatten es in diesem einen Augenblick verloren. So lebten wir einsam in unserem großen Haus, ohne Kristina, ohne Nathan und im Grunde auch ohne einander. Mein Mann machte mich für alles verantwortlich. Ich machte mich selbst verantwortlich. Ein paar Monate später nahm ich eine Überdosis Valium und verbrachte einen Monat im Krankenhaus. Ich glaube, daß es John härter traf als mich – wenn das überhaupt möglich ist. Er hatte Nathan wie seinen eigenen Sohn geliebt, verstehen Sie?«

Als Spencer nicht antwortete, weil er in seine eigenen Gedanken versunken war, sagte Katherine: »Daß sie Howard geheiratet hat, war das einzig Richtige. Und es wäre auch richtig gewesen, wenn sie abgetrieben hätte, Detective. Was ist schon dabei? Schließlich hätte sie nur eine Teufelsbrut getötet. Dieser Mensch ist ein Teufel. Wie auch immer. Unter einem Dach konnten wir jedenfalls nicht weiterleben, nicht wahr?«

»Natürlich nicht.«

»Und nur ihn wegschicken ging nicht. Wie hätte das ausgesehen?«

»Aber Mrs. Sinclair – Sie *haben* ihn doch weggeschickt. Wie haben sie das erklärt?«

»Wir sagten, seine Schwester habe geheiratet, und er wollte in ihrer Nähe sein. Wir schickten ihn auf ein Internat nach New York.«

»Ah.«

»Es war wirklich die beste Lösung unter diesen Umständen.«

»Ja, sicher.«

Danach verstummte Katherine, sie saß nur noch da und zupfte an ihrer alten Baumwolldecke. Schließlich fragte Spencer: »Wo ist er jetzt? Nathan? Was ist mit ihm passiert?«

»Ich weiß es nicht. Nachdem meine Mutter erfuhr, warum wir ihn zu ihr geschickt hatten …«

»Wie hat sie es herausbekommen?« unterbrach Spencer.

»Sie werden es nicht glauben. Nathan hat es ihr selbst gesagt.« Ein flüchtiges Lächeln huschte über Katherines Lippen. »Er schreckte wirklich vor nichts zurück. Er sagte es ihr, weil er meinte, sie wäre entsetzt darüber, wie *wir* Kristina behandelten. Diese Chuzpe!« Katherine schnaubte verächtlich, doch ihre blinden Augen verrieten ein anderes Gefühl – Scham? Schlechtes Gewissen?

»Meine Mutter jagte ihn aus dem Haus in dem kalten Winter. Er war sechzehn, und sie nahm ihre Pistole aus der Nachttischschublade, meine achtundsiebzigjährige Mutter, die mich mit vierundvierzig geboren hatte, und sagte ihm, er solle das Weite suchen oder sie würde ihn über den Haufen schießen. Er verschwand. Seitdem hat man nichts mehr von ihm gehört.«

»Kristina auch nicht?«

»Nein, ich glaube nicht. Wir waren ihm alle egal. Außerdem verbot mein Mann ihr, ihn jemals wiederzusehen. John hatte Nathans Fond aufgelöst und einen neuen für Kristina eingerichtet, den Howard Kim verwalten sollte. Daraus wurde ihr Lebensunterhalt, ihr Studium und was sonst so anfiel finanziert. Doch John machte unmißverständlich klar, daß Kristina keinen Penny erhalten sollte, wenn sie Nathan jemals wiedersehen würde.«

Spencer sagte, daß Kristina bestimmt eine Möglichkeit gefunden hätte, ihn wiederzusehen, wenn sie ihn wirklich geliebt hätte.

Katherine lachte höhnisch. »Ihn geliebt! Sie hat ihn nicht geliebt. Sechzehnjährige Mädchen haben keine Ahnung von der Liebe. Das Geld war ihr zu wichtig. Sie hätte es nicht aufs Spiel gesetzt, nicht einmal für ihn.«

»Meinen Sie?«

»Ganz bestimmt.«

»Wie können Sie so sicher sein?«

Katherine ermüdete allmählich. Spencer merkte, daß sie immer weniger Lust hatte, seine Fragen zu beantworten oder sich überhaupt weiter mit ihm zu unterhalten.

»Weil …«, sie seufzte, strich über ihre Decke und sagte: »John kannte ein paar Leute. Er heuerte einen Privatdetektiv an, der Nathan ausfindig machen sollte, aber er war unauffindbar. Wie vom Erdboden verschluckt. Niemand konnte ihn auftreiben. Wir folgerten, daß er das Land verlassen oder seinen Namen geändert hatte, vielleicht auch beides.«

»Oder tot war«, sagte Spencer inbrünstig.

»Tot.« Sie rümpfte die Nase. »So viel Glück werden wir nicht haben, Detective. Außerdem lebt das Übel, daß er über uns brachte, fort. Mein Mann ist nie damit fertig geworden. Er verschwand regelmäßig, wissen Sie, manchmal wochenlang hintereinander, und wenn er wiederkam, war er abgezehrter und kränker als je zuvor. John erzählte mir, er habe nach ihm gesucht. Ich glaube, daß er sich nie verziehen hat, daß er ihn nicht sofort getötet hat. Danach konnte er sich selbst nicht mehr in die Augen schauen.«

Das verstand Spencer.

»Seit Kristina uns verließ, bin ich von einem Krankenhaus ins andere gewandert. Es ging mir nicht gut, wissen Sie. Mein Diabetes – hat mir das Augenlicht geraubt und meine Arme ruiniert. Sehen Sie sich das an.« Sie zeigte Spencer ihren rechten Unterarm, er war blau und geschwollen von den vielen Einstichen. »Sieht es so schlimm aus, wie es sich anfühlt? Gegen die Schmerzen geben sie mir Morphium. Ich glaube nicht, daß ich hier noch einmal fortgehe. Warum auch? Selbst ohne das Geld meiner Mutter kann ich es mir leisten, hierzubleiben.«

»Das Geld Ihrer Mutter?«

»Ja, ihr Geld. Sie war wegen Kristina so wütend auf uns, daß sie uns alle enterbt hat. Ich muß zugeben, daß ich ziemlich schockiert war. Meine Mutter hatte Schwestern, Tanten, Kusinen, Nichten und Neffen. Und mich. Niemand hat auch nur einen Penny bekommen. Wir waren ziemlich entsetzt, das kann ich Ihnen sagen.«

»Wissen Sie, wer das Geld bekommen hat?«

»Natürlich weiß ich, wer das Geld bekommen hat, Detective«, antwortete Katherine. »Ich bin ja nicht auf den Kopf gefallen. Was mich interessieren würde, ist, wer erbt es jetzt? Habe ich Anrecht auf einen Teil davon?«

Spencer schüttelte den Kopf. »Kristina hat vor ihrem Tod ein Testament gemacht. Sie werden darin nicht erwähnt.«

Spencer spähte in das Gesicht der blinden Frau. »Mrs. Sinclair, Sie und Ihr Mann ... Sie haben Kristina enterbt, nicht wahr?«

»Wir waren wütend!« rief Katherine aus. »Wir waren außer uns. Können Sie sich vorstellen, wie hintergangen wir uns gefühlt haben?«

»Wissen Sie, so was funktioniert wechselseitig. Wenn Sie sie enterbt haben, können Sie auch nicht von ihr erben«, sagte Spencer ruhig.

Katherine atmete aus und zuckte dann verächtlich die Achseln. »Wer hätte damals gedacht, daß sie je Geld haben würde?« Sie lehnte sich zurück. »Sie wurde ermordet, nicht wahr, Detective?«

Spencer hatte nicht das Herz, es ihr zu sagen.

Er strich über die Decke auf ihrem Schoß und sagte: »Mrs. Sinclair, geben Sie sich nicht die Schuld. Bitte. Sie haben das Bestmögliche getan. Machen Sie sich keine Vorwürfe. Sie konnten nicht wissen, was Nathan tun würde.«

»Doch, ich hätte es wissen können. Und wissen müssen. Jeder weiß, daß Waisenkinder emotional verkorkst sind. Ich habe darüber gelesen. Sie können sich nicht binden, sie können nicht lieben. Dankbarkeit ist ein Fremdwort für sie. Sie haben keine moralischen Wertvorstellungen und ihr soziales Verhalten ist vollkommen zerrüttet. So war Nathan, aber wir glaubten, daß er wie durch ein Wunder anders war. Wir haben uns geirrt. Er entspricht haargenau dem Klischee.«

»Aber Mrs. Sinclair, nicht alle Waisenkinder wachsen mit moralisch und sozial verdrehten Vorstellungen auf.«

»Es ist die Norm, Detective. Natürlich nicht alle. Es gibt wenige Ausnahmen. Wir hatten keine Ausnahme. Wir bekamen das Kind, vor dem wir uns alle fürchten. Es ist ein Äffchen. Das Äffchen mit der Flasche, aber ohne die Attrappe. Sie wissen, Harlows berühmter Affenversuch mit Ersatzmutter und ohne. Nathan bekam die Flasche, aber nicht die Ersatzmutter, an die er sich klammern konnte.«

Spencer strich erneut über die Decke, da er nicht wußte, was er sonst sagen oder tun sollte. »Das ist keine Entschuldigung. Sie konnten ja nicht wissen, daß Sie Pech haben würden.«

Katherine zog eine Grimasse. »Ich will Ihnen was erzählen, Detective O'Malley. Als Nathan gefunden wurde, hatte er eine kleine Katze bei sich, die er behalten durfte. Er hatte das Tier zwei Jahre lang. Es schlief bei Nathan, fraß ihm aus der Hand und folgte ihm, wohin er ging. Sie schienen unzertrennlich. Als Nathan sechs war, wurde das kleine dumme Ding von einem

Lastwagen oder einem Bus oder was weiß ich überfahren. Als Nathan es erfuhr, ging er hin und warf auf der Stelle alles weg, was mit der Katze zu tun hatte. Den Napf, das Katzenklo, die Spielsachen, die Katzenminze, alles. Er bat sogar darum, daß seine Bettwäsche gewechselt wurde. Danach erwähnte er die Katze nie wieder.« Katherine unterdrückte einen Seufzer. »Als ich diese Geschichte hörte, war ich erschüttert. Dieser Junge braucht Liebe, sagte ich mir. Aber am Ende hatte ich das Nachsehen, nicht wahr? Nur mir machte der Tod der dummen kleinen Katze etwas aus. Niemandem sonst. Nathan am allerwenigsten. Er hat sich niemals im Leben an etwas gebunden.«

»Und was ist mit Kristina?« fragte Spencer vorsichtig.

Katherine schnaubte: »Kristina hat er nur benutzt.«

»Vielleicht hat er alles aufs Spiel setzen müssen, weil er sie liebte?«

»Unsinn. Wo ist er denn jetzt, wenn er sie so geliebt hat?«

»Seien Sie froh, daß er nicht mehr da ist«, sagte Spencer und fühlte sich hundeelend. »Noch ein ungelöstes Rätsel.«

»Sie meinen, wenn er sie geliebt hätte, wäre alles in Ordnung gewesen?« fragte Katherine. »Hätte das irgend etwas rechtfertigen können?«

»Nein, keineswegs. Es rechtfertigt gar nichts. Er ist verabscheuungswürdig«, sagte Spencer entschieden.

Katherine stöhnte verzweifelt.

»Vergessen Sie ihn, Mrs. Sinclair«, riet ihr Spencer eindringlich. »Für uns ist sein Verhalten unergründlich. Aber nicht das Ihre. Sie haben Ihre Kinder geliebt. Bitte geben Sie sich nicht die Schuld. Es gibt Eltern, die ihre Kinder sehr viel schlechter behandeln als Sie, und trotzdem kommt so etwas nicht vor. Es war unvorhersehbar.«

»Das glaube ich Ihnen nicht, Spencer.« Katherine nannte ihn bei seinem Vornamen. »Wir ernten, was wir säen. Es war kein Zufall, das wissen Sie genausogut wie ich. Nur weiß ich nicht, was ich hätte tun können, um es zu verhindern.«

»Nichts«, sagte Spencer. »Es war eben doch ein Zufall.«

»Nein, war es nicht. Wenn ich in diesem Augenblick sterben würde, wäre das unvorhersehbar gewesen. Aber so war es nicht. Und damit muß ich jetzt leben.«

Als es Zeit war, stand Spencer auf und küßte Katherine auf die Wange. »Leben Sie wohl, Mrs. Sinclair.«

Sie griff nach seinem Arm und zog ihn zu sich herab. »Spencer«, flüsterte sie und tastete mit ihrer dünnen Hand seine Wange, seine Lippen, die Augen und das kurzgeschorene Haar ab. Mit ihren langen, trockenen Fingern umkreiste sie wieder und wieder seine Augen. »Spencer«, wiederholte sie. »Versprechen Sie mir etwas. Versprechen Sie mir, daß Sie den Mörder meiner Tochter finden.«

Spencer wich zurück, doch Katherine zog ihn wieder an sich. »Ich weiß, daß sie umgebracht wurde. Sonst wären Sie nicht hier. Versprechen Sie mir, daß Sie nicht *ruhen* werden, ehe Sie den Mörder haben«, flüsterte sie.

Spencer versuchte sich loszumachen, doch sie ließ nicht lokker. »Bitte, Spencer, versprechen Sie es mir.«

»Ich verspreche es«, sagte er schließlich seufzend und drückte seine Stirn gegen ihr Haar. »Ich verspreche es Ihnen.«

Auf der Rückfahrt nach Hanover hörte Spencer auf, sich selbst zu bemitleiden und über den Tod seiner Frau zu jammern. Plötzlich hatte er sogar das Gefühl, Glück gehabt zu haben. Im Vergleich zu einer Frau, die alles verloren hatte, was sie im Leben besaß, hatte er wirklich Glück.

Während der dreistündigen Fahrt dachte er, mein Gott, im Grunde bin ich genau wie Katherine. Ich hocke hinter einem Fenster in einem kleinen Raum, blicke mit blinden Augen hinaus in die Welt und frage mich, wo mein Leben schiefgelaufen ist, was ich bloß getan habe, daß es so schieflaufen konnte.

Aber ich will mich nicht selbst aufgeben. Oder mein Leben. Noch ist ein kleiner Rest davon da, und ich bin weder blind noch tot.

9

Red Leaves

Nach so viel Alkohol schlief Spencer schlecht in seinem Zimmer im *Hanover Inn*. Die Daunendecke war zu warm, es gab zu viele Kissen, und die Laken waren zu steif.

Als er am Morgen den einzigen Anzug, den er besaß, aus dem Schrank nahm, um zur Beerdigung eines Mädchens zu fahren, das er mehr tot als lebendig gekannt hatte, fühlte er sich kraftlos und alt.

Draußen war es windstill, sonnig und bitterkalt. Der Schnee war zu einer silbrigen Eisdecke gefroren. Die Wipfel der Bäume auf dem Friedhof Pine Knoll außerhalb von Hanover regten sich kaum. Howard hatte eine sehr schöne Stelle auf einem Plateau inmitten von hohen Pinien ausgesucht, die sich majestätisch über Kristinas Grab erhoben. Spencer fand es passend, sie an einem Ort zu begraben, der dem ähnelte, wo sie gestorben war. Passend, aber auch gruselig. Er hätte nicht gerne mit ihr getauscht, um die ganze Zeit zu den Pinien hinaufblicken zu müssen, die sie vor Augen gehabt hatte, als sie mit dem Tod kämpfte.

An die dreihundert Menschen waren zur Totenmesse in der Rollins Chapel des Dartmouth College gekommen, um Kristina die letzte Ehre zu erweisen. Da sie nicht alle in der kleinen Kapelle Platz fanden, warteten viele draußen in der Kälte und sahen mit an, wie man den Sarg erst hinein und später wieder hinaus trug. Albert, Jim, Frankie und Howard waren unter den sechs Sargträgern. Der reich verzierte Sarg war aus schwarz lackiertem Eichenholz und hatte Messinggriffe. Howard hatte keine Kosten gescheut, um Kristina würdevoll zur letzten Ruhe zu geleiten.

Ein hagerer, beherrschter Jim Shaw hielt den Nachruf auf Kristina. Er sah erbärmlich aus, aber er weinte nicht. Seine Stimme blieb fest. Anschließend setzte er sich weit weg von Albert und Frankie.

Dann stand die stellvertretende Leiterin der Big Green Damenbasketballmannschaft auf, hob die Hand und erklärte, daß Basketball in Dartmouth nie mehr dasselbe sein würde ohne Kristina.

Die jungen Frauen aus dem Red Leaves waren zu ergriffen, um zu sprechen, bis auf eine Dicke namens Evelyn, die mit ihren beiden Zwillingsbabys zum Altar watschelte, sie vor dem Sarg in die Luft hob und schluchzte: »Krissy, ich darf sie behalten. Danke. Ich darf sie behalten.« Dann kam ihr Vater und führte sie hinaus.

Albert trug einen schwarzen Anzug, ein dunkles Hemd und eine schwarze Krawatte. Sein Haar war mit einer schwarzen Schleife nach hinten gebunden. Die Augen versteckte er hinter einer dunklen Sonnenbrille. Er stand nicht auf, um zu sprechen, was vermutlich alle anderen verwunderte, Spencer hingegen angemessen fand.

Er hatte noch ein Hühnchen mit Albert zu rupfen.

Spencers Mund war wie ausgetrocknet. Auf einen Skandal kam es ihm jetzt auch nicht mehr an. Ein junges Mädchen war verhaftet worden und wartete auf den Prozeß, ein anderes war tot, weil dieser Mann sie beide benutzt hatte. Dieses Waisenkind mit seinem verwaisten Herzen, das eine ganze Familie auf dem Gewissen hatte. Was konnte Spencer machen? Er wußte es nicht. Aber er hatte Katherine Sinclair versprochen, etwas zu unternehmen.

Die Beerdigung in Pine Knoll dauerte lange. Diesmal war der Andrang nicht so groß, etwa hundertfünfzig Gäste, darunter Spencer, Will und der Chief.

Albert trug keinen Mantel. Er stand mit gesenktem Kopf neben dem Priester und hielt etwas in den Händen. Spencer stand hinter ihm und konnte nicht sehen, was es war.

Spencer blickte auf Alberts Rücken und fragte sich, ob *Nathan Sinclair* Kristinas Tod wirklich bereute. Er fragte sich, ob Albert sie auch geliebt hatte, ob er hingerissen von ihrem schwarzen Haar und den schönen Augen, verzaubert von ihrem Herzen gewesen war, das ihre ganze Familie für ihn geopfert hatte. Hatte Albert auch Streichholzschachteln aus Edinburgh aufgehoben?

Spencer mußte nicht lange warten, um eine Antwort zu erhalten. Plötzlich ging Albert auf den geschlossenen Sarg zu, kniete vor ihm nieder, schob die Blumen vom Deckel und versuchte, ihn zu öffnen. Der Priester und Howard hinderten ihn daran. »Was machen Sie da?« fragten sie. »Halt, halt.« Er schüttelte sie ab, seine Schultern bebten. »Ihr Mantel«, sagte er leise. »Es ist ihr Mantel. Ich will sie nur zudecken. Sie liebte diesen Mantel über alles. Bitte, erlauben Sie mir, daß ich sie damit zudecke. Sie wird sonst frieren.«

Man half ihm, den Sarg zu öffnen, und dann legte Nathan Sinclair mit zitternden Händen Kristinas braunen Mantel zärtlich in den Sarg und drückte seine Finger an die Lippen zu einem letzten Kuß.

Nach der Beerdigung checkte Spencer aus dem *Hanover Inn* aus und fuhr nach Long Island, ohne mit Nathan Sinclair gesprochen zu haben.

Will und Ken Gallagher hatten ein letztes Mal versucht, Spencer von seiner Entscheidung abzubringen. Der Chief hatte ihm eine Gehaltserhöhung versprochen und sogar seinen Sessel in Aussicht gestellt; Will hatte an ihre langjährige Freundschaft appelliert. Spencer hatte abgewunken. Er war fertig mit Hanover.

Doch auch zu Hause warteten Probleme auf ihn. Seine Familie war zwar zusammen, aber es war keineswegs alles in Ordnung. Ein paar Tage zuvor hatte ein geistesgestörter Amokläufer in einem vollbesetzten Zugabteil mit Pendlern auf dem Heimweg von der Arbeit um sich geschossen und dabei sechs Menschen getötet und neunzehn weitere verletzt. Spencers

Bruder Patrick war einer von ihnen. Er hatte eine Schulterverletzung erlitten und mußte mehrere Wochen im Stony Brook Hospital verbringen. Er war nur knapp dem Tod entronnen. Das war das einzige Gesprächsthema, das die Familie wochenlang beim Essen beschäftigte. Obgleich Spencer seit fünf Jahren niemanden aus seiner Familie gesehen hatte, saß er jetzt wieder jeden Abend an ihrem alten Holztisch, der ihn ans *Collis* erinnerte. Er saß an seinem alten Platz, bekam zu essen und wurde ins Gespräch einbezogen, als wäre er nie weggewesen.

Er fand, das war genau das Richtige für ihn.

Er blieb drei Monate bei seiner Mutter, arbeitete als Wachmann in einem Bürogebäude und als Leibwächter für einen örtlichen republikanischen Politiker. Doch dann wurde er es leid, jede Nacht in den Bars rumzuhängen. Und ebenso hingen ihm bald seine beiden Jobs zum Hals heraus. Er bewarb sich erneut bei der Suffolk County Police Force. Nach monatelangen psychologischen Eignungstests und ein paar ausgezeichneten Zeugnissen von Ken Gallagher, der ihn offensichtlich wärmstens empfahl, wurde Spencer wieder in den Dienst aufgenommen. Nun war er einer von zwanzig Detectives. Er bearbeitete nie einen Fall allein, doch es war ihm ganz recht, in der Menge untertauchen zu können.

Im Laufe des nächsten Jahres fuhr er mehrmals nach New Hampshire, als der Prozeß gegen Constance Tobias langsam aber sicher näher rückte. Zum Glück lag das Gerichtsgebäude in Concord und nicht in Hanover.

Die nagenden Zweifel, die Spencer an Connis Schuld gehabt haben mochte, verflogen, noch ehe er in den Zeugenstand gerufen werden konnte. Kurz vor Beginn des Prozesses, der an Kristinas erstem Todestag eröffnet werden sollte, plädierte Conni über ihre Verteidiger auf vorübergehende Unzurechnungsfähigkeit und wurde zu fünf bis fünfzehn Jahren wegen fahrlässiger Tötung verurteilt. Das war weniger als fünfundzwanzig Jahre bis lebenslänglich für Totschlag und viel weniger als lebenslänglich ohne Bewährung für Mord. Ihre Anwälte wußten, daß es ein guter Deal war, und Conni nahm ihn an.

Auch wenn Frankie Absalom nur widerwillig für die Anklage aussagte, blieb der Verteidigung nichts anderes übrig, als immer wieder zu beteuern, daß sie die Tat nicht begangen habe. Doch Conni hatte kein Alibi. Sie konnte nicht einmal behaupten, sie habe geschlafen, sei im Badezimmer gewesen oder habe gelernt. Sie hatte einfach kein Alibi. Aber sie hatte ein Motiv.

Nathan Sinclair bestätigte dies vor den Geschworenen. Besser gesagt, *Albert Maplethorpe* bestätigte es.

Jim Shaw hatte sich mit Händen und Füßen dagegen gewehrt, als Zeuge der Anklage aufgerufen zu werden – er war sogar in Delaware vor Gericht gegangen, um die Vorladung anzufechten. Schließlich wurde er unter Strafandrohung gezwungen, vor den Geschworenen zu bezeugen, daß er von dem Vorfall vor zwei Jahren gewußt hatte, als Conni Kristina von der Brücke gestoßen hatte.

Conni Tobias plädierte auf fahrlässige Tötung unter dem Einfluß von Drogen, Alkohol oder starker emotionaler Anspannung.

Letztendlich war Spencer froh, daß er nicht in den Zeugenstand gerufen wurde und vor der Angeklagten Constance Tobias bezeugen mußte, daß sie den Mord für einen Schurken und ein vergeudetes Leben begangen hatte, obwohl er bereit gewesen wäre, unter Eid die Wahrheit über *Nathan Sinclair* zu sagen.

Spencers Erleichterung über den Kuhhandel dauerte nicht lange an. Nach der Urteilsverkündung beobachtete er, wie Nathan vor dem Gerichtssaal geschickt auf die Fragen der Reporter antwortete. Er sah blendend aus in seinem eleganten Anzug und mit seinem glatt nach hinten gekämmten Haar. Aalglatt, dachte Spencer, als er an Nathan vorbeiging, der gerade eine lange pseudointellektuelle Rede darüber hielt, daß sich emotionale Handlungen rationalen Erklärungen entziehen. »Ich weiß alles über dich, *Nathan Sinclair*«, zischte er ihm zu.

Ohne stehenzubleiben, stieg er die Treppe des Gerichtsgebäudes hinab und sah sich um. Nathans sonst so unergründlicher, ausdrucksloser Blick war erstarrt. Er verstummte, schüttelte die Reporter ab und kam rasch hinter Spencer her die Treppe hinab.

»Wie haben Sie mich genannt?« fragte er.

»Sie haben schon richtig gehört.«

»Ich glaube nicht, daß ich Sie verstanden habe«, erwiderte er. »Wie war das?«

Spencer blieb stehen und drehte sich um. Sie standen sich Auge in Auge gegenüber. Spencer war etwas größer und schmaler. »Ich habe mit Ihrer Mutter gesprochen. Ich weiß, wer Sie sind.«

»Das ist nicht möglich«, widersprach Nathan. »Meine Mutter ist tot.«

»Nein, Katherine Morgan Sinclair lebt«, sagte Spencer.

»Sie ist nicht meine Mutter«, antwortete Nathan.

Spencer schluckte. »Nein? Kein Clairton, Pennsylvania, was? Wie sind Sie darauf gekommen? Sind Sie aufs Geratewohl mit dem Finger über die Landkarte gefahren oder was?«

Als Nathan nicht antwortete, fuhr Spencer fort. »Haben Sie noch Kontakt zu Ihrer Mutter?«

»Ich sagte Ihnen, sie ist nicht meine Mutter.«

»Wer ist sie dann?«

»Kristinas Mutter.«

»Haben Sie noch Kontakt zu Kristinas Mutter?«

»Hin und wieder«, antwortete er ausweichend und steckte die Hände in die Jackentaschen. »Was wollen Sie, Detective?«

»Nichts, Nathan. Nichts. Aber Constance Tobias hätte ein Anrecht darauf, die Wahrheit zu erfahren. Meinen Sie nicht?«

»Nein«, antwortete er entschieden.

»Nein?«

»Nein. Hat sie nicht genug gelitten?«

»Keine Ahnung«, sagte Spencer bissig. »Hat sie das?«

»Ja«, antwortete Nathan, ohne mit der Wimper zu zucken. »Das hat sie.«

»Ich werde zu den Reportern zurückgehen und ihnen die Wahrheit über sie erzählen, Nathan.«

»Tun Sie, was Sie nicht lassen können. Damit werden Sie Conni endgültig zerstören, Sie werden Jim zerstören und das bißchen, was noch vom guten Ruf der Sinclairs übrig ist. Ich dagegen bleibe derselbe.«

»Vielleicht werden Sie sich dann weniger oft mit den Reportern unterhalten.«

»Da sind Sie auf dem Holzweg. Ich würde noch viel mehr mit ihnen reden. Ich wäre um einiges interessanter für sie.«

»Sie sind nicht interessant. Sie sind bemitleidenswert«, sagte Spencer.

»Habe ich das arme Mädchen etwa für fünf Jahre hinter Gitter gebracht? Sie sind wirklich zu bedauern, Detective.«

Spencer war verblüfft, wie intensiv seine Gefühle waren. Er hätte Nathan in diesem Augenblick umbringen können. Sonst war er nicht gerade ein leidenschaftlicher Mensch, aber diesmal nahm er es persönlich. Das Gefühl ließ sich nicht abschütteln. Er ballte die Hände zu einer Faust und biß die Zähne zusammen, um sich mühsam im Zaum zu halten.

Nathan lächelte.

»Ich bin es nicht wert, Detective«, sagte er und blickte auf Spencers Fäuste. »Ich bin es nicht wert, daß Sie Ihren Job aufs Spiel setzen, oder?«

»Sie sind nicht mal eine schlaflose Nacht wert«, sagte Spencer.

Conni Tobias wurde in eine geschlossene Haftanstalt in New England überführt. Spencer kehrte nach Long Island zurück, wo das Leben ruhig und angenehm war. Er war froh, Hanover hinter sich gelassen zu haben. Es war gut, wieder bei der Familie zu sein, es sei denn, einer seiner achtzehn Neffen oder Nichten kam auf die Idee, ihn zu fragen, warum er eigentlich keine Kinder hatte.

Spencer gab sich Mühe. Er versuchte, so zu tun, als habe er Long Island nie verlassen, um in einem Provinznest namens Hanover zu leben. Als sei er niemals einem schwarzhaarigen Mädchen namens Kristina Kim begegnet, das mitten auf der Main Street saß und ihre schwarzen Stiefel anzog. Am Anfang fiel es ihm nicht einmal schwer. Tagsüber gab es viel zu tun und nachts auch. Mit zwei Millionen Einwohnern war Suffolk County um einiges größer als die Zehntausendseelengemeinde von Hanover. Er hatte nicht viel Zeit, um am Schreibtisch zu dösen. Die wenige Freizeit verbrachte er in den örtlichen Bars. Hin und wieder ging er mit seinen Brüdern ins Kino.

Doch Spencer fand sein Gleichgewicht nicht wieder, und seine Seele fand keinen Frieden. Im ersten Jahr nach Connis Verurteilung verbrachte er jede freie Minute damit, sämtliche Einzelheiten von Kristinas Fall wieder und wieder durchzugehen. Er nahm sich jeden Krümel vor, wie ein hungriger Hund, der den Küchenboden abschnüffelt.

Zwei Jahre danach bekam sein Gedächtnis die ersten Lücken. Er vergaß, wie lange Kristina im Schnee gelegen hatte. Er vergaß die Abdrücke auf ihrer Brust. Er vergaß, wie lange Conni ihr Zimmer verlassen hatte. Er vergaß sogar Connis nervtötend piepsige Stimme und Jims Blick.

Nur Nathan konnte er nicht vergessen.

Manchmal hatte er einen Flashback und sah Nathans Gesicht an jenem Nachmittag auf der Treppe vor dem Gerichtsgebäude in Concord vor sich: »Ich bin es nicht wert, Detective. Ich bin es nicht wert, daß Sie Ihren Job aufs Spiel setzen, oder?« Und jedesmal packte ihn wilde, unkontrollierbare Wut.

Irgend etwas hatte Spencer übersehen. Er grübelte und grübelte darüber nach, bis es zu einer Besessenheit wurde, die ihn den ganzen Tag verfolgte und ihm nachts den Schlaf raubte.

Nathan Sinclair. Nathan Sinclair. Spencer wollte ihm sagen, wie sehr Kristina ihn geliebt hatte. Mehr als alles andere auf der Welt. Sie hatte ihm alles gegeben, und sie hatte alles riskiert, nur um in seiner Nähe zu sein.

Manchmal kriegte er keine Luft mehr, wenn er an Kristina und Nathan Sinclair dachte.

Spencer begann, mit einer Kollegin auszugehen. Sie war jung und hübsch, viel zu hübsch für ihn, dachte Spencer. Doch sie war sehr nett, und sie mochte ihn. Sie war ungefähr so alt wie er, und er mußte ihr rechtgeben, daß es allmählich Zeit war, wieder ins Leben zurückzukehren.

Er hatte es satt, allein zu leben.

Doch die Alpträume hörten nicht auf. Er träumte von den Pinien, die auf Kristina hinabsahen, im Tod ebenso wie in den letzten Minuten ihres Lebens. Er träumte, wie er den dunklen Pfad hinter der Feldberg Bibliothek entlanglief und die Geräusche von unten hörte.

Nacht für Nacht wachte Spencer schweißgebadet auf und stellte sich immer wieder dieselbe Frage.

War es möglich, daß Nathan Sinclair Kristina umgebracht hatte?

Dann machte er Licht, öffnete die oberste Schublade seines Nachttisches, nahm einen zerfetzten, mehrmals gefalteten Zettel heraus und las die unergründlichen Worte: *Sie treibt Dich in die Selbstzerstörung.*

Er warf den Zettel wieder in die Schublade und löschte das Licht.

Kristinas Schließfach hatte ihre Liebe zu Nathan förmlich herausgeschrien, aber seltsamerweise hatte sie ihm nicht alles vererbt. Sie hatte ihm nicht einmal erzählt, daß sie eine unvorstellbare Erbschaft erwartete. Soviel Geld, daß sie frei gewesen wären von sämtlichen Großmüttern, Howards, Connis und Jims auf der Welt. Sie hätten niemals arbeiten müssen. Sie hätten das Geld nehmen und auf Nimmerwiedersehen verschwinden können. Warum hatte sie ihm nichts gesagt?

Nicht nur, daß sie ihm nichts gesagt hatte, sie war an dem Tag nach dem gefährlichen Unfall zur Bank gegangen, um ausdrücklich sicherzustellen, daß er nicht ihr ganzes Vermögen erben würde. Warum bloß?

Wäre sie ohne Testament gestorben, hätte Nathan als ihr nächster lebender Verwandter alles bekommen. Nathan hätte seine Existenz als Albert Maplethorpe an den Nagel hängen müssen, aber für neun Millionen wäre es ihm wohl nicht schwer gefallen, sich als Kristinas Bruder zu offenbaren.

Sie treibt Dich in die Selbstzerstörung.

Kristina hatte das Testament getippt, es in der Bank beglaubigen lassen und in ihrem Schließfach deponiert. Wahrscheinlich hatte sie bei dieser Gelegenheit auch diese scheinbar bedeutungslosen Worte an Nathan auf die Rückseite eines alten Briefs gekritzelt.

Er sollte drei Millionen bekommen. Wovor wollte sie ihn warnen?

Und warum hatte Nathan das Geld weggegeben? Für ein armes Waisenkind aus Texas mußte es ein Vermögen sein. Trotzdem hatte er seinen Anteil weggegeben, als sei er nichts weiter als ein überzähliges Spielzeug im Sandkasten. War er wütend auf sie gewesen, weil sie ihm nicht alles hinterlassen hatte? Doch eine so sinnlose Geste konnte Kristina nicht mehr treffen, sie war tot.

Wenn er sie nicht des Geldes wegen getötet hatte, warum dann? Und wenn er sie des Geldes wegen umgebracht hatte, warum hatte er es anschließend verschenkt?

Eines Nachts dachte Spencer, *er könnte sie getötet haben. Er könnte sich heimlich mit dem Kissen unter dem Mantel rausgeschlichen und ihr draußen an der Brücke hinter einem Gebüsch aufgelauert haben. Vielleicht hatte er sich deswegen am Nachmittag vor Kristinas Tod mit Frankie verabredet. Nicht, um seinen Freund zu besuchen, sondern um den Mord zu planen, den Weg abzugehen, den er später nehmen würde, nachdem er sie getötet hatte. Um zu sehen, wie lange er brauchen würde und wie er sich des Kissens oder des Mantels entledigen konnte. Er hätte sich davonstehlen, ihr auflauern und sie töten können, dann wäre er rasch durch den Wald zurückgelaufen und hätte Kissen und Handschuhe in den Müllschlucker geworfen. Vielleicht hatte er sogar einen Plastiksack für den Mantel, die Handschuhe und das Kissen dabeigehabt und alles zusammen in den Müllschlucker geworfen. So mußte er nicht mit Mantel und Handschuhen zurück aufs Zimmer. Er konnte direkt in die Lounge gehen, wo sein Kumpel vor der Kiste schlief, und so tun, als habe er die ganze Zeit ferngesehen.*

Plötzlich mußte Spencer laut lachen. Jetzt fing er schon an, sich Sachen einzubilden. Dabei wollte er bloß seinen Schmerz lindern. Aber selbst das Trinken vor dem Schlafengehen tröstete ihn nur, solange er trank.

Und noch immer kehrten seine Gedanken zu Nathan Sinclair zurück.

Nathan wartete im Wald versteckt und rief sie, und sie kam, weil sie keine Angst hatte vor ihm, so wenig wie sie sich vor der Dunkelheit, dem Wald oder dem Schnee fürchtete, wenn er bei ihr war. Sie kam durch den Schnee auf ihn zu. Hatte sie ihn geküßt? Hatte sie gelächelt? Und als sie ihm in die Augen sah, wußte sie da, daß ihr letztes Stündlein geschlagen hatte? Hatte sie Angst bekommen und war um ihr Leben gelaufen?

Hatte sie geschrien?

An dieser Stelle stockte er Nacht für Nacht. Was, wenn sie

geschrien und niemand sie gehört hatte? Um sie zum Schweigen zu bringen, hatte er ihren wehrlosen Körper in den Schnee gedrückt, sich auf sie gekniet und ihr das Kissen aufs Gesicht gepreßt. Sie hatte versucht, sich unter ihm wegzurollen, aber mit den gebrochenen Rippen und der verletzten Schulter konnte sie sich nicht wehren. Spencer wußte es nicht, aber vielleicht schrie er selbst des Nachts, wenn er sich vorstellte, wie Kristina mit dem Tod gerungen hatte.

Sie treibt Dich in die Selbstzerstörung.

Es ergab keinen Sinn. Warum sollte Nathan den einzigen Menschen umbringen, der sich um ihn gekümmert, der ihn geliebt und ernährt hatte? Den Menschen, der sich seiner angenommen hatte, der ihn aus der Gosse der Tätowierungen und Jugendgefängnisse geholt und dafür bezahlt hatte, daß sein Name geändert wurde, damit er in ihrer Nähe sein konnte?

Er konnte nicht hinter ihrem Geld hergewesen sein. Er hatte seinen Anteil weggegeben, als sei es ein Almosen für einen obdachlosen Penner.

Warum hätte er sie umbringen sollen? Daß Conni einen Grund hatte, verstand Spencer. In Connis Augen loderte der blanke Wahnsinn. Sie war so oft belogen worden, daß sie Realität und Wahn nicht mehr auseinanderhalten konnte. Alles hatte sich vermischt. Sie war schon bei ihrem ersten Mordversuch auf der Brücke nicht mehr bei Sinnen gewesen. Beim zweiten Mal hatte sie beschlossen, es besser zu machen. Sie hatte an alles gedacht. Das konnte Spencer verstehen.

Aber Nathan?

Plötzlich fielen ihm seine eigenen Worte ein, die er Kristina Kim an jenem Nachmittag bei einer Tasse Kaffee gesagt hatte: »Macht und Einschüchterung«. *Jemanden zu ersticken ist ein Akt der Macht. In den letzten Jahren ihres Zusammenseins besaß Kristina das Geld und daher auch die Macht. Albert wollte nicht länger von einem Mädchen abhängig sein, das ihn eines Tages vielleicht satt haben würde und ein anderes Leben beginnen wollte. Wer weiß, vielleicht hatte Kristina ihn gar nicht mehr geliebt und ihm auch deshalb nicht das ganze Geld hinterlassen. Und bei ihrem letzten Zusammentreffen wollte Albert sie seine Macht spüren lassen.*

Connis Worte »Ich war es nicht« hallten in seinem Kopf wider wie Kirchenglocken, die unerwartet in einen schrillen Gesang übergingen und an seinen Eingeweiden zerrten.

Seine Arbeit fing an zu leiden.

Schließlich, nach einem akuten Schub, der fast einen ganzen verregneten Sonntag im März gedauert hatte, schickte Spencer Conni eine kurze Nachricht. Er hoffe, sie bald besuchen zu können. Ein paar Wochen später, nachdem sie genug Zeit gehabt hatte, sich auf seinen Besuch einzustellen, fuhr Spencer nach New Hampshire.

Zwei Jahre waren vergangen, seit er sie das letzte Mal gesehen hatte. Conni schien verändert. Sie war kein junges Mädchen mehr. Ihr Gesicht war hager und von bitterer Enttäuschung gezeichnet. Verschwunden war das fröhliche Lächeln, verschwunden das blonde lange Haar. Sie war dünner, bleicher und wirkte härter als vorher. Conni war jetzt dreiundzwanzig; in zweieinhalb Jahren konnte sie auf Bewährung freigelassen werden. Sie rauchte eine Zigarette nach der anderen, so wie sie früher nervös an ihren Augenbrauen gezupft hatte.

»Wie geht es Ihnen, Conni?« fragte Spencer, als er ihr gegenüber Platz nahm. Zwischen ihnen war eine Trennwand aus Glas, aber sie konnten sich sehen und miteinander sprechen, ohne ein Telefon zu benutzen.

»Gut, wie Sie sehen. Sie haben sich verändert.«

Spencer fuhr sich durch das Haar. »Mein Haar – ich habe es wachsen lassen.«

»Ja, stimmt. Sie sehen nicht mehr so aggressiv aus.«

»Danke für das Kompliment«, sagte Spencer.

Conni lächelte. »Sie sehen gut aus, wirklich.«

Spencer war nicht dreihundert Meilen gefahren, um über sich zu sprechen.

»Bekommen Sie viel Besuch?« fragte er.

»Klar. Meine Eltern kommen oft. Sogar mein Bruder besucht mich, etwa fünfmal im Jahr, was gar nicht schlecht für ihn ist. Immerhin lebt er in L.A.« Sie machte eine Pause. »Aber das meinten Sie nicht, stimmt's?«

Spencer schüttelte den Kopf.

»Mein Anwalt läßt sich hin und wieder blicken, nicht oft. Wenn ich wegen Mordes verurteilt worden wäre, hätten wir in die Berufung gehen können, und dann hätte ich ihn wahrscheinlich öfter gesehen. Aber so gibt es keine Berufung. Ein Besucher weniger.« Sie stockte und fuhr dann fort. »Nett von Ihnen, mich zu besuchen.«

Er winkte ab. »Es war nicht nett, daß ich solange nicht gekommen bin.«

»Warum hätten Sie überhaupt kommen sollen?« fragte Conni sanft. »Die Staatsanwälte besuchen mich ja auch nicht.«

»Ja, sicher. Aber sie ...«, Spencer verstummte. Sie was? Sie wachen auch nachts nicht schweißgebadet auf?

»Was wollen Sie sagen, Detective?«

»Nennen Sie mich Spencer. Einfach Spencer.«

»Na schön, Spencer«, sagte Conni. »Warum sind Sie gekommen?«

»Ich bin gekommen ...«, Spencer blickte auf die graue Tischplatte. »Na ja, ich habe viel über Sie nachgedacht, wissen Sie.«

»Wirklich?« fragte sie. »Gut oder schlecht?«

»Weder noch. Ich habe an Sie und an Dartmouth gedacht. Sehen Sie ihre alten Freunde noch?«

»Dasselbe wollte ich gerade Sie fragen, stellen Sie sich vor. Ob Sie meine alten Freunde gesehen haben?«

»Nein, nie wieder. Seit der Urteilsverkündung bin ich nicht mehr in New Hampshire gewesen.«

Sie schwieg, als suchte sie nach einer Möglichkeit, etwas auszusprechen, das ihr am Herzen lag.

Spencer wollte ihr helfen, aber er wußte auch nicht, wie. Als Detective hatte er gelernt, Menschen zu vernehmen, aber vergessen, wie man sich unterhält. Und all die Jahre ohne private Beziehungen hatten ihn vorsichtig und verschlossen gemacht.

So saßen sie scheinbar eine Ewigkeit stumm da, während Spencer mit sich kämpfte. Schließlich sah er auf und sagte ruhig: »Sie waren es nicht, stimmt's?«

Connis Stimme klang erstickt, als sie antwortete: »Nein.«

Spencer nickte. Irgendwie fiel es ihm nicht mehr so schwer, ihr zu glauben. »Aber Sie hatten versucht, sie ein Jahr zuvor umzubringen, oder?« In seiner Polizistenrolle fühlte er sich um einiges wohler.

»Ja, aber nicht wirklich.«

»Warum haben Sie sich dann auf diesen Kuhhandel eingelassen?«

»Wenn ich es nicht getan hätte, wäre ich zu lebenslänglich verurteilt worden. Fünf Jahre sind besser als lebenslänglich.« Conni senkte den Kopf.

»Wenn Sie es nicht waren, hätten sie kämpfen müssen und sich nicht vor Gericht schuldig bekennen dürfen. Sie hätten sich verteidigen müssen. Normalerweise wird man nicht verurteilt, wenn man unschuldig ist.«

»Aber gelegentlich doch, nicht wahr, Detective?«

»Gelegentlich«, mußte Spencer zugeben.

»Hören Sie, Spencer, ich kann Ihnen nur immer wieder dasselbe sagen, und das haben Sie bestimmt längst satt.«

Spencer, dem die Geschichte seit zwei Jahren Tag für Tag im Kopf rumspukte, nickte.

Conni beugte sich vor. »Sie sollten sich lieber mal Albert vorknöpfen, Detective O'Malley. Suchen Sie ihn. Kriegen Sie raus, was er heute so treibt.«

Spencers Gesichtsausdruck verhärtete sich, und er lehnte sich zurück. »Wozu soll das gut sein?«

»Suchen Sie ihn, Detective. Stellen Sie fest, was Albert macht.«

Spencer legte die Hände auf den Tisch und seufzte. »Was glauben Sie denn, was er macht?«

»Ich weiß es nicht«, antwortete sie. »Jedenfalls hat er mich nie besucht.«

»Haben Sie denn geglaubt, daß er sie besuchen würde?«

»Ja, das habe ich.« In diesem Augenblick hätte sie beinahe angefangen zu weinen. Doch ihre Augen blieben trocken, nur ihr Gesicht verzog sich.

»Ich will Ihnen etwas erzählen, Detective, etwas, das ich bisher noch niemandem gesagt habe. Nicht meinem Bruder, nicht meinen Eltern und auch Jim nicht. Niemandem.«

Sie zögerte.

»In der Nacht, als Krissy starb, bin ich rausgelaufen. Ich war außer mir vor Eifersucht. Kristina und ich hatten uns gerade heftig gestritten. Ich habe Albert gesucht, aber er war nirgendwo. Und Kristina auch nicht. Es war kein Zufall. Es war typisch. Wenn sie weg war, dann war auch er verschwunden. Oder umgekehrt. Und jetzt dasselbe.«

»Um wieviel Uhr war das?«

»Nach eins. Vielleicht Viertel nach.«

Spencer zitterte. »Erzählen Sie weiter.«

»Sie können sich nicht vorstellen, wie ich mich fühlte. Um Viertel vor eins hatte ich bei Albert angerufen. Die Leitung war besetzt gewesen. Ich versuchte es immer wieder. Besetzt, besetzt, besetzt. Schließlich ging ich kurz nach eins rauf zu ihm. Meinen Sie, ich hätte nicht an Kristinas Tür geklopft? Natürlich habe ich an ihrer Tür geklopft. Nur der Hund war da. Danach bin ich in die Lounge gelaufen. Dort saß Tim, von Albert keine Spur. Ich bin nicht lange geblieben. Ich bin wieder raus, aber im Gang war es still, und aus der Toilette war auch nichts zu hören, kein Geräusch.« Sie machte eine Pause. »Ja, auf dem Tisch in der Lounge stand eine Bierdose. Aber die konnte auch irgendwem anders gehört haben.«

»Stimmt, aber auch Albert.«

»Ja, bloß wo steckte er dann? Wie lange braucht man, um zu pinkeln? Ich bin wieder rauf in mein Zimmer gelaufen und habe bei ihm angerufen, bei Frankie und bei Jim. Ich war wie von Sinnen. Ich dachte, bestimmt sind Kristina und er wieder zusammen. Dann habe ich meinen Mantel genommen und bin einfach rausgelaufen.«

»Sie sind nicht einfach rausgelaufen, sondern Sie haben zuerst Ihren Mantel angezogen.« Spencer dachte an das Kissen, mit dem Kristina getötet worden war.

»Draußen schneite es. Ich hab ihn einfach übergeworfen.«

»Haben Sie das Kissen unter dem Mantel versteckt?«

»Das Kissen? Welches Kissen?«

»Ein Kissen. Ein kleines, weiches Kissen, etwa dreißig Zentimeter Durchmesser. Groß genug, um Kristinas Gesicht zu bedecken.«

Conni seufzte und sagte: »Nein, habe ich nicht. Kann ich Ihnen jetzt erzählen, was passiert ist?«

»Ja, bitte.«

»Wir hatten uns gerade heftig gestritten.«

»Ich weiß. Fetzen ihrer Haut klebten unter Kristinas Fingernägeln.«

»Ja, wir hatten uns gestritten. Es war schrecklich. Ich weiß nicht, was in mich gefahren ist. Sie hatte wie üblich alles abgestritten ...« Verletzt und verwirrt machte Conni eine Pause. »Na ja, nicht alles. Ich glaube, sie hat tatsächlich versucht, mir die Wahrheit zu sagen. Ich wollte sie nur nicht hören. Deshalb wurde ich so wütend. Ich sagte: ›Klar, sag mir die Wahrheit.‹ Aber als ich sie hörte, wurde mir bewußt, daß ich sie lieber nicht wissen wollte. Ich bin durchgedreht. Ich wollte Albert glauben. Warum hätte ich ihr glauben sollen? Immerhin war er mein Freund. Und sie – was war sie für mich?«

»Sie müssen aber doch wenigstens den Verdacht gehabt haben, daß es stimmte.«

»Ich wollte nicht daran denken, Spencer«, sagte Conni mit Nachdruck. »Es war mir lieber so.«

»Warum?«

»Warum?« Die Frage schien sie nervös zu machen. »Weil ich mir dann hätte eingestehen müssen, daß Albert log«, sagte sie traurig. »Mir wäre klar geworden, daß er einen guten Grund hatte, mich die ganze Zeit zu belügen. Und dann wäre mir nichts anderes übriggeblieben, als mit ihm Schluß zu machen. Aber ich wollte nicht Schluß machen. Verstehen Sie das?«

Spencer war sprachlos. »Selbst wenn Sie mit einer Lüge hätte leben müssen?«

»Selbst dann«, antwortete sie leise.

Spencer wußte nicht, was er darauf antworten sollte.

»Wie auch immer«, fuhr Conni fort, »nachdem wir uns in die Haare gekriegt hatten, bin ich gegangen. Aber dann war Albert verschwunden, und ich konnte weder ihn noch sie finden, und ich ... ich bin einfach durchgedreht und rausgelaufen ... Ich rannte raus, zuerst zum Parkplatz, dann die Treppe runter zur Bootsrampe, dann wieder rauf und zur Brücke. Ich sah weder ihn noch sie. Ich rief nach ihr. Ich ging bis ans Ende der Brücke und sah nach rechts.« Sie schluckte. »Und da dachte ich plötzlich, ich hätte was gesehen. Eine Bewegung. Ich war nicht sicher. Sind Sie jemals in der Nacht im Wald hinter der Feldberg Bibliothek gewesen? Es ist stockdunkel.«

Spencer nickte wortlos. Er wußte, wie dunkel es dort war.

»Trotzdem, ich meinte, ich hätte da unten im Wald was gesehen. Ich ging also ganz langsam den Pfad hinab. Es gab keinen Pfad mehr, nur Schnee, und meine Schritte machten kein Geräusch. Plötzlich bekam ich es mit der Angst. Ich kann es nicht erklären. Sie war ganz plötzlich da. Wie als ich klein war und Angst vor dem Schwarzen Mann hatte. Es war totenstill. Dann hörte ich etwas. Oder meinte, etwas zu hören.« Conni hustete. »Ich meinte, ich hätte gehört, wie weiter unten im Wald Zweige knackten. Wie Schritte.«

Spencer hielt den Atem an und sog jedes Wort auf. »Die Geräusche hätten auch vom Tuck Drive kommen können.«

Conni schüttelte den Kopf. »Nein. Es war das Knacken von Zweigen. Und es war sehr nah. So nah, daß ich Angst hatte, mit jemandem zusammenzuprallen. Und dann hörte ich die Schritte nicht mehr, weil mein Herz so laut schlug. Können Sie sich das vorstellen?«

Und ob, dachte Spencer.

»Ich vergaß meine Wut, meine Eifersucht, alles. Ich war nur noch zu Tode erschrocken. Ich blieb stehen und horchte. Da war das Geräusch, aber viel weiter weg. Es klang, als liefe jemand durch den Wald auf das Heim zu.«

»Haben Sie irgendwas gesehen?« fragte Spencer, buchstäblich auf der Stuhlkante sitzend.

»Sie meinen, ob ich jemanden erkannt habe? Nein. Es hätte auch ein Tier sein können. Aber es klang nicht wie ein Tier. Nicht, daß ich wüßte, wie sich ein Tier anhört, aber ich weiß, wie sich ein Mensch anhört. Es hörte sich an wie ein Mensch, der schnell durchs Gebüsch läuft. Ich hörte keine Schritte, sondern knackende Zweige.« Conni überlegte einen Moment. »Das Geräusch wurde leiser und leiser und verlor sich dann. So seltsam es klingen mag, ich hatte genausoviel Angst wie vorher. Es gab noch etwas anderes, wovor ich mich fürchtete. So was wie … Finsternis. Das Böse. Ich kann es nicht erklären.«

»Das müssen Sie auch nicht«, sagte Spencer. Er hatte nicht

den geringsten Zweifel, daß Conni die Wahrheit gesagt hatte. »Haben Sie kehrtgemacht und sind nach Hause gegangen?«

»Nein«, antwortete Conni. »Nicht sofort. Ich war wie gelähmt vor Angst. Von unterhalb kamen keine Geräusche mehr, ich glaubte nicht, daß da noch jemand war. Ich wollte mich nur vergewissern, ob ich recht gehabt hatte, ich wollte sehen, ob irgendwelche Spuren da waren oder ob ich mir das Ganze nur eingebildet hatte. Manchmal kann man in der Dunkelheit ganz schön spinnen.«

Spencer nickte.

»Also ging ich mit kleinen Schritten den Pfad hinter der Feldberg Bibliothek runter. Ganz leise. Bis zu der Stelle, wo ich das Geräusch zum ersten Mal gehört hatte. Ich blieb stehen und blickte den Hügel hinab, aber es war sehr dunkel. Nicht stockdunkel, verstehen Sie. Die Bäume waren stockdunkel. Aber aus einem Fenster der Feldberg Bibliothek drang das Licht bis hierher und wurde vom Schnee reflektiert. Es war also nicht stockdunkel, ich konnte den weißen Schnee sehen und den kleinen Pinienhain etwa acht Meter tiefer den Hang runter. Ich ging ein paar Schritte und dann noch ein paar. Ich wollte etwas erkennen, konnte aber nichts sehen. Verstehen Sie, was ich meine?«

»Nur allzugut«, sagte Spencer und hielt den Atem an.

»Ich bin also zu dem kleinen Hain runter. Ich brauchte ungefähr fünf oder sechs Minuten. Ich machte einen Schritt, blieb stehen und horchte. Dann noch einen Schritt und horchte wieder. Es war ganz still. Ich wollte mich bloß vergewissern, daß ich nicht plötzlich taub geworden war oder so was.« Conni schluckte und wandte den Blick ab.

Er sah sie an wie in Trance.

»Und dann, etwa anderthalb Meter vor mir ... sah ich oder glaubte zu sehen, sicher war ich nicht ... ein Paar schwarze Stiefel. Erst später wurde mir richtig klar, was ich gesehen hatte, aber nicht in dem Augenblick, da war ich überhaupt nicht sicher.«

Spencer atmete tief aus und lehnte sich zurück. »Nein«, flüsterte er.

Conni sah ihn immer noch nicht an. »Zuerst konnte ich sie

nicht einordnen. Sie ergaben keinen Sinn. Sie waren wie zwei Tintenkleckse, mit denen ich nichts anfangen konnte. Sie sahen fast aus wie zwei kleine Baumstümpfe oder wie Ohren, die aus dem Boden lugten. Ich blieb trotzdem stehen, weil ich Angst hatte. Ich war wie gelähmt und konnte keinen Schritt weiter. Noch ehe mir bewußt wurde, was es war, konnte ich nicht weiter.«

Spencer schwieg. Sein Atem ging schwer, fast keuchend.

»Ich brauchte ein paar Sekunden, aber ich kann mich noch genau an meine Gedanken erinnern, denn sobald ich sah, daß es schwarze Stiefel waren, wußte ich, wem sie gehörten, und im gleichen Augenblick wich ich zurück und stolperte. Ich stürzte und konnte zuerst nicht mehr aufstehen. Ich kroch auf allen vieren den Hügel hoch, wie ein Tier. Ich weiß nicht, wie ich das geschafft habe. Und dann wollte ich vergessen, was ich gesehen hatte. Ich weiß nicht genau, wie, aber es war so, wie wenn man verzweifelt versucht, aus einem Alptraum zu erwachen. In meinem ganzen Leben habe ich noch nicht so viel Angst gehabt. Als ich oben angekommen war, stand ich auf und lief nach Hause, ohne mich ein einziges Mal umzudrehen. Ich bin nicht eilig über die Brücke gegangen, Detective, wie Frankie Absalom ausgesagt hat, ich bin um mein Leben gerannt. Gott sei Dank hatte ich meine Zimmertür nicht abgeschlossen, ich hätte den Schlüssel nicht ins Schloß bekommen, so habe ich gezittert. Niemand war da. Ich brauchte eine Weile, um mich zu beruhigen. Ich rief Albert an, besetzt, dann Frankie und Jim, niemand nahm den Hörer ab. Dann bin ich wieder runter in die Lounge gegangen, und dort hab ich dann Albert getroffen. Ich war so erleichtert, als ich ihn sah. Er sagte, er sei die ganze Zeit in der Lounge gewesen, und ich hab ihm geglaubt.«

Eine lange Zeit sagte Spencer nichts.

»Haben Sie sie … erkannt?« fragte er schließlich ganz leise. Nackt, tot, halb vom Schnee bedeckt.

Conni schüttelte heftig den Kopf. »Nein, nicht wirklich. Ich habe nur die schwarzen Stiefel gesehen.«

Spencer hätte sich gern Wasser ins Gesicht gespritzt, um sich abzukühlen. Deshalb hatte Conni nicht nach Kristina gesucht, als sie nach Thanksgiving zurückgekommen war. Sie hatte gewußt, daß es keinen Sinn hatte.

»Warum haben Sie das für sich behalten, Conni? Vor allem angesichts dessen, was folgte? Wenn es nicht so schlimm gewesen wäre, hätte ich Ihr Schweigen verstehen können, aber warum haben Sie nichts gesagt, nachdem man Kristina gefunden hatte?«

»Was hätte ich sagen sollen? Und wem?«

»Warum haben Sie nicht in derselben Nacht noch mit Albert gesprochen?«

»Ich hatte Angst. Mir war die ganze Nacht schlecht vor Angst, und am nächsten Morgen sind wir gefahren, und ich habe versucht, nicht dran zu denken. Ich habe mir gesagt, daß ich mir das Ganze wahrscheinlich eingebildet hätte.«

»Warum haben Sie nicht am Morgen danach mit Albert darüber gesprochen und mit ihm nachgesehen, was wirklich passiert war?«

Conni senkte den Kopf. »Ich konnte nicht mit Albert darüber sprechen. Ich weiß nicht. Ich konnte es ihm nicht sagen.«

»Warum?«

»Ich weiß es nicht.«

»Das kaufe ich Ihnen nicht ab.«

»Es ist die Wahrheit.«

»Warum haben Sie das Ihren Anwälten nicht erzählt? Warum haben Sie ihnen nicht gesagt, daß Sie unschuldig sind?« Noch während Spencer dies sagte, dachte er, so unschuldig nun auch wieder nicht. Und in diesem Augenblick hörte er auf, Conni zu bemitleiden.

»Wie hätte ich meine Unschuld beweisen sollen?« fragte Conni. »Alles sprach gegen mich. Man sieht mich über die Brücke laufen, ich habe kein Alibi für die Tatzeit. Und Sie waren davon überzeugt, daß ich etwas verbarg.«

»Und ich hatte recht«, erklärte Spencer.

Sie nickte. »Ja, stimmt. Obendrein hatte man mein Blut unter ihren Fingernägeln gefunden. Ich hatte nichts, nur mein Wort. Albert hat gegen mich ausgesagt«, sagte sie mit gebrochener Stimme. »Jim hat gegen mich ausgesagt. Sie hätten gegen mich ausgesagt.«

»Ich habe mich geirrt.«

»Damals waren Sie sich ganz sicher.«

»Das ändert nichts daran, daß ich falsch lag.«

»Sie waren nicht auf meiner Seite, das war mir klar.«

»Auf Ihrer Seite? Sie haben eine Leiche im Schnee entdeckt und geschwiegen, Conni. Nicht einmal Albert haben Sie etwas erzählt. Ihm zumindest hätten Sie es erzählen müssen.«

Dann schwiegen beide.

Nach einer Weile fragte Spencer: »Besaß Albert eigentlich Handschuhe?«

»Handschuhe?«

»Ja, aus Leder oder sonst was.«

»Ja, ja. Er hatte ein paar braune Lederhandschuhe, die er ständig trug.« Sie senkte den Kopf. »Und das war nicht alles.« Sie starrte ruhig auf die Tischplatte. »Er hatte auch einen braunen Ledermantel.«

»Und?«

»Er ist verschwunden.«

»Was sagen Sie da?«

»Er verschwand. Damals habe ich versucht, es zu ignorieren. Als wir Thanksgiving aufbrachen, nahm er seine Skijacke mit. Ich fragte, wo sein Ledermantel sei. Er sagte, er könne ihn nicht finden. Nachdem wir zurück waren, fragte ich ihn, ob er ihn gefunden hätte, und er verneinte. Wir haben uns deshalb sogar gestritten. Ich konnte nicht verstehen, wie man einen so teuren Mantel einfach verlieren kann. Ich habe mich aufgeregt. Ich hatte ihm den Mantel ein Jahr zuvor zu Weihnachten geschenkt, verstehen Sie?« Conni sah beschämt zu Spencer auf. »Ich wollte nicht darüber nachdenken müssen, wo der Mantel nun war.«

Spencer nickte. »Das glaube ich Ihnen.« Er sah den schmerzlichen Ausdruck in ihrem Gesicht. »Jetzt ist es egal«, sagte er. »Es spielt keine Rolle mehr.« Aber er log.

Conni fuhr sich durch ihr kurzes Haar und über das Gesicht. »Und jetzt?«

»Was meinen Sie?« Die Frage überraschte Spencer. »Keine Ahnung. Vielleicht sollten Sie Ihrem Anwalt erzählen, was Sie mir gerade gesagt haben.«

Sie wurde nervös. »Und dann? Wozu soll das jetzt noch gut sein?«

»Bitten Sie ihn, den Fall neu aufzurollen, Conni.«

»Wozu? Ich habe mich schuldig bekannt!« sagte sie schrill. »Aber ich bin unschuldig. Ich bin vollkommen unschuldig.«

Spencer hustete leise. »Aber so ganz unschuldig wohl nicht, Conni.«

»Ich habe Ihnen schon damals gesagt, daß ich sie nicht getötet habe.«

»Na gut, Sie haben sie nicht getötet. Aber ...« Wieder stockte Spencer. Er hatte Schwierigkeiten, die richtigen Worte zu finden. »Sie haben sie gesehen ... tot.« Er blinzelte, um die Tränen in seinen Augen zurückzudrängen. »Sie wußten, wem die Stiefel gehörten. Sie wußten, daß es Kristina war. Mir ist klar, daß Sie in dem Augenblick nicht daran denken wollten – obwohl Sie es hätten tun müssen –, aber am Tag danach haben Sie Kristina nicht gesehen. Es muß Ihnen klar gewesen sein, daß das, was Sie im Schnee gesehen hatten, keine Halluzination war, und trotzdem sind Sie einfach weggefahren und haben ihren Hund mitgenommen. Sie sind weggefahren, um Thanksgiving zu feiern. Sie haben Kristina über eine Woche einfach im Schnee liegen lassen ...« Spencer konnte nicht weiter.

»Ich konnte nichts mehr sagen. Es war bereits zuviel Zeit vergangen.«

»Ja. Deshalb sage ich ja, daß Sie sofort Hilfe hätten holen müssen. Auch wenn es nicht viel geholfen hätte, weil sie wahrscheinlich schon tot war. Vielleicht aber auch nicht. Denken Sie darüber nach. Damit müssen Sie jetzt leben. Hätten Sie damals Hilfe geholt, müßten Sie jetzt nicht fünf Jahre oder länger absitzen.«

»Ich konnte keine Hilfe holen! Verstehen Sie nicht?« sagte Conni hilflos und verzweifelt.

»Nein, das verstehe ich nicht, auch wenn Sie damals Angst hatten.«

»Nicht nur Angst. Ich war in Panik. Ich habe noch nie so viel Angst gehabt in meinem Leben.«

»Vor dieser Nacht hatten Sie auch niemals einen wirklichen Grund zur Angst, Conni«, sagte Spencer. »Unser wahres Ich zeigt sich erst dann, wenn es brenzlig wird. Im täglichen Leben ist es leicht, passiv zu sein, es enthält keine Herausforderungen. Keine Risiken. Aber ein- oder zweimal im Leben werden wir aufgerufen. Und dann müssen wir Farbe bekennen. Dann können wir nicht einfach weglaufen.«

Conni starrte Spencer verständnislos an.

»Sie werden mir also nicht helfen, Detective?« fragte sie kalt. »Warum sind Sie dann hergekommen?«

»Ich bin gekommen, um zu sehen, ob ich richtig liege.«

Als er keine weitere Erklärung dazu gab, fragte Conni: »Und? Liegen Sie richtig?«

Er nickte langsam. »Ja.«

Spencer fühlte sich nicht länger wie ein junger Mann. Seit fast vier Jahren war er nun in ihrem Netz gefangen, ohne sich befreien zu können. Er konnte nie wieder jung sein. An den Schläfen zeigten sich die ersten grauen Haare, und die Falten in seinem Gesicht wurden immer deutlicher. Diese jungen Leute raubten ihm sein Leben, aber damit sollte jetzt Schluß sein. Er mußte sie endlich loslassen.

»Conni«, sagte er entschlossen. »Ich weiß, warum Sie Albert nichts sagten, als Sie in jener Nacht über die Brücke liefen. Sie haben ihm nichts gesagt, weil Sie dachten, er habe Kristina umgebracht. Und als er nicht von ihr sprach, sie tagelang nicht erwähnte, obwohl es klar war, daß sie verschwunden war, *wußten* Sie, daß er sie getötet hatte. Und trotzdem haben Sie geschwiegen. Worauf haben Sie gehofft? Daß man sie nie finden würde? Waren Sie sich überhaupt bewußt, daß Sie einen Mörder deckten, oder war es Ihnen egal?«

»Sagen Sie das nicht«, keuchte Conni. »Sagen Sie so was nicht. Hören Sie auf damit.«

Spencer erhob die Stimme. »Sie haben den Mund gehalten und gehofft, daß alles glimpflich ausgeht. Haben Sie denn geglaubt, daß er anfangen würde, Sie zu lieben, wenn Sie nur dicht hielten und alle Schuld auf sich nahmen?«

»Er hat mich geliebt«, sagte sie.

»O Conni!« Spencer hatte es satt. »Verdammt noch mal! Er hat Sie nie geliebt. Er hat in seinem ganzen Leben niemanden geliebt.« Plötzlich fiel Spencer Kristinas brauner Mantel ein.

»Er hat nur sie geliebt. Haben Sie das immer noch nicht kapiert? Sie haben geglaubt, Sie könnten seine Liebe erzwingen, wenn Sie sich für ihn opfern, aber sobald Sie im Gefängnis saßen, hat er Sie vergessen. Und jetzt wollen Sie Rache. Sie hätten ihm lieber den Laufpaß geben sollen, statt sich bei ihm einzuschmeicheln.«

Jetzt brach Conni in Tränen aus.

»Weinen Sie nicht. Was erwarten Sie eigentlich von mir? Wir wissen es nicht mal genau. Sie nicht, ich nicht. Weinen Sie nicht. Vielleicht irre ich mich. Vielleicht war er es doch nicht.«

Conni schluchzte jetzt hemmungslos und machte sich nicht mal die Mühe, die Tränen zu verbergen. »Finden Sie Albert«, sagte sie mit erstickter Stimme. »Finden Sie ihn.«

»Ihn finden? Und was dann?«

»Ich weiß nicht«, gestand sie. »Ihr Gefühl wird Ihnen schon sagen, was zu tun ist.«

»Lassen Sie meine Gefühle aus dem Spiel«, brauste er auf und setzte dann sanfter hinzu: »Was soll ich machen, wenn ich ihn finde? Ihn auf beide Wangen küssen?«

»Sie werden schon das Richtige tun, Detective. Ich vertraue Ihnen.« Conni schluchzte.

Spencer spürte, daß sie alle ihre Hoffnung auf ihn setzte. »Glauben Sie im Ernst, daß Albert die Tat gestehen wird? Sie kennen ihn schlecht, Conni.«

»Ich kenne ihn.«

Spencer schüttelte den Kopf. »Nein, Sie kennen ihn kein bißchen.« Wieder war er versucht, ihr von Nathan Sinclair zu erzählen. Aber war sie nicht gestraft genug?

Er wechselte das Thema und fragte nach Jim.

»Er besucht mich jeden Sonntag«, antwortete sie.

»Tatsächlich? Jeden Sonntag?« sagte Spencer, aber er war nicht wirklich überrascht. »Und wie geht es ihm?«

»Es geht. Er arbeitet jetzt in einer Bank.«

»Er hat in Dartmouth studiert, um in einer Bank zu arbeiten?«

»Nein. Er wollte in Dartmouth Jura studieren, aber … er hat es sich anders überlegt.«

»Anders überlegt? Hat er sein Studium abgeschlossen?«

»Auch das hat er sich überlegt«, antwortete Conni sanft.

»Verstehe«, sagte Spencer. »Und haben Sie es sich auch anders überlegt, was Jim betrifft?«

Sie nickte beschämt. »Er besucht mich jeden Sonntag.« Ihre Stimme brach ab, und Spencer hätte nicht sagen können, ob deswegen, was Jim für sie tat, oder deswegen, was Nathan Sinclair ihr angetan hatte.

Er hatte das Bedürfnis, sie zu streicheln. »Ich werde mein Bestes versuchen, Conni.«

»Ich glaube Ihnen, Spencer. Sie sind so ein Typ.«

»Daß Sie es wissen – ich tue es für Kristina, nicht für Sie.« *Und für mich und für Kristinas Mutter, der ich es versprochen habe.*

»Ich verstehe«, sagte sie eifrig.

»Ich kann Ihnen nichts versprechen, verstehen Sie?«

»Ja, völlig«, sagte sie und lächelte traurig. »Danke.«

Spencer hatte das Gefühl, daß es von Herzen kam. Er stand auf. »Gern geschehen.« Eigentlich hatte er sagen wollen, das bin ich Ihnen schuldig, aber in Wirklichkeit dachte er, das bin ich *mir* schuldig.

»Ich glaube nicht, daß wir uns je wiedersehen werden, Conni. Passen Sie gut auf sich auf.«

Und wieder war er auf dem besten Weg, in den Sog dieser vier verschwendeten Leben zu geraten. Und in seinen eigenen Sumpf. Er hatte gehofft, mit dem Weggang aus seinem einst so geliebten Hanover das Kapitel abgeschlossen zu haben, dabei hatte er es die ganze Zeit im hastig gepackten Koffer seiner Seele mit sich rumgeschleppt.

Sie hatten ihm Hanover vermiest. Sie hatten es mit ihren verkorksten Gefühlen und ihrem nutzlosen Leben beschmutzt.

Drei Monate später, im Juni, machte Spencer im Telefonbuch von Greenwich, Connecticut, A. Maplethorpe ausfindig.

Er wohnte in einer Seitenstraße der Sound Beach Road, an der Küste des Long Island Sounds, etwa eine Viertelmeile vom exklusiven Greenwich Point Park entfernt. Spencer rief ihn an, ehe er zu ihm rausfuhr. Nathan schien seltsamerweise erfreut, von ihm zu hören. »Warum haben Sie so lange gebraucht, Detective?« sagte er und lud Spencer zum Lunch ein.

Bevor Spencer ihn aufsuchte, dachte er lange über das Treffen nach und beschloß, ein kleines Mikro in der Brusttasche seines Hemdes anzubringen. Seine Magnum steckte er auch ein. Er ging jetzt nie mehr ohne Waffe aus dem Haus, nicht mal dann, wenn er nicht im Dienst war.

Das bettelarme Waisenkind Nathan Sinclair hatte es ganz schön weit gebracht seit den Tagen in Fort Worth und dem Jugendgefängnis von Brooklyn Heights.

Das prächtige, dreistöckige Landhaus mit den weißlackierten Gittern vor den Fenstern und den Gauben unter dem Dach lag abgeschieden und von grünen Bäumen umgeben hinter einem efeuüberwucherten Zaun. Die Umgebung bestand hauptsächlich aus Zuckerahorn und Eichen; ab und zu blitzte der Long Island Sound dahinter auf.

Nathan kam heraus, um Spencer zu begrüßen, der vor dem Haus stand, auf die Bäume schaute und die salzige Meeresbrise einsog. »Ich habe sie aus New Hampshire und Vermont importiert«, erklärte Nathan und zeigte auf die Zuckerahornbäume. »So schöne Exemplare finden Sie in ganz Connecticut nicht.«

Sie nickten sich zurückhaltend zu, ohne sich die Hand zu schütteln. Spencer konnte das leise Summen des Kassettenrecorders hören. Er faßte sich ans Revers.

Nathan wirkte erwachsener als früher. Spencer dachte bei sich, daß ihm wohl gar nichts anderes übriggeblieben war, als in einer Stadt, die voller Sinclairs war, an A. Maplethorpe festzuhalten. Ansonsten jedoch war an Nathan in seinem Auftreten, seiner Kleidung, seiner gewandten Art und seinem eleganten, modischen Haarschnitt jeder Zoll ein echter Sinclair. Seine ganze Erscheinung zeugte von viel Geld, das stilvoll ausgegeben wurde.

»Immer noch Maplethorpe, was, Nathan?«

»Was sonst?« Nathan lächelte breit und zeigte dabei die weißen Zähne. »Wo sollen wir hingehen zum Essen?« fragte er.

»Ich dachte, wir bleiben einfach hier.«

»Nein, heute ist kein guter Tag. Ich habe gerade meinen

Koch und mein Dienstmädchen gefeuert. Lassen Sie uns irgendwo in der Stadt essen. Sie ist sehr malerisch. Es wird Ihnen bestimmt gefallen.«

Spencer war es egal, wo sie hingingen. Er wäre lieber im Haus geblieben und hätte sich die Einrichtung angesehen. Aber was versprach er sich davon? Was erwartete er – hier in der Glasveranda, zwischen den Blumen, Topfpflanzen, Bücherregalen und all dem Schnickschnack? Glaubte er etwa, das Kissen schön friedlich auf dem Sofa liegen zu sehen?

Sie fuhren zu einem Lokal und setzten sich nach draußen, wo die Sonne auf die rotweiß karierten Tischdecken schien. Die Kellnerin kam in einer rotweiß karierten Schürze und brachte Kaffee.

Während sie die ersten zehn Minuten über belanglose Dinge plauderten, rauchte Nathan eine Zigarette nach der anderen. Spencer entging nicht, daß Nathan versuchte, seinen nervösen Griff nach der Zigarette hinter einer kühlen Fassade, einer ruhigen Sprache und höflichen Manieren zu verstecken.

»Wem oder was verdanke ich Ihren Besuch, Spencer?« sagte Nathan nach einer Weile. »Ich darf Sie doch Spencer nennen? Schreiben Sie etwa an einem Buch?«

»Schreiben ist nicht meine Stärke«, antwortete Spencer.

»Ahhh«, sagte Nathan auf die unbeantwortete Frage. Spencer hatte ihn nicht voreilig warnen wollen, aber es war offensichtlich bereits geschehen. »Ich habe vor einiger Zeit Ihre alte Freundin besucht. Erinnern Sie sich noch an Constance Tobias?«

»Klar erinnere ich mich an Conni«, antwortete Nathan ausdruckslos. »Wie geht es ihr?«

»Gut, sehr gut. Sie fragt sich, warum Sie sie nie besucht haben.«

Nathan zuckte elegant, fast graziös die Schultern. »Ach, wissen Sie. Es war eine sehr schwere Zeit. Auch für mich.«

»Ja, bestimmt. Arbeiten Sie?«

Nathan lächelte. »Nein, nein. Reiche Frau. Sie hat das Haus gekauft.«

»Ahh«, sagte Spencer überrascht. »Ihre Frau. Sie haben also geheiratet.«

»Ja«, sagte Nathan feierlich. »Ich war verheiratet.«

Spencer versuchte, sich einen Reim darauf zu machen. »Sie waren verheiratet? Es ist erst zwei Jahre her, Nathan.«

»Eigentlich fast vier, Detective«, berichtigte ihn Nathan. War das ein Funken Sarkasmus, der in seiner Stimme mitschwang?

»Und Sie sind schon wieder geschieden?«

»Nein, ich bin Witwer.«

»Witwer?« Witwer! Spencers Hände begannen zu zittern. Er kämpfte darum, sich nichts anmerken zu lassen.

»Wie in ›Schwarze Witwe‹, Nathan?«

Nathan antwortete nicht, sondern stieß den Rauch aus und verzog das Gesicht.

»Nun, das tut mir sehr leid. Ich wollte Ihnen gerade zur Hochzeit gratulieren.«

»Das wäre nicht gerade passend gewesen.«

»Wie ist denn Ihre Frau gestorben?«

»Sie hat die Gewalt über ihren Wagen verloren. Ein Unfall. Sie hat sich überschlagen.«

Das mußte Spencer erst einmal verdauen. Er hoffte, daß seinem Gesicht nicht anzumerken war, was sein Herz empfand. Und daß der Schweiß, der ihm ausbrach, das Mikrophon auf seiner Brust nicht beschädigte.

»Bedienung!« rief er. »Einen Whiskey bitte.«

»Wir haben …«

»Die Marke ist mir egal, Hauptsache Whiskey«, unterbrach Spencer sie.

Sie brachte ihm einen.

»Eines würde ich gerne wissen«, sagte Spencer schließlich. »Hat jemand den Unfall untersucht?«

»Klar. Die Versicherungsgesellschaft.« Nathan beugte sich vor und lächelte leicht. »Es war tatsächlich ein Unfall, Detective O'Malley.«

»Ja, und Kristina war tatsächlich nackt. Bei den winterlichen Temperaturen hätte sie auch zu Tode frieren können.«

»Worauf wollen Sie hinaus? Sie wissen doch genau, daß sie nicht erfroren ist.

»Ja, aber das war nur Zufall. Es sollte so aussehen, als sei sie erfroren.«

Nathan zündete sich eine weitere Zigarette an und strich sein gepflegtes Haar nach hinten. »Nicht, daß ich Sie nicht gern sähe, Detective O'Malley, aber nun verraten Sie mir endlich, warum Sie hier sind. Conni Tobias ist im Gefängnis.«

»Ja, das ist sie, nicht wahr?« sagte Spencer scharf. Wenn Nathan nicht innerhalb von dreißig Minuten bereits die zweite Packung angebrochen hätte, hätte Spencer gedacht, daß die Fahrt hierher reine Zeitverschwendung gewesen war. Doch Nathan rauchte so mechanisch, so angespannt, so systematisch, daß Spencer sich plötzlich hundertprozentig sicher war, daß sein Gefühl ihn nicht getäuscht hatte.

»Nathan …«

»Bitte nennen Sie mich Albert«, unterbrach ihn Nathan. »Es ist Jahre her, daß ich diesen Namen gehört habe.«

»Seltsam. Kristina hat Sie so genannt in ihren Briefen an ihre Großmutter und in Briefen, die sie Ihnen schrieb und nie abschickte. Oder bei anderen Gelegenheiten, außer in ihrem Testament. Auch für Kristinas Mutter sind Sie Nathan. Sagen Sie mal, hat Ihre Frau – wie hieß sie noch – eigentlich Ihren richtigen Namen gekannt?«

»Nein, weil es nicht mein richtiger Name ist, und das schon lange.«

»Wie hieß Ihre Frau?«

Nathan zündete sich noch eine Zigarette an, ehe er antwortete: »Elizabeth.«

»Elizabeth, Elizabeth. Ein schöner Name. Und mit Nachnamen?«

»Maplethorpe, schätze ich.«

»Und vor ihrer Heirat?«

»Ich kann mich wirklich nicht erinnern, Detective. Was beunruhigt Sie so?«

»Nichts. Außer daß sie tot ist, ehrlich gesagt.«

»Nun, das braucht Sie nicht zu beunruhigen«, sagte Nathan lächelnd.

Nach außen war Nathan Sinclair völlig kühl. Spencer dagegen zitterte so sehr, daß er nicht nach seinem Glas greifen wollte, um Nathan nicht zu zeigen, wie nervös er war.

Wohin bloß mit diesen gräßlichen Gefühlen?

Schleppte man so was mit sich, mußte man damit leben bis in den Tod?

Spencer wollte sich nicht verkriechen; er wollte mehr über Elizabeth erfahren. Doch Nathan gab sich zugeknöpft und räumte bloß ein, daß es schwer sei, mit fünfundzwanzig Witwer zu sein. Spencer starrte Nathan an, um zu sehen, ob sich irgendeine Regung hinter seinen Worten verbarg. Doch er sah nur einen kühlen jungen Mann, nach der neuesten Mode gekleidet, der eine Zigarette nach der anderen rauchte. Er hatte zwar die richtigen Worte gewählt, das ja, aber er machte nicht den geringsten Eindruck, als litte er unter einem schweren Verlust. Und Spencer wußte, was ein Verlust war.

»Sagen Sie, gab es den Verdacht, daß irgend etwas faul war?«

»Faul war? Nein. Sollte es?«

»Weiß ich nicht. Sollte es?«

Nathan sah völlig unschuldig aus. »Was meinen Sie mit ›faul war‹?«

»Daß Sie Ihre Finger im Spiel hatten.«

Nathan legte den Kopf in den Nacken und lächelte breit. »Nein, Detective. Ich stand nicht im geringsten unter Verdacht. Immerhin saß ich mit ihr im Wagen.«

Spencer nickte ohne große Überzeugung. »Es scheint, daß Sie der Tod auf Schritt und Tritt verfolgt, egal, wo Sie hingehen, Nathan, Kristina ist tot ...«

»Wollen Sie etwa behaupten, ich hätte Kristina getötet, Detective?« Nathan lachte.

»Der Tod folgt Ihnen wie ein Hund«, antwortete Spencer. »Wie haben Sie es bloß geschafft, daß Sie auch Ihre Frau in den Tod getrieben haben?«

»Wissen Sie was, Detective, Ihr Besuch ist doch nicht so angenehm, wie ich dachte. Ich hab's Ihnen bereits mehrmals gesagt. Meine Frau verlor die Kontrolle über das Fahrzeug. Es war ein tragischer Unfall ...«

»Tragische Unfälle scheinen Ihr Steckenpferd zu sein.«

»Tragische Unfälle sind keineswegs mein Steckenpferd«, sagte Nathan und äffte dabei Spencers Tonfall nach. »Was mit Kristina passiert ist ...«

»Was meinen Sie jetzt? Als Sie sie geschwängert haben? Oder

als Sie ...« Doch Spencer verstummte, ehe er Nathan schon wieder des Mordes beschuldigte.

Es hatte keinen Zweck.

Spencer hatte keine Lust, auf Band aufzunehmen, wie Albert in seiner erbärmlichen, überheblichen Art alles abstritt. Stattdessen schwieg er und bestellte schwarzen Kaffee, obwohl er lieber Whiskey getrunken hätte.

Er hatte selbst eine Frau bei einem Unfall verloren, deshalb wußte er, wie es einem mit so etwas geht, und Nathan verhielt sich nicht wie ein trauernder Ehemann. Genausogut hätte er über ein verlorenes Auftaktspiel der Red Sox berichten können. Es war ihm vollkommen gleichgültig. Er beobachtete Spencer, und sein unverschämter Blick schien zu sagen: *Wag es nicht. Die ganze Zeit hast du versucht, mir was anzuhängen, und jedesmal bist du auf die Nase gefallen. Und auch diesmal wirst du mit leeren Händen in deine miese kleine Wohnung zurückkehren, während ich an der Sound Beach Road residiere, von der du nur träumen kannst. Ich werde dir nicht mal erlauben, einen Schritt über meine Türschwelle zu setzen. Du wirst mein Haus niemals betreten, und weißt du, warum? Weil du nur allzu gerne reinkämst. Aber ich werde es nicht zulassen.*

Trotzdem wußte Spencer, daß diese Unterhaltung zu etwas führte, das ihm eine Tür öffnen würde.

»Sie haben Philosophie studiert, nicht wahr?« fragte Spencer. »Eigentlich müßte Ihr Schuldbewußtsein etwas höher entwickelt sein.«

Nathan lachte sarkastisch. »Schuldbewußtsein? Das hat nichts mit Philosophie zu tun. Es hat mit Religion und Pflichtgefühl zu tun. Mit beidem kann ich nichts anfangen. Philosophie hat nur mit Vernunft zu tun. Daran hat es mir allerdings nie gemangelt.«

»Ihre Eltern haben Sie sehr geliebt.«

»Hat sie das gesagt? Wahrscheinlich glaubt sie selbst daran.«

»Sie haben Sie aufgenommen und Sie behandelt wie ihren eigenen Sohn«, sagte Spencer ruhig. »Wie können Sie bloß so undankbar sein?«

»Wofür sollte ich dankbar sein? Hab ich sie vielleicht darum gebeten? Wer sagt denn, ich sei dort, wo ich war, nicht glücklich gewesen? Ich hatte Freunde dort, ich hatte drei Nonnen, die sich um mich kümmerten, und zwar besser als Katherine Sinclair es jemals tat. Ich kam von einem warmen Ort in einen goldenen Käfig, ohne Aufsicht und ohne Disziplin. Nur Show und eine Menge Umgangsformen. Sonst nichts. Als ich zu den Sinclairs kam, war ich sieben. Sie haben gemeint, ich sei gerade erst zur Welt gekommen, aber ich war schon jemand, ehe sie auftauchten. Und plötzlich mochten sie mich nicht mehr so, wie ich war, und jagten mich aus dem Haus. Nicht nur mich, sondern auch ihre eigene Tochter.« Er klang aufgebracht, als er dies sagte.

Spencer war überrascht, denn Emotionen war er von Nathan bisher nicht gewohnt.

Abgesehen von dem braunen Mantel.

»Sie haben Kristina nicht aus dem Haus gejagt«, widersprach er.

»Nein? Wie würden Sie das nennen? Sie haben Kristina gezwungen zu heiraten, um einen Skandal zu vermeiden. Hätten sie ihre eigene Tochter nicht zu Hause behalten können? Waren denn die Nachbarn so viel wichtiger? Hauptsache, die Sinclairs wurden nicht zum Gespött der Stadt; deshalb haben sie Kristina vor die Tür gesetzt. Es war der schlimmste Augenblick in ihrem Leben.«

»Tja«, sagte Spencer sarkastisch. »Besonders lang war es ja nicht. Ich würde eher sagen, daß ihr gewaltsamer Tod mit einundzwanzig der schlimmste Augenblick in ihrem Leben war, finden Sie nicht?«

Nathan fuhr zusammen, fast unmerklich, und es war dieses Zucken, das Spencer im Gedächtnis blieb. Nathan war zusammengefahren. Das hätte Spencer nicht erwartet.

Äußerlich gelassen zuckte Nathan jetzt die Achseln und sagte: »Ich weiß nicht. Mir tut es leid, daß sie nicht mehr lebt.«

»Das glaube ich Ihnen. Sie war die einzige Familie, die Sie jemals hatten. Der einzige Mensch, der Sie wie ein Familienmitglied behandelt hat.«

Nathan lächelte. »Da irren Sie sich, Detective. Sie romantisieren unsere Beziehung. Ich bin ein Waisenkind, oder haben Sie das vergessen? Alle Frauen, die ich kennenlerne, schmelzen dahin, sobald ich das magische Wort ausspreche. ›Oh, du armes Waisenkind‹, sagen sie, ›komm mit, ich will dich meiner Mommy vorstellen, ich will dich lieben, als wärest du mein eigenes Kind, ich will dir dein Essen kochen und dein Bett machen‹. Kristina war so, Conni war so. Elizabeth war so und viele andere auch. Das Wort Waisenkind rüttelt ihre mütterlichen Instinkte wach. Sie wollen nichts lieber als mich bemuttern und unter ihre Fittiche nehmen.«

»Weil sie nicht wissen, wer Sie in Wirklichkeit sind.« Spencer war immer stärker davon überzeugt, daß Nathan Kristina umgebracht hatte. Er war der einzige, der dazu imstande war, der einzige, der gewissenlos und herzlos genug war, um das Leben einer jungen Frau, die nur ihn liebte, zu beenden und dann zur Tagesordnung zurückzukehren, als sei nichts geschehen. Wie bei einer Katze. Es ließ ihn völlig kalt. Er hatte sie umgebracht und dann weitergemacht, als hätte sie nie existiert. Dieser bettelarme, namenlose Junge hatte die Hand abgehackt, die ihn ernährte und sein Studium finanzierte.

Jetzt war er fein raus, dank seiner verstorbenen Frau. Er war allein und anscheinend froh darüber. Außerdem genoß er es, unerkannt in den Kreisen zu leben, die ihn als Jugendlichen davongejagt hatten. Nathan Sinclair brauchte nicht nach Edinburgh zu gehen, um die Philosophie der Vernunft zu studieren. Er schien im reinen mit sich und allem zu sein, was er getan hatte, und nichts hätte Spencers katholische Seele mehr verletzen können. Hätte er ein Zeichen von Reue erkennen lassen, wäre ihr Tod nicht so völlig sinnlos gewesen. Doch Nathan verhielt sich wie jemand, der einen Mord ebenso leicht nahm wie einen Spaziergang mit Aristoteles.

»Ich weiß, *wer* ich bin. Aber was *bin* ich, Detective?« sagte Nathan belustigt.

Spencer ballte die Faust unter dem Tisch und lehnte sich vor. »Die Sinclairs haben Sie adoptiert. Wie können Sie so herzlos sein?«

»Wer ist herzlos? Sie haben mich adoptiert und meinen Namen geändert. Sie nannten mich nach ihrem verstorbenen Sohn. Jedes Jahr am 21. November, egal, ob Thanksgiving oder nicht, schleppten sie mich zum Familienfriedhof und zwangen mich, Blumen auf *Nathan Sinclairs* Grab zu legen. Jedes Jahr, seit ich sieben war. Das hat Spaß gemacht, sage ich Ihnen. Laut Grabstein war ich bereits tot.«

Spencer hörte zu. Es war nicht das, was er erwartet hatte. »Hatten Sie vorher einen Namen?«

»Bestimmt. Ich kann mich aber nicht mehr erinnern. Die Nonnen haben mich Billy genannt.«

Spencer schüttelte den Kopf. »Billy, Nathan, Albert, wissen Sie überhaupt noch, wer Sie sind?«

»Wissen Sie, wer Sie sind?« gab er zurück. »Sie sagen, Sie heißen Spencer, aber ich habe gehört wie Ihr Kumpel Sie Tracy nannte, und Sie selbst sagen Spencer Patrick O'Malley, wenn Sie sich vorstellen. Niemand erwähnt den zweiten Vornamen, wenn er sich irgendwo vorstellt.«

»Das bin ich nun mal«, antwortete Spencer und spürte, wie er vor hilfloser Wut zitterte. »Spencer Patrick O'Malley.«

»Und ich bin Albert Maplethorpe.«

»Den Namen hat Kristina für Sie ausgesucht, nicht wahr?«

Nathan blinzelte zweimal und sagte dann: »Wir haben ihn zusammen ausgesucht.«

»War die Idee mit der Tätowierung auch von Ihnen beiden? Mit ihren Initialen? Haben Sie versucht, die Tätowierung nach Kristinas Tod entfernen zu lassen?«

»Warum hätte ich das tun sollen, Detective?«

»Sagen Sie mal, Nathan, Albert, Billy, haben Sie sie eigentlich geliebt?«

»Ja, ich habe sie geliebt«, antwortete Nathan rasch.

»Haben Sie sie umgebracht?«

»Nein, hab ich nicht«, antwortete er genauso rasch.

Der Kassettenrecorder summte in Spencers Ohr.

»Sie lügen.«

»Nein, tue ich nicht.«

»Sie haben Ihr ganzes Leben gelogen. Lügen Sie jetzt auch?«

»Nein.«

»Verstehe.«

»Ich habe ein Alibi, Detective. Das wissen Sie.«

»Sicher, ein Alibi.« Spencer klopfte wütend gegen sein leeres Glas.

Nathan lachte.

Dann waren beide still. Nathan aß ein Truthahnsandwich ohne Mayonnaise und Speck, während Spencer an seinem Kaffee nippte. Er war mit seinen Gedanken woanders, bei der Großmutter.

»Ja, was ist mit ihr? Wir haben jeden Sommer bei ihr verbracht. Es hat viel Spaß gemacht. Der See war wunderschön. Sie konnte prima kochen. Ihr Tod ist Kristina sehr nah gegangen.«

»Wußten Sie, daß Louise Morgan ein Testament hinterlassen hatte?«

»Natürlich wußte ich von dem Testament. Schließlich ging es um die Sinclairs und die Morgans. Diese Leute werden mit einem Testament geboren.« Nathan biß in sein Sandwich. »Als Kristina in Brooklyn Heights wohnte, erzählte sie mir, ihre Großmutter sei sehr wütend darüber, wie die Familie sie – Großmutters einzige Enkelin – behandelt hatte. Louise konnte es nicht fassen, daß man sie und das Baby praktisch aus dem Haus gejagt hatte, nur um den Schein zu wahren. Also zeigte Louise ihrer Familie die kalte Schulter, nachdem diese sich von Kristina abgewandt hatte. Sie schwor, die ganze Familie zu enterben, einschließlich Kristinas Mutter.«

»Hat Kristina Ihnen erzählt, wem Louise Morgan ihr ganzes Vermögen hinterlassen würde?«

Nathan zögerte. »Krissy sagte, sie wüßte es nicht.«

Spencer lief ein Schauer über den Rücken, als Nathan sie bei ihrem Kosenamen nannte. Es klang wie eine Entweihung.

»Anscheinend finden Sie, daß Louise Morgan gut daran tat, ihre Familie zu enterben?«

»Na klar. Sie haßten Kristina. Und mich auch, aber das hatte ich erwartet. Wer war ich schon für die? Sie aber war ihre Prinzessin gewesen, die Erfüllung ihrer kühnsten Träume. Alles, was sie beide darstellten, John und Katherine, wurde in Kristina vereint.«

»Ich dachte, Sie seien Johns Liebling gewesen.«

»Hat *sie* Ihnen das erzählt?« schnaubte er verächtlich. »Klar.«

»Sie können nicht abstreiten, daß die ganze Familie an der Sache zwischen Kristina und Ihnen zerbrochen ist, Nathan.«

Er zuckte die Achseln. »Es war keine besonders starke Familie.« Einen Augenblick lang schwieg er und hörte auf zu essen. »Meine Mutter ist gestorben, als ich etwa ein Jahr alt war. Ihre Schwester wollte sich um mich kümmern, aber mein Vater hielt nichts davon. Er trieb sich damals mit anderen Frauen rum. Eines Tages holte mich meine Tante nach der Schule ab und nahm mich mit. Wir fuhren von Colorado, wo wir wohnten, nach New Mexico. Einige Zeit lebten wir in Albuquerque, bis mein Vater uns fand. Ich weiß nicht, was er mit meiner Tante machte, nur, daß es mitten in einer Sommernacht war. Er nahm mich ihr weg, und wir trampten bis nach Texas. Dann passierte etwas an einer Raststätte. Er muß eine Schlägerei gehabt haben, denn ich fand ihn hinten auf dem Parkplatz. Die ganze Nacht saß ich neben ihm, bis mir klar wurde, daß er nicht mehr aufwachen würde. Da bin ich aufgestanden und losgezogen. Ich ging den Highway entlang und wollte zurück zu meiner Tante.« Er machte eine Pause. »Und sehen Sie selbst, wo ich gelandet bin. Bei den Sinclairs.«

Spencer hörte schweigend zu. Nathan griff wieder nach seinem Sandwich.

»Ich kenne ihre Namen nicht, ich weiß nicht, wie ich hieß oder wo meine Tante ist oder wo wir in Colorado gewohnt haben. Ich bin nicht mal sicher, daß es Colorado war. Es hätte genausogut Wyoming sein können. Sicher war das, was mit den Sinclairs passiert ist, sehr schade, aber davon geht die Welt nicht unter. Niemand war gestorben, im Gegenteil, es gab sogar ein Baby. Es hätte viel schlimmer sein können. Eine Schande ist, daß die Sinclairs das nicht erkannt haben. Jetzt werden sie nie mehr Enkelkinder haben.«

Spencer war so verblüfft, daß er kein Wort rauskriegte. Wie konnte man derart unmenschlich sein? Als er seine Stimme wiedergefunden hatte, sagte er: »Für sie waren Sie wie ein Sohn, verstehen Sie das nicht? Wie sollten sie mit einem Enkel leben, der Kristinas und Ihr Kind gewesen wäre?«

Nathan zuckte die Achseln und aß sein Sandwich auf. »Wie auch immer.«

»Haben Sie denn nie eingesehen, daß man die Verantwortung für sein Handeln hat?« fragte Spencer wütend. »Sie beide lebten doch nicht auf einer einsamen Insel. Die Welt ist keine finstere unmoralische Höhle, in der nichts Bedeutung hat und alles egal ist. Haben Sie je daran gedacht, welche Verletzungen Sie anderen Menschen zugefügt haben?«

»Sie waren schwach. Ich habe sie nicht darum gebeten, verletzt zu sein.«

»Wären Sie kein solcher Idiot gewesen, hätten Sie an Ihrem einundzwanzigsten Geburtstag einen millionenschweren Trust Fond in Empfang nehmen können.«

»Ich bin kein Idiot«, gab Nathan gereizt zurück. »Ich konnte doch nicht wissen, daß sie derart überreagieren würden.«

»Aber Sie hätten wissen müssen, daß Ihr Techtelmechtel ihnen das Herz brechen würde. Hätten Sie das gespürt, hätte es Sie von einem Tier unterschieden.«

»Es zu wissen und es trotzdem zu tun?« fragte Nathan sarkastisch.

»Es zu wissen, wäre ein Anfang gewesen«, sagte Spencer kochend vor Wut.

Nathan grinste nur.

»Ihnen ist wohl alles egal, wie?« fragte Spencer.

»Ich weiß nicht, was Sie meinen, Detective.«

Spencer hätte am liebsten mit der Faust auf den Tisch geschlagen. »Sagen Sie, *Nathan Sinclair*, nachts, wenn Sie mit sich allein sind, bekommen Sie da eigentlich manchmal Angst vor sich selbst?«

Nathan wischte sich den Mund ab und legte die Serviette auf den Tisch. »Was werfen Sie mir eigentlich vor, Detective? Haben Sie einen Haftbefehl? Wenn nicht, würde ich nämlich jetzt gern gehen.«

»Ich habe keinen Haftbefehl«, sagte Spencer angewidert.

»Dachte ich mir.«

Nathan stand auf und salutierte spöttisch. Es wirkte fast obszön.

Spencer blieb sitzen und versuchte, die Fassung nicht zu verlieren. Er wollte an einem öffentlichen Ort keinen Skandal heraufbeschwören, und als ihm das bewußt wurde, erschrak er vor sich selbst. *Ich will nicht vor all diesen Leuten die Beherrschung verlieren und eine Schlägerei vom Zaun brechen, die keiner hier so schnell vergessen würde.* Spencer beruhigte sich, als ihm das bewußt wurde, konnte sich aber eine letzte Bemerkung nicht verkneifen: »Nehmen Sie sich in acht, Nathan Sinclair.«

Nathan beugte sich drohend über ihn und flüsterte: »Nein – Sie sollten sich in acht nehmen, Detective.«

»Sie haben eine Familie zerstört. Ihretwegen sitzt Conni fünf Jahre ihres Lebens im Gefängnis. Ist Ihnen das alles völlig egal?«

Spencer sah ihm in die Augen und wußte die Antwort.

Nathan griff in die hinterste Hosentasche nach seiner Brieftasche, warf einen Fünfzigdollarschein auf den Tisch und lächelte. »Vielen Dank für die angenehme Unterhaltung.«

Spencer fluchte in sich hinein, als er das Mittagessen aus eigener Tasche bezahlte und den Fünfzigdollarschein unangetastet als Trinkgeld für die Kellnerin liegen ließ.

Er fuhr nicht nach Hause zurück. Er konnte nicht. Es war inzwischen Nachmittag, und Spencer drehte ein paar Runden durch Greenwich und dachte immer wieder dasselbe. *Was fehlt? Was habe ich übersehen?*

Er fuhr zum Standesamt und besorgte sich das Hochzeitsdatum von Nathan Sinclair und Elizabeth – Elizabeth Berrett, wie er entdeckte. Die Ehe war am 12. Juni 1995 geschlossen worden. Elizabeth war also eine Junibraut gewesen. Dann sah Spencer nach, wann sie gestorben war. Am 13. April 1996. Mehr verriet die Sterbeurkunde nicht. Also ging Spencer zur Stadtbücherei, wo er einer alten Ausgabe der *Greenwich Time* einen kurzen Artikel über den Tod von Elizabeth Berrett Maplethorpe fand.

Mitten am hellichten Tag hatte Elizabeth Maplethorpe an einer gut überschaubaren Landstraße bei einer Geschwindigkeit von fünfundvierzig Meilen und in nüchternem Zustand die Kontrolle über ihr Fahrzeug verloren und sich überschlagen. Ihr Beifahrer hatte überlebt. Sie selbst hatte keinen Gurt angelegt und sich schwere Kopfverletzungen zugezogen, als sie von dem Sicherheitslenkrad durchbohrt worden und durch die Windschutzscheibe geflogen war. Familienangehörige hatten ausgesagt, es sei ihnen völlig unverständlich, daß Elizabeth nicht angeschnallt gewesen sei, da sie nie losfuhr, ohne sich zuvor vergewissert zu haben, daß sie selbst und der Beifahrer den Gurt angelegt hatten. Das hatte mit einem schweren Unfall vor Jahren zu tun gehabt. Albert Maplethorpe hatte bestätigt, daß seine Frau früher nie ohne Gurt gefahren, in letzter Zeit jedoch etwas nachlässiger geworden sei. Manchmal habe sie einfach vergessen, sich anzuschnallen, hatte er zu Protokoll gegeben. Offenbar war es eins dieser Male gewesen. Mr. Maplethorpe war mit ein paar Schrammen im Gesicht und einer Prellung davongekommen, die von dem lebensrettenden Gurt stammte. Der Artikel ging nicht näher auf ihre Familie ein, nur, daß sie aus New Hampshire stammte. Sie hatte keine Kinder hinterlassen. Ein Foto gab es nicht.

Spencer saß in der Bibliothek und dachte nach. Er wußte, daß da etwas war, irgendwo zwischen diesen Zeilen, aber er wußte nicht, wo, und er wußte nicht, was. Elizabeth war gestorben, ohne ein Testament zu hinterlassen. Das hieß, daß ihr Ehemann Alleinerbe war. Aber was hatte sie besessen, das es wert gewesen war, heimlich ihren Gurt zu lösen?

An einem klaren Tag waren Elizabeth und ihr Mann, der vorschriftsmäßig angeschnallt war, spazierengefahren. Auch Elizabeth war angeschnallt gewesen, davon war Spencer überzeugt. Bis kurz vor dem »Unfall« hatte sie den Gurt geschlossen. Und dann hatte er ihn gelöst. Er hatte nur ganz kurz mit dem kleinen Finger dagegen drücken müssen. Und dann war es ein Leichtes gewesen, sie dazu zu bringen, die Gewalt über den Wagen zu verlieren. Sie befanden sich weder auf einem Highway noch auf einer Interstate. Wenn sie mit siebzig statt vierzig Meilen in der Stunde gefahren wären, wäre es auch für Nathan gefährlich geworden. Doch nein, sie waren ganz gemütlich auf einer kleinen Landstraße gefahren und hatten die frische Frühlingsbrise genossen. Und dann war sie plötzlich tot, und er nicht. Die Untersuchung wurde abgeschlossen, nachdem die Versicherungsgesellschaft festgestellt hatte, daß der Gurt intakt gewesen war. Er hatte mit ihr in dem Unfallfahrzeug gesessen, der Krankenwagen war gekommen, hatte beide abtransportiert, und dann war er nach Hause gefahren und hatte ihr Geld genommen.

Spencer wußte nicht genau, ob Elizabeth Berrett wohlhabend gewesen war, aber Nathan Sinclair hatte mit Sicherheit keinen Cent gehabt. Hier lag der Hase im Pfeffer. Der bettelarme Nathan hatte immer Glück bei Frauen, die ihm was bieten konnten, dachte Spencer.

Elizabeth Berrett. Irgendwie kam ihm der Name bekannt vor. In dem kurzen Artikel hatte gestanden, daß sie aus New Hampshire stammte. Aber wo in New Hampshire?

Er verließ die Bücherei und fuhr auf der I-95 Richtung New Hampshire. Er würde nicht nach Hause zurückkehren, bis er über Elizabeth Berrett Bescheid wußte.

Gedankenverloren hörte er Radio. Gelegentlich spielten sie einen Song, den er kannte, und Spencer summte mit. Bruce Springsteens *Dancing in the Dark*, Nirvanas *Come as You Are* und Elton Johns *Benny and the Jets.*

In Massachusetts, etwa vierzig Meilen vor Brattleboro, summte er Kim Carnes *Bette Davis Eyes. She's got Bette Davis eyes … she's got Bette Davis eyes …*

Plötzlich explodierte etwas in seinem Kopf. Einen Moment kam er von der Spur ab und wäre um ein Haar mit einem neben ihm fahrenden Wagen zusammengestoßen. Für die neunzig Meilen bis nach Lebanon, New Hampshire, benötigte er nur dreiundfünfzig Minuten. Als er auf die I-89 abbog, war es noch hell. Er war jetzt kurz vor Lebanon. Spencer brach sämtliche Geschwindigkeitsbegrenzungen, fuhr über zwei rote Ampeln und ignorierte alle Stoppschilder. Schließlich gelangte er zum Kreisel, bog rechts in die Wheeler Street und dann gleich nochmal rechts ab.

Richtung Red Leaves.

Da war es, in einer sonnigen, ruhigen Straße mit vielen anderen älteren, guterhaltenen Häusern – das, was von Red Leaves übrig war. Die Fenster hatten keine Scheiben mehr und waren mit alten Holzbrettern vernagelt, aus denen rostige Nägel hervorstanden. Die Haustür war mit Graffiti beschmiert. Der Asphalt der Auffahrt war aufgeplatzt, und in den Rissen wucherte das Unkraut.

Spencer saß im Wagen und verbarg das Gesicht in den Händen. Dann stellte er zögernd den Motor ab, stieg aus und ging quer über die Straße zum Haus. Er hatte alles gesehen, was es zu sehen gab. Es war nichts übriggeblieben. Das Schild, das früher an einem Pfosten vor dem Haus angebracht gewesen war, lag auf dem Rasen vor den Treppenstufen. Er hob es auf. RED LEAVES, HEIM FÜR SCHWANGERE TEENAGER, GEGRÜNDET 1973, BESITZER: ELIZABETH »BETTY« BERRETT.

Eine Stunde lang saß Spencer reglos auf den Stufen des Hauses. Jetzt war ihm alles klar. Dann kehrte er zum Wagen zurück.

Er verließ Lebanon und nahm die Route 10 nach Hanover. Er wollte seinen alten Partner Will besuchen und danach Ken Gallagher. Vielleicht könnten sie zusammen einen trinken, und er würde ihnen erzählen, was er herausbekommen hatte.

Will würde den Kopf schütteln, der Chief höflich nicken. Dann würden sie sich hastig ein paar Worte zuflüstern, mit dem Finger auf ihn zeigen und die Köpfe schütteln. Sie würden denken, daß er nicht alle Tassen im Schrank hätte, und sie hätten recht.

Noch ehe er nach Hanover kam, machte er kehrt und fuhr wieder auf die I-89, diesmal Richtung Concord. Er würde zum Büro der Staatsanwaltschaft fahren. Doch nach einer halben Stunde und fünfzehn Meilen hatte er seine Meinung erneut geändert. Wie sollte man jemand eines Mordes anklagen, den ein anderer bereits gestanden hatte?

Außerdem, was hatte er schon in der Hand?

Nichts.

Nur die Wahrheit.

Aber was sollte der Staatsanwalt schon mit der Wahrheit anfangen? Die Wahrheit, würde Dave Peterson sagen. Sie kommen her, erzählen mir was von einem Heim, das dichtgemacht wurde, und verlangen, daß ich deshalb einen Mann verhafte? Nur weil er keine Lust hatte, sich um schwangere Teenager zu kümmern?

Aber … aber … aber … würde Spencer sagen. Er hat sie geheiratet, um an das Geld zu kommen, verstehen Sie nicht?

Ich verstehe, würde Peterson sagen. Haben Sie Beweise? Oh, nur so eine Vermutung? Wenn es nur eine Vermutung ist, dann lochen wir ihn am besten gleich lebenslänglich ein, was?

Spencer schrie auf und schlug vor Wut mit der Faust auf das Lenkrad.

Peterson hatte recht. Er würde Spencer erklären, daß er den Kerl erst einmal dazu bringen mußte zu gestehen. Er würde Spencer einen schönen kühlen Drink spendieren und ihn anschließend auf die Reise schicken.

Spencer verließ die I-89 und fuhr auf die I-91 bis zum Brattleboro Mall, wo er ausstieg und sich unter die Menge mischte. Zuerst kaufte er ein paar kniehohe schwarze Arbeitsstiefel. Dann drei schwarze Trainingsanzüge in drei verschiedenen Läden. Außerdem eine ganz gewöhnliche schwarze Reisetasche, und in einer teuren Boutique blätterte er siebzig Dollar für ein Paar schwarze Lederhandschuhe mit wasserdichtem Futter hin. Er bezahlte alles in bar.

Anschließend fuhr er zu einer Tankstelle vor der Stadt, zog seine schußsichere Weste, zwei Trainingsanzüge übereinander und die Stiefel an. Das Mikrophon haftete immer noch an seiner Hemdtasche – er hatte sich nicht die Mühe gemacht, es abzunehmen. Jetzt zog er es heraus, nahm die Kassette mit der Aufnahme von seinem Gespräch mit Nathan aus dem Recorder, spulte das Band heraus, verbrannte es im Waschbecken und ließ Wasser drüberlaufen.

Als er wieder im Wagen saß, legte er den Recorder, das Kabel und das kleine Mikrophon ins Handschuhfach.

Spencer zog die Lederhandschuhe an und wühlte so lange im Kofferraum, bis er eine von den billigen Einwegknarren gefunden hatte, die er drei Wochen zuvor bei einer Drogenrazzia beschlagnahmt hatte. In seinem Kofferraum lagen bestimmt ein Dutzend von diesen Waffen herum, da er noch nicht daran gedacht hatte, sie abzugeben. Die Knarre war schlecht gemacht. Spencer hoffte, daß sie ihm nicht um die Ohren fliegen würde. Er steckte sie vorsichtig in eine Plastiktüte und legte diese unter den Fahrersitz, danach schnallte er sich sein Halfter mit der Magnum .357 um und fuhr zurück nach Greenwich.

Spencer würde noch einmal mit ihm reden, doch diesmal ohne Mikro und ohne den Vorwand eines Mittagessens.

Es war fast elf Uhr nachts, als er in Greenwich ankam. Er parkte den Wagen auf dem Pendlerparkplatz der Old Greenwich Metro North Station und ging die zweieinhalb Meilen zu Nathans Haus zu Fuß. Er wußte, daß er sehr vorsichtig sein mußte. Nathan lebte wahrscheinlich bis an die Zähne bewaffnet in seinem großen alten Haus. Wer weiß, welche Geister er erwartete? Das Haus war von außen völlig dunkel, es sah fast so aus, als sei niemand zu Hause. Doch Spencer war sicher, daß Nathan zu Hause war, wo sollte er schon hin?

Zwischen seinem Haus und dem Nachbarhaus führte ein von Bäumen gesäumter Pfad runter zum Strand. Spencer hatte ihn gesehen, als Nathan ihm das Grundstück zeigte.

Er ging um das Haus, das nach hinten heraus nicht eingezäunt war und auf den Long Island Sound blickte. Alle Fenster waren dunkel, bis auf zwei kleine ganz links, die vom blauen Flackern des Fernsehers erhellt wurden. Sie waren zu hoch, um hineinspähen zu können, aber er stieg die Treppe zur Hintertür hinauf und drehte am Türknauf.

Die Tür war nicht abgeschlossen.

Er stieß sie auf und ging hinein. Der Fernsehapparat war sehr laut eingestellt. Spencer ging rasch durch die große Küche bis zur Diele, die zum Wohnzimmer führte, wo Nathan unter den Fenstern auf einer Couch lag und fernsah.

Nathan bemerkte ihn, rührte sich jedoch nicht. »Sieh einer an«, sagte er. »Ich wüßte nicht, daß ich Sie eingeladen hätte.«

Spencer war zu angespannt, um etwas zu sagen.

»Ich hätte die Hintertür doch lieber abschließen sollen.«

»Ja, das ist wahr.«

Ganz langsam richtete sich Nathan auf. »Und was verschafft mir diesmal die Ehre, Spencer Patrick O'Malley?«

»Ich war im Red Leaves.«

»So. Wie schön. Sind Sie hergekommen, um mir das zu sagen?« Nathan wollte die Lampe anmachen, doch Spencer hinderte ihn daran. »Keine Bewegung, Nathan. Rühren Sie sich nicht vom Fleck.« Spencer stand mit gespreizten Beinen da und hatte die Magnum in der Hand.

Nathan grinste. »Wollen Sie mich verhaften, Detective? Haben Sie einen Haftbefehl?«

»Nein, Nathan. Ich werde Sie nicht verhaften.«
Nathan lachte ihm unverschämt ins Gesicht. »Natürlich nicht. Sie haben nicht mal einen Fall, Detective. Und Sie wissen es.«
Spencer nickte. »Ja, das weiß ich.«
»Wenn Sie meinen, Sie könnten mir ein tränenreiches Geständnis entlocken, haben Sie sich geirrt.«
»Ich kenne Sie allzugut, Nathan. Ich mache mir keine Illusionen.«
»Sie kennen mich überhaupt nicht, *Spencer*«, sagte Nathan.
»Wenn ich Sie hier so im Luxus vor mir sehe, frage ich mich, ob es das wert war.«
»Wenn Sie mich so gut kennen, wie Sie glauben, müßten Sie die Antwort wissen.«
Spencer senkte die Waffe und sagte: »Sagen Sie mir, daß Sie sie nicht wegen des Geldes ermordet haben. Sagen Sie mir, daß Sie sie geliebt haben. Daß Sie verrückt nach ihr waren – das könnte ich verstehen. Daß Sie Angst hatten, daß sie Sie nicht mehr liebte, Angst, sie könnte einen anderen lieben. Angst, sie könnte sich langsam von Ihnen zurückziehen, würde nach dem Studium Jim heiraten und wäre für Sie verloren. Sagen Sie, daß Sie sie in einem Anfall von Eifersucht getötet haben. Aber erzählen Sie mir nicht, Sie hätten sie wegen des Geldes ermordet. Das nicht. Den Gedanken kann ich nicht ertragen. Es macht mich verrückt zu denken, daß sie deshalb sterben mußte. Sagen Sie mir, Sie hätten sie geliebt, Sie hätten sie gehaßt, sagen Sie, Ihre Gefühle für sie seien zu stark, zu übermächtig gewesen. Sagen Sie, daß Sie sie zu sehr geliebt haben!« stieß Spencer heftig hervor.
Nathan sagte gar nichts.
»Alles Illusionen, was?« sagte Spencer kalt. »Sie wußten, daß Kristinas Großmutter ihr das Geld vererbt hatte, und deshalb haben Sie sie umgebracht. Sie glaubten, Sie würden Alleinerbe. Das wäre Ihnen doch sehr gelegen gekommen«, sagte Spencer zähneknirschend. Der Schweiß lief ihm über die Augen. »Wäre sie bloß gestorben, ohne ein Testament zu hinterlassen, was? Um an die neun Millionen zu kommen, hätten Sie sich sogar zu Ihrer Herkunft bekannt, oder?«
»Wovon faseln Sie da eigentlich?« fragte Nathan.

»Ich frage mich bloß, woher Sie wußten, daß Elizabeth Berrett sich in Sie verlieben würde? Das Red Leaves war ihr Leben. Wie haben Sie sie dazu gebracht, es aufzugeben?«

»Ich *wußte* nicht, daß sie sich in mich verlieben würde«, äffte Nathan ihn nach. »Wir haben beide um Kristina getrauert und sind uns dabei nähergekommen. Sie war sehr dankbar, daß Jim, Conni und ich Red Leaves das Geld gespendet hatten.« Er machte eine Pause und lächelte. Er saß immer noch auf seiner Couch. »Und was Ihre zweite Frage angeht, nun, sie war nicht so verrückt nach Red Leaves wie Sie meinen. Es war gar nicht schwer, sie dazu zu überreden, den Laden aufzugeben. Sie hatte schon immer am Meer leben wollen.«

Spencer fühlte, wie sich Nathans Finsternis über ihn senkte. Er steckte die Magnum wieder ins Halfter, behielt aber die Hand auf der billigen Knarre, die er hinten im Hosenbund stecken hatte. Er konnte den Gedanken nicht ertragen, daß Kristina wegen dem Geld umgebracht worden war.

Als Nathan nicht antwortete, sagte Spencer: »Sie sind das Leben, das Ihnen gegeben wurde, nicht wert. Ihr eigenes Leben ist Ihnen nichts wert – warum hätte dann Kristinas Leben Ihnen etwas bedeuten sollen? Wissen Sie, es wäre besser gewesen, wenn Conni Kristina umgebracht hätte. Zumindest hätte sie es aus Leidenschaft getan. Sie haben sie in den Wahnsinn getrieben mit Ihren Lügen und Ihren Betrügereien und Kristina. Es wäre besser gewesen, wenn Kristina ein Opfer der Leidenschaft geworden wäre als der Habgier.«

»Besser für wen?« fragte Nathan. »Ihr kann es egal sein, wer sie umgebracht hat. Sie ist tot. Also Detective? Besser für wen?«

Spencer schüttelte den Kopf. »Ist es das, was Sie wollten? Ganz allein in einem seelenlosen Haus am Meer zu leben, umgeben von den Pflanzen in Ihrem Garten?«

»Sie werden zugeben müssen, daß es nicht mal so schlecht ist, Detective«, sagte Nathan fast jovial.

Die Finsternis senkte sich tiefer auf Spencer.

»Sie treibt Dich in die Selbstzerstörung«, flüsterte er. »Jetzt verstehe ich es. Sie wollte Sie warnen. Ich hatte recht. Sie hat Sie davor gewarnt, zu gierig zu sein. Sie hat Ihnen gesagt, daß Sie genug hatten, aber drei Millionen reichten Ihnen nicht.«

Nathan schwieg.

»Warum hat sie Ihnen nicht alles vererbt? Sie waren doch ihre große Liebe – warum hat sie Ihnen nicht alles hinterlassen?«

Nathan zuckte die Achseln. »Was spielt das jetzt noch für eine Rolle, Detective?«

»Sie hat Ihnen nicht alles hinterlassen, weil sie wollte, daß Sie sich ändern, daß Sie ein Mensch mit Gefühlen werden.«

»Sie hat mich nie für einen Unmenschen gehalten, Detective. Sie hat mich geliebt. Oder haben Sie das vergessen?«

Spencer bekam keine Luft mehr. Sein Herz schlug wild und unregelmäßig.

»Warum hat sie Ihnen dann nichts von dem Geld erzählt? Weil sie Angst vor Ihnen hatte. Sie hatte Angst, daß Sie sie umbringen würden. Sie traute Ihnen nicht über den Weg, und sie hatte allen Grund dazu.«

»Ach was. Sie hatte überhaupt keine Angst vor mir, aber auch das spielt keine Rolle mehr«, sagte Nathan und grinste in der Dunkelheit.

Mit dem billigen Revolver in der Hand machte Spencer eine ausholende Bewegung. »Sehen Sie nicht? Sie ist immer noch da. Ihr Tod brachte Ihnen dieses Haus – Sie werden sie nie wieder los. Sie glauben, Sie seien frei? Dann sehen Sie sich einmal um! Sehen Sie sich doch um!«

Der Raum wurde nur vom Flackern des Fernsehers erhellt, aber als Spencer selbst sich umsah, fiel sein Blick auf den Tisch neben dem Sofa. Neben der Lampe und dem Telefon lag eine halbautomatische Pistole. Spencer dachte, daß er Glück gehabt hatte. Wäre der Fernseher nicht so laut gewesen und Nathan hätte ihn gehört, läge er jetzt wahrscheinlich tot in seinem schönen Garten.

Spencer senkte die Waffe und sagte: »Wie würden die alten Philosophen es rechtfertigen, daß Sie jemandem das Leben genommen haben, der sie liebte – für nichts. Sie haben die Liebe dem Tod geopfert. Sie zogen das Nichts der Liebe vor. Kristinas Liebe. Glauben Sie nicht, daß ihre Liebe etwas wert war? Die kleinen Streichholzschachteln aus Edinburgh, die sie gesammelt hatte – sie waren etwas wert. Die grinsenden Gesichter auf den Servietten mit den Namen der Pubs – sie waren etwas wert. Sie waren mehr wert als das Haus, in dem Sie wohnen und von dem Sie auf den Strand sehen, wo Sie beide als kleine Kinder Drachen steigen ließen.«

Nathans Augen funkelten. Er stand auf, rasch, mit einer einzigen fließenden Bewegung und kam auf Spencer zu. »Wissen Sie was? Diesmal sind Sie zu weit gegangen. Entweder verlassen Sie das Haus, oder ich rufe die Polizei.«

»Das können Sie sich schenken. Ich bin schon da.«

Nathan machte einen Schritt auf das Telefon und die Pistole zu.

Spencer sträubten sich die Haare im Nacken. »Keine Bewegung!«

»Oder was? Ich habe Ihre Spielchen satt, Detective.« Nathan machte noch einen Schritt.

»Ich warne Sie, Nathan. Keinen Schritt weiter.« Spencer hielt die Waffe mit beiden Händen und spannte den Hahn. Er stand mit gespreizten Beinen da. Nathan war nur ein paar Zentimeter von seiner eigenen Waffe entfernt. Er brauchte bloß die Hand auszustrecken.

»Spencer Patrick O'Malley. Was haben Sie vor?« sagte Nathan mit einer derart gehässigen Stimme, daß es Spencer kalt den Rücken herunterlief. »Bin ich es wert, daß Sie Ihren Job verlieren?«

»Ich habe Ihnen schon mal gesagt, Sie sind nicht mal eine schlaflose Nacht wert.«

Im nächsten Augenblick duckte sich Nathan und streckte die Hand nach der Pistole aus. Spencer zielte auf seinen Schenkel und schoß. Nathan stürzte, fegte mit dem Arm die Waffe zu Boden und tastete dann verzweifelt auf dem Teppich danach. Aber es war zu dunkel, er konnte nicht sehen, wo sie lag. Sein Blick fiel auf sein Bein, und seine Hände fuhren voller Panik zu der Wunde.

Im Dunkeln zu schießen, war Spencers Spezialität.

»Was haben Sie getan?« keuchte Nathan. »Was haben Sie getan?«

Trotz der Dunkelheit konnte Spencer sehen, wie sich das Blut durch Nathans Hände auf den Teppich ergoß. Spencer hatte die Aorta getroffen.

In etwa vier Minuten wäre Nathan verblutet. Im blauen Flackerlicht dachte Spencer daran, ob Kristina auch vier Minuten gehabt hatte.

»Was haben Sie getan?« flüsterte Nathan ohne jeden Ärger in seiner Stimme. Er lag auf dem Boden und hielt mit beiden Händen sein Bein umklammert. Das Blut floß dick und glänzend wie in einem Schlachthof. Aber es war nicht rot. Die Farbe im Raum fehlte. Das kalte Licht des Fernsehapparates färbte alles schwarzweiß. Nathans Blut war schwarz.

Spencer senkte die Waffe. Er wußte, daß er sie nicht mehr brauchte. Er kam näher und ging ein paar Zentimeter von Nathan entfernt in die Hocke. »Ich bin nicht gekommen, um Sie zu verhaften, und auch nicht, um Ihnen ein Geständnis zu entlocken. Unter diesen Sachen habe ich meine Schußweste an. Ich wußte, daß Sie versuchen würden, mich umzubringen, und ich hatte recht.«

Nathans Augen waren glasig.

»Können Sie mich noch hören, Nathan? Sie wissen, daß Sie sterben werden. Kristina Sinclair wäre der einzige Mensch auf dieser Welt gewesen, der um Sie getrauert hätte. Aber sie ist tot, und Sie werden auch sterben, und niemand wird sich um Sie kümmern, keine Seele wird nach Ihnen fragen, bis Sie nach Monaten von einem mürrischen UPS-Boten oder Ihrem Gärtner gefunden werden. Sie werden in Ihrem eigenen Blut liegen, und niemand wird nach Ihnen suchen oder Sie vermissen. Kein kleiner Junge wird bis zum Morgen neben Ihnen sitzen wie Sie neben Ihrem Vater und warten, daß Sie aufstehen.«

Spencer hätte um ein Haar geschluchzt.

»Und wenn man Sie findet«, fuhr er mit erstickter Stimme fort, »und Ihre Leiche ins gerichtsmedizinische Institut gebracht wird, dann werden Sie in einer Metallschublade warten müssen, bis Sie der Staat in ein Armengrab legt oder Sie verbrannt werden und jemand Ihre Asche im Ofen vergißt. Niemand wird Ihnen eine Träne nachweinen, weil Sie nichts als Trauer und Tod auf diese Welt gebracht haben. Sie haben das Böse verbreitet. Sie haben stets Ihren Willen durchgesetzt, und das war die einzige Wahrheit, die Sie kannten. In zwei Minuten werden Sie sterben und Kristina niemals wiedersehen.«

Nathan sagte nichts, doch dann flüsterte er: »Das stimmt nicht, Detective. Sie ... Sie weinen um mich.«

Spencer wäre fast umgefallen. »Nicht um Sie, Sie Idiot. Nicht um Sie.«

Die Sekunden vergingen. Spencer beugte sich vor und flüsterte: »Wie haben Sie das gemacht? Wie haben Sie sie nackt, kalt und voller Angst dazu gebracht, im Dunkeln zu Ihnen zu kommen?«

Nathans Griff um sein Bein löste sich. »Ich weiß nicht, wovon Sie reden ...« Und dann, viel leiser: »Sie hatte Angst vor der Nacht, aber keine Angst vor mir. Sie wäre überall zu mir gekommen.«

Spencer brachte kein Wort heraus. Er roch Blut und andere Gerüche. Ihm wurde schlecht. »Nathan«, sagte er schließlich. »Was versuchen Sie, jetzt noch zu verstecken? Ich habe kein Mikrophon dabei, und Sie, nun, Sie ... wovor haben Sie Angst?«

Und Nathan antwortete: »Vor dem Tod.«

»Glauben Sie, daß Kristina auch Angst vor dem Tod hatte?«

»Ja«, sagte er. »Sie hatte Angst.« Und fast unhörbar: »Sie wollte nicht sterben.«

Spencer stöhnte hilflos auf.

»Sie sterben für sie und für ihre Mutter und ihre Großmutter und ihren Vater und Elizabeth Berrett und Constance Tobias. Und auch für mich. Gott schenkte Ihnen einen freien Willen, und was haben Sie daraus gemacht? Sie haben sie im Schnee liegen lassen ... sie hatte nicht mal einen Priester, der sie segnete ...«

Und hier fiel Nathan ihm ins Wort. »Segnen Sie mich«, flüsterte er heiser.

»Hat Gott jemals den Teufel gesegnet?« entgegnete Spencer. »Nein, würde meine Mutter sagen, die elf Kinder in die Welt gesetzt hat. Der Teufel hat seine Hölle selbst verschuldet. Und ich sah, und siehe, ein fahles Pferd. Und der darauf saß, des Name hieß Tod, und die Hölle folgte ihm nach.«

Nathan versuchte den Kopf zu schütteln, aber er hatte keine Kraft mehr. »Was anderes«, stöhnte er und atmete krampfhaft.

»Meinst du, daß ich Gefallen habe am Tode des Gottlosen«, zitierte Spencer Hesekiel.

Dann hörte er Nathans heisere Stimme. »Augen. Ihre Augen. Ich kann sie nicht aus meinem Gedächtnis löschen. Ich kann nicht die Augen schließen, ohne die ihren zu sehen. Werden sie mich auch in der Hölle bis in alle Ewigkeit verfolgen? Gott, sei mir gnädig. Ich will ihre Augen nicht mehr sehen, diese schwarzen Abgründe voller Verständnis und Schmerz ...«

Seine Knie waren so schwach, daß sie fast nachgaben, als Spencer schließlich flüsterte: »Glaube an den Herrn, und er wird dich erlösen.«

Nathan ließ sein Bein los und sank zu Boden, während das Leben langsam aus seinem Körper floß. Spencer bekreuzigte sich und wartete.

Fast unhörbar sagte Nathan Sinclair: »Um ihretwillen habe ich es verdient.«

Fünf Minuten später ließ Spencer die Küchentür leise hinter sich zuschnappen. Er ging die Sound Beach Road bis zur Kreuzung, bog nach links ab und kehrte die anderthalb Meilen zum Bahnhof zurück, wo er vor seinem Wagen den ersten Trainingsanzug auszog. Er steckte den Revolver in die schwarze Plastiktüte. Dann schnitt er mit einem Messer den Trainingsanzug, den er in Nathans Haus getragen hatte, in schmale Streifen, ebenso Handschuhe und Stiefel, steckte alles in die schwarze Reisetasche und fuhr Richtung Long Island. Auf dem Weg machte er in der Bronx in Co-Op City halt, einer kleinen Trabantenstadt mit anonymen Wohnsilos und riesigen Parkplätzen. Die Plastiktüte mit der Waffe warf er in einen der überfüllten öffentlichen Müllcontainer in der Nähe des Kino-Centers. Die Reisetasche verbrannte er in einer anderen Tonne, die auf einem menschenleeren Parkplatz stand. Anschließend fuhr er nach Hause und tat etwas, das er seit Kristina Sinclairs Tod vor dreieinhalb Jahren nicht mehr getan hatte. Spencer schlief die ganze Nacht durch.

Epilog

Später saßen die Kinder auf der Bank oben vor dem Schloß. Gewöhnlich blieben sie nicht in dem von gelben Forsythien überwucherten Versteck. Auch an diesem Nachmittag kamen sie heraus und setzten sich auf die Bank, von der sie auf das friedliche Meer sahen. Nach einer Weile hatten sich die Hände des Mädchens beruhigt. Sie strich sich über das Haar und berührte die Bügelfalten ihrer Jeans, als suchte sie Trost. Sauberkeit war irgendwie tröstlich, Ordnung in den Dingen. Dann hatte sie das Gefühl, alles unter Kontrolle zu haben. Und Kontrolle war sehr wichtig für sie.

»Warum magst du eigentlich nicht schwimmen?« fragte sie den Jungen.

»Hab's nie gelernt«, antwortete er und zuckte die Achseln.

»Und warum lernst du es nicht jetzt?«

»Keine Lust.«

»Wieso nicht? Schwimmen macht Spaß.«

»Mir nicht.«

»Bist du etwa wasserscheu?« neckte sie ihn. Doch er lächelte nicht, und ihr Lächeln erstarb. »Tut mir leid«, sagte sie hastig. Sie mochte diesen Blick in seinen Augen nicht. Er war kalt, fast haßerfüllt.

»Warum gehst du dann immer über diese blöde Mauer am Meer? Du könntest ins Wasser fallen.«

Er lachte. »Ich falle nicht.«

»Woher weißt du das?«

»Ich bin sicher auf den Beinen«, sagte er. »Und ich bin schnell.«

»Du könntest trotzdem fallen.«

»Ich falle schon nicht. Aber du, du könntest fallen.«

»Ich hasse es, über dieses Ding zu gehen«, gab sie zu.

»Angsthase!« spottete er.

»Ich bin kein Angsthase. Ich paß nur auf.«

»So so. Dann paß auf, daß du nicht fällst«, sagte er, und sie fuhr zusammen. Sie mochte es nicht, wenn er so mit ihren Worten spielte.

»Und wer rettet mich, wenn ich ins Wasser falle?« fragte sie schmollend.

»Ich.«

»Du? Aber ...«

»Ich würde laufen, so schnell ich kann, und Hilfe holen.«

»Bis du jemand findest, bin ich längst ertrunken.«

»Ich würde mich beeilen. Ich bin schnell. Sehr schnell.«

»Du solltest lieber schwimmen lernen.«

»Warum hast du bloß so viel Angst? Wer rettet mich denn, wenn ich falle?«

»Ich«, sagte sie, ohne zu zögern. »Ich würde ins Wasser springen und dich retten.«

Er lachte. »Wir würden beide ertrinken.«

»Würden wir nicht«, erwiderte sie gekränkt. »Prinzessinnen können ihre Prinzen auch retten.«

Er schüttelte den Kopf. »Klar, und wenn wir nicht gestorben sind, dann leben wir noch heute.«

»Doch, bestimmt«, sagte sie ernst.

»Versprich es!« sagte er und sah sie genauso ernst an.

Sie bekreuzigte sich. »Ich schwöre.«

»Laß das«, sagte der Junge. »Es genügt, wenn du schwörst. Du mußt dich nicht bekreuzigen.« Das Mädchen sah, wie er schauderte, und verstummte. Manchmal verstand sie ihn nicht, nicht das kleinste bißchen.

»Kann ich dich was fragen?«

»Hmm.«

»Hast du deine richtigen Eltern eigentlich gekannt?«

Der Junge zögerte. »Nein, ich kann mich überhaupt nicht an sie erinnern.«

»Schade«, sagte das Mädchen und schaute aufs Meer. »Das ist traurig, oder?«

»Nein, nicht wirklich. Wie soll man was vermissen, was man nie gehabt hat?«

»Ja, stimmt«, sagte sie unsicher. »Aber jetzt hast du was, oder?«

»Ja«, antwortete er.

»Weißt du«, sagte Kristina, »seit du da bist, bin ich nicht mehr allein.«

»Ich weiß«, sagte er.

»Vor dir war ich einsam. Aber jetzt hab ich das Gefühl, daß du mein Bruder fürs ganze Leben bist.«

»Bin ich auch. Solange du lebst, bin ich dein Bruder.«

»Danke«, sagte sie mit bewegter Stimme. »Ich weiß, Mommy und Daddy haben dich auch lieb. Sie wollten schon immer einen kleinen Jungen wie dich.«

»Das glaub ich nicht.«

Sie trat einen Stein gegen die niedrige Mauer. »Aber es ist wahr. Eigentlich wollten sie nur einen Sohn. Sie haben mich zwar lieb und alles, aber einmal habe ich sie abends belauscht, kurz bevor du gekommen bist. Daddy hat gesagt, wenn Gott ihnen ohnehin nur ein Kind geschenkt hätte, warum er dann nicht lieber den kleinen Jungen überleben lassen konnte.«

»Und was hat deine Mommy gesagt?«

»Sie hat gesagt, sie ist glücklich über alles, was Gott ihr geschenkt hat, aber sie wünschte sich noch ein Baby.«

»Sie ist wirklich nett, deine Momma.«

Kristina lächelte. »Jetzt ist sie doch auch deine.«

Er lächelte auch. »Ja, wahrscheinlich«, sagte er, doch es klang nicht überzeugt.

»Magst du mich?« fragte sie ihn.

»Das weißt du doch«, antwortete er und fügte hinzu: »Ich mag nur dich.«

»Wirklich?«

»Wirklich.«

»Und Momma und Daddy?«

»Sie sind nett. Aber sie haben so viel zu tun, oder? Deine Mom ist nie zu Hause.«

Kristina lächelte. »Sie hat gern viel zu tun.«

»Wir müssen zusammenhalten«, sagte der Junge.

»Ich weiß.«

Er stand von der Bank auf. »In guten und in schlechten Zeiten, in Freud und Leid, bis daß der Tod uns scheidet.«

Das Mädchen schwieg. »Ist das nicht das, was Brautpaare sagen?«

»Die sagen das, weil es Sinn macht«, antwortete der Junge. »Und ich sage es auch, weil es Sinn macht.«

»Gut«, sagte Kristina. »Bis daß der Tod uns scheidet.« Dann verstummte sie wieder.

»Ich will aber nicht sterben«, sagte sie beunruhigt.

»Niemand wird sterben«, antwortete er. »Wir werden nicht sterben. Wir sind viel zu jung, um zu sterben.«

»Dann könnten wir den Teil ja vielleicht auslassen?« fragte sie.

Er seufzte. »Von mir aus! Dann lassen wir den Teil weg. Und jetzt komm schon, es wird spät.«

Die Kinder verließen ihr Versteck in der Schloßruine, sprangen den Hügel hinab und rannten die Steintreppe hinunter.

Der Park war menschenleer. Nur ein kleiner Junge balancierte auf der Mauer, die das Land vom Meer trennte, und ein kleines Mädchen schritt mit ausgebreiteten Armen vorsichtig hinter ihm her, sah abwechselnd auf ihre Füße und auf ihn, in der salzigen Luft hörte man das Rauschen des Windes in den Bäumen und die Stimme der Kleinen: »Warte auf mich … warte auf mich …«

Danksagung

Dieses Werk ist Fiktion. Irrtümer sind beabsichtigt, und Fehler stammen von mir.

Mein Dank gilt Joy Harris und Bob Wyatt für seine Freundschaft und dafür, daß er mich an den unerwartetsten Stellen des lektorierten Manuskripts zum Lachen brachte und dieses Buch neun Monate lang mit mir durchlebt hat.

Danke auch den Police Officers Patrick O'Neill und E. Douglas Hackett für ihre Informationen und Geduld;

Oron Strauss, Chefredakteur des *Dartmouth Review*, dafür, daß wir mit seinem Labrador spielen durften;

Clint Bean von der Handelskammer in Hanover und Kris Wielgus von der Damenbasketballmannschaft in Dartmouth.

Ein herzliches Dankeschön an Jackie Feldmann und Kerri Basso, die auf unseren kleinen Mishie aufpaßten. Was hätte ich bloß ohne euch gemacht?

Natasha, Misha und unser Ungeborenes – Mommy liebt euch.

Ganz London ist wie gelähmt: Während eine Hitzewelle brütend auf der Stadt lastet, verbreitet ein grausamer Killer Angst und Schrecken. All seine Opfer sind auf brutalste Weise zugerichtet worden: Anstelle der Zunge steckt ein silberner Löffel in ihrem Mund - die Handschrift eines Psychopathen. Detective Superintendent Red Metcalfe stellt in fieberhafter Eile sein Team zusammen und beginnt mit den Ermittlungen. Da schlägt der Killer wieder zu. Sein Handlungsmuster scheint eng mit der Apostelsymbolik verwoben zu sein, und je klarer Metcalfe dieser Zusammenhang wird, desto entsetzlicher wird sein Verdacht: Besteht eine grausame Verbindung zwischen der Mordserie und seiner eigenen Vergangenheit?

Boris Starling

Messias

Roman

Econ | Ullstein | List

»Diese Geschichte habe ich noch nie erzählt und auch nicht gedacht, daß ich es je tun würde ... weil sie meine Geschichte ist.«

Ein Student fährt per Anhalter. Er hat es eilig, denn seine Mutter liegt nach einem Schlaganfall im Krankenhaus. Als er in einen alten Ford Mustang steigt, fällt ihm nur ein seltsamer Geruch auf. Aber bald wird ihm klar, daß mit dem Fahrer etwas nicht stimmt. Sein grauenhafter Verdacht verdichtet sich zu einem Alptraum der schwärzesten Art ...

Der Bestseller aus dem Internet

Stephen King

Achterbahn
Riding the Bullet
Novelle
Deutsche Erstausgabe

Econ ULLSTEIN List

K12